新 视 界

始于未知　去往浩瀚

国家出版基金项目
NATIONAL PUBLICATION FOUNDATION

中国诗歌叙事传统研究

元明清诗歌叙事传统研究

复雅就俗

饶龙隼 刘蓉蓉

田玉龙 石超 著

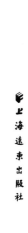

上海远东出版社

图书在版编目（CIP）数据

复雅就俗：元明清诗歌叙事传统研究 / 饶龙隼等著. —上海：上海远东出版社，2023

（中国诗歌叙事传统研究丛书）

ISBN 978 - 7 - 5476 - 1915 - 5

Ⅰ.①复… Ⅱ.①饶… Ⅲ.①古典诗歌—诗歌研究—中国—元代 ②古典诗歌—诗歌研究—中国—明清时代 Ⅳ.①I207.22

中国国家版本馆 CIP 数据核字（2023）第 095136 号

出 品 人　曹　建
责任编辑　王智丽
封面设计　观止堂_未氓

本书为国家社科基金重大项目"中国诗歌叙事传统研究"课题（15ZDB067）研究成果

本书获 2022 年度国家出版基金资助

中国诗歌叙事传统研究丛书

复雅就俗：元明清诗歌叙事传统研究

饶龙隼　刘蓉蓉　田玉龙　石　超　著

出　　　版　**上海遠東出版社**
　　　　　　　（201101　上海市闵行区号景路 159 弄 C 座）
发　　　行　上海人民出版社发行中心
印　　　刷　上海颛辉印刷厂有限公司
开　　　本　890×1240　　1/32
印　　　张　24
插　　　页　4
字　　　数　540,000
版　　　次　2024 年 8 月第 1 版
印　　　次　2024 年 8 月第 1 次印刷
ISBN　978 - 7 - 5476 - 1915 - 5/I · 375
定　　　价　128.00 元

丛 书 说 明

　　"中国诗歌叙事传统研究"丛书一套七册，是国家社科基金重大项目"中国诗歌叙事传统研究"最终成果的结集。这七种书，由该项目六个子课题的成果（六册）和首席专家执笔的《中国诗歌叙事传统研究引论》（一册，以下简称《引论》）组成。

　　感谢国家社科基金领导小组批准我们课题组以丛书形式结项。

　　感谢结项评审专家组不辞辛劳、认真负责地审阅本课题200万字左右的成果文本，特别感谢他们给予本成果的好评和提出的许多宝贵批评意见。这对我们加强信心继续修改以提高书稿质量，是巨大的鼓舞和帮助。

　　我们的课题偏于理论探讨的性质，特别应该充分发扬学术民主，百花齐放、百家争鸣，集思广益，乃至求同存异，所谓"旧学商量加邃密，新知培养转深沉"。课题的进行是科学研究的过程，即使课题结项，研究成果进入社会，也只是新的更大范围探讨商榷的开始。在将近六年的研究和写作过程中，我们一直抱持着这样的理念，也是这样实践的。我们的研究成果，从《引论》到所有子课题的文稿，均经各人钻研撰写，传阅互读，反复讨论斟酌修改甚至重写，终于形成几部（而不是一部）

1

学术专著。这些著作有一个共同的论题，有一致的理论基调和旨趣追求，而研究对象，除《引论》外，则各为中国诗史的某一段落。各子课题参与撰写的人数不等，学术水平也有参差，但各子课题负责人均认真组织认真统稿，各自完成为一部独立的著作。毋庸讳言，各书在论述的结构安排，材料的选取运用，特别是文字风格上，是各具特色，各有短长，但都达到了一定的学术要求。鉴于这个情况，我们决定，各书保持自己的特色，不再进一步统一，而以丛书形式出版。丛书不设主编，各册相对独立，按撰写的实际情况署名，以体现对执笔人劳动和著作权的尊重，体现学术自由争鸣、文责自负的原则。

文史异同与关系问题，正在成为学界关注的热点，而叙事和叙事传统正是沟通文史的根本关键。深入研究叙事，绝不仅仅是对西方学界的呼应，而且是我国文史学术自身发展的需要。希望这套丛书对此有所贡献。

感谢上海远东出版社的大力支持，感谢诸位编辑的辛勤劳动。

感谢国家出版基金的有力资助。

感谢一切关心本书的学界同行和阅读本书、批评本书的所有读者。

中国诗歌叙事传统研究课题组

2022 年 10 月

目　　录

上编　元代诗歌叙事传统

中编　明代诗歌叙事传统

下编　清代诗歌叙事传统

导论

中国古代诗歌叙事的边界、传统与新变

元明清时期诗歌叙事之传统，并非独立在外以自成一系；而是在因承早前的基础上，有所拓展并出现若干新变。其拓展与新变固然重要，但并非诗歌叙事之主导；主导元明清时期诗歌叙事的，还是对诗歌叙事传统的因承。而要讨论中国古代诗歌的叙事传统，就无法回避诗歌抒情传统之另一面，且随着国际交流和跨文化对话的开展，又必然引发孰主孰次及二者边界问题。

近世以来随着抒情传统与叙事传统讨论的深入，中国古代文学叙事与抒情的边界问题日益凸显。它们究竟有无边界？若有边界则在哪里？其边界是模糊的，还是截然清晰的？其边界是一次划定，还是历史地生成的？这一系列问题，亟需得到解决。这些问题若获解决，且能付诸学术实验；则可为疏通中国文学抒叙传统提供理论依据，也能够更好地参与中国文学研究的国际对话，以校正充实陈世骧提出的中国文学"抒情传统"说[①]，并证成中国文学叙事与抒情两大传统之双线并行论。

通观中国古代各体文学发展演进的种种实际情形，叙事与

---

① 陈世骧：《中国文学的抒情传统——陈世骧古典文学论集·论中国抒情传统》，张晖编，生活·读书·新知三联书店 2015 年版，第 3—9 页。

抒情经由共生、分化、消长、互渗的历程，两者边界是流动变化的，非一次划定而截然清晰。在原始宗教、远古神话、上古歌谣、甲骨卜辞、青铜铭文、巫歌楚辞、《周礼》"六诗"之赋比兴等形式载体中，叙事与抒情是一体共生的；春秋以至两汉时期，随着"六诗"的赋与比兴分开，"诗亡然后《春秋》作"，赋的手法与赋的体式分开，赋体文学与他体文学分开，叙事与抒情分化，其边界日益清晰；此后以诗歌为代表的抒情文类、以说部为代表的叙事文类分途发展，其抒情、叙事的份额与质性此消彼长，两者边界主要表征在文体分类上；及元明清时期，叙事与抒情诸要素在此消彼长同时，竟在某些特定文类中出现互渗现象，如人物诗传、长篇叙事诗（咏剧诗、绝命诗、子弟诗、弹词等）、说部（小说和戏曲）中嵌入诗词，以致有时模糊了叙事与抒情的边界，因使诗歌叙事传统发生明显的新变。

一　上古诗歌抒情与叙事之同体共生及分化

上古诗歌之抒情与叙事，是一个特定的发展阶段。它始于最早有文字记载的殷周时期，而终于诗赋文各自成体的两汉时期。此时期，诗歌的抒情与叙事行为发生，并且彼此之间产生相互影响。这总体表征为两种情形，即同体共生与体制分化。

（一）殷周时期叙事与抒情之同体共生

文字表达的方式多样，叙事与抒情特其二义，此外还有议论与说明等，而前二者更适用于文学。从中国文学史的源头上说，叙事与抒情发生孰先孰后，是个难以考索的问题，今日恐只能任其茫昧。然据甲骨文和青铜文，及其相应的表达辞式，犹可探悉情、事性状，并考察抒、叙之何如。甲骨文出现"事"字162处，只出现"情"字1处；青铜文无"情"字，出现"事"字338处；甲骨文无"抒""叙"字，《殷周金文集成》亦无之。[①] 这起码说明，在殷周之际，抒与情、叙与事不可能成辞，抒情与叙事的概念无从谈起。

然而这只是一种器物文字上的表象，并不排除当时有抒情、叙事之行为。此中抒情、叙事的实际状况与情形，可据从"心"字和"事"字来分析。

先看从"心"字。在甲骨文字中，从"心"者少，据于省吾《甲骨文字诂林》著录，从"心"的甲骨文字大略有15个，分别为心（）、文（）、峃（）、忌（）、杰（）、沁（）、怒（）、懋（）、恩（）、窡（）、悳（）以及不可识读的、、、，这些字多为人、地、水名，看似没有明显的情感含义，其所出文句多为叙事，亦几乎没有抒情意味；据张亚初《殷周金文集成引得》，从"心"的青铜文字大略有84个，其中带情感含义的字，有心（）、志（）、忍（）、忞（）、忎（）、忑（）、盗（）、懂（）、懼（）、怸（），其所出文句多为叙事，且早期略无抒情意味。

如较早的周武王时器保卣铭文：

> 乙卯，王令保及殷东或五侯，征兄六品，蔑历于保，

> 易宾，用乍文父癸宗宝障彝。遗于四方诇王大祀、役于周，才二月既望。

又如较晚的周宣王时器虢宣公子白鼎铭文：

> 虢宣公子白乍障鼎，用追享于皇且考，用祈眉寿，子孙永用□宝。①

但也有学者指出个别特例，如西周前期作册嗌卣铭文：

> 乍册嗌乍父辛障，卣名义曰："子子孙宝。"不彔！嗌子，子延先尽死。亡子，子，引有孙！不敢梯忧。况彝，用乍大御于卣且匕、父母、多申。母哉！戈勿剥嗌鳏寡遗裕，石宗不制。

晁福林说："《作册嗌卣》却是一个例外，它既没有称颂先祖之美，也没有走'子子孙孙永宝'这样的'明著之后世'的路径，而是彰显个人的失子之痛、失子之忧。就此而言，若谓此篇铭文是后世悼亡文字的滥觞，并不过分。此篇铭文没有直接写自己的苦痛心情，而是胸臆临铭而发，感触方现于笔端。"② 据实而言，这番分析属援后例前，明显有夸大其词嫌疑。铭文中确

---

① 以上参见陈梦家：《西周铜器断代》，中华书局 2004 年版，上册，第 7、330—331 页。

② 晁福林：《〈作册嗌卣〉：风格独特的周代彝铭》，《中国社会科学报》2019 年 4 月 29 日第 7 版。

实述及嗌亡子之事，但并非抒写器主的失子忧痛，而只是向祖神陈述其情，并明确说"不敢娣忧"。所以，该铭虽然表达很特殊，但仍属叙事而非抒情。

再看"事"字。甲骨文中，"事"字作、，从又持，为手执简书之象形，其在卜辞实例中，事、史、使无别，盖指执简策之职官，及其所掌管之职事①；青铜文中，"事"字作、，从又持，亦手执简书之象形，盖承甲骨文之笔势而来，然上作三歧乃周文特有，亦指执简以记录之职事。王国维说："史之本义为持书之人，引申而为大官及庶官之称，又引申而为职事之称。其后三者各需专字，于是史、吏、事三字于小篆中截然有别。持书者谓之使，治人者谓之吏，职事谓之事。"② 由此可知，史为记事之类职官，事为史官所记之事；则甲骨、青铜文之叙事职能，乃殷周制度设施之固有节目。陈梦家曾通过综述西周铭文所载，将成、康以后史官演变分为三期：③

初期	中期	晚期
乍册	乍册尹、命尹	
内史	内史、乍册内史、乍命内史	内史尹
	尹氏、尹氏友	尹氏
史	史	史

---

① 于省吾说："史字所从之，究属何物，实难索解。……王国维以为为盛简策之器，亦难令人信服。商代已有典册，但未见与有任何联系。晚周以后'中'之形制尚难以说明商代事物。"（《甲骨文字诂林》，中华书局1996年版，第四册，第2961页。）

② 王国维：《观林堂集·释史》，中华书局1959年版，第270页。

③ 参见陈梦家：《尚书通论》（增订本），中华书局1985年版，第147页。

这三个时期都有史与内史之类职衔，恰合"大史、内史掌记言、记行"说。① 后世传说、文籍载述，又有左史、右史之分。如刘勰称："史者，使也。执笔左右，使之记也。古者，左史记事者，右史记言者。言经则《尚书》，事经则《春秋》也。"② 不论"言""事"如何，均为史官所叙之事无疑。

但甲骨、青铜文所反映的情况，并不能说明叙事就早出于抒情。这是因为，龟甲兽骨和青铜鼎彝作为器物，其贞卜、祀典功能是第一属性，其所铭刻的文字只是附属品，而不是独立自足的文本形式。若将甲骨青铜器物与所铭刻文字一同观察，就会发现其所含叙事与抒情是同体共生的。通常贞卜的对象是祖先或神灵，贞人和时王都满怀虔敬之心情，在这通灵的占问与刻辞活动中，情感表达和事件陈述是并行的；同样，铸铭隐含的对象是祖先和后代，器主人既敬慕祖德又冀望后人，在其家族铭功纪德的铸造活动中，情感表达和事件陈述也是并行的。

今所见保存较完整的甲骨卜辞，包含前辞、命辞、占辞、验辞，各部分文辞不是连贯的，而是贞卜诸环节的记录。如："（前辞）戊子卜。（命辞1）㱿贞：帝及四夕令雨？（命辞2）贞：帝弗其及今四夕雨？（占辞）王占曰：丁雨，不重辛。（验辞）旬

---

① 《礼记注疏》卷二十九《玉藻》，郑玄注，孔颖达疏，阮元校刻《十三经注疏》本，中华书局 1980 年版，第 1474 页上。

② 刘勰：《文心雕龙注》卷四《史传》，范文澜注，人民文学出版社 1958 年版，第 283 页。关于左史、右史之职分，史载有两种相反的说法。刘勰所记特其一种，同于《礼记·玉藻》："动则左史书之，言则右史书之。"然史志所载，正好反过来。《汉书·艺文志》："古之王者，世有史官……左史记言，右史记事。"《隋书·经籍志》："夏殷以上，左史记言，右史记事。"两说以何为正，今日难以稽考。

丁酉,允雨。"① 这四部分要连缀起来,才能构成完整的叙事;而其连缀所依凭的就是贞卜程式,以及贯注其中的对上帝虔敬之情。故知其事与情是一体二分的,则叙事与抒情行为实属共生。青铜器铭的情况与甲骨贞卜近同,而又有自身特点和后续发展变化。早期青铜器的铭文简朴,字数偏少甚或仅为族徽,其叙事的意味不甚明显,而铭功纪德的情意较强;以后铭文字数逐渐增多,所述祖德勋绩亦更详实,其叙事的功能日益凸显出来,而与器主人的情意共为一体。

以上通过甲骨文与青铜文这类器物文字,分析殷周之际叙事与抒情同体共生现象。这个现象在远古时期是普遍存在的,因而隐含了叙事与抒情共生之通例。以此推寻,远古歌谣,例皆情、事兼含,抒情与叙事共体:

例1《弹歌》:"断竹。续竹。飞土。逐宍。"② 传说此为黄帝时的歌舞,舞蹈是模仿狩猎的场景,歌词是呈现捕猎的过程,前者为激奋情绪之宣泄,后者为连续动作之描述。将这两相配合起来分析,即为抒情与叙事之共生。

例2《葛天氏歌》:"一曰载民。二曰玄鸟。三曰遂草木。四曰奋五谷。五曰敬天常。六曰建帝功。七曰依地德。八曰总禽兽之极。"③ 此为远古葛天氏族祀神庆功的歌舞,仪式为三人操牛尾、投足以歌八阕。这八阕实为八个歌舞段落,逐一演述氏

---

① 胡厚宣总编《甲骨文合集》,中华书局1978—1982年版,第1413页。
② 赵煜:《吴越春秋》卷五,景印文渊阁《四库全书》本,台湾商务印书馆1983年版,第463册,第60页。
③ 吕不韦:《吕氏春秋注疏》卷五《仲夏纪·古乐》,王利器注疏,巴蜀书社2002版,第536—538页。

族生活的场景，包括养育百姓、图腾崇拜、水土保护、五谷生产、敬奉天常、建立帝功、依顺地德、统领万物①，这些实堪称宏大叙事，而多种崇高情感寓焉。

例3《伊耆氏祭歌》："土反其宅，水归其壑，昆虫毋作，草木归其泽。"② 这是伊耆氏蜡祭歌舞，为祈求来年风调雨顺，而模仿天神威吓训斥的语气，命令水土昆虫草木各安其事。此将叙事隐含在神威之中，而呈现快意又庄严的情氛。

例4《抢亲歌》："贲如，皤如，白马翰如。匪寇，婚媾。"③ 这是远古氏族抢亲习俗及场景的描绘，其野性冲动和欢快喜庆之情溢于言表。

例5《潜龙歌》："潜龙勿用，见龙在田，或跃在渊，飞龙在天，亢龙有悔，见群龙无首。"④ 这是一首远古歌谣，描述龙的潜飞过程；但它不是意脉联贯的文辞表达，而分属于筮占操持程式诸步骤。其步骤有四：一，用枚蓍筹算，以确定占问事类所随机配对的卦名《乾》；二，查阅占卜书，以给《乾》卦的每一

---

① 吕不韦：《吕氏春秋注疏》卷五《仲夏纪·古乐》，王利器注疏，巴蜀书社 2002 年版，第 538 页。引毕沅校语："旧本作'总万物之极'。校云：一作'禽兽之极'。今案《初学记》卷十五、《史记·司马相如传》索引及《选》注皆作'总禽兽之极'，今据改正。"毕氏所据诸校本均出自唐代，比东汉高诱的注本更晚产生。"禽兽"作"万物"，或另有所本，可并存不废，而于义无害。

② 《礼记正义》卷二十六《郊特牲》，郑玄注，孔颖达正义，阮元校刻《十三经注疏》本，第 1454 页上。

③ 《周易正义》卷三《贲》，王弼、韩康伯注，孔颖达正义，阮元校刻《十三经注疏》本，中华书局 1980 年版，第 38 页上。

④ 《周易正义》卷一《乾》，王弼、韩康伯注，孔颖达正义，阮元校刻《十三经注疏》本，中华书局 1980 年版，第 13—15 页上。

爻位和整卦配对谣辞；三，依据卦象和《易》象对爻辞作出解说；四，结合谣辞和《易》象来占断吉凶祸福。在这颇为神秘的操持程式中，逐步灌注敬慎、刚健之志意；故神龙潜飞之事与君子自强之志，同演述于卜官的筮占诸步骤之中。

例6《佚女歌》："燕燕往飞。"此为有娀氏二佚女所作歌，因其极简朴而为北音之始。其创作情形为："有娀氏有二佚女，为之九成之台，饮食必以鼓。帝令燕往视之，鸣若谥隘。二女爱而争搏之，覆以玉筐。少选，发而视之，燕遗二卵，北飞，遂不反。二女作歌。"① 燕应该是某氏族的图腾，盖该氏族与有娀氏通婚，才发生男女恋情，而产生这首恋歌。像这种演生于原始宗教之鸟图腾崇拜中的爱情，其燕飞鸣逝之事与恋慕不舍之情是一体未分的，两相共生，见于音初。

例7《击壤歌》："日出而作，日入而息。凿井而饮，耕田而食。帝力于我何有哉。"这是逯钦立《先秦汉魏晋南北朝诗》卷一所录诗歌，大概是依据更晚出文籍所载《击壤歌》诸本校订的。该诗前四句为叙事，最末一句则属议论。其实，在王充《论衡·感虚》等篇中，载录有《击壤歌》更早版本："吾日出而作，日入而息，凿井而饮，耕田而食，尧何等力？"此本叙事性增强，议论的意味减弱。若再往上追溯，则知该诗本无。《庄子·让王》曰："舜以天下让善卷，善卷曰：'余立于宇宙之中，冬日衣皮毛，夏日衣葛絺；春耕种，形足以劳动；秋收敛，身足以休食。日出而作，日入而息，逍遥于天地之间，而心意自得，吾何以天下为哉！悲乎，子之不知余也！'遂不受。"后《淮南子·齐俗训》亦因承

---

① 吕不韦：《吕氏春秋注疏》卷六《季夏纪·音初》，王利器注疏，巴蜀书社2002年版，第627—631页。

之，只是将主角善卷改为古童蒙民。由此可知，传说尧盛平时期的击壤歌，实为一种自娱的歌舞唱和，其文辞之有无、文本之歧异实不足深考，然其情绪的发泄与美善之追述必相伴生。①

例8《候人歌》："候人兮猗。"此为涂山氏女所作歌，因其极简朴而为南音之始。其创作情形为："禹行功，见涂山之女。禹未之遇而巡省南土。涂山氏之女乃令其妾候禹于涂山之阳。女乃作歌。"②"候人"既为极短之叙事，"兮猗"又是深情的发抒，两相共生，亦出音初。

如上所示，原始宗教活动中的歌舞谣讴，其抒情与叙事是同体共生的；而作为原始宗教整合升级版的祖神崇拜，及其制度化产物的甲骨贞卜、青铜铸铭，其抒情与叙事也仍是同体共生的，故表征为抒情与叙事之早期状态。这状态为叙事主要由文辞承担，而抒情主要由器物或仪制承担。总之，从远古歌谣，到殷周甲金，例皆情、事并生，更兼抒、叙共体。

（二）晚周两汉叙事与抒情之体制分化

中国本土的原始宗教诸形式，如天帝-高级神、巫术仪式、图腾崇拜、万物有灵、祖先崇拜、自然-星辰神话、祖神崇拜，及其作为制度化产物的甲骨贞卜、青铜铸铭、《周易》占卜、礼乐仪制、《诗》篇演述等等③，都是抒情与叙事的原始载体。这些原始载体之功能发挥，其有效时间是极为漫长的，上可追溯

---

① 以上参考饶龙隼：《击壤歌小考》，《古典文学知识》2001 年第 2 期。
② 吕不韦：《吕氏春秋注疏》卷六《季夏纪·音初》，王利器注疏，巴蜀书社 2002 年版，第 616—619 页。
③ 参见饶龙隼：《上古文学制度述考·原始崇信及其表象》，中华书局 2009 年版，第 90—92 页。

至遥远的鸿蒙时代，下则临届春秋晚期礼崩乐坏。但从周公旦制礼作乐，到孔子所遭礼崩乐坏，这些原始载体也经历一个衰落失效的过程，就是在这过程中抒情与叙事发生体制分化。

这些原始载体的衰落，是个局部缓慢的过程：一方面，甲骨贞卜、青铜铸铭、《周易》占卜、礼乐仪制、《诗》篇演述等还在流行，但同时它们的某些传载功能、操持程式与寓意内涵在逐渐流失、消退或变改；另一面，言语这种新媒质的传载功能在悄然生长，并逐步取代器物或仪制原来担当的职能。由于早前叙事主要由文辞承担，而抒情主要由器物或仪制承担；所以言语传载功能之增长，更明显体现在抒发情志上。

这可从《诗》篇所载，来考察情志抒发状况。大抵说，十五《国风》和《小雅》中的情志抒发频繁，而《大雅》和三《颂》中的志意活动却极少。这个分布性状表明两点：一，《诗》篇的情志抒发主要发生在志意活动场景，而明显远离朝政、宴飨、祭祀等公共典礼场合；二，其志意活动不再依赖礼乐仪制，而是主要诉诸言语文辞之表达。此性状既见于《诗》篇，也还表征于《尚书》中。例如：

1. 谑浪笑敖，中心是悼（《邶风·终风》）；2. 心之忧矣，我歌且谣（《魏风·园有桃》）；3. 毋金玉尔音，而有遐心（《小雅·白驹》）；4. 忧心如惔，不敢戏谈（《小雅·节南山》）；5. 心之忧矣，云如之何（《小雅·小弁》）；6. 往来行言，心焉数之（《小雅·巧言》）；7. 啸歌伤怀，念彼硕人（《小雅·白华》）；8. 有言逆于汝心，必求诸道；有言逊于汝志，必求诸非道（《商书·太甲下》）；9. 尔惟训于朕志（《商书·说命下》）；10. 志以道宁，言以道接

11

（《周书·旅獒》）；11. 有夏诞厥逸，不肯感言于民（《周书·多方》）。

例1至例7是《诗》篇中的语句，年代范围为西周初以至春秋中期；而从其情感色彩看，大多是忧伤的思绪，盖属变风、变雅之类，应出自平王东迁前后。这些语例反映了西周晚期人们对志意与言语沟通的朴素认知，其主要特征是志意与言语发生直接沟通而不需礼乐仪制传载，志意是抒情主体的，言语也属抒情主体，两相均由抒情主体来操控，而达成二者的无间隔胶合。

以此认知进度来反观更早《尚书》中的语例，就会发现《尚书》的志意与言语沟通更古朴。例8和例9中的言语和志意，明显分属施受两种身份的人。施言者发出言语，来干预受言者的志意；受言者怀有志意，来接受施言者的影响。此即造成这样的一种状态，志意与言语不是同出一人；故二者沟通是间接的，尚未达至直接之沟通。例8和例10中的志意与言语沟通还另有隐情，即志意与言语借助"道"的中介而发生关联。这样，不论志意与言语分属两人，还是统合在同一个人身上，它们均因"道"的间隔而发生间接沟通，却无法达成直接沟通。至于例11"不肯感言于民"，虽关夏政而所言在西周早期，时序上更接近《诗》篇中的语例，故其志意与言语沟通与《诗》同。由此可知，尽管《尚书》有疑伪成分，但其语例所显示总体情态，仍然真实地反映了殷周之交人们对志意与言语沟通的认知，故《尚书》与《诗》篇的认知序列恰与上述示例顺序相反，即在该时段人们对志意与言语沟通之认知，经历一个由间接沟通趋向直接沟通的进程。若说志意与言语间接沟通，仍表明有器物仪制的痕迹；那么志意与言语直接沟通，就使抒情脱离了器物仪制，以此引发两相的体制分化，而与叙事同诉诸语言表达。①

至此可以说，抒情与叙事之传载体制及界面，已由器物仪制转接为语言媒介。正是得力于语言媒介的逐步深入地参与，抒情与叙事的边界才因体制分化而彰显。比如殷周青铜铭文，越往后其文字越多；并且随着长篇铭文大量出现，不仅其叙事性获得长足发展，而且其抒情因素也有所增长，终使器物的表情功能被弱化。尤其战国中山王𰻝鼎，作为巨幅的青铜载体，竟然铭刻有六百多字长文，而使述事与写情一体兼备。其文曰："氏（是）以赐之厥命：'佳（虽）又（有）死辠（罪），及参丗（世），亡不若（赦），以明其德，庸其工（功），𤖺（吾）老賈（贾）奔走不听命，寡人惧其忽然不可得，惮惮憟憟，志（恐）陨社稷之光；氏（是）以寡人许之，愳（谋）惎（虑）皆从，皮（克）又（有）工（功），智𣱦，诒死辠（罪）之又（有）若（赦），智（知）为人臣之宜𣱦。于（乌）虖（乎），𢘓（念）之𠦝（哉），后人其庸庸之，毋忘尔邦。"② 此一文例亦充分表明，青铜器之情、事共生，已由器物含情、铭文述事之一体二分，演变为铭文既述事又写情之一体兼备；则其抒情与叙事之边界，也就移置到语言媒介上。

与此类似的情形，也显明在易象上。前引《潜龙歌》之文辞，是依托占卜操持程式的，其神龙潜飞之事与君子自强之志，

---

① 参见饶龙隼:《上古文学制度述考·前诸子时期言意关系的新变》,中华书局 2009 年版,第 46—51 页。

② 张亚初:《殷周金文集成引得》编号 5.2840,中华书局 2001 年版,第 56 页。

实分属于筮占的文辞与程式之中，虽一体二分，而以占为主。及至春秋晚期孔子研《易》时，占卜功能弱化而文辞功能增强。长沙马王堆 3 号汉墓所出帛书，其中《要》篇有一段文字曰：

> 夫子老而好《易》，居则在席，行则在囊。子赣曰："……夫子何以老而好之乎？"夫子曰："……尚书多於矣，《周易》未失也。且又古之遗言焉，予非安其用也。"［子赣曰：］"……夫子今不安其用而乐其辞，则是用倚于人也，而可乎？"……子赣曰："夫子亦信其筮乎？"……子曰："《易》，我后其祝卜矣，我观其德义耳。"①

孔子研习《周易》之取向，是"不安其用而乐其辞"。"安其用"即尚占，是指卜、筮、赞、数等要素；"乐其辞"即尚辞，是指遗言、辞、德义等要素。在尚占与尚辞之间，孔子显然更重文辞。如此就出现了尚辞不尚占的趋势，以至有伪托孔子"十翼"之创作，其文辞义理具有相对独立性，而不再依赖占卜之操持程式。后《焦氏易林》即依循其文辞义理，推演编撰出四千零九十六首卦变辞。这些卦变辞均为四言诗，其中既有叙事又有抒情。如卦辞："黄鸟悲鸣，愁不见星，困于鸷鹊，使我心惊。"② 这是一首很纯粹的抒情诗，其情思乃因《说卦》而来。依据焦延寿的"卦自为变"之占法，《屯》之《丰》可演为七个

---

① 陈松长、廖名春：《帛书要篇释文》，《道家文化研究》（第三辑），上海古籍出版社 1993 年版，第 434—435 页。

② 焦延寿：《焦氏易林》卷一《屯之丰》，景印文渊阁《四库全书》本，台湾商务印书馆 1983 年版，第 808 册，第 279 页。

单元卦:《离》有"雉"象,可引申为鸟;《震》有"玄黄"之色,则"黄鸟"之象出。《兑》有"口舌"之象,《坎》有"忧愁"之义,则"悲鸣"之象可得。《坎》又为水,可引申为云;《坤》有"阴""夜"之象,合而为阴云;《巽》为风,风吹阴云掩盖天空,则"不见星"之象出。《艮》有"黔喙之属",为黑嘴鸟类之象;《兑》又有"困境"之象,则"困于鸶鹏"之象生。《震》又有"决躁"之象,则可引申为"心惊"。^① 这样仅在文辞义理上推演,就奇妙地生成一首抒情诗。像用这种方式创作的诗歌,实已脱离占卜程式之共体,而单纯在语言媒介上,就可区分叙事、抒情。

其实上述情形,也可反过来看。语言媒介功能之逐步上升,挤占器物仪制的传载空间,因使铸铭或筮占承担的抒情职能退化,而需更纯粹的言语文辞形式来替代之。如在晚周诗教兴废和两汉辞赋兴盛的背景上,"赋"的功能变迁及体式生成就颇能说明之:

在《周礼·春官·大师》中,载有针对乐师瞽矇的六诗之教,即风、赋、比、兴、雅、颂;同书《春官·大司乐》中,又有针对国子生员的乐语之教,即兴、道、讽、诵、言、语。前者旨在培养能演述诗篇的音乐人才,后者旨在培养能行使专对的行政人才。在周代礼乐制度尚完好时,这两类教职都属史官系统,能并存不替而各施其责,共同承载礼乐言语行为。及平王东迁而天子衰微,更因春秋晚期礼崩乐坏;这种教学制度遭破坏,出现"诗亡"的局面,瞽矇采《诗》之官失散,新的

---

① 参见陈良运:《焦氏易林诗学阐释》,百花洲文艺出版社2000年版,第348—349页。

《诗》篇不再产生[1]；已经整编好的《诗》篇虽留在官府，但其礼乐形式日渐流失而徒有文辞，成为"赋《诗》言志"的素材，用来修饰朝堂议政和外交辞令；后来孔门开设言语一科，并以《诗》篇作为教程，就是为应对这个变局，以教导弟子能适应之；至于孔子删定"《诗》三百"，则无奈只能以文献形式保存之。在这脱落仪制而徒有文辞的《诗》篇文献中，原来诗乐演述中的抒情与叙事行为无所附丽；其情志的发抒与人事的记述，就须转接到新的创作活动中。当时活跃的创作方式有两种：一是作为士大夫素养的"登高能赋"[2]，一是制度化的史官之"《春秋》作"。前者主打抒情，是溢出《诗》篇外的讴歌啸咏[3]；后者主打叙事，是为春秋时期的列国《史记》。两者内涵、语体和功用均不同，展示了抒情与叙事的首次分化。

像这样转接为新的创作形式，只是"诗亡"后的一条出路；同时还开辟另一条出路，即用《诗》方式的变革。原来"六诗"之风、赋、比、兴、雅、颂，本是礼制完好时诗乐演述的六道工序，各项目之间是逐步递进的，共同承载抒情与叙事功能；但随着《诗》篇以文献形式被编定，其风、雅、颂作为诗歌类名得落实，而赋、比、兴则因无法归类而没有着落，这反映在

---

[1] 参见孟轲《孟子注疏》卷八上《离娄下》："王者之迹熄而《诗》亡，《诗》亡然后《春秋》作。"赵岐注，孙奭疏，阮元校刻《十三经注疏》本，中华书局 1980 年版，第 2727 页下。

[2] 参见班固《汉书》卷三十《艺文志》："《传》曰：'不歌而诵谓之赋，登高能赋可以为大夫。'言感物造端，而材知深美，可与图事，故可以为列大夫也。"《二十四史》缩印本，中华书局 1997 年版，第 1755 页。

[3] 参见饶龙隼：《先秦诸子与中国文学》上编第一章《讴歌啸咏》，百花洲文艺出版社 2002 年版，第 37—109 页。

《诗大序》中便为"六义"说。《诗大序》对"六义"说，只解
释了风、雅、颂三项，而于赋、比、兴不予解释，因使此三项
有流失的错觉。其实赋、比、兴这三项并未流失，而是以说
《诗》的方式继续流行，今存《鲁诗》残篇、《毛诗》郑注等文
籍，多保留"赋也""比也""兴也"解说语。如：

> 《关雎》，文王之妃太姒，思得淑女以充嫔御之职，而
> 供祭祀宾客之事，故作是诗。首章，于六义中，为先比而
> 后赋也；以下二章，皆赋其事，而寓比、兴之意。
> 《氓》，淫妇为人所弃，鄘人述其事以刺之。首二章皆赋
> 也，三、四、五［章］皆兴也，五章赋也，六章赋中有比也。①

这从功能角度对赋、比、兴作出解释，而与风、雅、颂之诗歌
体类分列开来；并历经郑众、郑玄、刘勰、钟嵘的递相沿袭，
至唐初孔颖达《毛诗正义》而有三体三用说。更在此"三用"
之中，赋与比兴进一步区分，赋通常指向叙事，比兴多指向抒
情。如：

> 赋之言铺，直铺陈今之政教善恶；比，见今之失，不
> 敢斥言，取比类以言之；兴，见今之美，嫌于媚谀，取善
> 事以喻劝之。②

---

① 以上申培：《诗说》，程荣纂辑《汉魏丛书》本，明万历新安程氏刊本，吉林
大学出版社1992年版，第23上、24上页。
② 《周礼正义》卷二三《春官·大师》，郑玄注，阮元校勘《十三经注疏》本，中
华书局1980年版，第796页上。

《诗》有六义，其二曰赋。赋者，铺也，铺采摛文，体物写志也。/比者，附也；兴者，起也。附理者切类以指事，起情者依微以拟议。起情故兴体以立，附理故比例以生。比则畜愤以斥言，兴则环譬以托讽。盖随时之义不一，故诗人之志有二也。①

诗有六义焉：一曰兴，二曰比，三曰赋。文已尽而意有余，兴也；因物喻志，比也；直书其事，寓言写物，赋也。宏斯三义，酌而用之，干之以风力，润之以丹彩，使咏之者无极，闻之者动心，是诗之至也。②

郑玄从政教功利解说赋、比、兴，指明其铺陈与比类、取喻之差别；刘勰从摛文写志解说赋、比、兴，指出其体物与附理、起情之不同；钟嵘从言意关系解说赋、比、兴，提出书写事物与隐喻情志需相待。两相辞采、对象和效用均不同，体现了抒情与叙事的二次分化。

二 早前诗歌叙事的发展演进及体制规定性

此所谓早前是指元代以前，包含从上古以至两宋时期。如上所述，抒情与叙事在经历了体制分化之后，诗歌叙事就进入

---

① 刘勰：《文心雕龙》卷二《诠赋》、卷八《比兴》，范文澜注，人民文学出版社1958年版，第134、610页。
② 钟嵘：《诗品集注》卷首《序》，曹旭集注，上海古籍出版社1994年版，第39页。

分途发展演进阶段。其具体历程大略分三段式演进：首先是抒情
与叙事之各体消长，其次是诗歌叙事之多体式分布，终至诗歌
叙事传统之凝定成形。

（一）唐前诗歌叙事与抒情之各体消长

上述抒情与叙事的两度分化，导致赋的叙事功能急剧增
强。随着赋的叙事功能增强，其所叙事容量也在增加；当叙事
文字达到一定长度，就会提高其篇幅的独立性；而文辞篇章一
旦相对独立，作为文体的赋就脱胎而出。如战国晚期荀况所
作《赋》，本是由五篇咏物短赋构成的，分别题咏礼、知、
云、蚕、箴，文末附有佹诗、小歌两小部件。此五篇短赋用
问答形式展开叙事，所谓"君子设辞，请测意之"云，颇类
谜语竞猜而又含讽喻意味，将《诗》的讽喻精神移入赋体。
类似兼含讽喻意味的咏物赋，还有宋玉《风赋》《钓赋》。是
知赋虽"自诗出"，然已"分歧异派"。[①] 同是发挥《诗》的讽
喻精神，汉代楚辞批评诸家依经立义，将屈原所作《离骚》诸
篇及后学追摹之作，强行纳入辞赋范围而有"屈原赋"之名目；
又因主客问答是战国策士的主流言语方式，而使服习纵横家语
的"陆贾赋"独标一类；至于《客主赋》等十二种，大都是咏
物写事夸诞之作，因无法归入前三个赋类，乃汇聚一起而称为
杂赋。

对此情形，班固评曰："春秋之后，周道浸坏，聘问歌咏不
行于列国，学《诗》之士逸在布衣，而贤人失志之赋作矣。大
儒孙卿及楚臣屈原离谗忧国，皆作赋以风，咸有恻隐古诗之义。

---

① 刘勰:《文心雕龙注》卷二《诠赋》，范文澜注，人民文学出版社 1958 年
版，第 136 页。

其后宋玉、唐勒;汉兴枚乘、司马相如,下及扬子云,竞为侈俪闳衍之词,没其风谕之义。是以扬子悔之,曰:'诗人之赋丽以则,辞人之赋丽以淫。如孔氏之门人用赋也,则贾谊登堂,相如入室矣,如其不用何!'"① 同出于周代"六诗"之赋演述源头,至汉代而分出诗人之赋和辞人之赋,赋体从此走向独立,因而"与诗画境"。② 前者"丽以则",后者"丽以淫";"丽"即语言修饰,是为诗、赋所共有;"则"为遵守法度,"风谕"之义存焉;"淫"为逾越法度,"风谕"之义没焉;赋体既然"没其风谕之义",便只剩"侈俪闳衍之词"了。这就是汉代大赋的体貌性状,其辞气之铺张扬厉长于体物写事,而相应地短于言志舒情,故与诗分任叙事与抒情。以后诗、赋分途演进,各成体类而边界分明,以至有"诗缘情而绮靡""赋体物而浏亮"之断制。③

与赋体叙事性增强同步,诗的抒情性也逐渐凸显。中国诗歌最早的源头,当可追寻到远古歌谣;然至晚周时期,则有三个近源。一是经删修的《诗》文本,即文献形态的"诗三百";二是士大夫"登高"所赋,即散见于载籍的讴歌啸咏;三是楚地巫歌及文人拟作,即屈原师徒所创作的楚辞。这三宗诗歌资源都出自"诗亡"之后,是与《春秋》叙事并行的抒情之产物,其情感特质明显,并获得当下认知。

---

① 班固:《汉书》卷三十《艺文志·诗赋略后序》,《二十四史》缩印本,中华书局 1997 年版,第 1756 页。
② 刘勰:《文心雕龙注》卷二《诠赋》,范文澜注,人民文学出版社 1958 年版,第 134 页。
③ 《六臣注文选》卷十七《文赋》,浙江古籍出版社 1999 年版,第 293 页。

　　《诗》篇章句的情感特质，是在用《诗》场景发掘的。春秋时期断章取义式的"赋《诗》言志"活动，是建立赋诵者与《诗》篇之间的情感对应关系；孔门创设"不学《诗》无以言"的言语教学科，是开启《诗》兴、观、群、怨的情感教育功能①。这些情感认知不断培养积累增聚，终至《毛诗序》中获得理论表述："诗者，志之所之也，在心为志，发言为诗。情动于中而形于言，言之不足，故嗟叹之，嗟叹之不足，故永歌之，永歌之不足，不知手之舞之、足之蹈之也。"② 这是"诗言志"说最早的完整表述，标志着中国诗歌抒情传统正式确立。

　　春秋时人"登高能赋"，本为士大夫的素能修养。故班固追述云："传曰：'不歌而诵谓之赋，登高能赋可以为大夫。'言感物造端，材知深美，可与图事，故可以为列大夫也。古者，诸侯卿大夫交接邻国，以微言相感，当揖让之时，必称诗以谕其志，盖以别贤不肖而观盛衰焉。"③ 不论是赋诵那些脱离乐舞体制的《诗》篇章句，还是像《大隧》《狐裘》那样的"词自己作"，它们都是"睹物兴情"，允能"原夫登高之旨"。④ 由此可知，散见于载籍的讴歌啸咏，容涵士大夫

---

① 参见《论语注疏》卷一七《阳货》："子曰：'小子何莫学夫《诗》？《诗》可以兴，可以观，可以群，可以怨；迩之事父，远之事君，多识于鸟兽草木之名。'"何晏等注，邢昺疏，阮元校刻《十三经注疏》本，中华书局 1980 年版，第 2525 页中。

② 《毛诗正义》卷一之一《大序》，毛亨传，郑玄笺，孔颖达正义，阮元校刻《十三经注疏》本，中华书局 1980 年版，第 269—270 页。

③ 班固：《汉书》卷三十《艺文志·诗赋略后序》，《二十四史》缩印本，中华书局 1997 年版，第 1755—1756 页。

④ 以上刘勰：《文心雕龙注》卷八《诠赋》，范文澜注，人民文学出版社 1958 年版，第 136 页。

的情感体认。

楚辞是屈原借用楚地民间祭祀歌曲形式而创作的，如《九歌》就是他根据旧曲《九歌》而翻作新声，有所因袭，又有创新。① 屈原创作一系列作品，已有明确的抒情意识。如《惜诵》"惜诵以至愍兮，发愤以抒情"，《抽思》"兹历情以陈辞兮，荪详聋而不闻"。此创作风气一旦开启，宋玉《九辩》亦效曰："窃慕诗人之遗风兮，愿托志于素餐。"对此，刘勰虽从宗经角度强调其"取熔《经》旨"，亦从情辞表达方面肯定其"自铸伟辞"："《骚经》《九章》，朗丽以哀志；《九歌》《九辩》，绮靡以伤情……故能气往轹古，辞来切今，惊采绝艳，难与并能矣。"②

以上三宗对诗歌情感特质的认知，不仅终结了情志抒写的自发状态，而且凸显了诗家对情感的节文作用，从而确立了抒情在诗歌中的主体性。早在孔门《诗》的教学中，孔子就告诫弟子"无邪"；"无邪"就是保守《诗》的性情之正，对郑、卫之音不要往淫邪的方向去想。③ 嗣后，《荀子·劝学》："《诗》者，中声之所止也"；《毛诗序》："变风发乎情，止乎礼义。"

---

① 王逸、朱熹都肯定《九歌》是屈原在沅、湘流域民间祭歌基础上的创作，胡适《读楚辞》、陆侃如《屈原评传》则指出《九歌》为楚地宗教舞歌；闻一多《甚么是九歌》则认为是楚国郊祀的乐章，周勋初《九歌新考》肯定《九歌》为屈原的创作。

② 刘勰：《文心雕龙注》卷一《辨骚》，范文澜注，人民文学出版社1958年版，第47页。

③ 参见《论语注疏》卷二《为政》："子曰：'《诗》三百，一言以蔽之，曰思无邪。'"何晏等注，邢昺疏，阮元校刻《十三经注疏》本，中华书局1980年版，第2461页下。

"止"就是节止于某一点，这在语言表达上即为节文①。若将节文转释为汉魏六朝时期更趋华美的言语修饰，则"诗缘情而绮靡"之"绮靡"就是对抒情的节文。这样，一方面诗歌明显具有情感特质，另一面诗家对抒情又有所节止。对此，刘勰总括曰："诗者，持也，持人情性；三百之蔽，义归无邪，持之为训，有符焉尔。"②若将大赋与诗歌对照而言，则其叙事与抒情各有消长。赋长于写物叙事，而短于言志抒情；诗长于言志抒情，而短于写物叙事。正如刘勰所言："昔诗人什篇，为情而造文；辞人赋颂，为文而造情。何以明其然？盖风雅之兴，志思蓄愤，而吟咏情性，以讽其上，此为情而造文也；诸子之徒，心非郁陶，苟驰夸饰，鬻声钓世，此为文而造情也。故为情者要约而写真，为文者淫丽而烦滥。"③这就确立了叙事在赋、抒情在诗中的主导地位，从此叙事与抒情便成为大赋和诗歌各自的专长；以后虽因文体的变迁与交叠，叙事与抒情的成分各有消长，但总体上不超出这个基本格局，直到中国文学古典形态的终结。

如果说大赋与诗歌分任叙事与抒情，作为"诗亡"后的一

---

① 参见荀况《荀子集解》卷四《儒效》曰："圣人也者，道之管也，天下之道管是矣，百王之道一是矣；故《诗》《书》礼乐之归是矣。《诗》言是，其志也……故《风》之所以为不逐者，取是以节之也；《小雅》之所以为'小雅'者，取是而文之也；《大雅》之所以为'大雅'者，取是而光之也；《颂》之所以为至者，取是而通之也。"王先谦集解，《新编诸子集成》(第一辑)本，中华书局1988年版，第133—134页。

② 刘勰：《文心雕龙注》卷二《明诗》，范文澜注，人民文学出版社1958年版，第65页。

③ 刘勰：《文心雕龙注》卷七《情采》，范文澜注，人民文学出版社1958年版，第538页。

种代偿与分化，实现了集体创制向私人创作的转换①；那么
"《春秋》作"局面的出现，作为周代职官制度化写作之留守，
则使史官的集体叙事职能不至失坠。当时各国都有史记之编撰，
正如《孟子·离娄下》曰："王者之迹熄而《诗》亡，《诗》亡
然后《春秋》作。晋之《乘》，楚之《梼杌》，鲁之《春秋》，一
也。其事则齐桓、晋文，其文则史。"其事即指春秋争霸之史
事，其文则指对争霸事之史述，这当然是一种历史叙事，只不
过仍属制度化写作。对孟子的这个称述，唐刘知几有解释曰：
"斯则《春秋》之目，事匪一家，至于隐没无闻者，不可胜
载。……孟子曰，晋谓之《乘》，楚谓之《梼杌》，而鲁谓之
《春秋》，其实一也；然则《乘》与《纪年》《梼杌》，其皆《春
秋》之别名者乎！故墨子曰'吾见百国《春秋》'，盖皆指
此也。"②

　　但随着春秋晚期职官制度进一步废坏，史官的史书撰述职
能从官府下移民间，以至出现国史日渐旷缺，而私家竞相著史
的现象。刘知几《史通》首篇《六家》论史家流别，其中的春
秋家、左传家、国语家、史记家，均属私家著史的范围，表征
了史学发展趋势。《春秋》乃孔子依鲁国史记而作，《左氏春秋》
传说为左丘明所作，都是私家著史的代表作，传载了史文叙事
之功能。故刘知几评曰：

① 参见饶龙隼：《先秦诸子与中国文学》，百花洲文艺出版社2002年版，第
　　53—62页。
② 刘知几：《史通训故》内篇卷一《六家·春秋家》，王惟俭训故，上海古籍
　　出版社2006年据明万历三十九年序刻本影印，第254页下。

> 逮仲尼之修《春秋》也，乃观周礼之旧法，遵鲁史之
> 遗文，据行事，仍人道，就败以明罚，因兴以立功，假日
> 月而定历数，藉朝聘而正礼乐，微婉其说，隐晦其文，为
> 不刊之言，著将来之法。①

尽管孔子修《春秋》，还能够遵行旧法遗文；但其义例已有学派
倾向，甚至加入了个人的意见。如他惊惧弑君、弑父之事频发，
乃在史文中寄托"微言大义"，称"知我""罪我"惟在《春
秋》，这种自我认知当然有他的评判标准。②《左氏春秋》之史
述，主要是记事而兼记言，因其行文多有夸饰成分，而被史家
奉为叙事典范。如刘知几赞曰：

> 《左氏》之叙事也，述行师，则簿领盈视，叱咤沸腾；
> 论备火，则区分在目，修饰峻整；言胜捷，则收获都尽；
> 论奔败，则披靡横前；申盟誓，则慷慨有余；称谲诈，则
> 欺诬可见；谈恩惠，则煦如春风；纪严切，则凛若秋霜；
> 叙兴邦，则滋味无量；陈亡国，则凄凉可悯。或腴辞润简
> 牍，或美句入咏歌，跌宕而不群，纵横而自得。③

这显然突破了史家实录规范，而流为后世小说之虚构夸诞。此

---

① 刘知几：《史通训故》内篇卷一《六家·春秋家》，王惟俭训故，上海古籍
　出版社 2006 年，据明万历三十九年序刻本影印，第 254 页下。
② 以上参见孟轲：《孟子注疏》卷六下《滕文公下》，赵歧注，孙奭疏，阮元校
　刻《十三经注疏》本，中华书局 1980 年版，第 2714 页下。
③ 刘知几：《史通训故》外篇卷十六《杂说上·左氏传二条》，王惟俭训故，
　上海古籍出版社 2006 年据明万历三十九年序刻本影印，第 385 页。

体流荡以至于战国时期，出现仿史书之《战国策》，其实只是辑录纵横家语，已入诸子著述的范围了。至于《虞氏春秋》《吕氏春秋》《严氏春秋》之类，更只是假"春秋"之名以著诸子学派一家一得之见；其著史的体例既失，叙事也就无所附丽。直待司马迁之《史记》出，史文的叙事性才得以振复。所谓："《本纪》以述皇王，《列传》以总侯伯，《八书》以铺政体，《十表》以谱年爵，虽殊古式，而得事序焉。"①"述""总""铺""谱"，是《史记》行文之"古式"；而称"得事序"，就是得叙事之体。

与史书叙事性升降变改几乎同步，诸子著述的叙事因素也有所增长。《汉书·艺文志》所载"诸子十家"，各与周代官制中的某类官守相对应②，此即史称诸子出自王官之说，实指示六艺为诸家所共资取。通观子书传世文本与出土文献，其行文大体是主议论而兼叙事；至于议论中夹杂的叙事因素，则主要呈现为四种文辞片断：一是人物事迹，如孔墨商韩之类；二是历史掌故，如武王伐纣之类；三是寓言故事，如狐假虎威之类；四是神话传说，如后羿射日之类。这些文辞片断，或因感生瑞应，或因时代久远、或因虚饰夸诞，或因洪荒蒙昧，叙事多有不经，均非史家实录，颇类后世小说。即如《文心雕龙·诸子》所云：

---

① 刘勰：《文心雕龙注》卷四《史传》，范文澜注，人民文学出版社1958年版，第284页。

② 参见班固《汉书》卷三十《艺文志》载："儒家者流，盖出于司徒之官"；"道家者流，盖出于史官"；"阴阳家者流，盖出于羲和之官"；"法家者流，盖出于理官"；"名家者流，盖出于礼官"；"墨家者流，盖出于清庙之守"；"从横家者流，盖出于行人之官"；"杂家者流，盖出于议官"；"农家者流，盖出于农稷之官"；"小说家者流，盖出于稗官"。《二十四史》缩印本，中华书局1997年版，第1728—1745页。

"若乃汤之问棘,云蚊睫有雷霆之声;惠施对梁王,云蜗角有伏尸之战;《列子》有移山跨海之谈,《淮南》有倾天折地之说,此踳驳之类也。是以世疾诸子,混洞虚诞。按《归藏》之经,大明迂怪,乃称羿毙十日,嫦娥奔月;殷《易》如兹,况诸子乎。"[1]特别是班固将不能列入"可观者九家"的众书目,归为"街谈巷议、道听途说者之所造"的小说家,为后世各种小说体式的产生奠定了文献分类基础,也为小说确立了虚构夸诞和琐屑丛杂的叙事特质。六朝的志怪、志异、志人等,唐代的传奇、变文、诗话等,均为"小说家者流"的变体,彰显非写实文学的叙事特性。

　　总之,中国古典形态文学叙事与抒情之各体消长,是以"诗亡然后《春秋》作"为转折点的。这个过程颇为延缓漫长,其时间起点在春秋早期,而截止点在初盛唐时期,大约经历了1 400年左右。其基本情形,略可描述为:"诗亡"之后,赋与比兴分化,赋体文学产生,而与诗歌并行,前者主打叙事,后者主打抒情;"《春秋》作"后,先是史官集体著史,之后私家著史盛行,史文叙事特质变改,由实录渐趋于虚构,催生小说叙事之体。

(二) 唐宋诗歌叙事的体制表征及特性

　　如上所述,抒情与叙事体制分化及各体消长之完成,因使赋体文学主打叙事而诗歌主打抒情;但这只是就中国文学发展趋势而言,并不是说两者泾渭分明竟毫无关联。据实论之,在上古文学抒情与叙事同体共生时期,抒情、叙事的因素早已植

---

[1]　刘勰:《文心雕龙注》卷四《诸子》,范文澜注,人民文学出版社1958年版,第308—309、317页。

入各体之中，赋体中有抒情因素，诗歌中有叙事因素，彼此渗透，相辅相成。故就诗歌而言，虽云主打抒情，却并不排斥对叙事手法的运用，有些作品甚至有较强的叙事性；即使是那些较纯粹的抒情诗作，行文中也总包含若干叙事成分。

中国古代诗歌经历了四言—五言—七言等多体式递变，以及杂言、骚体、乐府、民歌、词曲诸体并进之演化。诗歌叙事在诸体式中都有精彩的表现，然在唐前并不均衡同步也非专属某体，而是偶发单篇，各有传世之作。四言为《诗》篇的主要体式，以其"文约意广"创制篇章，像《氓》《生民》《玄鸟》等，已初具中国早期诗歌叙事体格。屈原遭放逐而发愤著《离骚》，抒情之中饱含强烈的自传色调。五言诗"居文词之要"[1]，较四言诗明显更有优长，像《陌上桑》《孔雀东南飞》《木兰诗》等，已呈现体制偏大、结构繁复之写人叙事规模。从这些诗歌叙事的代表作来看，诗"可以叙"便成不争之事实。[2]

这些"可以叙"的诗作，就是通常所说的叙事诗。叙事诗有较强的叙事特性，这是学界颇为一致的看法，且对其体式分布，也几乎达成共识。叙事诗名义之界定，乃相对抒情诗而言。依其所写内容和所用手法来看，两者似不该有诗歌体式上区分；但因叙事诗的体制偏大且结构繁复，而在体式分布上仍表现出若干特征。诗之叙事，大抵来说，五言较四言更有优势，七言较五言更为擅场；古体较近体灵便，民歌较拟作活泼。古体之

---

① 钟嵘：《诗品集注》（修订本），曹旭集注，上海古籍出版社 2011 年版，第 43 页。

② 《论语正义》卷一七《阳货》："诗，可以兴，可以观，可以群，可以怨。"何晏集解，刑昺疏，阮元校刻《十三经注疏》本，中华书局 1980 年版，第 2525 页。此借用其辞式，曰"可以叙"。

中乐府与歌行长于叙事，近体之中律诗较绝句适合叙事；律诗
之中排律以体制巨，允为近体诗叙事之大宗。还有词的叙事，
以长短之句式，较诗歌叙事更加曲折深婉，而慢词叙事性比小
令更强。

　　但诗歌叙事绝非局限于常规的叙事诗，其他品类的诗作也
多少蕴涵叙事成分。比如，抒情诗虽说重在抒情，但也关涉人
与事的叙写；再如，哲理诗固然重在议论，却多缘自人与物的
启发。故李白那些浪漫豪迈的诗作，可作为诗歌叙事研究的素
材；① 甚至李商隐那些意象朦胧的诗作，亦可供诗歌叙事特色及
内容分析。② 尤其是在叙事学的跨文类论阈中，诗歌叙事是文学
叙事的重要构成，为此有学者主张"诗歌叙事学应以抒情诗为
主要对象"③，甚而还有学者提倡从形而上学的高度来构建诗歌
叙事学④。

　　诗歌叙事除了体现在正文中，也还时常表征于诗作附件中；

① 　参见杨景龙：《从李白到杜甫：中国诗歌抒情向叙事转换的开端》，《河北
　　学刊》2016 年第 5 期；曹转：《试论李白诗歌的叙事性》，《青年文学家》
　　2020 年第 3 期；向丽华：《从〈梦游天姥吟留别〉看李白诗歌的叙事艺
　　术》，《广州城市职业学院学报》2020 年第 6 期。
② 　参见董乃斌：《李商隐诗的叙事分析》，《文学遗产》2010 年第 1 期；曹渊：
　　《论李商隐诗歌的用事与叙事》，《贵州文史丛刊》2017 年第 1 期；郭蓓：
　　《李商隐诗歌的叙事性分析》，《语文教学通讯》2014 年第 3 期。其中董
　　文将李商隐诗歌之叙事，依照叙事特色及内容分为六类：新闻报道式叙
　　事、碑志式叙事、人物特写式叙事、寓言传奇式叙事、咏史式叙事、日记
　　式叙事。
③ 　参见谭君强：《再论抒情诗的叙事学研究：诗歌叙事学》，《上海大学学
　　报》2016 年第 6 期。
④ 　参见乔国强：《论诗歌的叙事研究》，《外语与外语教学》2017 年第 4 期。
　　该文倡导从"元""宗""道"的思想理路来构建诗歌叙事学。

且因附件与正文相配合，而使诗歌叙事更显完善。从古代诗歌常见的文本形式观测，诗歌附件有题、序、注、评等项。这些附件陆续出现，并不是同步发生的，盖诗题、诗序出现的较早，而诗注、诗评出现的较晚；各项也非诗作必备，有些是可以缺省的，通常诗题为诗作常备，而其他三项则可有可无。但依诗家创作的实际情况，有些诗作也可能是无题的。此中情形，略有三种：一是明确标示"无题"的诗歌，如李商隐系列《无题》诗；二是本来就没有写题目的诗歌，如手抄稿中没写题目的诗；三是初始无题而后来追加题目，如《诗》以首二字题篇者。总之，不论有无，但只要有，附件就是正文的有益补充，可以增强诗歌的叙事效果。附件叙事功能之发挥，大略有两种实现途径：其一，附件本身就在进行叙事，讲述诗所涉事件或背景；其二，附件本身并不直接叙事，而辅助正文或其他附件。其具体情况，以诗例实之：

例一，李白《闻王昌龄左迁龙标遥有此寄》，是一首挂念同情友人不幸遭遇的诗作。其正文曰："杨花落尽子规啼，闻道龙标过五溪。我寄愁心与明月，随君直到夜郎西。"从诗作的正文分析，这是纯粹的抒情诗，其虽标明龙标、五溪、夜郎等地理信息，也提示了时令物候和作品中的人物关系，但主要是表达担忧牵挂之情，而所指何人何事却不甚明了。然而，将诗句与题同观，则会惊异地发现，诗题与正文是相扶助的，共同构成一桩完整叙事：前者是显性的，交代该诗作的本事；后者是隐性的，有感触而直抒胸臆。一隐一显，相得益彰。再如，李商隐一首五言四十韵，其诗题目长达六十四字：《今月二日不自量度辄以诗一首四十韵干渎尊严伏蒙仁恩俯赐披览奖逾其实情溢于辞顾惟疏芜曷用酬戴辄复五言四十韵诗献上亦诗人咏叹不足之义也》。该诗题详细叙说写作的原委、作者与投献对方的知遇关系，以及作者的感激之情、能获接引推举的热望，实际上像一篇序言，具有较强的叙事性。①

例二，诗歌作者之自注，可增补人事信息。如南齐谢朓、沈约等七人共同作《阻雪连句遥赠和》，他们分别将其名字连同官职标注在各自所赋诗句之后。② 这是今可知最早的诗歌自注，展示自注的辅助叙事之功能。唐以后，诗歌自注增多，所涉内容渐广，表意层次趋繁，叙事功能变强。特别是中唐的诗歌自注，已表现出较强的纪实性。如李绅《南梁行》，于"此时醉客纵横书，公言可荐承明庐"下自注："元和十四年，故山南节度仆射崔公奏观察判官，蒙以书奏见委，常戏拙速"；于"青天诏下宠光至，颁籍金闺征石渠"下自注："是岁五月，蒙恩除右拾遗"；于"涧底红光夺火燃，摇风扇毒愁行客"下自注："骆谷中多毒树，名山琵琶，其花明艳，与杜鹃花同。樵者识之，言曰早花杀人。"③ 这些详略得当的自注文字，讲述了知遇、除官和所见，补充作者的生平行迹，明显增强诗歌叙事性。

以上抒情诗叙事及诗作附件叙事等项，可以看作是诗歌叙事内涵之丰富深化。这是向诗歌体式内的充实，此外还有向体式外的拓展。诗歌叙事向体式外拓展，主要呈现以下两种情形：

---

① 李商隐：《玉溪生诗集笺注》卷二，冯浩笺注，上海古籍出版社 1988 年版，第 478 页。

② 谢朓、沈约等：《阻雪连句遥赠和》，见陈冠球编《谢宣城全集》，大连出版社 1988 年版，第 242 页。

③ 彭定仇等编《全唐诗》卷四百八十李绅《南梁行》，中州古籍出版社 2008 年版，第 2485 页。

一是诗歌叙事之跨文本组合。此即为多篇诗作编组，形成更大的叙事体制。其组合方式可以多种多样，如组诗赓续、联章题咏、同题集咏等，在时间、空间或逻辑层次上叠加连缀，使其叙事性较单篇诗增强。组诗赓续是两篇以上诗作结体联排，拼合成篇幅更大内涵更丰厚的结构，其总体叙事容量超越组诗中的任一单篇，而又不是多篇诗作叙事内容的简单叠加。如陶渊明《归田园居》五首、杜甫《秋兴八首》、范成大《四时田园杂兴》等。联章题咏也呈现为组诗形式，但又不同于一般的组诗赓续。联章题咏与组诗赓续的一个明显区别，是相较于组诗内各篇松散随意的排比，联章各篇之间有更为紧密的关联，在诗意布置上存在起承转合关系。尤其是在叙事时空上，具有趋同一致的特点；进而在叙事节奏脉络上，表现出明显的线性特征。联章题咏基于一线贯通以及各诗间的紧密衔接，而使诗作在整体上呈现为一种混融的叙事氛围。各诗章虽然可以单独成篇，但各章联翩而出前后呼应，超越单篇诗歌所叙内容，形成意涵更丰厚的事境。如刘子翚《汴京纪事》二十首、文天祥《指南录》中的纪行组诗《出真州》《至扬州》、汪元量《醉歌》十首等等。特别是汪元量《湖州歌》九十八首，达至两宋时期联章题咏叙事之极致。同题集咏是由多人参与唱和的诗歌集群形式，针对同一主题用诗歌配合图文等项进行创作，其体式、用韵相对自由，以引发交流共鸣为目的。如由苏轼发起的、历来追慕不已的和陶诗，宋元明时期甚为流行的咏梅诗、明月篇等。

二是诗歌叙事之跨文类参与。这就是诗歌羼入小说，成为参与叙事的构件。诗歌参与历史叙事，在《左传》中已有，如郑庄公与母亲姜氏在隧道中相见所赋答诗，就起到调节叙事氛围使母子和好如初的效果①；后司马迁撰《史记·高祖本纪》，将刘邦所作《大风歌》全文照录，起到了烘托叙事环境、突出人物形象的效果②。小说中羼入诗歌，即是史传之延续。诗歌大量羼入小说文本，并深度参与小说叙事的，是唐代的传奇和变文、俗讲，以及两宋讲史说唱和金院本。在唐代传奇小说文本中，因其"朋会"沙龙特色③，而使羼入的诗歌，存显为两种情形：一为作者代拟笔下人物所作，一为沙龙参加者的观感题咏。前者能较好地融入故事情节，后者则往往游离在叙事之外。在宋金的说唱类小说中，因其口头文学的特殊性，而使羼入的诗歌，呈现为两种情形；一为说唱艺术的结构性用诗，一为说书艺人的评述性用诗。前者一般出现在开头或结尾，起着开场延时、组织观众和调节氛围的作用；后者通常出现在讲唱的间歇，起着调控节奏、评价人事和点化说教之功用。以后纳入元明各体类小说的书面化进程，羼入诗歌又有增聚、删减和体性化表征。

综观上述可知，诗歌叙事的主体并不是专门名篇叙事诗，而是大量的蕴涵叙事成分的各体类诗作；且随着诗歌叙事功能的急剧增长，颇有与诗歌抒情并驾齐驱之势头。为了给诗歌叙事争取一席之地，诗人以极大热情投入写创试验，批评家则试图构建诗歌叙事理论，以共同推进诗歌叙事的壮大发展。大约以中晚唐为转折点，盛唐诗歌昂扬壮大的激情消减，诗人普遍

---

① 《阮刻春秋左传注疏》卷二，阮元校刻，浙江大学出版社 2015 年版，第 146 页。

② 司马迁：《史记》卷八《高祖本纪》，中华书局 2014 年版，第 489 页。

③ 参见元稹：《莺莺传》，《全唐五代小说》，陕西人民出版社版 1998 年版，第 1 册，第 662—663 页。

变得深沉冷峻，转而叙写社会现实和民间疾苦。特别是"安史之乱"爆发，杜甫久经战乱、颠沛流离，用沉郁顿挫的笔触直面一己遭遇和人民困苦，写出了"三吏""三别"等堪称"诗史"之作，将诗歌叙事技艺推向新高，引领未来的诗歌发展方向。嗣后，元结、韩愈、元稹、白居易等，沿着杜甫开创的写实主义道路，积极探索并创作出一批作品，展现了诗歌叙事的阔大气象。元稹和白居易甚至还发起新乐府运动，明确提出"歌诗合为事而作"的主张。①

宋代的叙事诗更多，且叙事性普遍强增。绝大多数诗人都有出色的叙事诗，如刘子翚《汴京纪事》二十首等。② 以诗歌纪事成为当代显著的创作倾向，而以纪事论诗也成为诗论的广泛诉求。如孔平仲《元丰三年十一月施君发之县丞舣舟浔阳出所收书相示好之笃蓄之多装裱之妙可尚也诗以记其事》，诗正文其实并没有完整的叙事，却是一首典型的以诗纪事之作。据《全宋诗》等相关数据库检索，诗题标"纪事"的作品多大 174 首。③ 与此偕同，水涨船高，为应对诗歌叙事的创作实绩，还催生一系列诗歌叙事理论：

（1）事的范围扩展了，内涵也发生变化，不仅指事件的人物行为、发生过程、所在场景，还包含与事件相关的景观、情绪、影响及效果。除常规的叙事诗之外，宋诗大多数所叙之事，不

---

① 白居易：《白居易集》卷四十五《与元九书》，顾学颉校点，中华书局 1979 年版，第 959 页。

② 参见杨景龙：《从李白到杜甫——中国诗歌抒情向叙事转换的开端》，《河北学刊》2016 年第 5 期。

③ 参见周剑之：《宋诗纪事的发达与宋代诗学的叙事性转向》，《文学遗产》2012 年第 5 期。

一定要求有完整的过程，而往往截取有意味的片断，用放大或特写的方式展现之，并将个人感受情绪融摄其中。如陆游《示儿》："死去元知万事空，但悲不见九州同。王师北定中原日，家祭无忘告乃翁。"① 这是把作者临终立遗嘱之举放大，使个人感念与家国之事连通起来，从而将国仇家恨定格在弥留之际，起到沉浑深广的以事含情之效果。再如李清照词《声声慢·寻寻觅觅》第二阕："满地黄花堆积，憔悴损，如今有谁堪摘？守着窗儿，独自怎生得黑！梧桐更兼细雨，到黄昏、点点滴滴。这次第，怎一个愁字了得！"② 这是细腻叙说少女伤时感怀的一个特写镜头，将窗外景观、天色气候及个人思绪全然容涵。

（2）发扬"感于哀乐，缘事而发"精神③，在传统诗学"物感"理论的基础上，进一步提出了"事感"理论，确立"事"在诗歌中的地位。如云："诗者，述事以寄情，事贵详，情贵隐，及乎感会于心，则情见于词，此所以入人深也。如将盛气直述，更无余味，则感人也浅。"④ 这是说，叙事与抒情是一体的，抒情要以叙事为基础，才能感人深挚，否则浅无余味。而"事感"理论的推广与运用，就形成以纪事论诗的批评倾向。宋代诗人命题喜欢采用"纪事""纪之""纪其事"之类字词，比

---

① 陆游：《剑南诗稿校注》卷八十五《示儿》，钱仲联校注，《陆游全集校注》本，浙江教育出版社 2011 年版，第 286 页。

② 李清照：《李清照集校注》卷一《声声慢·寻寻觅觅》，王仲闻校注，人民文学出版社 1979 年版，第 72 页。

③ 班固：《汉书》卷三十《艺文志》，《二十四史》缩印本，中华书局 1997 年版，第 1756 页。

④ 魏泰：《临汉隐居诗话校注》，陈应鸾校注，巴蜀书社 2001 年版，第 37 页。

如陆游《庵中纪事用前辈韵》、宋祁《上元观灯纪事》；甚至常从"纪事"的角度，来评述前代诗作的叙事性，尤其推崇杜甫诗歌纪事之简严微婉，而不满于白居易诗纪事之详尽浅切。如苏辙认为白居易"拙于纪事……望老杜之藩垣而不及也"[①]。甚至南宋计有功编撰《唐诗纪事》，成规模地采集唐1 150位诗人掌故杂闻。还总结杜诗的叙事成就，建构出"诗史"叙事观。如云："杜少陵子美诗，多纪当时时事，皆有据依，古号'诗史'。"[②]

（3）基于诗歌叙事丰富的创作经验，诗家探索新型的艺术表现途径，通过详实的事象来营造事境，从而突破唐诗艺术表现局限。通过意象来营造意境，是唐以前诗歌的追求[③]；但自中晚唐以来诗歌创作发生转变，出现了明显不同于唐代的宋型诗歌。宋代诗家虽也抒写景观物象和人情世态，但更看重特定场景和环境中的人事活动，甚至以人事活动为中心，来提炼鲜活生动的事象，进而以动态的事象为表意单元，来营构流动的涵蕴丰厚的事境。这种诗艺转型的具体表现，可用唐宋诗例来比较说明。如唐宋诗人同是写月夜思乡，李白与王安石的写法就不同——李白诗云："床前明月光，疑是地上霜。举头望明月，低

---

① 苏辙：《苏辙集·栾城三集》卷八《诗病五事》，陈宏天、高秀芳点校，中华书局1990年版，第1229页。

② 陈岩肖：《庚溪诗话》卷上，中华书局1985年版，第5页。

③ 参见刘勰：《文心雕龙注》卷六《神思》，范文澜注，人民文学出版社1958年版，第493页。其文曰："然后使玄解之宰，寻声律而定墨；独照之匠，窥意象而运斤。此盖驭文之首术，谋篇之大端。"又参伪王昌龄：《诗格·诗有三境》，张伯伟《全唐五代诗格校考》本，陕西人民教育出版社1996年版，第149页。其文曰："诗有三境：一曰物境。二曰情境。三曰意境。"

头思故乡。"① 诗中尽管有举头、低头两个动作，但所写局限在一个片断的时空里，恍如一幅定格的画布，纯属抒情而略无涉事；王安石诗云："京口瓜洲一水间，钟山只隔数重山。春风又绿江南岸，明月何时照我还?"② 诗中京口、瓜洲、江水和钟山构成广阔的空间，"春风又绿江南岸"隐含连年迁延在外之时间，还有作者"我"，还有还乡之心事。前者唯有情思之静穆，所营造的是一种意境；后者涉事有长阔深度，所营造的是一种事境。尽管事象、事境说要晚至明清时期才被提出，但通过事象来营造事境已是宋诗的普遍追求。

三　元明清诗歌叙事传统之因变及研治策略

如上所述，早前诗歌叙事实已渐成传统，形成自身特有的惯性与定势，且又能适时适宜地因承新变，促进嗣后的诗歌叙事之发展。元明清诗歌就在这个链接上，表现出颇具特色的叙事传统。

(一) 元明清诗歌叙事传统之因承新变

中国古代诗歌叙事之发展演变，固有诸多特定的外层制度根原③；但也有诗歌自身体制上的规定性，此即表征为叙事传统

① 李白：《李太白集》卷六《静夜思》，岳麓书社1989年版，第50页。
② 王安石：《王荆公诗注补笺》卷四十三《泊船瓜洲》，李壁注，李之亮补笺，岳麓书社2002年版，第835页。
③ 外层制度之说，参见饶龙隼：《文学制度层位论——兼述"制度与文学"命题的设立及缺陷》，《文史哲》2019年第1期。

之因承新变。刘勰曰："夫设文之体有常，变文之数无方，何以明其然耶？凡诗赋书记，名理相因，此有常之体也；文辞气力，通变则久，此无方之数也。"①"体"即文体，包含诗、赋、书、记、诔、史、传奇、杂剧之类；"数"即文术，包含赋、比、兴、抒情、叙事、议论、说明之类。所谓"名理相因"，所谓"有常之体"，若衡以上述叙事与抒情之各体消长，某种文体分任叙事或抒情既有定性；则其界限明确，不至模糊混乱。但语言会历时变迁，如六朝之骈俪趋偶、唐宋以后的通俗化、作家亦有才性差异；因使"有常之体"也会演化，而不是封闭边界、固定不变。然文体"有常"，是不变的；而文术"无方"，是可变的。故文变在"数"，而不会在"体"；又因"变文之数无方"，故文术之变有广阔空间。依循这个文学通变原理，文体与文术是不同位的。叙事与抒情虽可由各体分任，但并不等同于"有常之体"；而是能够超越特定文体的拘限，在不同文类之间实现功能互渗。正是在各类文体的互渗中，实现诗歌叙事传统之因变。

然而近世衡文，易忽略该原理。论者常将文体与文术混合使用，而有抒情型和叙事型文学之分。抒情型文学，大概指诗歌、散文等；叙事型文学，大概指小说、戏曲等。抒情是文术，虽主要由诗歌等体分任，但其实并不专属于诗歌；叙事也一样，虽主要由小说等体分任，但其实并不专属于小说。甚至还有一些特殊文学样式，看似两种文体的嫁接或糅合，如抒情小赋、人物诗传、小品文，以及叙事诗、咏剧诗、子弟诗等，这与其

---

① 刘勰：《文心雕龙》卷六《通变》，范文澜注，人民文学出版社 1958 年版，第 519 页。

说是"有常之体"的变例，不如说是叙事与抒情的功能互渗。具体言之，"有常之体"主要维系诗歌叙事之因承，而抒叙功能互渗则促使是叙事传统新变。

1. 元明清诗歌叙事传统之因承

元明清诗歌叙事因承早前品类，除了常规的各体式叙事诗之外，也还包含抒情诗中的叙事成分，以及羼入诗词之参与说部叙事。常规的叙事诗依然包含乐府、歌行、排律、慢词，而其叙事特征在拟乐府和歌行等式中有突出表现。如杨维桢《铁崖古乐府》中的人物叙写，将历来乐府诗写人纪事发挥得淋漓尽致。他创作了一组诗，所写均以事系人，将一人一事紧密结合，初具以诗传人的体格。其诗叙写各色人物，总共有十二首之多，分别题为：《金溪孝女歌》《杨佛子行》《金处士歌》《彭义士歌》《卢孤女》《孔节妇》《陈孝童》《强氏母》《传道人歌并序》《留肃子歌》《洪州矮张歌》《秀州相士歌》。① 抒情类诗歌中的叙事，尽管受复古思潮逆转，但宋以来含事要素得以保留，因使诗歌的叙事性明显增强。而小说中所羼入诗词，在元末明初急剧增长，如宋梅洞《娇红记》、瞿佑《剪灯新话》、李昌祺《剪灯余话》等，特别是明中期邱濬《钟情丽集》全文 24 831 字中竟然羼入韵文 13 489 字，诗歌字数占篇半以上，故被称为"诗文小说"②。

除了诗歌正文本保持并增强了叙事性，其副文本的叙事能

① 　杨维桢：《铁崖古乐府》卷六，孙小力编《杨维桢全集》，上海古籍出版社
2019 年版，第 174—196 页。按，《杨佛子行》序称该篇为陈敢所作。
② 　孙楷第：《日本东京所见小说书目》卷六《明清部五·传奇后叙》，人民文
学出版社 1958 年版，第 127 页。

量也有所激增释放。诗歌副文本，也叫作附件，主要包括诗题、诗序、诗注、诗评等，其名目基本沿承了唐宋诗歌结构之旧，而文字长度与内容厚度明显增多，表现出更细密详尽的叙事性意涵。明周叙《诗学梯航》，特设《命题》之名目，讨论汉代以来诗歌制题问题，这表明制题已成诗论关切点。[①] 元明清诗制题，多有长篇题目，尤其是明中期的诗题长度往往达 100 多字，如王世贞《封户部大夫次泉李德润先生……歌以寿之》竟有 158 字。这篇诗题实亦兼具诗序的功能，是将诗序归并到诗题中来出示，类似的情况还很多见，乃明诗家制题之常态。倘若所制诗题简略，则往往有长篇诗序，是亦为明诗创作的常态，故题与序是搭配使用的。元明清诗家命序，也有嗜长的趋势，其内容除了交代写作背景与动机，有些还完整讲述诗所涉人物事件，甚至阐明该诗艺术来源和师法宗尚，以增加诗作的叙事旨趣和审美涵蕴。如何景明《明月篇》，其所附序言长达 261 字。元明清诗歌附加自注，也是常见的文本形式。自注的内容很丰富，有字词音义之解释，有典章制度之考释，有事件背景之说明，有人物资讯之交代，有艺术风格之评述。这些随文添注，形式灵活多样，有的直接参与正文本叙事，有的辅助补充正文本叙事，功能各异，颇可讽味。如胡应麟《诗薮》。元明清的诗歌评论甚为发达，诗话、诗评类著作层出不穷，许多论者品评诗歌，喜欢探寻所作本事，这不仅有助于加深对原作叙事的理解，而且促进了诗歌叙事批评的理论导向。在这种理论旨趣的引导下，诗人自作自评、边叙边评，既丰厚了诗歌叙事的意蕴，又提升

---

① 周叙：《诗学梯航》，《明人诗话要籍汇编》本，陈广宏等编校，复旦大学出版社 2017 年版，第四册，第 1477—1480 页。

了诗歌叙事的技艺。如袁枚《随园诗话》。

此外，元明清诗人在诗歌叙事题材的选择上对前代亦多有因承，记人、纪事、忆梦、述游、咏史、咏物、传奇、志异等，都是他们常用的叙事内容，表现出一致的惯性和定势。当然，他们也不是照搬，而毫无诗境拓展；而是技艺更趋娴熟，题材更趋深细广泛。有些题材的写作甚至趋于合流，如记人和志异糅合成异人题材，表现出独特的风神气骨，推高了诗歌叙事的艺境。

2. 元明清诗歌叙事传统之新变

元明清诗歌叙事在因承的前提下，也有多方面的变化和长足的发展，其具体表现，有如下几项：

其一，常规叙事诗之新变。元朝在蒙古铁血统治下，开拓出空前辽阔的疆域，除了向西北荒漠拓展势力范围，还向大海开辟"海上丝绸之路"。诗人从征、出仕、游历所及，便将诗思带到了漠北和海洋，因使诗歌叙事的空间拓宽，呈现出从未有过的大视角。如《长春真人西游记》中，录丘处机西域纪行诗36首，其所述时间、地点、事由清晰可考，因而从总体上构成完整的叙事单元。元末杨维桢创为新乐府，诗家称之曰"铁崖体"。其诗有阔大气度和激扬之势，所叙人物、事件多异奇怪诞，用语夸张而想象独特，呈现新丽的叙事风貌。如有歌诗，其序言曰："吾子为古诗文，喜录奇事。若道人者，亦一奇也。……故为作歌一首。"[1] 人物诗传是明代特有的诗歌品种，此前虽说有不少写人纪事的诗作，但实不具备人物传记诗的体

---

[1] 杨维桢：《铁崖古乐府》卷六《传道人歌并序》，台湾商务印书馆1973年版，第61页。

格，如有学者论列宋诗之人物叙事，指出有两类诗歌形式，大略属传记式叙事诗：一是人物传记式叙事诗，另一是诗家所撰自传诗。[①] 其是否属人物诗传，此暂不做具体评估。兹需要指实的是，明中晚期的诗家，如何景明、王世贞、胡应麟等，都有甚为典型的人物诗传之作。何景明《上李石楼方伯》、王世贞《哭李于鳞一百二十韵》都是该体格之长篇，尤其是胡应麟《挽王元美先生二百四十韵有序》达成明一代人物传记诗之极至。[②]

其二，新增俗体诗之叙事。散曲是元代新出的俗体诗，包含小令和套数两种体式。小令篇幅短小，适合抒情写意，但因曲调入俗、贴近生活，也有不少作品可用于叙事。套数体制偏大，属复合型文本，其不同于小令之处，是由多个曲牌组成。散曲套数的叙事模式，是以曲牌为表意单位，每个曲牌叙述一个事件场景，而共同为一个思想主题服务。正因为其篇幅更长，就可针对复杂主题，多角度多层面地展开铺陈，从而达成相当的叙事长度。其长度是可以无限延伸的，或体现为多时空叠加叙事，或呈示为多线索交叉叙事，或表述为复杂场面之叙事。对此，有学者曰："曲则记叙、抒写皆可，作用极广也。……散曲并不须有科白，或诗文以为引带；但曲文本身，尽可纪言叙动。"[③] 散曲作为歌唱文学，由声乐曲调来组构，就形成体制更庞大的金元诸宫调，从而可胜任长篇故事情节之演述。再加上科白动作和场景音乐，就成了适合舞台表演的戏曲。故不论元北杂剧，还是明代南传

---

① 参见周剑之：《宋诗叙事性研究》，中国社会科学出版社 2013 年版，第 38—61 页。
② 参见饶龙隼：《明代人物诗传之叙事》，《文学评论》2017 年第 5 期。
③ 任中敏：《散曲研究》，中华书局 2013 年版，第 14 页。

奇，其实是多声部歌诗的叙事组合，极大地拓充了诗歌叙事的容量。乃至明清时期流行的弹词，作为一种说唱的曲艺文学，因其唱词充任叙事主导，而将诗歌叙事发挥极致。

其三，小说中的诗歌叙事。元明清小说中羼入诗歌，是早前小说体制的延续。小说中羼入的诗歌，包括诗、词、曲等，以韵语与散语协同叙事，使抒情与叙事发生互渗。其发展演变轨迹，或可大体描述为：（1）明清小说中羼入的诗歌，主要有七方面叙事功能。但不论羼入诗歌的功能如何多样，其在小说叙事中都不占主导地位，而是修饰性的，或是辅助性的；若脱离散文叙事之主导，其诗性叙事就无所附丽。（2）特别是在小说中羼入诗歌的增聚阶段，其叙事功能非但不能很好地得到发挥；反而因非体性成分，而存在明显的弊端。诸如，大量使用套语而刻板不协，羼入诗歌有喧夺累赘之嫌，羼入诗歌不符合人物身份。（3）不过，书面化小说中羼入的诗歌，在经历了增聚、雅化之后，其体制渐趋纯熟，进入体性化阶段。所谓体性化，就是诗歌更有效地契入故事情节，与散文深度融合以推进小说叙事。（4）随着小说文本的体性化不断增强，羼入诗歌最终融摄进散文叙事中，其种种弊端逐渐被克除，终使叙事功能发挥更佳，其最典范的文本，就是《红楼梦》。盖《红楼梦》所羼入诗歌，完全契合全书的故事情节，达到了散文与韵文的完美结合，将古代小说叙事艺术推上极至。总之，中国古代小说常见的文本形态是散韵结合、诗文并存，延至元明清时期其编创观览现象更加突显并递有新变。

其四，特型长篇叙事诗。诗歌叙事发展到清代后，出现超大文本之新品种。咏剧诗和女性绝命诗在此前也有，但产生的数量不如清代宏富多样，其叙事性偏弱，不如清代明显。子弟书是清代才诞生的，兼具诗和戏曲双重特质；因此，与其他类型的诗歌相比，其叙事性更加明显增强。子弟书是一种曲艺形式，盛行于乾隆到光绪年间，然至清末时，即走向衰亡。因是八旗子弟所唱，故名曰"子弟书"；又因其通行的表演形式为清唱，与京城含糊的昆、弋腔相区分；又因其曲词倾向于雅韵，故亦名"清音子弟书"。现今传世子弟书作品较多，傅惜华编《子弟书总目》，约有400多种；黄仕忠编《子弟书全集》，共收录子弟书竟多达520种，存目70多种。咏剧诗早已产生，是特殊题材的诗。它大约产生于唐代，兴盛于元明清三代。咏剧诗在唐宋发展不振，直到元代时才慢慢兴盛，明清时期才到达顶峰，出现许多流行的作品。盖明清戏曲表演活动的兴盛，使咏剧诗形成蓬勃发展之势，并在文人创作中占据重要地位，当时文人士大夫几乎无不听戏，也无人不好咏剧，故作品数量可观。绝命诗是最特殊的一类诗，不仅因为它是诗人的绝唱，更重要的原因在于这种临终述怀或慨叹，最能揭示诗人的信念和对于死亡的理解。当代学者对男性绝命诗关注较多，特别是对明清易代之际的绝命诗；而对女性绝命诗，则较少关注论涉；对于女性绝命诗的发展演进线索也尚不遑论及，对其中蕴藏的叙事策略和情感表达亦缺乏分析。这是有待改观的，应引起特别重视。

其五，事境理论的提出。诗歌叙事之传统由来已久，中晚唐出现成熟的叙事诗，但这都只是创作上的表现，理论认知、总结实要滞后；即使是宋代诗人在创作层面，已有意营构事象、创造事境①，但在理论层面的探讨犹显得薄弱，故事境论虽呼之

① 参见周剑之：《从"意象"到"事象"：叙事视野中的唐宋诗转型》，《复旦学报》2015年第3期。

欲出却终未揭示。此中缘由，略有两端：一者，一种诗学理论的提出并被接受，需要长期丰厚的创作经验积累，这个时长跨越了宋元明清，至清代中后期才得以提出；二者，诗歌所叙之"事"需认识清楚，而这是个缓慢的认知推进过程，经宋元明诸诗家不懈努力，才为清论者提供理论基础。宋人所作种种论说兹不追述，即以元明人所论颇可陈述如下：方回《瀛奎律髓》、傅若金《诗法正论》，对诗中所叙之事都有零散论涉且偶发精义。如傅书曰："诗贵乎实而已，实则随事命意，遇景得情，如传神写照，各尽状态。"① 而较有系统论说的，是陈绎曾《文筌》。该书所论，包括四谱，即古文谱、四六谱、赋谱、诗谱，每谱皆对"叙"或"事"有论述。如《古文谱》云："叙事：依事直陈为叙，叙贵条直平易。"《楚赋小谱》云："叙事，直叙事实。"② 明郝敬曰："六义不越情、事、辞三者而已。感动为情，即境为事，敷陈为辞。兴因情发，比触境生，赋以辞成。风主情，雅主事，颂主辞。情有悲欢，故风多感动。境为实事，故雅多献替。辞本声音，故颂用登歌。"③ 此虽是敷衍《诗》之六义，不是专为诗歌叙事来立说；但给"事"与"情""辞"同等地位，并明确提出了"境为实事"之论断。倘若没有明诗诸大家的阻挠，如李东阳倡导诗"贵情思而轻事实"之论④，杨慎鄙

---

①　张健：《元代诗法考校》，北京大学出版社 2001 年版，第 240 页。

②　陈绎曾：《陈绎曾集辑校》，慈波辑校，人民文学出版社 2017 年版，第 84 页。

③　郝敬：《艺圃伧谈》卷一，周维德集校《全明诗话》本，齐鲁书社 2005 年版，第 2878—2879 页。

④　李东阳：《怀麓堂诗话》，周维德集校《全明诗话》本，齐鲁书社 2005 年版，第 482 页。

弃以杜甫为表率的"诗史"说[1]，事境理论或会早在明代催生。故此一直迁延到清中后期，论者才接续事贵切实之说，并在兴味、意境理论的对照下，标举事境说以为诗歌叙事张目。[2] 如翁方纲曰："若以诗论，则诗教温柔敦厚之旨，自必以理味事境为节制。即使以神兴空旷为至，亦必于实际出之也。……况至唐右丞、少陵，事境益实，理味亦至。"[3] 方东树曰："凡诗写事境宜近，写意境宜远。近则亲切不泛，远则想味不尽。"[4]

（二）元明清诗歌叙事传统之研治策略

若说叙事与抒情之各体消长，是为着眼于文体的定性分析；那么叙事与抒情之功能互渗，就是着眼于文术的定量分析。而对于一篇具体的文学作品来说，若既在体式上作抒、叙定性分析，又在功能上作抒、叙定量分析，那就能更好地探触两者的边界。

至于如何进行抒、叙定量分析，则是一个有待探索的学术命题。董乃斌先生借鉴光谱分析法，设计出一套五级段测评方案[5]。其具体内容，兹转述如下：

现在让我们转入诗歌话语分析的光谱分析法。光分七

---

① 参见杨慎：《升庵诗话》卷十一，丁福保辑《历代诗话续编》本，中华书局2006年版，第868页。

② 参见周剑之：《论古典诗学中的"事境说"》，《上海大学学报》2015年第1期。

③ 翁方纲：《石洲诗话》卷八，陈迩冬点校，人民文学出版社1981年版，第241—242页。

④ 方东树：《昭昧詹言》卷二十一，人民文学出版社1961年版，第504页。

⑤ 参考董乃斌：《诗心缘事：中国诗歌叙事传统研究引论》之《诗篇抒叙结构分析》，上海远东出版社2023年版，第56—72页。

色，诗歌话语的抒叙分析拟分为五个段级。

A　第一段级：其话语的抒情成分很重，相比之下，叙事因素居于次要的地位，当然绝非等于零。如果试用量化的表示法，设全诗话语总量为"十"，那么这一段级也许可以标为"抒九叙一"吧。处于这一段级的诗，是典型的比较单纯的抒情诗。

B　第二段级：诗歌话语中叙事成分渐次增加，抒情成分相应压缩，二者之比，若试用量化方式，可以从"叙二抒八"到"叙四抒六"不等。总之，在这一段级，不管抒叙话语如何增减，总还是抒情话语占比为优势，但叙事色彩在明显加强，那些以抒情为主、叙事为辅、全诗抒重叙轻的诗歌文本均属本段级。

C　第三段级：是诗歌话语光谱的中段，粗粗说来，应该是抒叙成分各占一半的光景，是比较典型的抒叙平衡结合的诗歌文本。当然，它与之前的第二段级，之后的第四段级，都有某些交叉；所谓平衡结合，是就大体而言，不是机械的一半对一半。

D　第四段级：诗歌的叙事成分比前一段级有较大的增长，在全诗话语中大致占到了一半以上，再高些的，甚至能达到八成左右。而抒情话语的分量则降低到比较次要的位置。如果叙事比例再往上升，那就逼近第五段级，诗歌性质就要向质变发展了。当然，无论第四还是第五段级，只要还是诗，就不可能没有抒情成分；在高明优秀的诗人手中，叙事因素的浓重不但不削弱抒情意味，相反，抒叙二者会相得益彰。

下面将要说到的诗歌光谱 E 段级，就是指那些叙事成分占绝对优势，几乎不妨用"抒一叙九"之类字样来标示，而被视为够格的叙事诗（所谓叙事文本）的那些作品。诗歌从单纯的抒情诗变为够格的叙事诗，应该说是质的变化。

E 第五段级：诗歌话语以叙事为主，并且诗篇内容是讲述某段历史、某种故事，刻画出一个或几个人物形象，在叙事传统发展中具有里程碑意义，标志着叙事传统达到了某种高度。

可以说该测评方案是较为精细的，适合对作品进行抒、叙定量分析；但仍只是一个理论模型，在实际操作中恐有困难。依照其法，测定一篇作品的抒情与叙事各占几成，似乎还缺乏具体切实可行的量化指标，而很大程度上是靠主观拟测，却没有较为客观的判定标准。比如，对同一篇诗歌，甲说"抒九叙一"，乙说"抒六叙四"，丙说"抒二叙八"，各说会有差异，甚至完全相反。这样对具体作品所作定量分析，未必会取得令大家满意的结果。

笔者想可否在董说的基础上，做一些有可操作性的改进，即引入若干较确定的指数，来创建一个数字分析模型。其法为：（1）对作品的虚词、实词及词类频度进行分析统计；（2）对作品的表情字词、语汇的频度进行分析统计；（3）对作品的用典、用事和历史掌故进行分析统计；（4）对作品的风格、趣味和鉴赏体验进行分析统计；（5）对作品的时间单元、长度和波度进行分析统计；（6）对作品的空间宽度、密度和跨度进行分析统计；（7）对作品的事件长度、幅度和厚度进行分析统计；（8）对作品的人物数量、身份和行动进行分析统计；（9）对作品的名物、意象和场景事态进行分析统计；（10）对作品的直抒、含蓄等抒情方式进行分析统计；（11）对作品的顺叙、倒叙等叙事方式进行分析统计；（12）对作品的上述各项或更多的指数进行综合测评。但建立各项指数及相关理论模型，仍然要以大量的个案积累为基础，并从个案中归纳普遍适用的条例，而这也是难以在短时间内奏效的。所以抒、叙的定量分析应该尝试，目的是积累经验而不必急于实施；当前较为可靠的且能行之有效的办法，是对叙事、抒情之功能互渗作特征描述。当然基于诗歌叙事功能的特征描述，也就相应要做定性分析和变量追踪。

　　通观各体文学的语言文字表达，以及历代文学叙事、抒情性状，叙事与抒情之功能互渗，略有如下可描述的特征：

　　（1）诗、赋（文）分任抒情与叙事，但在某些特定的体式或变体中，竟会出现反向功能增强的现象，使诗主叙事而赋（文）主抒情。如小赋之作，本以咏物为专能，却兼擅舒情写怀①，如张衡《思玄赋》、蔡邕《述行赋》、赵壹《刺世疾邪赋》等；写人纪事，本是史传的能事，却成为诗的主题②，如嵇康《幽愤诗》、韩愈《落齿》等；乐府民歌，本为入乐之咏唱，却有叙事之巨制③，如汉乐府《古诗为焦仲卿妻作》、北朝民歌《木兰辞》等；歌行排律，作为长篇的诗体，却以叙事为擅场，如杜甫"三吏""三别"、白居易《长恨歌》等。杜诗"三吏""三别"，史家

---

① 赋至东汉时期，显然分为两支：其一支是大赋，已显衰落不振迹象；另一支是小赋，颇有后来转盛之势。小赋在东汉初年出现，到东汉中期大为盛行，并逐渐取代大赋地位，开魏晋抒情小赋先声。这类小赋多抒发个人情怀，诉说仕途失意的愤懑情绪，有时也抒写幽思闲情逸致，甚或对社会政治进行批判。这些作品不再供奉帝王，不再宣言儒家正统思想，而多援引道家之言，情感意绪较为疏放。

② 参见饶龙隼：《明代人物诗传之叙事》，《文学评论》2017年第5期。

③ 《古诗为焦仲卿妻作》是一篇成熟的叙事诗，其序曰："汉末建安中，庐江府小吏焦仲卿妻刘氏，为仲卿母所遣，自誓不嫁。其家逼之，乃投水而死。仲卿闻之，亦自缢于庭树。时人伤之，为诗云尔。"

称之"诗史"；白氏《长恨歌》《琵琶行》等诗作，有人物、场景、情节及心理等描写。此类诗作或讲述完整人生故事，或截取人生的若干时段和剖面；虽仍合诗之体要，却有较强叙事性。元明清诗歌叙事得到了长足发展，出现许多篇幅长体制大的叙事诗。

（2）诗歌与散文"并"于同一文本，而使抒情与叙事构成互文关系，诗的情思因文之叙事更显凝练，文的事义因诗之抒情得到升华。中国古典诗歌作品，诗题之下往往有序；而散文、辞赋作品，往往文末附有诗歌。一般常见的文本状貌，是诗（文）"并"序；而较少见文"并"诗，更难得见诗"并"诗。前者，诗"并"序①，如曹植《赠白马王彪并序》，由74字《序》和长篇正文构成；文"并"序，如左思《三都赋序》，由329字《序》和《蜀都赋》《吴都赋》《魏都赋》构成。后者，文"并"诗，则有陶渊明《桃花源记并诗》，由321字《记》和32行《诗》构成；唐宋以后还有一种情况，是在碑文之末系以铭诗，用韵语复述碑文内容，并附益诸多评赞之意。还有一些无序的长题诗，直接用长幅题名替代序，交代写作背景或指涉诗本事，亦具有"并"序的叙事功能。② 这情况在元明清得以延

---

① 诗序滥觞于汉，形成于魏，六朝以来继续发展，至唐宋时蔚为大观。

② 汉魏六朝的诗题较简古，唐宋以后诗题趋于繁复。有些诗作虽然无序，但诗题的文字很长；其长题名类同于序，具有一定的叙事功能。如王世贞《封户部大夫次泉李德润先生其先自关中徙豪卫京师遂为京师人补博士弟子通经术有声而不获第有子今仪部君早达以其官封先生不色喜惟杜门读书缮性而已仪部用直言获谴先生不色忧旋被召迁今官迎先生养先生亦不色喜其夷然泊然者如故也弇州生闻之曰先生其有道者欤选部魏子曰子以先生有道者则子之言遍天下而乃啬于有道者何也辞弗获已为古风一章歌以寿之》，诗题名长达158字，里面人物关系、生平事迹、性格修养、创作缘起等项陈述甚详。

续，并在若干方面有新的进展。

（3）有些边缘文类散语、韵语夹杂，诗、词、赋、散文等诸体兼备，既有诗歌诸体式连带的抒情性，又有散文、小说连带的叙事性。唐中期兴起、适于说唱的变文，是一种散、韵结合的文学品类，用通俗语言宣讲铺叙佛教义旨，内容有佛经故事、民间传说等。例如《孟姜女变文》，有叙事、歌咏、祭文；还如《伍子胥变文》，声辞并茂、情事兼含。唐传奇是在六朝志怪小说基础上发展起来的，至中晚唐时期受俗讲变文的影响而广为流行，吸引一批文学名家如元稹、白行简等参与创作，甚至成为士子科举应试前展露才情的"温卷"①。例如元稹所撰名作《莺莺传》，在缠绵悱恻的爱情故事叙述中，为主人公代作《春词》《明月三五夜》等诗，还插入时人杨巨源、元稹对崔张爱情的诗赞，既用以抒写人物心理、情感活动，又因以推动故事情节的深入展开。此种以韵语抒情嵌入散语叙事的手法，还在后世小说、戏曲中得到广泛运用。如李志常《长春真人西游记》，于纪行中及时著录丘处机诗作；曹雪芹为《红楼梦》里的众多角色拟作诗词，用以推动故事情节发展和预示人物命运结局。这种性状到元明清得到极大发展，小说中羼入诗歌的现象甚为普遍，开始羼入诗歌急剧增多，但到明中晚期逐渐消减，至终明末清初发生体性化转向，所羼诗歌很好地融入故事情节。

---

① 参见宋赵彦卫《云麓漫钞》卷八载："唐之举人先藉当世显人，以姓名达之主司，然后以所业投献，逾数日又投，谓之温卷，如《幽怪录》《传奇》等皆是也。盖此等文备众体，可以见史才、诗笔、议论。"中华书局 1996 年版，第 135 页。

（4）在人物题咏和写人纪事基础上，产生明代人物诗传这个新品种①，它不仅提供了新异的文学质素，还拓展了诗歌叙事功能与题材。从质素来看，它是诗体的人物传记，而非传统常规的人物题咏；从题材来看，它是专为某个人立传，而非因人纪事或以事写人。它有诗歌的基本特性，抒情言志并含蓄凝练；又有传记的主要特征，叙事写实而详略得体。这样就会产生互文性意涵，亦即通常所说的话语间性。其话语间性的产生，有两重理据与来源：其一，从文本内的互文性来看，它既有传记的叙事特性，又具备诗歌的抒情特性，故为一种混合交融性状。其二，从文类间的互文性来看，人物诗传所含话语间性，乃缘于诗与传记之遇合，而非简单机械地叠加。正是得益于诗歌与传记的历史性遇合，分化了的抒情与叙事功能才一体交融。

（5）为适应社会各阶层的消费需求，元明清时期市民通俗文学繁荣，催生了一些特形的长篇叙事诗，因使渗入的叙事功能空前高涨。这些新出的特种形态的长篇叙事诗，有子弟书、咏剧诗和女子绝命诗等②。子弟书是清代流行的曲艺形式，因其为八旗子弟所演唱而得名；又因其表演形式主要为清唱，曲词雅

---

① 参见饶龙隼：《明代人物诗传之叙事》，《文学评论》2017 年第 5 期。

② 传世的子弟书作品较多，其书编录整理颇具规模。傅惜华编《子弟书总目》，载录子弟书约有 400 多种；黄仕忠等编纂《子弟书全集》，共收录子弟书 520 种存目 70 多种。咏剧诗散见于总集、别集、选集及笔记、札记、日记中，赵山林《历代咏剧诗歌选注》选录了 646 篇历代咏剧诗作。女性绝命诗盛行于清代，多由当代女性诗人创作。胡文楷著《历代妇女著作考》，统计从汉至明，共计女诗人有 361 家，而"清代妇人之集，超轶前代，数逾三千"。（参见《历代妇女著作考·自序》，上海古籍出版社 1985 年版，第 5 页。）如邵梅宜《薄命词》、姚令则《绝命词》、何桂枝《悲命诗》、杜小英《绝命词十首并序》、黄淑华《题壁诗并序》等。

俗有致而又讲究韵律，不仅具有俗文学的特质，同时兼具诗化艺术品质。① 咏剧诗是一种特殊题材的诗歌，早产生于唐代而兴盛于元明清。元明清戏曲表演活动兴盛，因使咏剧诗获得蓬勃发展，并在文人创作中颇有地位，产生数量蔚为可观的作品。它是以诗歌形式对戏剧的文本及表演、作家及演员、审美与传播等进行咏叹点评，从中体现诗作者的观剧体验、审美情趣、价值取向、文化心理与思想观念等内涵，行文夹叙夹议，兼有抒情讽颂。清代女性诗人空前剧增，她们创作了一类绝命诗，讲述自己生平遭遇，有很强的自传色彩，或为节殉命，或抚存悼亡，或回顾一生，或感念怀恨，行文情事兼备而荡气回肠，有很强的抒情性和叙事性。

基于上述各项考论，可得一个基本认知：叙事与抒情你中有我、我中有你，两者之间并没有清晰可辨的边界；但两者也非始终混合一体，而会历时变迁而流动泛衍，大略有同体共生、体制分化、各体消长与功能互渗等进程。今日讨论叙事与抒情边界之命题，固然是出于当下学术语境的需要；然而这并非一时权宜应急之举，而是命题本身有深入研讨价值。只有抒情与叙事的边界弄清楚了，才可谈论诗歌叙事的传统与新变。这具体落实到元明清诗歌叙事传统，因承是基础命脉而新变乃活力所在，在因承的基础上拓充，在新变的驱动下互渗，拓充与互渗，才是生命线。

---

① 如启功称之为"创造性的新诗"，参见启功：《创造性的新诗子弟书》，载《启功全集》第1卷，北京师范大学出版社2009年版，第203页；赵景深以为是古今绝美的叙事诗，参见赵景深：《〈子弟书丛钞〉序》，载《曲艺丛谈》，中国曲艺出版社1982年版，第215页。

　　学界期待对中国文学的叙事与抒情质素作定性定量分析，但在目前条件下定性分析或许可行而定量分析实难落实；然则当下所能够做到的，是对两者进行特征描述。总之，叙事与抒情并非静止而截然二分，两者边界一直处于流动变化之中；因之，若要研讨并探触其边界与新变，就需要作变量追踪与特征描述，从中获取切实有效的理论认知，以构建中国文学抒叙并行传统。本书研讨元明清诗歌叙事传统的策略，即为定性分析、特征描述和变量追踪。

元代诗歌叙事传统

第一章

元诗叙事的总体特征

元代诗歌叙事承前朝遗韵而有新的发展，这主要表现为：诗歌叙事的体式明显增多，散曲、套曲成为诗歌叙事之新手；诗歌叙事的时空空前延展，出现长时段、大视野联章组诗叙事；小说、戏曲中羼入的诗歌日益增聚，与散文协同参与叙事型文学活动。为了从总体上把握元代诗歌叙事，兹首先从时段、空间和群派分布上论列元诗叙事基本特征。

第一节　时段分布特征

元代诗歌从时间分段来看，大致可以分为三个阶段：元前期（1206—1293）诗歌，代表人物有丘处机、耶律楚材、元好问、郝经、刘因、吴澄、赵孟頫等；元中期（1294—1332）诗歌，代表人物有虞集、杨载、范梈、揭傒斯、欧阳玄、黄溍、马祖常等；元后期（1333—1368）诗歌，代表人物有吴中四杰、北郭十友、吴莱、戴良、萨都剌、杨维桢、许有壬、苏天爵等。[①]

---

①　参见查洪德：《元代诗学通论》，北京大学出版社 2014 年版，第 28 页。

一、元代前期叙事诗

元代三个时段诗歌叙事各有特色（本文元代前期诗人是以
《全元诗》所收集为准，非以元朝立朝时间为准），元代前期，
统一国家的格局尚未形成，因此，诗歌创作呈现多民族、多文
化竞相绽放的特点，其中尤以丘处机、耶律楚材的唱和诗为代
表。丘处机的身份是汉族人，全真教道士，他接受成吉思汗的
征召，前往西域；耶律楚材则是契丹人，扈从成吉思汗征讨西
域，在西域居住近十年。丘处机与耶律楚材分别有歌咏西域纪
行的诗歌，并在相识之后多有互相唱和的诗作。例如，耶律楚
材有《西域河中十咏》，全诗十首皆以"寂寞河中府"开头，历
数河中府地区的丰富物产（蒲萄亲酿酒，杷榄看开花。饱啖鸡
舌肉，分餐马首瓜）、自然气候（六月常无雨，三冬却有雷）、特
殊的生产方式（冲风磨旧麦，悬碓杵新粳）等等，把西域的物产
和风土民情做了全景式展示。丘处机在前往西域觐见成吉思汗的
途中，也写下了众多的诗篇，但是丘处机的诗穿插在《长春真人
西游记》这部游记中，原诗无诗题，后人在辑录时添加了诗题。
这些诗歌也具有高度的叙事性，以时间为线索，以丘处机从东到
西的游历为视角，展现了中原到西域不同地区的风土人情与天文、
自然现象。同时，丘处机是当时道家的代表人物之一，耶律楚材
则推崇佛教，两人的唱和诗歌中也都流露出对各自宗教信仰的叙
述。例如，耶律楚材曾作诗讽刺朋友由佛入道："昔日谈禅明法
界，而今崇道倡香坛。诸行百辅君都占，潦倒鳏生何处安。"① 这

---

① 耶律楚材：《湛然居士文集》卷六《寄巨川宣抚》，商务印书馆1938年版，
第78页。

些内容反映了在元代初年儒释道文化错综冲突的情景。

元代初年，社会处于动荡不安的混乱中，反映社会中的问题成为元初诗歌叙事的重点内容，元好问的诗歌即是其中的典型案例。元好问生活在金朝，金朝灭亡后曾被元朝政权长期拘管于聊城，他目睹了国破家亡，看到了人民的悲惨生活，加之长期被拘禁的生活，使其部分诗歌的叙事内容具有"诗史"的意义。与元好问相类似的是元初诗人郝经，郝经仕于元朝，他则由于出使宋朝，被宋扣留长达十六年之久。类似的经历，铸就了他们相似的叙事审美风格，元人诗歌以追求"雅正"为典范，元好问与郝经都饱受儒家思想的熏陶，他们对诗歌的审美追求亦深受儒家影响。自宋代以来，文人多受理学的影响，认为诗歌创作的主要作用是涵泳性情，因此，陶渊明成为备受推崇的对象。元好问、郝经和刘因都有大量的和陶诗。他们都把创作和陶诗当做释放自己内心积郁的手段，透过反复称述陶诗的意象和典故，来完成新的精神空间建构，将自己理想的精神世界寓于和陶抒写中。为了表现与陶渊明的精神相和，建构隐逸的心理空间，他们运用如下叙事手法：第一，叙写隐逸事境；第二，以古典述今事；第三，糅合旧典新境。

二、元代中期叙事诗

元代中期诗坛以"元诗四大家"最具代表性，四大家包括虞集、杨载、范梈、揭傒斯。从其诗作的叙事内容来看，由于元代中期社会政治稳定，文化氛围宽容，其所叙的内容多为典雅清丽的"盛世之音"；从其诗歌叙事的体裁来看，他们最具代表性的创作是歌行体诗歌。歌行体诗歌体式多样而灵活，篇幅较长，比律诗更适合用来叙事。他们善于通过重复使用类似的句式或重复的字眼，甚至直接在一句诗中用叠字，来强化叙事效果，如揭傒斯《吴歌一首送张清夫提举征东校官先还吴中》一诗，开篇写道："吴中女儿白如花，吴江燕燕拂波斜。吴中鱼肥米可束，夫君无事久忘家。"① 四句诗中三句以"吴"字开头，后续又有"吴中之居不可踰""吴中儿女白如玉"等句，其中还有"家家屏障待新词，日日王侯置醇醴"等句，通过不断重复"吴中"，强化诗歌的主旨，通过"家家""日日"等词汇，增加诗歌错落有致的韵律，在轻松活泼的韵律中也隐性显示了吴中地区的惬意生活，更与主旨暗合，体现了作者多样化的叙事艺术。

三、元代后期叙事诗

元代后期诗坛则以杨维桢的"铁崖派"为代表。元代政权的统治没有完全汉化，皇权掌控者频繁更迭，稳定期并没有持续长久；所以，元末诗人在继承风雅传统的基础上，其诗歌的叙事内容常常呈现"变风""变雅"的特点，在叙事方法上则呈现为叙事视角的多样转变。杨维桢有《卖盐妇》一诗，诗人先从第三者旁观的角度叙述卖盐妇的辛苦场景；进而藉由路人询问妇人的情况为转折，进入第一人称的内视角叙事，以卖盐妇自述的口吻，叙述其生平经历，最后卖盐妇向诗人呼吁："采诗正欲观民风，莫弃吾侬卖盐妇，归朝先奏明光宫。"诗人以"外视角"与"内视角"交替转换的方式，把卖盐妇的形象叙述得立体可感，并表现了生于末世的劳苦民众生活的不易。

---

① 杨镰主编《全元诗》，中华书局 2013 年版，第二十七册，第 247 页。

第二节　空间分布特征

元代是疆域辽阔、多民族共存的统一政权，然而，这种统一更多的是单纯政治上的统一，文化、人心层面的统一却具有一定的滞后性。原因是中国之前长期处于分裂割据的状态，南宋治下的人民以华夏正统自居，"夷夏之防"的思想很重，而北方人长期处在少数民族政权的治理下，因此元朝政权对他们来说也不过是另外一次更迭而已，其心态与南人不同。因此，元朝在政治上统一中国后，南方与北方经历了很长时期的文化心理上的磨合。

一、南北差异与多方融合

元代诗歌的南北交融主要体现在元初的北人南下，以及之后的南人北上。北人南下的背景，主要是元初基于统一的需要，军政集团不断南下征战，有相当多的文人随军扈从。这些文人一方面长期生活在北方，对南方的地理环境充满了新奇感；一方面他们原本深受儒家思想影响，对南方的文化仰慕已久。因此他们面对南方，有心理上的亲近感与感官上的陌生感，这些感觉交错在诗人的心中，形成独特的诗歌叙事风格。如郝经在随军南下的过程中，曾作《黄鹤楼》一诗。登高望远，登楼赋诗是古代文人的悠久传统，郝经在诗中表达对征战的厌恶和对超离尘世生活的向往："我方溷戎马，对面兵尘隔。焉能载酒上，云间觅仙客。"① 作为深受儒家思想影响的北人，郝经之类的学者在随军南下的过程中，主张保护南方文化，并劝南方文

---

①　杨镰主编《全元诗》，中华书局 2013 年版，第四册，第 186 页。

人北上，从而促进了南北诗学的交融。南人北上之后所写的诗歌中，最具代表性的是上京纪行诗。元代的统治者每年率领众多大臣往返于大都与上都之间，上京纪行诗的作者即是扈从文臣，多为汉人。他们既然已经入仕元朝，在政治思想上便已经对"异族政权"没有对抗心理。但是他们的文化思想还是延续华夏文化，社会生活经验以"关内"为主；所以当他们所看到的上都草原风光、蒙古社会生活习俗等，还是会产生异质感。从文化的角度来说，汉族诗人以其华夏文化为主体的视角观看蒙古文化，视其为异域的"他者"；但是从政治的角度说，以蒙古族为主的元代政权是"主体"，汉人是依附于这个政权的"他者"。这使得上京纪行诗的叙事特质呈现出内部他者（the others within）的视角，即政权上认同对方，文化上却是站在同化者的角度，尽管有些土地由异域变为领地，但是汉人对待塞外土地的感受依然充满了异质性。此中包括自然风光诗歌的他者叙事、社会文化的他者叙事、历史文化的他者叙事。

二、栖隐鸣志与羁旅纪行

元朝政权建立后，有相当多的汉族文人出于对战争的厌恶，对蒙元统治者强势压迫的不满，转而选择隐逸；因此，隐逸也是元代诗歌的重要主题。元代文人的隐逸特点有：一是隐者数量众多，为历代之最；二是真正一心避世，并非以隐求仕。以刘因为例分析。据《元史》记载，刘因面对朝廷多次征召，坚持上书请辞，元世祖为之感叹："古有所谓不召之臣，其斯人之徒欤！"[1] 刘因在陈情书中强调自己知国家养育、知遇之恩，不敢

---

[1] 宋濂等撰《元史》卷一百七十一《刘因传》，中华书局 1976 年版，第 4010 页。

"贪高尚之名以自媚",不曾以高人隐士自居。① 即是说,他拒绝出仕并不是为了博得高人隐士的美名。但是,刘因内心的真实倾向是否如此?或可从他的和陶诗所选用的典故来窥测。刘因在《和归园田居》五首中,多次使用蕴含"不召之臣"意义的典故。在第一首中,他写"东邻汉阴圃,西家鹿门田",这两句诗背后所指的人物是庞德公。庞德公当时与徐庶、诸葛亮等人交好,但是拒绝出仕。荆州刺史刘表曾亲自前去延聘,庞德公依然不肯出山就职。庞德公对刘表列举尧、舜、汤、禹、周公等人的事例,认为居于高位最终难免招来祸端,安于布衣身份才能保全性命。② 刘因用庞德公隐居的古典,隐含今典的叙事逻辑是:拒绝出仕的原因是为了"避祸",其"祸"具体所指为何,于当时今典是有迹可循的。刘因在拒绝征召的陈情书中,表示自己曾经有过短暂的应诏经历:"向者,先皇储以赞善之命来召,即与使者具行,再奉直令教学,亦即时应命。"③ 征召刘因的是元世祖忽必烈的太子真金。真金深受汉文化影响,大量任用汉族文人,不遗余力推行汉化的文化政策;但他受到回回人阿合马的阻挠,最终在与阿合马的政治斗争中抑郁而终。刘因目睹政治斗争的残酷,以及汉臣施展抱负的艰难,从此之后不再入仕。从上述史实可以推断出,刘因用庞德公隐居的典故,叙述自己企图隐居以远离政治中心的避祸心态。

---

① 宋濂等撰《元史》卷一百七十一《刘因传》,中华书局 1976 年版,第4009 页。
② 习凿齿:《襄阳耆旧记校注》,舒焚、张林川校注,荆楚书社 1982 年版,第38—39 页。
③ 宋濂等撰《元史》卷一百七十一《刘因传》,中华书局 1976 年版,第4009 页。

　　纪行诗是基于诗人的纪行见闻所作之诗，元代纪行诗相对前代有了空前的发展，盖因元代国土辽阔，诗人常被派遣为出国使者，故而元代的纪行诗时常充满异域风情。其中最有特点的包括：安南纪行诗、海洋纪行诗、西域纪行诗与上京纪行诗。本节重点论述安南纪行诗与海洋纪行诗。安南纪行诗的叙事功能与内容包括：补充外交的场景与细节，丰富并细描了异域风物。其中最著名的是陈孚《安南即事》叙事长诗，全诗如实记录作者所见到的安南风物，可谓是以诗歌形式表达的地理志，尤其作者添加了大量自注，让读者可充分了解诗歌的创作背景，更是大大增强了诗歌的叙事性。总之，元代使臣的安南纪行诗以个人经验为叙事基础，展现高度的纪实性，开拓了中国诗歌地理空间的最南端。

　　中国作为一个以农耕文明为主体的国家，历来对海洋不甚重视，海洋题材的文学作品数量也不多。及至宋元时期，海洋文学迎来一个繁荣时期。元代诗人创作了大量与海洋相关的诗歌，记叙了丰富的海洋航行体验和故事。其叙事主要内容有：记叙航海过程中的惊险经验，表现"人—自然"互动的叙事意涵；记叙航海过程中的超自然因素，表现"人—神"感应的叙事意涵；叙述海航行程中所见负面社会现象。元代海洋纪行诗的叙事内容真实而丰富，这与宋代之前以海洋为主题的诗歌多出于诗人想象不同。元代诗人海洋纪行诗的创作缘由是基于实际的航行体验，所以具有鲜明的叙事纪实特性。中国历史上第一部记录远洋航行经历的诗集《鲸背吟》即出现在元代。该诗集由33首诗组成，从个人体验的角度全景展现了较为完整的海洋航行经历。

第三节　学术群派属性

元代儒学初分南北，后逐渐趋于融合，并形成诸多群体与学派。儒学中人除了著书立说、阐明理道；也大多能诗擅文、创制颇丰。他们所作诗歌既因个性气质的不同而各有风格，又因所属学术群体派别的差异而各含旨趣。其主要群派，可论列如下。

一、鲁斋学派的诗歌叙事

鲁斋学派的代表人物是元初大儒许衡，作为儒家思想的重要人物，许衡与前代儒学家最大的不同，是他强烈主张儒者应以"治生"为要务，不可专研义理而没有治生的能力。这种思想反映在鲁斋学派的诗歌中，表现为极强的现实主义特色。相对于儒学的义理，许衡更重视实践，不论是在政治层面还是在教育层面皆是如此。因此他的诗歌也是以叙事现实社会事件为主，例如他的《北门观涨》一诗写道："雨水添新涨，陂湖没旧痕。人迷堤口路，船上树头村。岁事知前误，秋耕未可论。谁怜徭役外，天亦吝深恩。"① 许衡的学问常被诟病失之浅薄，如史家评价他："生平所造诣，则仅在善人有恒之间，读其集可见也，故数传而易衰。"② 许衡的思想既有浅易的特点，则其诗歌的叙事风格也是明白如话，不事雕琢。

---

① 杨镰主编《全元诗》，中华书局 2013 年版，第三册，第 60 页。

② 黄宗羲：《宋元学案》卷九十《鲁斋学案》，全祖望修补，中华书局 1986 年版，第 3003 页。

二、草庐学派的诗歌叙事

草庐学派是元代思想家吴澄所创立，因吴澄号草庐而得名。吴澄与许衡的人生状态有所不同，吴澄在理学方面著述颇丰，在文学创作方面也同样。吴澄的思想折中朱陆，但接受陆九渊的影响更多，因此，其诗歌的叙事风格呈现性灵化的倾向。如其《湖口阻风登江矶山观涛》一诗写道："狂风吹人浑欲倒，瑟瑟寒声动秋草。扪萝径上风头山，万倾江湖波浩渺。怒缚云鬣奔腾来，眩目快心千样好。向曾观海难为观，回首匡庐青未了。玄云作帽深蒙头，五老藏昂元不老。何时月夜水镜净，漭荡澄虚纳苍昊。著我峰尖伴老人，坐看海东红日杲。"① 这些景象并非实事求是地描述，而是经过诗人内在心灵的加工转化，呈现出诗人独特叙述视角，整体体现出性灵化的叙事方式。

三、静修学派的诗歌叙事

静修学派是以刘因为代表的元初儒家思想学派，由于刘因号静修而得名。刘因的思想尊奉程朱理学，在政治上曾短暂入仕，随即隐居以讲学为业。刘因身为汉人，对蒙元政权没有积极接纳的心情，因此其在诗歌中的叙事风格常以隐喻、自比等方式，委婉地表达自己的真实意向。例如，他有《明妃曲》一诗，表面上写昭君作为女子不得不出塞和亲的无奈，实际上也暗示自己短暂出仕元朝时的无奈。诗人在这首诗中主要叙述了昭君两方面的特质：一方面是昭君对汉朝的无限忠心，愿为汉室君王牺牲自己，表现了昭君崇高的民族气节；一方面是对现实

---

① 杨镰主编《全元诗》，中华书局 2013 年版，第十四册，第 311 页。

的无力感，虽眷恋汉室，却对必须嫁入番邦的现状无力改变。昭君的心态对应到刘因的身上，也有充分的现实意义，也可为刘因"不召之臣"的身份作注解。总之，这首诗中作者暗中以昭君自比，将叙事与抒情、说理融合为一体。此外，刘因还写下了 76 首和陶诗，在元代仅次于郝经，也在相当程度上反映出他以陶渊明自比，隐晦表达自己隐逸倾向的叙事方法。

　　总之，元代诗歌在时段分布、空间分布、学派属性三个层面的叙事性都有其独特的表征；尤其是空间分布的部分，其诗歌内容基于空前辽阔的疆土，故难以为后来的朝代所超越。元代诗歌的叙事性比以往的诗歌有较多增长，是中国诗歌叙事传统的重要一环，也对后来明清诗歌叙事的发展有引导作用。

第二章

元诗单体文本之叙事特色

以诗歌文本的结构型态而言，可分为单体文本与复合文本。单体诗歌文本，由一个诗题与完整文本所组成，形成了独立而完整的表意单元；并且，单体诗歌文本在创作目的和意涵旨趣上，与其他诗歌文本并没有集合性关联。

第一节　正文本之叙事特色

正文本，是相对于副文本而言的概念，即构成诗歌主体部分的内容。兹选取元代歌行与散曲为标本，来分析当朝单体诗歌正文本之叙事。

一、歌行之叙事

歌行作为诗歌体式，最早形成于汉代。如果说散曲是元代诗歌新增"自由体"，那么歌行就是传统的"自由体"。歌行属"杂言体"，其体制特征有二：首先，其韵律灵活多变，诗句长短参差，因而极具表现张力；其次，歌行体一般篇幅较长，适合用来作铺陈式的抒情，或展开长篇故事的叙述。由于歌行的内容往往与社会时事有关，故而自汉代以来即被认为是最具叙事性的诗体。班固在《汉书·艺文志》里说："自孝武立乐府而采歌谣，于是有赵、代之讴，秦、楚之风。皆感于哀乐，缘事而发，亦可以观风俗，知薄厚云。"① 又如胡震亨《唐音癸签》曰："歌，曲之总名，衍其事而歌之曰行。歌最古，行与歌皆始于汉，唐人因之。"② 可见，歌行的创作总是与"事"紧密结合在一起。基于这个体性上的规定，元代歌行叙事的体征有如下几点：

（一）代言体诗歌叙事策略

元代歌行亦继承了乐府即事而歌的传统，从元初战乱带来的社会动荡与满目疮痍，到元代中晚期社会里形形色色的人与事，都成为诗人笔下的题材。歌行体的题材最贴合社会时事，故而也是最接近"诗史"的诗歌体式。近代以来，中国人受西方学术风潮的影响，认为中国文化注重"集体主义"，而不是像西方社会一样重视个体的价值。事实并非如此，中国传统文化也是重视个体的，只是并非西方文化意义中的"个人主义"。有学者认为，中国传统文化对集体与个体关系的构想，其实这也是将重心放在个体的。正如杜维明所说，儒家学说的出发点是自我修养，而不是社会责任。承担社会责任，只是个体修养的一个途径。因此，也可以说中国人是有"个人主义"的，只是与西方人的"个人主义"含义不同。③ 因此，中国人对个体的重

---

① 班固：《汉书》卷三十《艺文志》，中华书局1962年版，第1755—1756页。
② 胡震亨：《唐音癸签》卷一，景印文渊阁《四库全书》本，台湾商务印书馆1986年版，第1482册，第521页。
③ 杨中芳：《如何理解中国人》，远流出版社2009年版，第110页。

视表现在修身、齐家、治国、平天下的理想中，个体的范围随着其修养厚度的增加而增加。亦即人作为个体，其重点在修养；而当他的修养逾深厚，也就会把他身外的家人、社会民众都纳入他的个体修养的范围内。这也就是儒家"推己及人""仁者爱人"思想的表现。

上述特点在诗歌中的表征，是诗人在歌行中叙述社会历史现实，并非直接进行宏大叙事，是从某个人物的悲欢离合，从具体的历史片段场景中，通过细微之处来折射全景。这一点在元代歌行体的叙事策略中，即表现为通过叙述个体人物的命运，来表现时代的全局面貌。诗人深入主人公的内心，采用代言体的叙述视角，使得叙事效果有身临其境之感。代言体叙事视角又可分为两种方式：

首先，是由外视角转入内视角的叙事方式。如廼贤《卖盐妇》：

卖盐妇，百结青裙走风雨。雨花洒盐盐作卤，背负空筐泪如缕。三日破铛无粟煮，老姑饥寒更愁苦。道旁行人因问之，拭泪吞声为君语。妾身家本住山东，夫家名在兵籍中。荷戈崎岖戍闽越，妾亦万里来相从。年来海上风尘起，楼船百战秋涛里。良人贾勇身先死，白骨谁知填海水。前年大儿征饶州，饶州未复军尚留。去年小儿攻高邮，可怜血作淮河流。中原音信绝，官仓不开口。粮阙空营木落烟火稀，夜雨残灯泣呜咽。东邻西舍夫不归，今年嫁作商人妻。绣罗裁衣春日低，落花飞絮愁深闺。妾心如水甘贫贱，辛苦卖盐终不怨。得钱籴米供老姑，泉下无惭见夫面。君不见，绣衣使者渐

70

河东，采诗正欲观民风。莫弃吾侬卖盐妇，归朝先奏明光宫。①

这首诗的叙事场景是从一位卖盐妇的生活惨况开始的：诗人先从第三者旁观的角度，在雨中看到一位青裙上缀满补丁的卖盐妇，雨水融化了盐，盐变成了卤，于是盐筐变作空筐。这既是外视角的叙事，也是背景交代。进而藉由路人询问妇人的情况为转机，进入第一人称的内视角叙事。诗人以卖盐妇的口吻，叙述了自己的籍贯、远走他乡的原因，丈夫和两个儿子参军后的惨况，又明示自己不像邻居变节改嫁，一定赚钱供养婆婆的志向。最后，卖盐妇又向路人呼吁：朝廷派来的使者正在采诗观风，请记得把我的辛苦遭遇上报。

其次，是全然内视角叙事的代言体歌行，即诗人全程以诗歌主人公的口吻叙事。如揭傒斯《临川女》：

> 我本朱氏女，住在临川城。家世事赵氏，业惟食农耕。五岁父乃死，天复令我盲。莫知朝与昏，所依母与兄。母兄日困穷，何以资我身。一朝闻密言，与盲出东门。阿母送我出，阿兄抱我行。不见所向途，但闻风雨声。行行五里余，忽有呼兄名。兄乃弃我走，客前抚我言。我与赵世亲，复与汝居邻。闻汝即赴死，扶服到河滨。我身尽沾濡，不复知我身。汝但与我归，养汝不记年。潎潎遵旋路，咽咽还入城。城中尽惊问，感促不能言。望门唤易衣，恐我身致患。再呼我母来，汝勿忧饥寒。汝但与盲居，保汝母女全。我母为之泣，我邻为之叹。喜我生来归，疑我能再

---

① 杨镰主编《全元诗》，中华书局2013年版，第四十八册，第57页。

明。兄得与母居，不异我父存。我今已十三，温饱两无营。我母幸康强，不知兄何行。我母本慈爱，我兄亦艰勤。所驱病与贫，遂使移中情。当日不知死，今日岂料生。我死何足憾，我生何足荣。所恨天地生，不如主翁仁。谁能为此德，娄公名起莘。①

这首诗从头到尾皆是第一人称的口吻叙事，在第一句即点明叙述者的身份："我本朱氏女，住在临川城。"女孩接下来的叙述则令人哀叹：女孩生来眼盲，母亲与兄长迫于生活要将她溺死，幸而邻居娄起莘赶到救下，把她送回家并抚养长大。诗人的叙事特色在于给诗中的每个人物以同情的理解，他怜惜盲女的遭遇，褒奖娄起莘的义举，但是也没有谴责盲女的母亲和兄长："我母本慈爱，我兄亦艰勤。所驱病与贫，遂使移中情。"诗人认为导致悲剧发生的根本原因是贫困，而不是任何个体的主观恶意。

通过以上两个诗例可看出：诗人以代言体叙述人物故事，更容易走进人物的内心深处，在"直述平生"的叙事手法下，无须多余的修饰，仅仅是陈述事实就足以引发人的无限悲悯。究其根本，是诗人作为创作者，打通了与被塑造的人物之间的心理隔阂，将对方的事视为自己的"分内事"，如此叙述出来的故事，更易感染同为社会个体的读者，引起人内心的共鸣。更重要的是，诗人虽然进入人物的内心世界，以第一人称的口吻叙述，但是并没有只着重于抒发人物的内心感受，而是将事件脉络的有序化排在首位，感情的抒发隐匿在叙事脉络框架下。两首诗皆通过主人公的口吻详述了故事的来龙去脉，叙事节奏舒缓有致，

---

① 杨镰主编《全元诗》，中华书局 2013 年版，第二十七册，第 175 页。

在凸显人物命运悲惨的理念下，也不失温柔敦厚的诗风。

（二）以转韵带领叙事节奏

元代歌行的叙事特征还表现在韵部与叙事的配合。"歌行"之名来源于乐府，其韵部的转换不仅是为了完成韵律之美，更与诗人要表达的意义，诗篇的叙事脉络等有着高度的关联性。当诗人需要表达多重意义，或者一首诗中需要多次转换叙事情节，便借用转韵来实现。如王恽《大雹行（至元四年五月十五日也）》：

> 雷师掠地西山麓，北会丰隆出苍岭。崩云掩落赤日乌，烈缺光腾烛龙目。黑风驾海天外立，万骑先声振林谷。云涛怒卷恶雨来，中杂冰丸几千斛。杀声咆哮屋碎瓦，百万神兵自天下。奋然横击合阵来，昆阳之战何雄哉。又如马陵之道万弩发，矢下雨如无魏甲。斧形鸡卵见自昔，异状奇模此其匹。野人庭户变绡馆，雾涌烟霾与龙敌。又疑蛟人泉客泣相别，泪洒珠玑恣狼藉。叶穿鸟死庭树惨，禾麦击平惊赭赤。神威收敛俄寂然，潇潇合浦还珠玭。整冠变色立前庑，但见土窝万杵一一皆深圆。五行有占非小变，调元失所谁之愆。又闻夏冬愆伏之所致，亦以坎治持化元。孔子修春秋，二百四十二载间。特书雨雹凡两次，大率贬黜臣下侵君权。况今朱明壮阳月，胡为纵此群慝之所颛。历关上诉九虎怒，蚍蚁小臣非所言。独怜田家被灾者，寒耕热耘手足成胼胝。差科大命寄一麦，眄眄见熟疗饥涎。一新到口不得食，哀哉何以卒岁年。[①]

_____

① 杨镰主编《全元诗》，中华书局2013年版，第五册，第74—75页。

这首诗共 22 韵。其中第 1 韵至第 4 韵叙述冰雹落地之前的风、云、雷电等情形；第 5 韵至第 7 韵叙述冰雹落下地面时的恐怖状况；第 8 韵至第 12 韵叙述冰雹本身的奇异形状，给地面植被带来的伤害，以及诗人想象的冰雹的来历；第 13 韵至第 22 韵则是冰雹过后诗人对此灾难的思考，诗人基于古人的认知结构，认为是人的失德导致气候失常；并表达对底层艰辛农民的哀怜。诗人叙述的整个事件包含四层场景和意义，其中的转折即通过韵部的变换实现，不仅使得诗歌整体韵律婉转，也让诗歌的叙事节奏紧凑而不失章法，使叙事主旨一以贯之。

再如揭傒斯《李宫人琵琶引》：

> 茫茫青冢春风里，岁岁春风吹不起。传得琵琶马上声，古今只有王与李。李氏昔在至元中，少小辞家来入宫。一见世皇称艺绝，珠歌翠舞忽如空。君王岂为红颜惜，自是众人弹不得。玉觞为举乐乍停，一曲便觉千金直。广寒殿里月流辉，太液池头花发时。旧曲半存犹解谱，新声万变总相宜。三十六年如一日，长得君王赐颜色。形容渐改病相寻，独抱琵琶空叹息。兴圣宫中爱更深，承恩始得遂归心。时时尚被宫中召，强理琵琶弦上音。琵琶转调声中涩，堂上慈亲还伫立。回看旧赐满床头，落花飞絮春风急。①

这首歌行的转韵更为频繁，每两韵一转，将李宫人的生平事迹叙写得清晰流畅：先铺垫李宫人的传奇性与王昭君同等，接着写李宫人初入宫的情形，君王宠爱她的原因，李宫人在宫中熬到

---

① 杨镰主编《全元诗》，中华书局 2013 年版，第二十七册，第 197 页。

白头又渐渐失宠的过程。这些情节以及诗人想要呈现出来的情感，都随着韵脚的变化而转化。使得"事"之理与情，皆随着韵脚的转换而流畅展开，其中委曲也无须诗人特意添加文字标识即可辨别，让诗歌呈现"声、事相应"的叙事效果。

（三）用意象连缀诗歌叙事

意象是中国古典诗歌的重要概念，蒋寅认为，在诗歌中出现的自然物，其基本状态只是物象，不论是物象还是典故，它们只有进入到一个诗歌的语境中，进入到一种被陈述的状态中，才能成为意象。[①] 在传统文论中，意象偏重于被用于诗歌抒情性特征的分析，营造意象的主体是抒情性主体，但是，意象既然是进入到"被陈述"状态中才得以形成，那么就不能忽视这个"陈述主体"，也即诗歌的叙事主体。诗人作为叙述的主体，其编织、营造意象的过程，同时也是完成诗歌叙事建构的过程。诗人选取物，形成物象，再注入个人的情思，形成意象，进而运用个性化的叙述方式，形成一句诗或一首诗，便完成了诗人藉由意象叙事的过程。以周震霆《古金城谣》为例：

> 昆仑烈风撼坤轴，日车敛辔咸池浴。六龙饮渴呼不闻，赤蚁玄蠡厌人肉。荆襄弗支庐寿孤，江东扫地如摧枯。忠臣当代谁第一，七载舒州天下无。东南此地关形胜，天柱之峰屹千仞。当年赤壁走曹瞒，天为孙吴产公瑾。我公千载遥相望，崎岖恒以弱击强。孤城大小二百战，食尽北拜天无光。当关援剑苍龙吼，尽室肯污奸党手。推锋阖郡无

[①]　蒋寅：《语象·物象·意象·意境》，《文学评论》2002 年第 3 期。

生降，群盗言之皆稽首。堂堂省宪罗公卿，建官分阃日募兵。哀哉坐视无寸策，遂使流血西江平。向来不晓皇穹意，名将南征死相继。一时贪暴尽庸才，玩寇偷安饕富贵。河流浩浩龙门西，燕山万骑攒霜蹄。英雄暴骨心未死，去作海色催朝鸡。玉衣飞舞空中见，大息孤忠鏖百战。五陵元气待天还，睢阳谁续中丞传。①

这首诗是为纪念著名诗人余阙所作。元代末年，红巾军大起，余阙驻守安庆，亲自迎敌，后城池失守，遂拔剑自刎。在这首诗中，诗人运用了大量悲壮宏大的自然意象，来叙述余阙的忠贞义举；又运用诸多历史意象，衬托余阙的历史地位。第一句"昆仑烈风撼坤轴"，"昆仑"即昆仑山，昆仑山势极高峻，喻示着非同一般的艰险，如韩愈《杂诗》有诗句曰："昆仑高万里，岁尽道苦遭。""坤轴"，即古人想象中在昆仑山下的地轴，张华《博物志》中记载："昆仑山北地转下三千六百里，有八玄幽都，方二十万里。地下有四柱，四柱广十万里，地有三千六百轴，犬牙相举。"②接下来"日车""六龙"皆是指太阳神乘坐的六条龙所驾的车，诗人连用两个太阳的意象，喻示着诗人认为余阙的功绩可与日月争光。诗人认为余阙是"当代忠臣第一"，并借用历史人物作为陈述意象，比拟余阙的历史地位：今天的局势犹如赤壁，余阙即是上天安排的周瑜。藉由周瑜这个历史意象，接着诗人叙述战争的情况是"以弱击强"，为后面余阙作战失败埋下伏笔。然后诗人叙述余阙的战败情形：为了避免被敌人侮

① 杨镰主编《全元诗》，中华书局 2013 年版，第三十七册，第 11—12 页。
② 张华：《博物志》，中华书局 1985 年版，第 1 页。

辱，城内没有人活着投降，因余阙忠义，敌人都对他尊敬有加。进而诗人叙述了余阙战败的内部原因：朝内官员昏庸无道且贪腐横行，如此更突出了余阙悲剧英雄的形象。最后，"海色"表示将要天亮时的天色，"朝鸡"表示报晓的雄鸡，意味着事过境迁，战争后恢复平静的生活；"中丞传"则来自余阙生前的事迹，据《新元史》记载，余阙"立旌忠祠，集将士祠下，谓之曰：'男子生为韦孝宽，死为张巡，不可为不义屈。'闻者壮之"①。张巡系唐代名将，在睢阳带领少量兵力抵抗安史之乱叛军长达两年之久。余阙以张巡为榜样，最终也得以与张巡同样的方式牺牲。总之，这首诗利用自然意象叙事和历史人物意象叙事，使得景、人、事件融为一体，表现出了余阙的悲壮和超凡的历史意义。

（四）平中见奇的叙事风格

歌行体篇幅较长，音韵自由，而元代歌行体叙事的最大的特点是善用直述式、白描式的叙事手法，在诗歌中明白如话地陈述故事。诗歌中没有过多的背景渲染或诗人的感慨，仅以叙事为主轴。但是在平淡质朴的叙事语言中，诗人又意图展现故事的传奇性。如，揭傒斯有《赵孝子》一诗：

> 庐陵赵孝子，四岁父行贾。一去三十年，家惟大母母。大母已云没，而父行不归。儿长亦有妇，母子聊相依。从父自北来，汝父久已死。母子哭且问，父死何乡里。闻汝父死时，不知汝父处。汝但欲往问，京师多旧故。再拜别

---

① 柯绍忞：《新元史》卷二百十八《余阙传》，开明书店1935年版，第422页。

阿母，行行至京师。自念不见父，儿死无归时。乃有曾老者，往昔与父善。言汝父死处，滨州利津县，徒跣二千里，薄言至利津。朱琪张文辈，一一陈所因。死以某年月，葬以某木棺。姓名某所题，近在城南端。城南冢叠叠，翳然榛莽中。极目千万家，能谁识其踪。行哭七日余，欲死不得所。生者无由知，死者岂能语。解发系马鞍，负之坟坟过。吾父倘有知，发解鞍自堕。俄至一坟前，鞍堕发自解。开坟见前和，题字宛犹在。既见父姓名，痛绝心始安。函骨陈野祭，禽鸟声为酸。邻老四面来，惊叹未曾有。相帅报县官，县官骇之久。即日上大府，大府咸异之。次第闻中朝，行子正南驰。行子行且伤，哭踊如初丧。路遥山川阻，何时至故乡。故乡既云至，葬祭无违礼。母子永不离，万事若流水。闻者尽称孝，见者皆感泣。期尔百岁昌，望尔百禄集。儿今一无愿，愿母长不老。岁岁父坟前，洒饭坟上草。①

这首诗非常明确地以"事"为主轴，从第一句即直奔主题，没有多余的衬托性描写，诗人首先交待主人公的身份信息和当前处境："庐陵赵孝子……母子聊相依。"接下来则描写其寻找父亲的坎坷历程：赵孝子听闻父亲早已死去，去京师询问其父生前好友，其父所葬之地。经人指点，赵孝子又徒步走到山东滨州，听到详细的死因、棺木等信息，可是其父的坟墓已埋没于乱坟场中，不能识别："生者无由知，死者岂能语。"故事叙述至此，属于人力可为的部分就戛然而止了。接下来的情节是故事的高潮：赵孝子将马鞍系在头发上，由父亲的灵知告知他坟墓所在

---

① 杨镰主编《全元诗》，中华书局 2013 年版，第二十七册，第 222 页。

地，之后果然如愿。赵孝子的行为在当时的人看来，是由于其孝心感天动地，才会与其父的魂魄产生感应。诗人在诗中叙事手法是客观平铺直叙，但是赵孝子的不幸身世，寻父过程中的坎坷遭遇，以及寻父尸骨成功的传奇性，却一一呈现出来，正是诗人平中见奇的叙事手法所致。

总之，元代歌行体诗歌继承了诗经"风"的传统，记录下大量当时各种各样的社会现象，其叙事品格在叙事纪实的基础上，也兼具艺术性与条理性。

二、小令之叙事

诗歌发展至元代，可谓是"众体皆备"，元代散曲的出现，完成了中国古典诗歌体式发展的最后一环，此后再无新的体式变化。散曲作为诗体的新变，其渊源来自词体，任中敏先生在《散曲研究》中说："曲始自元季，而源于宋词。"[①] 自《诗经》之后，后世诗歌体制一变而再变，有整齐的七言、五言诗，也有杂言诗，宋代文人将词体推向高峰，至元代则发展出了成熟的曲。征诸诗歌各种体式的发展历程可发现，诗歌最初是源于民间，经由文人的"专业化"创作，使其登堂入室；进而当该诗体的艺术形式趋向完备，也是其走向衰落的开始，接下来则有新的诗体以"俗"的方式出现，因其鲜活的生命力而被文人广泛接受，如此周而复始。

诗歌是文人言志之"正统"文体，诗歌发展至唐代，各种体式整饬，在形式上已趋于完美。但是诗歌的"正统性"在相当程度限制了诗人的表达需求，于是到宋代，诗的风头让位于

---

① 　任中敏：《散曲研究》卷一，中华书局 2013 年版，第 1 页。

词。当词发展到逐渐与音乐脱离关系，表现的内容和方式被文人"雅化"，也慢慢走向了衰落。因此，至元代，相对于词来说更"俗"的曲应运而生。散曲的产生，除了有文体层面的规律可循，也与元代文人心态和精神面貌有关。蒙元政权入主中原，建立起第一个大一统的异族政权，让汉族士人产生巨大的心理落差。在蒙元政权的高压统治下，汉族士人心理上的郁结无可发泄，但是他们又无力真正改变现实，便用嬉笑怒骂的方式来逃避；他们玩世不恭的调侃，也是一种隐逸的表现。正所谓"诗庄词媚曲谐"，曲的功用是表达"非正统"的情感与思考。再者，由于元代统治者基本废除了科举制度，使得读书人很少有跻身社会上层的通道，士人、文人与"庶人"身份混同，也让元代的散曲没有走向极端的"雅化"。这些因素致使散曲叙事形式具备自由洒脱的特质，叙事内容具有活泼的多样性。有学者认为，中国诗歌艺术走向世俗人生，熔雅俗于一炉，的确是从元散曲开始的。①

元散曲叙事的一个重要特征是突出"人"的色彩，即突出人性与个性，这种现象与元代文人的思想解放有一定的关联。儒学发展至宋代，出现了理学，理学从宋初发展至宋末，也没有避免从充满活力到逐渐桎梏的模式。宋代理学对人性的束缚，加之宋朝被元朝灭国的惨痛，导致文人入元后鄙弃僵化的理学，高张人性。这种思想倾向表现在元曲的叙事艺术中，即是额外突出人性的色彩。元散曲又被元人称为"今乐府"，意指其与音乐的高度关联性，散曲在形式上分为小令和套数。小令是单篇文本，以短小的篇幅表现一个主题；套数是复合文本，一个主

---

① 王星琦：《元明散曲史论》，南京师范大学出版社 2016 年版，第 61 页。

题由多个曲牌组成。本节暂以小令作为分析对象，揭示散曲的叙事特色。

首先，小令叙事中表露出强烈的自我意识。中国的文化与艺术向来讲究含蓄蕴藉，尤其是要指称某个事物或人时，会用各种代词婉转指称，使其要表达的意义蕴藉含蓄。但是在散曲中，作者却毫无顾忌地使用"你""我""他"等直白的人称代词，意图更强烈地表达自我的感受。正如李泽厚所说："曲境则不然，它以酣畅明达，直率痛快为能事，诗多'无我之境'，词多'有我之境'，曲则大都是非常突出的'有我之境'。"① 试举几例：

> 花衢柳陌。恨他去胡沾惹。秦楼谢馆。怪他去闲冶。独立在帘儿下。眼巴巴则见风透纱窗。月上葡萄架。朝朝等待他。夜夜盼望他。盼不到如何价。
>
> 当初共他。俏一似双飞燕。如今误我。好一似失了群的雁。教我愁无恨。要见人难上难。我这里冷落孤韩独自空长叹。行行不奈烦。频频的掩泪眼。事事都心懒。
>
> 初相见时。止望和他同谐老。心肠变也。更无些儿好。他藏着笑里刀。误了我漆共胶。
>
> 这冤仇怀恨千钧重。见时节心头气期。想盼的我肠断眼儿穿。直揎的他腮颊脸儿肿。
>
> 魂劳梦禳。为伊空惆怅。行想坐想。为伊成悒怏。想伊是铁心肠。全不忆共燃香。咱因他弃了家私肥了驱驰更高了故乡。伊家好歹心肠。不思量。不思量香罗带绾同心在你行。

---

① 李泽厚：《美的历程》，天津社会科学院出版社2001年版，第304页。

> 我事事村。他般般丑。丑则丑村则村意相投。则为他
> 丑心儿真博得我村情儿厚。似这般丑着属。村配偶。只除
> 天上有。

这几首小令的内容都是作者拟妇女的口吻，直接叙述心中的感受，全篇没有起兴，而是直接抒发心中的爱恨情愁，语言皆简易、直白、口语化。并且，与诗中人物情思有关的一切相关叙述，皆是来自人物自述，没有夹杂背景介绍的"画外音"，只是人物自白的"独幕剧"。诗人的表述风格抛弃了蕴藉含蓄，注入了大胆泼辣，这种叙述方式不符合内敛的汉人形象，明显受到了外向强悍的少数民族性格气质影响。韦政通认为，中国人的宇宙观是一种"有情的宇宙观"。有情宇宙观在文学方面体现为："中国传统中第一流的文学，不是纯粹写景的山水文学、自然文学，也不是纯粹抒情的浪漫文学，而是融情于自然山水之中，情景交感的性情文学。例如陶渊明被人千古传诵的一首诗：'采菊东篱下，悠然见南山；山气日夕佳，飞鸟相与还；此中有真意，欲辨已忘言。'东篱、南山、山气、飞鸟，都是常见的景色，陶渊明却体味到其中的'真意'，此处所言之真意，就是人的真性情。陶渊明所见的东篱、南山这些景色，与一般人所见的没有两样，他与一般人不同的地方，是他有真性情。他把他的真性情，投射到外界的景物以后，这些景物也就自然与一般所看到的不同。这便是诗的净化作用。诗的感染力就来自净化的作用。"① 可见在中国传统的文化观念里，人之有情，与万物有情是一体的，个体的情感与自然、宇宙的情感融为一体，所

---

① 韦政通：《中国文化概论》，岳麓书社2003年版，第48页。

以中国诗歌抒情的方式也是含蓄的，并不像西方的浪漫主义抒情那样，强烈表达个体的情感。而上述几首小令中，诗中人物直接陈述自己的情绪、情感，突出了个体情感的色彩，这种叙述方式反映了元人开始注重个体的心理特征。诗中所叙述的事件，其逻辑、场景的转换，皆是以诗中人物的情绪流转变化为中心，反映出"以情牵事"的叙事特色。由含蓄地表述，转向直截外露的叙述，也是元人叙事艺术相对于以往的突破性进展。

其次，以人物的感官、知觉推动事件情节的发展。元代散曲对个体的凸显是全面性的，不仅表现在曲中直接叙述个体的情感，还表现在：以个体的内在心理活动或多种感知作为"核心驱动力"，再关联带动相关景物、外部环境的叙述，使得外部环境点染上个体内在感受的色彩，以此来推动所叙事件的发展。如曾瑞《中吕·喜春来·感怀》：

> 溪边倦客停兰棹。楼上何人品玉箫。哀声幽怨满江皋。声渐悄。遣我闷无聊。[1]

在这首曲中，每句的叙述中皆包含了人物内在感受或听觉感知："倦"表示人物此时的疲惫心境；"品玉箫"则是隐晦地表达听觉感知；"哀声"既表示了人物听觉感官的反馈，也喻示了其心情的低沉；"声渐悄"则意味着声音的逐渐消逝；最后"闷无聊"亦是表述人物沉闷的心情。这首曲以人物的心理叙事为起始点，以听到箫声为进入听觉叙事的转折点，"声满"是听觉叙事的高潮，"渐悄"又使听觉叙事从高潮回落到结束；再以"闷

---

[1]　隋树森编《全元散曲》，中华书局1964年版，上册，第492页。

无聊"回到心理叙事。不论是心理叙事还是听觉叙事，都是以人物为中心，整体的叙事节奏皆是围绕着人物的个人体验展开，"心理——听觉——心理"形成一个完整的回形叙事结构。另外，"溪边——楼上——江皋"这条辅助的景物叙事脉络，也是被人物的心理活动驱动，随着人物的视线顺势流转。整体上形成了以人物内在为中心，外向辐射开来，集抒情性、叙事性、画面感与动态性为一体的"圆锥形"叙事型态。

再如张养浩《双调·折桂令·通州巡舟》：

> 呼童解缆开船。见绿水青天。两岸回旋。欹枕篷窗。觉风波只在头边。桂櫂举摇开翠烟。竹弹斜界破平川。老子狂颠。高咏诗篇。行过沙头。惊的些白鸟翩翩。[①]

这首令曲也是类似前文的叙事结构：以"开船"为故事开端，接下来"见青天""回旋""觉风波""摇开崔翠烟""老子狂颠""高咏诗篇""行过沙头"，皆是随着诗人坐在船上的视线移动而展开的叙述，而诗人对所见景色的描写，也暗含了诗人潇洒愉悦的心情和略带狂放的性格特征。最后以"惊鸟"结尾，则是从诗人的内在世界又回到现实。此曲依然是以外在环境作为点染铺垫，人的主观体验则是推动叙事线路演进的动力。

再次，元散曲叙事突出人性特征的另一表现，是直接以对话入诗。当诗人在曲中直接以对话展示，没有任何相关的背景描述，则是一种直观的弱化语境、直陈本质的叙述方式。如《仙吕·寄生草》：

---

① 隋树森编《全元散曲》，中华书局 1964 年版，下册，第 426 页。

动不动人前骂。动不动脸上抓。一千般做小伏低下。但言便索和咱罢。提着罢字儿奚落的人来怕。你这忘恩失义俏冤家。不剌。你眉儿淡了教谁画。①

这首曲的叙述主体是以一位处于恋爱关系中的男性，"人前骂""脸上抓"这些动作的施为者是他的恋爱对象；"做小伏低""言和"的动作施为者者是叙述者本人；之后"提罢字儿"的是其恋爱对象；最后两句又是男子自述。这首曲中并不是每句都有"我""你"之类的人称代词，但是从语义来看，其话语的发出者与接受者却又更加明确了，不致使旁观者产生误解。究其原因，乃是作者暗设了一个突出鲜明的叙述主体，因为主体的突出性，导致其叙述对象也有明确的封闭性和限定性：这些话语的受众只是他眼前的人，没有第三方。如此"旁若无人"的叙述方式，正是创作者突出叙事语境中"人"的主体性的表现。

复次，元散曲中还有直陈人物独白的叙事方式。在独白式叙事中，人物的语义中暗含了一个话语指向的对象，但是这个对象却不在眼前的场景中；虽然不在场，却又贯穿了整个语境。如《仙吕·三番玉楼人》：

风摆簷间马。雨打响碧窗。枕剩衾寒没乱煞。不着我题名儿骂。暗想他。忒情杂。等来家。好生的歹斗咱。我将那厮脸儿上不抓。耳轮儿揪罢。我问你昨夜宿谁家。②

---

① 隋树森编《全元散曲》，中华书局 1964 年版，下册，第 1670 页。
② 隋树森编《全元散曲》，中华书局 1964 年版，下册，第 1675 页。

这首曲是一位女性在思念中的独白，前三句虽然是外在环境的描写，也可视作人物对周边环境的陈述，从第四句开始则进入了人物的内在独白。这位女性心情复杂地想着心中的"他"，并在心中暗暗规划了一出将要上演的场景：等他回来，我揪着他的耳朵，问问他昨天晚上住在谁家。曲中人物叙述独白的对象是不在现场的，是通过想象式叙述才呈现出来的；通过这个具备一系列动作的完整的想象场景，曲中人物的性格特点也被塑造出来。

再如姚燧《越调·凭阑人·寄征衣》：

> 欲寄君衣君不还，不寄君衣君又寒。寄与不寄间，妾身千万难！

这段话也是一段叙述心理活动的独白，曲中女性将自己是否要寄衣服给另一半的矛盾心态描述得入木三分。寄或者不寄，行为的发出者是这位女性，她的思考牵动对象是她的丈夫。从现实角度来说，丈夫的还或者不还，不会因为几件棉衣而决定，是这位女性单方面将"还家"与"棉衣"做出因果上的联结，最后又因此衍生出了矛盾的心态，让曲中人物"女性心理"的特征得到鲜明的体现。独白式叙述的成功应用，会同时产生戏剧的效果。作者能将自己代入到女性视角的叙述中，以极具感染力的叙述语言，传神表现出人物的独特特点，显见也是深入细致揣摩人物心理的结果。

总之，散曲作为在元代发展繁荣的诗体形式，反映了元代文人集体性的创作倾向：注重本真的人性，善于进行细腻的心理叙述。整体而言，小令具有短、精、白的特点：篇幅短小，语言精练浅白。散曲的繁荣是因为有大量的文人参与创作，这反映出元代文人从雅文学向俗文学靠拢的倾向。文人大范围接纳俗文学，与士人群体的下沉有关，当文人不再像之前的时代，有"合法"的道统、文统可继承，巨大的心理落差就促使他们走向另一个相反的方向：从俗。这是基于文化氛围形成的一个时代文人的共同审美趣味，也是一个时代文人共同的心理结构表现在文学层面的叙述倾向。

以上所举两种单体文本之叙事，它们共有的表达形式特征是"自由"。以格律、行文严谨的律诗、绝句为参照物，歌行的出现在它们之前，是诗歌尚未格律化的产物；小令的出现在它们之后，属于格律诗的新变。因此，歌行与小令皆属于以"自由"为特征的表达型态系统，在这种表达型态内，诗人的叙述内容可以得到更自如的表现。

第二节　副文本之叙事特色

副文本，是著名的西方叙事学家热奈特提出的概念，他认为诗学的对象是广义的文本，是跨文本性，副文本包括标题、副标题、前言、跋等，[①]并没有构成诗歌正文的文本。在中国古代诗歌中，诗题、诗序、自注等文本，即符合"副文本"的概念。

---

① ［法］热奈特：《热奈特论文集》，史忠义译，百花文艺出版社2001年版，第68—71页。

一、诗序之叙事

诗序的传统可追溯至《毛诗序》，《毛诗序》有大序与小序之分，大序是对《诗经》整体的诗歌理论的总结，小序是针对具体诗篇的解读。诗序的产生时间在诗篇之后，系后世释经学的产物。吴承学认为，诗序的产生除了受经学影响，也可能受到赋体的影响。他在《论古诗制题制序史》一文中说："受《诗小序》影响的诗序一般比较短小，言简意赅，明确地阐述诗旨；受赋序影响的诗序则较长委曲详细，主要阐释创作缘起，有较明显的叙事成分在内，内容比较灵活详实，更符合'知人论世'的批评原则，故后人诗序多采用此方式。"可见，后世诗人传承诗中作序的传统，主要目的是在诗歌的抒情功能之外，补充其叙事性。诗大序的主要功能是概括诗歌理论，这一传统被诗歌别集的序文所继承，这种诗序可归入"文"的范畴。诗小序的功能则是详细阐述具体诗篇创作缘起，这一传统被后世诗人用于对自己诗歌的主旨进行"自我阐释"，于是便出现了诗自序。①

诗序的作者由"他序"转为"自序"，意味着诗人本人在一定程度上进行了诗歌主旨的阐释。如刘知几在《史通·序例》中记载："孔安国有云：《序》者，所以叙作者之意也。窃以《书》列典谟，《诗》含比兴，若不先叙其意，难以曲得其情。故每篇有序，敷畅厥义。"② 元代诗人亦善用自序交待诗

---

① 以上吴承学：《论古诗制题制序史》，《文学遗产》1996年第5期。
② 刘知几：《史通通释》，浦起龙通释，上海古籍出版社1978年版，第87页。

歌的本事，揭示诗歌主旨，或发表个人议论，运用诗序极大加强了诗歌整体的叙事性，使诗序与诗歌文本形成各自相对独立又互相依赖的表意单元，让诗歌的"情"与"理"获得有机的统合。

以诗序的叙事功能来说，元代诗序有以下特点：

一，为诗歌本事提供充分的背景补充。在"诗言志"的传统诗歌理念影响下，诗歌文本的主要功能是抒发作者情思，但受限于篇幅，难以在诗歌文本中详述情思产生的原委。诗序在诗歌中的位置一般是诗题与诗歌文本之间，诗人在诗序中所叙述的内容，就成为连接诗歌题名与诗歌文本的桥梁。如元初诗人耶律铸有《凯歌凯乐词九首》，其序曰：

> 列圣尤宋食言弃好。皇帝命将出师问罪，奏捷献凯，乃作《南征捷》等曲云。昔我太祖皇帝出师问罪西域。辛巳岁夏，驻跸铁门关，宋主宁宗，遣国信使苟梦玉通好乞和。太祖皇帝许之。敕宣差噶哈，护送苟梦玉还其国。辛卯冬，我太祖皇帝南征女真。诏睿宗皇帝，遣信使绰布干等使宋，宋人杀之。睿宗皇帝谓诸王大臣曰：彼自食言弃好，辄害我使。今日之事，曲直有归，可下令诸军分攻城堡关隘。由是，长驱入汉中。此其伐宋之端也。《宁宗实录》第四百六十一，都干苟梦玉衔命使彼。《宋四朝国史列传》第七十七《贾陟传》：苟梦玉使北还宋。阆州谯庆茂所编《蜀边事略》：绍定元年戊子，制置使郑损与所代官四川制置使桂如渊，会于顺庆，使以时相所喻和议密指告之，且畀以朝廷所授《苟梦玉使北录》二册。《理宗实录》第八十三：绍定四年辛卯，北使苏巴尔罕来，以假道合兵为辞。

青野原洮州统制张宣诱苏巴尔罕杀之。《理宗日历》第三百
九十五：十月二十一日，洮州统制张宣诱苏巴尔罕，使曹万
户杀。《理宗日历》第百五十一：宝庆三年，丁亥正月十一
日辛酉，姚翀朝辞进对，次奏通好北朝事。上曰：以我朝与
北朝本无纤隙，不必言和，只去通好足矣。寻食其言，敢
杀信使，孰曲孰直明矣。故详而疏之。①

耶律铸是耶律楚材之子，文才颇著，尤善创作乐府。凯乐是一
种军乐，在军队出征之前或凯旋之后的仪式上演奏。《周礼·大
司乐》曰："王师大献，则令奏凯乐。"《周礼·大司马》曰：
"师有功，则凯乐献于社。"凯歌则是配合凯乐的歌词，沈括在
《梦溪笔谈》中记载："边兵每得胜回，则连队抗声'凯歌'，乃
古之遗音也。'凯歌'词甚多，皆市井鄙俚之语。予在鄜延时，
制数十曲，令士卒歌之。"② 可见凯歌的功能是给军人演唱，歌
词内容多浅白易懂。耶律铸也在其《凯乐歌词曲序》中称："郭
茂倩编次《乐府诗集》，有晋《凯歌》二首，隋《凯乐歌辞》三
首，唐《凯乐歌辞》四首、《凯歌》六首，咏其君臣殊勋
异绩。"③

耶律铸创作《凯歌》，有相应的诗歌传统可追溯。但是检视
《乐府诗集》中所收录的《凯歌》，唯有岑参《送封大夫出师西
征》有简单的序，其余皆没有。耶律铸《凯歌凯乐词》共九首，
诗题分别为《南征捷》《拔武昌》《战芜湖》《下江东》《克临安》

---

① 杨镰主编《全元诗》，中华书局 2013 年版，第四册，第 2 页。
② 沈括：《梦溪笔谈》卷五，岳麓书社 1998 年版，第 38 页。
③ 杨镰主编《全元诗》，中华书局 2013 年版，第四册，第 6 页。

等，是在元军胜利讨伐南宋后，为歌颂元军功绩而作，故而在其短小的篇幅内能达到称赞元军神勇的目的即可。但是对于元军讨伐南宋的原因，以及诗中诸如"食言自是是诬天"等句具体所指何事，则需要借助诗序来详加说明。耶律铸作此长序的主要目的，是为了宣示元朝讨伐宋朝的合理性，他在诗序中先叙述讨伐南宋的起因：南宋原本主动要与元朝"通好"，后来却又杀死元朝使臣，南宋朝背信弃义，才迫使元朝起兵讨伐。耶律铸为使其说法真实可信，接着在诗序中征引宋朝《宁宗实录》《宋四朝国史列传》《理宗日历》《理宗实录》等文献记录，仅罗列事实，不添加个人评论，让诗歌本事之是非曲直一一如实呈现出来。加之其援引的证据皆为宋朝史料，使其所叙之事更加有说服力。

二，铺叙诗人论点，阐明诗歌主旨。诗序作为诗歌整体的一部分，承载诗歌文本中所体现不出的"言外之意"，此"意"即是诗人要表达的主旨。诗歌皆是缘事而作，诗人写诗序的目的是着重阐释"事"，若能在罗列事实之外，添加诗人对事件的评议，则可将阐释进一步深化与丰富。元末诗人杨维桢，善用长序，其诗《韦骨鲠》《舒刺客》等，诗序曰"序论"，明确标识出诗序的议论性质。以《舒刺客》之序为例：

> 沅州有奇男子陷贼中，佯俘，受伪命，阴谋刺伪主。大享宴中，匕首业出袖，不幸不中，讫能流湋以免，绝似博浪沙事。伪主淫杀疑似百十人，已而间行归荆溪山中，说豪杰数百辈从之，归正于江浙省相府。贡礼部为作歌诗，令予志其事，予始知奇男子舒氏，而志名。明年，志觐京师，予徒乡贡忻。回京师，持其状来求书。余读太史公

《刺客传》，未尝不悲国士之志，志穷而为刺也。议者谓传
刺客非《春秋》旨。盖尝论刺客有义有不义辨，为国报仇、
为私人戕正人，此义不义辨也。刺客有五，吾取其三人。
沫持匕首劫盟坛上，管仲不以为非，而归其侵地。让挟匕
首入涂厕中，赵襄子义其人而卒释之。轲挟匕首亢图，为
丹太子驰入仇国，图穷匕见而卒受戮死。君子犹以义侠予
之。嘻！刺客若三子者，可以翮豹之例书之乎？五百有余
年而曹操遣客至先主座所，见诸葛而遐，此真珠靡耳。又
三百余年而唐有曹王俊客，能取其主仇谢祐首为溺器，义
士快之。又七百余年而今有舒志，人又咎其不得为曹王俊
客，此以成败论也。吾取义烈于志，不计其功成与败也。
太史公曰："义或成或不成，其较然不欺其志，岂妄也哉？"
吾以是取志。予既为志录其事，志自京师得赏爵回，来见
曰："先生为李铁枪作歌，至今铁枪有生气。志拙事幸见录
于铁史，再幸得先生歌，虽衮冕无以喻荣。"予与壮士饮
酒，酒既酣，遂为作壮士歌一解，使左右击节合噪相和。
壮士大喜，出佩剑作浑脱舞而去。①

此诗的主旨是称颂一位奇侠义士，其人名舒志。舒志是一名刺
客，诗人首先简述其事：舒志行刺无道之人未遂，被流放至沅
州，后来又有数百人跟随他回到浙江。诗人受委托作诗歌以记
载舒志的事迹。诗人在陈述完事实之后，引出论点：为刺客作
传，是否符合春秋大义？此事关乎作诗的合法性，须诗人自行
论证。诗人列述的观点有二：其一，义或不义的标准：为国家刺

① 杨镰主编《全元诗》，中华书局 2013 年版，第三十九册，第 131 页。

佞人是义，为私人恩怨刺正直的人是不义。其二，只要其行刺的初衷是符合"义"的，就值得称颂，不以结果成败论英雄。诗人论述清楚自己的观点之后，印证舒志的行为是符合大义并值得称颂的，所以为舒志作诗记录其事迹便顺理成章。经过诗人在诗序中的论述，诗歌主旨也显得更为深刻和立体。

　　三，以诗序解诗题。诗题、诗序、诗歌文本既是完整的表意整体，那么当诗题较为简短时，诗歌文本承担更多抒情功能，诗序则主要发挥叙事解题的作用。尤其诗歌内容有咏物、怀人等目的时，须要有其物或人的介绍性文字，这类叙述性文字不适合出现在诗歌文本中，否则会伤害诗歌本身的诗性。在这种情况下，诗序可成为诗题的注解，裨益诗歌文本保持其诗性特质。如王恽有《僮哀诗》一首，其序曰：

　　　　僮姓李氏，小字八龄，十有六岁。壬辰夏后六月廿九日，因戏水滨溺死猊涡。予时卧病不知，以数日不来见，疑其有异，且觉梦思恍惚。及旬余，穷竟所以，乃云已死矣，为恻然者累日。[1]

其诗曰："来从汀郡六千里，执役家僮二载余。兵死不教承舞槊，陆沉谁料葬河鱼。樵苏晚到虞疏失，庭户晨兴忆扫除。善遇力佣平日事，一朝不见意何如。"对比诗题与诗歌文本的内容可知，若无诗序中对童仆生平的记叙，就无从知晓其姓氏、年龄、死因、死亡日期等信息。加之诗人在诗序中叙述对童仆的关切，才更使得诗歌文本内容的表现力大大增强。

───────────────

[1]　杨镰主编《全元诗》，中华书局 2013 年版，第五册，第 342 页。

咏物诗描摹状物，或须叙述事之物理，此时诗歌文本的表现力难免不足，就需要由诗序来补足。以王恽《朱砂饼菊诗》之序为例：

> 秋涧翁观化于秀春园，见菊之种甚多，有所谓朱砂饼、烟脂红。予以白与黄菊之正色，今变幻若尔何哉？或曰接之于艾致然。予试为之说曰：艾火草也，菊亦阳种也。以二物方盛之时，使客于艾之末，未有不随其主之盛气而变者。又赫以鲜者阳之精也，故有朱砂之异。此虽小事，亦气化之类也，格物者不可不知，故序。①

名为"朱砂饼"的菊花，并不是菊花的常见品种，因此诗人特意作诗序以解题。诗人首先提出问题：白色与黄色是菊花的正常颜色，为何会出现朱砂、烟脂色？有人回答是与艾嫁接的原因。诗人对此答案不满意，又详细解释了艾与菊嫁接的具体原理：以菊为客，以艾为主，使其气相接，客随主变，故而菊呈朱砂色。诗人最后解释了作此诗序的必须性：格物者不可不知。意即为遵循儒家"格物穷理"的观念，必须要阐述清楚事物运行的原理。可见诗人创作咏物诗诗序的目的，不是为了说明此事物引发的其他事件，而是仅针对此事之"物理"深入探究事物背后的原理法则，体现出诗人客观求实的世界观。

以诗序内部的叙事特征来说，元代诗序有如下特点：

一，把诗序散文化，形成情理互见的散文化叙事风格。如王恽《良宵散步诗》其序曰：

---

① 杨镰主编《全元诗》，中华书局 2013 年版，第五册，第 301 页。

至元廿八年冬十一月十四日同曲山小酌林兄北轩，既醺，相与至珉溪家夜话，归见月色烟霏，殊有春意。因念数日寒沍，今夕乃尔，恐一冬不三二朝而已。遂步入春露坊，冲口而成诗。何夜无月，何家无酒，但少闲适如吾四人耳。①

此诗序的行文风格明显模仿苏轼《记承天夜游》："元丰六年十月十二日，夜，解衣欲睡，月色入户，欣然起行。念无与为乐者，遂至承天寺，寻张怀民。怀民亦未寝，相与步于中庭。庭下如积水空明，水中藻荇交横，盖竹柏影也。何夜无月，何处无竹柏，但少闲人如吾两人者耳。"② 虽是叙述作诗缘由，但更可视作独立的叙事表意单位。诗人交待了散步的时间、地点，但是又并非简单的罗列，而是以诗人的情思为线索，搭配合理的思维逻辑，达成情理互见的叙事艺术。以"理"的层面来说，诗人每句话皆叙述一个缘由，来推进事情的下一步进展：喝醉——至朋友家——回程觉有春意——在严寒的冬季，春意之夜不可多得——入春露坊，继而作诗。其叙事逻辑层层递进，节奏发展紧凑。以"情"的层面来说，事件之所以如此发展，是因为诗人有热爱生活的情感，将此情发之于事，才有诗序中"见"（月色烟霏）、"念"（数日寒沍）、"恐"（不三二朝）等寄寓着诗人独特情感动机的词汇，藉由情感色彩的逐步加深，推动着故事情节的发展。与诗歌文本相比，诗序的叙事条理清晰，

---

① 杨镰主编《全元诗》，中华书局 2013 年版，第五册，第 337 页。
② 苏轼：《苏轼全集校注》卷七十一，江裕斌校注，河北人民出版社 2010 年版，第十九册，第 8082 页。

又不失情感流露，将叙事与抒情紧密融合在一起。

再如傅若金《清明日游城西诗》其诗序曰：

> 予资嗜幽澹，所遇名山水，兴至辄翛然径造，兴尽即休，无留滞之意。客京师三年，闻西山之胜，未至焉。乃元统二年二月二十五日，为清明节，风和景舒，卉木妍丽。金华王叔善父，四明俞绍芳，同里范诚之，与予，从一小苍头，载酒殽共出游城西。遂至先皇帝所创大承天护圣寺，纵观行望寿安、香山而还，先是约信宿遍历山麓诸寺乃止。至是谓三子曰："是行适意尔，即一诣而穷其胜，岂更有余兴哉。"相与登高丘，藉草而坐，酒数行，约赋古诗五言六韵五章。道所得之趣，书二十字乱器中，人探五字以为韵。时诚之止酒，予又性不饮，叔善、绍芳脱冠纵酌，旁若无人，予亦吟啸自若，都人士游者车服声技相阗咽，金壶玉盘罗列照烂，意若甚薄余数子者。而又有若甚慕者焉。既夕罢归。所赋诗各缮写为一卷，明日会余于杜氏馆中。夫予在同游间年最少，而好任意兴，三子不以予年少而夺之。诚之与予俱不举酒，而能从二子之饮，不厌其醉，是游不已乐哉。叙以识之。①

此诗序文笔潇洒流畅，有平易自然之质，颇似游记散文。诗人在诗序中备述时间、地点、人物等基本要素；及游玩与作诗的情趣、过程，使全文有理有情，有骨有肉，与诗歌文本呈相得益彰之势。

---

① 杨镰主编《全元诗》，中华书局 2013 年版，第四十五册，第 9—10 页。

　　二，诗序是诗歌的副文本，但是诗人为使诗歌叙事效果清晰明了，有时会在诗序中着墨更深，使诗序成为独具特色的叙事作品，从而与诗歌文本形成"本末置换"的效果。正所谓"歌诗合为事而作"，尤其是在一些社会现实题材的诗歌中，诗序的叙事艺术常常大放光彩。

　　如李孝光《原田》一诗之序：

　　　　乐成，温属县也。为乡六，其田土错海中，轩輖如犬牙。独山门直县北，其地多高山深溪，土敝而瘠，居人无所稼穑。五代间，令有丁公者始教民治田。起大防，其为式，沉竹笼水中，楗以巨石，隆以楼苴。因地势磐折行水，稍沟以灌溉，水势所至尽可耕种。自丁公时为塝凡三，曰：北阁、久房、丁公。丁公塝在淀村，其民曰：我不知治田，丁公实教我，因名其塝曰丁公，使我子孙世世无忘丁公也。淀村之民愚蠢而醇厚。视诸为农者，又最劳苦，纵无年不甚困。乡之富者，窃睨而垂涎，欲阴坏其利而攘之，而持布泉啗恶人，去丁公三百步，更起塝夺水。民讼诸有司，吏畏富人不即受。民则泣守枯田，悒悒不能言。泰定二年秋，会县尹靳公来止。富人素畏威名，乃自令恶人坏塝。他日又辄嗾恶人致词，小人乃喜。淀村民咸自相语曰：公且去，富人取吾属矣。公惠我等甚大，愿相从留公以续吾命。即不愿，当卧塞其门，无听公去。李孝光闻其言而悲之，为之歌以达其辞。①

---

① 杨镰主编《全元诗》，中华书局 2013 年版，第三十二册，第 274—275 页。

这篇诗序讲述了一个令人哀叹又无奈的故事。诗人先叙述"丁公埭"来之不易的历史，接着叙述淀村村民被富人数次欺压的无奈，以至于遇到一位愿为他们伸张的县尹，便如救命稻草一般。诗人对事件的时间、地点、人物皆一一交待明确；对富人具体的恶劣行径，也逐一叙述清楚："布泉嗾恶人""起埭夺水""令恶人坏埭""嗾恶人致词"。相比之下，当地农民的形象是"愚蠢而淳厚"，面对富人欺压，只能"泣守枯田，悒悒不能言"，他们最勇敢的行为也不过是到县尹门前"卧塞其门"。诗人通过对双方行为的对比叙写，使人物形象饱满而生动，富人的无耻，穷人的无能，都跃然眼前，也更让人能够体会到诗人为农民而歌的悲愤心情。

二、诗题之叙事

诗题的产生与诗序类似：并非与诗歌同时产生，而是后人添加。《诗经》中的诗题皆十分简短，多是两字到四字，是后人从诗歌文本中提取出来的，仅起到标识作用，与诗人要表达的诗歌主旨没有必然联系。清人顾炎武曾总结诗题的发展历程："三百篇之诗人，大率诗成，取其中一字、二字、三四字以名篇，故十五国并无一题。雅颂中间一有之……五言之兴，始自汉魏，而十九首并无题。郊祀歌、铙歌曲各以篇首字为题。又如王、曹皆有《七哀》而不必同其情，六子皆有《杂诗》而不必同其义。则亦犹之十九首也。唐人以诗取士，始有命题分韵之法，而诗学衰矣。"① 可见《诗经》的诗题只是选取篇名中的文字作

---

① 顾炎武：《日知录》卷二十一，景印文渊阁《四库全书》本，商务印书馆1986年版，第858册，第852页。

为诗篇标记，汉魏时期的诗题，也只是用作某种同类诗歌的划分。吴承学认为，诗题形式的成熟时期大约在西晋，此时诗题成为诗歌整体形式的不可或缺的有机部分，诗人完全有意识地利用诗题来阐释其创作宗旨、创作缘起、歌咏对象，标明作诗的场合、对象。① 显然，诗题的出现是与诗歌的叙事传统的发展相符合的。

　　上古时期诗歌的功用是以抒情为主，诗歌文本本身就能很好地完成这一任务，所以诗题仅有点缀性意义。当诗人意识到还需要在"抒情"之外有更完备的内容表达，就需要添加附缀性文本辅之。所以，西晋时期，诗题进入到诗人的整体的创作意识中，此时的诗题与诗歌内容融为一体。诗题篇幅有短有长，短题简短交待创作缘由，如谢灵运《过白岸亭》《初发石首城》等；也有一些相对较长的诗题，如谢灵运《石门新营所住，四面高山，回溪石濑，茂林修竹》《登临海峤初发疆中作与从弟惠连可见羊何共和之》，在诗题中说明地点、人物、景象，已经颇具叙事性因素。至于顾炎武所说的唐代之后作诗"命题分韵"之法，是以阐释诗题为中心而作诗，这种方式不同于以往"无题诗"之纯粹发自性情，而是带有"为作诗而作诗"的性质，因此顾炎武感叹"诗学衰矣"。诗之"自然"与"人工"孰高孰低的问题，自古以来争论不休，不在本文的论述范围内。但是唐代的这种作诗风气无疑会客观上促进诗人更加重视诗题，即便不以命题作诗为目的，也会在作诗时思考诗题的内涵。

　　诗歌发展至元代，诗人注重琢磨诗题的现象愈演愈烈。元代方回在《汪斗山识悔吟稿序》一文中指出："近人作诗未论意

————————

① 吴承学：《论古诗制题制序诗》，《文学遗产》1996年第5期。

句工拙，所命诗题已多可议。书官称宜从雅，谓如明府、赞府之类。书道号宜从显，谓如东坡、山谷之类，卑者书名，通行无弊，则不如悉书□□□，此亦岂可不谨哉！"① 可见，元人论诗，十分注重诗题的用心经营，诗题中的人物名称皆追求"从雅""从显"，这与元代追求"雅正"的诗风相一致。用词考究是元人注重诗题的表现之一。

元人注重诗题的另一表现，则是精心安排叙事。元人诗题的篇幅与前代一致，既有短题，亦有长题。长题无疑意味着诗题叙事性意味的增强，短题亦具备人物、地名、简单的事由等基本的叙事性要素。与《诗经》中的短题仅具标记性功能不同，元人着意经营诗题，即便是短题也可见诗人明确的叙事性倾向。如舒岳祥《十月三十日晴暖而梅意殊冷也》，诗人在简短的诗题中，对所吟咏的对象进行了高度概括：首先点明了日期，其次说明是事件发生的场景是"晴暖"的天气状况下，再次则加入了自己的主观感受"梅意殊冷"，客观的"晴暖"与主观的"殊冷"构成鲜明的对比关系，丰富了叙事的层次性。再如黎廷瑞《晚晴欲适西村不果》，这则诗题中也包含了事件的三个层次："晚晴"，即事件发生的原因；"欲适西村"，是事件的过程，即诗人的心理活动以及期待到达的目的地；"不果"则表示事件的结果。短短的八个字，将事件的起因、过程、结果交待得清清楚楚。诸如此类篇幅简短而叙事内容丰富的诗题，在元诗中颇为常见，另如舒岳祥《谢周拙翁惠万岁藤杖》，洪焱祖《中秋宿贵义岭下是夜无月》，刘诜《山家阻雨得晴出郊》《彭琦初作影

---

① 方回：《汪斗山识悔吟稿序》，《全元文》卷二一二，凤凰出版社 2004 年版，第七册，第 92 页。

调羲因复戏作》等，皆含有丰富的叙事层次，表现出元诗短题
简要精悍的叙事风格。

除了短题，元代诗歌的长题也发展到较为成熟的阶段，并
呈现出趋于繁复的倾向。篇幅较长、包含多重事项的诗题，在
一定程度上可与诗序相互替代，两者皆是在较长篇幅的文本中
交待诗歌的背景信息，以作为诗歌文本的重要补充。长篇诗序
可容纳更多的不同事项，可将事件的过程进行更细致曲折的叙
述，甚至可在诗题中申之以议论。元代诗题的叙事特点，大致
有以下几点：

一，情事互济，在诗题中刻画丰富的人物形象。诗人之诗
兴皆感事而发，事则常以具体的人为中心，元代诗人作歌咏人
物为主题的诗歌，会在诗题中对人物形象及事件进行错落有致
的叙述。如王恽《或云河南役夫既罢归九者皆殁其一负众骨而
西渡泸沟因祭而祝曰令汝等俱没我幸独全抱汝骨以归汝等有灵
当佑我使与汝父母妻子行相见也其人前次范阳亦病死》讲述河
南役夫九者存一，最后一位带着同伴的骸骨回归故乡，最终依
然客死他乡的故事。诗人只寥寥数笔，便将役夫的苦难形象描
述得入木三分，役夫的悲惨命运也令人无限哀叹。再如吴当
《宋蕲之广济簿尉黄刚中修水人也至元天兵渡江中十九矢而死妻
刘被掠子甫十岁既长求其母凡十年知已没入官迎驾哀诉得旨使
为母子如初》，此诗题叙述了一个十分曲折感人的故事。故事以
黄刚中为轴心，列述了黄刚中的籍贯、死因，以及他死后儿子、
妻子的命运：黄刚中被元兵射杀，妻子被掠走，当时他的儿子年
仅十岁，十年后儿子长大寻母，母亲已没入官中，得到圣旨赦
免才母子团聚。整个事件时间跨度长达二十年，人物命运曲折
动人，诗人以"十九矢""十岁""十年"等明确的数量词，展

现事件的真实性；以"甫""哀诉"等词汇增强对人物描述的感染力，显示出了诗人出色的叙事能力。元诗中类似的诗题还有王恽《吾友鹏飞张君壮岁论交十年三遇少闻如意多见隐忧燕越相望契阔复尔衰年远别互深相爱之情判案须烦例有三惑之诮冰清玉洁余孰何堪下怨上疑自昔如此在李华而未免于吾子以何如若作计以处时宜贵和而容众子其行矣诗以送之》等，皆能体现出诗人"情事互济"的叙事特色。

二，叙述故事背景，起到"题文互训"的作用。诗人因事而触发诗兴，因诗兴情思发动而成诗。但是其所思所感不一定全部适合写入诗内，因此，有些较长的背景叙述就需要在诗题中铺陈开来。有时诗人将所思所感的片段创作成诗，诗歌文本篇幅简短，单独来看不能详解诗人旨意，此时诗人的长篇诗题就能起到很好的注解作用。如方夔有诗曰："佣耕陈胜假为鬼，烂斧王乔诈得仙。若见渊明为我道，并从金母乞长年。"① 此诗将陈胜、王乔、陶渊明、王母等人物典故汇聚在一首诗中，乍看之下并不能理解诗人要表达的意思。其诗题曰：《客有善谈谑者曰鳅鲇鱼龟皆水族也一日聚议谒河伯求职事鳅先去河伯授以右相鲇鱼次之授以左相龟行迟欲以翰林处之龟不愿曰好官二子俱做但愿河伯注长寿看二子做到何处其言虽谑可为发一笑也漫记其事》。通过诗题可知，此诗是由一则寓言故事而起，读过诗题中所述的故事，再读诗歌文本，就能明白诗人在诗中要表现的内涵。再如李孝光有诗曰："利口端能作祸枢，来从下土即纷拏。饱思扬去仅免死，贪不知休或殒躯。去楚原非爱醴酒，假

---

① 杨镰主编《全元诗》，中华书局 2013 年版，第十四册，第 148 页。

齐终必化枭菹。二虫得失置勿论，门户碧山如画图。"① 此诗的内容充满了寓言式的意味，但是仅从文本内容来看，不能明确得知作者的创作意图。其诗题曰：《予早作堂南户二蚊止余足听厌其欲而驱之其一扬去其一伏而不飞盖贪而不知止者遂朴之因托以诗而警夫贪墨者》。通过阅读诗题，可得知诗人是藉由驱逐蚊子的经验，讽喻贪墨者，从而使诗歌文本内容皆有了双关的意蕴。若无诗人在诗题中对驱蚊过程的详细叙述，诗歌文本传达内涵的效果也会大打折扣。

三，叙事纡徐曲折，委屈详尽。诗题叙事繁复的特征不仅是由于篇幅过长，或事项过多，还包括事件逻辑的曲折回环。若所叙述的事件有较为复杂曲折的逻辑发展，就需要诗人在诗题中详述其事，娓娓道来。如许有壬《右七月十二日书寄可行御史社酒治聋昔尝饮之恐遂不聋不能顾曲之误却喜是非都不知又形诸诗今春可行送社酒方以为喜大社之余致效当尤速然而饮之已酸治聋之效又无望矣而今而后又不聋矣多闻不能忍必又多事为之诗》，此诗题以"社酒治聋"为焦点，铺陈开事件的发展逻辑。"社酒治聋"是民间长久以来流传的说法，宋叶梦得《石林诗话》记载："世言社日饮酒治聋，不知其何据。"② 诗人首先自述喜欢因聋而少听是非。对于社酒治聋说法，诗人未必不知此说无据，但是也愿意尝试友人送来的社酒，但是社酒已经发酸，失去了治聋的效果。不过后来诗人又不聋了，又担心听到的事情多了，难免忍不住去管事。围绕着诗人聋与不聋，社酒

---

① 杨镰主编《全元诗》，中华书局 2013 年版，第三十二册，第 340 页。
② 叶梦得：《石林诗话》卷十五，景印文渊阁《四库全书》本，第一四七八册，商务印书馆 1986 年版，第 993 页。

有效与无效，以及诗人对人间是非的态度，诗人的叙述产生了多次的转折，其细节处纡徐回环，委屈多折而详尽。再如其《至正壬午六月望大都留守星公吉甫以故事率其属启广寒殿视或罅敝而填葺之有壬待罪政府法当与观适中使至自滦京赐留守正尊因肆筵太液池上既醉留守谓不可不诗乃赋长句记一时之盛而终以规讽庶几风人之义焉》，此诗题叙述作诗的缘由，其中亦包含了多层事项的转圜：大都留守率领属下修葺广寒殿，诗人参与其中，又恰逢留守受赏赐，故而设宴，醉而赋诗。诗人通过叙述三个人物的不同动作线索，最终引导出作诗的场景，多条叙事脉络并进，有条而不紊。

四，灵活多样的时序切换。叙事，难免涉及"时序"，即以时间为线索进行叙述。在叙事行为中时间顺序的安排，也可体现出诗人的叙事艺术。以时序为叙事逻辑的主轴，最常见的是顺叙，即按照时间发生的顺序叙述事件。如杨维桢《二月十二日玉山人买百花船泊山塘桥下呼琼花翠屏二姬招予与张渥叔厚于立彦成游虎阜俄而雪霰交作未果此行先以此诗写寄就要诸公各和》，诗人在诗题开头处说明日期，先叙在山塘桥下经历，又用"俄而"表示时间的转折，说明后来发生的事，事件的时序清晰可见。再如朱思本《至大四年辛亥予年卅九承应中朝奉诏代祀海岳冬十二月还京师与欧阳翰林同舍守岁赋诗和东坡龙钟卅九劳生已强半韵至治元年辛酉又与欧阳偕留京师除夕用韵述怀迩来十年春秋五十有九矣感今怀昔追和前韵呈秦古闲喻山雨诸友》，从至大四年，诗人三十九岁，到至治元年，诗人五十九岁，以时间为顺序叙述与友人的交往情谊，也表露出诗人的无限沧桑之感。顺叙之外，还有插叙。如舒岳祥《七月望日避地省坑存思庵留题时章林出白石可为水晶有旨差路县官同金玉提举差夫取凿又宿兵守之吏卒旁午指予为上户求鸡羊酒米油铁无以应其求且不堪其屡也来避于此予念自丁丑之乱至此凡三避矣僧旧屋更新怅然有感因赋之按丁丑宋景炎二年》[①]，诗人先交代当前的日期为"七月望日"，状态为"避地省坑存思庵"；接着转而叙述避难的原因：诗人在原来的住地，不断被公差的官兵骚扰，诗人无法应对他们的无理要求，只好搬来此地避难；之后诗人的叙述视角再转回到当前：自丁丑年开始，已经多次避难于此，有感而赋诗。诗题的开头与结尾皆是叙述当前的状态，在中间插叙了避难的原因。再如王恽《赠高丽乐轩李参政甥朴学士中统初予载笔中堂尝陪先相文会且有唱和今睹高标日暮怀人不觉慨叹因赋是诗为赠情见乎辞》，同样是在开头与结尾叙述当前的场景，在中间穿插叙述过去的事情，扩展了叙事的时空背景。

五，以类组诗的形式，表现连缀性叙事效果。元人作诗，有时在相近的时间内连续作诗，并在诗题中展现较强的叙事因素，因此其诗题亦呈现连续的故事性。如王奕《八月八日偕庙学教授曹彦礼及孔颜孟三氏诸孙童齐集游达泉到沂水缅想风雩之乐余乃浴沂作咏归歌》《八月望日深衣抱高庙御琴奠酒首歌南风继作忆颜三氏诸孙环立以听为杏坛一时之盛千古之下令人怃然作歌云》《孔庙既拜之后又不远三百里过泰山过汶河壮哉斯游上日观作宾日歌少发葵恋之私》。三首诗题的叙事因素：时间、

---

① 针对这一事件，诗人不止一次作诗记录。又见其《次韵答孙平叔感春之作》其一："从教凿石置官场，不怕沧溟地脉伤。薜荔斸开山鬼泣，莓苔迸出水精凉。东周以后一春梦，西晋于今几夕阳。自有青天开窈处，高秋买棹泛苍茫。"诗人自注曰："往时平叔所居樟林山，出白石如水晶，有旨遣官凿之。"可见诗人对此事之不满。

地点、人物显然具有相当强的连贯性。诗人八月游山东曲阜，作诗抒发对古圣先贤的仰慕之情，但其叙事性因素则以诗题表现出来：八月八日与孔、孟颜三氏后人游沂水等地；八月十五日，与三氏后人在孔庙祭孔；游过曲阜之后，又向西三百里过泰山、温和等地。通过诗人在三首诗之诗题的详细描述，跨越时间与空间的行迹得以画卷式地展现出来。

另有元初诗人谢翱，系南宋遗民，曾作《宋铙歌鼓吹曲》，诗共十二首，以叙事性诗题叙述宋太祖、宋太宗的功绩。其题分别为：《太祖尝微时歌日出其后卒平借乱证于日为日离海第一》《宋既受天命为下所推戴惩五季乱誓将整师秋毫无犯为天马黄第二》《宋既有天下李筠怀不轨据壶关以叛王师讨平之为征黎第三》《上亲征李重进至广陵临其城拔之为上临塘第四》《湖湘乱命将拯之至江陵周保权已平贼出军澧南以拒卒取灭亡为军澧南第五》《王师拯湖湘道渚宫高继冲惧出迎悉以其版籍来上为邻之震第六》《蜀主昶惧阴结太原获其谍六师征之昶至以母托上许归母数日昶卒母以酒酹地因不食亦卒为母思悲第七》《刘鋹乱岭南为象阵以拒王师象奔踶反践俘鋹以献为象之奔第八》《上命将平南唐誓城陷毋得辄戮一人众咸听命为征誓第九》《钱氏奄有吴越朝会贡献不绝于道至是以版图归职方为版图归第十》《陈洪进初隶南唐崎岖得达于天子至是籍其国封略来献为附庸毕第十一》《太祖征河东班师以伐功遗太宗卒成其志为上之回第十二》十二篇诗题，皆是史实，将历史事件和历史人物都以简短的语言详细列述，展现出壮观的历史画卷，也可谓是中国历史的史诗。

六，叙事委曲完备，有"以文为题"的倾向。诗人要在诗题中说明诗歌所指事件的完整脉络，就需要在诗题中详述前因后果，使得事件本身看起来完整有序。如元好问之诗题：《壬子冬至新轩张兄圣与求为儿子阿平制名予名之曰琥以仲耽字之小字明复有善祷之义焉诗不工当令阿耽洒落诵之》记述了朋友来为儿子求名之事，诗人将所取之名、字、字之涵义，以及后续事宜皆叙述完备。再如其《汝州倅韩君德华其十祖二世相辽封鲁公故名其伯男子曰鲁王父命氏古盖有之予过其家命鲁出拜谓予言鲁名矣而未有字敢以为请予字之世公德华曰愿终教之乃申之以辞》也是为记录朋友为儿子求字的过程，诗人不仅述当前事，还追溯朋友的家族历史，使其取字之意义在诗题中得以彰显。黎廷瑞《忠烈侯酷好山水作葬书以行于世元翁其族子传其书侍父仕赣上尽得杨氏术凡谈阴阳家者见之辄屈膝余闻其论洒洒然起忘倦矣夫既谓之地理理非儒不精元翁儒者精于理固宜为赋彭大雅号太极翁封忠烈英卫侯》诗题说明了诗人的作诗缘起，以"元翁族子"为中心，往前追溯其师承，往后述其当代影响，诗人亦受其影响，故而作诗以歌咏之。

　　总之，元代诗题以非韵语的形式，为诗歌的整体叙事性提供了有力的支撑。短题的叙事性见于诗人思致的精心安排，长题的叙事性见于其对事件的详细铺陈。显示出元代诗人着重于在诗歌中凸显叙事成分的创作目的。

三、自注之叙事

　　自注，亦是诗歌体制成熟之后，所形成的诗歌副文本。在诗歌中添加自注的现象最早出现于南北朝时期，直至唐代中晚期才较为普及，尤以杜甫、白居易为代表。注，即注解，诗人在诗歌中自行加入注解，以使自己要表达的意思更清晰地呈现出来。与放置在诗歌正文之前的诗题与诗序不同，自注在诗中的位置一般是诗题、诗句之下，或全诗的结尾之后。这说明对诗歌整体来说，自注作为"附件"或"补充性文本"的属性更明显。诗人径自为诗歌做注解，无疑也是受到释经学的启发，目的是使自己的诗歌在传播的过程中更容易被理解。因此，出于传播与解释的目的，诗人在写自注的过程中应当有较明确的叙事性倾向。从内部的角度来看，自注是诗人创作思维更加条理化、有序化的呈现；从外部的角度来看，自注是使诗歌在传播层面更顺畅的工具之一。这两种角度都离不开诗人明晰的"叙"的意识。

在元代诗歌中，添加自注的诗篇数量较往前增多，自注篇幅也有逐渐加长的趋势。整体来看，元初诗歌之自注现象多于元代中晚期，元初诗人元好问、耶律铸等，其诗歌中有大量自注。就元代诗歌自注的叙事功能与特色而论，大致有如下几点：

一，在自注中延展议论，进一步深化诗歌所论事件。如家铉翁《赵省斋出示所和天童师偈句亦次其韵》一诗：

> 异教何知平与倾，彼倾却是我之平。饶渠亲识瞿昙面，未必曾逢太白星。（自注：旧传天童师说法，太白星为之下。余谓道体明白正大，若星辰之丽天，但异教之人，未必真有所见，只妄自尊耳。）

> 虚空楼阁易攲倾，宝地工夫似掌平。四圣传来是周易，个中自有定盘星。（自注：周易，伏羲易也，以文王周公为之辞，故谓之周易。连山，神农之别号。归藏，黄帝之别号，以夏殷用之，故曰夏殷易。归藏无书，后儒始为之书，乃一家学耳。《周易》，万代通行之书，《系辞》发出无穷无尽底道理，读《系辞》后，众说之是非得失浅深，可以坐判。）

邂逅当年盖已倾，重来议论更和平。何时肆设皋比座，指示五徒衡上星。（自注：右为省斋作。）①

天童师系宋末元初著名僧人，诗人所作系次韵友人唱和天童师之偈子，以诗歌的形式与友人论道，可归入"说理诗"的范围内。家铉翁尊奉儒学，显然对佛家是不以为然的态度。在第一首偈句中，诗人说"饶渠识得瞿昙面，未必曾逢太白星"，这句诗究竟所指何事？诗人在自注中说明缘由并评论：传说天童师说法时有太白星下凡，可是诗人认为这种异象不值得拿来宣扬，因为异象显现与是否见得"道"之全貌无关。第二首偈句中，"四圣传来是周易，个中自有定盘星"是指《周易》可以作为判断各家学说得失的标准，然而其中"四圣""定盘星"皆是隐喻，故而诗人在自注中做出详细的说明，将《易》的种类，如何读《易》可获得"定盘星"的作用，解释得清楚明白。总之，通过诗人的自注，才使得这首诗要表达的主旨直截了当地揭示给读者，将事件的曲折原委解释交待清楚，否则难免陷入"不知所云"的境况。

二，以自注解释名物典章制度。当诗人以诗歌抒发情感，常容易引发人跨越时空的共鸣，故而其内容一般无须特意注解。可是当诗人在诗中叙述特定时空里的事物，则需要添加注解，以使诗意更明晰。如柯九思有《宫词一十五首》，宫词整体的叙事对象是宫廷生活，或为君王歌功颂德，其中所涉事件、制度、名物等，须藉由注释来理解。柯九思这十五首诗皆有自注，展现出自注丰富的叙事功能。其具体的叙事功能大致如下：（1）解

---

① 杨镰主编《全元诗》，中华书局2013年版，第三册，第102页。

释当时特有的名物、制度。如其第五首曰："万里名王尽入朝，法宫置酒奏箫韶。千官一色真珠袄，宝带攒装稳称腰。"其注曰："凡诸侯王及外番来朝，必锡宴以见之，国语谓之质孙宴。质孙，汉言一色，言其衣服皆一色也。"① 质孙，是蒙古语"jisun"的译音，意思是同一颜色。通过在自注中的解释，才能让读者明白为何出现"千官一色"的场景。（2）解释故事背景，拓展叙事宽度。其第三首诗曰："亲王上玺宴西宫，圣祚中兴庆会同。争卷珠帘齐仰圣，瑞云捧日御天中。"其注曰："天历元年十二月二十七日，笃怜帖木儿怯薛，第二日宝房内对速古儿赤、明里董阿、平章月鲁不花、右丞大都赤、哈剌八儿尚书等有来，典瑞院官吉宝儿、同金答失蛮、经历柯都事奏：十月二十三日，上都送宝来的时分，兴圣殿御宴，其间有五色祥云捧日。当殿本院官院判郑立、经历张符、都事柯九思等，与众于殿前一同仰观，郁郁纷纷，非雾非烟，委系卿云现……"② 此诗是一首应制诗，应制诗有特定的表现主题：即为了朝中某事而作。诗人藉由自注详述背景，延展了叙事的宽广度，也更符合诗歌原本的叙事目的。

三，以注补事，完善叙事之本事。以古代诗歌的创作实践来看，诗歌既可为抒情而作，也可为叙事而作。元代耶律铸有《述实录》四十韵，诗人在诗序中说："修《征蜀实录》，每以二鼓为期方息。中夜闻笛，既觉，缅想《实录》事迹，亦如梦寐。怆然无以为怀，述此写之。"③ 显然诗人意图将《实录》事迹以

---

① 杨镰主编《全元诗》，中华书局2013年版，第三十六册，第2页。
② 同上。
③ 杨镰主编《全元诗》，中华书局2013年版，第四册，第24页。

韵语记述出来，但是以韵语叙事有诸多细节、背景不能详述，于是诗人以大量自注补之。全诗共四十韵，自注多达十八处。其自注的叙事功能，或为阐释意象，如"竭来海水不扬波，向见灵河已清澈。"一句，其注曰："金大安元年，河清上下数百里。次年庚午，我太祖皇帝经略中原。《易乾凿度》曰：圣人受命，瑞应先见于河水清。河清之征，太祖皇帝受命之符也""清澈"在诗句中只是一个简单的意象，经由诗人在自注中对时间、事件、典故的解释，才使得"清澈"这个词汇背后的意蕴得以扩张性地展露出来。再如其"虹梁缥缈架层霄"一句，其注曰："兴利州至三泉县，桥阁共一万九千三百十八间，护险偏栏共四万七千一百零三十四间。"① 诗句是以比喻象征的形式呈现叙述对象，而自注中将叙述对象的明确地理位置、精确数量都逐一列出，让诗句整体既有想象的美感，又有真实可征的数字，有虚实互补之功效，也符合诗歌"述实"的主旨。

四，标明双关语，使叙事语义条理化。元初耶律铸在咏物诗中善用双关语，而双关需要借助自注的解释，才不至于语义含混，让读者不明就里。如耶律铸《长春芍药同座客赋》一诗："标举孤芳蕴异香，定知经历几炎凉。自来不受春拘束，显是司花少主张。"② 其第一句自注曰："异香，芍药名也。"③ 若诗人没有注明"异香"是一种芍药名，也无妨诗意的理解；但是通过自注可让读者更明了诗人措辞的巧妙性。再如其《缙云五湖别业书事》一诗："纵恬高蹇徇真愚，元也中心怯畏途。共命不能

---

①　杨镰主编《全元诗》，中华书局 2013 年版，第四册，第 25 页。
②　同上书，第 112 页。
③　同上。

同好恶，寄生那有异荣枯。”[1] 其诗后自注曰：“司空表圣有《共命鸟赋》其序云：西方有鸟，命曰共命。连腹异首，而爱憎不同。一伺其寤，得毒卉乃饵之，既而药作，俱斃。”[2]“共命”可理解为“共同命运”，与鸟的名字形成双关语义，再经由自注中指出，可将诗人要表达的意义更加深化。

副文本作为诗歌主体的附属，随着诗歌体式的逐渐成熟，在诗歌叙事结构中的地位越来越重要，成为诗歌表达结构中不可或缺的组成部分。尤其当部分诗题和诗序承担起主要的诗歌叙事功能，显示出了元代诗人叙事思维的成熟，他们将诗歌看作多维度有机体的统一，副文本与正文本系同一结构下的叙事单位，在叙事功能上形成此消彼长的互弈关系。

① 杨镰主编《全元诗》，中华书局2013年版，第四册，第60页。
② 同上。

第三章

元诗复合文本之叙事特色

复合文本，即在同一主题下，由多个单体文本所组合而成的作品。多篇单体诗歌既关联同一主题，又保有各自相对独立性。大体说，元代具有时代特色的复合文本，包括同题集咏、套数等诗歌形式。

第一节　集咏之叙事特色

集咏是多位诗人集体题咏，通常吟咏同一诗题或主题，故集咏亦可称为同题集咏。同题集咏的现象最早出现在魏晋时期，作为文人唱和诗形式的一种，其主要功能是赠答、竞技等。但这一创作方式较为兴盛的局面，则是在元代。元代大型的同题集咏始于元初的月泉吟社征诗活动，之后诗人针对同一主题吟咏的活动络绎不绝。元代同题集咏大致有以下两种情况：其一，文学事件导向型集咏。即社会中发生了某个引人关注的事件，诗人们针对这一事件进行诗歌创作，进而将社会事件升华为文学联动，甚至产生跨时代的文坛影响。例如元代著名的"胡氏杀虎事件"，直至明清时期，仍然有诗人在作诗纪念此事。其二，文学旨趣导向型集咏。这类同题集咏诗歌的产生，并非诗人们针对某一具体事件而发，它的起源是由某个组织发起或者以某诗人的创作为源头，针对某一文学性诗题或话题进行吟咏。这一类群体性叙事，其诗歌叙述内容反映出诗人集体性的思想倾向、心理诉求等。诗人之所以产生集体性心理诉求的需要，正是因为他们被相似的经历所触动，正所谓"缘事而发"，具体触发诗人创作需求的"事"，也正隐藏在集咏的诗歌中。不论是有具体题目或事件的集咏，或是基于文学风尚的集咏，其本质都是在某一主题下，多群体诗人进行唱和。这些唱和同属于围绕某一深层结构开展的复合文本。以前述两种类型为基本分类，下文将论列元代典型的同题集咏诗歌案例。

一、文学事件导向型集咏

首先是文学事件导向型集咏，大略有如下几种典型的个案：

（一）胡氏杀虎之集咏

至元七年（1270），山东滨州人刘平之妻胡氏，以奇勇杀虎救夫，其事迹被广为流传。据《元史》记载："胡烈妇，渤海刘平妻也。至元七年，平当戍枣阳，车载其家以行。夜宿沙河傍，有虎至，衔平去。胡觉起追及之，持虎足，顾呼车中儿，取刀杀虎，虎死，扶平还至季阳城求医，以伤卒。县官言状，命恤其母子，仍旌异之"① 元代诗人以诗歌叙述此事者有二十多人，其叙事特点是注重事件过程的详细性与真实性。如刘敏中《山东有义妇》一诗：

---

① 宋濂等撰《元史》卷二百《列女一·胡烈妇》，中华书局 1974 年版，第 4485 页。

　　山东有义妇，夫乃秦台郎。妇初适夫时，罗襦照新妆。
夫家徒四壁，出门无耕桑。婉然安其室，纺绩仍薪浆。所
要在百年，黾勉同糟糠。岂期官有役，夫当戍襄阳。襄阳
大江表，路远波涛长。即为死生别，割裂五内伤。载顾乳
下儿，娈娈六岁强。须臾离君怀，各在天一方。君心非木
石，胡能勉忧防。妾眼不出户，安知君存亡。不如随君往，
好恶同在旁。慷慨束衣起，挈儿遂戎行。艰关与险阻，万
里涉风霜。俄遣鹿门山，推车儿在厢。边云下寒日，林谷
都茫茫。夜黑道路绝，潜息野草荒。有虎挟阴风，怒激河
水扬。噪为震雷声，目作飞电光。盘旋视三人，意不满一
尝。突前搏其夫，啮去如拾芒。妇时不瞬畏，赴救何奔忙。
翻身曳虎足，号儿刀速将。拔刀走送母，小儿亦非常。一
刺虎断臂，再刺虎堕肠。探手摘虎心，虎偾如崩墙。妖血
杂腥涎，淋漓满衣裳。草木为震动，天地为低昂。社鬼及
山灵，肃肃来苍惶。脱夫虎口下，招魂返营房。肉以为夫
羹，皮以席夫床。气义动三军，绕看皆彷徨。勇者失其勇，
刚者羞其刚。大官共叹息，赏赐倾橐囊。奈何夫痛剧，十
日竟不昌。快意在目前，虽死已足偿。我始闻此事，发凛
须髯张。由来食牛威，有臂谁敢攘。怪此妇人手，如磔鼠
刲羊。乃知精诚至，万物不可当。世有臣子心，能有此妇
良。长歌序本末，尚冀览者详。①

　　这首诗要表现的核心事件是胡氏杀虎，但是诗人为了更精确地
表现核心事件，把叙事的范围扩大化，从核心事件发生之前的

---

① 杨镰主编《全元诗》，中华书局2013年版，第十一册，第294—295页。

背景事件写起，为后续事件的发生做铺垫。诗人先叙述刘平与胡氏为何会到襄阳：刘平虽家境贫寒，胡氏处之安然。刘平要戍守襄阳，胡氏为一家人团聚，担忧刘平安危，故而相从随行。"好恶同在旁""慷慨束衣起"，这是刘氏夫妇同时遇到老虎的伏笔。伏笔过后，即直接叙述事件核心：有一只老虎出没在营地，老虎与三人对视，将其夫叼走。胡氏命小儿拿来刀，诗人通过"一刺""再刺""探手"等词汇，勾画了胡氏杀虎救夫的全过程。叙述完事件的高潮部分后，接着是结果：其夫刘平由于伤势过重，十日之后即去世。这首诗是胡氏杀虎同题集咏诗中最长的一首，也是叙述事件最为完整的。诗人叙述事件的逻辑并不是单独只叙述杀虎事件本身，意即诗人并不是采用单点聚焦的叙事视角，而是在"事"之外融入了"情"。"情"是推动事件发展的根本因素，因为胡氏对其夫饱含深情，才会对其贫困的家庭安之若素，进而不远万里跟随他从山东滨州到湖北襄阳，并勇敢救夫。表现出诗人以"情"推动"事"并将二者合乎于"理"的叙事逻辑。诗人叙事的目的不是解剖式的陈述，而是整体性地阐释。通过情、事、理三者合一的阐释，表现出胡氏的深情与勇敢，使得胡氏的人物形象极为丰满。

除刘敏中外，也不乏当时文坛中的其他著名诗人作诗以记此事。如王恽《题刘平妻胡氏杀虎图》，赵孟頫《烈妇行》，吴师道与杨维桢皆作《杀虎行》等。这些诗歌以旌表胡氏义行为核心，各有咏叹的侧重点。其余的诗人虽不似刘敏中叙事如此周全，却也都有各自的特点。以胡氏杀虎为叙述对象的中心，其余诗人的同题集咏诗歌的叙事策略大致有以下几点：其一，简化情节的叙事策略。即只保留事件的主要因素，如人物刘平、胡氏，老虎，胡氏持刀杀虎。这样的叙事策略既保证了事件的完整性，也为诗歌中的评论、抒情留有空间。属于此类叙事策略的诗歌有：徐世隆《胡氏杀虎歌》、赵孟頫《烈妇行》、叶懋《题刘平妻杀虎图》、张翥《为古绍先题刘平妻胡氏杀虎图》、陈镒《题刘平妻杀虎图》、胡奎《刘氏杀虎行》等。其二，将情节意象化的叙事策略。即诗人叙述了事件的发生过程，但是并不是图像化地如实描绘，而是将每个场景做艺术化、抽象化的加工，使得读者通过文字还原现场时，在真实的场景之外又增添几分传奇色彩。如杨学文《题节妇胡氏杀虎图》："酸风动地天怒号，黑云扑面乌轮韬。豺狼当道魑魅舞，弱肉强食随其遭。当时征戍宁辞苦，倡随誓与同生死。暮沙丛苇起咆哮，居然肉血归尘土。呼天叫地投林去，夫君不有吾何惧。英英义胆鬼神惊，一刀儿手天为助。百灵呵斥虎自倾，不然何能与虎争。当熊委身差可拟，射雉始笑何足伦。红窗绣线香风动，蟠螭卧虎金麟凤。此图价可百倍高，江梅不入梨花梦。蛾眉巧倩肌凝雪，可能此妇孤衷烈。百年义重一身轻，茫茫宇宙悲豪英。"① 这首诗是题画诗，诗人默认读者已经把故事内容了然于心。诗中没有明确写出刘平、胡氏具体的人物姓名，也没有具象化地叙述老虎攻击人，以及胡氏杀虎的细节。但是诗人所作的意象化的渲染，使得叙事的节奏更为紧凑，给人带来的冲击性更为强烈。其三，去情节化叙事策略。即诗歌主题是吟诵胡氏杀虎，但是在诗歌内容中却不出现具体的情节，只是旌表胡氏的义勇行为。这种叙事策略隐含着诗人企图以此事件教化人伦风俗的目的，但是缺点是有些诗歌会沦为道德说教。这类诗歌有：王恽《题刘平妻胡氏杀虎图》与《再题胡烈妇杀虎图》。

---

① 杨镰主编《全元诗》，中华书局 2013 年版，第八册，第 117 页。

（二）拂郎国天马集咏

拂郎国，即今天的欧洲，元至正二年（1342），当时的教皇本笃十二世派遣使者觐见元朝，并进贡了一匹骏马。此马体型高大，为中原所稀见，引起朝野内外的竞相关注。拂郎国进贡天马的行为有典型的政治意义，为了纪念这一事件，元顺帝特意命画工为马画像。诗人则在应制或自发的情况下，也作诗以记录此事。周伯琦在其《天马行应制作》诗序中即详细叙述此事："至正二年岁壬午七月十有八日，西域拂郎国遣使献马一匹，高八尺三寸，修如其数，而加半。色漆黑，后二蹄白，曲项昂首，神俊超逸。视它西域马，可称者皆在膈下。金辔重勒，驭者其国人，黄须碧眼，服二色窄衣，言语不可通，以意谕之。凡七度海洋，始达中国。是日，天朗气清。相臣奏进，上御慈仁殿，临观称叹，遂命育于天闲，饲以肉粟酒湩。仍敕翰林学士承旨臣巎巎命工画者图之，而直学士臣揭傒斯赞之。盖自有国以来，未尝见也。"① 因此，天马集咏之诗歌的叙事中心事件即西域人进贡天马，诗人作诗所叙之事皆是围绕这一事件展开。

拂郎国进天马事件，由于皇帝的倡导与文人的附和，形成了集政治与文化于一体的标志性符号。当叙事的对象从具体的事物升华为"有意味的符号"，其内蕴的意义便有了多重性。瑞士心理学家荣格（Carl Gustav Jung，1875—1961）认为，人类社会的生活经验，会以集体潜意识的形式沉淀在人类普遍的心灵结构中。我们的祖先的经历，会形成各种"原型"的形象，留存在历史文化中。诗人作为单独的个体，在创作的过程中不可能充分发挥自己的力量，除非借助于理想的集体表象的力量，

① 杨镰主编《全元诗》，中华书局2013年版，第四十册，第360页。

这些理想把个人的意志难以达到的、被隐藏的本能力量释放出来，这些具有影响力的"理想"也是一种原型的变体。^①当文学创作借助原型来表现，就意味着诗人把当前的事件投放在历史长河的隐喻中，以扩张其表现力。这一现象在元代的天马集咏中有多方面的体现，诗人的创作心理结构，即反映在他们的叙事思维里。这其中包括：

（1）古今相类的叙事思维。马，既是古代中原地区的重要牲畜，更是草原游牧民族不可或缺的生活工具。汉武帝为了获得品种优良的战马，派遣使者前往西域寻找，甚至不惜发动战争获取。据《史记·大宛列传》记载："初天子发书《易》，云'神马当从西北来'。得乌孙马好，名曰'天马'。及得大宛汗血马，益壮，更名乌孙马曰'西极'，名大宛马曰'天马'云。"^②可见"天马"即从西域来的良马。它作为一个文化原型流传下来，也是元人将西域进贡之马称为天马的重要原因。西域、天马，这些创作元素集中出现时，也激发了元代文人与西汉相类比的心理。例如，陆仁创作《天马歌》：

> 于穆世祖肇王迹，受天之庆大命集。神寓鸿图大无及，功烈皇皇共开辟。四方下上沛流泽，列圣相承缵丕绩。哲王嗣位建皇极，大臣弼辅尚禹稷。礼乐制度靡有隙，六府孔修万姓怿。天子圣德于昭赫，念承皇祖心弗宅。日月同

---

① ［瑞士］荣格：《人、艺术与文学中的精神》，姜国权译，国际文化出版公司2011年版，第102—103页。

② 司马迁：《史记》卷一百二十三《大宛列传》，中华书局1959年版，第3170页。

明天地廓，绝域穷陲归版籍。万国贡献岁靡息，琛瑶瑰异陋金锡。岂须征讨费兵革，文怀远人尽臣服。至正壬午秋之日，天马西来佛郎国。佛郎之国邈西域，流沙弥漫七海隔。浪波横天马横涉，马其犹龙弗颠踬。东逾月窟过回纥，陆地不毛千里赤。太行雪积滑如石，电激雷奔走飙歘。四年去国抵京邑，俯首阙廷拜匍匐。帝见远臣重怵惕，慰劳以酒赐以帛。远臣牵马赤墀立，金羁络头朱汗滴。房星下垂光五色，肉鬃巍巍横虎脊。崇尺者六修丈一，墨色如云蹄两白。天闲骐骥俱骏骨，天马来时皆辟易。骦骥屈桀未足惜，大宛渥洼斯与敌。穆王八骏思游历，汉武穷兵不多得。天马自来征有德，史臣图颂永无斁。再拜歌诗思彷佛，愿帝爱贤如爱物。更诏山林访遗逸，昭明治化齐尧日。帝业永固保贞吉，天子万寿天降福。①

这首诗也是一首应制诗，诗人先称颂元朝开国皇帝的创业事迹，后来的治国教化之功，在此基础上，才能吸引西域人前来进贡。诗中"岂须征讨费兵革，文怀远人尽臣服"一句，是在暗示汉武帝对西域发动战争，而不是像当朝一样以文化服。之后，诗人则直叙至正二年（1342）献马之事：从西域拂郎国来到大元，需要经历千辛万苦，使者历时四年才抵达。接下来诗人详述了拂郎国天马的外形：天马的优越体格致使皇帝的御马都避让开来。诗人叙述拂郎国天马的优秀，亦是为了与历史上著名的骏马作对比，"骦骥"，即骦骥，《后汉书·马融传》曰："登于疏镂之金路，六骦骥之玄龙。"李贤注曰："骦骥，马名。《左传》

---

① 杨镰主编《全元诗》，中华书局 2013 年版，第四十七册，第 120 页。

云，唐成公有两骊骦马。"① "大宛"，代指大宛马；"渥洼"，原指产神马之处，据《史记·乐书》记载："又尝得神马渥洼水中，复次以为《太一之歌》。"② 后代指神马。诗人列述古代神马，并评论说皆不如拂郎国之马。后再述"汉武穷兵不多得"，指汉武帝即便穷兵黩武也得不到如此优良的马匹，而元帝仅靠德政便使四夷宾服，进贡神物。诗人在诗歌中数次将元朝与汉朝作对比，究其原因，是因为汉朝代表着征服西域的强盛力量，中国历史上每一个统一的王朝，都会不自觉地与历史上最强盛的汉或唐作对比。诗人将元代西域人进贡天马的事件，与汉武帝征服西域获得宝马的事件做对比，实质上是通过事件的叙述，借助历史原型意象的力量，完成他们的帝国想象与自豪感。除陆仁外，还有多位诗人在天马集咏诗中有类似的叙述方式。如欧阳玄《天马歌》中曰："龙首凤臆目飞电，不用汉兵二十万。有德自归四海羡，天马来时庶升平。"③ 都反映出集咏诗人共同的叙事心理结构。

（2）人、物相类的叙事思维。除了将不同的时代相类比，元代诗人咏天马时也将人与马相类比。站在统治者的角度看，宝马与人才具有某种共通性。据《战国策·燕策一》记载："郭隗先生曰：臣闻古之君，人有以千金求千里马者。三年不能得，涓人言于君曰：'请求之。'君遣之。三月得千里马，马已死，买其首五百金，反以报君。君大怒曰：'所求者生马，安事死马而

---

① 范晔：《后汉书》卷六十上，中华书局 2007 年版，第 570 页。
② 司马迁：《史记》卷二十四，中华书局 1959 年版，第 1178 页。
③ 欧阳玄：《圭斋文集》卷一，《四部丛刊》本，商务印书馆 1930 年版，第 1470 册，第 5 页。

捐五百金？'涓人对曰：'死马且买之五百金，况生马乎？天下
必以王为能市马，马今至矣。'于是不能期年，千里之马至者
三。"① 燕昭王千金买马骨的故事，成为后世君王招揽人才的文
化意象。希求被君王重用的人才，也往往以马自比。如陆仁
《天马歌》中，即有"再拜歌诗思彷彿，愿帝爱贤如爱物。更诏
山林访遗逸，昭明治化齐尧日"的诗句，叙述期待皇帝犹如爱
马一样爱护人才的想法。再如郭翼《天马二首》之一："空闻市
骨千金直，不羡穷荒八骏驰。有客新来闻此事，与君何惜滞明
时。"② 则是更加直接地隐喻，表面上是叙述马骨值千金的故事，
实则以马骨自比；诗人用"何惜"一词，则暗含着由于不能被
统治者赏识而产生的抱怨。诗人由"马之事"到"己之事"的
思维迁移，喻示着诗人面对同一事件的多样性叙述。

（三）余姚海堤之集咏

浙江余姚，在宋代为邑，到元代升为州，地理位置临靠大
海，时常遭受海水倒灌之苦。虽然早在宋代时，此地官员即有
修筑海堤以防水患的举措，但是所修堤坝皆不够坚固，无法彻
底完成安民乐业的任务。直至元代天历年间，叶恒为余姚州判
官，心忧当地农民为海潮所困的处境。于是叶恒决定用石头筑
堤，并亲力亲为，不到三年即建成，从此余姚的海潮之患彻底
解决。叶恒的功绩不仅得到当地百姓的称颂，也为当时的文人
所注目。叶恒之孙叶翼，将歌咏余姚海堤之诗文辑录为《余姚
海堤集》。这部诗集各体皆备，包括乐府二首，四言古诗五首，
五言古诗一首，七言古诗十五首，杂言诗三首，五言律诗一首，

---

① 刘向：《战国策》卷二十九，商务印书馆1958年版，第62页。
② 杨镰主编《全元诗》，中华书局2013年版，第四十五册，第453页。

七言律诗十九首，绝句五首，共计五十首。此诗集之集咏，体现了元人叙事纪实的叙事风格，此处之"实"有两层意义：

一是真实。戴良在《余姚海堤集序》中说："昔，汉召信臣为南阳太守，尝造钳卢陂于穰县，累石为隄，以节水势，田获美溉，民甚利之。及后汉杜诗为太守，复修其业，时人为之曰：'前有召父，后有杜母。'先生继谢、施二令为海隄，视杜之继召作陂隄。则同州人士思之，又同不同者，彼盖汉史传其事，此则出于民俗之诵美，而非太史氏之纪录也。"① 戴良认为，叶恒的事迹比汉代的召信臣、杜诗等人的事迹更为真实可贵，因为召信臣与杜诗的事迹是由史家记录才流传下来，但叶恒的事迹是被民间自发传颂的。因此，纪念叶恒的诗文没有官方施与的特意美化，而是普通百姓真实的声音。

二是实用。黄潛在《跋余姚海堤记》中说："世儒务为高论而不屑意于事。为之末或者遂指经义为无用之空言以相诟病亦已久矣。君（叶恒）以经义释褐入官，而善于治事，至于水利亦能用力，于古所未及。大书深刻登载已详，今独推其能为人之难能者，由其知先儒为学之道，而经义之果不为空言也。"② 此处褒奖叶恒不仅能读书得功名，更有经世致用的能力。黄潛在文中还指出，前任为官者也数次建海堤，都未能防治水患，唯有叶恒能为旁人之所不能。因此，叶恒之所以值得歌颂和纪念，是因为他将经学之道有效地应用于实践，而非空谈义理之人。由于余姚海堤是文人自发集咏，又基于叙事纪实的基本观

① 叶翼辑《余姚海堤集》，浙江范懋柱家天一阁藏本。
② 黄潛：《跋余姚海堤记》，《全元文》卷九四六，凤凰出版社2004年版，第二十九册，第186页。

念，所以叙事的模式也有很高的趋同性。叙事内容主要包括：当地农民早年遭受海患的惨况，叶恒筑堤的过程和功绩，以及功成之后当地农民安居乐业的景象。以乌斯道《海堤行》为例：

> 海上蜿蜒蟠玉龙，云柯迤逦冲兰风。睥睨烟云俯深黝，叶侯建此千年功。侯出成均倅兹土，能为苍生闲斥卤。古称贤令谢与施，可道今人不如古。趋功猬集鼖鼓声，万杵齐捷风雨鸣。南山白石走东海，鲛人夜泣灵鳌惊。从此飙转潮汐，鬼嗄神奔夺天力。人言水勇奈石坚，谁信侯心胜于石。石堤未作先土堤，洪涛每入田中飞。田舍沈沦秔稌死，盐花万顷争光辉。咸气寻消旧田复，桑柘依然满村绿。清宵促织鸣寒蜓，细雨催耕啼布谷。汝仇湖水清连天，百川分注春风前。花底人沽种田酒，篱根月照催租船。堤上新祠高绰楔，穹碑大字书年月。共来祭祀献鸡豚，幸免浮生作鱼鳖。黄金世上山嵯峨，日月散人能几何。侯橐曾无一铢费，姚江拍拍流恩波。世事年华倏忽改，堤与侯名应长在。海滨尽得如侯堤，那有桑田变沧海。①

诗歌首先叙述海堤的外形，如长龙一般盘踞在海上，以及站在海堤上俯瞰风景的感受。接着叙述叶恒召集民众筑堤的施工过程：众人纷然聚集，鼖鼓声频传，经过万杵齐捷的紧张施工，工人们把南山的白石搬到东海，完成了用人力战胜自然灾害的任务。进而诗人则以对比的角度，叙述了石堤防护与土堤防护的区别：以土堤防护时，海水灌入内陆，房舍与庄稼都不能幸免，

---

① 杨镰主编《全元诗》，中华书局2013年版，第六十册，第246页。

只剩下盐渍万顷。而石堤筑好之后，诗人通过叙述桑木生长、虫、鸟鸣啼等图像，表现百姓欣欣向荣的生活图景。最后则叙述当地百姓对叶恒功德的纪念。总之，诗人以真实的情感，对余姚海堤所发挥的作用做了真实的叙述，不论是情感的抒发还是画面的描述，其叙事效果都逼真而信实。

（四）寻母遭遇之集咏

宋末元初之时，元军凶猛南下，导致民众流离失所，饱受战乱之苦。强盛的元军除了沿途掠夺财物，还抢夺妇女。江南一代有许多妇女因战争被掳掠到北地，留下家中的丈夫和幼子。待南北统一后，这些失去母亲的孩子即北上寻母，此时其母一般都已另嫁他人，儿子接母亲回家往往要经历诸多的波折。这类事件在当时是一种常见的社会现象，也成为了诗人写诗叙事的对象。诗人们选择这一角度进行自发的集咏，从人性与伦理的层面，反映了当时下层人民在战争阴霾下经受的惨痛悲剧。集咏这一主题的诗人数量众多，如程钜夫《祖生得母》《胡景清得母》，赵文《何和尚寻母》，马祖常《祖生求母》，宋褧《陈南仲幼失母寻至永丰逆旅得见》等。古代的伦理纲常是建立父系话语权之下的，但是儿子对母亲更有无法割舍的天然情感，当诗人们在诗中集咏儿子为寻母所经历的非同寻常的困难，实是在通过叙述事实，揭露战争对人性的戕害。这类诗歌叙事情理兼具，本末委备。以贡性之《送赖孝子》为例：

天兵昔渡闽海水，北风吹送南船起。建瓴破竹下诸城，貔貅百万纷如蚁。一时玉石难具分，赖母被虏随官军。仓惶子母各离散，含羞忍垢依辕门。儿心念母无休日，母忆儿孤恨何极。天高地厚两茫茫，存亡彼此无消息。荏苒年华二十秋，母书忽报留杭州。开缄惊喜若梦寐，潸然涕泪成交流。兄弟扶携即上道，此身未到神先到。见时子母各未识，生前此会诚难料。谁知喜极愁转多，母发昔黑今已皤。问儿丘垄可无恙，问儿生理今如何。儿听此语仰天哭，儿今虽死心亦足。儿弱犹堪负母行，儿行尚可供饘粥。母名豵系官籍中，儿将赴诉无由通。上官亦复念恩切，从容许我伸愚衷。檄书清晨下藩府，始得赖家全子母。来时臂恨不羽翰，归路宁知有辛苦。杭有义士芝坞民，见此不觉含悲辛。力排患难不自惜，顿使枯槁回阳春。旧时茂宰重相见，遗爱尚满清流县。赖母云是清流人，推食解衣劳眷眷。人生至乐归故乡，故乡此去乐未央。旧人问讯新人看，东家煮豆西煮浆。我歌此诗为君饯，纷纷薄俗犹当劝。更将二子送君情，孝子义夫同作传。①

诗歌首先以客观的角度叙述了赖氏母子分离的原因：元兵攻入福建，百万雄兵势如破竹，赖母在战乱中被掳走，之后赖母被充入官中。之后由叙事转入抒情，分别抒发母子对彼此的思念之情："儿心念母无休日，母忆儿孤恨何极。"接下来，诗人以儿子视角叙述寻到母亲的过程：二十年后，忽然听到母亲在杭州的消息，诗人以"若梦寐""涕泗交流""神先到"等词汇，表现了赖孝子的无限欣喜之情。进而叙述赖孝子见到母亲后，儿子眼中母亲的形貌。叙述至此，诗人又从儿子的叙述视角转为母亲的叙述视角：母亲询问儿子在故乡的生活状况。接下来又转回

① 杨镰主编《全元诗》，中华书局2013年版，第五十八册，第251页。

到儿子的叙述视角，表达希望供养母亲的心愿，以及为母申诉的过程。最后，诗人则叙述了赖母如愿回到故乡，其乐融融的生活场景。诗人在这首诗中，既把事情的原委按照时间顺序叙述得条理清晰，也恰当地在叙事脉络中穿插了当事人的情感。并且，诗人还辗转于多重的叙述视角之间，使得事件的过程生动形象地呈现出来，让读者可分别进入赖氏母子的心理世界，深入体会这场人伦悲剧的痛心之处。正如董乃斌先生说："想用叙事手法写好一首反映民众生活的诗歌，做好他们的代言人，若不从心灵上贴近对象，是不行的。"① 针对"寻母"这一集咏主题，杨镰认为："元诗借助纪实与叙事，探及了这一具有时代特征的社会实况的隐秘，从不同角度、不同层面，将一个影响几代人的难堪话题回归到战乱与人性的背景。"② 可见，当时的诗人是通过叙述共同目睹的"事"，来唤起人共通的情感。

二、文学旨趣导向型集咏

除上述文学事件导向型同题集咏，还有文学旨趣导向型集咏，即诗人集咏的对象并非某一具体的事件，而是将"事"隐藏在某一主题下。这一类型的集咏诗，其叙事特点是以"兴"为主要的表现手法，这类集咏的创作主题大致有下列几种：

(一)春日田园杂兴集咏

春日田园杂兴集咏，与元初的著名诗社——月泉吟社有关。元代时期，浙江诗人吴谓，连同方凤、吴思齐、谢翱等人创办

---

① 董乃斌：《〈艺概·诗概〉的诗歌叙事理论——刘熙载叙事观探索之一》，《文学遗产》2012年第4期。
② 杨镰：《元诗叙事纪实特征研究》，《文学评论》2012年第2期。

月泉吟社，三人皆是宋朝遗民，立志不仕元朝。他们都对故国怀有深厚的情感，元朝建政后，他们无力再进行公开的政治活动，所以创办诗社，既能广泛联系宋朝遗民，又可集体抒发共同的遗民情思。至元二十三年（1286）十月十五日，他们以"春日田园杂兴"为题，向全国各地社友征诗。这次征诗活动影响巨大，一方面是唱和者甚众，他们仅用三个月的时间，便得到五言、七言律诗共两千七百三十五卷；另一方面，当时的元朝统治者废止科举，而这次征诗活动有优劣的排名，故而也有一定意味的科举性质，满足了遗民文人对前朝体制的思恋情结。

杂兴，是一种有感而发、随事吟咏的诗歌体式。自唐宋以来即是诗人们常使用的标题，如范成大有《四时田园杂兴》。对于"兴"的涵义，古代典籍中有以下几种说法：《周礼注疏》曰："兴者，托事于物也。"① 《毛诗正义》曰："兴者，起也，取譬引类，起发己心，诗文诸举草木鸟兽以见意者，皆兴辞也。"② 其中"取譬引类"之"类"，宇文所安认为，是一种扩充文本内涵的手段。意即，文本只是意义世界的一部分，中国古典诗歌批评有"言不尽意"的说法，语言表达是对原先完满意义的一种减损。③ 读者如何在"减损的意义"中，去体会完满的意义？"取譬引类"即是一种方法。《系辞传》曰："其称名也小，其取类也大。"宇文所安认为："这里的'类'即'自然的范畴'，和西方所谓的'隐喻'都是建立在'类似'的基础上的。然而，

① 《周礼注疏》卷二十三，郑玄注，贾公彦疏，阮元校刻《十三经注疏》，中华书局1980年版，第796页。
② 《毛诗注疏》卷一，据宋本《十三经注疏附校勘记》光绪辛亥年望仙馆印，第2页。
③ 宇文所安：《诗的引诱》，译林出版社2019年版，第273页。

‘隐喻’是虚构的，包括真正的替代者；而‘类’则是一种以世界秩序为基础的、‘绝对真实’的共享的范畴。‘类’有两种功能，即‘自然范畴’隐藏的含义：第一，一个命题的术语成为‘范例’，将读者引到比这个术语或命题更高一级的总的范畴；第二，可能会引起对同属一类的另一种特殊项的联想。①"兴"作为一种叙事手法，基本上属于第一种，诗人把想要叙述表达的最终意义，隐藏在某个"称名也小"的词汇中，进而引发读者对其所属的大类的联想。由此可见，"兴"的叙事逻辑是将所叙之事寄托于某物，诗人取用能够引发人的联想、符应自己心意的事物，来隐晦地、间接地叙事，这也是中国诗歌"言有尽而意无穷"的特点。那么，"春日田园杂兴"这一场元初的诗歌盛会，诗人们所起兴之物，与其所叙之事之间，有何关联？以下试析之。

　　参与集咏的诗歌，在意象的选择上具有高度的同一性。暂以前三十名诗为例，审视其叙事结构的"同一性"特色。第三名梁相诗曰："彭泽归来惟种柳，石湖老去最能诗。桃红李白新秧绿，问着东风总不知。"第五名刘应诗曰："独犬寥寥昼护门，是间也自有桃源。梅藏竹掩无多路，人语鸡声又一村屋。"第七名杨本然诗曰："春风建业马如飞，谁肯田园拂袖归。栗里久无彭泽赋，松江仅有石湖诗。"第九名诗曰："倦游归隐白云乡，芳草庭闲昼日长。晋世衣冠门外柳，豳人风俗屋边桑。"第十名诗曰："洛中富贵斜阳恨，绵上勋劳千古思。浩兴归来吟不尽，陶诗和后和豳诗。"第十四名诗曰："儿痴方拟半栽秫，身隐尚嫌全种秫。何许蕨薇君欲采，饥眠堪羡华山高。"第二十二名诗

---

① 宇文所安：《诗的引诱》，译林出版社 2019 年版，第 274 页。

曰：“已学渊明早赋归，东风吹醒梦中非。莺声睍睆来谈旧，牛背安闲胜策肥。”第二十四名诗曰：“世数有迁革，田园无古今。鸟喧争树暖，牛倦憩墙阴。水活土膏动，风微花气深。渊明千古士，伫立此时心。”第二十八名诗曰：“东皋雨后土膏肥，凤驾乌犍出短扉。秧水平畴蛙合合，菜花满棱蝶飞飞。比邻社酒欢犹在，墙壁农书事已非。独喜桑麻今正长，渊明归去最知几。”

从以上诗例中可看出，仅前三十名的诗歌中，便有九首在或隐或显地写到陶渊明，接近三分之一。直接叙述陶渊明的有诸如“已学渊明早赋归”“渊明千古士”“渊明归去最知几”等句；简介叙述陶渊明的有“栗里久无彭泽赋”“是间也自有桃源”等。然而，不论是直接或是间接的叙述，陶渊明都是“兴”的中介桥梁。诗人们是意图借助陶渊明的意象，表达自己想要归隐的意志。刘勰有言：“比则畜愤以斥言，兴则环譬以寄讽，盖随时之义不一。故诗人之志有二也，观夫兴之托谕婉而成章，称名也小，取类也大。”① 陶渊明作为一个历史人物，本身代表着隐逸的意象，随着时间的累积和意象内涵的扩大，不仅是陶渊明的人物形象有隐逸的意涵，与陶渊明生平隐逸经历的点点滴滴，都沾染了隐逸的意涵。如前述诗中提到的“彭泽”“桃源”“柳”“桑”等，皆进入到“隐逸”这个“大类”中的“小名”的范畴。因此，当诗人们的叙述在表层呈现出的是“小名”范畴的词汇，他们实质上要表达的更深层的真实的意义，是这些词汇所从属的“义类”范畴。彭泽，即陶渊明曾经任职的彭

---

① 刘勰：《文心雕龙》卷八《比兴》，景印文渊阁《四库全书》本，第 1478 册，商务印书馆 1986 年，第 50 页。

泽县，后用来代指陶渊明；桃源，是陶渊明《桃花源记》一文中所建构的虚拟的理想隐逸空间；柳、桑等也是陶渊明隐逸生活代表的理想化符号。"兴"的叙事学审美意义，体现了古代诗歌的"不写之写"，将诗人所要叙述的真实意义隐含于词汇之外，使得诗歌呈现出"辞有尽而意无穷"的审美特点。

（二）芦花被集咏

文学导向型诗歌集咏，还有芦花被集咏。这一集咏现象的源头系色目诗人贯云石。贯云石在《芦花被》诗序中记载："仆过梁山泊，有渔翁织芦花为被，仆尚其清，欲易之以绸者。翁曰：君尚吾清，愿以诗输之。遂赋，果却绸。"[①] 另有诗人欧阳玄在《元故翰林学士中奉大夫知制诰同国史贯公神道碑》中记载："（云石）尝过梁山泺，见渔父织芦花絮为被，爱之，以绸易被。渔父见其贵易贱，异其为人。阳曰：'君欲吾被，当更赋诗。'公援笔立成，竟持被往。诗传人间，号芦花道人。公至钱唐，因以自号。"[②] 以诗买芦花做成的被子，这种"行为艺术"是中国古代文人的风流轶事，事后则常被记录和流传为文坛佳话，成为人们津津乐道的事件。贯云石当场所作的芦花诗曰：

> 探得芦花不浣尘，翠蓑聊复藉为茵。西风刮梦秋无际，夜月生香雪满身。毛骨已随天地老，声名不让古今贫。青

---

① 杨镰主编《全元诗》，中华书局 2013 年版，第三十三册，第 309 页。
② 吴师道：《元故翰林学士中奉大夫知制诰同国史贯公神道碑》，《全元文》卷一一〇四，凤凰出版社 2004 年版，第三十四册，第 653 页。

绫莫为鸳鸯妒，欸乃声中别有春。[1]

贯云石这首诗蕴含着诗人超逸脱俗的精神品格。承担诗人表现此种精神韵味的载体，即是芦花。芦花之"清"、不浣尘，意味着诗人的精神不沾染世俗的污浊；再将翠色的蓑衣借作毯子，这些元素让人联想到清高意境的物象，把诗人带到一个与现实不同的世界中。接着，诗人叙述了进入到这个超脱凡尘的世界的体验：西风将他带进了秋高气爽的良好意境中；月色下清香的芦花有如白雪铺满全身，此处的芦花与白雪皆是白色，也寓意着诗人品格的高洁。在颈联与尾联，诗人则采用拟人的手法，把芦花与青绫都人格化，芦花虽已干枯老去，但它的清高的美德却与古往今来的高洁贫士不相上下；诗人并劝慰被自己送出去的青绫：不要因为你被舍弃而心生妒忌，实在是渔父摇橹的声音中别有一番意境。

这首诗中所叙述的意境在传统中国文人的诗歌世界里并不鲜见，不过从色目诗人的笔下写出，还是有其特殊性。首先，诗人的民族身份是色目人，并非月泉吟社之南宋遗民，因此在社会地位层面应该是被优待的，理应积极用世的心更强。但是事实是，尽管诗人在二十七岁便入翰林院，之后却不受重用，因此毅然辞官，选择了汉族文人"穷则独善其身"的生命态度。其次，显然诗人作为第三代入中原的色目人，其文化思想已经深受汉族文化的洗礼，不仅能熟练抒写汉文诗歌，甚至将中原传统文化中的士人精神品格也深深接纳。由于诗人与汉文化的

---

[1]　杨镰主编《全元诗》，中华书局 2013 年版，第三十三册，第 309 页。

高度融合，作为色目人，在其本族群所掌权的统治阶层被排挤，进而选择了汉族士人的隐退思想，这种反差更能引起人的共鸣，所以，其所叙写的作品亦能被广泛接受。诗人创作出一个倾向于隐逸的清高形象，形成了一个"诗歌品牌"，引得其他文人争相唱和。芦花原本在中国的诗歌意象中，没有隐逸的意涵，诗人的创作是为"隐逸"这个意象"大类"，又增添了一个"名目"；其他诗人的跟随唱和，是不断深化、实践把芦花纳入隐逸意象之一的过程。我们分析这一过程，不仅看到贯云石以隐逸为主题的叙事结构，可更深刻地认识元代诗歌以"兴"叙事的特点。

在贯云石之后，跟随其唱和的诗人甚众，并且还拓展出《芦花道人换被图》，以及小令等形式，但是不论何种形式，唱和诗歌的核心叙述是贯云石《芦花诗》所表现出的清高飘逸之精神。这些集咏诗的叙事方式，大致有以下两种：

（1）扩充式、旁观式叙事。这一类集咏，是在契合原诗的叙述理路基础上，以旁观者的角度，叙述诗歌的创作背景，并对原诗的意境进行重述。如王冕《题芦花道人换被图》：

> 高昌野人见几早，发须不待秋风老。脱身放浪烟水间，富贵功名尽除扫。坐对渔翁交有道，青绫何似芦花好。从时拜赐芦花人，自云不让今古贫。高眠听梦梦更真，白月满船云满身。起来拍手波粼粼，欸乃撼动人间春。①

诗的前四句，是对贯云石人格特征的叙述。"高昌野人"，即是

① 　杨镰主编《全元诗》，中华书局2013年版，第四十九册，第327页。

指贯云石，贯云石祖籍高昌，作诗时贯石云已辞官四处游走，故云"野人"。之后"脱身放浪烟水间，富贵功名尽除扫"等句，也是叙述贯云石洒脱不羁、淡泊功名的形象特质。之后则是对贯云石以青绫换芦花被的故事本身的叙述，诗人站在第三者旁观的角度，叙述贯云石与渔翁交往，认为青绫不如芦花好；之后与今古贫士的对比、月光、欸乃等意象，则是对贯云石原诗意境的重述。以旁观者身份对贯云石的人格特征进行叙述，使得芦花意象的创作者也进入到诗歌的叙述氛围中，这种"内外配合"的叙事方法，使诗人对贯云石的高洁、闲逸精神的叙述更为饱满。

（2）沉浸式叙事。沉浸式叙事是唱和者进入原诗作者的叙述脉络，在诗歌的意脉上保持高度的一致性，其叙事效果与原诗有高度的相关性，如邓雅《楮衾用贯酸斋芦花被韵》：

> 楮衾如雪绝纤尘，稳卧还须藉布茵。一片白云松下榻，五更明月梦中身。惟应纸帐堪同调，只恐梅花亦笑贫。赢得素风含混沌，夜寒一煦便回春。①

此诗用韵与贯云石《芦花诗》一样，楮，即纸，元人胡助亦有"漂楮为衾雪色鲜，软于冬绢暖于绵"的诗句。用纸做被子，与用芦花做被子，有异曲同工之妙，皆表现了文人脱俗的雅趣。诗人叙述楮衾"绝纤尘"与芦花之"不浣尘"同义，借布为茵与翠蓑为茵相似。"一片白云"诗句与《芦花诗》同样叙述想象的梦中意境，最后则显示出诗人乐观洒脱，不在意世间荣辱的

---

① 杨镰主编《全元诗》，中华书局 2013 年版，第五十四册，第 282 页。

心态。此诗在篇幅和意脉上保持与原诗一致，以相似意象的叠加，达成与原诗神似却又模拟的叙述效果。总之，元代同题集咏诗数量、种类众多，基本上，都是基于社会现实的风俗生活或事件，进行纪实性叙事，可以称之为一种"咏事诗"。同题集咏在题材上广泛反映了社会各阶层、各面向的标志性事件；从诗人的分布属性来看，也囊括了官员、文人、布衣等不同阶层，以及不同的民族属性。并且，同题集咏分别在共时性和历时性两个时间向度上，反映出了元代诗人的"咏事"创作特征。

第二节　套数之叙事特色

元散曲具有较强的叙事性，任中敏《散曲研究》中说："词仅可以抒情写景，而不可以记事，曲则记叙抒写皆可，作用极广也。……散曲并不须有科白（如剧曲所有）或诗文（如秦观《调笑》、赵令畤《蝶恋花》等所有）以为引带，但曲文本身，尽可纪言叙动，初无害于其文字之工也。"① 元散曲从形式上来看，分为小令和套数两种。套数不同于小令之处，在于它是由多个曲牌组成，属于复合型文本。因为其篇幅更长，所以针对某一主题可以作铺陈式的叙述，从多重角度层层展开。王星琦在《元明散曲史论》中认为：曲讲究"说尽道透""尖新茜意"，"尽"是指以赋法为主，曲尽人情物理，这与宋元时雅俗文学相

---

① 任中敏：《散曲研究》，中华书局 2013 年版，第 14 页。

互渗透、抒情文学与叙事文学交融互补的大趋势密切相关。①

一、多线索交叉叙事

元散曲套数的叙事艺术特征，首先是采用多线索交叉式叙事。如王伯成《般涉调·哨遍·项羽自刎》：

> 虎视鲸吞相并。灭强秦已换炎刘姓。数年逐鹿走中原。创图基祚隆兴。各驰骋。布衣学剑。陇亩兴师。霸业特昌盛。今日悉皆扫荡。上合天统。下应民情。睢河岸外勇难施。广武山前血犹腥。恨错放高皇。懊失追韩信。悔不从范增。

> 〔么〕行走行迎。故然怒激刚强性。迤逗向垓心。预埋伏掩映山形。猛围定。涧溪沟壑。列介胄寒光莹。昼夜攻催劫掠。爪牙脱落。羽翼彫零。一个向五云乡里贺升平。一个向八卦图中竞残生。更那堪时月严凝。

> 〔麻婆子〕汉祖胜乘威势。上苍助显号令。四野布层阴重。六花飞万片轻。不添和气报丰年。特呈凶兆害生灵。手拘束难施展。足滑擦岂暂停。

> 〔么〕自清晓彻终日。从黄昏睡五更。趁水泽身难到。夺樵路力不能。旋消冰雪润枯肠。冻烧器械焰荒荆。马无草人无饭。立不安坐不宁。

> 〔墙头花〕军收雪霁。起凛冽严风劲。汗湿征衣背似冰。战欣欣火灭烟消。干剥剥天寒地冷。

---

① 王星琦：《元明散曲史论》，南京师范大学出版 2016 年版，第 5—6 页。

〔幺〕征夫楚寐清。深夜疆场静。四面悲歌忍泪听。便不思败国亡家。皆子想离乡背井。

〔急曲子〕帐周回立故壁。阵东南破去程。众儿郎已香然。总安眠睡未惊。忽闻嘶困乏征马宛。猛唤回凄凉梦境。

〔要孩儿〕唯除个植梦怀忠政。错认做奸人暗等。误截一臂不任疼。猛魂飘已赴幽冥。碧澄澄万里天如水。明朗朗十分月满宫。马首立虞姬工。翠蛾低敛。粉泪双擎。

〔幺〕绝疑的宝剑挥圆颈。不二色的刚肠痛。怎教暴露在郊墟。惜香肌难入山陵。望碧云芳草封高冢。对黄土寒沙赴浅坑。伤情兴。须臾天晓。仿佛平明。

〔三煞〕衡路九条。山垓九层。区区纵堑奔荒径。开基创业时皆尽。争帝图王势已倾。军逐。因寻江路。误入阴陵。

〔二〕付能归船路开。却懒将踏板登。丧八千子弟无踪影。羞归西楚亲求救。耻向东吴再起兵。辞了枪骑。伏霜锋闪烁。从二足奔腾。

〔一〕杀五侯虽惧怯。奈只身枉战争。自知此地绝天命。壮怀已丧英雄气。巨口全无叱咤声。寻思到一场长叹。百战衰形。

〔尾〕解委领把顿项推。举太阿将咽颈称。子见红飘飘光的的绛缨先偏侧了金盔顶。磅可可湿浸浸鲜血早淋漓了战袍领。①

这套曲子把叙事的时间点放置在项羽自刎之前的一段时间，叙

---

① 隋树森编《全元散曲》，中华书局 1964 年版，上册，第 325—327 页。

述的内容基本上都是项羽死前的心理活动。项羽作为曾经风光
无限的西楚霸王，战败自刎前的时间无疑是他一生中最失意的
时刻。英雄在巅峰时期的心情，普通人无法体会；但是失意之
时的沮丧，更易惹人共鸣，作者选择这个时间点进行扩充性叙
述，让项羽的英雄形象显得更加悲壮。深入历史人物心理活动
的叙事策略，本质上是在反映作者的思想。项羽在曲中被叙述
出的形象，是折射作者思想的中介。作者围绕"项羽自刎"这
个主题，直接代入项羽本人的视角，从项羽的眼光中看战败后
的残局。从全篇来看，作者以项羽之口陈述了情理交织的叙事
线索：一，属于"理"的叙事线索：反省陷入绝境的原因。初始
原因：错放刘邦、失追韩信、不从范增。直接原因：因寻江路，
误入阴陵。后续原因："付能归船路开。却懒将踏板登。"二，
属于"情"的线索：（1）对江东子弟的愧疚："便不思败国亡家。
皆子想离乡背井。""丧八千子弟无踪影。羞归西楚亲求救。"这
几句表示出项羽将对士兵的情感价值置于宏图霸业之上，英雄
的形象剥落，诉诸情感，更易引发人的同情。（2）对虞姬的怜
惜："怎教暴露在效墟。惜香肌难入山陵。望碧云芳草封高冢。
对黄土寒沙赴浅坑。"（3）对自己战败后心情的抒发，对命运的
悲叹："立不安坐不宁。""四面悲歌忍泪听。""自知此地绝天
命。壮怀已丧英雄气。"这两条情与理的叙事线索分别散布在这
一套曲中，辅之以项羽面对环境的其他感受与情思，使得整套
曲子的表达细密如丝织。也只有在套数这样的多重文本模式下，
才可形成如此多条线索交叉排列的叙事模式。

二、复杂场面之叙事

其次，元人善用套数叙述复杂的场面。如邓玉宾有《仙

吕·村里迓古·仕女圆社气球双关》：

　　包藏着一团儿和气。踢弄出百般可妙。共子弟每轻胲
痛膝。海将来怀儿中搂抱。你看那里勾外胲。虚挑实蹴。
亚股剪刀。他本的你论道儿真。寻的你查头儿是。安排的
科范儿牢。子弟呵知他踢疼了你多多少少。

　　〔元和令〕露金莲些娘大小。掉胲强抢炮。鼙云肩轻摇
动小蛮腰。海棠化风外褭。那踪换步。做斤出殢人娇。巧
丹青难画描。

　　〔上马娇〕身段儿直。披样儿娇。挺拖更妖绕。你看他
拐儿扇尖儿挑舌儿哨。子弟敲。腾的将范儿挑。

　　〔胜葫芦〕却便似孤凤求凰下九霄。胲儿靠手儿招。撒
演的个庞儿慌张了。他划地穿赚抹膝。摩肩擦背。偷入步
暗勾挑。

　　〔幺篇〕抵多少对舞霓裳按六么。惯摇摆会躯劳。支打
猜拿在恁般巧。你看他行针走线。拈花摘叶。即世里带着
虚嚣。

　　〔后庭花〕你看他打掬拾云外飘。蹬圆光当面绕。玉女
双飞鬓。仙人大过桥。那丰标！勤将水哨。把闲家扎垫的
饱。六老儿暇趁的早。脚步儿赶趁的巧。只休教细褪了。
永团圆直到老。

　　〔青歌儿〕呀！六踢儿收拾、收拾的稳到。科范儿掣
荡、掣荡的坚牢。步步随节节高。场户儿宽绰。步骤儿虚
嚣。声誉儿蓬勃。解数儿崎峣。一会家脚跐鲸鳌。背掣猿
揉。乱下风雹。浪滚波涛。直踢的腮儿红脸儿热。眼见涎
腰儿软。那里管汗湿酥胸。香消粉脸。尘拂蛾眉。由古自

抖搜着精神倒拖鞭。三跳涧。滴溜溜瑶台上。莺落架燕归巢。他划地加斤节乘欢笑。

〔寄生草〕回避着鸳鸯拐。堤防着左右抄。跷跟儿掩映着真圈套。里勾儿藏揓着深窟窍。过肩儿撒放下虚笼罩。挑尖儿快似点钢枪。凿膝儿紧似连珠炮。

〔幺篇〕本是座风流社。翻做了莺燕巢。扳揓儿揓定肩儿靠。锁腰儿锁住膝儿掉。折跛儿跟住肷儿跷。俊庞儿压尽满园春。刀麻儿踢倒寰中俏。

〔尾声〕解卸了一团儿娇。稍遍起浑身儿俏。似这般女校尉从来较少。随圆社常将蹴鞠抱抛。占场儿陪伴了些英豪。那丰标！体态妖烧。错认范的郎君他跟前入一脚。点着范轻轻的过了。打重他微微含笑。那姐姐见球来忙把脚儿跷。①

这套曲的叙述对象是元代仕女蹴鞠的场景，从第一曲到最后的尾声，是一场蹴鞠比赛从开始到结束的完整过程。由于题材的特殊性，曲中最突出的特点是运用了大量的动词，来描述双方队员的仪态、动作，甚至"专业"的蹴鞠术语，这种叙述形式已经颇类似现代的足球比赛解说，极具生动性和活泼性。例如，其表示动作的动词有："踢、勾、挑、蹉、弹、摆、弄、拐、搨、敲、剟、穿、抹、摩、擦、打、拿、行、走、拈、摘、搊、拾、蹬、绕、扳、搂"等，这些动词的使用极大增强了叙事的生动性，使得蹴鞠的场景——展现在眼前。另外，作者对现场进行全局解说，也着重细部描写；作者使用全知叙事的角度解

---

① 隋树森编《全元散曲》，中华书局 1964 年版，上册，第 306—308 页。

说，但是也适当使用"你""他"等人称代词，拉近读者与现场的距离，使读者感到如临其境，表现出作者"入乎其内，出乎其外"的叙事特点。再者，作者用十首曲叙述十个蹴鞠场景片段，以曲牌作为不同场景片段间的转折，将各个场景间的独立性和贯穿性衔接起来，既展示了现场细节的精彩，又保证了场景宏观的完整性，收放有度，是套数形式叙事的优势所在。

复次，元散曲套数善于用寓言式叙事方式，进行时间线性、铺排式叙述。如姚守中《中吕·粉蝶儿》：

〔牛诉冤〕性鲁心愚。住烟村饱谙农务。丑则丑堪画图。杏花村。桃林野。春风几度。疏林外红日西晡。载吹笛牧童归去。

〔醉春风〕绿野喜春耕。一犁江上雨。力田扶耙受驱驰。因为主甘分受苦。苦。苦。经了些横雨斜风。酷寒盛暑。暮烟晓雾。

〔红绣鞋〕牧放在芳草岸白苹古渡。嬉游于绿杨堤红蓼平湖。画工描我在远山图。助田单英勇阵。驾老子蓬山居。古今人吟未足。

〔石榴花〕朝耕暮垦费工夫。辛苦为谁乎。一朝染患倒在官衢。见一个宰辅。借问农夫。气喘因何故。听说罢感叹长吁。那官人劝课还朝去。题着咱名字奏銮舆。

〔斗鹌鹑〕他道我润国于民。受千辛万苦。每日向堰口拖船。渡头拽车。一勇性天生胆气粗。从来不怕虎。为伍的是伴哥。王留。受用的是村歌社鼓。

〔上小楼〕感谢中书部。符行移诸处。所在官司。禁治严明。遍下乡都。里正行。社长行。叮咛省谕：宰耕牛的捕获申路。

〔么〕食我者肌肤未肥。卖我者家私不富。若是老病残疾。卒中身亡。不堪耕锄。告本官。送本都。从公发付。闪得我丑尸不着坟墓。

〔满庭芳〕衔冤负屈。春工办足。却待闲居。圈门前见两个人来觑。多应是将我窥图。一个曾受戒南庄上的忻都。一个是累经断北水亹王屠。好教我心惊虑。若是将咱卖与。一命在须臾。

〔十二月〕心中畏惧。意下踌躇。莫不待将我莝刍。不忍其觳觫。那思想耕牛为主。他则是嗜利而图。被这厮添一买我离桑枢。不睹是牵咱过前途。一声频叹气长吁。两眼恓惶泪如珠。凶徒！凶徒！贪财性狠毒。绑我在将军柱。

〔耍孩儿〕只见他手持刀器将咱觑。唬得我战扑速魂归地府。登时间满地血模糊。碎分张骨肉皮肤。尖刀儿割下薄刀儿切。官秤称来私秤上估。应捕人在傍边觑。张弹压先抬了膊项。李弓兵强要了胸脯。

〔二〕却不道闻其声不忍食其肉。划地加料物宽锅中烂煮。煮得美甘甘香喷喷软如酥。把从前的主雇招呼。他则道三分为本十分利。那里问一失人身万劫无。有一等贪餔啜的乔人物。就本店随机儿索唤。买归家取意儿庖厨。

〔三〕或是包馒头待上宾。或是裹馄饨请伴侣。向磁罐中软火儿葱椒火乌。胜如黄犬能医冷。赛过胡羊善补虚。添几盏椒花露。你装的肚皮饱旺。我的性命何辜。

〔四〕我本是时苗留下犊。田单用过牸。勤耕苦战功无补。他比那图财害命情尤重。我比那展草垂缰义有余。我是一个直钱底物：有我时田园开辟。无我时仓廪空虚。

〔五〕泥牛能报春。石牛能致雨。耕牛运土遭诛戮。从今后草坡边野鹿无朋友。麦垄上山羊失了伴侣。那的是我伤情处。再不见柳梢残月。再不见古木昏乌。

〔六〕筋儿铺了弓。皮儿鞔做鼓。骨头儿卖与钗环铺。黑角儿做就乌犀带。花蹄儿开成玳瑁梳。无一件抛残物。好材儿卖与了靴匠。碎皮儿回与田夫。

〔尾〕我元阳寿未终。死得真个屈苦。告你阎罗王正直无私曲。诉不尽平生受过苦。

这首诗是元代颇具特色的代言体散曲，把吟咏的对象物拟人化，以人的口吻叙述牛从生前到死后的经历。故事按照时间的顺序进行叙述，在顺序的时间线上设置关键的转折点，让故事充满戏剧性的转折。在前三首曲中，作者以牛的口吻叙述了自己生活的环境和耕作的状态，其中三个"苦"字奠定了全篇的基调。接下来牛经历的事件分为以下几段：一，生病；二，遇到有良知的官员，吩咐禁止宰杀耕牛；三，执行春种之后被卖掉；四，被宰割；五，死后被分人瓜分肉、骨、皮。对这些情节的详细叙述，可充分展示牛的"冤"与"苦"。此曲篇幅颇长，作者表面写牛，实则写人，牛不能开口抉择自己的命运，人在当时的社会中也不能决定自己的命运，人与牛一样只能奉献自己的劳力，最后都难逃被宰割的归宿。从叙事视角来说，作者把人拟作全知视角的牛，因为牛即便会思考，也不可能知道自己死后的事情，故而作者的叙事口吻是"旁观者"。作者对耕牛从生到死，以及被买卖、被宰杀等细节的铺陈叙述，都显示出元曲"说尽道透"的叙事特色，既体现出身为牛的痛苦与悲惨，也表现出人类的凶残与无情。

总之，元散曲套数的叙事模式是以曲牌为叙事单位，每个曲牌叙述一个事件场景，共同为一个叙事主题服务。套数的叙事艺术继承了《诗经》以来"赋"的手。朱熹在《诗集传》中说："赋者，敷陈其事而直言之也。"① 刘熙载《艺概·赋概》说："赋起于情事杂沓，诗不能驭，故为赋以铺陈之。斯于千态万状，层见迭出者，吐无不畅，畅无或竭。"② 可见赋有两个层面的意义：一，在篇幅上展开来叙述，叙事规模得以扩充，针对一个主题进行递进式或并列式延展性叙述。二，叙述方式是内容与主题直接相关，没有暗喻、隐喻等修饰性修辞。散曲之赋，是诗歌中赋之传统的新变。传统的赋基本上在形式上是整齐的，通过变换诗句中的词汇，达到在严整的形式下敷陈叙事的效果。而散曲套数之赋，每一曲牌的韵律与格式都不同，散曲通过其错落有致的形式，从内涵上针对曲子的主题进行铺叙。可以说，传统赋的特点是"形胜其意"，散曲赋的特点是"意胜其形"。这是元散曲套数叙事结构的特殊之处。

第三节　组诗之叙事特色

组诗，是现代文学研究过程中出现的概念，其实也是古典诗歌中常见的现象。作为古典诗歌典型的复合型文本，组诗是由一个人创作，表达同一个主题的多首诗歌。组诗的源头或来

---

① 朱熹：《诗经集传》，景印文渊阁《四库全书》本，台湾商务印书馆 1986 年版，第七二册，第 751 页。

② 刘熙载：《艺概》，上海古籍出版社 1978 年版，第 86 页。

自《诗经》，在《诗经》中，重章复沓是主要的结构形式。不过，在《诗经》中，同一诗题下的各个章节，只是变换几个重点的字，各个章节的内容有高度的重复性，表意层次有递进性。如《芣苢》《麟之趾》等篇目，它们是完整篇目下的一个片段，并不能独立存在。直至魏晋时期，联章组诗的形态发展成熟，各个"章"皆可独立成为表意单元，其关联性隐含于独立性之下。唐代是组诗创作的高峰期，元代则是继唐代之后的第二个高峰期。元代组诗的表达更富有层次性、多样性，从不同角度聚焦于同一主题，使得诗歌的叙事内容更为丰富，扩展了诗歌的叙事容量。组诗最能体现出诗人叙事意识的连续性与绵密性，因为组诗发展成型时，诗歌已经基本脱离了对音乐的依赖，诗人不必按照乐章填写诗歌内容，而是按照自己的创作意识进行表意层面的组合。组诗一般由多首绝句或律诗组成，因此，其叙事结构呈现由散点而聚合的形态，即由精细化的小型叙事单元，聚合成同义连缀并兼具多样化表达的叙事集合。当诗人需要叙述的内容较多，而又希望以较短的诗歌体式表达，便需要采用组诗的形式展现。元代组诗的叙事特征有如下几点：

一、聚合式主题下的散点叙事

当诗人要表现较为丰富的主题内容时，律诗或绝句的篇幅无法完全囊括诗人要表现的内容；而诗人要表现多个面向的内容，也更适合短暂性的聚焦。因此诗人便采用联章组诗的形式，通过多个散点式叙事，共同组成聚合性的叙事主题。如陈基《次韵孟天伟郎中看潮十首》：

海上初看一线低，须臾排空与山齐。平吞百粤天为堑，雄障全吴石作堤。浩浩鲸波流似带，纷纷蜗角斗如鸡。世间别有风涛险，莫向平途信杖藜。

天风吹海恣崩奔，一掷坤维势欲翻。正尔断鳌安地轴，可容持鼓过雷门。惊涛怒激英灵气，斜日潜销壮士魂。却笑故都闲士女，冶游归去近黄昏。

江源来自歙山幽，潮势凭陵江上头。紫盖黄旗收王气，素车白马踏清秋。至今故老犹兴慨，自古忠臣不自谋。渺渺云边孤鸟没，岂知人世有恩雠。

八月十八怒潮生，猛于突骑白于缯。风掀云岛神龙化，雷吼天门赤鲤腾。楼船入海仙难问，鸱革浮江史可征。扬旗勇踏涛头去，除却吴儿世不能。

千古英雄恨未销，海风吹上浙江潮。怒驱貔虎谁能敌，雄压鲲鲵不敢骄。踏浪掀旗空远迓，临流捐袂若为招。扁舟浩荡身先退，输与陶渔共采樵。

雪涌潮头万迭多，秋风屃赑吼灵鼍。直疑碧海金鳌掷，复恐阴山铁骑过。勾践功名今寂寞，麻姑消息近如何。凭君更阐神明力，翻却蓬莱弱水波。

秋风酾酒待潮生，浑似罗江吊屈平。地下有灵驱海若，人间无主听阿衡。恩雠莫辨君亲分，忠佞难逃今古评。寂寞长洲走麋鹿，不堪明月棹歌声。

千古东南诧海潮，摩挲强弩未全销。气乘日月分盈缩，声振山河欲动摇。击楫中流歌慷慨，倚阑斜日鬓飘萧。钱塘官酒秋仍绿，更与灵胥酹一瓢。

风起城南思惨凄，独携长剑倚长堤。未谈秋水惊河伯，先跨涛江掣海鲵。力障狂澜扶砥柱，手挥妖祲豁坤倪。东

146

流不尽凭阑意，长笑归来日已西。

　　　　每回潮候卜灾祥，今岁潮头百尺强。千犀弩发鲸鲵吼，两乳峰开龙凤翔。乘槎直欲访河鼓，悬水不须夸吕梁。徒倚江亭吾已老，海峰吹面发苍浪。①

这首组诗的叙述主题是"看潮"，即钱塘江大潮，据《咸淳临安志》记载："钱塘江潮八月十八日最大，天下伟观也，临安民俗，太半出观。"②"看潮"这一事件在不同的时间点，不同的视角下都有不同的景象发生。因此，诗人要对这一事件进行较为全面的叙述，就需要多个片段式的表达，通过多个散布的视点描述，才能组成"看潮"的完整景观叙述。诗人在第一首诗中叙述了涨潮景观刚刚开始的状态：潮水由一条线变成一座山，形成足以吞并吴越的气势，主要是视觉方面的叙述。第二首写天风吹着江水持续往前翻滚，并在声势上震耳欲聋的气势，这是视觉与听觉兼顾的叙述。第三首解释江水的源头之处，以及江潮形成的原因。第四首写观潮的具体时间，以及弄潮儿在潮头戏水的勇猛行为。据《武林旧事·观潮》记载："吴儿善泅者数百，皆披发文身，手持十幅大彩旗，争先鼓勇溯迎而上，出没于鲸波万仞中，腾身百变，而旗尾略不沾湿，以此夸能。"③所以，诗人在这一首诗中的叙述内容不仅包括自然景观，还加入了民俗景观，称赞弄潮儿"勇踏涛头"，可见诗人观潮的视线范

---

① 　杨镰主编《全元诗》，中华书局 2013 年版，第五十五册，第 222—223 页。
② 　潜说友：《咸淳临安志》，景印文渊阁《四库全书》本，台湾商务印书馆 1986 年版，第零四九零册，第 942 页。
③ 　周密：《武林旧事》卷三，景印文渊阁《四库全书》本，台湾商务印书馆 1986 年版，第零五九零册，第 204 页。

围也更近了一些。第五首还是写吴儿弄潮的场景，他们从勇敢踏向潮头转而全身而退，表明弄潮这一场景的结束。在前五首诗中，诗人的叙事对象是现实中所见的自然景观和民俗景观，运用直观的描写变换着带来视觉冲击的叙事场景。从第六首到第十首，诗人则更多地借用历史或神话意象，如勾践、麻姑、屈原、海若、河伯、河鼓等，把实景所不能描述的部分升华至形而上层面的比拟，表现出江潮景观的奇特，以及诗人对景观的浪漫奇思。因此，诗人通过现实中的自然景观和民俗景观叙事，以及丰富的想象叙事，将观潮这一事件完整而立体地呈现出来，由多个片段组合成一幅波澜壮阔的画卷。再如方回《独游塘头五首》：

> 纳谒心全懒，绌书眼倍昏。偶思行药圃，独往叩柴门。
> 湿岸凫梳羽，颓塍枣露根。元来好诗句，只在数家村。
>
> 诗必城之外，胡为不出城。渐逢人少处，初听水流声。
> 异卉栀香酽，纤梢笋粉明。是中亦堪隐，浪出误平生。
>
> 蒲藕上塘种，养鱼于下塘。积泥春粪树，储水岁浇秧。
> 未藉知章教，堪浮逸少觞。扫松须憩此，系马古垂杨。
>
> 密树窥青果，方塘数绿荷。久晴田水细，向晚野烟多。
> 兀坐几忘起，成诗费屡哦。归鞍犹觉早，再欲叩烟萝。
>
> 雉雏古原侧，归牛荒潦滨。炊烟已昏野，花气更留人。
> 剩欲培幽筑，端容买近邻。向来惟有梦，今此岂非真。①

作者在诗序中透露了写作此诗的心理背景："予有小塘园屋在歙

---

① 杨镰主编《全元诗》，中华书局2013年版，第六册，第4—5页。

县左数十步，傍问政山，先世坟墓所由之路。癸未五月初十日晚，避俗往游，独坐久之，所得坌集，非城市所能有也。出东门，入南门，转深坞瞰大溪而归。后当数数如此矣。灯下遂成五诗，又当思所以名是塘者。"① 这首组诗所叙述的事件发生时间有较长的跨度，系诗人数次游玩的总结性创作。这五首诗未必是按照游玩的时间顺序创作的，但是它的内容必然是诗人针对特定地点、特定心情的不同侧面所写，不同的侧面又共同反映出诗人的同一个叙事主题。第一首诗叙述诗人出行去游园的缘由：因为读书劳累，偶然想起可去塘园游玩，诗人步入塘园，并意识到好的诗句只有在乡村中才可得。第二首诗直接承接第一首诗末句的诗意，诗人认为好诗必然要作于城外，进而详细叙述城外适宜生发诗意的场景：在没有纷乱人烟的僻静处，才能听到流水声，闻到奇异的花香，是归隐的好去处。第三首诗叙述园中的景致打理：种树、浇秧、种藕、养鱼。并叙述游园的重要内容：为祖先扫墓。第四首诗叙述游园接近尾声的场景：坐在园中作诗许久，诗人发起要回家的念头，又觉得时间尚早，一个"欲"字，将叙事的进度再向前推展一步。第五首诗则通过归牛、炊烟、昏野等意象，喻示着傍晚的到来，也意味着诗人一天游玩的结束。这首组诗叙述的内容虽然不是诗人在一天之内的游玩过程，每一首诗都可独立存在，但是也暗含了一条贯穿全诗的叙事线索。诗人在第一首诗即叙述了游园的缘由；第二首诗中的"渐"字，表现了从城里到城外的位移过程；第三首诗中的"系马"记叙了诗人从家中到园中的交通工具，也为之后的"归鞍"留下伏笔；第四首诗中的"觉早""再欲"则进

---

① 杨镰主编《全元诗》，中华书局 2013 年版，第六册，第 4 页。

一步推动游玩事件的长度;第五首诗中的"留人"等词汇,则喻示着事件的结束。诗人通过多首诗歌叙述了游玩事件的不同景色与心情,形成既有聚合性又有各自独立性的叙事结构。

二、线性脉络贯穿的回环叙事

相对于散点式的叙事结构,还有各个诗中联系更为密切的连环式叙事结构。即各个独立的诗中叙述的人物思虑,故事情节等,具有相当程度的连贯性,使得组诗整体叙事有较为清晰的叙事线索,或有明显的意脉贯穿全诗。如舒頔有《织妇吟五首次知县许由衷》:

> 妾家住西河,家贫守清素。年方二八初,学织常恐暮。
> 父母生我时,不识当门户。夫君良家子,安肯受辛苦。
>
> 机织不畏多,但畏官府促。去年布未输,今岁粮未足。
> 阿姑八旬余,缩首日下曝。君戍忧边庭,妾心念机轴。
>
> 妾忧机杼空,惆怅时停梭。机空且勿忧,戍远当如何。
> 乌鹊噪檐树,红叶翻庭柯。夫君万里外,妾织愁愈多。
>
> 乱丝入手中,上机十数尺。细花间鸾凤,精巧俗莫测。
> 朝餐釜底焦,夜尽壶下滴。君心似明月,愿照勤苦力。
>
> 天边比翼鸟,庭下连理枝。高枝接伉俪,孤鸟鸣何悲。
> 妾织还自制,远寄良人衣。君心谅匪石,岁久当自知。[1]

第一首诗交待了事件的缘起:织妇家住河西,自十六岁起学习织布,父母将她嫁给富家子,对方并不愿意跟她一起承担丝织作

---

[1] 杨镰主编《全元诗》,中华书局2013年版,第四十三册,第256—257页。

业的辛苦。第一首诗可视作织妇的自述，为后面事件情节的发展埋下两条发展线索：其一，从事丝织手工业十分辛苦。其二，丈夫对她的职业不理解，二人并不同心。第二首诗将前面埋下的矛盾线索进一步延展：织布多的辛苦还不可怕，可怕的是官府繁重的税收。织妇辛苦供养家庭，丈夫在千里之外戍边。这一首诗突出的主要事件是无力承担赋税。第三首诗接续"妾心念机轴"的思虑，叙述织妇忧心"机杼空"，但是更主要的是思念戍边的丈夫，因此"妾织愁逾多"，这一首诗的主要事件是"思夫"。第四首诗写织妇织布的过程，也叙述织妇高超的织布技术："精巧俗莫测"，最后再次将重点落在"思夫"，期待丈夫像明月一般映照着自己。第五首诗则直接叙述对丈夫的心迹，织妇羡慕比翼鸟双宿双飞，织妇只能通过不断给丈夫寄衣物，希望有一天能感动他，得到他的理解。第五首诗中的"君心谅匪石"对应了第一首诗中的"夫君良家子，安肯受辛苦"，使得织妇的叙述首尾呼应。这首诗的叙事主题是织妇的怨与叹，事件的起因是织妇的要从事的职业与丈夫的观念不相和，之后诗人在每一首诗中层层铺垫，叙述织妇的劳动之苦，以及不被丈夫关爱的内心之苦，诗人连用"忧""念""愁""苦"等词汇，反复渲染织妇的愁苦心绪。然而直到最后事件到达结尾处，织妇的问题也没有得到解决，她只能织更多的布，等待夫君的回心转意，终于将织妇的愁苦心理推向最高潮。因此，这五首诗存在着层层累积、递进的叙事逻辑演变，是环环相扣的完整叙事单元。

再如沈梦麟《遣婢五首》：

> 夜半烟销织女灯，凉生蕲簟寝还兴。独怜井上梧桐月，照见红冰第几层。

　　　　阿莲今夕苦辞房，向我褰衣泣数行。亲手起来收汝泪，
殷勤好去事姑嫜。

　　　　王谢堂前燕一双，乌衣涎涎拂金窗。雕梁一夜西风起，
肠断东家飞过江。

　　　　阿莲别我嫁牛郎，河上红蕖步步香。宋玉才情今已矣，
老夫无复梦高唐。

　　　　手种杨枝与柳枝，当时培养本无私。如今老去黄金尽，
粉白从渠嫁阿谁。①

　　这首组诗主要叙述诗人家里一位叫阿莲的女仆，即将被遣散回
家，诗人作诗纪念离别。诗人在第一首诗中叙述自己伤心、夜
不能寐的心情。在第二首诗中叙述上述心情产生的缘由：阿莲流
泪向诗人辞行，诗人劝慰阿莲回家去好好生活。第三首诗又回
到诗人的个体感受：诗人将阿莲比作王谢堂前燕，她要飞回百姓
家，作为东家的诗人伤心得要"断肠"。第四首诗则又以阿莲为
起始，阿莲的离去对诗人来说，有如宋玉别巫山女神。第五首
则通过叙述对阿莲的培养虽然是无心的，但是要让她离去依然
心中不舍，表达诗人对阿莲的深厚情感。这首组诗的叙事结构
是诗人叙述自己的内在感受与叙述阿莲的行为交替进行，诗人
的个人体验与外在事件的发展互相联动，两条叙事线索的发展
都是在"遣婢"这条主题线索下进行的。

三、联章重句带动意象群叙事

　　重章复沓是《诗经》中广泛出现的诗篇结构，每一章的诗

---

①　杨镰主编《全元诗》，中华书局 2013 年版，第五十五册，第 82 页。

歌内容用词相似，仅变换其中固定位置的某个字，形成不同的诗意。而后世组诗中的诗歌每一首皆有相对的独立性，不适合再出现高度的重复性。但是诗人为了达成叙事结构的完整性，会以高度凝练诗歌主旨的诗句，作为每篇单首诗歌的首句。如此更增强了组诗的整体性，也凸显了叙事结构的完整性。在首句重叠的前提下，诗人将相似的诗歌意象分别散布在各个诗歌中，形成联章重句带动意象勾连的叙事特色。如董寿民《山居杂兴十首》：

> 吾爱山居好，柴门路屈盘。秋声开户听，云影倚阑看。坐石评吟案，临风把钓竿。竹厨有石鼎，煮茗更烧丹。
>
> 吾爱山居好，闲中兴味长。山幽岚气润，溪迥水风凉。林鸟啼书案，岩花落酒觞。潇然忘物我，清坐据胡床。
>
> 吾爱山居好，风烟满户庭。护香深炷火，养气默看经。修竹过墙绿，遥山隔岸青。夜阑时露坐，闲认少微星。
>
> 吾爱山居好，红尘事不知。停杯看月上，策杖逐云移。独味有真趣，幽寻无定期。清晨戴乌帽，野叟道相宜。
>
> 吾爱山居好，无营长道心。知几频玩易，得趣并忘琴。樵斧响云外，渔郎鸣夜深。幽人有奇事，寒菊满园金。
>
> 吾爱山居好，山深水复深。月如入有约，云与我无心。老石饱风日，乔松阅古今。闲来无个事，长笑更长吟。
>
> 吾爱山居好，闲中悟养真。静来知有我，事了岂尤人。有酒时时醉，无花日日春。寸心藏万化，谁谓懒翁贫。
>
> 山居吾所爱，眼耳俗尘清。古木荫秋暑，幽禽啼晚晴。推窗延月色，歌枕爱溪声。赖有诗堪写，应知画不成。
>
> 山居吾所爱，尽日掩柴关。酒趣壶觞外，诗情水月间。

梦随庄蝶化，身伴海鸥闲。地僻交游少，渔樵共往还。

山居吾所爱，草径入林幽。莺语一窗晓，蛩吟四壁秋。

云藏沽酒舍，水引钓鱼舟。此景无人共，孤吟自掉头。[1]

这首组诗前七首皆是以"吾爱山居好"开头，后三首则是由"山居吾所爱"开头，句式略有差异，表达的涵义并无差别，诗人通过十幅不同的山居画卷，共同体现出"爱山居"的情怀。十首诗之间不是靠逻辑的推演贯穿起来，而是诗人心绪和内在体验的流动。围绕着"山居之好"的主题，诗人在第一首诗中以"柴门"表示居住房屋的简陋，以"屈盘"表示居住所在地的偏僻，使"山居"的意象更直观化。诗人要叙述的主题是"山居"，以此为中心，借用多种意象来表达山居之乐：一是诗人作为受体接受大自然熏染的意象，如林鸟、修竹、微星等，这些意象存在于自然中，没有诗人的主动参与，但是对这些事物的描述体现了诗人独特的审美体验；二是表现诗人主动与环境互动的行为意象，如煮茗、烧丹、醉酒、渔樵等，这些意象不仅蕴含着诗人闲适的心情，也表现出诗人在山中生活的点点滴滴，是诗人日常生活中所经历"事件"的集中展示；三是代表诗人自我精神修养的道家意象：道心、玩易、得趣、养真等。因此，在这首组诗中，诗人以山居之乐为总体纲要，以诗人的个人内在精神体会为主轴，将诗人与自然以及与自我的精神互动交流作为山居之乐的"证据"。这些事件以散点化的状态分布在各个单篇诗作中，但是由于每首诗皆以"吾爱山居好"为首句，所以该诗藉由重句排比的叙事结构，容纳多种具有相似意义的

---

① 杨镰主编《全元诗》，中华书局 2013 年版，第二十二册，第 66—67 页。

意象，使诗歌呈现散而有序的叙事型态。此外，元代有一些篇幅宏大的农事诗，也采用组诗的形式详叙其事。此类农事诗呈现两种叙事结构。一种是以线性诗序为主轴的叙事结构。以时间顺序为主轴，铺叙农事的场景，是自《诗经·七月》篇即有的传统，元代诗人赵孟頫有《题耕织图二十四首》，按照从正月到十二月的时序，叙述了耕作与织作在每个时令要完成的内容。如其《耕正月》曰："田硗藉人力，粪壤要锄理。新岁不敢闲，农事自兹始。"《耕二月》曰："东风吹原野，地冻亦已销。早觉农事动，荷锄过相招。"①《耕三月》曰："良农知土性，肥瘠有不同。时至万物生，芽蘖由地中。"②《织正月》叙述妇女准备蚕室，《织二月》叙述农民种桑的景象，《织三月》叙述蚕初生时的样貌。诗人以时间为经，以每月具体的农事内容为纬，将农事的步骤作清晰的拆分式展示，构成一幅流动可观的画卷。另一种则是诗文一体的叙事结构。元代王桢著有《农器图谱》，介绍了上百种农具，在其介绍每种农具的文字说明的结尾，皆附上诗歌以吟诵。这类诗歌所包含的"事"，有农具的制作过程、组成材质、使用方法，甚至对当时不事农耕的权贵者的讽刺。

　　农业是中国古代社会经济的重心，是国民生活之根本，也是天人交互主题下的重要内容。元代的农事大型组诗展现了古代劳动人民动用劳动智慧与"天"互动的过程，赵孟頫《题二十四耕织图》是按照时间顺序叙事，但是却不像西方叙事学，以时间为线索，搭配事件发生的因果逻辑；耕织图的时间顺序是基于天人感应，人根据四时的变化发展，安排生产、生活所

---

① 　以上杨镰主编《全元诗》，中华书局 2013 年版，第十七册，第 201 页。
② 　同上书，第 201—202 页。

产生的秩序机制。杨义认为，文学叙事的时间速度，包含着叙事者的主观投入，文本的疏密程度和时间速度所形成的叙事节奏感，是作者在时间整体性之下，探究天人之道和古今之变的一种谋事策略。① 在"天人之道"的运行法则下，诗歌以时间为排列顺序，时间并非维持叙事秩序的主轴，反而只是点缀性的标志，只是标记实质性天人互动状态的标签。

复合文本的叙事结构特色在于意义的整合，其结构型态系一干多枝型。诗歌的主题是主干，具体的诗歌文本是枝叶，枝叶的源头来自主干，又配合主干完成整体的叙事结构。从诗歌体式的视角检视诗歌的叙事结构，着重点不完全在于诗歌的线性故事逻辑，更重要的是每个诗歌文本在整体结构中，所承担的部分性叙事比例、叙事功能。因此，复合文本所反映出的叙事结构大致有以下几种：一，并联式结构，例如写景类组诗以及场面叙述类散曲套数，各个具体的文本分别叙述一个主题的不同侧面。二，递进式结构，如组诗《织妇吟五首次知县许由衷》，每个相对独立的诗歌文本之间存在故事逻辑的递进性。三，聚合主题下的散点结构。如同题集咏之叙事，不同的诗人聚焦于同一主题，各自选取主题中的某个聚焦点叙述。总之，复合文本之叙事不仅反映出某一诗人个体性的叙事思维，也反映出某一时代诗人的集体性的叙事思维，形成多种叙事结构型态。

---

① 杨义：《中国叙事学》，人民出版社 1997 年版，第 144 页。

第四章

元诗叙事之心理结构层次

　　心理空间，是承载着人的特定精神、心理活动的场域，这个场域由人的语言、认知建构而成。心理空间是信息的存储空间，是人们进行思考、交流、理解的中介。人们在语篇中进行信息联结，在内心建立相应的信息网络，从而推动认知活动，形成特定的心理空间。[①] 语篇中意义的建构过程，就是不断建立心理空间的过程。[②] 在中国古代诗歌中，诗人写作诗歌，通过词汇生成语义，由语义建构相应的心理空间。读者也通过词汇和语义的中介，进入诗人所建构的心理空间中。因此，诗人在诗歌中叙述的主旨，凝结了诗人的情感、思想，同时也是对心理空间的建构和展现。诗歌中多种多样的题材，形成了多种多样的心理空间，这些心理空间构成了元诗叙事的多重心理结构层次。其层次大致包括：在追和历史人物的题材中，有写作高洁隐逸情怀的和陶诗；在历史咏怀题材中，有写作寄寓文化情结的咏史诗；在记梦幻境题材中，则有写作"真实"可感的记梦诗；在面对自然山水的题材中，则有写作体验兼想象的纪游诗。

---

① 李天鹏：《心理空间：〈末代皇帝〉的认知美学研究》，《电影文学》2019年第21期。

② 李福印：《认知语言学概论》，北京大学出版社2008年版，第171页。

第一节　和陶：人格向往

典范是指可以作为学习、仿效标准的人或事物。历史上具有典范意义的人物，容易让后世诗人形成对他的人格向往，陶渊明即是其中一位。陶渊明的隐逸精神以及他留存的表现隐逸生活的诗歌，都成为后世诗人向往和模仿的对象。元代的诗人喜欢追和陶渊明诗，正是以陶渊明为典范的情结之表征。对和陶诗的叙述内容展开分析，可探析元代诗人和陶诗歌之心理结构层次的生成。

和陶，是中国文学史上的一道特殊的风景。文人效法陶渊明并作诗，发轫于鲍照。自鲍照以至于唐宋时期，有不少"拟陶诗"出现。然而真正意义上的"和陶诗"，则是肇始于苏轼。至于"拟陶"与"和陶"的区别，袁行霈认为，苏轼追和陶诗是一种自觉的文学创作活动，而且是一种新的尝试。追和与拟古不完全相同。拟古是学生对老师的态度，追和则多了一些以古人为知己的亲切之感。拟古好像临帖，追和则在临习之外多了一些自由挥洒、表现个性的空间。[①] 和陶这一新的题材因苏轼的大量实践而得以确立，苏轼之所以选择陶渊明作为唱和的对象，最重要的原因是受陶渊明人格魅力的感召，为陶渊明的精神境界所折服。因为苏轼和陶诗主要创作于其六十岁左右，被贬至儋州、惠州期间；可见，苏轼和陶的主要目的即是排解精神的苦闷，以陶渊明悠闲旷达的境界作为精神支柱。所以，苏

---

① 　袁行霈：《论和陶诗及其文化意蕴》，《中国社会科学》2003 年第 6 期。

轼和陶诗的文化意义要大于文学意义，后世的和陶诗也基本倾向于此。元代和陶诗是苏轼和陶诗的延续和发展。

一、和陶诗的主要内涵

陶渊明诗歌被后世文人如此眷恋，盖缘于其特有的思想文化内涵。这些内涵包括：一，归隐闲适的生活；二，安贫乐道的精神；三，对待生死坦然之达观。这些内涵也正是元代和陶诗所要表达的。为了更直观地认识其中的关联，兹先将元代和陶诗的基本信息列表分析如下：

作者	生卒年	身份	所和篇目	和陶诗总量	情思倾向
郝经	1223—1275	元初官员	停云等五十一篇	118首	唱和陶渊明真委命，与物无竞的精神，以纾解囚禁生活的苦闷
刘因	1249—1293	入元不仕文人	九日闲居、归园田居、九月九日、饮酒、乞食、连雨独饮、移居、有会而作、拟古、杂诗、咏贫士、咏二疏、咏三良、读山海经、咏荆轲	76首	(1) 在贫困生活中的窘迫以及安贫乐道的精神 (2) 记叙乱世中民生之艰
牟巘	1227—1311	由宋入元，不仕	咏贫士	7首	(1) 怀念故国，为遗民身份哀叹 (2) 羡慕陶渊明的田园生活
方回	1227—1305	由宋入元	饮酒、咏贫士、九日闲居、九月九日	29首	生死如一、看淡名利、及时行乐的豁达

（续表）

作者	生卒年	身份	所和篇目	和陶诗总量	情思倾向
方夔	不详	由宋入元，隐居	杂诗	1首	慨叹人至暮年而无功业的遗憾
舒岳祥	1219—1298	由宋入元，授徒以终	停云、乞食	2首	在战乱后得以生还的庆幸之情
王恽	1227—1304	元初政治家	九日闲居、归园田居、	3首	世事无常，及时行乐的心情
戴表元	1244—1310	由宋入元，短暂出仕，与元朝保持距离	乞食、咏贫士	8首	安于贫困生活，刻意躲避世事
安熙	1269—1311	由金入元，不屑仕进	饮酒、咏贫士	7首	叙述对历史上隐士生活、人格的向往
戴良	1317—1383	元末明初，元代遗民	杂诗、饮酒、拟古、移居、连雨独饮、答张常侍、咏贫士	51首	(1)超然物外，不计人生得失的洒脱(2)心念故国，坚守气节
程钜夫	1249—1318	元初官员	和陶诗	1首	感慨时光易逝，怀古伤今
黎廷瑞	1250—1308	由宋入元，隐居不仕	九月九日	1首	吟咏陶然自乐的山居生活
吴莱	1297—1340	元代文人，隐居乡里	咏贫士	7首	安于隐居生活，但仍期望得君行道

从以上表格可以看出，元代创作和陶诗的诗人，从时间上来看主要分布在宋末元初；从和陶诗的内容来看，主要集中在咏贫士、饮酒、乞食、九日闲居、杂诗等类目；诗人身份主要是易代之际的遗民，其次是有隐逸经验的文人。因此，上述类目之所以成为和陶诗的主要篇目，与诗人的人生经历是高度相关的：有些诗人在朝代更迭中有政治认同危机，在心理上无法理

所当然地接受新政权，心理上的无所适从，以及生活的贫困皆是其精神苦闷的原因；而同样经历过政权更迭的陶渊明，却能够身处乱世而保持人格独立高洁，自然就令元代的文人心生向往。有些诗人的慕陶情结则是出于人生挫折，如郝经，他被宋朝羁押十六年之久，在此期间乃作和陶诗以寻求自我心灵解脱。所以，元代文人和陶的触机，基本是由于各种现实状况导致的人生的不如意，意图通过和陶来消解内心的痛苦。以咏贫士主题为例，这一主题的诗人分布从元初到元末，他们所写的内容也并不是无病呻吟，而是基于真实的贫困生活体验。

　　关于和陶诗的范式，郝经曾有过如下论述："赓载以来，唱和尚矣。然而魏晋迄唐，和意而不和韵；自宋迄今，和韵而不和意，皆一时朋侪相与酬答，未有追和古人者也。独东坡先生迁谪岭海，尽和渊明诗，既和其意，复和其韵，追和之作，自此始。"[①] 郝经所指出的"和韵"与"和意"其实是指诗歌的内容与形式，从汉魏以至唐宋，随着诗歌体制的发展愈加成熟，唱和诗的风貌也从诗人间单纯地酬唱其"意"，变得愈加重视其形式，唱和诗从朋友间互相传达心意，转变成互竞作诗技法，甚至于以次韵为能事："古来但有和诗，无和韵。唐人有和韵，尚无次韵，次韵实自元、白始。依次押韵，前后不差，此古所未有也。"[②] 郝经所推崇的苏轼"和韵"兼"和意"的方式，亦是元代和陶诗的普遍共识。由此可见，元人和陶的重点是为了与陶渊明达成精神上的契合，而不是单纯从技巧的层面唱和。在具体的创作实践中，元代和陶诗又呈现出不同的风格：从形式

---

① 　杨镰主编《全元诗》，中华书局2013年版，第四册，第206页。
② 　赵翼：《瓯北诗话》，凤凰出版社2009年版，第30—31页。

上来看，唯有郝经是集中而严谨地和陶，郝经和陶诗的篇目直接沿用陶渊明诗题，与现存的汲古阁藏宋刻《陶渊明集》十卷本相比，郝经的诗篇名目之次序与陶诗集中基本无异；其余诗人的和陶诗则是以"和 + 陶诗诗题"为名，如《和归园田居》《和饮酒》等，或写较长的诗题交待作诗缘由，并在诗题中点名所和陶诗篇名，如《自居剡源少遇乐岁辛巳之秋山田可拟上熟吾贫庶几得少安乎乃和渊明贫士七首与邻人歌而乐之》），并且在选题方面也并无规律可循。从内容的方面来看，诗人们所表达的诗歌主旨也往往与陶诗相近。

二、和陶诗的叙事手法

基于对陶渊明的精神向往，元代的和陶诗人在诗中对陶渊明进行全方位的多重咏叹，诗人们透过反复叙述陶诗建筑的隐逸世界的意象和典故，来完成新的精神空间建构。如前所述，元代的和陶诗分别从诗歌的精神内容和艺术表现两方面来追和陶渊明诗。元代诗人将自己理想的精神世界寓于和陶抒写中，为了表现与陶渊明的精神相和，建构隐逸的心理空间，他们运用如下叙事手法：第一，叙写隐逸事境；第二，以古典述今事；第三，糅合旧典，熔铸新的隐逸情境空间。下面分述之：

（一）叙写隐逸事境

当陶渊明成为一个特殊的文化意象，对陶渊明本身的歌咏即是诗人心理空间的显现。诗人们共同想慕的是陶渊明恬淡自然、超乎俗世之上的精神意趣，然而诗人自身的处境与心中所向往的有落差，他们便会在诗中营造隐逸的事境来展现自己的理想。

以刘因《和归园田居》其一为例。该诗即通过多重隐逸典故，叙写诗人自己的隐逸理想。

> 少小不解事，谈笑论居山。为问五柳陶，栽培几何年。安得十亩宅，背山复临渊。东邻汉阴圃，西家鹿门田。前通仇池路，后接桃源间。熙熙小国乐，梦想羲皇前。石上无禾生，粲烂空白烟。营营区中民，扰扰风中颠。未论无田归，归田谁独闲。迂哉仲长统，论说徒纷然。①

围绕中国古典诗歌的抒情传统建立起来的"意象"理论体系，在面对诗歌的叙事传统批评时有其局限性；因此有学者提出"事象"与"事境"的概念。事象是经由诗性提炼的片断性存在，以呈现动态的、历时的行为和现象；事境是产生诗人所想所感的情境，当诗人试图在诗中重现这样的情境，就是在营造事境。② 刘因在这首诗中即展现出对隐逸事境的叙写。

首先，从诗歌叙事的内容来看。毫无疑问，刘因的心中有一个"隐逸梦"，他以陶渊明的隐逸形象作为叙述的起点："为问五柳陶，栽培几何年？""五柳陶"典出陶渊明所作自传文《五柳先生传》，陶渊明自称因宅边有五柳树，因以自号"五柳先生"，并辅以贫而好酒、忘怀得失的形迹，塑造出一个遗世独立的隐逸者形象。诗人以此引入话题，设想自己能否得到十亩田地，并进一步详细叙述它的样子：背山、临渊，东、西、南、

---

① 杨镰主编《全元诗》，中华书局 2013 年版，第十五册，第 28 页。
② 周剑之：《从"意象"到"事象"：叙事视野中的唐宋诗转型》，《复旦学报》2015 年第 3 期。

北分别临近汉阴圃、鹿门田、仇池路、桃源间。这四个地名都属隐逸的典故，汉阴与鹿门与东汉末年隐士庞德公有关：汉阴，是庞德公的旧居所，据《水经注》记载，庞德公原居汉之阴；鹿门，是庞德公的隐居地，《襄阳耆旧记》记载庞德公："后遂携其妻子登鹿门山，托言采药，因不知所在。"① 仇池，地处甘肃，面积百顷，四面斗绝，苏轼在《和桃花源诗序》中描述它为绝佳的隐居地点："他日工部侍郎王钦臣仲至，谓余曰：吾尝奉使过仇池，有九十九泉，万山环之，可以避世如桃源也。"② 桃源则是指陶渊明在《桃花源记》中虚构的"避世圣地"。诗人通过四个隐逸事典的铺排，接连使人想起不同的隐逸人物及故事，连缀出一个历代隐逸的事象群，增加了其隐逸情怀的历史厚度。在这个四个事典之前，诗人分别人用四个动词加以接引：邻、家、通、接，这四个字是每句诗的第二个字，实质上充当着"诗眼"的作用，将四个隐逸的场景动态性地呈现出来，形成空间叙事的效果。同时，这四个地点由于动词的修饰而更加的具体可感，诗句中融入了诗人对自己向往的"十亩田"所处方位的流动性感知，因此进一步增强了诗歌的叙事性因素。

再者，从诗歌叙事的结构来看。这首诗呈现出环形的叙事结构。诗人首先在首句回忆自己小时候"笑谈山居"的景象，这是现实层面的叙述；随后诗人的叙述场景变换为理想中的隐居地：从具体的方位描写，到宏观的整体感受描写，在这层叙述中，诗人从现实世界走向了虚构的理想世界，进一步强化其对

---

① 习凿齿：《襄阳耆旧记校注》，舒焚、张林川校注，荆楚书社1982年版，第39页。

② 苏轼：《苏轼诗集》，中华书局1982年版，第7册，第2197页。

隐逸事境的建构；最后，诗人又回到眼前的现实层面："未论无归田，归田谁独闲。"从现实层面来说，根本没有可以隐居的地方，即使有，也不得清闲。因此，诗人围绕着他的隐逸理想，形成了"现实——理想——现实"的环形叙事路径。这一环形叙事路径也是诗人"慕陶"心理活动的动态展现。

总之，刘因在此诗中叙述的语义，是表达对隐逸生活的向往。他以陶渊明为中心，联想到历史上一连串的隐逸文化代表人物，连缀具有隐逸意味的意象群，以包含着隐逸精神的实质内涵，建构起以隐逸为主题的心理结构。

（二）以古典述今事

中国古典诗文讲究含而不露，善于引用类似的文辞隐晦地表达想要表现的意思，因此，出现了大量援引典故以叙事的现象。刘勰在《文心雕龙》中设"事类"一章，他说："事类者，盖文章之外，据事以类义，援古以证今者也。"[1] 在后世的文学批评发展中，"援古证今"这一说法又被凝练为"古典"与"今典"，即以古代的典故描述当今的时事。如宋代汤汉所注《陶靖节诗集》，就首次使用了以古典的字面意思解释今典实指的注释方法。陈寅恪在《读哀江南赋》中也写到："兰成作赋，用古典以述今事，古事今情，虽不同物，若于异中求同，同中见异，融会异同，混合古今，别造一同异具冥、今古合流之幻觉，斯实文章之绝诣，而作者之能事也。"[2] 元代的和陶诗人多分布于

---

① 刘勰：《文心雕龙辑注》，景印文渊阁《四库全书》本，黄叔琳辑注，台湾商务印书馆 1986 年，第一四七八册，第 159 页。
② 陈寅恪：《金明馆丛稿初编》，生活·读书·新知三联书店 2001 年版，第 234 页。

王朝易代之际，写诗多是为了抒发自己心中的郁结之气，但是不论所处朝代为何，他们在抒发这种郁气时总要对社会政治氛围有所顾忌。因此，以古典述今事的隐含叙事法，也自然广泛地存在于元代和陶诗中。

再以刘因的和陶诗为例。据《元史》记载，刘因面对朝廷多次征召，坚持上书请辞，元世祖为之感叹："古有所谓不召之臣，其斯人之徒欤！"①刘因在陈情书中强调自己知国家养育、知遇之恩，不敢"贪高尚之名以自媚"，不曾以高人隐士自居，②意即刘因陈述自己拒绝出仕并不是为了博得高人隐士的美名。但是，刘因内心的真实倾向是否如此？或可从他在和陶诗中选用的典故中窥测。刘因在《和归园田居》五首中，多次使用蕴含"不召之臣"意义的典故。在第一首中，他写"东邻汉阴圃，西家鹿门田"，这两句诗背后所指的人物是庞德公。庞德公当时与徐庶、诸葛亮等人交好，但是拒绝出仕。荆州刺史刘表曾亲自前去延聘，庞德公依然不肯出山就职。庞德公对刘表列举尧、舜、汤、禹、周公等人的事例，认为居于高位最终难免招来祸端，安于布衣身份才能保全性命。③刘因用庞德公隐居的古典，隐含今典的叙事逻辑是：拒绝出仕的原因是为了"避祸"，其"祸"具体所指为何，于当时今典是有迹可循的。刘因在拒绝征召的陈情书中表示自己曾经有过短暂的应诏经历："向者，先皇储以赞善之命来召，即与使者具行，再奉直令教学，亦即时应命。"④

---

① 宋濂等撰《元史》卷一百七十一《刘因传》，中华书局 1976 年版，第 4010 页。
② 同上书，第 4009 页。
③ 习凿齿：《襄阳耆旧记校注》，舒焚、张林川校注，荆楚书社 1982 年版，第 38—39 页。
④ 宋濂等撰《元史》卷一百七十一《刘因传》，中华书局 1976 年版，第 4009 页。

征召刘因的是元世祖忽必烈的太子真金。真金深受汉文化影响，大量任用汉族文人，不遗余力推行汉化的文化政策；但他受到回回人阿合马的阻挠，最终在与阿合马的政治斗争中抑郁而终。刘因目睹政治斗争的残酷，以及汉臣施展抱负的艰难，从此之后不再入仕。从上述史实可以推断出，刘因用庞德公隐居的典故，叙述自己企图隐居以远离政治中心的避祸心态。

　　除此之外，刘因在《和归园田居》的第二首和第四首中，接连用了四次隐逸的典故，这些隐士归隐的原因都是不想参与改朝换代后的新政权。刘因在《和归园田居》第二首和第四首中两次用了"商颜"的典故，其中第二首写："商颜高在秦，天马脱羁鞚。"[1] 第四首写："商颜遇狂秦，萧然真隐居。"[2] 他在第四首中还分别用了"首阳"和"三径"的典故："颜生未全贫，贫在首阳墟。""谁持三径资，笑我囊空虚。"商颜，即商山四皓：东园公、甪里先生、绮里季、夏黄公四位隐士，为避秦末战乱隐居山里，"及秦败，汉高祖闻而征之，不至，深自匿终南山，不能屈己。"[3] 首阳，典出西周时期，伯夷叔齐义不食周粟，隐居于首阳山。"三径"是指汉代蒋诩不满王莽新政，归隐乡里。从中可以看出，刘因引用的四处（三种）典故中的隐士，隐居的行为都与政权的更替有关，并且态度明确地不与新朝合作。刘因的父祖辈都在金朝为官，入元后隐居不仕。虽然从刘因生活的时段来看，他是彻头彻尾的元朝人；但是从其家族文化传承来看，其家世代业儒，刘因受传统儒家思想的影响，希

---

① 杨镰主编《全元诗》，中华书局 2013 年版，第十五册，第 28 页。
② 同上。
③ 皇甫谧：《高士传》，刘晓艺撰文上海古籍出版社 2014 年版，第 166 页。

望自己能有得君行道的机会。但是元世祖忽必烈并没有像前代
的统治者一样把儒学放在至高的地位，而是让儒学沦为了
"术"。加之太子真金逝世，儒臣在朝中失去了支撑，这种政治
环境与刘因的期待不符，所以当时的朝廷对刘因来说具有某种
"异质性"。刘因把不同年代的"不召之臣"的典故聚集在一起，
透过典故的选择隐晦地表达了自己的政治倾向，从而形成了其
和陶诗的隐性叙事。

（三）糅合旧典新境

陶渊明所创造的隐逸典故分布在他的诗歌和文章中，元代
的和陶诗诗人会分别从中撷取出来，通过重组排列，以遥和陶
渊明的精神内蕴。如郝经所作《饮酒》第十九首：

> 种柳复艺菊，即是陶潜宅。眼中总杯杓，门外无辙迹。
> 朝饮仲尼千，夕醉季路百。不用五斗解，岂计东方白。熙
> 然识此生，独醒真可惜。①

"种柳""艺菊"这两个动宾式词汇，加上后一句"陶潜宅"，为
诗人后续展开关于隐逸生活的想象起到定位作用。这首诗熔合
了陶渊明生平的多个典故。"种柳"出自陶渊明《五柳先生传》
一文："宅边有五柳树，因以为号焉。""艺菊"出自陶渊明《饮
酒》诗第五首："采菊东篱下，悠然见南山。"郝经化用陶渊明
这两部作品中的典故，用以说明陶渊明居所的特点，既是形象
化的书写，也寓意着陶渊明的隐逸品格。接下来"眼中总杯杓，

---

① 杨镰主编《全元诗》，中华书局 2013 年版，第四册，第 222 页。

门外无辙迹"一句，是分别化用陶渊明喜饮酒，以及"结庐在人境，而无车马喧"诗句。"五斗"则是指陶渊明不为五斗米折腰，辞官归乡之事。柳、菊、酒、辙迹是形象化、可视化典故，饮酒、五斗是根据陶渊明生平事迹转化出的典故。诗人在这首诗中运用了既"出乎外"又"入乎内"的叙事视角：首句"种柳复艺菊，即是陶潜宅"是第三人称的口吻介绍陶渊明的居所，之后从"眼中总杯杓"到"独醒真可惜"四句，既可以视作第三人称的客观描述，也可以视作诗人化身陶渊明的自述。在自述的状态下，诗人将具有典型性意义的事件："酒""醉""五斗"联系起来，呈现出一种既有现实画面，又有内心活动的立体叙事空间；再加之这几种意象皆与陶渊明的隐逸形象高度相关，使读者在看到它们时就会随之展开联想，身临其境般体会到陶渊明遗世独立的精神境界。将同一个人的生平事迹、诗歌和文章里的典型意象撷取出来重新组合，用来更立体地表达主题。

总之，陶渊明作为代表隐逸的文化符号，其所代表的不慕荣利、安贫乐道的品格，成为元代诗人追求的理想人格。元代和陶诗人通过典故叙事、营造隐逸事境等叙事手法，完成与陶渊明"思接千载"的精神沟通，形成共同的追求隐逸的心理结构。

第二节　咏史：文化情结

咏史诗是古代常见的诗歌题材。诗人创作咏史诗，往往是基于史实，对历史事件进行归纳、重组，并融入自己的评论，抒发历史兴亡之慨。咏史诗创作既是基于历史事件，就必然涉及"事"，以及如何重新"叙事"的问题。

一、元代咏史诗的叙事特点

清人袁枚在《随园诗话》中说："咏史有三体：一借古人往事抒自己之怀抱，左太冲之《咏史》是也；一为隐括其事而以咏叹出之，张景阳之咏二疏，卢子谅之咏蔺生是也；一取对仗之巧，义山之'牵牛'对'驻马'，韦庄之'无忌'对'莫愁'是也。"[①] 袁枚将咏史诗分类为三种：一，以古人事迹为引子，抒发个人情怀；二，概括、裁剪历史事件，加以评论；三，选取可对仗的历史典故，形成特殊的艺术效果。在袁枚总结的这三种咏史体式中，第二种叙事性最强，诗人如何"隐括"其事，即是其叙事艺术手法的展现，兹所论以第二种为主。

"历史"包含两个层次：一，历史事件本身；二，史家对历史事件的描述。事件本身的存在是客观的，然而史书的记载必然会添加叙事者（史家）的主观意识。咏史诗作为一种叙事载体，是诗人针对已存史料的再描述、再创造的结果。历史相关的叙事，本质上都是"当代叙事"。每一位咏史者都是从自己生活的时空背景来思考问题，所以，其叙事态度没有绝对的客观。其对历史事件的叙述与评论，必然折射他所处时代的价值观。元代诗人，尤其是元初的汉族诗人，经历山河变色，即便是已经接受蒙元政权的，跻身朝中为官，在面对历史时也难免站在传统儒家文化的立场进行思考。诗人们不会改变由传统儒家思想型塑出的世界观，对待历史也必然以儒家的忠、孝、义等立

---

① 袁枚：《随园诗话》卷十四，人民文学出版社1982年版，第467页。

场来评判。诗人对前朝与当朝的复杂情感，也通过对历史事件的评论、叙述表现出来。

二、元代咏史诗的叙事内涵

元代咏史诗的叙事内涵有如下要点。

（一）借古劝今，总结历史兴衰的经验

咏史最重要的目的之一，是总结历史兴衰的规律，以史为鉴，引以为戒。历史事件的当事人，在事情发生的当下很难跳出自身的认知角度，观看事件的发展走向。而咏史诗的作者可从全知的视角重新解读历史事件的脉络和因果关系。在历史已成定局的情况下，如何判定历史王朝的衰亡原因，并劝告当世人以历史为鉴。蒙元统治者在建国初期对待百姓残暴，并把百姓分为四等：蒙古人、色目人、汉人、南人。如此明确的等级划分不仅在中国历代王朝中属于首次，也不符合儒家思想"仁而爱人""不患寡而患不均"的理念。元初诗人王恽有《秦山图》一诗，对此有所影射与警诫：

秦之为山何峻雄，西连太白东华峰。特隆天府树巨屏，固蓄精祐开邠封。黍离变雅西周东，云烟幻出渭函宫。不信诗书颛法制，百二山河才两世。后来汉唐亦盛代，文物虽多终霸气。千年事往遗迹在，留与来今鉴成败。君不见，烽燧台，羯鼓楼，祖龙墓在山东头。丹青比兴雅颂作，画史固是非九流。半生薄宦走跋跋，每恨西游不到秦。我今年耄百事赖，唯有怀古一念心犹存。尝闻雪满秦山图，天机貌画中南真。又闻髯张醉里头插笔，洒遍人间雪色壁。

西溪君，范华原。呜呼二者不复作，令人气短心茫然。一朝全秦大物忽当眼，着我如在龙首山之颠，卷舒巨轴阅几年。两都乔木今苍烟，其归有数开有先。昔藏寿国今聪山，二公异世俱称贤，画兮画兮得其传。[1]

这首诗是题画咏史诗，诗人借用秦朝的先例委婉地劝讽统治者应施行仁政。诗之前四句，写秦朝立国的雄厚根基：地势险要，版图辽阔，秦始皇横扫六合终成一代霸业，建立了第一个大一统的王朝。接下来诗人笔锋一转，写下秦朝的结局：由前面的风光无限到"黍离变雅"，不过才历经了两世而已。诗人也总结了秦朝如此结局原因："云烟幻出滃函宫，不信诗书颛法制"，秦始皇沉迷于仙道，四处求仙以求长生不老；不以文化教化天下，反而焚书坑儒，以法家思想残暴地驱使人民，最终导致人民忍无可忍，推翻了暴秦的统治。诗人接下来的叙述列出汉唐作为对比：汉唐是注重文教的盛世，文化的繁盛没有影响到它们的霸王气象。诗人以正反两方面的叙述，揭示出诗歌的主题：立国时强而大的王朝，如果缺乏深厚的文化积淀，一味地骋武力，不惜民力，很快便会覆亡。此诗看似咏史，实际上却很容易让人把诗歌主旨与当前的元朝统治联系起来。当时的元朝统治者废科举、贬汉人，以等级制度制造民族对立情绪，这些措施让深受传统儒家思想影响的汉族士人深深忧虑。王恽是元初入仕的汉族文人，他认可了元朝的统治，但是他同时认为王朝若要国祚延绵，须要融入华夏文明，以仁政为治理国家之上策。

再如陈孚《李妃妆台歌》一诗，叙述金章宗宠幸李妃，重

---

[1] 杨镰主编《全元诗》，中华书局 2013 年版，第五册，第 321 页。

色而轻国，导致国本动摇：

> 南城之西台巍巍，欲问何代筑者谁。台前老叟为我语，创自泰和明昌时。金章宗年号。道陵御宇思倾国，道陵，章宗陵名。掖庭婗婧千蛾眉。其中荣宠震天下，依稀忆得李宸妃。朝陪金根辇升殿，夕则专御流苏帏。一月日边明炯炯，章宗与妃共对妆台，口占曰："二人土上坐。"命妃对，应声曰："一月日边明。"帝大喜。六宫珠翠无光辉。恩礼殊绝与后等，但无副笄翟衣。少尝没入宫籍监，本妃。论妃家阀何卑微。腐木作柱古所戒，胡乃重色轻国为。斯台实昔汤沐地，琼楼开镜迎朝曦。想见双蝉绿委地，兰钗半堕湘云垂。麝脐龙髓娇不尽，腰肢柳袅一尺围。雪艳透肤腻红重，仙姿何待铅华施。妆成独对东风笑，藕花一朵开涟漪。君王浓香梦魂里，紫宸晏朝酣不知。谏臣当时尽结舌，空有伶者为嘲讥。伶官尝对御叱飞禽曰："鸟鸟，你只向里飞。"一朝房山弓剑坠，燕飞啄矢不复遗。卫王有诏下永巷，太阿无情血淋漓。妖容寸斩何足惜，金源自此鸿图衰。宝钿零落今安在，露桃犹似泣臙脂。武元辛勤建大业，武元，金太祖谥。子孙一笑寒灰飞。台非不高筑亦壮，无奈社稷基先隳。我闻叟语忽惊起，谓叟不必苦嗟咨。君不见麋弧箕服亡周国，古来何限褒龙嫠。①

该诗叙事逻辑有模仿白居易《长恨歌》的痕迹，而叙事手法相较白诗更加丰富细密。这首诗的结构分为两部分：一是对历史事件的叙述，一是对事件整体的评价。诗人叙事方法的特殊性在

---

① 杨镰主编《全元诗》，中华书局 2013 年版，第十八册，第 405 页。

于：将诗作者的身份隐藏为聆听者，引入一位"老叟"作为直接叙述者，使得全诗形成"提问——叙述——评论"这样夹叙夹议的结构，而以叙事为主。并且，在"老叟"直接叙述的部分，作者还添加了注解，这一形式使得诗人作为聆听者，也并非完全隐退于叙述场景之外，而是与直接叙述者"一唱一和""一明一暗"地搭配，以明暗交替的方式共同组成完整的叙事进路。

诗人先以"陌生人"的口吻提出问题：不知如此巍峨的高台，是谁、在何时建立的？进而叙述主体切换到一位路过的老者，老者不仅回答了诗人的问题，还详细解释了高台背后的历史故事：金章宗不顾历史教训，宠幸出身卑微的李妃，导致金章宗不理朝政，满朝大臣也无人敢谏言纠正。后来卫王动用权柄赐死李妃，但是江山根基已经衰堕，亡国之势不可挽回。当老者作为直接叙述者口述完毕，诗人再以旁听者的身份予以总结：自古以来都不缺乏祸国殃民的女子，不必为金朝旧事过于伤心。

以上两首咏史诗的叙事目的都是藉由陈述历史，解读江山衰亡的因果，统治者本身的行为，其所定制的政策，是关乎国运的关键。封建王朝的盛衰兴亡，往往就是取决于最高统治者的理念，前诗中提到的秦始皇、金章宗，即是由于统治者的暴虐与无道，导致国家覆亡。诗人抓住中国历史中两个典型的事件，简约而精准地总结出历史发展的规律，以期劝告当前的统治者不要重蹈前朝覆辙，其叙事手法符合中国叙事传统叙事观中"简要""明洁"的叙事原则。

（二）重现历史场景，评述人物的抉择

总结国家兴亡的规律是历史的众多维度之一，以这种角度写诗主要是站在劝诫者的角度。而历史上的诗人一般也是文臣，

他们还需要思考的历史维度是：位列人臣者要坚守的"道"，自己身后以什么样貌留存青史。元初的汉族诗人，在政治认同与民族认同的交叠中有心理矛盾之处。因此，他们格外关注历史上在"胡汉"之间有气节争议的人物，尤其以汉代的苏武与李陵为代表。如王恽有《跋苏武持节图》：

> 使华往返见交兵，老我何尝系重轻。已分横身膏草野，茂陵松柏梦秋声。
>
> 君臣义合以忠持，十九年间节可知。邂逅论诗几侮玩，区区才得典诸夷。
>
> 两行衰泪血沾襟，一节酬恩北海深。卫律有知惭即死，更来游说此何心。[①]

此诗通过叙述苏武出使匈奴，后被单于扣押牧羊的历史事件，称颂苏武对民族气节的坚守。诗人以第一人称的视角叙述苏武的处境：我作为使者出使匈奴，个人本身无足轻重，宁愿将身体肥野草，陪伴葬在茂陵的武帝。君臣之间的道义在于臣子应尽忠，持节十九年之久可见真章。在第三首诗中，诗人再次站在苏武的角度，将苏武坚持气节与劝降的卫律作对比，以卫律之降，衬托苏武持节之可贵。此诗以苏武的视角叙述，拉近了读者与历史现场的距离。诗人在诗中表达出褒奖苏武贬低卫律的观点，显见其认可苏武至死忠于汉室，拒绝向匈奴投降的气节。

另如元初诗人陈义高有《李陵台》一诗：

---

① 杨镰主编《全元诗》，中华书局 2013 年版，第五册，第 408 页。

　　将军少年真英雄，陇西家世凌边锋。奇材剑客五千士，自当一队驰威风。浚稽山前突戎骑，被围未蹈生擒计。强弓劲弩百万兵，流血成丹皆战惊。谁知管敢漏机密，遂使空拳冒锋镝。归无面目见君王，将身未免降勃敌。继曾杀李绪，尚欲谋归去。蒙恩虽已深，实起怀乡心。高陵筑台望乡国，中郎去后空哀吟。累土高一尺，望天近一尺。谁为削平山，望见长安陌。望乡不见春复秋，将军一去台空留。我家住在南海上，今日登台重凄怆。辽天漠漠飞黄云，草中但见牛羊群。家山不识在何处，教人空自忆将军。①

这首诗系诗人途径李陵台，登高怀古所作。全诗回顾了李陵当年带兵攻打匈奴，后来被军中部下管敢出卖，终被匈奴王俘虏，不得已投降之事。从第一句"将军少年真英雄"至"遂使空拳冒锋镝"句，诗人是站在当时的历史场景之外进行描述。但是从"归无面目见君王"句开始，诗人进入了李陵的内心世界，诗人揣测李陵的心理活动，以此来诠释历史事件的发生。每一个事件的发生，都搭配一次李陵的内心活动描写：（1）历史事件——以将军之身投降；内心活动——没有面目见君王。（2）历史事件——杀掉李绪；内心活动——企图谋划回归大汉。（3）历史事件——李陵蒙匈奴恩宠颇深；内心活动——生起怀念家乡之心。（4）历史事件——筑起高台；内心活动——中郎去后空哀吟。这一系列的叙述中，历史事件是"表"，内心活动是"里"，内心活动可解释事件发生的原因，一表一里，环环相扣，把李陵台产生的背景叙述得让人有如临其境之感。然而，

---

① 杨镰主编《全元诗》，中华书局 2013 年版，第十八册，第 46 页。

接下来诗人所描述的内容则纯粹进入想象的空间，诗人代李陵抒发思乡之情：脚下的土堆高一尺，则距离天空就更近一尺，谁能为我削平眼前的高山，让我看见长安？最后诗人又回到现实中，以自己的角度抒发评论。

这首诗整体都在虚实交映之间，实的部分为有史料可征的李陵事迹；虚的部分是李陵的心理活动，这是外人无从知晓的内容。但是诗人通过自己的合理想象，为李陵的行为附上合理的动机。虚的部分还包括诗人所处的李陵台，可能并非汉代的李陵所建，它只是元代上都到大都之间一个重要的驿站，名之为李陵台，但是这并不妨碍诗人藉此抒发怀古之情。诗人以超强的叙事能力，运用"虚—实"融合、"历史—现实"熔接的叙事手法，使读者通过诗人的叙述回到历史场景去体验历史，也近距离体会到诗人所处的现实场景的景象。

中国文学的叙事传统主要以史家见长，后世文人尤以《史记》《左传》的叙事艺术为模范。这两部史书的共同特点是：把历史事件进行深加工，通过作者的想象，丰富事件的细节，形成虚实交融的艺术效果。因为诸多历史事件发生的过程，只有当事人明了其中情形，未参与者无从知晓。那么《史记》《左传》的作者要增加文本的可读性，便只能通过想象进行合理的再创造。这一再创造的手法也被后世咏史诗人吸纳，融入到咏史诗的创作中。前述两位元初诗人，以苏武、李陵为想象对象，不仅对坚守气节的苏武褒奖有加；对后来投降匈奴的李陵，诗人也认为他的心底依然是向往汉朝的。陈义高经过合理的历史想象，还原李陵做选择时的心理活动，把李陵投降的行为解析为一种无可奈何，认为李陵本质上还是以愧疚为主。可见，诗人们在夷夏族群之间做选择时，还是认为汉族王朝是正统。并且，两首诗皆以第一人称的视角叙述，使得诗人叙述的历史场景更真实可感，让读者通过诗歌文本形成与历史人物交相互动的心理空间。

（三）以史事喻示现实，推崇民族气节

在历代王朝中，汉朝是与西域匈奴冲突最多的朝代之一，王昭君是汉朝与匈奴交流过程中，被广为人知的人物之一。元代咏史诗中，以昭君和亲为主题的诗歌也为数众多。但是，对昭君的评价却因人的情感和思想倾向而异。大致来看，元初的汉族文人看待昭君和亲，持哀怨与悲伤的态度。他们无法直接表达对蒙元统治的不满，也无力复国，便将这种无力的情感投注于昭君身上。他们把昭君出塞叙述成一种委曲求全的行为，以此来暗示自己仕元的委屈。如刘因《明妃曲》：

> 初闻丹青写明眸，明妃私喜六宫羞。再闻北使选绝色，六宫无虑明妃愁。妾身只有愁可必，万里今从汉宫出。悔不别君未识时，免使君心怜玉质。君心有忧在远方，但恨妾身是女郎。飞鸿不解琵琶语，只带离愁归故乡。故乡休嗟妾薄命，此身虽死君恩重。来时无数后宫花，明日飘零成底用。宫花无用妾如何？传去哀弦幽思多。君王要听新声谱，为谱高皇猛士歌。①

这首诗的叙事主题是昭君出塞，《明妃曲》系乐府旧题，又名《昭君怨》，诗人也着重发挥了诗歌"怨"的层面。该诗以毛延

---

① 杨镰主编《全元诗》，中华书局 2013 年版，第四十册，第 159 页。

寿为昭君画像为故事的开端，但是诗人并没有采用毛延寿为报复昭君没有行贿，而故意把昭君画丑的说法。而是写昭君一开始就被画得很漂亮，所以昭君"喜"而其他人"羞"。但是接下来诗人叙述北使选人，所以容貌出众的昭君被优先挑选，此时的结果变成了昭君一个人"愁"。这一喜一悲的强烈对比，突出了情绪的剧烈转变，显示出诗人巧妙的叙事安排。刘因家世业儒，在思想上推崇程朱理学，入元后数次拒绝入仕，被称为"不召之臣"。昭君无奈被迫去胡地，刘因也是无奈被迫进入元朝。昭君愁君王之愁，但是奈何自己是女子，不能承担大事。诗人何尝不是在感叹自己身为书生，对待天下大势也无能为力呢？鸿雁不懂琵琶语，只能带着离愁回到故乡。诗人不认可蒙元的统治，也只能在精神上无限怀念他的思想故地：南宋。之后的"宫花"意味着南宋的群臣。昭君想：汉室的宫花尚且无用，我又能做什么呢？暗含刘因的内心想法：那么多大臣都不能抵挡南宋的灭亡，我又能做什么呢？显示出诗人对恢复故国无望的伤感之情，只能留下无限的哀婉幽思。诗人在这首诗中主要叙述了昭君两方面的特质：一方面是昭君对汉朝的无限忠心，愿为汉室君王牺牲自己，表现了昭君崇高的民族气节；一方面是对现实的无力感，虽眷恋汉室，却对必须嫁入番邦的现状无力改变。昭君的心态对应到刘因的身上，也有充分的现实意义，也可为刘因"不召之臣"的身份作注解。总之，这首诗以毛延寿画像作为事件的开始，之后将昭君被选中远嫁匈奴，以及昭君的心情各个事件排列得有条不紊，在期间又适当结合了昭君的心理活动，将叙事与抒情、说理融合为一体。

第三节　记梦：真实的幻象

梦，是人在睡眠状态下，大脑潜意识运作的结果。就梦境的具体内容来说，是虚幻的；就人做梦这一行为来说，梦是"真实"的。梦作为一种虚实之间的产物，与现实世界构成"阴—阳"共存的关系，是现实世界不可或缺的必要补充。中国人很早便正视梦的存在，并将梦的内容作为预测未来祸福的依据。据《周礼》记载，周代曾设立专门占卜梦的官员："占梦掌其岁时，观天地之会，辨阴阳之气，以日月星辰占六梦之吉凶：一曰正梦，二曰噩梦，三曰思梦，四曰寤梦，五曰喜梦，六曰惧梦。"[1] 早期中国社会如此重视梦，自然也会反映在诗歌内容当中。《诗经》中的《无羊》《斯干》等篇，即有记梦与占梦的描写。此后，以记梦为主题的诗歌层出不穷，及至宋代，记梦诗走向一个高峰，元代亦不遑多让。元代记梦诗人创作群体遍布元初到元末，记叙的内容题材丰富多样，记梦诗的诗歌体式也涵盖了七律、五律、五古、七古等。

记梦诗是中国古代诗歌叙事传统的重要组成，究其原因，一方面记梦是针对诗人"做梦"这一真实行为的记录；一方面古代诗人将梦与现实人生紧紧联系在一起，因此记梦也是记录现实。例如，元初诗人王恽十分重视梦，他所创作记梦诗数量当为元人之最，他曾在《征梦记》一文中表示："不肖生平，凡事欲将至，必警先于寤寐间……皆征明不可诬者。故古人论梦，

---

[1] 《周礼注疏》卷二十五，郑玄注，贾公彦疏，景印文渊阁《四库全书》本，台湾商务印书馆 1986 年版，第 90 册，第 457—458 页。

心官，物之至灵，非但藏往，固能知来……所可异而重者，据其梦而得其实，于二百载之前若合符节。此岂只劳于想可致而论耶?"① 王恽在文中历数自己先在梦中得到警示，后在现实中得到验证的种种事实。诗人因此认为，梦可以连结过去与未来，沟通人与鬼神，这种不寻常的现象，不是"日有所思，夜有所梦"可解释的。诗人对梦如此看重，认为记梦即是纪实，故而写下诸多诗歌以记叙梦中所见。

元代记梦诗的"纪实"叙事特征有如下几点。

一、记梦诗有高度纪实性

纪实性包含两个层面：一是梦境本身的纪实性，二是记梦行为的纪实性。以下分述之。

首先，梦境本身的纪实性。梦境具有虚幻性，只有做梦的当事人是梦境的唯一体验者，其他人无从知晓其中的具体感知；而当事人对梦境的记忆也常常呈碎片化，没有完整的故事脉络和逻辑。在此情况下，记梦诗人若能以写实的方式，把梦境的细节都一一记录下来，达到"以实笔写虚境"的境界，则能使梦境的叙述形象逼真，使人读之如入实境。元初诗人王恽写下大量的记梦诗，其中《梦入闽清府》一诗，即具有"以实化虚"的叙事特征：

> 梦入闽清府，郊迎磬海圻。初从亭传发，迳自宪司归。万目瞻新使，中天仰国威。康衢回曲曲，香雾霭霏霏。罩

---

① 王恽：《征梦记》，《全元文》卷一七一，凤凰出版社 2004 年版，第六册，第93 页。

伞云垂盖，行歌锦作帏。申严森赤棒，缓进仴朱衣。鼓吹连天动，旌旆映日微。高乘三丈轿，前导一双。花覆朝袍紫，沉薰象简霏。散班行有叙，社直见来稀。覆地裀如织，蒙山绣若绨。笐官衫赤褐，花帽翠蕤葳。天远纶恩重，霜清豸角巍。繁华惊极盛，心事岂轻肥。白璧防污玷，黄金惜带围。六条申汉制，八郡敛炎辉。庶政惟蠲娆，流风可渐徽。气和楼吐蜃，官肃浦还玑。后拥才中道，前呵近宪扉。一声鸡唱白，推枕蝶分飞。尘世真如梦，蓬累未觉非。日高诗已就，清思尚依依。①

这首诗在正文之前还有诗序说明背景："己丑秋九月二日五夜，梦闽府来迓，品节仪物之盛，有不可殚纪者。既觉，即其意赋此。"己丑年，即至元二十六年（1289），诗人在这一年八月三日，进授少中大夫、福建闽海道提刑按察使。② 诗人在被授官的次月，梦到被迎接上任的场面，故而此梦境有其现实缘由。诗人开篇即以"梦入闽清府"一句，点名文本是描述梦境。接下来，诗人先以广阔的视角描述整体的场面：典礼的地点在海边，上司从诗人下榻的地点前来迎接，众多的随从人员都来瞻仰新任长官的仪态。之后，诗人的叙述转入典礼队伍的具体描写：在婉转的道路、浓密的香雾中，仪仗队中的罩伞、赤棒、旌旆及

① 杨镰主编《全元诗》，中华书局 2013 年版，第五册，第 167—168 页。
② 王恽《祖宗文》："至元廿六年岁次己丑八月丁未朔越四日庚戌，孝孙恽敢昭告于王氏三代祖考、祖妣之灵：又于此月初三日，钦奉宣命，进授少中大夫、福建闽海道提刑按察使，是皆祖宗奕叶德积之故，越小子何敢？"《秋涧先生大全集》卷六十四，《四部丛刊》本，上海商务印书馆 1919 年版，第 11 页。

一众随从的外观特征，诗人自己所乘坐的轿子，众多官员、演员的状态，以及周边景色等，皆一一陈述。叙述完梦中目之所到处，诗人还继续记述在梦中的心理活动：如此繁盛的场景令人心惊，可是诗人心中并不看重奢侈的生活，而是希望不负职责，政务清明。直至最后随着"一声鸡唱白，推枕蝶分飞"，诗人才从梦中醒来，但是诗人却分不清，究竟尘世与梦境，究竟孰真孰假？诗意至此，已颇有庄子梦蝶的意味。

王恽此记梦诗的特点在于"真实"。李白曾有经典的记梦长诗《梦游天姥吟留别》，虽然也详细记录了自己梦中所历，但是其内容可归入"游仙"，在现实生活中不可实现。王恽的记梦诗则没有玄幻色彩，充满了现实性，其名物典章的细致记叙，皆与元代当时的现实制度一致。[①] 若非诗人在诗中明确指出这一系列场景是梦境，直接视作现实的描摹也是可信的。由于诗人真实化、具体化的记叙，消解了梦境的虚幻属性，使得该记梦诗呈现叙事纪实的特征。

其次，记梦行为的纪实性。如前所述，王恽十分重视梦的体验，因此书写记梦诗文即是在记录真实的人生经验。这种观念并非王恽所独有，是其同时代文人的共识。因此，元代诗人创作记梦诗，犹如记录个人生命史，会把做梦的具体时间，梦境中的地点、人物、对话等，在诗题或诗序中呈现出来，从而更加强了记梦诗的叙事与纪实的特征。如王恽《梦陈节斋》一诗，其序云："至元十六年巳卯寒食夜，卧开封后堂，梦节斋陈

---

① 　参见佚名编《元典章·礼部》卷一《礼仪社直》，陈高华等点校，天津古籍出版社2011年版，第1003—1005页。

公。既觉，呼童吹灯，信笔赋此。"① 交待其作诗缘由。又其《纪梦》一诗序云："癸未夏六月十一日，夜梦刘使君相过腰间佩二宝剑，解以示予。又袖出书一卷，曰此君先世笔也。纸色黯惨，字类离堆，用朱钩填若新髹漆者。与之语甚洽。刘貌肖河间刘清卿。既而为风雨惊觉，闻夜漏下三十刻矣。"② 详述梦境时间及内容，与诗歌的内容相得益彰。再如方夔《夜梦入一市井中见有总角道人能相人者往来熟视予久之其语不能记也因授予以一握算筹谩记其事》，在诗题中概括出梦境的故事框架，让诗人可在诗中进行细节的渲染。虞集《梦旧游诸友》诗序曰："三月三日午后，隐几梦馆阁诸旧游，存没参坐，陈众仲举杯相向曰：'旅甚思公，亦知公之深思旅，但不得见尔。记得有诗六首，其末句云：万死起俄忽，只是一思忆。是孟浩然作为？是白居易？'予曰：'殆是孟诗，但不记得。'感动而觉。是年夏，闻陈亡。"③ 在这篇诗序里，诗人记录了梦境与现实微妙的联系：诗人梦到旧友，在梦中谈论有关死亡的诗句，几个月后，听到了这位朋友死亡的消息。如果没有发生朋友去世这件事，诗人也许意识不到这个梦境的现实意义，因为得知朋友去世，这首记梦诗的创作就有了鲜明的纪实功能。

二、记梦诗巧用虚实技法

以诗序扩充故事细节和背景，以诗序之"实"弥补梦境之"虚"。由于篇幅的限制，诗歌本身可表现的范围有限，尤其是

---

① 杨镰主编《全元诗》，中华书局 2013 年版，第五册，第 104 页。
② 同上书，第 122 页。
③ 杨镰主编《全元诗》，中华书局 2013 年版，第二十六册，第 36 页。

对梦境的叙述，诗歌文本必然要呈现虚幻的梦境本身，但是元人写记梦诗秉持"以虚纪实"的态度，所以梦境之"实"的部分需要在诗序中予以说明和补充。

王恽有《梦升天诗》，其序曰：

> 庚子春正月壬午日，夜梦天风吹来，星汉未曙，梯云上征，极天宇而止。予倚云下视，倒景四垂，滉漾灭没，有不可望焉者。既而觉清寒逼人，神思飘扬，毛发为森竖也。遂蹑空而下，入道宫与张仙翁遇，良久，出翠弗紫端相遗。而悟，闻夜漏下廿刻矣。予平日异梦甚多，皆莫之比，因作诗以记其祥。

其诗曰：

> 沉沉玉漏三更后，鹏背扶摇九万抟。彤管梦传江令笔，紫袍归抱上岩端。苍溟赤日瞻天近，碧落银河照眼宽。欲蹑帝关谁汝画，九霄风露不胜寒。①

诗人在诗歌文本内容中的叙事策略，是提取出最具表现力的场景点，进行艺术化的表达。例如，将顺着云梯升天的情节，化用《庄子·逍遥游》中："鹏之徙于南冥也，水击三千里，抟扶摇而上者九万里"之典故加以表现，与诗序中如实记录的场景有所出入。从序与诗的对比中可以看出，对于诗人在梦中看到的天的样貌，以云作梯上升到天上，再从天上向下看的俯视视

---

① 杨镰主编《全元诗》，中华书局 2013 年版，第五册，第 317 页。

角，以及"毛发森竖"的心理体验，都是诗歌内容所没有提及的。再如诗人在诗序中写道："而悟，闻夜漏下廿刻矣。"把梦境发生的时间也写出来，这个动作必然是发生在诗人梦醒之后。在现实的时间刻度中为梦境"定位"，以及之后自述因生平梦境没有比此梦更奇者，故而特意记之，表现出诗人记梦如纪史的叙事观。诗人在诗序中发挥文章叙事细腻的优势，不仅使梦境的完整场景得以呈现，而且可将诗人在现实层面对梦境的全知叙述表现出来。使得读者不仅可了解梦境的内容，也可了解该梦境的发生机制以及对诗人人生的现实意义。可见，诗序不仅承担着详述细节的作用，也承载着"纪实"的功能。

再如方回有《梦东坡先生》一诗，其序曰：

坡公和太白《感秋》诗，山谷继和，非后人所当续也。有索予和者，勉强成章。因至江州天庆观访紫极宫旧迹，徘徊秋声堂，求观碑刻，又借《眉山大全集》于李君（应孙），读味再四。二月十二夜艾，梦坡公手龙脑香一掬，分其半，置予所佩革囊中。予思之，此何祥耶？非精神所注，作是幻想，则坡公在天之灵真于遗馥沾丐有所不靳也，乃赋诗以纪之。

其诗曰：

夜梦东坡公，分我龙脑香。玉指撮冰雪，佩之鞶带囊。江湖衰老踪，十度游浔阳。始入紫极宫，勉和琼田章。太白实首唱，继以双井黄。此诗岂容续，束缊侪朝阳。孺子可教欤，驭风来帝傍。跛鳖傅羽翼，恍惚追龙骧。文通五色笔，尚为文字祥。公名蔽天壤，谁敢邀余光。再拜眉山集，一上秋声堂。残馥果容丐，永流千古芳。①

此诗诗序比诗歌内容篇幅略长，但是明显诗序比诗歌更符合常规的叙事逻辑。诗序先叙述梦境产生的生活背景：苏东坡曾和李白《感秋》一诗，黄庭坚继苏东坡而和，诗人又继黄庭坚而和。之后诗人又借来苏东坡全集品味细读。这些都属于诗人思接前贤的经历，有了这些经历与体会，以"日有所思，夜有所梦"的常理来看，后来苏东坡进入诗人的梦境就形成了合理的故事逻辑。诗人在诗歌中所写的内容虽然与诗序中的整体内容一样，但是故事场景的顺序是不同的。原本在诗序中最后出场的东坡赠龙脑香的事件，在诗歌中却是最早出场的。可见诗人在诗歌中着重表达梦到东坡的欣喜之情，是以情感强度分配叙事次序，而诗序则重点在铺陈合乎常理的叙事逻辑与细节，为记梦诗的"传奇性"补充"现实性"。此外，"日有所思，夜有所梦"属于表层逻辑的真实。而诗人之所以重视此梦并作诗以记之，是因为诗人还相信更深层次的真实："非精神所注，作是幻想，则坡公在天之灵真于遗馥沾丐有所不靳也。"诗人在前面叙述和东坡诗的细节和脉络，可见其相信这些内容与梦境有关，但是他更相信由现实引导出的梦境不是"幻境"，而是"实境"：确实是苏东坡在天之灵有所感应，才来梦中与诗人相会。这种想法虽不符合现代唯物主义的世界观，在古代却实属正常。鲁迅在谈到六朝鬼神志怪书时说："盖当时以为幽明虽殊途，而人鬼乃皆实

---

①　杨镰主编《全元诗》，中华书局 2013 年版，第六册，第 59 页。

有，故其叙述异事，与记载人间常事，自视固无诚妄之别矣。"①
鲁迅认为古代人之所以认真记叙非现实世界的事情，是因为他
们相信那个世界是真实存在的。元代虽不似魏晋尚玄怪，但是
当时人的认知也会对非现实世界保持敬畏之心。所以，在这首
诗中，诗人也相信通过梦境与东坡进行了真实的沟通，真的收
到了东坡的馈赠。总之，是诗人"认虚为实"的世界观，导致
了诗人"叙事相济"的记梦叙事特色。

　　记梦诗还能够以叙统情，以真情投注于事。中国传统诗学
的"诗言志"观，在先秦时代即获得广泛的认可，《荀子·儒
篇》曰："《诗》言是其志也，《书》言是其事也。"② 然而从实际
的诗歌创作实践中来看，抒情与叙事并没有明显的界限，"在抒
情中叙事，在叙事中抒情"是常见的现象。元代的记梦诗人即
善于在记叙梦境的同时，糅合丰沛的情感，将抒情浑然天成地
融入到叙事中。如沈梦麟有《梦母》一诗：

　　　　吾母逝已远，昨宵梦见之。儿分步西园，母也从东来。
仪容若憔悴，鹤髮魹魹垂。仓忙趋膝下，嬉戏如平时。既
坐即欲去，其行亦徐徐。前趋欲抱负，母云且扶危。吾弟
从旁来，左右相夹持。母体素充广，男力不觉衰。意谓久
离别，今见心亦疑。行行近中堂，既喜亦复悲。明月照东
楼，凄风动房帏。瞿然忽惊觉，号咷泪交颐。③

---

① 鲁迅：《中国小说史略》，广西人民出版社 2017 年版，第 45 页。
② 荀况：《荀子》卷四，景印文渊阁《四库全书》本，台湾商务印书馆 1986 年
　版，第 659 册，第 156 页。
③ 杨镰主编《全元诗》，中华书局 2013 年版，第五十五册，第 8 页。

诗人在一开始交待背景：母亲已经去世，昨天晚上梦见了她。接着就进入了梦境的陈述：诗人漫步西园，母亲从东边过来。母亲看上去仪容憔悴，诗人与母亲玩乐如平常。可是母亲坐了没多久，就要离去，诗人赶紧上前抱住母亲。之后弟弟也从旁边走来，兄弟两人左右搀扶着母亲。诗人以沉浸在梦境中的视角叙述梦境，在描述梦境画面的同时，也描述梦境中的心理活动：明明与母亲天人相隔已久，为何今天又相见了呢？诗人与母亲行至近正中的厅堂，心中是悲喜交加的复杂心情。突然一阵风吹来，让诗人从梦中惊醒，醒后发现是一场梦，唯有嚎啕哭泣抚慰自己。从诗歌内容来看，诗人全程都是如实叙述现实和梦境的状况，并没有一句诗是专门抒写对母亲的情感。然而诗人越是单纯叙述梦境中发生的事件的细节，越能体现出诗人感天动地的思母之情。从母亲的仪态、言语，到与母亲和弟弟互动的情形，诗人将这一系列事件的画面连缀起来，随着画面的切换，其感人至深的思念之情也自然流露出来。诗人如融盐入水，把抒情与叙事完美融合在一起。诗人叙此梦之真，不仅在于画面叙述得逼真，更重要的是诗人在梦中及梦醒后经历的情感之真。唯有诗人在现实中对母亲有深挚的情感，才可能有如此情感浓郁的梦境，才能以深情的叙事手法把梦境叙述出来。因此，这一梦中幻境，是以现实之实情作支撑的。

　　总之，元代的记梦诗数量庞大，叙事手法丰富。从诗歌的创作观念来说，中国历来有纪实的传统，朝代有其国史，个体也有其生命史，古人将梦境视作其人生经历的重要组成部分，所以会创作大量的记梦诗，体现了诗歌的纪实作用。还有一类记梦诗，记叙由梦境引发现实忧虑，反映出梦境与现实生活的深度关联。例如沈梦麟《梦大风》一诗，第一层叙述，记叙梦

境的经历：大风把自己的房子吹倒，家人皆惊慌出逃。第二层叙
述，则记叙将此梦境询问占卜之人，被告知是吉梦。[①] 于是诗人
作诗以记。这类记梦诗把"记梦"的时间范围扩展到现实生活
中，亦反映了元人以梦纪实的叙事倾向。元人认同虚幻世界系
实存世界的世界观，决定了其认可梦境系"实境"的叙事观念，
也相信梦境与现实可互相影响，彰显了元代记梦诗"虚实如一"
的叙事特征。

第四节　纪游：体验与想像

纪游诗主要是以诗人游山玩水的经验为叙事目标的诗歌，
纪游诗与纪行诗存在一定的重叠性，然而在元代出现了将两者
做出较为明确分别的诗论。本文先试图对纪游诗的概念做出
界定。

一、记游诗基本特征与分界

若追溯纪游诗的渊源，从广义上来说，凡是以自然山水为
描摹对象，或者记录诗人外出，对广阔的外在空间进行动态、
历时记叙的诗歌，都可视作是纪游诗的前身。但是，以上述两
种标准为界限，具有某种混淆性，以至学界常把纪游诗与纪行
诗混为一谈。事实上，纪游与纪行这两种相似题材的诗歌，应
有较为明晰的界限。

首先，"行"的内涵主要是羁旅行役，不论是路程还是时

---

①　杨镰主编《全元诗》，中华书局 2013 年版，第五十五册，第 7 页。

间，都较为长久。"游"的内涵是游览、游玩，诗人描摹的对象是在有限的时间内，具体的某处地点。其次，从情感色彩来说，纪行诗常会夹杂诗人对国家、历史、社会的感慨，叠加沉重的情感。而纪游诗则针对游览的对象，或者游玩这件事情本身，注入纯粹的审美观照，感情色彩较为轻松。

从创作自觉的角度来看，纪游诗成为一种独立的题材，当从宋代开始。在宋之前，没有诗人直接把"纪游"二字写入诗题。宋代诗人以"某某纪游"为诗题，是其对"游"这一行为叙事自觉的开始。元代诗人创作纪游诗的叙事意识更进一步，主要体现在从个体叙事走向集体叙事：元代诗人会特意寻友结伴游览某处胜景，游而赋诗，之后再结而成集，并请人作序或跋以叙其本事。如陈基作《白羊山纪游诗序》，黄溍作《石台纪游诗序》，吴师道作《游西山诗序》等，其中吴师道在《游西山诗序》中说诗人们"既归，各赋诗以纪实"①，明确指出了诗人们叙事纪实的创作目的。如此强烈的"集体叙事"倾向，是前代所未见的现象。除此之外，元代诗人更可贵的，是对纪游诗理论自觉的论述。元末诗人杨维桢曾在《云间纪游诗序》一文中论述纪行诗与纪游诗的区别：

> 诗者，为纪行而作者乎？曰：有。"北风其凉，雨雪其滂。惠而好我，携手同行。"此民之行役，遭罹乱世，相携而去之作也。《黍离》曰："彼黍离离，彼稷之苗。行迈靡靡，中心摇摇。"此大夫行役，过故都宫室，彷徨而不忍去

---

① 吴师道：《游西山诗序》，《全元文》卷一〇七五，凤凰出版社 2004 年版，第三十四册，第 99 页。

之作也。后世大夫士行纪之什，则亦昉乎是。幸而出乎太平无事之时，则为登山临水、寻奇拾胜之诗。不幸而出于四方多事，豺虎纵横之时，则为伤今思古、险阻艰难之作。《北风》《黍离》，代不乏已。钱唐莫君景行自壮年弃仕，泊然为林下人。然好游而工诗不已。云间有游。所历名山巨川、前贤之宫、隐士之庐，名胜轩亭之所，一一纪之以诗。盖非《北风》《黍离》之时，则非北风、黍离之诗。固依约时之治乱以为情之惨舒者也。①

杨维桢将纪行诗定义为"行役之诗"，这类诗创作于《北风》《黍离》之时，表现伤今思古的悲戚之情；纪游诗则是"寻奇拾胜"之诗，创作于太平无事之时，表现适意任情之趣。两种题材的主要差异点，在其审美情趣不同。杨维桢此论，应是中国诗论历史上首次明确区分纪行诗与纪游诗。

　　本文研究所选取的元代纪游诗，有"从其狭"与"从其宽"两个向度。"从其狭"，即选取有明确纪游意识的诗歌，如，在诗题中明确体现出"纪游"主题之诗歌。"从其宽"，即是把"和韵""次韵"纪游之诗也纳入研究对象的范围内。纪游诗是诗人亲身游离某处景观后，根据所见所感而作，但是为其"和韵"或"次韵"的诗人，却未必有亲临现场的经验。古代文人或基于友情互相唱和，或出于对早前时代诗人的仰慕之情，唱和其诗，皆是常见的文学现象。对于这种创作者未亲临现场、通过想象完成的作品，有学界学者提出"卧游"的概念："把自

---

① 杨维桢：《云间纪游诗序》，《全元文》卷一三〇〇，凤凰出版社 2004 年版，第四十一册，第 247—248 页。

己想象所见用文字描绘出来、有情景细节的作品，适合称之为
'卧游文学'。"① "卧游"文学的现象在元代纪游诗中亦多有展
现，试举一例：自元代至大年间到至顺年间，诗人黄溍、吴师
道、叶谨翁、张枢、释无一等五人，先后屡次游浙江金华北山，
游必有诗作。后来五人选诗装潢成卷，请诗人柳贯次韵，增于
卷轴，柳贯之诗题曰：《草堂琳藏主得往年黄晋卿吴正传张子长
北山纪游八诗装演成卷要予继作因追叙旧游为次其韵增诸卷
轴》。可见，游北山的五人中，并没有柳贯在列，柳贯却也次韵
而作诗，柳贯诗作的内容，即是根据共游北山的五位诗人的诗
歌描绘的景象，所想象出来的。柳贯虽未亲临，但是却在想象
中完成了同游，他们叙事所指向的对象是相同的。文学创作并
非写实的技艺，正如范仲淹创作《岳阳楼记》时，也并未亲临
过岳阳楼，但是并不妨碍《岳阳楼记》成为千古名篇。所以，
我们要研究元代纪游诗的叙事艺术，无须介意纪游诗的"次韵"
及"和韵"之作者是否曾真正同游，不妨一并纳入到研究对
象中。

二、元代纪游诗之叙事特点

元代纪游诗之叙事特点如下：

一，现实中的山水。纪游诗之特点在"游"，其审美特质，
是注入诗人在精神上与山水互动的独特体验，这种体验是诗人
主观世界与客观山水的"冥合"。当诗人完全沉浸在与山水的
"冥合"感中，其叙事的方式是以个人体验，如听觉、触觉、空

---

① 叶国良：《中国文学中的卧游——想像中的山水》,《政大中文学报》2010
年6月。

间感等，即诗人的"内视"视角的变化来完成叙事；与之相对的，是诗人的"外视"视角，即用明确的客观叙事口吻，向潜在的读者叙述游玩所历。在同一篇纪游诗中，两种叙事视角常常交替出现。

元代诗人黄溍，有丰富的游历经历，并留下数量颇丰的纪游诗，其中《金华山赠同游者三十韵》即具有一定的代表性：

> 杖藜初出城西门，万株红树如云屯。[1] 芙蓉峰前问行路，宛宛一线随潺湲。[2] 水声渐远山渐近，弱萝纤葛手所扪。[3] 须臾横侧变峰岭，高岸忽复为平原。[4] 细泉浏浏竹竿直，石树骈立疑同根。[5] 剥金败碧逢废刹，犹以第一名其轩。[6] 天明独去吊遗迹，玉女委蜕空丘墦。[7] 楼居西起望明灭，石扉呀若山之樊。[8] 𪘁幽穴险径沮洳，膝行匍匐不得奔。[9] 刲观崖广架寥沈，双龙绕雷蟠蜿蜿。[10] 纷纶怪状满岩腹，熊虎踞伏鸾凰骞。[11] 其余琐细无不有，形求像索难具言。[12] 前趋林麓却下絙，俯瞩九地穷涯垠。[13] 青枝翠羽不复辨，但听风水声喧喧。[14] 高烧松炬度其背，珠箔忽堕华灯繁。[15] 竿身上出指绝顶，碧桐高下弥山园。[16] 遥穿蓬艾蹋云雨，险艰从此不易论。[17] 秋毫细路莫容足，下瞰不测傍无藩。[18] 怪藤如钩草如剑，举首仰叹愁攀援。[19] 山翁顾之笑引臂，前牵后接猴与猿。[20] 驰坑跨谷欹侧过，背汗喘息逾炮燔。[21] 阴沈古洞闭星日，虽有寒暑无朝昏。[22] 却行左转复深入，愈觉憀栗摇心魂。[23] 珠缨缥渺现满月，稽首大士天人尊。[24] 拂衣径逐飞鸟下，青山出没波涛翻。[25] 或云汉人隐身处，仿佛肩背余苔痕。[26] 蛇蟠磐折又数里，龛岩十丈开塘坦。[27] 夜归草堂殿突兀，坐看云

月吐复吞。[28] 怡然携手尽文士，颇觉笔下来源源。[29]
名山石室如可托，幸子岁晏来无谖。[30]①

这是一首纪游长诗，诗人以非常敏锐的感受力，巨细靡遗、有
条不紊地把完整的游玩过程陈述出来。该诗的叙述视角是高度
聚焦的，诗人几乎没有跳脱景点之外抒发人生感慨，游玩体验
本身就是诗人审美表达的最终目的。诗人探访的最终目的地是
一处人迹罕至的地点，其间感受了多重变换的行进体验。从第 1
韵至第 7 韵，是诗人游玩历程的第一阶段，即进入险境之前，
较为平坦的路途。在这一阶段，诗人用视觉与听觉感受的交替
重叠变化，来表现沿途景色的婉转多姿：在第 2 韵与第 3 韵，诗
人分别用听觉和视觉来标识自己的位置移动：流水的声音逐渐远
去、山的位置逐渐来到眼前；横向的侧峰变成山岭，高峻的山
崖变成平原。从第 7 韵到第 12 韵，是诗人游玩历程的第二阶
段。在这一阶段，诗人用触觉与视觉的冲击表现沿途的逼仄与
奇特：洞穴狭小，路径低湿，只能匍匐膝行；洞中各种各样怪诞
的样貌，无法一一用语言形容。第 12 韵到第 15 韵，诗人又转
入了第三阶段。这一阶段中，诗人视觉的体验从之前的平行转
为垂直，进而又变视觉盲区：通过绳索下坠到山谷，往下看是深
不可测之地，地上的植被都看不清，只能听到风水生，靠火把
照明前行。第 16 至 19 韵，诗人又转入第四阶段的叙述：从山洞
纵身而跃到山顶，穿过丛生的杂草，经过仅容一只脚的小道，
旁边没有任何护身的保障。这种体验可谓触目惊心，然而更难

---

① 杨镰主编《全元诗》，中华书局 2013 年版，第二十八册，第 203—204 页。
句末序号为引者添加。

的是，遇到铺满怪藤的山壁，无法攀登。从第20至26韵，诗人又转而进入新的境地，经历了视觉与心理的强烈冲击：经过一位老翁的指引，又进入一处山谷，在其中经历了视觉体验的"闭星日、无朝昏"，心理体验的"摇心魂"，最终走出来看到了漫天的星空，稽首感谢天地。第27与28韵，描写又经历了一番波折，终于回到坦途。

这首纪游诗，亦是一首非常详实的叙事诗，贯穿全诗的骨架是"游"的主题，其中的血肉是诗人对景色栩栩如生的描述，以及诗人的个人体验，形成"主线清晰，情景双融"的叙事特色。诗人在诗中着重对所见景色进行如实的描绘，企图把它们一一进行具象化的呈现；并在行踪中结合诗人当下的实际体会，不论是诗人的感官体验还是心理体验，都与当时的所见紧紧扣在一起，使得路途的艰辛不仅可见，更加可感。景色的描写与诗人的感知完美融合在一起，使得叙事的整体效果跌宕起伏，让读者有身临其境之感，随同诗人共同经历了全天的精彩游历。既详尽叙述了细节，又完整展现了游玩的全局。

另外值得注意的是，元人如此细腻的叙事手法，在元诗中并不罕见。除黄溍本人另有一定数量的同类风格纪游诗，如《登方岩谒赫灵庙却至寿山寺》《重登云黄山》《灵窦纪游》等诗歌；元代诗人吴师道亦善写纪游诗，也有诸多笔法细致的纪游诗作品，如《上巳日水西纪游》《庐山纪游赠黄伯庸》《三月十八日张仲举赵伯器吴伯尚王元肃同游西山玉泉遂至香山》《九月廿三日城外纪游》《三月廿三日南城纪游分得朝字》等。这些纪游诗有如下叙事特点是：（1）诗人的创作动机中有明确的叙事意识，或在诗题中标明游玩的时间、地点、人物，或在诗歌的内容中跳脱出主观的"内视角"叙述，从客观的视角直陈叙事目的，形成完整的叙事情节。如吴师道在《庐山纪游赠黄伯庸》一诗，在开头交待游玩的起因，在中间历数游玩中所见风景，在结尾明确叙事目的："归来记所历，一一天下奇。"(2) 篇幅较长，叙事不避详尽，而又层次分明。总之，元代诗人在纪游诗的内容与创作动机两个层面，都更进一步加强了叙事的艺术性及目的性。

二，想象中的山水。诗人根据亲身的游历体验，所作的纪游诗，是"亲临"的文学创作。然而广泛存在于中国文学中的，还有一种诗人未亲临地点，通过想象中的游历所创作的纪游诗，即前述之"卧游"诗。这类诗歌以诗人的想象创造游历的心理层次，在元代纪游诗中也广泛存在。兹以黄溍《北山纪游》及其唱和诗为例。

黄溍常与吴师道、叶蓬翁、张枢、释无一等人游北山，作纪游组诗八首，并引得未曾同游的诗人朋友，如柳贯、胡助等人相唱和。

黄溍原诗《金华北山纪游》：①

灵源：偶为山中游，远过云关宿。苍灯闪初夜，雨气蒸深屋。时闻清梵音，窈眇松林曲。

草堂：迢迢上方界，冰水翳清景。山深不可留，日暮衣裳冷。凄其怀昔游，百岁嗟俄顷。

三洞：仙山高不极，万古积苍翠。清兴薄暮移，遗迹洞天秘。岩阿春寂寥，群仙勿予迟。

鹿田：披榛度空荒，突兀崖寺古。幽花杂红白，老屋亚云雨。前瞻石径微，咫尺不得取。

---

① 杨镰主编《全元诗》，中华书局 2013 年版，第二十八册，第 237—238 页。

宝峰：下山复上山，蹑屩行沮洳。宿云冒长岭，旭日映高树。山僧亦何为，独向城闉去。

潜岳：潘公事古人，陈迹閟丘壑。草生春昼长，鸟啼岩花落。神交千载上，未敢付冥漠。

山桥：行行指木末，路逐飞云上。时登巨石憩，共听春泉响。寻源竟莫穷，即事成幽赏。

宝石：暮投招提境，明发首归路。举头望山椒，遥认经行处。重重岩壑间，苍然正烟雾。

又胡助诗《和黄晋卿北山纪游八首》：①

灵源：山中念昔游，曾借僧房宿。灵濑洗幽耳，孤灯悬佛屋。晨兴访隐者，杖履沿涧曲。

草堂：上方极清邃，人世有此景。水木围燕坐，翛然吟骨冷。涧谷云窈深，何止三万顷。

三洞：洞府县珠泉，山木舞蛟翠。游屐印苍苔，来往窥神秘。凡骨谅难仙，山中空久迟。

鹿田：云深山寺幽，树石尽苍古。行行穿蒙密，衣滴松上雨。俗驾宁少留，清景忌多取。

宝峰：春阴雨时作，山险多沮洳。鱼游一泓泉，藤络千年树。偶此会禅心，坐久不能去。

潜岳：蕙帐生春寒，幽栖擅云壑。岩阿有长松，时见晴雪落。怀古心郁纡，清风散寥漠。

山桥：书堂翳荒榛，石磴攀萝上。阴崖少行踪，空谷闻

① 杨镰主编《全元诗》，中华书局 2013 年版，第二十九册，第 20—21 页。

樵响。勿谓古人远，千载有司赏。

　　宝石：北山夜来雨，春泉流满路。招提水石会，忆我曾游处。老衲不出山，长年卧云雾。

黄溍原诗为传统意义的纪游诗，胡助所唱和的诗歌属于"卧游"性质的纪游诗。胡翰曾在《北山纪游总录跋》中说："山川能说，登高能赋，可以为大夫。余闻诸古，而于此卷见之矣。自至正庚戌以来，卷中作者由侍讲黄公倡之，而司理叶公、吏部吴公、长史张公继之。又其后而待制柳公、太常胡公、立夫吴公之诗附焉。"① 可见从北山之游到游而赋诗，皆是黄溍所倡导，胡助此诗为结集后创作。黄溍作诗叙述个人所历，胡助则根据黄溍的叙述，运用丰富的想象，将自己代入黄溍作为第一叙述者的角色，形成第二次叙述。二次叙述的特点有以下两点：

　　（1）合理推动故事情节。以《灵源》诗为例，灵源是位于浙江金华的一座寺庙，据《金华府志》记载："灵源庙，在县西五里。宋太始初，建州刺史徐灿与夫人密氏舟至兰阴山下，覆溺后着灵应，故祠于此。"② 黄溍原诗以灵源为题，记述当天夜宿灵源庙之事。黄溍原诗体现出的事象有：山中游、住宿、苍灯、雨气、深屋、梵音、松林。这些要素连缀起来，构成了黄溍当时经历的完整画面。胡助并未真正与黄溍同游，他的"卧游"切入点是黄溍的诗歌文本，他需要进入文本构成的意境，以黄溍的视角去重新体验在灵源庙的情境。因此，他所写的唱和诗

---

① 胡翰：《北山纪游总录跋》，《全元文》卷一五六五，凤凰出版社 2004 年版，第五十一册，第 217 页。

② 《金华府志》卷二十三，齐鲁书社 1996 年版景印万历刻本，第 1651 页。

用"念昔游""曾借宿""灵濑""孤灯""佛屋"等事象对黄溍诗中的事境进行重述，而最后一句"晨兴访隐者，杖履沿涧曲"则是对黄溍原故事的拓展叙述。从胡助的唱和诗中可以看出，他在创作的过程中不仅回和黄溍的诗韵，也紧紧扣住第一叙述者黄溍的精神世界、心理活动。胡助借用第一叙述者的视角，再次回到故事现场，通过想象达到与黄溍的精神契合，进而把故事情节向前推展，讲述出黄溍所没有讲出的故事：黄溍的故事止于听梵音回荡在松林，胡助的故事推展到去林间寻访隐者。这种想象并非毫无根据的"胡思乱想"，而是在原诗合理的叙事结构上，再做出合理的延伸。

（2）叙事主体的双重性。在"卧游"中完成的纪游诗，叙述主体是唱和者（第二叙述者），并非事件的亲历者（第一叙述者）。所以，从叙事策略来看，唱和之纪游诗作者，需要让自己假装成为"当事人"立场，进而再创作出作品。在这种情况下，唱和之纪游诗作者实质上是事件的第二叙述者，诗歌中暗含另一层叙事主体：即事件的真实经历者，被唱和的纪游诗作者。原诗作者是亲临现场体验的第一叙述者，唱和者作为第二叙述者，通过想象把视角聚焦于原诗现场，虚化自我，融入第一叙述者的思想世界，与第一叙述者站在同一基点去叙述同一故事。因此，我们就很难分清楚：唱和诗的叙事视角究竟是诗人本人的视角，还是第一叙述者的视角，抑或是两者夹杂。

总之，元代纪游诗有更纯粹的"游乐"审美特质，元代诗人从创作的自觉和理论的自觉两个方面，把纪游诗的发展进一步向前推动，把纪游与纪行明确分别开来。不论是体验的现实中的山水，还是想象中的山水，都创造出纯粹倾向"游乐"的审美心理结构。

第五章

元诗叙事之地理空间拓展

元代疆域之辽阔，为中国历史上所仅有。《元史·地理志》记载："其地北逾阴山，西极流沙，东尽辽左，南越海表。盖汉东西九千三百二里，南北一万三千三百六十八里；唐东西九千五百一十一里，南北一万六千九百一十八里；元东南所至不下汉唐，而西北则过之，有难以里数限者矣。"① 元朝疆域的空前辽阔，也为文人带来强烈的自豪感。如许有壬《大一统志序》中说："我元四极之远，载籍之所未闻，振古之所未属者，莫不涣其群而混于一。"② 疆域的扩展，也为元代诗人抒情叙事提供更广阔的创作环境。加之古代诗人与官员两种身份往往集于一体，当诗人以朝廷使者身份被派遣至异域；或由于国土的统一，导致诗人可行动的范围扩大，其影响波及诗歌创作，具体表现是诗歌所涉地理空间范围得到拓展。

第一节　安南纪行诗之叙事

安南，即现在的越南，在中国历史上曾被称为交趾、南越

---

① 宋濂等撰《元史》卷五十九《地理一》，中华书局 1974 年版，第 1345 页。
② 许有壬：《大一统志》，《全元文》卷一一八七，凤凰出版社 2004 年版，第三十八册，第 124 页。

等。越南与中国地理位置相近，公元前 214 年，秦始皇平定岭南，在古越南设立象郡，从此越南被纳入中国的管辖范围。及至宋代，丁部领统一越南全境，宋朝承认其主权，越南变成中国的藩属国。自蒙古宪宗七年（1257）到至元二十五年（1288）间，蒙古军队三次出兵讨伐安南，企图让安南国王俯首称臣；但是结果不仅没有如愿，反而导致国内因战争耗费巨大。据《元史》记载："三年数年间，湖广、江西供给船只、军须粮运，官民大扰，广东群盗并起。"① 最终在忽必烈死后，继位的元成宗为缓和由战争带来的国内矛盾，调整了对安南的外交政策，停止征讨，改为以安抚为主。自此以后，元朝派出大量使臣前往安南。他们创作出相当数量的诗歌，包括使臣记录自己出使路程中见闻的纪行诗，使臣与安南人的唱和诗，以及朝臣为使者送行的赠诗等。

元朝第三次征伐安南时，越南人黎崱被俘后归顺元朝。他在晚年编纂《安南志略》，该书记载了安南与历代中国王朝的关系，并辑录了当时元代文人创作的与安南相关的诗歌。据《安南志略》记载，元朝时出使过安南的使臣有：徐明善、杨宗瑞、李京、梁曾、赵期颐、傅若金、陈孚、杜与可、李衎、文矩、李思衍、智熙善、张立道、黄常、萧泰登等 15 人。以上使臣都有相关诗歌存世，其数量尤以陈孚与傅若金为最。这些诗人都是带着官方的使命前往安南，所作诗歌多数都有记录史实的作用。通过这些诗歌，可以观察当时元朝与安南的外交状况，安南的风土民情，以及从中原到安南的沿路景色。对于这类纪行

---

① 宋濂等撰《元史》卷一百六十八《刘宣传》，中华书局 1974 年版，第 3952 页。

诗，查洪德称之为"奉使诗"①，是元代纪行诗的独特种类。由于诗人肩负特殊的使命，所以其诗歌多数都是感事而发，为叙事而作。正如使臣萧泰登在《使交录序》中说："凡经行见闻，辄加记录，不觉成集，归以板行，以广其传。"② 傅若金在《南征稿序》中说："道途所经山川、城郭、宫室、墟墓、草木、禽虫百物之状，风雨、寒暑、昼夜、明晦之气，古今之变、上下之宜、风土人物之异，凡所以感于心、郁于情、宣于声而成诗歌者，积百余篇。"③ 若以"奉使诗"定义出使安南使臣的诗作，其内容应当包括诗人前往安南途中、到达安南后、以及从安南返回大都途中的作品。其叙事功能与特色，包括以下几点。

一、补充外交的场景与细节

使臣出行受命于皇帝，则其诗作，尤其是在外交场合的诗作，就不会完全为抒发个人情志而作，而是要藉诗歌发挥外交功能。由于这类诗歌也具有"诗史"的属性，那么使臣作为历史事件的记录者，也有义务明确宣示自己的立场。因此，安南奉使诗从诗题到语言、典故，无不隐含着诗人代表国家的使命感，以及天朝上邦俯视小国的优越感。元朝从蒙古政权时期即出兵讨伐安南，先后三次皆未能如愿，之后两国虽然暂停兵戈，表面上形成宗主国与藩属国的关系。但是事实上，安南对元朝

---

① 查洪德：《元代诗学通论》，北京大学出版社2014年版，第98页。
② 《安南志略》卷三，景印文渊阁《四库全书》本，台湾商务印书馆1986年版，第464册，第615页。
③ 傅若金：《南征稿序》，《全元文》卷一五〇三，凤凰出版社2004年版，第四十九册，第268页。

这个少数民族政权并未心服口服；元朝停止讨伐安南，也并非由于自我标榜的仁德，而是元朝士兵无法适应越南湿热的气候，战斗力不支，不得不采取安抚策略。在这样的情况下，双方在交往时都难免暗藏机锋，安南人用智慧巧妙周旋以维持本国利益，元朝使臣以宗主国身份宣示威严。

至元二十五年（1288），元朝第三次对安南的征讨以失败告终，同年派遣辽东道提刑按察司刘庭直、礼部侍郎李思衍等人出使安南，目的是敦促安南国王陈日烜亲自入朝觐见。此时两国关系难称融洽，元朝使臣以上邦自居，李思衍为陈日烜所作诗歌中，充斥着具有说教意味的外交辞令。其《世子燕席索诗》云：

> 乾坤气运会贞元，皓月腾空息瘴烟。北阙星驰新诰命，南交春转旧山川。存诚乃可必事帝，保国无如是畏天。光觐紫宸归化锦，山河带砺保千年。①

此诗以"贞元"喻示元朝统治的正当性，以"北阙"指元朝，"南交"为中原地区自古以来对交趾（安南）的称谓。接着李思衍不忘自己的使命，劝告陈日烜：对元朝帝王应心怀坦承、敬畏之心，才是保国安民之策。应尽早前去大都觐见皇帝，获得正式的册封。

从李思衍存世的另一首诗中，可知安南世子有诗回应，其中有一句曰："自顾不才惭锡土，只缘多病欠朝天。"安南世子以生病为由，拒绝北上觐见忽必烈。李思衍则继续作诗劝告：

---

① 杨镰主编《全元诗》，中华书局 2013 年版，第十四册，第 397 页。

> 雨露汪洋普汉恩，凤衔丹诏出红云。拓开地角皆和气，
> 净挟天河洗战尘。尽道玺书十行下，胜如琴殿五弦薰。乾
> 坤兼爱无南北，何患云雷复有屯。①

李思衍在这首诗中继续用"汉恩""丹诏""玺书""乾坤"等词汇宣告天朝威严，用"地角"形容安南地势偏僻。告知安南国君只要表示臣服的态度，自会得到元朝皇帝的"兼爱"。尽显其上国使臣的态度和立场。

以上两首诗是李思衍在安南期间进行外交活动的片段展示，诗歌本身的艺术性有限，却如实记载了一个历史片段。值得注意的是，李思衍诗题皆以"世子"称呼安南国君陈日烜，这一称谓在元朝是指未经元朝统治者册封的周边国家统治者。李思衍与陈日烜的诗歌往来，正是当时元朝与安南外交博弈的缩影。元廷自至元四年（1267）开始，即对安南国王诏谕以六事："一，君长亲朝；二，子弟入质；三，编民数；四，出军役；五，输纳税赋；六，仍置达鲁花赤统治之。"② 但是安南国王对亲自觐见这件事始终推脱，陈日烜说："若亲朝之礼，予生长深宫，不习乘骑，不谙风土，恐死于道路。"③ 陈日烜的态度招致元朝的愤怒，并企图以武力逼迫之："汝若弗朝，则修尔城，整尔军，以待我师。"④ 这些史实如今可见诸史书，而李思衍的诗歌则可提供更直观的交流场景展现。元朝正式的外交辞令过于

---

① 　杨镰主编《全元诗》，中华书局 2013 年版，第十四册，第 397 页。

② 　宋濂等撰《元史》卷二百九《外夷二》，中华书局 1974 年版，第 4635 页。

③ 　同上书，第 4639 页。

④ 　同上书，第 4641 页。

强硬，宴席上的唱和之作则展现婉转的劝慰之语。中国的历史中有"记言"与"记事"的传统，元代的安南奉使诗直接将外交事件中的"言"放置在诗歌中，使诗到"记言"的作用，同时也是对"记事"的鲜活补充，丰富了奉使诗的叙事功能。类似的诗歌还有使臣徐明善所作《奉使安南世子陈日烜于席间索诗遂口占》、萧泰登《即席和世子韵》等。

另外，安南使臣还有一些诗歌，记录外交过程中发生的插曲，这些插曲不会被史官记录，甚至可能不会被亲历者之外的人知晓，却通过亲历者的记叙流传下来。元代的安南使臣李思衍、黄常、傅若金都有"拒贿"主题的诗歌留存。李思衍作《行赆有礼辞之世子举陆贾事疊疊见爱谢绝以诗》，记录安南世子以陆贾之事劝他接受贿赂，而李思衍在诗中严正拒绝："蜀人爱命相如檄，越使何求陆贾金。冰雪孤忠臣子事，乾坤生物帝王心。"[1] 黄常有《使安南却金》一诗："不忧薏苡能兴谤，自是夷齐不动心。"[2] 傅若金亦在《却侍姬》一诗中表白心迹："书生自是心如铁，莫遣行云乱湿衣。"[3] 三位诗人都书写同一个主题，说明当时的确有安南方面贿赂元朝使臣的行为，诗人将这类事件专门作诗记录，一是声明自己的道德节操，二是如实记录出使经历，通过诗歌记录事件，起到补充正史的作用，体现出元诗叙事纪实的特征。

二、丰富而细致的异域风物

元代使臣出使安南，必详细记叙出使之地的风土民情，以

---

① 杨镰主编《全元诗》，中华书局 2013 年版，第十四册，第 398 页。
② 杨镰主编《全元诗》，中华书局 2013 年版，第三十六册，第 146 页。
③ 杨镰主编《全元诗》，中华书局 2013 年版，第四十五册，第 94 页。

使帝王知晓。如虞集在《司执中西游漫稿序》一文中说："古者，君遣使臣驰驱原隰，则必有所询度而归报者矣。明目达聪，无间远迩，居九重之上而周知万里之外者，用此道也。"① 通过诗歌将此一任务完成得最好的，当属至元二十九年（1292）出使安南的陈孚。陈孚的安南纪行诗现存 107 首，详细记录了他从北京出发，一路向南，沿途所历地点，诗歌基本上皆以地名为题，完整展现出他的出使路线，其中最具特色的是陈孚《安南即事》一诗。该诗韵句长达 60 句，作者所附自注的文本则诗句本身更多，几乎每句皆注。该诗从安南的立国历史开始谈起，详尽描述了安南国奇特的风俗，险要的地形，军队情形，甚至玄幻奇闻等。相对于元初丘处机西域纪行诗所记，更为详实而庞杂。

朱子《诗经集传》有言："赋者，敷陈其事而直言之者也。"② 赋，作为一种诗歌的表现手法，具体的操作是"敷陈其事"，然而铺叙陈述事件的背后，似乎隐藏着通过罗列事件来整体性地抒发情志的意图。陈孚《安南即事》一诗的特点在于，诗歌篇幅虽长，却不像《孔雀东南飞》等传统叙事诗那样有较强的故事性，他叙事的目的是纪实，只是为了展示异国风貌，如实陈列其事，没有明显的故事逻辑。因此，该诗可谓是以诗歌形式表达的地理志，加之丰富而广博自注，使其诗歌呈现更为纯粹和独特的叙事纪实特征。陈孚诗中自注对增强其叙事性

---

① 虞集：《司执中西游漫稿序》，《全元文》卷八二一，凤凰出版社 2004 年版，第二十六册，第 133 页。

② 朱熹：《诗经集传》，景印文渊阁《四库全书》本，台湾商务印书馆 1986 年版，第 72 册，第 751 页。

的功能，主要表现如下：

（1）铺陈事件的历史背景。诗歌在开始时简要概括了安南国的历史：

> 瞻彼交州域，初为汉氏区。楼船征既克，征侧叛还诛。五代颓王纽，诸方裂霸图。遂令风气隔，顿觉版章殊。丁琏前猖獗，黎桓后觊觎。一朝陈业构，八叶李宗祖。①

针对这一部分，陈孚自注曰：

> 安南本汉交州，唐立都护府，梁贞明中，土豪田承美据其地。杨延艺、结洪、吴昌岌、昌文，互相争袭。宋乾德初，丁公着之子部领立，传子琏、璿，大将黎桓篡之。桓子至忠，又为李公蕴所篡。公蕴、德政、日尊、乾德、杨焕、天祚、龙翰、昊旵，凡八传至宋嘉定乙酉岁，陈氏始夺其国。陈本闽人，有陈京者，伪谥文王，壻于李，值龙翰昏耄，不恤政事。京与弟本伪谥康王，盗国柄，昊旵冲幼，其子承篡立，僭号太上皇，死。子光炳嗣，在宋名威晃，上表内附，国朝封为安南王，死。子日烜立。在宋名日照，死。今日燇代领其众，于是有国六十九年矣。②

诗歌文本受篇幅限制，其内容只能是简单点到为止，后面所附自注则更详细地说明了：交州作为中原王朝的统治地区，从汉代

---

① 杨镰主编《全元诗》，中华书局2013年版，第十八册，第384页。
② 同上。

到宋之前的历史沿革。从五代时期，到当前的李氏王朝，交州又经历了数次统治者的变换，诗歌原文只能点染其大概。自注中则逐一介绍了朝代更迭中的人名、年代等，使得安南国的历史演变脉络一目了然，叙事效果更加立体而饱满。

（2）补充事件的产生原因。陈孚记叙安南的风土人情，中原地区读者看到这些域外风情，自然会不明所以，故而陈孚在用诗歌记录现象的同时，也在自注中解释现象背后的原因。如，他描写安南人祭祀和婚配的风俗：

> 祭祀宗祏绝，婚姻族属污。①

安南境内的宗庙香火断绝，同姓联姻。这些现象以中原文明的角度来看，都是无礼而野蛮的，不可理解的。陈孚在自注中对其进行解释：

> 虽有寝庙，无岁时祀礼，惟供佛最谨。国族男女与同姓为婚，互相匹偶，以齿不以昭穆。今酋之妻，其叔兴道女也，盖窃国于李，惩创而然。②

安南的寝庙建筑存在，但是安南人不用之祭祀祖先，只是用来供佛。国君公然娶叔叔的女儿为妻，陈孚认为这是因为陈氏王朝窃取李氏的政权，受到上天的惩罚导致的。前者关于祭祀的问题，陈孚的自注让人更全面地了解到安南的文化：他们的宗教

---

① 杨镰主编《全元诗》，中华书局 2013 年版，第十八册，第 384 页。
② 同上。

信仰胜于祖先崇拜。对婚姻风俗的解释，属于陈孚个人观点，他不知此一风俗是陈氏王朝为了防范外戚，但仍然为安南的风俗现象提供了一种解读。

再如陈孚诗中描述安南的钱币与等级制度：

> 黄金刑莫赎，紫盖律难踰。①

这句若无作者自注以说明背景原因，就让人不明所以，看不懂是在说明什么情形。诗人在之后的自注中说：

> 民间金银，虽铢两悉征送官，有私服用者罪死。官品崇卑，视伞为差。卿相则用三青伞，次二伞、一伞，若紫伞，惟亲族用之，他人不敢用。②

经过自注的解释，诗中所叙述的现象清晰起来：由于安南规定民间禁止使用金银作为货币，私自使用者，将受到不可赎罪的处罚。安南官员的等级以伞的数量和颜色划分，紫色的伞只有皇族能用。若无自注，读者则不能知道安南货币管制的细节和官职尊卑的详细差异，也就无从了解诗歌文本内容。古代流传下来的诗歌，可通过阅读前人训诂了解背景，异域风俗无文献可考，只能通过诗人自己的注释来认识。对事件背景原因的补充说明，增加了诗歌所叙事件的可读性。

（3）拓展事件发生的场景。诗句的高度凝练化，使得诗人在

---

① 杨镰主编《全元诗》，中华书局 2013 年版，第十八册，第 388 页。
② 同上。

叙述某些广阔的风俗场景时，只能抓住最主要的特点，精炼地简单描述。从叙事的角度来看，这样的叙述缺乏细节的渲染，略显表现力不足，自注则能将场景进行扩大化的描写。如陈孚描写安南人宴饮歌舞的场面：

> 曲歌叹时世，乐奏入皇都。①

他接着在自注中解释：

> 男子十余人，皆裸上体，联臂顿足，环绕而歌久之，各行一人举手，则十数人皆举手，垂手亦然，其歌有《庄周梦蝶》《白乐天母别子》《韦生玉箫》《踏歌》《浩歌》等曲，惟叹时世，最怆惋，然漫不可晓。大宴殿上，大乐则奏于庑下之后，乐器及人皆不见，每酌酒则大呼曰乐奏某曲，庑下诺而奏之。其曲曰《降黄龙》、曰《入皇都》、曰《宴瑶池》、曰《一江风》，音调亦近古，但短促耳。②

自注中详细解说了演唱者的外形、衣着，表演的动作场面，歌唱的曲目等，比诗句中承载的内容丰富，让诗歌整体不仅叙述出该场面最具特色的部分，也呈现出场面的整体性。使其所叙之事不止有"树"，更有"土壤"。陈孚诗中其他诸如"有室皆穿窦，无床不尚炉""玳簪穿短发，虫纽刻顽肤"等诗句所附自注，皆有类似的功能。

---

① 杨镰主编《全元诗》，中华书局 2013 年版，第十八册，第 388 页。
② 同上。

总之，元代的安南纪行诗因其特殊的创作群体与创作目的，有高度的叙事纪实的特征。安南虽然自汉代就被中原政权管辖，但是在元代之前，并没有如此大量的诗人群体创作以安南为主题的诗歌。元代使臣的安南纪行诗以个人经验为叙事基础，展现高度的纪实性，开拓了中国诗歌地理空间的最南端。地理空间的差异在元代诗歌中一般表现为异域风俗的记录，气候差异的对比，如陈孚在《交趾境丘温县》一诗中写："九月出蓟门，北风吹雪衣裳湿。正月至交趾，赤日烧空汗如水。"[①] 这些题材在丘处机的西域纪行诗中也有表现。丘处机在西行途中发现了在东西部不同区域，观察日食现象有不同的视觉体验，但并未写入诗歌。陈孚则将这种不同的天文现象写入诗歌中，他发现安南的月亮在天空中的位置与中原不同，于是写诗《二月三日宿丘温驿见新月正在天心众各惊异因诗以记之》："至元癸巳春，二月三日夕。陈子使交州，弭节丘温驿。云开林影明，出门看月色。但见天中间，弯弯贴半璧。同行二三子，相顾各太息。中原月初生，去地才数尺。今胡翘首望，月乃在东北。神禹奠九州，维此实异域。"[②] 用诗歌记录这一现象，无疑非常直观地叙述了安南地理位置的特殊性，为元代诗歌叙事南向空间的拓展提供了有力见证。

第二节　海洋纪行诗之叙事

中国作为一个农耕文明为主体的国家，历来对海洋不甚重

---

① 杨镰主编《全元诗》，中华书局 2013 年版，第十八册，第 381 页。
② 同上。

视，海洋题材的文学作品数量也不多。及至宋元时期，海洋文学迎来一个繁荣时期。究其原因，乃是宋元造船业的发展，为航运行为提供物质基础。加之统治者对海洋贸易、运输等事业的重视，使得元代的航海规模空前宏大。元初时期，忽必烈即对航海贸易大力扶持，他说："诸蕃国列居东南岛屿者，皆有慕义之心，可因蕃舶诸人宣布朕意，诚能来朝，朕将宠礼之，其往来互市，各从所欲。"① 除了对外贸易，元朝还依赖海洋进行南北物资的输送："元都于燕，去江南极远，而百司庶府之繁，卫士编民之众，无不仰给于江南。自丞相伯颜献海运之言，而江南之粮分为春夏二运。盖至于京师者一岁多至三百万余石。"② 到元朝末期，由于中原战乱，南北路上交通往来不便，海洋交通应运而兴："自中原乱起，滋蔓淮浙，辙环既梗，邮传尼而不行。凡京师信史下江南者，率由海上浮桴以达。若征漕运，若责赏贡，若治兵戎，若亲谋方面，若咨询于宥密，若将命于相府，若持大赉以赏边勋，动则骈肩接踵，悉会于鄞，转而他之。"③ 航海业的发展贯穿元朝始终，也进入诗人的生活及吟咏中。元代诗人创作了大量与海洋相关的诗歌，记叙了丰富的海洋航行体验和故事。其主要内容有以下几点。

一、航海经验之述说

记叙航海过程中的惊险经验，表现"人—自然"互动的叙

---

① 宋濂等撰《元史》卷十《世祖七》，中华书局1974年版，第204页。
② 宋濂等撰《元史》卷九十三《食货一》，中华书局1974年版，第2364页。
③ 刘仁本：《羽庭集》卷五《饯长信寺经历曹德辅序》，景印文渊阁《四库全书》本，第1216册，台湾商务印书馆1986年版，第83—84页。

事意涵。海洋之不同于陆地，在于其充满了变幻莫测的风险，这种风险常常是不可预测、不可控制的，甚至瞬间便可置人于死地。凡是经历过的人，无不铭刻在心，并将这种体验的惊险之处叙述得如临其境。如，元末诗人吴莱曾作《还舍后人来问海上事诗以答之》一诗，叙事内容即是诗人"极是险与恶"的出海经历：

> 去家才五旬，恍若度一岁。岂不道路艰，周流东海澨。故人喜我返，来问海何如。所经何城邑，相去几里余。我言始戒涂，尚在越西鄙。随波到勾章，满目但积水。人云古翁洲，遥隔水中央。一夜三百里，猛风吹倒樯。初从蛟门入，极是险与恶。白浪高于山，神龙訇以跃。似雪复非雪，倚樯欲上看。舟子禁不可，使入舟中蟠。寻常重性命，今特类儿戏。信哉昌黎言，有海无天地。掀掀终达岸，盐卤间黄芦。人烟寄岛屿，官府犹村墟。水族纷异嗜，鱼蟹及蟏蛸。我宁不忍餐，救尔相吐沫。荒尘栖予髪，旭日照我身。似闻六国港，东压扶桑津。或称列仙居，去此亦不远。蟠木秋更花，蓬莱辟真馆。我非不愿往，此险何可当。天吴布牙爪，出没黑水洋。于奇岂易得，似足直一死。方去徒自惊，既归亦云喜。珍重故人言，勿以险为奇。兹行已侥幸，慎勿疾平夷。虽然此异乡，固是难久客。圣出风且恬，时清海如席。我犹爱其然，恨不少淹留。尔毋为我惧，遭此千丈虬。试看尘世间，甚彼大瀛海。衣裳日沈溺，篙橹相奔溃。奔溃孰能救，沉溺将奈何。口呿舌不下，聊为故人歌。[1]

----

[1] 杨镰主编《全元诗》，中华书局2013年版，第四十册，第66页。

诗人历数航海途中所经历的艰险，以及到达目的地后，岛上的
荒凉景象。其中也有"猛风吹倒樯"等险状出现，令诗人发出
"寻常重性命，今特类儿戏"的感叹，这是与陆地生活经验完全
不同的。诗人面对变幻莫测充满危险的海洋，展现出充满辩证
性的思考——既劝告人不要冒险："珍重故人言，勿以险为奇。"
又表示对冒险行为的喜爱："我犹爱其然，恨不少淹留。"之所
以会有这种矛盾的心理，是因为诗人对个体与自然的关系有了
更深层的认知："试看尘世间，甚彼大瀛海。"人间社会的凶险
并不亚于大海，所以无须额外畏惧。这些诗歌都体现出人对海
洋自然环境直观的感知，开阔洒脱的生命态度。

二、航海奇遇之想像

记叙航海过程中的超自然因素，表现"人—神"感应的叙
事意涵。如前所述，中国人面对海洋的经验是相对不足的。当
人在航海过程中遇到危险，秉持的态度只能是"尽人事，听天
命"，在超越人力自救的范围之外，只能诉诸神明的庇佑。因
此，元代的海神信仰空前繁荣，统治者为顺应海运人员的精神
需求，以保证漕运的顺利，亦多次对海神进行官方的册封与祭
祀。从元人诗歌的记述中，可以看出海神信仰的重要性，并时
常可见诗人"与神对话"的叙事特征。其对话的海神包括"善
神"与"恶神"两种，前者是起到保护作用的海神，这类海神
甚至得到政府册封。其中最典型的是天妃（妈祖）。由于天妃在
海上屡屡"显灵"，人们都对祂的威灵深信不疑。元仁宗延祐元
年（1314），加封天妃"广济"诏，制曰："护国明著天妃林氏，
聪明通达，道心善利，当临危屡险之际，有转祸为福之方。祥
飙迭驭，曾闻瞬息，危樯出入，屡见神光。有感即通，无远弗

届。顾东南之漕运，实左右之凭依。"① 天妃帮人化险为夷的事迹，也时常见诸诗歌中。

如元代诗人李士瞻，曾出督福建海漕，他作有《坏舵歌》一首，记叙了一次船舵突然毁坏，船员奋力抢修，最终由于得到天妃庇佑而转危为安的故事：

> 南溟之鱼头尾黑，身长竟船头似铁。浮游偃蹇气欲吞，斜日昏冥映髻鬟。噀沫成烟浪花起，逐我船头趁船尾。恐是昔年未死之蟹龙，一经谴斥偕厉鬼。舟中健儿眼尽白，弯弓拟之三复止。明日疾飙驱长云，巨帆高张万马奔。舟卒思家穷力使，瞬息千里若不闻。捩舵逆指冲怒涛，歊如生马当春骄。又如惊段且上干云霄，万里一息非为遥。须臾有声如裂帛，三百余人同失色。铁梨之木世莫比，今作舵根为水啮。是木之产非雷同，来自桂林日本东。当时不惜千金置，便欲云仍传勿替。箕裘相绍近百年，甑已堕矣奚容言。眼前生死尚未保，惟有号泣呼苍天。苍天高高若不闻，稽颡齐念天妃神。我知天命固有定，以诚感神岂无因。少时风驯浪亦止，以舵易舵得不死。我今幸尔同更生，开辟以来无此比。女娲氏，天妃神，补天护国相等伦。世代虽异功则均，我皇开国同乾坤。一年四百万斛运，魔叱雷电役五丁，片艘粒米皆风汛。财成本是神之功，直与天地传无穷。愧无如椽五色笔，磨崖刻颂惊愚蒙。②

---

① 周宪文等编《天妃显圣录》,《台湾文献史料丛刊》本,第七七册,台湾大通书局 1984 年版,第 4 页。
② 杨镰主编《全元诗》,中华书局 2013 年版,第五十四册,第 362 页。

这是一首非常精彩的叙事诗，节奏紧张，动人心魄，充满了出人意料的戏剧性效果。此诗叙述的事件像是一出戏剧，诗人安排首先出场的是一条大鱼，从外形来看，这条鱼足以对船的安全行驶造成威胁：鱼头尾皆黑，身体与船等长，这条大鱼可在海里簸弄海浪，气势十足，并且它一直绕着船在游来游去。如此场景，即使诗人海上航行经验丰富，也是不多见。诗人出于恐惧而感叹：这恐怕是传说中的恶龙。后经水手用弓箭射了多次，才赶走这条大鱼。然而，这条鱼只是本次风险的序曲，更危险的事情正在悄悄降临。诗题所提到的"坏舵"事件是本诗要讲述的核心故事，也是决定船上全体人员生死存亡的意外事件。但是诗人并没有在上一件"坏事"之后紧接着叙述下一件"坏事"，而是在中间先铺垫了一段"顺境"：船畅通无阻地航行在大海上，有如万马奔腾。快速航行的动力来自船员思乡心切，因为"心切"而导致的速度，甚至产生了某种扭曲时空的作用："瞬息千里若不闻""万里一息不为遥"。可是正当全体船员都沉浸在"若不闻"与"不为遥"的喜悦中，危机突然到来：一声巨响，船舵断裂。行文至此，颇有乐极生悲的叙事效果。但是在如此紧要关头，诗人却没有继续叙述如何及时处理危机，而是把叙事线索转而聚焦于船舵之木的来源：船舵用的铁梨木，非比寻常的木材，原本打算可用百年，竟然会突然折断。然后诗人又把叙事焦点拉回现场：在生死不可保证的状况里，只能祈求上天，希望以诚意感动神灵。不久之后风浪渐止，船员立刻更换了船舵，众人得以保全了性命。在诗人叙述的几个重要事件中，核心事件是天妃显灵。只有船员的诚意被天妃感应到之后，天妃让风浪平静下来，船员才得以重生。诗人庆幸自己存活下来，也由衷叙述对天妃神的感恩之情："女娲氏，天妃神，补天护国相等伦。世代虽异功则均，我皇开国同乾坤。一年四百万斛运，麾叱雷电役五丁，片艘粒米皆风汛。财成本是神之功，直与天地传无穷。"将元朝开国等同于开天辟地，将天妃等同于女娲，可见天妃在元代漕运人员心中的分量之重。受限于当时的航海技术，天妃成为保护漕运人员的最重要的心理寄托，通过诗人对具体情境的记述，让"人—神"感应成为真实的历史经验。整个情节故事惊险刺激，一波三折，跌宕起伏，不仅显示了诗人超强的叙事能力，也是航海远洋本身的特殊魅力所在。元人航海历程之艰难险阻，从此诗中亦可见一斑。

除了上述对海运船只起保护作用的神仙，另外一种是对航行环境起到破坏作用的神仙，也见诸元代海洋纪行诗的"人—神"沟通的对话中。不同于对前者海神的虔诚祈求态度，诗人对恶神会表现出斥责与对抗。如李士瞻有《责风伯》一诗：

吾闻六卿之官天子吏，天之四时同一揆。天上五命各有司，一或干之比僭拟。孟冬初来将两旬，玄冥行天祝融死。日张土囊公怒号，风伯为朋海若曹。人言南风多不竞，是何于我相息然。排山之浪如银阙，打我船头行不得。鹢首惊飞莫敢前，鸱夷鼓吻常喷喷。船头呻吟船尾病，此去东夷垂欲近。未闻今日薪水贵如金，当年五百童男一去无音信。一时闻者皆快然，便欲骑鲸飞上天。但恐尔辈是凡骨，天高路远难攀缘。天子命我使国土，职方禹贡尤修阻。尔闻天子遣使来，神胡为乎弗相与。使者观风古有若，未闻遍到天之涯。是行恐是上帝意，欲令八荒四海知属天王家。昨宵梦睹玉皇敕，下檄五丁追退鹢。即今天子圣且仁，尔为风伯何不为臣敢为逆。北阴之府是酆都，不比人间官

府但模糊。尽将厉鬼磔裂为万块，虽有口耳空揶揄。尚书
且尔不逢上帝怒，汝若有常送使者到闽去。去天万里闽最
遥，闽人日望使者轺。尔其钦承厥命勿有替，我将领子明
年俱来朝，慎莫效尤国鸥枭。①

这首诗的叙事主题是诗人航行中面对海风的无奈，诗人却巧妙
转化成针对神仙（风伯）的告白，但是不再是伏首祈求的姿态，
而是用质问、对抗的口吻。诗人首先用比拟的手法，将神仙界
的官阶与人间的官阶相类比，认为风伯也应是有其分内职守的
官员。接着诗人通过叙述此次航行中的反常现象，指责风伯僭
越了本分："人言南风多不竞，是何于我相枭然"，大风掀起的
海浪致使船无法前行。面对强势的大自然的力量，凡人是无力
改变的，诗人只能将人定胜天的精神力量转化成对风伯的宣告。
诗人认为自己奉行天子的命令行驶到福建，风伯是天子之臣，
理应帮助使臣渡海，否则便是"逆臣"。最后诗人下达"最后通
牒"：明年带你（风伯）朝见天子，不要效法鸥枭做小人。诗人
如此疾言厉色训斥风伯，不知在当下是否有效，但是反映出当
时的漕运官员在航海技术有限的情况下，面对恶劣环境时大无
畏的勇气。诗人以具体的"与神对话"的自述，代替客观化叙
述，使得事件场景再现更为生动可感。

三、海航弊政之拷问

元代海运兴盛的另一面，是百姓沉重的负担。早在元世祖
至元二十年（1283），就有官员上书指出其中问题："江南盗贼，

---

① 杨镰主编《全元诗》，中华书局 2013 年版，第五十四册，第 361 页。

相挺而起，凡二百余所，皆由拘刷水手兴造海船，民不聊生，激而成变。"① 至元代中后期，矛盾则更加激烈。李士瞻作为亲自参与海漕运输的官员，对于种种乱象皆有亲身体会，据《经济文集提要》记载："当时朝政之姑息，兵事之乖方，藩臣之跋扈，俱可藉以考见梗概。至士瞻之弥缝匡救，委曲周旋，其拳拳忧国之忧不惮再三苦口，尤有为人所难能者。"② 对这些乱象的观察与忧心，李士瞻亦记叙于其海洋纪行诗中，《将发楚门》一诗，即是其中代表作：

> 使臣当何如，所司在周询。哲王重观察，民情苦难伸。我从天上来，乘桴赴南闽。叙舟楚门岸，奄忽逾一旬。此邦俯要冲，道路当海滨。民力困兼并，征求尽鸡豚。浙东惟七州，地狭民亦贫。所凭舟楫利，生理恒艰辛。视之等菹醢，雄吞竟何人。我于十日来，有耳不愿闻。尽从方门至，使者如鱼鳞。舟车日旁午，钧符星流奔。故令恶少徒，什伍恒成群。白昼肆攘夺，渔猎据通津。凶焰嘘可炙，人命同轻尘。内君命尤严，所在毋敢论。昔有五侯宅，今有五府门。五府皆贵公，拟迹王侯邻。纡朱曳组绶，富及子与孙。圣恩与鸿蒙，无物与比伦。乃复为五虎，啖人如膻荤。五侯昔何如，诛夷到荄根。以今鉴往者，伤哉竟难陈。③

---

① 宋濂等撰《元史》卷一百七十三《崔彧传》，中华书局 1974 年版，第 4041 页。
② 四库馆臣：《经济文集》卷首《提要》，景印文渊阁《四库全书》本，台湾商务印书馆 1986 年，第 1214 册，第 434 页。
③ 杨镰主编《全元诗》，中华书局 2013 年版，第五十四册，第 358 页。

诗人以感慨"民情苦难伸"为开始，接着首先叙述自己创作这首诗的契机：从京城而来，奉命乘船去南闽，停船在楚门多日。在此期间看到百姓艰难治生，被官府征收重税，被权贵欺压、视如草芥的惨状。诗人作为一名"过客"，无力改善当地的社会问题，只能感叹"伤哉竟难陈"。

　　在元代海洋纪行诗中，还有一些诗歌记叙了许多社会矛盾现象，都与当时的海运有关。例如赵叔英《运粮行》[①] 一诗，以底层官吏的视角，叙述海漕为普通百姓带来的沉重负担与灾难，其中有"今秋陷官粮，征督被箠柤""周思百计穷，拆屋卖田亩""因为贪墨者，乘机肆渔獀"等诗句，通过客观地叙说见闻，把底层官员与百姓在不公正漕运制度压迫下的遭遇，颇有杜甫"诗史"的叙事品格。再如黄镇成《直沽客》："直沽客，作客江南又江北。自从兵甲满中原，道路艰难来不得。今年却趁直沽船，黑洋大海波连天。顺风半月到闽海，只与七州通卖买。呜呼江南江北不可通，只有海船来海中。海中多风多贼徒，未知来年来得无。"[②] 此诗反映出当时的社会交通问题的严重性：路上交通完全阻断，唯有海运能沟通南北。从海洋纪行诗叙事内容的转变，可观看出诗人叙事观念的转变，扬帆远航对人来说不仅意味着浪漫、神秘的探险，也时时关系着国运民生。记叙海运相关的社会现实事件，增加了元代海洋纪行诗的叙事深度，为我们了解完整认识元代海运提供更为广阔的视角。

　　总之，元代海洋纪行诗的叙事内容真实而丰富，宋代之前的海洋主题诗歌多是出于诗人的想象，元代诗人的海洋纪行诗

---

① 杨镰主编《全元诗》，中华书局 2013 年版，第二十四册，第 97—98 页。
② 杨镰主编《全元诗》，中华书局 2013 年版，第三十五册，第 115 页。

的创作缘由是基于实际的航行体验，所以具有鲜明的叙事纪实特性。中国历史上第一部记录远洋航行经历的诗集《鲸背吟》即出现在元代，该诗集由 33 首诗组成，该诗集以个体的角度全景展现了较为完整的海洋航行面貌。如，该诗集有数篇诗歌以地名为题，勾画出从江苏到山东、天津的航海路线：《盐城县》《莺遊山》《东洋》《乳岛》《沙门岛》《神山》《莱州洋》《直沽》；其《海鸥》《海鱼》《彭月》《海味》等诗，记叙了海洋生物的特点；《讨水》《讨柴》《吐船》等诗，则记叙了独特的海上生活经验。再如贡师泰《海歌十首》，除了描述壮丽的海洋风景，还从具体的技术细节着手，记叙船上船工"千户火""大工""碇手""亚班"等，在各自工位上各司其职、齐心协力操作船只航行的过程。以上诗歌的叙事特征皆细致而逼真，其所叙之地理空间、经历感受、风景名物，都是中国诗歌叙事史上的全新拓展。

第三节　西域纪行诗之叙事

以西域为吟咏对象的纪行诗，早已有之。但是到了元代，西域的概念从"边境"变为"国土"。在蒙古国时期，即有耶律楚材、丘处机等人远赴西域，并写下相当数量的纪行诗歌。本文暂以丘处机西域纪行诗为例，分析其叙事特色。而与早前纪行诗相比，丘处机西域纪行诗除了具有时空连续性，还独具若干显著特征。兹论列如下：

一、丘处机西域纪行诗的叙事语境

元太祖十五年（1220），全真教掌门人丘处机接受成吉思汗的邀请，挑选了十八位弟子随行前往西域。在往返的途中，丘处机及其弟子均有诗作。丘处机师徒西域之行是中国文化史上的壮举，虽然此前史上也有《法显传》《大唐西域记》等西行记录，但是这两部著作都是有文无诗，而且都是从西域回到中原后所作。而丘处机及其弟子所作西域纪行诗，都是在西行的途中所作。因此，这是中国历史上首次以诗纪西行。丘处机在途中所作诗歌基本都是叙述行进时所见山川名物或社会风俗，具有高度的纪实性和叙事性，不仅开创了西域纪行诗的先河，也推动了纪行诗叙事艺术的发展。

首先，丘处机西域之行不同于一般的羁旅行役，他的行程有明确的规划和目的，即觐见成吉思汗，劝止无辜杀戮，为百姓争取和平；而且，丘处机及其弟子一路都受官民礼遇照顾，故其诗歌并没有哀号泄愤之情，而是怀抱着希望，心境中正平和。丘处机自幼生长在金朝的统治范围内，金朝占据中原后积极推行"汉化"，他们崇儒尊孔，给予孔子后裔空前的政治礼遇，对于佛道二教却采取贬抑、禁止的态度。金章宗在明昌元年"禁自披剃为僧道"[①]，同年十一月"禁罢全真及五行毗卢"[②]。鉴于金朝崇儒抑道的态度，加上当时战乱的形势，丘处机多次拒绝了金朝和宋朝的征召，默默等待合适的传道时机。而在宋金交战的同一时期，西部的蒙古在铁木真的带领下迅速崛起；元太祖十四年（1219），成吉思汗派近侍赴山东召请丘处机；次年，丘处机率十八位弟子西行觐见成吉思汗。从社会背景和创作动机来说，丘处机西域纪行诗作并不像汉唐边塞诗那样充满

---

① 脱脱等：《金史》卷九，中华书局1975年版，第213页。
② 同上书，第216页。

建功立业的豪情，也没有杀敌报国的雄心壮志，他只是希望利用一个难得的传法讲道的机会，劝说成吉思汗减少无辜杀戮。他带着这一崇高的理想，不畏艰险，以七十高龄踏上西行的道路，支撑他西行的就是超越世俗考量的宗教信念。丘处机是全真教的掌门人，他到达西域后跟成吉思汗进行了数次重要的谈话，作为"文化使者"为蒙汉文化的融合做出重要贡献。

成吉思汗之所以征召丘处机，是因为被他的"方外之术"吸引。蒙古文化及其信仰较为原始，其族人对于讲求理道性命的儒家思想兴趣不大，反而对求长生、脱生死的道教和佛教更为关注；因此，当成吉思汗听说丘处机善长生之术，年龄有三百岁，就大为惊异，迫切希望认识这位"神仙"。丘处机在接受成吉思汗征召西行之前，有一段较长时间的蛰伏修行准备期。当时金朝的颓势已不可挽回，他审时度势后认为，元朝才是可托付理想与未来的。因此，丘处机师徒在诗中描绘西域时，表现出的是面对异域风光的惊奇与欣赏，而不是像边塞诗那样含着悲壮苍凉。

其次，今所见丘处机西域纪行诗穿插在其弟子李志常所撰《长春真人西游记》中，几乎每首诗前都有相关说明文字，讲述其创作时间、地点、缘由等；而诗中所叙亦能与这些文字相照应，即使抛开行纪文字，读者也可根据诗歌内容完整地勾勒出西行所经地点，了解诗人所见景色。诗人没有对行程进行过多艺术化，而是用日记、白描的方式如实记录。由于其诗歌中的时间、地点呈现出高度连贯性，故能展现非常直观的行进路线图，不少诗歌甚至以地点、方位、距离开头，超越以往纪行诗"断点式"的涉事写景，呈现出地理方位的连贯性。地理方位连贯是一种高度叙事化的特点，这在以往的纪行诗中并没有突出表现，而首次在丘处机西域纪行诗中得到充分展现。

　　严格意义上的丘处机西域纪行诗，共有 36 首。这 36 首诗是一个完整的叙事单元，其隐含的叙事中心即是西域之行。如此数量的诗歌聚集在同一个叙事框架下，这在之前的纪行诗中是不多见的。在行旅的途中，连续作诗以抒情感怀，古已有之。如谢灵运永初三年（422）贬为永嘉太守，在其从建康到永嘉赴任的路上，写有《永初三年七月十六日之郡初发都》《过始宁墅》《富春渚》等诗共六首；杜甫在乾元二年（759），从秦州出发到同谷，期间写有《发秦州》《赤谷》《铁峡堂》等纪行组诗十二首。这两位诗人都在中国纪行诗发展史上具有里程碑意义，他们代表性的纪行诗，虽然从诗题来看也具有地点的连贯性；但是在诗歌内容的叙述中，并没有对行进路线作连续性描述。他们更多的只是在诗题中标明地点，在诗歌内容中抒发自己感时伤怀的情感。

　　而丘处机西域纪行诗是镶嵌在《长春真人西游记》中，并无诗题加以辅助说明，而是直接呈现在诗歌内容中。其诗歌内容中不止是点出地点，而且是在地点之外搭配时间、距离、方位等要素。如"二月经行十月终，西临回纥大城墉"①"阴山西下五千里，大石东过二十程"②"北出阴山万里余，西过大石半年居"③ 等诗句，使诗歌明显有"以点带线"的叙事效果。即单首诗歌中出现的地点不是独立存在的，是整个行程中的一部分。诗人写出一个地点，同时是在展示一段路程。这种把时间、地

---

① 丘处机：《丘处机集》，赵卫东辑校，齐鲁书社 2005 年版，第 191 页。
② 同上书，第 192 页。
③ 同上书，第 19 页。

点等叙事要素从诗题转入诗歌内容的写法，是丘处机西域纪行诗的特色，也是纪行诗叙事化的进一步呈现。

再次，丘处机西行还是一种政治与文化的"错位"现象，这对其创作心态有决定性的影响。一般来说，有较强政治实力的国家也有较强的文化输出能力，正如田俊武在《美国19世纪经典文学中的旅行叙事研究》一书中指出，强势地域的旅行者到弱势地域旅行的时候，往往带着殖民主义的凝视心态，向弱势地域输出自己的价值观。[①] 当时蒙古正强势崛起、中原地区正逐步走向没落，与此相对的是，蒙古没有深厚的文化积淀，而中原在文化上却颇具优势。故丘处机作为"文化输出者"，虽在政治上处于弱势，但在文化上则是向成吉思汗、向西域地区传播道教文化的。这样一种"错位"现象颇值得研味。成吉思汗作为当时风头正劲的天之骄子，他的铁蹄已经横扫中亚，为何会对丘处机感兴趣呢？蒙古族有萨满教的宗教信仰，所以成吉思汗虽然杀伐无度，但对上天有所敬畏，明白人的寿命是有限的。因此，他期待能够延长寿命，有更多的时间建立功业。显然，萨满教这种原始宗教无法满足成吉思汗的精神需求，而道教作为中国土生土长的宗教，其内蕴的思想与文明要高于萨满教；再加上丘处机道行高深，早已声名远播，自然也就引起了成吉思汗的渴慕，迫切希望向他求取"长生之道"。事实上，这种"错位"也是由中华文化的特点决定的。在中国历史上，政治与文化有相对独立的地位，也就是政统与道统相对并存。政统需要借助道统的修饰来说明其统治的合法性，而道统由于不

---

① 田俊武：《美国19世纪经典文学中的旅行叙事研究》，中国人民大学出版社2017年版，第270页。

具备像政统那样的强制力，便需要依附于政统来推广（这里所说的道统是广义上包含儒、释、道在内的思想）。儒释道思想体系是中华文化的主要组成部分，在不同的历史时期都与政治有密切关联。丘处机作为中国本土宗教——道教的代表人物，期望将自己所传承的道统发扬壮大；因此，当他看到金朝与宋朝两个政权已经趋于疲弱，便会选择与强大的蒙古政权合作，以实现其推广全真道统的愿望。

二、丘处机西域纪行诗的空间叙事

基于中国人思维方式整体性的特点，中国诗歌叙事呈现空间化的结构特征，即不以情节叙述为中心，而以场面描写与情感抒发为中心。丘处机西域纪行诗即呈现出高度空间化的叙事特征。在丘处机西域纪行诗叙事场景中，空间的存在有多种形式，既有具象的物理空间，也有抽象的想象空间。所谓物理空间，即真实存在的空间。丘处机西域纪行诗的直接展示的地理位置、距离长短，均给人以直观的空间感。这些具有连贯性的地理定位，构成了西行诗整体的叙事线索。除此之外，诗人的心理活动也构成一种虚拟空间，使物理空间的动感和内涵大为增强。

丘处机的西域之行，若以野狐岭为开端，至回到宣德为结束，期间共作诗 34 首，词 2 首。其中自野狐岭至塞蓝城阶段，明确提到的地名大约 27 处，有诗歌 13 首；到达邪米思干及后来往返于邪米思干与成吉思汗行在期间，有诗词 15 首；辞别成吉思汗东归回到宣德的路段，作诗 7 首。丘处机弟子尹志平随行前往西域，亦存纪行诗 6 首。

丘处机西域纪行诗可分为三个阶段：从野狐岭到塞蓝城是第

一阶段，诗歌创作数量均衡分布在沿途各个地点；在邪米思干期间，是丘处机纪行诗创作第二阶段；在东归途中，则作品较少，是其第三阶段。从叙事认知来看，丘处机在西行途中所作诗歌分为两种：一种是进行时态，叙述自己正在经历的事件，属于限知行为；一种是过去时状态，回忆自己经历过的事件，属于全知行为。而《长春真人西游记》全书，是丘处机随行弟子李志常在丘处机去世后所作，在行文中对丘处机诗歌的创作动机、前因后果都有所交待，同时对其诗也有专门注解。

　　叙事行为的对象是"故事"，"故事"由一系列事件构成，一个一个的事件构成小的序列，小的序列组成大的序列，直至构成"故事"。[①] 如果把丘处机及其弟子的西行事件看做一个"故事"，那么，他们在诗歌中记录的所见所闻都是一系列的"事件"，这些小的序列构成完整的西行画幅。在西行的途中，不论是描述限知空间还是全知空间，丘处机都善于用时间、地点和方位入诗纪事。如元太祖十五年（1220）七月，丘处机一行到达一雪山附近，丘处机作诗纪其行："当时悉达悟空晴，发轸初来燕子城。北至大河三月数，西临积雪半年程。不能隐地回风坐，却使弥天逐日行。行到水穷山尽处，斜阳依旧向西倾。"[②] 燕子城，即抚州，今蒙古兴和县，是其西行之路的开端处；大河，即陆局河，今呼伦湖；从西行开始，向北走到陆局河行程三个月，到写诗之地历时半年。同时，诗人感慨自己无法使用道教回风隐地的法术，只能靠着肉身向西逐日而行，翻

---

① 谭君强：《叙事学导论——从经典叙事学到后经典叙事学（第二版）》，高等教育出版社 2014 年版，第 266 页。

② 丘处机：《丘处机集》，赵卫东辑校，齐鲁书社 2005 年版，第 189 页。

越过无数的山和水，太阳依旧挂在西边的天尽头。诗人通篇皆是用时间和地点、方位的搭配来描述自己的空间感知，前两句是记录经历过的行程，是记录已知的空间；后两句是以方位感展望尚未到达的、未知的空间。并且，透过诗人的"水穷山尽""依旧向西"等描述，把西行这一历时性的状态巧妙展现出来，表达了他对前方"斜阳西倾"之处未知空间的无限向往。

元太祖十七年（1222），有宣差李公将去中原，身在邪米思干的丘处机写诗寄东方道众："初从西北登高岭，渐转东南指上京。迤逦直西南下去，阴山之外不知名。"① 此时的丘处机已经到达目的地，诗中的内容都是回忆自己西行的全程。李志常对此诗有较为详细的注解：初行从西北方登上野狐岭，后来走到陆局河东畔，上京已经在东南方，又沿着西南方向走到兀里朵，再朝向西南方走到阴山，从阴山西南方经过一重大山、一重小水，经数千里才到达邪米思干。丘处机西行的路线若以野狐岭为开端，则是先东北方向至陆局河，再一路向西至金山（阿尔泰山），西南向阴山（天山），再一路西南到达目的地。对照地图就会发现，丘处机仅用四句诗，就将其重要的中转地和方位，以及行进的主要方向作出清楚的说明，使其西行的全部路线清晰地展现在眼前。这不仅说明了丘处机对其所经历的整体空间有明确掌握，也显示了他出色的叙事能力。

丘处机西域纪行诗与普通的记游、纪行诗的不同之处，在于丘处机是带着重要的使命前往西域的。他兼具文化使者与和平使者的双重身份；因此，他途中所写诗歌除了纪实，也有抒怀。这使得其诗除了具体的现实空间，还有想象的情感空间。

---

① 丘处机：《丘处机集》，赵卫东辑校，齐鲁书社2005年版，第193页。

丘处机面对西行这件事，始终抱持着一种大无畏的精神，力求完成传道以求和平的愿望。

据《全真第五代宗师长春演道主教真人内传》记载，丘处机曾说："西北天命所与，他日必当一往，生灵庶可相援。"① 可见，丘处机对西域之行早有预见，他期待藉此拯救遭受战争荼毒的百姓。他临行前就对西行不易有清醒的认识："此行真不易，此别话应长。北蹈野狐岭，西穷天马乡。阴山无海市，白草有沙场。自叹非玄圣，何如历大荒？"② 这首诗说明，诗人对于将要亲临的地理位置和恶劣环境都有所预期。踏上西行之路后，亦的确十分艰苦："尽日不逢人过往，经年时有马回还。地无木植唯荒草，天产丘陵没大山。"但诗人面对艰苦的环境，反而表现出随遇而安积极乐观的态度："五谷不成资乳酪，皮裘毡帐亦开颜。"③ 这是因为他心中抱有美好的愿望，故有诗云："苏武北迁愁欲死，李陵南望去无凭。我今返学卢敖志，六合穷观最上乘。"④ 苏武与李陵是汉代出使西域的两位历史人物，前者是在西域没有得到优待，历经坎坷最后返回汉朝；后者是在西域得到优待，但不得返回汉朝，而有孤蓬飘摇之叹。丘处机显然是想要避免他们的悲剧；因而不取其"北迁"或"南望"，而是想像卢敖一样自由地游走于天地四方，既能成功见到成吉思汗，又能顺利返回中原。

当丘处机踏上西域土地，看到战争的残酷景象，就更激起

---

① 丘处机：《丘处机集》，赵卫东辑校，齐鲁书社 2005 年版，第 441 页。
② 同上书，第 188 页。
③ 同上。
④ 同上书，第 189 页。

止干戈、求和平的愿望。元太祖十七年五月，他们一行从成吉思汗行在返回邪米思干，路过一处石峡，见此地新为兵破，水边多有横尸，丘处机即作诗云："水北铁门犹自可，水南石峡太堪惊。两崖绝壁攙天耸，一洞寒波滚地倾。夹道横尸人掩鼻，溺溪长耳我伤情。十年万里干戈动，早晚回军复太平。"① 这从"水北"到"水南"的空间位移，带来了触目惊心的视觉体验：两边悬崖高耸插入天际，有溪流滚滚而过。小道上躺满了尸体，令人无限伤怀。他因眼见此间惨状，随即暗许恢复太平的弘愿。他为这件事另有一诗："雪岭皑皑上倚天，晨光灿灿下临川。仰观峭壁人横度，俯视危崖梧倒县。"② 从其中的"上倚天""下临川""仰观""俯视"等词可以看出，诗人用大幅度的位移切换来表现一种视觉冲击力，由视觉体验的冲击唤起心理体验的激荡，进而引发诗人渴望和平的强烈情感。这件事发生时，丘处机已经见到成吉思汗，但尚未成功传道，这就更坚定他劝止成吉思汗杀戮的决心。所以他在诗的末句说："我来演道空回首，更卜良辰待下元。"③ "待下元"是指他们约定十月份再次相见。

　　综观以上所论诗例，丘处机在诗中虽也会点明当前的具体地点，但绝少对地点或景物做细致具体的描绘，而倾向于勾画壮阔的画面，展示广阔的视角。他诗中表现的基本都是"远"和"大"，较少"近"和"细"。如"极目山川无尽头，风烟不断水长流"④ "渐见山头堆玉屑，远观日脚射银霞。横空一字长

---

① 丘处机：《丘处机集》，赵卫东辑校，齐鲁书社2005年版，第192页。
② 同上。
③ 同上书，第192—193页。
④ 同上书，第189页。

千里，照地连城及万家"① "造物峥嵘不可名，东西罗列自天成。南横玉峤连峰峻，北压金沙带野平"② "东辞海上来，西望日边去"③ "千山及万水，不知是何处"。④ 从中可以看出，诗人善用遥远物象来装点画面，在诗人与对象物之间保持相当辽阔的距离。这种当然不止是物理空间上的远，而是诗人对行程辽远的一种心理预期。

三、丘处机西域纪行诗的叙事视角

叙事是一个名词化的动宾结构词语，事而被叙，关键在于感而有觉，视而能见。在觉与不觉、见与未见之间，就存在着一个感知角度的问题；而这感知角度就是叙事视角。特定的视角可以触碰融摄独特的境域，丘处机西域纪行诗的叙事视角就极为独特。

丘处机一行进入异域，自当有异样的视觉体验。每当看到迥异于中原的自然景观和人文风貌，他们的常识和习惯受到极大的冲击；因此，在作诗记录时，会以中原人的视角来特别关注异域事物的新奇。而新奇的感觉来源于对比观测，丘处机作为第一人称叙述者，善于选取多种叙述视角来切入，反复对比中原和西域的差异。

首先，是生活习俗的对比。丘处机在鱼儿泺驿路看到蒙古人的生活样貌，作诗叙之："极目山川无尽头，风烟不断水长

---

① 丘处机：《丘处机集》，赵卫东辑校，齐鲁书社2005年版，第190页。
② 同上书，第191页。
③ 同上书，第192页。
④ 同上。

流。如何造物开天地，到此令人放马牛。饮血茹毛同上古，峨冠结发异中州。圣贤不得垂文化，历代纵横只自由。"① 诗人先是描述了从自己的视角看到的地理风貌，接着感叹造物主的神奇：竟然有人民以牧牛马为生，其食物、服饰亦与中原不同。不过，丘处机还是以中原文化为本位，以为这是因为圣贤教化不行于此，才使此方生民保持着远古的生活风俗。这显然是站在中原文明的角度来观测，以中原文化为标尺来衡量蒙古文化。

其次，是自然气候的对比。丘处机在三月末觐见成吉思汗，四月末返回邪米思干，途中看到百草皆枯，作诗记之曰："外国深蓄事莫穷，阴阳气候特无从。才经四月阴魔尽，却早弥天旱魃凶。浸润百川当九夏，摧残万草若三冬。我行往复三千里，不见行人带雨容。"② 诗人惊叹西域奇异的事情无穷尽，而气候变化格外令人无从捉摸，四月在中原本应是草木旺盛，此地却万草皆枯、不见滴雨。之后，丘处机暂住邪米思干，观其风俗名物亦颇以为异："回纥邱墟万里疆，河中城大最为强。满城铜器如金器，一市戎装似道装。翦镞黄金为货赂，裁缝白氎作衣裳。灵瓜素椹非凡物，赤县何人购得尝。"③ 诗中罗列邪米思干的名物器具、奇异瓜果，感叹这些都是中原人闻所未闻的，因而产生稀奇感。不独有偶，随行弟子尹志平有诗《西域物熟节气比中原较早故记之》："止渴黄梅已得尝，充饥素椹又持将。时当小满才初夏，椹熟梅黄麦亦黄。"④

---

① 丘处机：《丘处机集》，赵卫东辑校，齐鲁书社 2005 年版，第 189 页。
② 同上书，第 193 页。
③ 同上。
④ 同上书，第 64 页。

丘处机自十九岁学道修行，终成执掌全真教的一代宗师，道行颇深。从他的西域纪行诗中，可以感受到他作为全真道的修行者与掌舵者，所秉承的修道与传教的特质。他善用道教的术语作诗，在诗中表达传教的心愿。丘处机的思想中有一对矛盾统一的观念，即"无为"与"有为"的对立统一。道教是在原始道家思想的基础上发展起来的，在东汉时期有了宗教化倾向，企图通过修炼来达成长生不老。然而早期道教宣扬的肉体成仙（长生不死），流行几百年后却未见实效，逐渐令人丧失了对它的信心；唐代道教则建立了以心性为主体的成仙学说雏形，此后道教便开始贬低早期道教的保养形体之术，而推崇内在生命的心性修炼。丘处机所推崇的修行方法也是以修身养性为主，他曾作《答樊生》一诗："莫问天机事怎生，唯修阴德念常更。人情反覆皆仙道，日用操持尽力行。"① 这首诗蕴含了丘处机修道的两重空间：一是精神上超世俗的修炼；二是在世俗世界的修行。这两种心意也符应着道家思想的两种观念：无为与有为。若要达到高层次的修炼，需要清心寡欲，不沾染尘世的念头；可是人以肉身存在于世上，在世俗社会中生活，如何才能完成精神上、非世俗的修炼呢？丘处机认为在世俗中修行，是通过"大有作为"来淬炼心性，到达精神上的"无为之境"。基于这种认识，丘处机西域纪行诗表征了两种不同的心境：一种是对非现实世界的叙述，表现出超越尘世、淡然的形象；一种是对现实世界的叙述，表现出积极入世、奋勉任事的形象。

元太祖十六年（1221）七月，丘处机过雪山，作诗云："不能隐地回风坐，却使弥天逐日行。行到水穷山尽处，斜阳依旧

---

① 丘处机：《丘处机集》，赵卫东辑校，齐鲁书社2005年版，第19页。

向西倾。"① 诗人表示自己并不会施展道教的法术,只能靠肉身的力量逐日而行。元太祖十七年（1222）二月,丘处机游邪米思干,有诗句曰:"窃念世间酬短景,何如天外饮长春"②"未能绝粒成嘉遁,且向无为乐有为"③。诗人向往世外景象,但未能成功辟谷遁世,就暂且以"有为"来修"无为"。元太祖十六年冬,丘处机游邪米思干故宫,题《凤栖梧》二首于墙壁,更是展现一个勘破生死的悟道者的形象,其中隐含的是超然物外的叙事者形象;然又不止于此,与之并行的,是其积极奋勉于事的形象。西行是丘处机在现实世界的活动,他想以此为着力点,达到修炼其"性"或"真身"的目的。因此,他在纪行诗叙述中也表现出坚韧顽强的精神风貌。如在临行之前,丘处机写诗寄道友:"去岁幸逢慈诏下,今春须合冒寒游。不辞岭北三千里,仍念山东二百州。"④ 诗中通过"冒寒""不辞"等词汇,叙说了行前的决心。而在之后的诗作里,则叙述了西行的艰难过程,并进一步表达了不畏艰险的心志:"不堪白发垂垂老,又踏黄沙远远巡"⑤"直教大国垂明诏,万里风沙走极边"⑥"道德欲兴千里外,风尘不惮九夷行"⑦。这些诗句都反映了丘处机"日用操持尽力行"的修行观念。出世与入世,两种看似矛盾的话语出自同一个叙述者,背后隐含着叙述者思维的一体两面。是

---

① 丘处机:《丘处机集》,赵卫东辑校,齐鲁书社 2005 年版,第 189 页。
② 同上书,第 192 页。
③ 同上。
④ 同上书,第 188 页。
⑤ 同上书,第 189 页。
⑥ 同上书,第 191 页。
⑦ 同上书,第 193 页。

知，叙事视角的采用，与叙事者的个人感知和思维方式有密切的关系。

丘处机西域纪行诗具有特殊的意义。以纪行诗传统来说，虽然在中国诗歌发展史上，书写具有纪行意味的诗歌由来已久；但是有明确的"纪录行踪"意识的纪行诗却不多见。纪行诗既可以模山范水，也可以写志咏怀；既可以登临怀古，也可以感慨时事。因而，纪行诗实集叙事、描写、抒情、议论于一身，而又以叙事最为核心。既然纪行诗的核心是叙事，那么它首先应该表现时间、地点的连贯性。丘处机纪行诗最显著的特征，就是在诗歌中把时间和地点交代清楚，因以勾勒出完整的行进路线，使诗与诗之间、诗文本内部共同都展现行踪的高度连贯性。

第四节　上京纪行诗之叙事

上京纪行诗是元代独具特色的诗歌题材，这一题材的形成得益于元代的"两京巡幸制度"，即大都与上都同为王朝的首都，统治者每年携带大臣往返于两都之间："自世祖皇帝统一区夏，定都于燕。复采古者两京之制度，关而北即滦阳，为上都。每岁大驾巡幸，后宫诸闱，宗藩戚畹，宰执从寮，百司庶府，皆扈从以行，既驻跸，则张大宴。"① 这些扈从文臣，在往返上京与大都的途中写下大量的诗歌，因上都又称上京，故而这些

① 王祎：《王忠文集》卷六，景印文渊阁《四库全书》本，台湾商务印书馆1986年版，第1226册，第113页。

诗歌被称为上京纪行诗。

大都即今北京，上都在今内蒙古自治区锡林郭勒盟正蓝旗境内，两地相距四百多公里。若以中原地区为主体的地理视角来看，两个都城一个属于"关内"，一个属于"关外"，而元代统治者每年巡幸上京的时间有半年之久，所以上京的地位不似其他朝代的"陪都"，而是具有实际意义的"首都"。元代之所以形成两个首都的特殊结构，是因为蒙元政权起源于草原，上京是其龙兴之地："初，帝命秉忠相地于桓州东，滦水北，建城郭于龙冈。三年而毕，名曰开平，继升为上都，而以燕为中都。四年，又命秉忠筑中都城，始建宗庙宫室。八年，奏建国号曰：大元。而以中都为大都。"① 忽必烈出于稳固政权的目的，以及解决气候适应的问题，才将上京置于如此重要的地位。

上京纪行诗基本皆出自于扈从文人之手，具有强烈的叙事纪实的特征。如罗大己跋杨允孚《滦京杂咏》曰："杨君以布衣从当世贤士大夫游，袯被出门，岁走万里，耳目所及，穷西北之胜，具江山人物之形状，殊产异俗之瑰怪，朝廷礼乐之伟丽，尤喜以咏歌记之。"② 文人目之所及，皆为身在中原时所不见，故而以诗实录之。

从政治与文化的角度来看上京纪行诗的背景与创作，亦能发现这种题材的诗歌蕴含的特殊性："主体"与"他者"的角色错位。出于地理或文化的原因，人以被分为不同的族群，某些强势的群体所具备的特征，被选中作为"定义身份"的特征，

---

① 宋濂等撰《元史》卷一百五十七《刘秉忠传》，中华书局 1974 年版，第 3693—3694 页。

② 陈衍辑撰《元诗纪事》卷二十，上海古籍出版社 1987 年版，第 486 页。

即成为"标准"；而其他的族群则是"标准"的"参照"，也就是"他者"。[①] 例如中国历史上的华夏与夷狄的差别，华夏的定义即蕴含着"主体""标准"的思维，夷狄则是"他者"。不过，"主体"与"他者"的概念来自西方的帝国政治研究，与中国的文化脉络有所不同。如萧融庆认为，先秦儒家提倡"尊王扰夷""严夷夏之防"，其区别"夷""夏"之主要标准是文化，而不是种族。此种"文化主义"的夷夏观是一种开放性的思想，对异族统治并不强烈排斥，其所关心的重心在于劝服征服者实行"先王之道"。[②] 蒙元政权以武力征服金、宋，完成了版图的统一。然而，草原政权征服了农耕政权，但是蒙元政权不能依靠其固有的草原文化治理天下，所以他们不可避免地推行汉法，在文化层面又必须融入华夏主体文明才能安天下。因此，从政治层面来看，蒙元的政治体系从过去的"他者"转变为"主体"；而从文化层面来看，华夏文化的"主体"与草原文化的"他者"位置关系却一直隐性地存在着。元代创作上京纪行诗的扈从文臣多为汉人，他们既然已经入仕元朝，在政治思想上便已经对"异族政权"没有对抗心理。但是他们的文化思想还是继承了华夏文化，社会生活经验以"关内"为主；所以，他们所看到的上都的草原风光，蒙古社会生活习俗等，还是会产生异质感。以其华夏文化为主体的视角观看，这些依然是作为"他者"的异域。这种政权与文化的"主体"与"他者"错位的

---

① 参见迈克·克朗(Mike Crang)：《文化地理学》，杨淑华、宋慧敏译，南京大学出版社 2003 年版，第 76—77 页。

② 参见萧启庆：《元代的族群文化与科举》，联经出版公司 2008 年版，第217、53 页。

关系，使得上京纪行诗的叙事特质呈现出内部他者（the others within）的视角，即政权上认同对方，文化上却是站在同化者的角度；有些土地由异域变为领地，但是汉人对待塞外土地的感受依然充满了异质性。

一、自然风光的他者叙事

据统计，在上京纪行诗的作者群体中，以江南人居多："就目前可见的千余首上京纪行诗来看，七十余名作者中近八成是江南人或久居江南者，作品近九成出自江南文人之手。"[①] 他们的生活经验都是在气候湿润的南方，目之所及的塞外风光则是新奇的体验。诗人以诗歌叙述新奇的体验，有些是直接叙述其惊奇感，如周伯琦《野狐岭》（岭界南北甚寒南下平地则暄矣）：

> 高岭出云表，白昼生虚寒。冰霜四时凛，星斗只尺攀。其阴控朔部，其阳接燕关。涧谷深巨测，梯磴纡百盘。坳垤草披拂，崎岖石巉岏。轮蹄纷杂遝，我马习以安。况然九天上，熙熙俯人寰。连冈束重巘，拱揖犹城垣。停鞭履平地，回首势望尊。縣衣遂顿减，长途污流鞯。亭柳荫古道，园果登御筵。境虽居庸北，物色幽蓟前。始悟一岭隔，气候殊寒暄。小邑名宣平，相距两舍间。牛羊岁蕃息，土沃农事专。野人敬上官，柴门暮款延。休养嘉承平，禹迹迈古先。汉唐所羁縻，今则同中原。大哉舆地图，垂创何

① 参见张颖：《元代上京纪行诗的文化阐释》，南京师范大学硕士论文，2017 年，第 13—14 页。

其艰。张皇我六师，金汤永深坚。①

这首诗标题中的自注解释了野狐岭附近气候的特殊之处：岭界南北甚寒，向南到达平旷地区才感到温暖。野狐岭在今张家口一带，是进入"塞外"的一个重要自然关卡。诗人行至此处，看到野狐岭这一道天然屏障导致了两边不同的风景：诗人用"云表""只尺"等词汇表现野狐岭的高；用"控""接"表现野狐岭地处要塞；以"叵测""百盘"等表现野狐岭的险要。而诗人从野狐岭走下到平地，则发生了诸多改变：从体感温度渐高，到目之所及的柳树、果园，都与中原无异。诗人在短时间内的体验差异如此之大，不过是因为有野狐岭一岭之隔所致而已。"始悟一岭隔，气候殊寒暄"一句则充分表达了诗人面对这种体验的异质感，"始悟"说明诗人经历了与以往认知相当迥异的体验。萨都剌在《过居庸关》一诗中说："居庸关，山苍苍，关南暑多，关北凉。"②可见在居庸关以北若有温暖之地，是有些违反常识的。周伯琦则通过亲身经历意识到：野狐岭在分化地理气候时同样有重要作用。然而诗人表达的虽然是个人体验，却又追溯到文化集体记忆，将个人感受放置到历史背景中，对照出更宽阔的"历史位置"："汉唐所羁縻，今则同中原"，在汉唐时期都不能涉足的域外，如今与中原同在一个政权的治理之下。历史演变背景下产生的特殊感，更强化了自己身体感官体验到的特殊感，因此，诗人的异质性体验叙述，更是历史文化影响下的心理意识结构的显露。从历史事实来看，诗人所处的当朝

① 杨镰主编《全元诗》，中华书局2013年版，第四十册，第394页。
② 杨镰主编《全元诗》，中华书局2013年版，第三十册，第217页。

政权起源于蒙古，并以塞外城市为首都，才有诗人的上京纪行诗作，是蒙元政权将中原并入了他们的版图。但是诗人却认为是中原同化了蒙古，这或许是因为经历了几十年的更迭，汉族文人已经接纳了蒙元政权继承了中原政统的观念。可是也客观形成了一个事实：文人依然是以中原主体的视角与意识，对已经属于"国土"的"异域"进行他者叙述。

再如陈孚《观光楼》一诗：

> 试上危楼望，东风尺五天。一溪寒泻月，万壑暝含烟。古塞黄云外，巍台白鹰边。谁怜家万里，有客拥衾眠。[1]

诗人叙述眼前的高楼、溪流、烟雾、黄云，并非是为了抒发身在此地的享受之情，而是意在指出，眼前的这一切皆与自己的家乡不同，身在这里只是作客他乡。意即，诗人对风景的叙述看似客观，其实是为了凸显自己作为"客"的异质感，而异质感的产生，又是因为诗人目之所及与他的中原生活经验不同。

还有些是社会文化的他者叙事。扈从文臣在往返大都的路上，自然要观察沿途的风土人情，并咏之于诗歌中。这是诗歌"风"的传统与功能，也是诗人排途中寂寞心绪、以歌抒怀的方式。然而，即便元代的上京具有非常重要首都属性，元代文人在面对都城周边的社会风俗时，不论是用词遣句或者思维型态，都还难免继承中原人看塞外的视角。如张昱《塞上谣》：

> 砂碛大风吹土屋，马上行人沙罩目。貂裘荆筐拾马矢，

---

[1]　杨镰主编《全元诗》，中华书局2013年版，第十八册，第407页。

野帐吹烟煮羊肉。玉貌当炉坐酒坊，黄金饮器索人尝。胡奴叠骑唱歌去，不管柳花飞过墙。潆然路失龙沙西，饷酒中人软似泥。马上毳衣歌剌剌，往还都是射雕儿。马上黄须恶酒徒，搭肩把手醉相扶。见人强作汉家语，哄着村童唱塞姑。野蚕作茧丝玉玉，乳鸡浴沙声谷谷。骆驼妳子多醉人，毡帐雪寒留客宿。胡姬二八面如花，留宿不问东西家。醉来拍手趁人舞，口中合唱阿剌剌。虽说滦京是帝乡，三时闲静一时忙。驾来满眼吹花柳，驾起连天降雪霜。亲王捧宝送回京，五色祥云抱日明。锡宴大开兴圣殿，尽呼万岁贺中兴。①

张昱系元朝晚期文臣，江西人，曾师从虞集，他的政治生涯主要在至正年间。这一组塞上谣共八首，提供了一副完整的塞外生活的画面。可以看出，在诗人的观念里，"胡"与"汉"的差异感是很强的。诗人用了"胡奴""胡姬"等描述当地的人群，同时对"胡地"的风俗也感到奇特。在诗人的叙述中，处处可感受到这种异质感，诗人描述的自然风物有：沙漠、羊肉、黄金饮器、马奶酒、毳衣、骆驼、毡帐，皆是中原所不常见的物品；其所用的"沙碛""毳衣""汉家"等词汇，长久以来一直是中原文人写塞外诗的常用词汇，词汇中蕴含着文化意识的传承。诗人对此地的风俗也颇觉奇异：两个"胡人"同骑一匹马歌唱而去；醉酒的人强行说汉语；年轻的"胡姬"随意留宿别人家，喝醉后更豪放歌舞。这些风俗习惯对中原人来说都是"大开眼界"。在现实的境况中，写到作为京都的滦京的，诗人用了"虽

---

① 杨镰主编《全元诗》，中华书局 2013 年版，第四十四册，第 57 页。

说"一词，说明诗人心中有一个预设的首都的样子，而上京是不符合这种预设的。上京在一年四季中有三个季节是闲暇时间，只有一个季节适合劳作，每年皇帝来时是春季，返回时是深秋。可见，在诗人的心中，上京这个帝都即便是有实质上的首都功能，但是由于社会风貌、气候的差异，它始终是相对于中原主体国家的另类存在。这种视滦京为"另类""他者"的视角，即是通过诗人"他者叙事"的口吻表现出来。

再如杨允孚《滦京杂咏》，诗人用百首诗详述滦京附近的生活习俗、风土名物等，然而诗人的细致审美不能彻底抚慰他的乡愁，他在诗的最后几首中写道：

> 我忆江南好梦稀，江山于我故多违。离愁万斛无人管，载得残诗马上归。强饮驱愁酒一卮，解鞍闲看古祠碑。居庸千载兴亡事，惟有天中月色知。塞边孳牧长儿孙，水草全枯奶酪存。不识江南有阡陌，一犁烟雨自黄昏。急管繁弦别画楼，一杯还递一杯愁。洛中惆怅二千里，塞上凄凉月半钩。帝里风光入梦频，凤城金阙一般春。故乡不是无秋雨，听过匡庐始怆神。试将往事记从头，老鬓征衫总是愁。天上人间今又昔，滦河珍重水长流。玉京惯识别离人，勒马云关隔世尘。不比江南花事早，家家儿女解伤春。①

诗人在最后的这几首诗中，叙述的口吻从客观的欣赏转向婉转的惆怅，惆怅的根源在于自己是客居漠北的江南人。邱江宁认为，"对于北进的南人来说，他们期望在北廷获得政治理想的实

---

① 杨镰主编《全元诗》，中华书局2013年版，第六十册，第410页。

现，但元廷对南人始终不能去怀的防嫌，使他们的政治愿景最终化作泡影，以此，代表着农耕文明的江南即由生长的家乡上升为精神的故园。"① 当诗人的生活经验与精神故园都在江南，也就意味着诗人身处滦京时，其身体与精神上皆属客体的身份，他的主体在江南。因此，诗人在组诗的前半部分叙述新奇的风俗体验，在最后的几首诗中则凸显出新奇的另一面：愁。滦京的新奇与江南的乡愁是阴阳一体的两面，这两种情感的抒叙，背后都源自诗人以江南为主体的意识，并同时生成面对漠北之地的"他者"意识。

二、历史文化的他者叙事

在大都到上都的路途中，有几处著名的景观，如长城、居庸关、李陵台、龙门、榆林等，被众多的诗人反复吟咏。这些景观多数都有深厚的文化意义的积淀，形成了特定的历史符号。例如，长城是一道人为修筑的实体屏障，自秦汉时期即是胡汉对立、互相防御的重要关隘。当胡汉的互动关系从战争与对立走向了统一的整体，深受汉族文化影响的诗人，其叙述意识却依然留存着汉族主体的记忆。尤其元代上京纪行诗大量吟咏李陵台的现象值得注意。元代的李陵台是一处驿站，并非汉代的李陵所建，但是并不妨碍元代文人借助李陵这个历史意象，抒发思乡、怀古之情。这种诗歌的叙事表达，是"感觉结构"（structure of feeling）的呈现。"感觉结构"是在特殊的地点和时间之中，一种生活特质的感觉，感觉结构不会以任何形式的

---

① 邱江宁：《元代多民族文化交融背景中的江南书写》，《文学评论》2013 年第 6 期。

感觉表现出来而被学习到，某一代经由正式或非正式的训练可以把其文化中的行为和态度元素传授给他的下一代。^① 因此，感觉结构可以说是世代累积沉淀的文化经验，感觉结构直接影响人的叙事表达结构。

元人将汉唐时期的历史记忆，附加到现实中的历史现场中，哪怕这个历史现场本身并不是原址，李陵台是其中的代表。如陈孚有《李陵台约应奉冯昂霄同赋》：

> 落日悲笳鸣，阴风起千嶂。何处见长安，夜夜倚天望。臣家羽林中，三世汉飞将。尚想甘泉宫，虎贲拥仙仗。臣岂负朝廷，忠义夙所尚。汉天青茫茫，万里隔亭障。可望不可到，血泪堕汪漾。空有台上石，至今尚西向。^②

李陵无疑是汉朝历史上一个悲剧人物，他身为汉臣，投降匈奴，并在匈奴地区位居高官，有关他的历史评价莫衷一是。这首诗是诗人站在李陵的视角，以李陵的口吻，揣摩李陵身在异域的心理活动。在诗人的笔下，李陵虽然已经投降，但是还是心心念念想回到长安，甚至"夜夜倚天望"，"望"的意象在同时代许多吟咏李陵台的纪行诗中都出现过，表示了元代文人对李陵的共同的价值寄托——忠心于中原王朝。可是长安对李陵来说是"可望不可到"的地方，所以他只能通过"尚想甘泉宫"，以至"血泪堕汪漾"。"忠君"是中国传统三纲五常的基本道德观，

---

① 夏铸九编译《空间的文化形式与社会理论读本》，明文书局1988年版，第125页。

② 杨镰主编《全元诗》，中华书局2013年版，第十八册，第411页。

以史实而言，汉武帝杀害李陵一家，李陵变节是可理解的，从人性的角度来看，也不需要再抱持着忠君的心态生活。而诗人在诗中把李陵塑造成身在胡地却心念汉室的形象，反而没有顾忌到当前的政治形势是胡汉合流，没有认为李陵应该忠于眼前的匈奴君主。这种心态是否是李陵的真实想法？这是无从考证的。而且若李陵曾经劝降苏武，就更是不可能思念汉朝的。诗人对李陵形象的塑造，是出于他所接受的儒家文化的道德观，儒家文化自董仲舒提倡"三纲五常"以来，这种伦理思想便形成一种长久的意识结构流传下来，也成为传统士人的价值心理结构。所以，即便是诗人的想象未必符合史实，他也可以借助李陵这个历史文化符号，叙述出他的价值观。同时也表明，诗人虽然依附于异族政权，但是其忠于异族政权只是因为该政权顺应"王道"，并没有因为政治因素抛弃华夏文化价值观所建构的是非。这种认同与不认同之间的差异，也形成了"内部他者"的叙事结构。

总之，元代上京纪行诗以叙事纪实为主要的创作目的，由于诗人群体以江南文人为主，使得诗人在精神空间的认同和创作表达出现错位。巴菲尔德在《危险的边疆：游牧帝国与中国》一书中指出，游牧民族与中原王朝的关系是同生死共兴衰，游牧民族靠敲诈中原王朝维持其存在，同时他们会避免征服中原领土，因为他们不想破坏获取稳定财富的资源，"游牧征服"只发生在中原政权崩溃之后没有政府可敲诈时。[①] 所以，在中国历史上，游牧民族入主中原是史无前例的，也因此催生出了元代

---

① 巴菲尔德：《危险的边疆：游牧帝国与中国》，江苏人民出版社 2011 年版，第 11—12 页。

诗歌别具特色的叙事意涵。上京纪行诗的创作是最接近王朝权力中心的创作，由此展现出的叙事表意结构尤其值得注意。

综观之，元代诗歌地理空间叙事的拓展，体现在诸多方面，前述四节的地理空间大致可代表四个方向的拓展：东—海洋；南—安南；西—西域；北—上京。单以地理空间的范围来看，元代诗歌所记叙的范围之广不一定是绝对空前，其相对于前朝的拓展之处，在于某类诗歌数量的提升（如海洋纪行诗），以及诗人身份、心态的变化，丰富了诗歌的内涵，对诗歌的叙事内容和方式产生了影响。主要表现在以下几个方面：

一，元代诗歌叙事的地理空间拓展范围。仅将元代的疆域与最为强盛的汉唐对比来看，汉代的疆土最北到达阴山，向西管控河西走廊，向南抵达越南中部，东至朝鲜半岛。唐代疆域最辽阔时，向北到达西伯利亚，向西到达咸海，东抵库页岛，南至越南。由于本文对元代的时间范围界定，也包括了蒙古国时期，故而将成吉思汗西征过程中所到之处也算作元代疆域，所以耶律楚材、丘处机所作诗歌皆可视作元代诗歌叙事的地理空间拓展。元代疆域最盛之时，北部超越汉唐到达外兴安岭一带，西部超越汉唐延伸至黑海。东部依然管控朝鲜半岛，南部抵达越南。总之，元代疆域或是真正实现了领土国界的空前超越，这一事实必然带来诗歌叙事内容的变化。

二，元代诗歌叙事地理空间拓展的方式。元代之前，中原地域之外的诗歌一般为边塞诗，其产生方式是诗人被派遣出塞，叙写实地体验；或诗人以边地为想象对象，叙写报国建功的理想，如杜甫的边塞诗。而元代的异域题材诗歌，其产生方式要丰富得多，主要是诗人身份的特殊性。主要包括：（1）觐见者身份。丘处机被成吉思汗征召赴西域，同时他又心怀和平的使命感，向成吉思汗进谏和平、养生之策，赢得"一言止杀"的美名。以使者身份觐见异地王朝的君主，并留下诗歌记录，这一现象是历史上首次。（2）宣化者身份。以尊奉王命出使异国而言，元代"奉使诗"并非史无前例，宋代出使文学也十分丰富。但是元代的奉使诗更能体现出"宣化"的意味，即行至异域下达君王的指令。宋代不能完成这一行为，是因为宋代相对周边王朝处于弱势，使臣出使往往是带着屈辱感，他们叙事的基调是悲愤与哀怨。而元代使臣出使安南、日本等地，是以宗主国使者身份去往藩属国，因此其叙事基调是充满自信，以天朝上邦的姿态自居。

三，元代诗歌叙事地理空间拓展的新元素。元代基于地理空间拓展产生的诗歌，与之前的边塞诗有很大的不同。从诗歌的表现内容来看，元代之前的边塞诗，一般与征战有关，因此表现的内容主要是战士在边关苦地的生活，对家乡的思念，企图建功立业的雄心，或以家乡亲人的视角叙述征战的残酷。元代与前朝边塞诗叙事内容不同，主要原因是元代对西域等地的控制较为稳定，之前的朝代则不然。以唐代为例，只有盛唐时期，西域在唐王朝的版图内，诗人有机会踏入西域的土地。在初唐、晚唐时期，诗人对边塞的描写多是出于想象。这一差异反映在叙事内容层面，是对西域的叙述从"想象"到"日常"的转变。且不论初唐与晚唐时期诗歌对西域的"纯粹想象"，哪怕是盛唐时期以亲身经验写边塞诗的岑参、高适等诗人，其诗作也充满了奇崛瑰丽的想象，展现了盛唐气象的恢弘，如岑参《白雪歌武判官归京》《走马川行奉送出师西征》等。而元代的西域诗则增添了许多细腻的生活化叙事，如杨允孚《滦京杂咏》，叙述当地物产："海红不似花红好，杏子何如巴榄良。更说高丽生菜美，总输山后蘑菰香。（海红花，红巴榄，皆果名。高丽人以生菜裹饭食之，尖山产蘑菰。）"再如"紫菊花开香满衣，地椒生处乳羊肥。毡房纳石茶添火，有女褰裳拾粪归。（紫菊花，惟滦京有之。名公，多见题品。地椒，草牛羊食之，其肉香肥。纳石，鞑靼茶。）"相比之下不难发现，岑参边塞诗是以宏大叙事的笔法抒写出雄浑壮阔的盛唐气象，而杨允孚的叙事手法是由普通风物入手，描述作为具体的人，在具体生活中衣食住行的体验。探究如此差异的深层原因，是因为即便在唐代将西域纳入版图的时期，也是处于紧张的状态，随时准备战斗。而元代由于政权和疆土的稳固性，诗人处在较为悠然的状态，故而多把注意力放在日常生活中。

第六章

元诗叙事观念与理论批评

元人的诗歌创作重视叙事纪实，在诗歌理论批评方面也多有谈"事"或"叙事"。叙事纪实的诗歌创作实践，以诗歌史的历时发展脉络来看，是诗歌重视现实生活的必然发展。唐诗最重要的特点是兴象玲珑，不可凑泊；宋诗重才学，主说理；元诗注重对社会现实的叙写，这是诗歌从浪漫抒怀到叙写现实的发展转变。元代诗人重纪实的诗学观，也有与当时的社会背景和诗学理念密切相关。

第一节　元诗叙事纪实观念

元代诗歌的叙事性表现在其叙事纪实的创作实践中，"实"是元代诗歌的重要叙事特征之一。学界有诸多学者认为，叙事纪实是元代诗歌的重要特色，如杨镰《元诗叙事纪实特征研究》一文，探讨了元诗的同题集咏、以诗补史以及具有代表性的叙事诗歌的特色。邱江宁《奎章阁文人群体与元代中期文学研究》一书中，也分析了奎章阁文人群体诗歌的叙事纪实特征。叙事以纪实，何以成为元代诗歌的重要特征？本文从以下几个方面解析。

一、继承了"诗史"传统

从中国文学的发展历史来看，文学作品的出现，与"记事"这一行为有着高度密切的关联。中国人有强烈的历史意识，很早便将经历过的事件认真记录下来，以至后来发展出史学。因此，史学与叙事是相辅相生的关系。或者可以说，中国叙事学最早的源头即是史学，史学界很早便对叙事的规范性进行讨论和界定。其中最重要的一条原则便是"实"，如陈寿《三国志》曰："司马迁记事，不虚美，不隐恶。刘向、扬雄服其善叙事，有良史之才，谓之实录。"① 又如班固《汉书》曰："然自刘向、杨雄博极群书，皆称迁有良史之材。服其善序事理，辨而不华，质而不俚。其文直，其事核，不虚美，不隐善，故谓之实录。"② 可见在中国叙事传统中，"实录"具有相当重要的意义。"实"的内涵即客观、真实，不虚化美化，不隐瞒丑恶，说理叙事条理清晰，奠定了中国叙事传统的基本品格。

由史学发展而来的"实录"的叙事品格，也被诗学所借鉴和继承。在中国人善于记录历史的文化传统下，其根本任务由史学与文学共同承担，诗歌也是其中重要的组成部分。真实的历史有两个面向：一是史学之实的面向。史家着重于记录历史事件本身，其所呈现出的真实是事件的主干本身。二是文学之实的面向。李山在《诗经析读》中说："诗比史更真实，史只能提供给人往事的知识，而诗却能把大时代中活生生的人，他的期

---

① 陈寿：《三国志》卷一三《王肃传》，中华书局1982年版，第418页。
② 班固：《汉书》卷六十二，中华书局1962年版，第2738页。

盼，他的焦虑，以及一些世道人情，亘古常新地保存下来。"①
因此，史录之实如树干，使事实获得基本的厘清；诗歌之实如
枝叶，让真实的历史有充沛的展现空间，在人的情感向度和社
会细节方面表现更生动的真实。

在诗歌中展现社会历史事实的创作理念，被称为"诗史"。
这一词汇的源头，系南北朝时期沈约所著《宋书·谢灵运传》：
"至于先士茂制，讽高历赏，子建函京之作，仲宣霸岸之篇，子
荆零雨之章，正长朔风之句，并直举胸情，非傍诗史，正以音
律调韵，取高前式。"② 这一词汇进入文学批评领域，则是在唐
代晚期孟棨所著《本事诗》一书中："杜所赠二十韵备叙其事，
读其文，尽得其故迹。杜逢禄山之难，流离陇蜀，毕陈于诗，
推见至隐，殆无遗事，故当时号为'诗史'。"③ 杜甫反映时事之
诗被称为"诗史"，这一创作传统由来已久，例如在《诗经》
中，《雅》部诗篇，就记述了许多当时的历史事件，后世诗人对
此传统也有所继承。诗与史的融合，是诗歌现实主义内容的基
石，董乃斌先生认为，"诗史传统是构成叙事传统的重要组成部
分"。④ 元代诗人以反映社会现实为诗歌创作目的，正是继承了
"诗史"的创作传统所致。

在纪实观念的影响下，元代诗人写下大量的记录真实历史
事件的诗歌。诗人不仅有意识地以"纪事"为标题，如周伯琦

---

① 李山：《诗经析读·上》（全文增订插图本），中华书局 2018 年版，第
　　340 页。
② 沈约：《宋书》卷六十七，中华书局 1974 年版，第 1779 页。
③ 孟棨：《本事诗》，上海古籍出版社 1991 年版，第 18 页。
④ 董乃斌：《从诗史名实说到叙事传统》，《文艺理论研究》2019 年第 1 期。

《是年复科举取士制承中书檄以八月十九日至上京即国子监为试
院考试乡贡进士纪事》，王恽《甘不刺川在上都西北七百里外董
侯承旨扈从北回遇于榆林酒间因及今秋大狝之盛书六绝以纪其
事》等。而有些诗歌直述历史事件，反映出真实生动的历史现
实画面，起到以诗叙事、补史的作用。例如周霆震《人食人》：

> 髑髅夜哭天难补，旷劫生人半为虎。味甘同类日磨牙，
> 肠腹深于北邙土。郊关之外衢路傍，旦暮反接如驱羊。喧
> 呼朵颐择肥瘢，快刀一落争取将。凭陵大嚼刳心燎，竞睹
> 睨舰夸饮醑。不知剑吼已相随，后日还贻髑髅笑。阴风腐
> 余犬鼠争，白昼鬼语偕人行。衔冤抱痛连死骨，着地春草
> 无由生。睢阳爱姬忍喋血，长安仇家俊臣舌。摅忠疾恶古
> 或闻，未覩烹炰互吞灭。五云深处藏飞龙，天路险艰何日
> 通。皇心万一闵遗子，再与六合开鸿蒙。①

这首诗所反映出的内容，可谓是触目惊心。或由于人为的战乱，
或由于人难掌控的天灾，人与人之间的关系发生强烈的异变，
变成了彼此的口粮。尤其是陌生人之间的关系，仿佛是老虎与
猎物的关系。强壮的人杀死较弱的人，直接剖开心肝当做下酒
菜。可是强壮的人身后还站着更强的人，今日吃人的人，日后
也会被吃，早先被吃的人已化作骷髅，看到这一幕也不免予以
讥笑。人剩下的白骨被狗和老鼠争抢，白天行路的人身边也围
满了冤魂，冤魂的戾气甚至导致土地上寸草不生。这一系列的
画面叙述，使人读来胆战心惊。这些事件在和平年代是不可想

---

① 杨镰主编《全元诗》，中华书局 2013 年版，第三十七册，第 28 页。

象的，其惨况超乎人的忍受程度。

从历史纪实的角度来看，这类事件若出现在正统的史书中，往往只以"人相食"而一笔带过，不会有如此细致的场景叙述。而周霆震之诗进行了如此丰富的细节场面叙述，给人带来了震撼感，使人对当时历史的认知更为深刻。再者，从诗歌艺术的角度来看，唐代著名的现实主义诗人白居易曾有《轻肥》一诗，此诗的表现手法是先列述达官显贵奢侈赴宴的场景，在诗歌的最后一句写"是岁江南旱，衢州人食人"，形成强烈的对比，是一种较为含蓄的表现方式。但是周霆震之诗直接叙述人吃人的画面，其"纪实"的强烈程度比白居易之诗更胜一筹。

二、元人重实用的诗学观

重实尚质，不事雕琢，是元代文学观的主流倾向。一代王朝的学术风气，往往在开国之初便奠定了基础。蒙古人以马上取天下，其民族本身并无深厚的文化底蕴，因此其民族特质整体上是质胜实学于文，以实用为重。这一点从忽必烈的治国与取士的态度即可看出。据《元名臣事略》载："（许衡）至上都，入见……问科举何如，曰：'不能。'上曰：'卿言务实，科举虚诞，朕所不取。'"① 忽必烈赞成许衡学儒学、务农、教学等行为，认为这些行为都颇为务实，而许衡所不能的科举，忽必烈认为是"虚诞"，不为也罢。并且，忽必烈还专门提出过"实学"的说法："陛下每言：士不治经究心孔孟之道，而为赋诗，

----

① 苏天爵：《元名臣事略》卷八，景印文渊阁《四库全书》本，台湾商务印书馆 1986 年版，第 451 册，第 608 页。

何关修身？何益为国？由是海内之士，稍知从事实学。"① 从忽必烈对实学的定义看出，他甚至直接排除了诗歌，仅限孔孟之道。

统治者的倡导直接影响学术的风气走向。元代初期儒学流派众多，包括以刘因为代表的静修学派，以吴澄为代表的草庐学派，以及以许衡为代表的鲁斋学派。刘因以隐逸为人生选择，其学生也多为布衣，所以无力影响朝堂政治。鲁斋学派与草庐学派针对治学理念不同，许衡推崇程朱理学，吴澄推崇陆九渊心学。两个学派在朝中经历过一段较长时间的斗争，最终鲁斋学派获胜，全面占据了政治教育资源。许衡时任国子监祭酒，在国家文化政策制定方面有重要的影响。许衡作为一代儒学家，其学说在思想史上没有创新性贡献，他的思想特点是注重实践，反对空谈义理。宋代儒者创立新儒家的学说，高谈义理，着重阐发儒家思想的高明义。但是南宋灭亡后，人们反思宋朝灭亡原因时，不免结合学术风气来考量，在心理上会存在"反拨"的倾向，故而从琢磨义理走向踏实践履。许衡认为："为学者治生最为先务，苟生理不足，则于为学之道有所妨。彼旁求妄进，及作宦嗜利者，殆亦窘于生理之所致也。"② 物质生活是治学的基本保证，没有物质基础的治学是空中楼阁。

元人务实的学术思想，反映出时代的总体风气，自然也会渗透到文学理念。元初诗人郝经，即强调务实的文学观。郝经

---

① 苏天爵：《元名臣事略》卷八，景印文渊阁《四库全书》本，台湾商务印书馆1986年版，第451册，第680页。

② 苏天爵：《元名臣事略》卷八，景印文渊阁《四库全书》本，台湾商务印书馆1986年版，第451册，第613—614页。

认为："天人之道，以实为用。有实则有文，未有文而无其实者也。《易》之文，实理也；《书》之文，实辞也；《诗》之文，实情也；《春秋》之文，实政也；《礼》文实法，而《乐》文实音也。故《六经》无虚文，三代无文人。夫惟无文人，故所以为三代无虚文，所以为六经，后世莫能及也。"① 郝经所说的文，包括了诗之诗，可见其对诗歌创作的批评也主张"实"。郝经所主张的"情之实"其根基是理之实，他说："情也者，性之所发，本然之实理也。其所以至于流而不返者，非情之罪，欲胜之也。盖有性则有气，有情则有欲，气胜性则恶，欲胜情则伪。上智下愚所以不移，贤不肖所以别也。故情之生也，发于本然之实，而去夫人为之伪。"② 郝经认为，诗歌的辞采是其"文"，文要以情为根基，情要发于本然之实，不可有过多的"欲"或"气"。郝经所主张的务实虽然不是描摹、陈述客观物质世界的真实，但是也是要求诗风要质朴，无夸饰之意，以情论事，也应恰当真实。此"实"之意，应用于在诗歌中的叙事，自然也是以人之真情，如实记叙事件，评论事件的态度不偏不倚，发之于性情之"中"，也符合"实之情"。

三、元人论诗重"风"的倾向

"风"是古代诗学中的重要观念，风为诗经"六义"之首，有讽谏和教化的意义。朱熹《诗集传》曰："谓之风者，以其被

---

① 郝经：《文弊解》，《全元文》卷一二九，凤凰出版社2004年版，第四册，第303页。

② 郝经：《论八首》，《全元文》卷一二九，凤凰出版社2004年版，第四册，第228页。

上之化以有言，而其言又足以感人……是以诸侯采之，以贡于天子，天子受之，而列于乐官。于以考其俗尚之美恶，而知其政治之得失焉。"①《诗大序》曰："风，风也，教也。风以动之，教以化之。"② 可见，起到"风"之作用的诗歌，其主要内容是反映社会现实，教化社会风俗，或者反馈信息给统治者。

元人论诗极重诗三百，翻检《辽金元诗话全编》，可见元人论诗，多为评论《诗经》。在《诗经》之评论中，元人尤重"风人之诗"。十五国风之诗皆来自周朝的诸侯国，反映了当时人民现实生活的各种样貌，是叙事性颇强的"民间之诗"。苏天爵说："读国风之诗，有以考俗尚之美恶，知政治之得失。然皆民俗歌谣，非公卿大夫雅颂之音也。"③ 雅颂之诗是公卿士大夫之诗，用以歌颂君王的功德。但是若要了解社会现实，考察风俗的美恶，以了解政治的得失，则需要透过"国风"之诗，这一类诗歌多以民谣的形式表现。与苏天爵持相似观点的，还有杨维桢，他认为："古风人之诗类，出于闾夫鄙隶，非尽公卿大夫士之作也。"④ 元代诗歌中大量记叙社会现实的诗歌，也的确多以"叹""谣"等诗歌形式表现。如刘敏中《感化谣（大德七年癸卯六月也奉使宣抚辽东道作）》：

---

① 刘瑾：《诗传通释》卷一，景印文渊阁《四库全书》本，台湾商务印书馆1986年版，第287页。
② 《毛诗注疏》卷一，景印文渊阁《四库全书》本，台湾商务印书馆1986年版，第69册，第116页。
③ 苏天爵：《滋溪文稿》卷六《江西金宪张侯分司杂诗序》，景印文渊阁《四库全书》本，台湾商务印书馆1986年版，第1214册，第75页。
④ 杨维桢：《吴复诗录序》，《全元文》卷一三〇〇，凤凰出版社2004年版，第四十一册，第238页。

锦州西南海茫茫，桃花岛前感化乡。羸民络绎遮马拜，且诉且泣令人伤。皆云二年田不熟，饥不足食寒无裳。今春虽旱耕种彻，到秋苗稼庶可望。岂期此月月三日，雷雨黑暗半夜强。不知西山有龙斗，但觉雨大特非常。水头高约一丈许，平地奄至齐加墙。出门堕水走不得，更顾器用及仓箱。强者登树幸不死，稚弱已入鼋鼍肠。天明水落哭声起，父子夫妇知存亡。泥乾沙底掘犬彘，潮退海上寻牛羊。刮土已空千顷禾，连根又仆万本桑。凄凉田宅半沟壑，剥啮草木充糇粮。巡行使者官乃是，我极至此愿审详。殷勤下村为遍阅，彼言不欺我涕滂。尽呼其众加抚慰，此虽汝苦实天殃。圣慈忧民无不至，重息累赐周饥荒。海船近到苇子城，南米三万输官仓。开仓活汝诚我责，已檄太守星火忙。朝堂新拜贤宰相，治具一切咸更张。民瘝吏弊以次理，徐顺气节调阴阳。汝曹但自强努力，小沴顿可还丰穰。众皆感泣叩首谢，天地大德终难忘。①

诗人刘敏中，字端甫，历仕元世祖、元成宗、元武宗三朝，其中大部分时间的官职为监察官。刘敏中为人清廉正直，史书评价他："义不苟进，进必有所匡救，援据今古，雍容不迫。每以时事为忧，或郁而弗伸，则戚形于色，中夜叹息，至泪湿枕席。"②此诗作于其为宣抚使期间，据《元史》记载："大德七年，诏遣宣抚使巡行诸道，敏中出使辽东、山北诸郡，守令恃

---

① 杨镰主编《全元诗》，中华书局 2013 年版，第十一册，第 321 页。
② 宋濂等编《元史》卷一百七十八，中华书局 1976 年版，第 4137 页。

贵幸暴横者，一绳以法；锦州雨水为灾，辄发廪赈之。"① 诗人
奉命巡视灾情，出于对百姓的怜悯之情，将所见所闻所感记录
下来，以上达天听。诗人也在一定程度上担负起"采诗观风"
的责任。这首诗叙事场面完整，清晰有致，情理交融。诗人列
述水灾发生的原因，发生后灾民自救的景象，以及洪水退去后
民众面临的经济和人员损失，以及灾民在灾害过后的生活惨况。
最后，诗人叙述自己如何应对灾情救济灾民的措施，使事情得
到圆满的解决。诗人兼具采风者、创作者、统治者三重身份，
他在诗歌中从不同角度进行叙述，详述其事，事尽其实，从而
将三重身份的叙事立场都得到充分的展现，充分发挥此诗"风"
之作用。

四、元代诗人创作群体分布广泛

在元代之前的时期，诗人群体的分布往往集中在士人精英
阶层，而元代大部分的时间里，没有科举制度，阻碍了汉族士
人传统的"学而优则仕"的上升空间。据明代叶子奇所编《草
木子》记载："天下治平之时，台省要官皆北人为之，汉人、南
人万中无一二。其得为者不过州县卑秩。盖亦仅有而绝无者也。
后有纳粟获功二途，富者往往以此求进。令之初行，尚犹与之。
及后求之者众，亦绝不与南人。在都求仕者，北人目为'腊
鸡'。至以相訾诟，盖腊鸡为南方馈北人之物也，故云。"② 汉人
失去了传统的科举仕进的途径，在新的求仕体系下还要被北人
歧视，这反映出普遍的时代风气。

---

① 宋濂等编《元史》卷一百七十八，中华书局 1976 年版，第 4136 页。
② 叶子奇：《草木子》卷三，中华书局 1959 年版，第 49 页。

上述问题导致的结果，是文人群体的下移，吉川幸次郎在《宋元明诗概说》中说："说到从前诗的历史，到唐代为止的诗人，甚至是北宋的诗人，原则上都是诗的专家，而同时又是官僚……在元代，蒙古的统治限制汉人参与政治，更多的市民就把精力倾注到诗上。"① 诗人群体从精英阶层下沉到市民阶层，从他们的生活世界环境方面来说，诗人们能够接触到更多的普通人民的生活现实状况，正所谓诗歌缘事而发，他们亲身所历的事件成为诗歌创作的素材，因而更具叙事纪实的特性；此外，因为诗人身份地位的变换，普通人民的生活体验不再是士人阶层的诗人特意体恤下情时才注意到的内容，而是自己的切身体验，由自身的见闻感受，有感而发，发之为诗，也在客观上促进了诗歌叙事纪实倾向的发展。

第二节　元诗叙事理论批评

诗歌之抒情或叙事的脉络，皆有其历史渊源。叙事一词，在中国文学中有着远比 narrative 更丰富的意涵。叙，在《说文解字》中的解释为："次第也。"叙事，即把事情按照一定的顺序排列出来。后经演变，又添加"说"的意义，如《晋语·国史》"纪言以叙之"、白居易《琵琶行》"自叙少小时欢乐事"等。人的心绪思虑萌动，情感生发，需要借助一定的语言，有层次地表达出来。通过条理性、次序性安排出的结果，即是叙的内容。事，在中国文学传统中也有多种多样的意义。它不仅

---

① ［日］吉川幸次郎：《宋元明诗概说》，复旦大学出版社 2012 年版，第 134 页。

是西方叙事学中包含过程的"事件",也有"事情""事类""事由"等意义。① 因此,"叙"的结果的呈现,包含两个方面的因素:一是事情本身的客观发生与存在;二是作为叙事主体的人,如何将事按照一定的次序排列、整合,以语言的形式表现出来。前者是叙事结果的"基础原料",后者是叙事结果的"缔造者",后者统摄前者。叙事是人与事交感的结果,所以我们研究叙事,不能只研究作为结果的叙事文本,更要研究作为叙事主体的人,其心理活动、思想观念,如何应用于"叙事",因为它是排列"事"之次序的主导者。

一、"事"义新开拓

元代诗论中有诸多关于"事"的讨论,甚至出现了系统性的叙事理论阐述,如陈绎曾《文筌》。元人诗论中的叙事有两层意义,一是论典故、事类;二是论事情、事件。这些与"事"相关的论述散见于元人论诗的文字中。包括方回所著《瀛奎律髓》,傅若金所著《诗法正论》,以及较有系统性论述的《文筌》。《文筌》的著述体例为"谱",即按照事物的类别、系统编纂的书。《文心雕龙·书记》曰:"是以总领黎庶,则有谱籍簿录。"② 又:"谱者,普也。注序世统,事资周普,郑氏谱《诗》,盖取乎此。"③ 陈绎曾《文筌》共包括四谱:古文谱、四六谱、

---

① 参见谭帆:《"叙事"语义源流考——兼论中国古代小说的叙事传统》,《文学遗产》2018 年第 3 期。

② 黄叔琳:《文心雕龙辑注》卷五,景印文渊阁《四库全书》本,台湾商务印书馆 1986 年版,第 1478 册,第 137 页。

③ 黄叔琳:《文心雕龙辑注》卷五,景印文渊阁《四库全书》本,台湾商务印书馆 1986 年版,第 1478 册,第 138 页。

赋谱、诗谱。其中每一谱皆有关于"叙"或"事"的论述，例如，陈绎曾在古文谱中解释"叙"之涵义为：序其始末以明事物。这些著作中有关"事"的内容，虽然未必皆是针对诗歌中的叙事而言，但是也可从中看出元人叙事理论观念。

一，元人论叙事，重视事之"实"。如陈绎曾认为文学作品中"事"有虚实之分，对于实事，他提倡叙事贵真。陈绎曾在《古文谱》中写道："叙事：依事直陈为叙，叙贵条直平易。"在《楚赋谱》中写道："叙事，直叙事实。"在《诗谱》之"变"中写道："叙事，叙述实意。"在"十病"条目中，他认为用事的错误典范包括：事不实；用事差误。即引用的事件需要真实，不可有差错，否则便是作诗的问题。在"六景"条目中，他说："即景贵真，故事贵切。"可见陈绎曾认为，写景之可贵在逼真，用事之可贵在事之真切。此外，傅若金在《诗法正论》中说："吾常亲承范先生之教曰：'诗贵乎实而已，实则随事命意，遇景得情，如传神写照，各尽状态，自不致有重复套袭之患。'"[①]傅若金认为诗歌的重点品质是真实，随事命意，即根据事件的真实情况抒写诗意，不可随个人主观意志随便发挥。可见，元人论诗重视诗中用事之真实，重视事与诗意之契合。

二，论诗中之"虚事"。以虚事入诗，也是一种重要的作诗方法，陈绎曾称之为"设事"，陈绎曾在《文筌》中三处提到设事，其一曰：假设而言；其二曰：本无事实，假设次序；其三曰：假说诡怪虚无之事，以寄胸中之趣。可见，设事是假设原本没有的事，因现实中没有真实的事件、意象可表达心中旨趣，故而假设事件来表现。设事手法的使用，贵在新颖。设事的类

---

① 张健：《元代诗法考校》，北京大学出版社2001年版，第240页。

型有六种：梦寐，以言梦必依幻；古人，言古必依实；神示，言神必依疑；仙灵，言仙必依想；鸟兽，托动物必依才；草木，托植物必依类。说明假设事情也并非可一味随意造假，而是需按照一定的类别、规律，在此规则之下发挥想象，假设事件，才可发挥"设事"的艺术性。另外，陈绎曾之后还补充：假设事"语似碍而情理暗通"，即假设的事件或许表面看起来不合实际，但是实质上却与诗歌主旨情理相通。

二、论用"事"方法

如何在诗中用事，也是元人广泛讨论的话题，此处之事主要是指典故。方回认为，用事宜巧，不可僵化。他在《瀛奎律髓》中说："谁谓为诗不当用事？用事而不为事所用可也。"① 谈到较为高明的用事方法，方回认为，"善用事者，化死事为活事。撒盐本非俊语，却引为宰相和羹糁梅之事，则新矣。"② 此语是评价孟浩然《和张丞相春朝对雪》："迎气当春立，承恩喜雪来。润从河汉下，花逼艳阳开。不睹丰年瑞，安知燮理才。撒盐如可拟，愿糁和羹梅。"③ 撒盐一事出自《世说新语》："谢太傅寒雪日内集，与儿女讲论文义。俄而雪骤，公欣然曰：'白雪纷纷何所似？'兄子胡儿曰：'撒盐空中差可拟。'兄女曰：'未若柳絮因风起。'公大笑乐。""撒盐"一语在这个故事中就不如"柳絮"更妙，孟浩然放在诗中引用，也不会显得高明。

---

① 方回：《瀛奎律髓》卷三，景印文渊阁《四库全书》本，台湾商务印书馆1986年版，第1366册，第30页。
② 方回：《瀛奎律髓》卷二十一，景印文渊阁《四库全书》本，台湾商务印书馆1986年版，第1366册，第265页。
③ 孟浩然：《孟浩然诗集笺注》，上海古籍出版社2005年版，第159页。

然而孟浩然把撒盐与和羹、盐梅连用，和羹事典出自《尚书》："若作和羹，尔惟盐梅。"后用于比喻辅佐君王治理国政的贤才。如此一来，孟浩然将自己比作盐，将张九龄比作梅，既赞扬了张九龄的行政才能，也表达了自己希望被赏识举荐的意向。孟浩然用典巧妙，用事如盐入水，不着痕迹，并且将"死事"化为"活事"，故而被方回称赞。

陈绎曾《文筌》中也对诗歌的用事方法有所论述，陈绎曾认为有正用、反用、借用、暗用、活用等方式。正用，即与典故诗之主题相当吻合，理所当然应该用；反用，即运用典故，表达与典故相反的意义；借用，即典故整体与诗题不切合，但是可取其意义之一使用；暗用，即运用典故中某一句话，而不是直接写典故名称；活用，即本不是特意要用某一典故，只是在表述主要意义时顺带提及。以上五种即是陈绎曾总结的诗歌用事的技巧。

此外，陈绎曾在总结汉赋的写作方法时，把"叙事"与"用事"分开论述，表现出更为精细的叙事观念。他认为"叙事"有十一种方式："正叙：叙事得文质详略之中；总叙：总事之繁者而约言之；间叙：以叙事为而纬以他辞相间成文；引叙：篇首篇中用叙事以引起他辞；铺叙：详折事语极深铺陈；略叙：语简事略备见首尾；列叙：排列事物因而备陈之；直叙：依事直叙不施曲折；婉叙：说辞深婉事寓扵情理之中；意叙：略睹事迹度其必然以意叙之；平叙：在直婉之间。""用事"则有十三种方式："正用：本题的正必用之事正一作证；历用：历用故事排比先后；列用：广用故事铺陈整齐；衍用：以一事衍为一节而用之；援用：顺引故事，以原本题之始；评用：引故事因而评论之；反用：引故事反其意而用之；活用：借故事于语中，以顺道今事；借用：事与本说不相干，取其一端近似而借之；设用：以古之人物而设言今事；假用：故事不尽如此，因取为根别生枝叶；藏用：用事而不显其名，使人思而自得之；暗用：用古事古语暗藏其中若出诸已。"其中数项与诗歌之用事方式类似，可见陈绎曾已形成较为成熟的叙事理论体系，并以这一套理论体系分析文、赋、诗等体裁。

总之，元人对叙事理论的相关论述已经比较成熟，包括叙事的内涵，"事"之种类与运用方法等，皆通过诗话评论或系统性论述表述出来，体现了元代叙事理论的高峰。

中国诗歌叙事传统发展至元代，既承袭了前代的创作经验，也继续在形式和内容两方面有新的变化。中国诗歌长期以来被认为是以抒情为主体的文学体式，但是其中的叙事成分、叙事性，甚至直接以叙事为目的的叙事诗，都是不容忽视的中国叙事学的组成部分。

从诗歌的结构层面来看，元代诗歌有单体文本与复合文本之叙事，其中有对前代诗歌叙事传统的继承，也有元代特有的新变。单体文本如正文本之歌行、小令，副文本之诗题、诗序、自注等，都在一定程度上承载了元代诗歌的叙事功能。歌行体以其"歌诗合为事而作"的传统，运用代言体叙事、韵部转换、意象叙事、平中间奇等叙事手法，进一步凸显诗歌中的叙事性成分。小令属于元代诗歌单体文本的新变，元代文人在以"雅正"为主调的诗歌之外寻找新的表达突破口，散曲是其中的成果之一。小令叙事之新变体现在对"有我之境"的凸显，在叙事的过程中突出个体的感受，以个体的感知推动叙事情节的发展，或直接以口语对话入诗。副文本是来自西方叙事学的概念，但是中国古代的文人也的确在诗题、诗序、自注等文本中有意经营叙事性元素。相对于前代，元代诗歌长篇幅诗题增多，诗题承担的叙事功能也相应增加；元代诗人也常常在诗题中加入"纪事"二字，以明确诗歌的纪事属性；诗题与诗歌内容互为表里，运用多种叙事方法，提升诗歌整体的叙事效果。诗序也是诗歌非韵语的部分，用于交待诗歌的背景、写作缘由，比韵语的诗歌内容本身叙事性更强。自注用于注释诗中特有词汇，或进一步阐释诗意，成为诗歌叙事主体的附属结构。

元代诗歌的复合文本结构较有时代特色。同题集咏的风尚贯穿元代始终，诗人们或针对同一时事，或针对具体的诗歌题目，共构出集体性的叙事结构。散曲套数属元代诗歌体式新变，相对比小令，套数是多个文本从不同角度叙述同一主题，类似于赋体的铺叙，加之善于反映社会现实，因此叙事性更强。元代组诗发达，大致有由一点到多点的辐射型叙事结构，和线性回环型叙事结构，和联章意象群的叙事方法；尤其元代出现了农具组诗等较有特色的叙事题材，可见元代诗歌的叙事范围之广。

从诗歌的表意型态来看，元代诗歌在心理结构层次叙事和地理空间叙事两方面也卓有成就。本编以元代诗歌的和陶、咏史、记梦、纪游四个题材作为元诗心理结构层次叙事的研究对象。元代诗人由于时代因素而颇具隐逸倾向，元代诗人通过营造与隐逸相关的事境，运用隐逸相关的典故，建构起隐逸叙事主题的心理结构。元人建构咏史之心理结构则是通过评述历史场景、人物等，完成寄寓诗人民族情感的集体心理倾向。记梦诗是建构元诗的虚幻空间，诗人对梦境之叙事，反映出元代诗人虚实一体的叙事观念。纪游诗叙事显示出较为纯粹的审美意义的"游"之主题，此一心理结构层次由真实体验的山水与想象中的山水之叙事共构而成。

　　基于元代疆域空前辽阔，元代诗歌叙事的地理空间拓展也独具特色。元代诗人以和平使者、宣化者，甚至探险家的身份前往异域，其叙事内容包括了之前不见于诗歌中的异域风物，社会风俗习惯；出于元朝天朝上邦的心态，诗人在诗歌中流露的情感也充满了积极进取，昂扬自信的样貌；由于元代是异族政权入主中原，文化与政权的错位关系也使得其诗歌叙事视角独具意味。

　　总之，元代诗歌的叙事性比以往的诗歌有较多增长，是中国诗歌叙事传统的重要一环，也对后来明清诗歌的叙事内涵有引导作用。

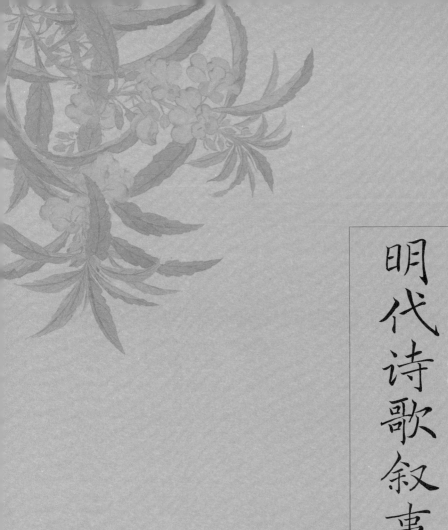

明代诗歌叙事传统

中编

第七章

明诗叙事的总体特征

明代诗歌叙事直接承元代余绪而更完善，在体制、类型、语境和功能等方面有长足的进展。这主要表征为：（1）诗歌叙事的体裁更加丰富多样，（2）诗歌叙事的适用场景变得宽泛，（3）诗词曲叙事的文学群派属性颇为突出，（4）小说中羼入诗歌的叙事功能明显增强，（5）诗歌叙事观念更新并有明确理论认知。

第一节　时段分布特征

根据诗歌叙事在篇章体制、题材内容、风貌特质等方面差异，以及代表诗人活动时段，可将明诗创作分为三个阶段，洪武朝至宣德朝、正统朝至嘉靖前期、嘉靖后期至崇祯朝。这三个时段的诗歌叙事，在篇幅体制、题材内容、叙事策略、作品风貌、叙事观念等方面，呈现出承续、新变并存的特点。明诗近三百年的创作实践，实现了诗歌叙事艺术的不断完善与提升，为此后诗歌创作提供了丰富经验。

一、洪武朝至宣德朝

从时间节点看，该时段起自 1368 年，止于 1435 年。从作家宦途履历及诗歌创作而言，元末及正统初期的诗歌创作应划入该时段来考察。如陶安在元至正十五年（1355）已入朱元璋幕，由此至明建立前的诗歌创作，应列为考察范围；又有部分由元入明作家的诗作，较难确定创作年份，但此类诗作与明初诗歌在叙事艺术上有相近处，考察此类诗作，对认识元明诗歌叙事间的关联较有裨益，宜列为考察对象。此外，主要活动于永乐、洪熙、宣德三朝的部分作家，卒年多有延至正统朝的情况，如胡俨卒于正统八年（1443），杨士奇卒于正统九年（1444），但二人诗作内容、风貌，皆带有台阁体创作特征，未表现出下一时段诗作特点，此类作品宜统一列在该时段考察。因此，该时段上起元至正后期，下至明正统前期，跨度约九十年，在诗歌叙事方面的特征有以下几方面。

在内容来看，该时段诗作叙事内容较为多样，诗歌叙事较充分地关注到了丰富的社会生活及现实事件，其主要内容有以下种类：叙诗人游历事，如胡广《过高唐州与幼孜入榆林中避风沙渐行入夏津县古河屯遇一田家邀予二人饮意甚勤厚幼孜饮少仆为饮数杯上马而去》、童冀《读磨崖碑》、杨士奇《步过田家有述》；叙个体遭际事，如杨基《听老京妓宜时秀歌慢曲》、孙蕡《高昌老翁行》、梁兰《述怀寄弟四十韵》；叙日常生活事，如宋濂《陶冠子折齿行》、刘崧《十月十三日燕相府知印张观复从江西来承大兄六月八日家问捧诵之余悲喜交集因赋五言长歌一首奉报匪敢言诗姑述怀耳》、高启《喜家人至京》；叙送别事，如刘崧《述怀一首别表兄严允升之兴国》、孙蕡《送虹县尹陈景明》、胡奎《送侄从戎云南兼柬居掾史》；叙社会苦难生活，如胡俨《二翁叹》、王恭《女耕田行》、董纪《鬻女谣》；叙节妇事，如妙声《贞寿堂》、凌云翰《鄱阳王节妇诗》、袁华《朱节妇墓》；叙孝子事，如方孝孺《许氏龟岩行》、程本立《费孝子诗》；叙历史事件，如曾棨《龙支行》、钱宰《豫让桥》、孙蕡《骊山老妓行补唐天宝遗事戏效白乐天作》；等等。该时段诗歌在叙事内容上，有两方面值得注意：其一，不同题材的诗作数量较均衡，其中仅叙写诗人生活事件及交游事件的诗歌数量略显突出，表明在明初相对稳定的社会环境下，尚未有某些事件因特异突出而受到诗人关注，并大量地反映在诗作中。其二，此时段叙写社会苦难的诗歌多作于元末，作品直书现实悲苦，语词冷峻犀利，格调悲郁低沉，如刘崧《道逢老叟行》。入明后，政治局势稳定，社会生产恢复，叙写艰辛生活的诗作数量呈下降趋势，作品语词亦平和舒缓、温厚不激，与元末同类型作品在风貌上产生差别，如胡俨《二翁叹》。在此，不同社会情态对诗歌创作的影响得到直接体现。

从表现手法看，该时段诗歌叙事多用赋法铺叙，比兴多起辅助作用。以赋法叙事而寓寄情思的表现方式，在长篇诗作中多有运用，如陶安《悼故妻喻氏》①，主体以赋法叙述喻氏自"嫁为贫士妻"至其卒后诗人"相送城南阡"间的生活往事，在叙述事件本末过程中，寄寓着诗人的深挚哀思。同时，该时段诗歌创作，多有以比兴引起叙事者，且比兴往往融合为一。如刘崧《靖安刘节妇诗》以"春花逐飘风，不复返故枝"②，反比兴起刘节妇"妇人守中闺，死别生不离"之事；又贝琼《真真

---

①　陶安：《陶学士集》卷一，景印文渊阁《四库全书》本，台湾商务印书馆1986年版，第1225册，第587页。

②　刘崧：《槎翁诗集》卷一，景印文渊阁《四库全书》本，台湾商务印书馆1986年版，第1227册，第225页。

曲》亦以"断丝弃道边，何日缘长松。堕羽别炎洲，不复巢梧桐"①，反比兴起真真始流落倡家，而终嫁良婿一事。

从叙事模式看，该时段诗歌叙事多为概略式，事件细节多未展开，诗人以诗纪事观念尚不突出。同时，诗歌叙事复古模拟特征尚不明显，若胡奎《木兰辞》《秦罗敷》《焦仲卿妇辞》诸作，皆篇制简短，叙事扼要，不及原作叙事回环；较突出的有孙蕡《骊山老妓行补唐天宝遗事戏效白乐天作》，该诗叙写老妓所历安史之乱前后的繁华与离落，叙事模式与立意多参白居易《琵琶行》《长恨歌》，虽有模拟之意，但用语多有独造，能自标格调，未落拟古窠臼。

整体而言，该时段诗歌叙事在题材内容及叙事技法方面，与元末诗歌的创作特点保持了较紧密关联，诗歌叙事多具简古之质，而诗歌叙事内容的广阔性，以及少数长篇诗作叙事艺术的相对完备性，则为下一时段诗歌叙事内容扩充及叙事策略完善，奠定了基础。

二、正统朝至嘉靖前期

明自正统朝开始，政局动荡时有出现，社会不安定因素递渐累积，加之洪水、旱灾、地震等灾害频仍，生民每食不果腹，流离失所，至卖妻鬻子以续残生。对此时局及社会情态，诗人在诗歌中进行了及时叙写，使诗歌观照现实的力度得到极大增强。该时段以嘉靖二十三年（1544）为下限，主要基于两个因素。一是诗作内容及风貌。自正统朝至嘉靖前期，明诗叙事对

---

① 贝琼：《清江诗集》卷二，景印文渊阁《四库全书》本，台湾商务印书馆1986年版，第1228册，第197页。

社会苦难尤为关注，诗人在叙写民隐民瘼之时，怀有强烈责任感，希冀诗作达于政听，起到挽救时弊之用，诗人救世之心颇显，诗之基调亦未至低沉。二是诗人活动时段。从时段言，一批代表作家的生活年代亦大概以 1544 年为下限，如顾清卒于1528 年，杨一清、李梦阳卒于 1530 年，齐之鸾卒于 1534 年，郑岳卒于 1539 年，顾鼎臣、康海、黄省曾卒于 1540 年，陆深卒于 1544 年，王九思卒于 1551 年，这亦是考量该时段诗歌叙事整体特征的重要参照。该时段跨度百余年，期间诗歌叙事的基本情形如下。

自内容而言，前一时段诗歌叙写不同题材之数量均衡的状态，在该时段已被打破。其中，叙写前朝事、当朝事、烈女孝妇事的作品有所增加，如李东阳《花将军》、李梦阳《石将军战场歌》叙前朝事，李贤《述土木之难》、杨一清《岔口遭虏变越三日过其地作诗纪之》、李梦阳《玄明宫行》叙当朝事，龚诩《追赋陆烈妇歌》、朱朴《向烈妇歌》等叙烈妇事，沈周《书周节妇孝感之异》、郑岳《题黄孝女刲股愈疾卷》等叙孝妇事。同时，叙写社会苦难之作大量涌现，成为诗歌叙事在内容上的一大特点，如李时勉《道傍老妇》、龚诩《甲戌乡中民情长句寄彦文布政》、周叙《黄池役人行》、程敏政《涿州道中录野人语》、顾鼎臣《大雨》、康海《潼关早发》、陆深《邯郸县南见捋柳芽充饥者》、郑善夫《贫女吟》、王九思《卖儿行》等皆是，折射出该时段社会状貌，此类诗作的大量涌现，标示了明诗关照现实的广度深度及其时代特征。

该时段以民隐民瘼为表现内容的诗作，以平实冷峻之笔，直叙苦难，直陈时弊；同时，作品尚能振作精神，希冀诗作达于政听，以疗救民瘼，作品中尚隐有一股引人向上的力量。如周叙《黄池役人行》末言："我歌役人良苦辛，一一期将廊庙陈。"① 又陆深《邯郸县南见掬柳芽充饥者》末言："王政先茕独，汉治资良循。天恩倘可乞，咫尺当重陈。"② 显示了诗人尚存的指弊救时心态。

从叙事观念看，诗以纪事之创作观与"述事以见意"之功能观进一步凸显。基于诗作篇幅扩展，事件细节在诗中得到较充分叙写，事件本末在诗作中占有更多比重，事件本身成为诗人关注和表现的重心。同时，与诗歌详叙事件本末创作情形相应的是，明人"述事以见意"叙事功能观得到强化。明诗对事件本末的叙写，成为展示诗人情感缘起及情意内涵的凭借，最突出者乃是以饱含情意之语来完成对事件的完整叙述。如李贤《述土木之难》，在叙写诗人亲历的家国患难及个体遭遇过程中，已将诗人对家国命运的深切忧虑呈现出来，叙事成为诠释诗人情感由来及内涵的有效途径。

三、嘉靖后期至崇祯朝

该时段起自嘉靖后期（约以 1545 年为起），止于崇祯末年（约以 1644 年为讫），一部分生活年代延至南明及清初的作家，其作品亦列入考察范围，故该时段跨度一百余年。期间诗歌叙事的基本情形如下。

从内容来看，该时段诗歌叙事题材更趋多样性，不同题材

① 周叙：《石溪周先生文集》卷二，《四库全书存目丛书》本，齐鲁书社 1997 年版，集部第 31 册，第 555 页。
② 陆深：《俨山续集》卷一，景印文渊阁《四库全书》本，台湾商务印书馆 1986 年版，第 1268 册，第 654 页。

的诗歌创作数量复趋于平衡。其中叙写社会苦难、个体遭遇、史事、时事、节妇烈妇的诗歌数量，与上一阶段基本持平。而书写诗人仕宦经历及日常生活的诗作数量略有增加，如归有光《邢州叙述三首》、戚继光《蓟门述》叙仕宦经历，罗洪先《宋子》、汤显祖《赴帅生梦作》、谭元春《梦徐九》叙诗人交游，薛应旂《梦觉歌》、汤显祖《梦觉篇》叙梦境事，田艺蘅《七月八日赠内子》叙生活往事，汤显祖《雀儿行》、袁中道《养鸡》叙生活细事，此类作品的增加，表明该时段诗人心态呈相对内敛的状态，诗歌创作关注的重心已由社会现实而部分地转向诗人个体生活。

　　从风貌而言，该时段诗歌叙事有两点值得注意。其一，诗歌的复古特征较为明显。受复古文学观影响，部分作家以古题古事进行创作，推求作品之古雅特质。如李攀龙《陌上桑》《孤儿行》、方弘静《邯郸才人嫁为厮养卒妇乐府有题亡其辞升庵杨太史发之千载快事也第焦仲卿妻事非类余因有述焉惠连羊何试和之》、吴国伦《孤儿行》、胡应麟《日出东南隅行》《门有车马客行》《孤儿行》、方承训《戏衍古木兰辞示五七言一体》《兰芝篇衍古辞示五七言一体》等，以古诗事意风貌为参照进行创作，作品带有突出复古色彩，体现出复古诗学观念对诗歌叙事的较有力影响。其二，该时段叙写社会苦难的诗作，多呈现出低沉哀伤的冷色调，前一阶段尚隐存的一缕暖色调已较为少见。如赵南星《古诗为横山妇作》末言"天地终枯槁，此恨不可平"[1]，诗作情感基调自始至终皆是低沉的，该诗之跋有言"予为横山

---

[1]　赵南星：《赵忠毅公诗文集》卷二，《四库禁毁书丛刊》本，北京出版社1997年版，集部第68册，第49页。

妇诗也，泪簌簌不可禁焉"，足见诗人情绪之沉郁哀伤。

从创作观念看，诗歌叙事作意好奇之创作观以及诗歌叙事呼应史传叙事之情形较引人注目。

首先，该时段诗人对奇事异事表现出浓厚兴趣，并极力敷衍为长篇之作。如郭正域《玉主行》、徐𤊽《玉主行》、邹迪光《玉主行》、邓元岳《玉主行》诸作皆叙同一奇事，俞安期《西玄洞主歌为茅止生悼亡作》、涂伯昌《效孔雀东南飞为陶楚生作》亦叙同一奇事，俞安期《昭凉变辞》、袁中道《书三月初一日事》亦各叙奇异事。作意好奇之创作观念，突出了奇事异事对诗歌创作的激发作用，促使诗人对既有诗歌叙事策略作出新的整合，以实现诗歌对奇异事件的理想叙述效果。

其次，该时段诗歌叙事还表现出同史传叙事相呼应的情形。诗人以诗歌叙事呼应史传叙事，并能注意到诗歌叙事特有的审美风貌，从而在不同文体的比照中，使诗歌叙事品貌凸显出来。如俞安期《西玄洞主歌为茅止生悼亡作》之序曰："陶姬楚生之亡也，止生为之立传，几二万言……余习闻止生遇楚生事，甚奇。既读其传，鸿纤具备，叙事绘情宛在目前，而又若券合。乃取传中语，次第其韵，岂其悼止生之亡，亦欲纪老狂之异耳。余衰矣，江才既尽，神笔已还，何止不文，而言不过十一，事不能悉其十五云。"[1] 诗人叙茅元仪与陶楚生之事，而于其中寄寓作者"老狂之异"，标示了该诗叙事与茅《传》叙事在立意风貌上的差别，而"事不能悉其十五"则强调了该诗叙事不是对茅《传》的完全依赖，而是更具诗歌叙事的灵活性，诗歌叙事

---

[1] 俞安期：《翏翏集》卷十六，《四库全书存目丛书》本，齐鲁书社1997年版，集部第143册，第147页。

与史传叙事之区别，在诗人心中是自觉的。

该时段诗歌创作在明初期、中期诗歌创作基础上，进一步展现了明诗叙事的非凡艺术成就，诗作在人物形象刻画、叙事艺术运用等方面，达到了明诗写人、叙事的最高水准，许多诗作堪称中国古代诗歌叙事的典范代表。

虽然明诗在不同时段里呈现出不同的创作特征，但三个时段的诗歌叙事实具有紧密关联：诗歌叙事在内容、技艺、品格、观念等方面呈现出前后承续性，后一阶段诗歌叙事的新特征是在前一阶段诗歌创作的基础上产生的。在近三百年的创作实践中，明诗实现了叙事技艺的提升完善，完成了对社会历史及个体事件的广泛观照、深入书写，为其后诗歌创作积累了丰富经验，从一定程度而言，明末清初诗歌叙事的繁荣，正是明诗叙事积累的丰富艺术经验催生而出的。

第二节　地域分布特征

有明近三百年间，不同时期不同地域的诗歌创作，在题材内容、叙事技艺、作品风貌等方面，展现出了不同特点，今以浙东、江右、吴中、中原、闽中、岭南、楚中等地域代表诗人的诗歌作品为例，对明代不同地域文人群体诗歌创作的叙事特征作简要分析，以进一步认识明诗的叙事特征。

一、浙东

明代浙东文学创作，以明初刘基、宋濂、戴良、方孝儒等人的诗文创作为代表。从题材内容看，浙东文人诗歌透露着较明显的用世情怀，同时也因不同作家禀赋个性的差别，而呈现出不同诗风，并为明初诗歌创作，注入一股生气和力量。

具体而言，刘基所作歌诗，或感时伤事，或自叙身世，作品中蕴含着一股悲郁哀惋之气。钱谦益谓刘基"其在幕府，与石抹艰危共事，遇知己，效驰驱，作为歌诗，魁垒顿挫，使读者偾张兴起，如欲奋臂出其间者。遭逢圣祖，佐命帷幄，列爵五等，蔚为宗臣，斯可谓得志大行矣。乃其为诗，悲穷叹老，咨嗟幽忧，昔年飞扬磈砢之气，澌然无有存者。岂古之大人志士义心苦调，有非庸常竹帛可以测量其浅深者乎？"① 元季之时，刘基诗歌多为观照现实，叙写时弊之作，诗中多寓郁慨不平之气，如《北上感怀》诗，该诗叙事之中，间用比兴之笔，全诗弥漫着一股强烈的忧虑意识，面对元末朝堂将倾、社会凋敝的现实，诗人百般苦索而难觅希望之途，"故乡隔山川，前途塞荆枳。青徐气萧索，河济俱泥滓。痛哭贾生狂，长叹漆室里。何当天门开，清问逮下俚！"② 诗人退而不能，进而无路，在满眼萧索凋敝的现实面前，只能于悠悠天地间发抒无古无今的孤独与无穷无尽的忧伤。入明后，刘基诗作依然表现出用世之意，但诗意旨趣隐晦，诗作多具微婉之质。如《二鬼》，是诗人自寓身世的政治寓言诗，诗篇叙事大开大合，纵横跌宕，惊心动魄，可视为明诗叙事长篇的代表作。

相较于刘基诗歌，宋濂诗歌则醇正和婉。其诗作或为朝堂雅颂之声，或为自抒心怀之作，或是友朋酬唱之什，其中友朋

① 钱谦益编《列朝诗集》甲集前编第一，许逸民、林淑敏点校，中华书局2007年版，第87页。
② 刘基：《刘伯温集》卷二十，浙江古籍出版社2011年版，第425页。

酬唱之作与书写日常生活的诗篇，表现出较明显的叙事特征。如《次黄侍讲赠陈性初诗韵》《出门辞为苏鹏赋》《送刘赞府之官都昌五十韵》《游泾川水西寺简叶八宣慰刘七都事章卞二元帅》《忆与刘伯温章三益叶景渊三君子同上江表，五六年间，人事离合不齐，而景渊已作土中人矣，慨然有赋》等作，叙事从容赅备，醇雅和婉，与其整体诗风较为一致。

戴良所作诗篇，多游历纪行及叙写日常生活之作，其诗篇叙事脉络清晰，诗风平易简古，部分书写现实之作，如《凉州行》（凉州城头夜打鼓）、《短歌行》（青天上有无根日）叙事节奏明快，颇具雄壮之气。

二、江右

明前期江右诗人以刘崧、梁兰、吴伯宗、解缙、黄淮、杨士奇等人为代表。整体而言，该诗人群体之间有一定的诗学渊源和相对近同的诗学观念，诗歌创作风貌亦有相似一面，同时也对台阁体文风的形成与演变，产生了不同程度的影响。

刘崧，其诗歌创作，亦分为元末和入明后两个阶段，其于元末所作诗歌多能叙写其时社会动荡、民生凋敝之状，如《十一日寇拔古城围始出东门渡江遇争桥者几陷于水既渡赋出自东门一首以自释乙巳正月》《乙巳闰十月十五日闻永新破诸凶就戮无遗喜赋三十二韵》等作。入明后，刘崧曾作有一部分应制及酬唱之作，但值得注意的是，其任兵部职方郎中、北平按察副使的经历，使他奔转各个地方，为其诗歌创作提供了丰富素材，也增强了其诗歌的叙事性特征。

梁兰，江西泰和人，有《畦乐诗集》一部，存诗220余首。其诗叙写隐居田园的恬淡闲适生活及亲友间的日常赠答，诗风平淡自然，叙事平易简古，如《西畦自适》《归耕》《夏夜有怀亲故》等皆属此类，其中《述怀寄弟》较具代表性，全诗四十韵，叙写与兄弟分别三年以来，自己经历的亲友生死别离的人事，以及与弟因路途受阻而久不得见的愁苦思念，全诗叙事脉络清晰，多用场景叙述，历历如在目前。叙事之中，时出深挚之语，如诗之结束数句，"春雨日潇潇，飞鸿亦翩翩。裁诗寄天末，悒郁罄所宣。临书忽哽咽，泪下零长笺。"① 寥寥数语，足见兄弟情深谊笃。

解缙，江西吉水人，今存《文毅集》十六卷，其人颇富才气，任事直前，其诗亦豪纵放逸有奇气，如《南行寄友》《寄族中诸昆弟》等诗，叙事流贯顺畅，情意盎然；又《中秋不见月》一诗，想象奇特，纵横跌宕，颇见其纵逸诗风。

杨士奇作为明朝前期台阁体诗歌创作的代表作家，其诗歌受刘崧、梁兰等人影响，有平和自然之致。从内容来看，其诗多为应制、酬唱之作，如《雪夜胡学士载酒见过剧饮四鼓乃罢明日辱诗次韵奉合》《雨中寄邹仲熙侍讲》《送中书徐舍人归省兼问讯乃父茂良》等等，篇章辞气安闲，叙事从容和缓，正可见出馆阁文人的日常酬酢之状。

三、吴中

明代吴中文学创作较为繁荣，不同时期皆有代表性作家，其中尤以明初吴中四杰高启、杨基、张羽、徐贲，以及明中期沈周、文征明、唐寅、祝允明等人为代表。

---

① 梁兰：《畦乐诗集》不分卷，景印文渊阁《四库全书》本，台湾商务印书馆1986年版，第1232册，第716页。

高启诗集中有较多叙事诗作，其诗或以组诗纪录游历行迹，或以组诗抒发一己情怀，或以组诗咏叹历史人事，或以单篇叙写日常起居、生活见闻及仕宦行旅，诗篇叙事之中充盈着对历史的理性思索、对人生的深挚体悟和对亲朋的浓浓情意，实现了诗歌叙、抒、议的自然融合，成为彰显明诗叙事性特征的重要作品。

杨基，元季隐居吴中，入明，起知荥阳县，仕宦屡有起伏，最后被谗夺职，卒于工所。其诗多叙写入明后身世遭际之悲，常寓抑郁难言之苦闷愁思，其自叙身世之作《梁园饮酒歌》即为代表。徐贲生平与杨基有相似处，加之遭遇妻亡子殁之不幸，其诗作带有更多的伤感情绪，叙事之中亦每寓身世之悲，如《晋冀纪行（十四首）》即为此类代表作。

明中期，吴中文学创作再度繁荣，代表人物有沈周、祝允明、文征明、唐寅等人。该群落作家富于才气，秉性各异，诗文创作成就斐然，成为当时异于复古派文学创作的一支重要力量。从诗歌创作来看，该群落文人群体对个体生命皆较为关注，诗歌多叙写诗人日常生活及其内心体悟，并由此及彼，以充满同理心的笔触，叙写社会生活和自然生趣，使作品带有浓厚的个体化生活气息和十足的人间情味。如沈周有《清风岭》《崔孝妇》《周节妇孝感》《石节妇》《烈女死篇》《烈女生篇》《叶妇高节诗》、祝允明有《董烈妇行》等叙事类诗作，从内容来看作品并不是对传统伦理道德观念的宣喻，而是对艰难处境下个体生命选择的钦赞和对他人遭际的深切悲悯。而唐寅《江南四季歌》《渔樵问答歌》《烟波钓叟歌》、文征明《病中遣怀》《早起露坐》《月夜葛氏墓饮酒，与子重、履仁同赋》，或叙一己放逸超旷之心怀，或抒人生日常之感慨，皆随性自然，不加掩饰，生活气息十足，足见诗人情致。

四、中原

中原地处交通枢纽中心，无论土著作家还是流寓作家，数量皆非常可观。概而言之，明代中原作家文学创作有两点值得注意，一是中原作家与明代两次复古文学运动皆有较紧密联系，二是中原文人的诗歌创作，较明显地带有一种家国情怀，诗作无论叙写历史还是观照当下，皆充满了对明王朝家国忧虞、前途兴衰的深切关注。从诗歌体式来看，中原作家诗集中有较多数量的拟古之作，乐府、歌行、古诗作品数量占比较大，作品格高调古。从内容而言，诗人在诗作中叙写明王朝政事的得失利弊，展现明代社会客观真实的社会状貌和民众生活，并以先忧后乐的忧患意识，阐发了对朝廷政事的意见看法，抒发了对民众困苦生活的焦虑担忧，使诗歌成为展现明代士大夫家国情怀的重要窗口。

从代表作家的诗歌作品来看，如李梦阳《玄明宫行》，借玄明宫的兴建与衰朽，而痛斥明王朝阉宦秉政、祸乱朝堂的现实，如诗之后半部分：

> 忆昔此阉握乾柄，帝推赤心阉罔忠。威刑霹雳缙绅毒，自尊奴仆侯与公。变更累朝意叵测，掊克四海真困穷。长安夺第塞巷陌，心复艳此阉何蒙。构结拟绝天下巧，搜剔遂尽输倕工。神厂择木内苑竭，官院选石西山空。夷坟伐屋白日黑，挥汗如雨斤成风。转身唾骂阉得知，退朝督劳何匆匆。人心嗟怨入骨髓，鬼也孰复安高崇。峨碑照耀颂何事，或有送儿充道童。闻言怆恻黯无答，私痛圣祖开疆

功。渠干威福开者谁，法典虽严奈怙终。锦衣玉食已叨窃，琳宫宝宇将安雄。何宫不镌护敕碑，来者但看玄明宫。[①]

诗中叙事之语笔力遒劲，在对权阉肆意放纵、倒行逆施行径的直陈中，内寓着对阉宦权奸的严肃审判和有力鞭挞，更寓含着对明王朝要吸取殷鉴、规避覆辙的深切期待。王廷相《西山行》属同类之作，诗中对内臣秉权，借兴建佛寺求长生、敛民财，靡费无度的行径，进行了无情批判。再如何景明《点兵行》对明朝兵政弊端的揭露，王廷相《胡桃沟行》对游击将军张世贤力战赴死的钦敬褒扬，等等，从不同方面展现出对家国政事的深切关照。

五、闽中

闽中文人群体在明初以闽中十子为代表，该文人群体于诗歌创作和诗学理论，皆有建树。其后，明中叶郑善夫、王慎中等人继起，继之以邓原岳、谢肇淛、曹学佺等人，亦在诗歌创作及诗学理论上，取得了较高成就。郑善夫在诗学观念上倡导复古，其诗歌创作情况与前七子复古派有近同处，王慎中在文学创作上属唐宋派。此处对闽中诗人群体诗歌创作叙事状貌的论列，以闽中十才子为例。

明初闽中十才子之诗歌创作，以林鸿、高棅、王恭、王偁等人为著，他们的诗歌多有拟古之作，其中书写山林隐逸生活及志趣的作品占比较大，诸人仕宦京师的不同履历，为诗作增

---

① 李梦阳：《空同集》卷二十二，景印文渊阁《四库全书》本，台湾商务印书馆1986年版，第1262册，第179页。

添了较强的记叙特征，成为诗人仕隐出处之人生行迹和心路历程的写照。如林鸿《送黄玄之京》叙写自己与弟子黄玄的师生情谊，娓娓道来，叙事之中寄寓着对黄玄的殷切期许。又林鸿《义象行》，叙写所见"拜跪不与众象俱"的义象，并借由义象发抒对无行官员的讥笑与鄙夷，"嗟尔食禄人，空负七尺躯。高高白玉堂，赫赫黄金符，伊昔轩冕今泥涂。嗟尔食禄人，不若饭豆刍。象何洁，尔何污，天子垂衣治万世，俾全象德行天诛。呜呼！象兮古所无。呜呼！象兮古所无。"① 叙事之中，蕴含着对朝堂将相无行、是非颠倒的愤懑不平，亦见出林鸿诗歌异于平淡风格的一面。

再如王恭《寄宿田家》："日暮寄宿在田家，谷口南风生枣花。田夫归来系牛牯，向前问客何乡土。厨头唤妇具黄粱，树里携瓶沽酒浆。木绵作衾溪石枕，青竹为灯照吟影。田夫更语妻勿嗔，客子不是寻常人。"② 诗作叙写寄宿田家的行旅见闻，诗风简古，语词无华而平易自然，农家夫妇淳朴好客的品貌形象，豁然可见。

六、岭南

明初岭南诗坛活跃着以岭南诗派为代表的诗人群体，代表作家有孙蕡、王佐、李德、黄哲、赵介等人，其中尤以孙蕡为著。

---

① 林鸿：《鸣盛集》卷三，景印文渊阁《四库全书》本，台湾商务印书馆1986年版，第1231册，第47页。

② 王恭：《草泽狂歌》卷二，景印文渊阁《四库全书》本，台湾商务印书馆1986年版，第1231册，第218页。

　　从诗歌创作来看，孙蕡五古、歌行、律诗皆有创作，其五言古诗远师汉魏古诗，多叙写元季山林隐逸生活和自适情致；歌行则琳琅可诵，诗思奇逸，叙事纵横，表现出鲜明的叙事特征。如《罗浮歌寄洛阳李长史仲修》，先以清丽飘逸之笔叙罗浮之境，继而抒发对久别故人之思念，格调轻快洒脱，引人遐思。又《南京行》，既能从宏观视角概叙南京的历史人文、地理名胜，又能以微观视角细腻展现南京城的脉脉风情，叙述节奏张弛有度，颇有笔致。最能见出孙蕡诗歌叙事笔力的是《骊山老妓行》一诗，诗题下注曰"补唐天宝遗事，戏效白乐天作"①，但实为诗人倾力之作。该诗运用了不同叙事时序、叙事视角和叙事节奏，对骊山老妓的身世之悲展开了充分叙写，老妓曾经耳闻目见之繁华与今朝沦落之悲凉，正在诗人错落有致的叙写中，具有了撼人心灵的冲击力。其他诗作，或如《高昌老翁行》，直面现实苦难，抨击时弊，或如《送虹县尹陈景明》，发抒对能臣廉吏的赞美，皆映照了孙蕡诗作内容的丰富性和叙事技艺的多样性。

　　黄哲，性喜山水，曾往来罗浮、峡山、南华山等胜迹，出游吴、楚、燕、齐等地，诗集中亦多觅景览胜之作。入明后，诗作内容有所扩衍，多书写一己宦途行旅及感触，带有较明显的记叙特征，如《游泰山》《河浑浑》《寓治縠城寄京华亲友》《费将军凯还歌》《王彦举听雨轩》等七古之作，叙事凝练，笔力苍劲，颇具气骨。

---

① 孙蕡:《西庵集》卷三,景印文渊阁《四库全书》本,台湾商务印书馆 1986 年版,第 1231 册,第 499 页。

七、楚中

明代中期以后，楚中诗坛异军突起。继明后七子复古派吴国伦后，公安派、竟陵派先后登上诗坛，并在诗歌创作及诗学理论上，取得较大成就，为明诗的变革发挥了重要作用。公安派的诗歌创作情形，在诗歌流派部分，有所论述。此处以后七子复古派吴国伦及竟陵派为例，简述楚中诗人的创作情形。

吴国伦诗文集《甔甀洞稿》《甔甀洞续稿》中，乐府及古诗占比较多，另外五、七言排律亦有较多创作，诗作内容也较为丰富，或叙写游历纪行之见闻观感，如《登七台山绝顶》《春日郊行即事》《高辛村即事》《初夏游小武当》；或叙写友朋交游酬唱之欢愉，如《五子诗和于鳞元美作》《十二子诗》；或怀人忆旧，如《旅夜思亲》《思伯兄》《入大梁思亡友李于鳞诗》《怀旧诗》；或咏史吊古，如《谒洗夫人庙诗八首》《梁园吟》《咏史二首》叙写历史之感慨；或写实伤时，如《苦热行》《洪水叹》《闵雨作》《哀江南》等作，其中《哀江南》叙写明中叶江南遭遇倭患，明军伤亡惨重，民众遭创、社会凋敝之状，惊心怵目；或叙写生活细事，如《放龟诗》《谢羽王送猫》；等等。不一而足，较全面地展现了诗人一生行实及其对于家国社会与历史人生的观照与体悟。其诗歌叙事，或以长篇纵横往复，或以短篇平白直叙，或借长幅诗题诗序辅助叙事，表现出较浓厚的叙事特征和较繁复的叙事技艺。

以钟惺、谭元春为代表的竟陵派，是晚明诗坛的重要流派，其诗学观念亦主性灵，用意在反对复古派拟古之失和矫正公安派末流俚俗之弊，诗风幽深孤峭。从内容来看，钟、谭二人诗歌题材相对狭窄，诗作多为写景、纪行、酬唱之篇，部分反映社会时事之作，亦能针砭时弊，颇见笔力，如钟惺《邸报》诗，其中数语如："片字犯鳞甲，万里御魑魅。目前祸堪怵，身后名难计。""己酉王正月，邮书前后至。数十万余言，两三月中事。野人得寓目，吐舌叹且悸。耳目化齿牙，世界成骂詈。哓哓自哓哓，愤愤终愤愤。"① 对晚明朝堂诸弊和庸碌列卿，作了直接揭露和辛辣讥刺，其力度在有明诗歌中亦为少见。再如，部分交游怀人之作，亦能叙事迂曲，错落有致，如谭元春《梦徐九》，叙写与已故徐九的笃真情谊，诗人因思而成梦，因梦而追忆，今昔之间，生死已隔，叙事之中弥散着浓浓的伤戚之情，也寓含着对人世生理的深切体悟，全诗情深意切，事理兼备，是叙事写人的成功之作。

八、其他

在上述地域外，明代其他地域文人群落的诗歌创作亦有较大成就，如关陇地区，有代表诗人康海、王九思、吕柟、胡缵宗、韩邦奇、赵时春等，上述诗人或属明代前七子复古派，或属于其他流派，因在诗歌流派部分有所论述，此处不再论列。又明代有部分域外诗人，其诗作除部分纪行诗叙写行旅见闻较值得注意外，其他诗作在叙事上亦无特别之处，此处亦不予论述。

第三节　流派分布特征

有明一代，文学流派众多，文学观念纷繁多样，不同群派

---

① 钟惺：《隐秀轩集》卷二，上海古籍出版社 2017 年版，第 8 页。

对诗歌叙事的讨论，亦各有侧重。从诗歌创作来看，明诗在整体上表现出较鲜明的叙事特征，而不同群派作家基于文学观、诗学观的差别，在诗歌叙事风貌上，也呈现出了异样的特质。

一、馆阁诗派

自永乐至正统间，一批台阁重臣纷纷投入诗歌创作，并提出趣向近同的创作理论，成为馆阁诗派，其代表人物如杨荣、杨溥、杨士奇、胡俨、胡广、王洪、夏原吉、曾棨、金幼孜等。基于明初政治、社会、文化环境，此派诗人在诗歌观念上，较为强调诗歌的政教之用，其诗歌创作亦由此呈现出雍容典雅、平和温厚之质。

从创作来看，馆阁诗人诗集中有诸多应制、唱和之作，内容多叙写职于馆阁时的平日光景，诗作写景颂世之语往往较多，叙事脉络相对暗弱，诗歌雍容富贵之气较著，而生气略显不足。与此同时，部分馆阁诗人宦途履历相对较广，能将诗笔落于旅途所见所闻事件之上，还有部分诗人能以诗叙写日常普通生活事件，从而扩充了诗歌的题材范围，也使诗歌呈现出相对质朴的艺术风貌。如杨士奇《送陈生还吉水》叙写陈诚之子事，《步过田家有述》则叙写诗人过经野人田家时的所见所闻，诗风古朴，与叙写内容得以有效统一，诗末"兴怀淳朴风，俛默增叹吁"[1] 之叹，正见其叙意；胡俨《外江老人诗（并序）》，则叙所闻乡间淳朴民风事，如"松间吠乳犬，草际卧乌犍。鸡栖日将暮，暝色起苍烟。山头月华白，夕露凉涓涓。颓然即衾枕，

---

[1]　杨士奇：《东里续集》卷五十五，景印文渊阁《四库全书》本，台湾商务印书馆 1986 年版，第 1239 册，第 422 页。

翛翛若蜕蝉。"① 诗风质朴淳厚，意趣十足。又曾棨《龙支行（有序）》，叙唐穆宗遣大理卿刘文鼎出使吐蕃而道遇先朝遗老士兵事，如写老翁心念大唐，"朝看烽火望中原，夜听鸣笳思故园。颓垣破屋谁家宅，断碛荒溪何处村。奉使还时报天子，早遣官军复清水。假令老身归即死，已免游魂作胡鬼。"② 语语含情，意蕴沉郁，与馆阁应制之作相去甚远。

二、茶陵派

明成化、弘治间，诗坛较有影响的一群诗人是以李东阳为代表的茶陵派。沈德潜谓李东阳："永乐以后诗，茶陵起而振之，如老鹤一鸣，喧啾俱废。"③ 茶陵派诗歌在矫正台阁诗风之弊上，有其积极作用。

作为茶陵派乃至明代诗人的典型代表，李东阳的诗歌叙事观及其诗歌创作，为认识明代诗歌叙事观念及明诗叙事性特征，提供了重要窗口。具体而言，李东阳的诗歌叙事观，有两点值得注意，一是指出诗歌叙事："易于穷尽，而难于感发。"④ 二是从通变的历史角度，指出随着世事的迁变，诗歌叙事乃势之必然，"汉魏以前，诗格简古，世间一切细事长语，皆著不得。其势必久而渐穷，赖杜诗一出，乃稍为开扩，庶几可尽天下之情

---

① 胡俨:《颐庵文选》卷下，景印文渊阁《四库全书》本，台湾商务印书馆1986年版，第1237册，第625页。

② 曾棨:《刻曾西墅先生集》卷六，《四库全书存目丛书》本，齐鲁书社1997年版，集部第30册，第171页。

③ 沈德潜:《明诗别裁集》卷三，河北人民出版社1997年版，第42页。

④ 李东阳:《怀麓堂诗话》，周维德集校《全明诗话》本，齐鲁书社2005年版，第一册，第482页。

事。韩一衍之，苏再衍之，于是情与事，无不可尽。"① 诗歌之叙事、抒情、议论，皆是达成诗歌意旨的方式，其使用在于恰到好处，使用不当皆会产生弊端。李东阳对诗歌叙事易产生之不足的讨论，其价值在引导人提炼诗歌叙事的技艺；其对诗歌叙事趋势的认识，因时顺变，突破了传统诗学观的束缚，为诗歌叙事作了较有力宣扬。

从诗歌创作来看，李东阳的诗歌创作，显现出了鲜明的叙事特征。这充分体现在其乐府诗和古诗创作中。李东阳作《拟古乐府》101 篇，诗引谈到了其创作这些乐府诗的情形，"间取史册所载、忠臣义士、幽人贞妇、奇踪异事，触之目而感之乎心，喜愕忧惧，愤懑无聊不平之气，或因人命题，或缘事立义，托诸韵语，各为篇什。"这些拟乐府的创作，充分承接了汉乐府感于哀乐，缘事而发的创作传统，诗作上起《申生怨》《绵山怨》，下至《花将军》，皆非缘乐府旧题敷衍诗篇，而是自制新题，自出新意，叙事特征鲜明，事与情亦紧密融通。同时，李东阳亦多以古诗来叙写日常生活之事，同样体现出了鲜明的叙事特征，如五言古诗《方石惠猫忽被踏以死悼而赋之》叙得一幼猫，继而幼猫遭踏而死的生活事件，叙事之中透露出诗人的淡淡哀伤悯惜之意，七言古诗《坠马后柬萧文明给事长句并呈同游诸君子》《文敬坠马用予韵见遗再和一首》《文敬携叠韵诗见过且督再和去后急就一首》《得文敬双塔寺和章诏之不至四叠韵奉答》《若虚诗来欲平马讼五叠韵答若虚并柬文敬佩之》，则以组诗的形式，叙写了诗人坠马及友朋之间因此事而互相唱和

---

① 李东阳：《怀麓堂诗话》，周维德集校《全明诗话》本，齐鲁书社 2005 年版，第一册，第 491 页。

的事件全过程，五首诗叙事循环往复，用语各有特色，在生动
展现事件过程的同时，也呈现了明人诗歌酬唱的状貌，在明代
组诗中较具特色。可见，无论在诗歌叙事观念上，还是在诗歌
创作上，李东阳对诗歌叙事，皆作出了有益探索。

三、前七子复古派

弘治后期至嘉靖初期，以李梦阳、何景明为代表的前七子
复古派，在其时文坛影响甚著。整体而言，在诗歌创作观念上，
前七子较为推尚诗歌的抒情特质；在诗歌创作上，受诗学复古
观念影响，前七子诗歌创作多以汉魏盛唐诗为学习对象，诗歌
多具古朴淳厚之质，并表现出较浓厚的叙事特征，从而与其重
抒情的诗学观念产生一定背离。

前七子对诗歌之抒情特质较为推重，如李梦阳谓："天下有
窍则声，有情则吟。窍而情，人而物，同也……故诗者，吟之
章而情之自鸣者也。"[①] 康海谓："因情命思，缘感而有生者，诗
之实也。"[②] 徐祯卿谓："夫情能动物，故诗足以感人。"[③] 皆强调
了情动而为诗，情是作诗的诱发因素。而徐祯卿《谈艺录》又
谓"乐府往往叙事，故与诗殊。盖叙事辞缓，则冗不精。"[④] 直
接点明了乐府诗因叙事，容易产生辞气舒缓、冗繁不精等不足。

---

① 李梦阳：《空同集》卷五十一《鸣春集序》，景印文渊阁《四库全书》本，台
　　湾商务印书馆 1986 年版，第 1262 册，第 473 页。
② 康海：《对山集》卷三《太微山人张孟独诗集序》，景印文渊阁《四库全书》
　　本，台湾商务印书馆 1986 年版，第 1266 册，第 369 页。
③ 徐祯卿：《谈艺录》，周维德集校《全明诗话》本，齐鲁书社 2005 年版，第
　　一册，第 790 页。
④ 同上。

相比上述三人，何景明之于诗歌叙事的观念则较为复杂，其在《明月篇并序》中言："仆读杜子七言诗歌，爱其陈事切实，布辞沉着，郦心窃效之，以为长篇圣于子美矣。既而读汉魏以来歌诗，及唐初四子者之所为而反复之……乃知子美辞固沉着，而调失流转，虽成一家语，实则诗歌之变体也。夫诗本性情之发者也……由是观之，子美之诗博涉世故，出于夫妇者常少，致兼雅颂而风人之义或缺，此其调反在四子之下与。"① 可见何氏早期，对杜诗叙事持肯定态度，而随着时间迁移，逐渐认识到杜甫此类诗作少比兴风雅之义，并对诗歌叙事之不足提出明确批评。而从杨慎《邯郸才人嫁为厮卒妇》诗序"吾亡友何仲默一日读《焦仲卿妻乐府》，谓予曰：'古今惟此一篇，更无第二篇也。凡歌辞简则古，此篇愈繁愈古，子庶几焉可作一篇与此相对。'"② 来看，何氏强调《古诗为焦仲卿妻作》之叙事繁复，对诗歌叙事亦并未一概否定，这一点从何氏所作叙事类诗歌中更能看出。

从诗歌创作来看，前七子诗歌较普遍地表现出了叙事性特征，这集中在两类诗作中，一是前七子模拟前人之作的诗歌作品。如李梦阳七言古诗《弘治甲子届我初度追念往事死生骨肉怆然动怀拟杜七歌用抒愤抱云耳》共七首诗歌，分叙不同内容；《乙丑除夕追往写情五百字》，则模拟杜甫《自京赴奉先县咏怀五百字》叙事之笔，而诗语略显艰涩。又如王九思《彭城别段

---

① 何景明：《大复集》卷十四，景印文渊阁《四库全书》本，台湾商务印书馆1986年版，第1267册，第123页。
② 杨慎：《升庵集》卷十四，景印文渊阁《四库全书》本，台湾商务印书馆1986年版，第1270册，第123页。

德光追曾圣初侯景德黄仲实不及夜泊宿迁县南独坐无寐万感俱集述五百六十字》诗作叙事与杜甫诗歌叙事之笔亦颇为相近。又徐祯卿《猛虎行》，则拟古乐府旧题，敷衍叙事，而与其主情的诗学主张异趣。二是前七子以诗叙写时事现实之作。现实政事时事状况、诗人宦途及人生处境、他人之苦难遭遇等等，皆成为激发诗人创作的事件要素。诗作缘事感发，叙事中兼融情感议论抒发，而情真议切之质，亦尤为感人，较模拟叙事之作，较胜一筹。如李梦阳《苦雨后篇》《徐子将适湖湘余实恋恋难别走笔长句述一代文人之盛兼寓祝望焉耳》《结肠篇》《石将军战场歌》《玄明宫行》），何景明《城南妇行》《胡生行》《长歌行赠旺兄》《点兵行》《平夷所老人》，王九思《卖儿行》《孤儿吟》，康海《潼关早发》，边贡《病妇行为恽功甫悼亡》，等等，皆属此类。

四、唐宋派

嘉靖间，唐顺之、王慎中、茅坤、归有光起而倡导唐宋文风，是为唐宋派。在散文创作观念上，唐宋派作家反对复古拟古，以求确立新的文学风尚。在诗学观念上，该派作家多持真情说，如王慎中言："不得志于时而寄于诗，以宣其怨忿而道其不平之思。"[①] 唐顺之于诗文亦主真情，更明确提出本色说，倡导直写胸臆，乃为本色。与此相应，在诗歌创作上，唐宋派作家则多能叙写时情世态而贯注一己真情。

王慎中的文学成就主要在文，其诗多有应制及唱和送别之

① 王慎中：《遵岩集》卷九《碧梧轩诗集序》，景印文渊阁《四库全书》本，台湾商务印书馆 1986 年版，第 1274 册，第 216 页。

作，可读性相对较弱，但部分诗作亦值得注意，如《鸣雁篇》诗序言"寄陈约之太史，兼呈唐应德、陈允和二兄。约之赋予南窜为上林雁之诗，予感其意，适见斯鸟，遂成短章，因以为报云耳。"虽为唱和之作，但诗作叙事而寓身世之悲，而真切感人，如诗后半段："迁客飘摇靡定居，麎麎雨雪赋其虚。此时遥听人何似，避地翻伤鸟不如。回首瑶池霄汉傍，颉颃玉羽泛清凉。南北欲知悲喜地，但看风失与云翔。"由叙雁之失群，而及己之失途，叙事含情，略无矫饰。

唐顺之的文学成就亦主要在文，其诗歌数量亦不多，其中书写家国事件、坦露家国情怀的诗作，值得注意。如其七律《朱仙镇观岳将军庙》："丹书画壁闪旌旖，想像勤王转战时。黄屋未归南狩驾，金牌已罢北征师。平芜漠漠前朝隔，旷野阴阴暮鸟悲。惟有西湖原上树，春来犹发向南枝。"①诗叙岳飞抗金事，笔触悲凉，诗意沉郁，内寓嗟伤之情。唐顺之因职事，曾历经明朝北部边关，期间所作诗歌，多写边民生活状貌及阅历见闻，在其诗集中较为特出，如《古北口观降夷步射，复戏马驰射至夜（古北有降夷十数家，男妇可四五十人，并潮河墙内居）》，顺之有经世之才，于学无所不窥，天文、历法、地理，以至刺轮拳棒，莫不精心留意，诗中所叙骑射一段，颇具纵横豪迈之气，"自矜长技正未竭，一跃上马事驰突。珠帽半仄卖敧邪，铁骢骄嘶弄靴鞑。可怜人马如争巧，人藏马腹马人立。翻身倒卧马背上，马尾髯松乱人发。忽然马去不闻声，一路惊尘向空没。满眼流星透烟雾，道是胡儿飞箭发。想见天山射雕时，

①　唐顺之：《唐顺之集·荆川先生文集》卷一，浙江古籍出版社2014年版，第37页。

意气雄豪谁可越。"① 异乎寻常的人生阅历，发之于诗，无需雕琢而自然酣畅，事奇情溢而生气十足。

归有光诗亦多叙写人生履历、宦途见闻，叙事之中寄寓人生感慨，其对民隐民瘼的叙写，毫不掩饰，照实写出而意浓情切，与唐宋派主真情的诗学观念较为统一。如《邢州叙述三首》，以组诗形式记录了自己不同时段的仕途履历和人生感触，诗有叙事，有议论，有抒情，不事雕琢，不务繁华，自然流露，如内心独白而内寓自勉自励之意。又《郓州行寄友人》，如前八句："去年河溢徐房间，至今填阏之土高屋颠。齐鲁千里何萧然，流冗纷纷满道边。牵挽小车载家具，穴地野烧留处处。丈夫好女乞丐不羞耻，五岁小儿皆能闲跪起。"② 叙事平白如话，如胸臆语，照实写出，不动声色，而深含无可奈何、无限悲凉之慨叹。

明嘉靖间，还有号称嘉靖八才子的文人群体活跃在文坛，而王慎中、唐顺之既属八才子之列，其他六人如李开先、赵时春、熊过、陈束、任瀚、吕高等，在诗学观念、诗歌创作及诗歌叙事特征上，皆与唐宋派作家之情况较为相近，此处略而不论。

五、后七子复古派

嘉靖后期至万历前期，明代文学复古思潮再起，复古派代表作家是以李攀龙、王世贞、谢榛、徐中行、吴国伦、宗臣、

---

① 唐顺之：《唐顺之集·荆川先生文集》卷四，浙江古籍出版社2014年版，第161页。
② 归有光：《震川先生集·别集》卷十，上海古籍出版社2007年版，第956页。

梁有誉为成员的后七子。承前七子复古主张，后七子的文学复古观念更为集中鲜明，在某些具体问题上，有更进一步的讨论。从诗歌创作来看，后七子诗作中叙事性较强的作品有两类，一是拟古类诗作，二是书写现实之作。

拟古之作，在后七子诗作中占比较大，如李攀龙创作有二百余首乐府诗，其中敷衍乐府旧题之作即有 150 余首，占四分之三，而其他非同题之作，在内容作意上，亦多模拟古乐府。又如在古诗写作上，王世贞即曾模拟诗歌史上的名家之作，而创作古诗。其他诗人诗集中，亦存在一定比例的模拟之作。总体来看，此类诗作缘于较突出的模拟倾向，在诗歌风貌上相对质朴，同时也表现出了较为突出的叙事特征；然而，由于大部分作品近乎是对被拟诗作的翻唱复说，无由见出诗人精神面貌，诗意情思缺乏生气，诗歌艺术性大打折扣，更谈不上艺术感染力，仅可视为诗人练习诗歌创作的产品，而其于诗歌叙事的价值仅在于，从不同角度、不同方面展示了诗歌叙事技艺的渐趋完善。

后七子诗作中具有较强叙事性，同时又具有较高艺术性的作品，是那些脱离诗歌复古拟古观念，跳出古人诗歌内容，叙写现实时事、社会百态、人生境况的作品，如谢榛诗作中即多有此类作品，其《哀哉行（庚戌岁八月十六日虏犯京师）》即叙战乱之下，京师民众的慌乱不堪之状；又如王世贞《见边庭人谈壬子三月事有述》，史载是年（1552）正月，俺答入犯大同，三月朝廷命仇鸾帅师赴大同，四月仇鸾出塞，而大败于镇川堡，诗正写此事，而表现出对家国政事边事的深沉忧虑。

而为实现对丰富事件要素的艺术再现，后七子在诗篇体制及诗歌叙事技艺上，做出了有益探索。在后七子诗歌中，长幅诗题的制作较多，如徐中行《内弟李德华与余比邻意得甚未尝须臾相失也。顷以少司马胡公聘修省志祗役延陵就薛方山先生馆局别忽三月才一会晤又棹舟泛五湖往矣言念睽携益增怀恋抽毫投赠情见乎辞》[1]、王世贞《太宰梦山杨公谓不佞为作桃花岭歌未有以应也今年春以书来云客至吴中册有子二诗然而非子诗也能竟恝然乎哉适晨起行药小径落红狼籍忽有斐然之思因遂成一歌寄公不知其能胜二赝诗否要之落句狂语彼固不肯道也公以为何如》[2]。同时，后七子诗作中诗序、诗跋的运用亦较为频繁，组诗创作亦较为多见。就单篇诗作而言，诗篇篇幅亦有很大扩充，王世贞创作的数篇排律，如《哭李于鳞一百二十韵》长达一百余韵，这在明代以前排律中，较为少见。基于诗篇容量的大幅扩充，诗歌叙事更显从容余裕，迂曲委备，诗篇叙事往往夹杂议论，夹叙夹议特征尤为明显。

因此，后七子的诗歌创作，在强化明诗叙事机能、凸显明诗叙事性特征上，具有积极意义。

六、公安派

晚明以袁宗道、袁宏道、袁中道为代表的公安派，起而反对文学复古之弊，倡导独抒性灵，不拘格套的诗文创作。

基于独抒性灵，不拘格套的文学观念，以及前此之时，明诗创作已然呈现出的叙事性特征，公安派作家以通变之态度，肯定了诗歌叙事机能增长的必然性。袁宏道对此有明确论述，

---

[1]　徐中行：《徐中行集》卷七，王群栗点校，浙江古籍出版社2012年版，第121页。

[2]　王世贞：《弇州续稿》卷十一，景印文渊阁《四库全书》本，台湾商务印书馆1986年版，第1282册，第138页。

他认为，"古之为诗者，有泛寄之情，无直书之事……故诗虚而文实。晋、唐以后，为诗者有赠别，有叙事……是诗之体已不虚。"① 时有古今，诗文审美标准亦顺时而变，不能胶柱鼓瑟，以古时诗文之创作情状来规定后人今人之诗文创作，更不能以古人的情感来束缚今人情感的发抒。而就诗文表现手段而言，古人为诗，每有泛寄之情，而较少直书其事，情感抒发带有一定程度的共性化色彩。而晋、唐以来，随着世事繁衍，诗歌创作渐趋质实，社会生活、人生世事纷纷成为诗歌的表现内容，在此过程中，诗歌叙事机能自然会不断强化完善。袁氏此论，在重诗歌抒情的古代诗学观念里，实极具特立之处。

从创作来看，在叙事内容上，公安派诗歌多叙写日常生活，明代早前时期诗歌中常见的家国政事时事以及家国情怀，已相对少见，反映出晚明士人关注的事件重心，已部分转移到个体生活上来。如袁中道《书三月初一日事》，叙写了一次诗人参与的求神降神之事。在叙事风貌上，诗歌用语浅近，平易畅达，如信手写出，得自然之致。如袁宏道《出燕别大哥三哥》，其中诗语如："长安二月时，阳缓北风厉。霜刀割地皮，古木凛寒气……置酒上南冈，别我好兄弟。一母生三人，顶踵皆相类……兄性温而真，弟性坦而毅。余性兼宽猛，弦韦时相济。堕地便同根，飞天亦共翅。一旦忽分首，能不添憔悴……长兄见老成，劝余勉为吏。钱谷慎出入，上下忌同异……"② 诗歌叙事如道家常语，不事雕琢，兄弟间惜别难舍之情，自然而出。

---

① 袁宏道：《袁宏道集笺校》卷十八，上海古籍出版社 2008 年版，第 709—710 页。

② 袁宏道：《袁宏道集笺校》卷三，上海古籍出版社 2008 年版，第 101 页。

第八章

叙事型诗的体类形态

明代诗歌叙事的类型多种多样，从体式来看，叙事型诗歌主要有歌行、乐府等；从形式来看，叙事类诗歌主要有组诗与联章等；从题材来看，叙事性诗歌主要有人物传记诗等。下面分述之。

第一节　乐府与歌行

明人诗体分类观念颇为鲜明，他们对不同诗体的源流、特征进行了系统深入的辨析，最具代表性的是许学夷《诗源辩体》。从明人留存诗集来看，不同体式的诗歌，在明代都有大量创作。各类诗体基于历史渊源、创作传统、题材内容、语言句式、风貌特征等方面的差异，在诗歌叙事上，表现出了不同的艺术特质。

具体而言，乐府诗自产生之日起，在内容上就表现出鲜明的叙事特征。明代乐府诗在叙写时事、表现社会百态方面，更有了长足进步。歌行则因其自由的形式，可借助长短错落的句式，展开纵横开阖的叙事，明代长篇歌行，更在叙事艺术上，积累了丰富经验。近体诗叙事，虽受格律、句式、对仗等方面的束缚，但明代长篇排律叙事技艺日渐完善，其在叙事上的潜能，被明代诗人不断拓展。经由明人艰辛创作，各体诗歌叙事达到一个新的艺术境界。

一、乐府

有明一代诗歌创作，或隐或显地带有一种复古倾向，这种复古倾向在明代乐府诗创作中，表现得最为突出。从题材内容来看，明代乐府诗或缘乐府古题，依旧题之义展开叙写；或自制新题，书写时事世情。较之中短篇乐府诗，长篇乐府之作，在叙事艺术上更显繁复，是明代乐府诗叙事的典范之作。

（一）缘乐府古题，敷演叙事

明代乐府诗对乐府古题的叙写，或敷演旧题内容，在诗歌立意、诗句表述上，多与原作相近，因此在诗歌艺术成就上略逊一筹，此类作品在明代复古派作家文集中，有一定的数量，仅可视为诗人的练习之作。

缘旧题而作的诗歌中，有一部分能据题旨叙写新的内容，而较有新意，如胡应麟《门有车马客行》：

> 门有车马客，意气何扬扬。千金饰玉鞭，百金宝剑装。传呼动里闾，顾盼自生光。长妇出迎客，问客来何方。客言自幽蓟，乍者发渔阳。道逢远征人，寄书来故乡。开缄竟何道，细书八九行。昔为丝与桐，今为参与商。参商各异地，羽翼安得双。长跪再拜客，邀客暂徘徉。烹庖出丰膳，高宴罗酒浆。愿为传语欢，努力莫相忘。[①]

---

① 胡应麟：《少室山房集》卷五，景印文渊阁《四库全书》本，台湾商务印书馆 1986 年版，第 1290 册，第 34 页。

晋代陆机作《门有车马客行》（门有车马客，驾言发故乡），叙写游子久游不归，遇到来自家乡的车马行客，问答之间，叙写家乡市朝变迁，亲戚零落凋丧之悲。胡应麟《门有车马客》，叙写远方行客代为传书之事。行客捎来的是远方征人对妇人的思念与思而不能见的哀伤。虽未能与征人相见，但征人健在，其心未改，无疑是久无音讯后最好的消息，于此，妇人久久悬着的心，总算得以暂时落下。诗作叙事颇有古乐府之质，诗歌风貌质朴简古，与古诗十九首《客从远方来》之意趣亦有相近之处。该诗虽属拟作，但不觉模拟痕迹，在同类之作中，较为突出。

而杨慎的长篇叙事诗《邯郸才人嫁为厮卒妇》，则为以乐府古题敷衍叙事的代表作。在此之前，李白作《邯郸才人嫁为厮养卒妇》，诗歌篇制简短，共十句，诗写赵王才人嫁为厮养卒妇后的嗟叹哀伤。杨慎诗歌立意迥异于此，诗序中谓厮养卒有战国策士之风，才人嫁为养卒妇不为命薄。诗之成就在叙写了才人的卓绝脱俗和养卒的纵横辩才。如叙写才人一段：

> 团团桂花树，生在邯郸宫。翩翩翡翠鸟，结巢丹桂丛。花红何灼灼，翡翠何雍雍。宫中有才人，颜色如花红。青云为双髻，明月为双瞳。十三阿母侧，十四深宫中。贞心比筠竹，荣华如茂松。左手抱齐瑟，右手挥吴桐。紫绮为绸缪，纨素为裁缝。獭髓明点黠，龙涎熏褘褴。楚蒮华跗荐，燕支唇姝融。扬子江心镜，百炼照胆铜。复帷镇文犀，列钱衔璧釭。被绣共命鸟，席坐同心狨。蜻蛉嗤凤子，鸡翘濯凫翁。春祺燕乙乙，晓寝虫萧萧。芳池七十二，宝帐三

千重。名用琬琰刻，臂用绛纱封。①

从直笔叙写才人衣饰容貌，到铺叙居室环境以映衬才人之不俗，皆具繁复之质。在写人方面较早前诗歌，如《焦仲卿妻》对刘兰芝衣饰容貌的描写、《陌上桑》对秦罗敷衣饰容貌的描写，都更显细腻丰富。又诗作对厮养卒的叙写：

> 将军问何人，灶下厮养童。军中骇且异，骇异交讥讽。尔厮一何蚩，尔养一何惷。尔去何当还，无吉只有凶……养卒含笑言，君岂知我衷。君亦勿贱贱，君亦勿庸庸。君亦勿少少，君亦勿穷穷。勿以江海流，弃捐沟与渎。勿以芝兰芳，弃捐菲与葑。勿以椒欓贵，弃捐薤与葱……当门报燕将，言有赵使临。使者问燕将，试言探臣胸。燕将语赵使，尔欲得尔王。赵使笑不止，尔语瞆且霿。燕为唇齿国，赵为辅车邦。张耳与陈余，饥鹰待劲风。交游如父子，遁秦联翼飔。一朝仗马箠，下赵数十城。各有南面志，机会不巧逢……王今兵在颈，行见雉离罿。臣来吊燕祸，不求归赵功。燕将色如土，燕王胸如春。乞尔赵王归，急归在匆匆。出门不复顾，仰天荷高穹。养卒御王归，喜气如渴虹。②

因表现内容的传奇性，诗歌叙事亦纵横开阖。赵王身处危境，

---

① 杨慎：《升庵集》卷十四，景印文渊阁《四库全书》本，台湾商务印书馆1986年版，第1270册，第123页。
② 同上书，第124—125页。

众将束手无策、无计可施，当此情势，养卒一出，陈说利害而纷难立解，其纵横之才得到鲜明呈现，可见厮养卒亦非凡夫俗子。基于此，才人嫁为养卒妇不为命薄的立意，才得到了最好诠释，而才人与厮养卒的形象，亦在明代乐府诗，乃至中国古代乐府诗中，显得熠熠生辉。

（二）制乐府新题，书写时事

自唐代元稹、白居易创作新题乐府书写时事，讥刺时弊以后，新题乐府代有创作。明代新题乐府诗，即以其书写时事的及时性和讥刺时弊的深刻性、尖锐性，成为折射有明一代世态人情的重要标志。此类诗歌，短篇、中篇、长篇之什皆有创作，诗歌叙事亦呈现出不同艺术风貌。

短篇，如陈子龙所作两首：

> 小车班班黄尘晚，夫为推，妇为挽。出门茫然何所之，青青者榆疗我饥。愿得乐土共哺糜。风吹黄蒿，望见垣堵，中有主人当饲汝。叩门无人室无釜，踯躅空巷泪如雨。
>
> 高颡长鬣清源贾，十钱买一男，百钱买一女。心中有悲不自觉，但美汝得生处乐。却车十余步，跪问客何之。客怒勿复语，回身抱儿啼。死当长别离，生当永不归。①

诗人生当明王朝倾颓之世，朝政废坏而生民倒悬，在阅见人世妻离子散、生人死别的苦难后，发而为诗，自然内寓悲郁之情。诗歌叙事简朴，情感真挚感人，颇近古乐府古质风貌。

---

① 陈子龙：《陈子龙诗集》卷三《小车行》《卖儿行》，上海古籍出版社 2006 年版，第 85、86 页。

中篇如李东阳《花将军》：

> 花将军，身长八尺勇绝伦，从龙渡江江水浑。提剑跃马走平陆，敌兵不能逼，主将不敢嗔。杀人如麻满川谷，遍体无一刀枪痕。太平城中三千人，楚贼十万势欲吞。将军怒呼缚尽绝，骂贼如狗狗不猜。墙头万箭集如猬，将军愿死不愿生作他人臣。郭夫人，赴水死，有妻不辱将军门。将军侍婢身姓孙，收尸葬母抱儿走，为贼俘虏随风尘。寄儿渔家属渔姥，死生已分归苍旻。贼平身归窃儿去，夜宿陶穴如生坟。乱兵夺舟不得渡，堕水不死如有神。浮槎为舟莲为食，空中老父能知津。孙来抱儿达行在，哭声上彻天能闻。帝呼花云儿，风骨如花云。手摩膝置泣复叹，云汝不死有儿存。儿年十五官万户，九原再拜君王恩。忠臣节妇古稀有，婴杵尚是男儿身。英灵在世竟不朽，下可为河岳，上可为星辰。君不见金华文章石室史，嗟我欲赋岂有笔力回千钧。①

李东阳《拟古乐府》共计 101 首，《花将军》是其中篇幅最长的一首，诗歌所叙内容，据宋濂《东丘郡侯花公墓碑》而作。史载花云随朱元璋于临濠起兵，将兵略地，所至皆克，数立战功。至正二十年（1360）闰五月，陈友谅率军攻占太平，花云为陈友谅军所缚，骂敌不少变，为敌惨杀。云之妻投水而死，侍婢孙氏抱云之幼子潜走，数度辗转，经历万难后，携云幼子至朱

① 李东阳：《李东阳集》卷二，周寅宾校点，岳麓书社 2008 年版，第 92—94 页。

元璋处，太祖为之泣下①。诗歌叙事一气贯注，用语浏亮，叙花云事则纵横豪迈，叙孙氏事则语语含情，成功塑造了一位英勇义烈的将军形象和一位忍辱负重的侍婢形象。又如王世贞作《中丞行当雁门太守》叙廉吏郭思极事、作《太保歌》叙嘉靖朝陆炳事，一褒一贬，褒贬之间颇见笔力，在明代中篇乐府诗中亦较具代表性。

长篇乐府诗，如王世贞《袁江流钤山冈当庐江小妇行》，全诗1600字，重点叙写了嘉靖朝权臣严嵩与其子严世蕃恃巧弄权、隶视朝臣、虚伪欺诈、贪餍无厌的诸种行径，父子二人终因奸邪暴露，子则身首异处，己则朽死墓舍，而为天下戮笑。如其中一段：

> 县官与相公，两心共一心。相公别有心，县官不得寻。
> 相公与司空，两心同一心。司空别有心，相公不得寻……

---

① 张廷玉等撰《明史》卷二百八十九《花云传》，中华书局1974年版，第7409—7410页。其文叙此事件本末："庚子(1360)闰五月，陈友谅以舟师来寇。云与元帅朱文逊、知府许瑗、院判王鼎结阵迎战，文逊战死。贼攻三日不得入，以巨舟乘涨，缘舟尾攀堞而上。城陷，贼缚云。云奋身大呼，缚尽裂，起夺守者刀，杀五六人，骂曰：'贼非吾主敌，盍趣降！'贼怒，碎其首，缚诸樯丛射之，骂贼不少变，至死声犹壮，年三十有九……方战急，云妻郜祭家庙，挈三岁儿，泣语家人曰：'城破，吾夫必死，吾义不独存，然不可使花氏无后，若等善抚之。'云被执，郜赴水死。侍儿孙瘗毕，抱儿行，被掠至九江。孙夜投渔家，脱簪珥属养之。及汉兵败，孙复窃儿走渡江，遇偾军夺舟弃江中，浮断木入苇洲，采莲实哺儿，七日不死。夜半，有老父雷老挈之行，逾年达太祖所。孙抱儿拜泣，太祖亦泣，置儿膝上，曰：'将种也。'赐雷老衣，忽不见。赐儿名炜，累官水军卫指挥佥事。"

> 朝疏论相公，箠榜夕以至。宁忤县官生，不忤相公死。相公犹自可，司空立杀尔。凌晨直门开，九卿前白事。不复问诏书，但取相公旨。相公前报言，但当语儿子。儿子大智慧，能识天下体。九卿不能答，次且出门去。不敢归其曹，共过城西邸。司空令传语，偶醉未可起。去者归其曹，留者当至未。九卿面如土，九卿足如杌。为复且忍饥，以次前白事。司空有德色，相公直庐喜。司空稍嗫嚅，相公直庐恚。不复问相公，但取司空旨。县官有密诏，急取相公对。相公不能对，急复呼儿子。儿子大智慧，能识天下体。一疏天怒回，再疏天颜喜。①

《明史》载："嵩无他才略，惟一意媚上，窃权罔利。帝英察自信，果刑戮，颇护己短，嵩以故得因事激帝怒，戕害人以成其私。"②诗写严嵩假意媚上，借世宗刚愎之性而窃其权柄，以此而济其父子阴私，朝堂上下顺之者昌，逆之者亡，群臣奔走严嵩父子之门，侧目屏息，惶惶若童仆皂隶，朝堂乌烟瘴气，政事黑白颠倒，其父子权势熏天、不可一世之状，得到淋漓尽致的呈现。诗之最后为人物一问一答之语，以严嵩之问，写其寄食墓舍垂死之际，仍未悟其致败之由，而傍人之答，则以势不可挡的一连反诘，对严嵩父子的昧蠢贪鄙、欺世行径展开了激烈辛辣的讽刺：

---

① 王世贞：《弇州续稿》卷二，景印文渊阁《四库全书》本，台湾商务印书馆 1986 年版，第 1282 册，第 23 页。

② 张廷玉等撰《明史》卷三百八《严嵩传》，中华书局 1974 年版，第 7916 页。

相公逼饥寒，时一仰天叹。我死不负国，奈何坐儿叛。傍人为大笑，嗤汝一何愚。汝云不负国，国负汝老奴。谁令汝生儿，谁令汝纵吏。谁纳庶僚贿，谁朘诸边储。谁傲直谏臣，谁为开佞谀。谁仆国梁柱，谁剪国爪牙。土木求神仙，谁独称先驱。六十登亚辅，少保秩三孤。七十进师臣，独秉廊庙谟。八十加殊礼，内殿敕肩舆。任子左司空，孽孙执金吾。诸儿胜拜跪，一一赐银绯。甲第连青云，冠盖罗道途。以此称无负，不如一娄猪。食君圈中料，为君充庖厨。以此称无负，不如一殺䐁。食君田中草，为君御霜雪。以此称无负，不如搆中鹘。虽饱则掣去，毛羽前嘴决。以此称无负，不如鼠在厕。虽有小损伤，所共多污秽。相公寂无言，次且复傍徨。颜老不能赤，泪老不盈眶。生当长掩面，何以见穹苍。死当长掩面，何以见高皇。殓用六尺席，殡用七尺棺。黄肠安在哉，珠襦久还官。狐兔未称尊，一丘不得安。为子能负父，为臣能负君。遗臭污金石，所得皆浮云。

傍人一连九问，一连四刺，气势之充足，语词之犀利，诗中少见。纵观全篇，诗作以揶揄之笔展开叙述，叙事详略得当，对几个典型场景的叙写，立体呈现了严嵩父子从恃巧弄权、隶视朝臣、贪婪积货、流毒天下，到累遭弹劾、渐失宠信、阴收巨盗、起而谋逆，最后子遭斩首、家产籍没、身败名裂、朽死草舍之间的全过程，严嵩父子之形象，尤其是严嵩假媚弄权、贪鄙无厌、被服似雅而智行不及娄猪厕鼠、至死不悟的奸臣形象，得到鲜明刻画。诗歌叙事兼具议论，并因议论气势之充沛、议论语词之犀利，而见出诗人对严嵩父子不共戴天的忿恨之情。

兹不论王氏父子与严嵩父子间之仇怨，但就此篇诗歌针砭前朝政弊、讥刺前朝权臣之深度、力度而言，在明代诗作中亦极具代表性，诗歌风貌亦一改此前乐府诗之质朴淳厚，而显示出扬厉犀利之质。

二、歌行

明代诗人创作的歌行数量虽然少于乐府诗的数量，但明代歌行的题材内容、叙写范围，则较乐府诗为广泛，举凡历史事件、家国政事、现实生活、个人行旅，等等，在明代歌行中皆得到了艺术性叙写。具体而言，明代歌行叙事有两个突出特征，一是叙事铺张扬厉、纵横跌宕、富于奇气，二是叙事鲜明，兼擅议论，浓于抒情。

（一）铺张扬厉、纵横跌宕而富于奇气的叙事艺术

歌行在形式上较其他诗体为自由，其句式多为七言，或含有七言的杂言，其在音韵格律及对仗方面的要求，亦相对宽松，这为其展开叙事、抒情、议论，提供了有利的先天条件：诗歌可调用参差错落、长短不一的散体句式对事件内容、情感状态、义理内涵，展开贴切充分的叙写、抒发和议论，而较少受平仄押韵对仗的束缚，其叙事较其他诗体叙事更显铺张，部分歌行之叙事更是纵横开合、起伏跌宕，而带有奇纵之气。如何景明《鸿门行》：

> 沛公昔日分义军，旌旗十万西入秦。山东诸侯皆后至，咸阳万姓思为臣。项王东来怒如虎，置酒朝会鸿门下。门前壮士拥盾入，座上小臣拔剑舞。争雄较胜未可量，相看

杯酒成仓皇。挥刀醉击玉斗碎，揽带空悬宝玦光。沙丘城
边祖龙死，芒砀山傍匿天子。泽中夜闻白蛇断，灞上朝看
赤云起。君不见刘郎供帐出秦宫，宫中火照三月红。英雄
为谋自有术，亚父徒知杀沛公。①

　　自《史记》以来，刘项鸿门宴事为历代史家、诗家不断书写，
以此为题写作诗歌，实难度较大。诗歌先以凝练之笔，叙写了
鸿门宴险象环生的事件过程，再以跳跃之笔，全景呈现了始皇
既殁，秦失天下，群雄逐鹿的历史大背景。诗歌叙事由具体场
景之一点而至宏阔历史之一面，点面之间，详略之间，项羽所
以失天下与刘邦所以得天下的历史启悟顺势而出，议论精到，
戛然而止，诗篇虽短依然可见其纵横之笔。
　　而最能体现明歌行叙事铺张扬厉、纵横跌宕之质的，依然
是长篇歌行。如刘基长篇歌行《二鬼》，堪称明代歌行代表作，
该诗被认为是刘基自述心怀而以神话故事为内容的政治寓言诗，
其独特之处正在于借助二鬼在异幻空间与现实空间内的遭遇处
境，来寓托隐喻诗人在现实空间里的政治处境，诗中营造的异
幻空间为诗人在现实政治空间下无法抒发的复杂心怀，找到了
适宜有效的表达空间。如该诗起始部分：

忆昔盘古初开天地时，以土为肉石为骨，水为血脉天
为皮。昆仑为头颅，江海为胃肠，嵩岳为背脊，其外四岳
为四肢。四肢百体咸定位，乃以日月为两眼，循环照烛三

---

① 　何景明：《大复集》卷十二，景印文渊阁《四库全书》本，台湾商务印书馆
　　1986年版，第1267册，第95页。

百六十骨节，八万四千毛窍，勿使淫邪发泄生疮痍。两眼相逐走不歇，天帝愍其劳逸不调生病患，申命守以两鬼，名曰结璘与郁仪。郁仪手捉三足老鸦脚，脚踏火轮蟠九螭。咀嚼五色若木英，身上五色光陆离。朝发旸谷暮金枢，清晨还上扶桑枝。扬鞭驱龙扶海若，蒸霞沸浪煎鱼龟。辉煌焜耀启幽暗，燠煦草木生芳蕤。结璘坐在广寒桂树根，漱咽桂露芬香菲。啖服白兔所捣之灵药，跳上蟾蜍背脊骑。掐光弄影荡云汉，闪奎烁璧葩花摛。手摘桂树子，撒入大海中，散与蚌蛤为珠玑。或落岩谷间，化作珣玕琪。人拾得吃者，胸臆生明犀。内外星官各职职，惟有两鬼两眼昼夜长相追。有物来掩犯，两鬼随即挥刀钺。禁制虾蟆与老鸦，低头屏气服役使，不敢起意为奸欺。天帝怜两鬼，暂放两鬼人间娭。一鬼乘白狗，走向织女黄姑矶。槌河鼓，褰两旗，跳下皇初平牧羊群，烹羊食肉口吻流膏脂。却入天台山，呼龙唤虎听指麾。东岩凿石取金卯，西岩掘土求琼葳。岩旬洞耆石梁折，惊起五百罗汉半夜拨剌冲天飞。一鬼乘白豕，从以青羊青兔赤鼠儿，便从阁道出西清，入少微，浴咸池，身骑青田鹤，去采青田芝。[①]

诗作充分调用杂言散体句式展开叙事，三言、五言、七言、九言、十一言、十三言句式皆有使用。而正是基于此，结璘郁仪所处环境之奇伟瑰怪，衣饰容貌之光怪陆离，本领职事之特异超常，才得到了充分而自如的叙写，诗句之长短与内容之繁简

① 刘伯温：《刘伯温集》卷十八《二鬼》，浙江古籍出版社 2011 年版，第 361 页。

恰相切合，句意之转折与音节之流变适相协调，诗歌在全景式、俯瞰式的叙事中，将结璘与郁仪的传奇身世、非凡行迹立体展现出来，叙事纵横开合，超出常规，极富奇纵之气，在有明诗歌中，颇具代表性。

（二）叙事鲜明，兼擅议论，浓于抒情

基于七言或散体杂言句式，歌行诗不仅表现出鲜明的叙事特征，还能在诗歌叙事的基础上，灵活自如地议论抒情。议论或正面立说，或反面陈辞，其义理寓意正借散体句式得到恰适表达，情感或豪迈飘逸，或幽微曲折，其起伏转折亦正凭句式之长短而得以灵活抒发，从而使事、理、情在诗作中得到有机融合。

如何景明《胡生行》，胡生"初从燕市度生涯，一日声誉传京华。衣冠每动公卿座，车马争迎贵戚家。自从仗剑离京域，当时朝士无相识……漂泊江湖不自伸，袖中书在半埃尘。穷途反遭俗眼士，末路难逢好事人"①。当京华誉起之时，公卿贵戚车马相迎，江湖漂泊之际，闲人俗士冷眼旁观，诗歌由叙写胡生际遇，而引发对人生时遇之议论，"古来相心不相体，眼前贫贱那能拟。志士翻居草泽中，贵人多在尘埃里。胡生谓我颜色奇，顾我已是云瞾姿。希夷不识钱若水，麻衣道士应当知。"②时与不时、遇与不遇，世事世情实难以一时境遇定论，诗之议论缘叙事而出，与叙事紧密贴合。又何景明《点兵行》，叙写明

---

① 何景明：《大复集》卷十一《胡生行》，景印文渊阁《四库全书》本，台湾商务印书馆1986年版，第1267册，第93页。

② 何景明：《大复集》卷十一，景印文渊阁《四库全书》本，台湾商务印书馆1986年版，第1267册，第93页。

朝京营士卒员额大缺，在列者又多充为豪家大族私役，所剩唯有老弱饥疲，以此御敌则必失，以此出征则必败，遇有战事饥羸老弱白白断送生命，"即今宣府大失利，杀将覆军不知数。辽东兵马久已疲，朵颜反复非前时。又闻迤北外连结，朝廷坐失东藩篱……从令荷殳趋战场，身上无衣腹饥饿。君不见府中搋牛宰羊猪，穿域蹋踘行吹竽。高马肥肉留京都，可怜此兵击匈奴。"① 语调低沉，诗人对明朝军政弊失的批评，对明王朝家国前途深沉忧虑，已融入在语调低沉的叙事之中，事、理、情得以有机融合。

又如吕维祺《收麦行》，诗作借农夫之口，历叙在明地方府吏之横征暴敛，加遇旱涝之灾下，普通百姓的艰难处境，叙事笔笔含情，字字含泪，"昨年饥荒更惨洌，家事卖尽衣食缺。儿啼无裈女啼啜，高堂颜枯妻喉噎。草根掘尽树皮刷，村落无烟犬声绝。生者流离殍风雪，死者枕籍饱蝼蚁。"② 将叙事与情感抒发紧密地融合在一起，诗歌叙事带有突出的抒情色彩。而俞安期长篇歌行《西玄洞主歌为茅止生悼亡作》，叙茅元仪与陶楚生事，诗序言"余习闻止生遇楚生事，甚奇……岂其悼止生之亡，亦欲纪老狂之异耳。"诗作写陶楚生身世颇有飘逸笔调，叙茅陶二人相识结合生死别离事，则开合纵横，颇有奇气，基于诗人"欲纪老狂之异"之作意，诗作叙事内寓着诗人深挚的人生感慨，如诗之结束部分："飞鳐半失相比目，迦陵中割公命

---

① 何景明：《大复集》卷十四，景印文渊阁《四库全书》本，台湾商务印书馆 1986 年版，第 1267 册，第 122 页。

② 吕维祺：《明德先生文集》卷十八，《四库全书存目丛书》本，齐鲁书社 1997 年版，集部第 185 册，第 280 页。

身。那能不判生捐弃，九地九天何处寄。云积玄旻决眥愁，水添沧海抽心泪。再世因缘未可知，重还魂魄真无计。轻生非为慈帏忧，忍悲何乐人间世。"① 叙事之中透出浓郁的抒情气息，其情感抒发既建立在对茅陶二人凄婉爱情的叙述之上，也是诗人丰富深挚之人生体悟的自然升华。

三、其他

其他叙事型诗歌，还有古诗和律诗等；尤其是古风和排律，属抒叙兼擅的体类。

（一）古诗

五言古诗与七言古诗除乐府、歌行外，明代诗人创作的五言古诗、七言古诗的数量，亦较为可观。与乐府、歌行相近，五古、七古在平仄、音韵、对仗等方面，亦较少受到限制，这为其展开自由灵活的叙事，提供了有利条件。同时，基于早前时段五古、七古诗歌创作既已显现出的鲜明叙事特征，加之历代诗歌叙事艺术的不断累积超越，后来时段的五古、七古诗歌创作，在叙事艺术上，逐步显示出臻于完善的艺术技艺和艺术境界。明代五古、七古诗歌，在叙事内容扩充、人物形象塑造、叙事技艺运用等方面，较前代皆有推进与完善。在诗歌内容和叙事风貌上，明代五古七古叙事表现出以下特点。

一是诗歌叙事，内容广泛，而相对集中在书写时事现实、社会百态和日常生活。从汉末文人五言诗以及《古诗十九首》以来，五言古诗即开启了书写时事、社会状貌、个体生活的序

---

① 俞安期：《翏翏阁全集》卷十六，《四库全书存目丛书》本，齐鲁书社1997年版，集部第143册，第147页。

幕，并不断积累艺术经验，七言古诗兴起之后，其在叙写时事及个人生活方面的优长，更得到充分的发展。唐代杜甫《自京赴奉先县咏怀五百字》《北征》诸作，更将叙写时事现实、社会状貌及社会生活融为一体，为其后古诗创作叙写时事、个人生活提供了丰富艺术经验。

明代五古七古诗歌在书写时事时，多能直面现实苦难，直刺当朝政弊，诗作既能从宏阔层面概括描绘一定范围内贫苦民众的艰辛生活，又能从点的角度突出叙写某一个体的不幸遭遇，实现了叙写现实苦难之广泛性与典型性、广度与深度的有机统一。该部分内容，在明代诗歌的叙事内容部分有详细论述，此处略论。在展现社会百态方面，明代五七言古诗较多集中在叙写社情民俗，书写民俗之趣、生民之乐，成为展示明代社会生活多姿多彩画面的一个重要窗口。如孙承恩《观竞渡歌》，叙写端午节里民众划龙舟比赛的热闹场面：

> 城中千门悬艾虎，汨罗江头沸箫鼓。此时竞渡人聚观，蹑足骈肩似环堵。轻舟利楫江之湄，长风猎猎吹红旗。纠徒选侣分党与，一心各欲争神奇。击节扬枹竞争进，万楫齐飞不容瞬。岸傍观者为助呼，拔帜期谁先得俊。斡波擘水喷琼瑰，群龙跃出银山堆。儿郎棹歌声愈厉，阗阗鼓急喧如雷。贾勇争先谁肯待，壮士衔枚期奏凯。急惊夺得锦标呈，千人万人齐喝采。须臾竞罢各停舟，酬劳更复刲羊牛。①

---

① 孙承恩：《文简集》卷二十，景印文渊阁《四库全书》本，台湾商务印书馆 1986 年版，第 1271 册，第 251 页。

端午时节，艾香四溢，此时最能攫住民众心绪的，无疑是龙舟赛事。在龙舟比赛场地，人山人海，热闹非凡，观赛者翘首以望，参赛者跃跃欲试，比赛过程中选手击节扬枹、万楫齐发，龙舟斡波擘水、挺进如飞，观赛者助呼呐喊，人声鼎沸，诗中动词、形容词、副词的准确调用，使紧张激烈的比赛场面如现眼前，端午节浓浓的节日氛围得以突出，生民之乐得到淋漓尽致的表现。

在书写个人日常生活方面，五古七古诗歌多叙写日常生活况味，带有浓厚的生活气息，亲人团聚离别、友朋酬唱往来及日常生活趣事琐事细事，皆有书写，而寄寓其中的则是诗人浓厚真挚的喜怒哀乐之情。该部分内容，在明诗叙事的题材内容部分，亦有详细论述，此处略举一例，以见其情形。如顾清《安山待闸憩大柳下见蜣螂转丸及窟穴埋藏之状甚悉村童语其故词甚鄙而近于人事戏以韵语记之》生动叙写了诗人在旅行途中所见闻之事，给劳顿的旅途平添了些许乐趣，其中对蜣螂转丸及窟穴埋藏之状细节过程的叙写，颇为精彩：

> 后推前复挽，圆转何捷疾。端如趋严程，又似衒巧术。趋洼真一泻，过陂亦屡兀。中途遇强暴，奋斗几撑突。其类有李之者，拒斗甚力。归来不少暇，坎土启藏室。既以首为畚，复以股为橛。爬沙兼负戴，下上几颠越。室成拥丸下，岁险四无隙。周旋巧斡运，每动辄有入。须臾丸尽隐，谓尔功已毕。潜身复旁搜，坯壤时甎瓬。村童恶剧戏，寸筳时一撅。室开丸反流，惊救走连蹶。双趋共抚抱，有类拱珠砾。前功已尽弃，余念犹未歇。想其推挽去，行复事钻穴。①

① 顾清：《东江家藏集》卷十，景印文渊阁《四库全书》本，台湾商务印书馆1986年版，第1261册，第401页。

诗人观察极为细致，并在叙述过程中灵活调用了动态性、拟态性、程度性语词，如"推""挽""奋斗""撑突""启""爬""负戴""周旋""斡运""潜""搜""圝转""捷疾""颠越""觥觞"等等，使小虫蜣蜋转丸的动态过程得以生动性、放大性呈现，诗歌叙事画面感十足，充满了浓浓的趣味。

二是五古叙事语多舒缓，多具淳厚古朴之貌；七古叙事语多紧凑，多有跳跃俊逸之质。相对而言，明诗创作显现出的复古气息，亦较多地体现在五古七古诗歌中。从诗歌叙事风貌言，明代五言古诗创作因其复古倾向而语多舒缓，呈现出淳厚古朴之风貌。如涂伯昌《效孔雀东南飞为陶楚生作》，在叙事用语、叙事策略、人物塑造等方面，有学习标尚汉末诗歌《古诗为焦仲卿妻作》之意，诗作整体亦呈现出淳厚质朴之风貌。

具体而言，在叙事语言上，五言古诗用语平易，有口语化特点，而少用典故，不作艰难晦涩之语。如周之夔《病中怀凑儿》："凑子好男儿，身命一何苦。周岁丧阿娘，五载再别父。别时牵父衣，开口泪如雨。父母两乖张，兄嫂宁见抚。寄养于他房，长大作门户。他房父母贫，糜粥能几许。父去何时还，儿饥何人拊。况恐形影单，邻儿来见侮……"①叙说家常，娓娓道来，平白如话，略无修饰而不乏诗味，于平淡中见出父子分别之凄楚。又如何白《哭泉篇》，敷衍叙述古代孟姜、杞梁事，诗歌用语亦颇具古朴之质，如叙孟姜女送杞梁赴边土筑城一段：

　　　　送君在何所，乃在河之梁。踟蹰不忍别，悲风吹罗裳。

---

① 周之夔：《弃草诗集》卷二，《四库禁毁书丛刊》本，北京出版社1997年版，集部第112册，第465页。

送君在何所，乃在郭门外。躅蹃不忍别，凄风吹罗带。送
君在何所，乃在山之阴。恻恻不忍别，长风吹罗襟。送君
在何所，乃在大道口。恨恨不忍别，寒风吹罗袖。范郎马
在前，新妇车在后。新妇向东旋，郎马从西走。掩抑背而
泣，傍人为回首。①

用三个排比句式，叙说夫妻分别之苦，有《诗经》重章叠句之
古朴特质，造语用词，平易畅达而意蕴悲远，与《古诗十九首》
颇为相近，从而使诗歌表现内容与叙述用语得到协调统一，呈
现出淳厚质朴的艺术风貌。

在叙事技法上，五言古诗多作线性铺叙，事脉完整，事意
连贯，人物生命的历程亦借此得以完整呈现，部分诗作在叙写
不同人物时，虽有分开叙述，跳跃穿插之笔，但同一人物生命
历程中的各环节依然能串联贯注，从而也成功塑造了诸多面貌
各异、性情有别的人物形象。如魏学洢五古长篇《长水怨》，即
以线性铺叙之笔，成功塑造了一位身遭遗弃、境遇感人的怨妇
形象，诗作之整体风貌亦颇具古朴之质。

七言古诗在句子长度上，较五言句多出二字，这使其叙事
表意，较五言更具优势，更显灵活。在七言诗中，往往用一句
就能将在五言诗中需由两句来叙写的事件要素表述清楚，而其
句意更显凝练，叙事节奏较五言诗更显紧凑。基于七言句对事
件要素以及事意的更高涵括性，七古叙事在事件要素的呈现上，
较五古叙事更显跳跃性和动态感，较五古叙事之淳厚质朴而显

---

① 何白：《汲古堂集》卷一，《四库禁毁书丛刊》本，北京出版社1997年版，
集部第177册，第14页。

现出俊逸之质，也与七言歌行在叙事风貌上略显相近。如以下二诗：

> 楚生遽力疾，抱恨掩泉台。茅郎方昼卧，忽梦前羽衣。迟君西玄洞，一去重能来。茅郎披亦起，情切多悲哀。薄暮闻讹言，一恸心内摧。①
>
> 忆欢望欢欢不见，一旦红颜化为石。化石不返神悠悠，却逐夫君伴蒯缑。梦魂颠倒急归去，兰闺无人鬼火幽。如此佳人难再得，况复义重如山巅。一时肠断不欲生，鼻如悬河面如墨。②

以上两诗各选十句，两诗同写男女生死别离，一为五言，一为七言，五古叙事，用语朴质，事脉连续而诗意内敛；七古叙事，用语则略显丽采，事脉断而复接，转折跳跃，所叙内容既在现实之内而又超越现实，如"化石不返神悠悠，却逐夫君伴蒯缑""兰闺无人鬼火幽"诸语，即为虚写，而诗意张扩，两诗叙事风貌之别较为明显。前引七言古诗孙承恩《观竞渡歌》，生动叙写了端午节日里划舟儿郎贾勇争先的豪壮气概，其叙事即颇具俊逸之质。

（二）律诗

从诗歌创作篇数而言，明人诗集中数量最多的是律诗。除

---

① 涂伯昌：《涂子一杯水》不分卷《效孔雀东南飞为陶楚生作》，《四库全书存目丛书》本，齐鲁书社 1997 年版，集部第 193 册，第 502 页。
② 邹迪光：《调象庵稿》卷六《玉主行》，《四库全书存目丛书》本，齐鲁书社 1997 年版，集部第 159 册，第 501 页。

排律外，律诗篇制较短，在平仄、韵律、对仗等方面有较严格的要求，其在诗歌叙事上也表现出异于乐府、歌行、古诗叙事的特点。在诗歌内容上，诗歌多选取一个片段内的事件展开叙写，在叙事内容的宏阔性、光远性上，除部分长篇排律外，不及乐府歌行。在诗篇形制上，为增强诗歌叙事机能，使诗歌寄纳更多事件要素，较完整立体地展现事件全貌，明律诗多有制作长幅诗题和诗序的情况；同时，律诗还通过组诗的形式，实现了对较长时段内之事件过程，或事件之不同方面的艺术叙写。在叙事策略上，律诗善使事用典，借助意蕴丰富的事典，以最少的语词展现尽可能多的事意，诗歌语意绵密；同时，律诗往往选取最富诗意的典型要素来连缀诗篇，各事件要素似断实联，诗意呈现有跳跃之质。

　　律诗制作长题，如王世贞七律《林大迪者故同年尚书对山子也闰秋之月忽访我海上以其所著丛桂堂草来读之大较鸿巨典丽不操闽音而七言古近体尤自烺烺维林之先父子兄弟正八座者四人其它乘朱轮组银艾者又十余人大较以高节伟行著天下盖业先其大者而于兹途实未辟也夫岂独闽自待用先生与长沙诸公角善夫先生与北地信阳诸公角而草昧尚屯时伤质胜君子犹有歉焉今者彬彬矣筚路蓝缕之徒大迪其超乘焉嫩哉余甫有笔砚戒不能为之叙而以一诗致赏》："代有尚书能识履，里多乔木总推林。传来凤羽寻常物，别采龙唇大始音。小语时时霏屑玉，新编字字比南金。老夫且拭山阳泪，报尔悠然千古心。"① 诗题叙写作诗缘由，由评价林大迪所作诗篇，而转入评述林氏家族兴盛之

---

① 王世贞：《弇州续稿》卷十五，景印文渊阁《四库全书》本，台湾商务印书馆 1986 年版，第 1282 册，第 199 页。

由，诗篇承此，短短八句，灵活择取诗题所叙事件要素，既叙林氏之盛，又叙大迪之才，叙事之中兼有议论抒情，叙事跳跃，而事、理、情紧密融合。该诗诗题 180 余字，与诗序之篇制实较为相近，律诗诗序与诗正文叙事互补之情形，在此略论。

律诗组诗叙事，如李昌祺《己亥房山除夕营中作》（六首），诗歌作于永乐十七年（1419），时诗人坐事谪守房山，心绪低沉，遇除夕而作组诗：

> 残腊中宵尽，孤怀百感深。已惭先哲训，徒抱古人心。偃息何由得，勤劳敢不任。寒灯照空榻，拥褐谩愁吟。（其一）

> 患难仍连岁，蹉跎独此身。风尘双短鬓，宇宙一穷人。向曙繁星没，凝寒积雪新。椒花今夕酒，谁寿白头亲。（其二）

> 今夕犹常夕，如何倍忆家？二三千里道，四十五年华。贫有文章在，官无品秩加。遥知妻共女，愁坐卜灯花。（其五）①

第一首诗，写除夕之夜，诗人孤坐空榻，独对寒灯，谪罪之身，当此之时，不能不抚今追昔，慨感万分，为组诗叙事交待了背景。其二叙写因己宦途穷厄，而无法承欢白头之亲的自惭自责之绪。其五叙写除夕夜，家园漫漫几千里，与妻女遥望而难聚的愁绪。诗作意旨，各有侧重，既可独立成篇，亦可连珠成链，

---

① 李昌祺：《运甓漫稿》卷三，景印文渊阁《四库全书》本，台湾商务印书馆 1986 年版，第 1242 册，第 465 页。

将除夕夜的孤寂与愁绪立体地叙写出来。

律诗使事用典，自唐即已显著，且取得高超艺术成就。其价值在能够拓展诗歌叙事的意蕴空间，事意绵密而诗思跳跃。明律诗叙事在使事用典上，亦颇具匠心，明人对此有较充分的理性认知，如王世懋即谓："使事之妙，在有而若无，实而若虚，可意悟不可言传，可力学得，不可仓卒得也……我朝越宋继唐，正以有豪杰数辈，得使事三昧耳。"[①] 认为明诗能接续唐诗余脉之处，正在其善于使事用典。而对诗歌使事用典之法，冯复京作了生动述说，所谓："明使暗使，正用变用，通融出入，心矩相调，幻化灵奇，规环自协。"[②] 可见其对诗歌使事用典认识之深入。

第二节　组诗与联章

从明诗创作实际来看，组诗和联章诗歌的创作，数量皆非常可观。基于形式的特点，此类诗作的叙事容量有较大扩充，诗作叙事达意的整体功能有明显拓展，是明诗叙事性特征显现的一个重要标志。

一、组诗

在明人诗集中，有较多数量的组诗创作。从诗歌叙事功用

---

①　王世懋：《艺圃撷余》，周维德集校《全明诗话》本，齐鲁书社 2005 年版，第 2151 页。

②　冯复京：《说诗补遗》卷一，周维德集校《全明诗话》本，齐鲁书社 2005 年版，第 3838 页。

来看，组诗的大量创作，显示了明诗叙事机能的进一步强化，具体有两个表现。

（一）叙事时空的跳跃延展，凸显了诗歌的叙事特征

组诗篇章数量大，诗歌在叙写内容的选取上，有很大自由度，而不会像单篇诗作受制于篇幅、主题的限制。以杜甫诗歌《自京赴奉先县咏怀五百字》《北征》而言，诗作是杜甫两次探家过程的艺术叙写，皆有一定的叙事时间长度，体现出了叙事空间的线性转移，期间融入了对国事时政的叙写与深切思虑。但诗作叙事依然受制于诗人归家途中的所见、所思、所感，诗篇叙事时间、空间转移，亦紧扣诗作主题。而在组诗创作中，同一组诗中的不同诗篇，可从不同时间、空间切入，从不同侧面、角度，对同一主题展开叙写。对于诗题没有明显限定的组诗而言，如《拟古》《古乐府》之类，诗作可灵活选取不同时空下的事件内容展开叙写，从不同方面促成同一创作意旨的实现。

如高启《吴越纪游十五首》①，高启至正十八年到至正二十年，三年间曾游历吴、越，而作纪游诗十五首。该组诗是诗人元末之际，以组诗叙游历事的代表作，诸篇如《始发南门晚行道中》《渡浙江宿西兴民家》《登蓬莱阁望云门秦望诸山》《夜抵江山候船至晓始行》《登凤凰山寻故宫遗迹》，等等，一方面记录了诗人的游历行程，另一方面，则在揽胜吊古之中，将对历史事件及人生的沉思体味叙写出来，具体展示了诗人较长时段里的心怀心境。该组诗属于典型的游历组诗，诗作于叙事中，在叙事时间和空间的转换中，寄寓着诗人的历史思索、人生体

---

① 高启：《高青丘集》卷三，金檀辑注，徐澄宇、沈北宗校点，上海古籍出版社 2013 年版，第 124 页。

悟，对明代纪游类组诗的影响非常明显。如文徵明《游洞庭东山诗七首》《再和昌国游洞庭西山诗八首》《西苑诗十首》《游西山诗十二首》，等等，皆属此类。

　　明人诗集中，有较大数量的乐府诗作和拟古之作，此类作品或缘乐府古题，或自拟新题，表现出较高的艺术水准。其中，许多诗人的乐府诗作，是在一个统一创作观念的规引下创作的，是明代组诗创作的一类典型作品。李东阳《拟古乐府》正是此类诗作的代表。李东阳在《拟古乐府引》中言"间取史册所载，忠臣义士，幽人贞妇，奇踪异事，触之目而感之乎心，喜愕忧惧，愤懑无聊不平之气，或因人命题，或缘事立义，托诸韵语，各为篇什。长短丰约，惟其所止；徐疾高下，随所会而为之。内取达意，外求合律。"[1] 该组组诗一百余篇，诗篇上起《申生怨》《绵山怨》，下至《花将军》《尊经阁》，从时代来看，叙事内容起自春秋前期，止于明朝初年，时间跨度两千年左右。诗篇所叙事件内容、人物行状，或有相同相近处，所谓"忠臣义士，幽人贞妇"，但诗篇叙事角度的择取，事义内涵的生发，则各有侧重，从而保证了趋同主题下，不同历史事件及人物的不同叙事效果，各篇之间，曲调同而有异，共同宣喻了整组诗的创作意旨。

　　基于组诗的集群效应，诗篇创作可以观照更绵远时间和更广阔空间下的事件内容，能够在整体上呈现出间而不断、串珠成线的艺术效果，使诗歌在总体上呈现出鲜明的叙事特征。

（二）叙抒议的自然融合，促成了诗意的深化与传达

　　与组诗整体性叙事特征并存的是，组诗中各单篇诗作可灵

---

[1]　李东阳：《李东阳集》卷一《拟古乐府》，周寅宾校点，岳麓书社2008年版，第3页。

活选取引申意涵的触发点，诗作或显性叙事，以叙事触发情感、议论，或事件内容隐而不显，杂叙事于情感议论发抒之中，整组组诗叙抒议融合无间，诗旨显豁自然。如上述李东阳《拟古乐府》第一首《申生怨》：

> 十日进一胙，君食不得尝。谗言岂无端，儿罪诚有名。儿心有如地，地坟中自伤。儿身不如犬，犬得死君旁。天地岂不广，日月岂不光。悲哉复何言，一死以自明。[1]

诗篇并未面面俱到地对晋国太子申生的史实展开细致叙写，而是以点带面，凝缩叙事，选取最具矛盾冲突、最扣人心弦的细节展开叙事，直奔历史现场，画面感十足，紧随其后的则是诗人基于史实生发的情感议论，叙事简明，抒情议论直接精当，"长短丰约""徐疾高下"，正可适宜。再如《拟古乐府》第三首《屠兵来》：

> 儿勿啼，屠兵来，赵宗一线何危哉。千金买儿儿不死，真儿却在深山里，妾今有夫夫有子。死兵易，立孤难，九原下报无惭颜。赵家此客还此友，穿何故亡盾何走？谁言赵客非晋臣，当时婴杵为何人？[2]

---

① 李东阳：《李东阳集》卷一《拟古乐府》，周寅宾校点，岳麓书社 2008 年版，第 4 页。

② 李东阳：《李东阳集》卷一《拟古乐府》，周寅宾校点，岳麓书社 2008 年版，第 6 页。

该诗直接叙述赵氏孤儿命悬一线之际的历史画面，省略了对事件前因的叙述，并融叙事于抒情议论之中，事件要素时隐时显，诗作事情理三者混融，既有历史事件的紧张画面感，又有力透纸背的情理升华，诗歌意旨得以有效深化和传达。从组诗创作来看，单篇诗歌借助组诗叙事的集群效应，可以灵活选择和处理事件要素，或详叙或略叙，以为诗人情感、理致的引发深化，提供基础和空间，从而取得了单篇诗作往往不易获取的艺术效果。

二、联章

从《诗经》开始，诗歌重章叠句的复沓结构，即为诗歌叙事提供了有益形式。及至楚辞《九歌》，各篇章已超越《诗经》中各章节同属一首诗篇的情形，同时，篇章体制的扩衍，为诗歌书写内容的增益，提供了有利基础。魏晋时期，联章体诗歌更有创制，如曹操《步出夏门行》，由"艳"及《观沧海》《冬十月》《河朔寒》《龟虽寿》四解构成，王粲《七哀诗三首》、曹丕《秋胡行二首》、曹植《朔风诗五章》《赠白马王彪诗七章》等，皆为此类。降及唐代，联章诗创作更有演变，杜甫《秋兴八首》，以一脉贯注的沉郁情思，将联章体诗歌创作推向新高度。

明代联章诗的创作数量，非常可观。联章体诗歌，借助篇制的扩衍，增益了诗篇的叙事内容和叙事特征，这主要有两个表现，一是诗歌叙事呈现出线性叙事的特点；二是联章诗内各诗之间在诗旨上衔接贯通，共同促成了事意混融的叙事境界。

（一）诗歌线性叙事特征的加强

联章诗与组诗的一个较明显区别在于，相较于组诗内各诗相对松散自由的关系，联章诗各诗之间有更紧密的关联，诗歌在诗意布置上，存在明显的起承转合关系，表现在叙事方面，就是诗歌在叙事时间的转移、叙事空间的切换上，体现出趋于一致的特点，从而在叙事脉络上呈现出明显的线性叙事特征。如高启《出郊抵东屯五首》：

> 故乡一区田，自我先人遗。赖此容我懒，不耕坐待炊。霜露被寒野，属当敛获时。年来征薄入，税驾宿东陂。今年虽未丰，亦足疗我饥。万钟知难称，保此复何辞。（其一）

> 咿咿鸡登场，秋稼稍狼藉。疏榆荫门巷，景暗烟火夕。田家虽作苦，于世寡忧戚。况当收获景，斗酒复可适。所以沮溺徒，躬畎不辞剧。（其二）

> 我本东皋氓，偶往住州城。兹来卧农舍，顿惬田野情。如鱼反故渊，悠然乐其生。临去谢主媪，重来自蔾羹。我非催租吏，叩门勿相惊。（其三）

> 朝服久已解，俨然山泽臞。欲狎林野人，相欢混贤愚。朝来此水滨，高歌步踟蹰。忽逢一田父，舍耕拜路隅。疑我是长官，怪我体貌殊。我已忘所有，彼我未忘欤？不能使争席，心愧御冠徒。（其四）

> 坐久体不适，卷书出柴关。临流偶西望，正见秦余山。野净寒木疏，川长暝禽还。此中忽有得，怡然散襟颜。遂同樵牧归，歌笑落日间。（其五）①

---

① 高启：《高青丘集》卷三，金檀辑注，徐澄宇、沈北宗校点，上海古籍出版社 2013 年版，第 141 页。

该联章诗，叙写了诗人出郊抵达东屯前后的事件过程，第一首叙写了出郊的缘由，诗人于此，尚有用世之心；第二首叙写了归途见闻，田野的淳朴风貌，正感染着诗人的耳目；第三首叙写抵达东屯后的轻快心境，羁鸟返旧林，池鱼归故渊的欢悦，显然可见。第四首叙写了闲居东屯的人事交际，野人田父言行的纯真天然，足可启迪诗人心智；第五首叙写了闲居东屯的怡然心境。至此，诗人已与山野自然融而为一，世间羁绊早已消脱无形，内心达于任性自然之境。各诗叙写内容各有侧重，但又规约于同一诗题，前后衔接紧密，在整体上显现出一条完整清晰的叙事脉络，展现出一幅流动的出郊归野图。在诗歌联章的线性叙事中，展现的不仅是诗人在现实世界的行动轨迹，更是诗人心境趋于自适的渐变过程，诗旨亦逐渐明朗显豁。

（二）诗歌混融叙事境界的生成

联章诗基于一线贯注的叙事脉络，以及各诗间的紧密衔接，使诗作在整体叙事上呈现出一种混融的叙事境界。各诗虽可单独成章，但各诗篇的意义，通过联章的承接呼应后，呈现出一种超越单篇的，语义更为丰富的混然事境。此类作品在明人诗集中，数量较多，如沈周《水乡棹子十首》、文征明《咏文信国事四首》《岁暮雪晴山斋肆目偶阅谢皋羽诗穷冬疑有雨一雪却成晴喜其精妙因衍为韵赋小诗十首》、祝允明《悲秋三首》、罗洪先《四嗟诗别弟也邃夫如南雍其兄送之江上不能独归而作》《论学四首》、唐顺之《病中秋思八首》《病中秋日作四首》、李开先《春日赋事九首》《地震一韵十首》、李攀龙《春日闲居十首》《夏日东村卧病十二首》《秋日村居八首》《冬日村居四首》、袁宏道《别龙湖师八首》《江南子五首》等等，皆属此类。其中如李开先《地震》（一韵十首）：

　　　　地震连山陕，残伤亿万家。室庐尽倒塌，骸骨乱交加。
占必阴偏盛，兆或政有差。平生三老友，一夜委泥沙。
（其一）

　　　　家全或失主，主在却无家。土裂火从出，山崩水更加。
天时非错迕，人事有参差。一望炊烟断，风吹满目沙。
（其二）

　　　　万姓已遭劫，宗藩亦破家。忧勤天语切，赈恤国恩加。
朝政原无缺，岁行定有差。内安无外患，永不起风沙。
（其三）

　　　　一方总一命，气数系邦家。事验千年远，法须一倍加。
是则从头是，差还到底差。愿天生虎将，万里扫龙沙。
（其四）

　　　　天网从天降，不分积善家。民间差已重，额外赋仍加。
效取千方少，棋因一着差。昔年歌舞地，惨淡月笼沙。
（其五）

　　　　云开涌出月，今夜照谁家。转徙绘难尽，哀伤文不加。
有谁为郑侠，独自愧夫差。不必重伤感，人生一聚沙。
（其六）

　　　　召灾由吏致，民欲诉官家。痛哭情难达，强行力不加。
讵知千里谬，原是一毫差。扫斗彗星现，推占用拨沙。
（其七）

　　　　架薪难作家，趁熟早移家。雨必浑身湿，愁从两鬓加。
盈虚原定数，推算必重差。世变岸为谷，有时水见沙。
（其八）

栖燕今无主，忙忙犬丧家。分争难自保，苦楚又何加？
柱史疏疑过，遣官勘不差。夜来一失手，亲友类抟沙。
（其九）

一城千万户，只剩一千家。天地情何惨，生灵祸莫加。
贫为双口累，富只一肩差。南北还交困，胡尘与海沙。
（其十）①

该诗作于嘉靖三十五年（1556）春，是对嘉靖三十四年（1555）
十二月十二日山陕大地震的追记。地震发生不久，诗人曾写有
《平阳哀》一诗，叙写大震发生后平阳一地生民的艰难困境，及
诗人的感喟忧虑。《地震》联章诗，则是大震过去一段时间后，
诗人再次对这一造成巨大心理冲击事件的理性反观。该联章诗，
每一首都由地震写起，但各诗的叙述侧重点不同，各诗在书写
内容上由近及远，在叙写方式上由具体叙述到宏观概括，在诗
篇义涵上，存在起承转合的逻辑递进关系。具体而言，诗人借
由对地震场景的近景叙写，进而由此及彼，层层推进，将视角
放远放大到对整个明朝家国时政的观照，并表达出对明朝政府
面临的边境危机、倭寇祸乱及社会时弊的深切忧虑。该联章诗，
既有具象的场面描写，又有宏观的概括叙述，叙事之中，协有
对生民的深切悲悯和对家国前途的理性追索，境界合而不散，
混融凝聚，形成了事脉连贯、事意绵密、情真议明的混融叙事
境界，体现出联章诗独特的叙述优势。

---

① 李开先：《李开先全集》（修订本）卷二，卜键笺校，上海古籍出版社 2014
年版，第 129 页。

第三节　人物传记诗

人物诗传也可称为人物传记诗，它是明代产生的诗体人物传记。其题中要旨，约略有两点：一是人物诗传实属明代新出；二是人物诗传重在以诗传人。之所以判其新出，盖明前绝少见也；之所以谓之诗传，盖传人兼纪事也。诗传，诗传，既属诗歌，又为传记；诗歌自当抒情写意，传记亦须叙事写人，两相叠加，孰重孰轻，如何混融，颇可玩味……凡此种种，陈述如下。

一、人物诗传之产生

披览明人诗集，中有一类诗作，旨在以诗传人，颇似人物传记。诸如李梦阳《少傅西涯相公六十寿诗三十八韵》、何景明《上李石楼方伯》、王世贞《哭李于鳞一百二十韵》、胡应麟《挽王元美先生二百四十韵有序》等。像这样的诗作虽不算很多，但其体格独特颇引人注意。辨析此类人物传记诗，大都有若干共同特点：（1）诗作的篇幅容量较大，其体式多为歌行排律，如王世贞诗达一百二十韵，胡应麟诗称有二百四十韵；（2）重在传人而兼顾纪事，所述人物行实较全面，如胡应麟诗叙写王世贞生平行谊事迹，涉及交游、著作、问学等十多个方面；（3）遣词行文偏重于叙事，而字里行间不乏情氛，就诗的写作语境而言，诗人与传主交谊深厚，谙悉传主的心思作为，且充满感激欣羡之意；（4）虽以传人纪事为归趣，但通篇饱含着诗性，实录之中富含想象，敷陈之中兼有比兴，遣词造句不厌夸饰，步韵用典力求雅致。衡以此四点，兹特加设定：凡具备这些特征的诗作，就是典型的人物传记诗。

　　至于此前的写人纪事诗中，有无这种典型的人物诗传，则需对照分析，以示甄别判断。唐前的暂置勿论，即以两宋诗而言，周剑之研讨宋诗之人物叙事，论列了其中的两类诗歌形式，一是人物传记式叙事诗，另一是诗家所撰自传诗，其是否属人物诗传，应作出切实的评估。周剑之比较宋前与宋代的人物叙事诗，认为宋前的写人个性突出、形象鲜明；而宋代的继承了这一传统，并加强了叙事的安排取舍，将正史纪传体的写法融入到诗歌叙事中，使事件的发展与人物的塑造更紧密结合。像"人物传记式"这样的表述，是把捏很有分寸并认证到位的，既讲明了宋代人物叙事诗的新变，又限定了宋代人物叙事诗的质性。其所着重论析的人物叙事诗例，如苏辙《郭纶》、颜太初《许希》、郭祥正《怡轩吟赠鄱阳张孝子》、梅尧臣《书窜》、徐积《爱爱歌》、孔平仲《紫髯将军》、蔡襄《四贤一不肖》等，均只是聚焦人物的某项作为，以之为中心事件来敷陈叙写；而不触及人物生平的更多方面，因此还不是典型的人物传记诗。至于王禹偁颇具自传色彩的《谪居感事》，仍是感事咏怀之随想而非专注于为己立传。[①]

　　由此可知，像上述那样典型的人物传记诗，不仅在明之前诗集中难觅踪迹，即便在明代诗家林立作品高产时期，亦只是

---

①　周剑之论曰："此诗篇幅极长，共一百六十韵，却线索清晰，段落分明。诗人将自己过往经历视为诗歌表现的主要对象，从入仕的过程开始写起：……此为全诗主体内容。诗歌脉络分明，诗人仕宦的基本经历历历在目。这首自传诗的成熟，首先在于它对自我经历叙述的完整性。它不是只对人生中某一段有限时间内经历的叙述，而是从幼年一直到诗人写作当下的长时间、历时性的叙述。"指出该诗叙述的完整性，是基本符合文本的；但说"自传诗的成熟"，则有推求过甚之嫌。（以上参见周剑之：《宋诗叙事性研究》，中国社会科学出版社2013年版，第38—61页）

偶现形影而非随处触手可见。据不完全通检，有明诸大家集，如高启《大全集》、杨维桢《铁崖古乐府》、刘基《诚意伯文集》、宋濂《宋濂全集》、刘崧《槎翁诗集》、杨士奇《东里集》、李东阳《怀麓堂集》、孙一元《太白山人漫稿》、李梦阳《空同集》、徐祯卿《迪功集》、边贡《华泉集》、王九思《美陂集》、康海《对山集》、高叔嗣《苏门集》、王慎中《遵岩集》、唐顺之《荆川集》、李攀龙《沧溟集》、谢榛《四溟集》、卢柟《蠛蠓集》、徐中行《天目集》、吴国伦《甔甀洞稿》、梁有誉《兰汀存稿》、徐渭《徐文长三集》、袁中道《珂雪斋集》、袁中道《珂雪斋近集》、钱谦益《牧斋有学集》等，虽有不少人物题咏之作，却未见典型的人物诗传。唯在何景明《大复集》、王世贞《弇州四部稿》、胡应麟《少室山房集》、袁宏道《袁中郎全集》、钱谦益《牧斋初学集》等中，搜索可得若干首典型的人物诗传。因此，人物诗传作为明诗特有品种之判断，是出于上述历时与共时之双向考量：一是早前难觅，二是当代少见。

二、人物诗传之分界

如此少的人物诗传，之所以要引起讨论，乃因它提供了新的文学质素，并且拓展了诗歌叙事的题材。从质素来看，它是诗体的人物传记，而非传统常规的人物题咏；从题材来看，它是专为某个人立传，而非因人纪事或以事写人。

中国诗歌人物题咏的传统由来已久，今存《诗》经中的篇章即不乏其例。《卫风·淇奥》美武公有文德，同风《硕人》悯庄姜之失宠，已开人物题咏先河，下及汉魏晋六朝诗，乐府民歌有佚名者长篇《古诗为焦仲卿妻作》，文人创作则有颜延之《阮步兵》《嵇中散》。到了唐代诗圣杜甫笔下，人物题咏更是连篇累牍，如《八哀诗》《魏将军歌》《寄李十二白二十韵》《寄张十二山人彪三十韵》等等。此类诗歌写人物的行谊事迹，往往是截取片段或聚焦特写，突出某些品行和作为，而不作全景式的铺叙。其细部之特写或印象式朦胧确实富有美感，但因不见人物生平全貌而终非人物诗传。这种人物题咏写法一旦形成，就自成体格规制而流播久远。嗣后如刘禹锡《泰娘歌》、李商隐《五言述德抒情诗一首四十韵献上杜七兄仆射相公》及其续作《今月二日不自量度辄以诗一首四十韵干渎尊严伏蒙仁恩俯赐披览奖逾其实情溢于词顾惟疏芜曷用酬戴辄复五言四十韵一章献上亦诗人咏叹不足之义也》、杜牧《杜秋娘诗》和《张好好诗》等，大都承其体格风旨，不出人物题咏范围。甚至元末高启所作《青丘子歌》，尽管有自传色彩却仍属人物题咏。其诗首段，写己出身："青丘子，臞而清，本是五云阁下之仙卿，何年降谪在世间，向人不道姓与名。"这在开篇点明，青丘子乃谪仙，非真实的世俗中人，是为虚构而非实录。接下来的五韵，写其性情意趣："蹑屩厌远游，荷锄懒躬耕。有剑任锈涩，有书任纵横。不肯折腰为五斗米，不肯掉舌下七十城。但好觅诗句，自吟自酬赓。田间曳杖复带索，傍人不识笑且轻。"这是追慕古贤隐逸之风，以描画青丘子风神气骨。下文极尽铺张夸饰之能事，抒写青丘子在人间的作为：既类迂儒，又似狂生；行吟不休，兀兀如醉；不修边幅，不营家事；不怜儿女，不迎宾客；安于清贫，不慕富贵；没有争心，不事钻营；栖志林泉，葆养精气；心游八极，超越有形；细大无碍，清浊和同；上天入地，妙契鬼神……这糅合了接舆、颜回、仙道等古贤的精神意态，构建出融摄儒道仙隐狂狷多种成分的人格形象。末四行与首呼应："天帝闻之怒，下遣白鹤迎。不容在世作狡狯，复结飞佩还瑶京。"① 再次强调青丘子乃仙界中人，因不合时宜而难为世间所容。总观全诗，所写是作者的精神意趣，而非青丘子的生平行实。

写人纪事是历代诗家常备题材，其作品产量宏富可谓数不胜数；进而两相结合，或兼写人和事，或因人纪事，或以事写人，像这样的诗歌取材，历来亦被广泛沿用。搜讨历代诗家所述，因人纪事诗之显例，如嵇康《幽愤诗》，其诗前六韵写生平："嗟余薄祜，少遭不造。哀茕靡识，越在襁褓。母兄鞠育，有慈无威。恃爱肆姐〔姐〕，不训不师。爰及冠带，冯宠自放。抗心希古，任其所尚。"至此戛然打住，不再叙写身世；而用长达三十七韵七十四行繁复的下文，来抒写"抗心希古，任其所尚"之心志，思绪绵密，层层深入。② 这种行文结构明显有谈玄论理的倾向，重心不在写人物生平而在写人生事理。至于以事写人之显例，则如韩愈《落齿》诗："去年落一牙，今年落一齿。俄然落六七，落势殊未已。余存皆动摇，尽落应始止。忆初落一时，但念豁可耻。及至落二三，始忧衰即死。每一将落时，懔懔恒在己。叉牙妨食物，颠倒怯漱水。终焉舍我落，意与崩山比。今来落既熟，见落空相似。余存二十余，次第知落矣。倘常岁落一，自足支两纪。如其落并空，与渐亦同指。人言齿之落，寿命理难恃。我言生有涯，长短俱死尔。人言齿之豁，左右惊谛视。我言庄周云，木雁各有喜。语讹默固好，嚼废软还美。因歌遂成诗，持用诧妻子。"③ 诗中所叙写，乃落齿之事。作者通过落齿漫画式地描状生命衰老，

---

① 高启：《高青丘集》卷十一，金檀辑注，徐澄宇、沈北宗校点，上海古籍出版社 2013 年版，第 433—434 页。

② 嵇康：《嵇康集校注》卷一《幽愤诗》，中华书局 2014 年版，第 42 页。

③ 韩愈：《韩昌黎诗集编年笺注》卷二《落齿》，方世举编笺，中华书局 2012 年版，第 89 页。

并援引庄周齐物论旨以悟解人生忧患。这种写法是典型的以事写人，固属人物题咏而非人物诗传。

　　大约到了元明之际，杨维桢创作一组诗，每诗所写均以事系人，将一人一事紧密结合，初具以诗传人的体格，可谓人物诗传之雏形。这组诗总共有十二首之多，录在《铁崖古乐府》卷六，题为《金溪孝女歌》《杨佛子行》《金处士歌》《彭义士歌》《卢孤女》《孔节妇》《陈孝童》《强氏母》《传道人歌并序》《留肃子歌》《洪州矮张歌》《秀州相士歌》。诗中所记均非士大夫名流，而是市井村野下层小人物，其事多显神奇，其人颇著节义，以此引起作者关切，并乐意用诗传述之。此中因缘与情节，杨维桢尝自序曰："御史斡勒允常为余道传道人事：'道人，字隐阳，朔人也。性勇犷，壮年无所用其勇，遂执砆质之役于刑部。会河南有以讹误系请室者若干人，道人独明其非辜，不忍陷死地，且加存恤。未几，赦出之，皆诣道人所，谢再生之年。其杀人之中，又有仁义类此。积劳当得九品官，一旦弃去，遇异师于关陕间，与之语，有悟；素不识书，即能赋五字诗，道其所脱然者。后遂入嵩山，不还者十年。父兄妻子莫知其所如往。今隐居洛阳三井洞，株坐不出。好事者往候见之，讫无一语。吾子为古诗文，喜录奇事，若道人者，亦一奇也。且道人约余，三年后当见予洛城之东。事果，当以吾子之作遗之。'余读《宋史》，知李芾忠烈之助，亦一刽手耳，其可以五百例贱其人乎？若隐阳者，既勇于敢而杀，又勇于不敢而无杀，晚退其役，而进道于黄冠者师，非其以执术为不是，而讫善复其性者欤？故为作歌一首，复御史云。"① 此明言喜录奇事，因好奇

---

①　杨镰主编《全元诗》，中华书局 2013 年版，第三十九册，第 52 页。

而作该诗。如此看来，作者初衷是录奇述异，本非专为某人物立传；故其关注点只在人事之奇异上，而不述及更多的人物生平事迹。因此可以判断，杨维桢这组诗，虽具备以诗传人之雏形，但还不是典型的人物诗传。

严格说，明中期产生的人物诗传，是一个特定的诗歌概念。它除了体格上有若干规定性，还与其他诗种有明显的分界。兹以李梦阳、徐渭之诗为例，来分辨人物诗传与非之界别。李《少傅西涯相公六十寿诗三十八韵》、徐《上督府公生日诗并序》均为贺寿诗，分别表达对座主李东阳道德文章、恩公胡宗宪事功勋烈的赞扬及所受知遇之感念。徐诗序称："恭逢都府明公之生辰，于是文武吏士及乡大夫士若耆旧宾客，以公自镇抚以来，功在东南者，实大且远，乃相与各抱其所有，以为公长久祝。……某小子叨沐宠荣……谨撰长篇一首凡百句，奉伏门下，以充献寿之礼。自知拙陋，无所发抒；然慕恋恩私，忻喜盛事，自不能已于言耳。"① 此明言发抒颂功，是为献寿礼而作。至于李诗，虽亦述荣恩，为献寿而作；然因述及翊圣、颖拔、承诏、讲幄、宫坊、文章、道术、书艺、崖题、墨刻、授徒、辅政、侍御、顾命诸事，已初具人物诗传的体格。② 故知徐诗仅叙抗倭事而未及更多生平事迹，便成人物题咏；而李诗较全面翔实地叙写了人物生平事迹，则属人物诗传。

---

① 徐渭：《徐渭集·徐文长三集》卷九《上督府公生日诗并序》，中华书局1999年版，第319页。
② 参见李梦阳：《空同集》卷二十八《少傅西涯相公六十寿诗三十八韵》，景印文渊阁《四库全书》本，台湾商务印书馆1986年版，第1262册，第238页。

第九章

明诗叙事的体格风貌

明代诗歌叙事的体格风貌主要表征在题材类型的拓展、人物形象的塑造和人物诗传之技艺等方面。下面分述之。

第一节　诗歌叙事的题材类型

明诗在近三百年的创作历程中，以其丰富的叙事内容较全面地反映了明代社会历史状貌和明人精神世界，成为今人认识明代社会历史的重要凭借。明诗中，叙写社会苦难、时局事态、诗人行迹、他人遭遇的作品占有较大比重，此外史事、民俗、生活细事、倡和交际、趣事、奇事、异事等内容，在明诗中亦多有表现。诗人用不同叙事策略来展开对不同内容的艺术叙写，使诗作在呈现事件过程、凸显人物品格的同时，呈现出多样审美特质。

一、对社会苦难的深切观照

有明一代，在相对稳定的社会状态下，实隐伏着多种动荡不安的因素。尤其是明中叶以后，明王朝内部吏治日渐腐败，徭役赋税繁多，各地民变不断，外部蒙古侵扰、倭寇肆虐，加之洪水地震等自然灾害频仍，生民衣食无着，多至卖妻鬻子，埋身沟壑。面对如此境况，明代诗人发扬汉乐府"感于哀乐，缘事而发"的创作精神，以悲悯情怀直笔叙写现实苦难和悲惨人生，从而将中国古代诗歌的现实主义创作精神推进到新高度。具体而言，明诗对现实苦难的叙写主要从以下方面展开。

首先，直笔叙写自然灾害及社会动乱下，民众的艰难生活处境。明代，地震、洪水、干旱等自然灾害频仍，诗人以诗纪实叙写了诸种自然灾害给民众生活造成的破坏。如李开先《平阳哀》对嘉靖三十四年（1555）平阳府地震的记述：

> 地震今方定，平阳有客来。向予泣且诉，就食行当回。去岁冬之夜，古今无此灾。有如地维坼，忽然鸣疾雷。屋倾同拉朽，墙塌类崩崖。物畜不足恤，民命等蒿莱。岂独民遭困，宗藩半劫灰。土高约丈余，火似焚油柴。大埠成深涧，平地起隆堆。湖湘天决裂，陕右地崩摧。秦晋灾相似，人情尚喧阗。[①]

据诗序所言，此次地震房屋倾塌，压死军民四万二千余人，震灾严重，灾情下民众生活遭受重创。又顾鼎臣《大雨》对洪灾

---

① 李开先：《李开先全集》（修订本）卷一，卜键笺校，上海古籍出版社 2014 年版，第 67 页。该诗诗序记曰："平阳哀者，哀平阳府也。嘉靖三十四年十二月十二日夜半，山陕地震，而山西似犹过之；山西地震，而平阳似又过之……二十八县，压死军民四万二千九百六十五名口，塌毁房屋一十五万六千五百六十七间，土窑二万六千六十七空，头畜三万一千三百九十五头匹。其蒲州、荣河、安邑、临晋，十去八九，数难尽查，大约不下十数万，较之有名可查者，损伤多矣。"

之叙写：

> 七月日五六，气候如高秋。雨意转荡潏，势欲漂燕幽。街市潢潦集，浅深可方舟。闾阎半汩没，沾濡到衾裯。寂寞烟火灭，纵横盆盎浮。煤薪且无购，安办米与粺。饥乡沸妻孥，蓬垢同系囚。牵抱蔽孩婴，惊顾虑空周。且忍顷刻活，未暇来日谋。亦有衣冠徒，视舍如传邮。墙屋浸欲颓，性命如缀旒……此变未可轻，广阔被数州。大都尚若斯，僻壤尽可筹。哀哉彼穷民，衣食恃耕畴。黍稷方垂花，稻菽苗正抽。上者今涂泥，下者为渊湫。所存复几何，公私待诛求。老弱力不克，转死壑与沟。少壮去犁锄，行复事戈矛。[①]

诗歌叙写 1517 年夏六月，洪灾给城中居民生活造成的严重干扰，在城市，道路洪水肆流，民众基本生活无法保障；在乡村，脆弱的农业生产不堪一击，乡民转瞬之间衣食无着，变为贫民，甚者埋身沟壑，更有少壮起而为非常之算（行复事戈矛）。又如归有光《郓州行寄友人》叙写自然灾害下民众处于死亡边缘下的惨状：

> 去年河溢徐房间，至今填阏之土高屋颠。齐鲁千里何萧然，流冗纷纷满道边。牵挽小车载家具，穴地野烧留处处。丈夫好女乞丏不羞耻，五岁小儿皆能闲跪起。卖男卖

---

① 顾鼎臣：《顾文康公诗草》卷一，《四库全书存目丛书》本，齐鲁书社 1997 年版，集部第 55 册，第 468 页。

女休论钱，同床之爱忍弃捐。相携送至古河边，回身号哭向青天。原田一望如落鸦，环坐蹒跚掘草芽。草芽掘尽树头髡，归家食人如食豚。今年不雨已四月，二麦无种官储竭。近闻沂泗多啸聚，郓州太守坐调兵食愁无措。乌鸦群飞啄人脑，生者犹恨死不早……①

凶荒之年，涝旱相继，丈夫好女乞不羞，五岁小儿闲跪起，在灾害面前，严重的饥饿迫使人们做出了超越伦理的酸辛抉择，生者卖妻鬻子，掘草充腹，聊度一时。死者弃身沟壑，为乌所食，惨绝之状令人难以卒读。又王九思《卖儿行》、杨爵《鬻子行》《鬻妻行》等亦直笔叙写了百姓卖妻鬻子的悲凉现实，将明诗叙事的现实主义创作精神推向新高度。

在明王朝腐败吏治和繁重赋役激化下，明代区域性民众动乱时有发生，这给本就困苦不堪的百姓带来更多灾难。如李濂《西平老翁行》中老翁自述"岂料岁逢辛未变，流贼几万钞河甸。西平三度举火来，民庐官廨燔烧遍。血流灌河河水殷，山堆白骨谁曾见。是时两儿锋刃伤，老夫携妻深洞藏。廓清虽赖官军力，赀尽家倾儿已亡。"② 老翁一家在经历多次动乱后，由一个殷实之家而至家破人亡，其处境实为悲惨。其他如齐之鸾《皮服姬》、李化龙《掳妇》等亦皆叙写了社会动乱给民众造成的悲苦处境，诗作叙事之纪实精神颇为明显。

其次，直笔叙写繁重赋役给百姓带来的深重苦难。明代，

---

① 归有光：《震川先生集》卷十，上海古籍出版社 2007 年版，第 956 页。
② 李濂：《嵩渚文集》卷十二，《四库全书存目丛书》本，齐鲁书社 1997 年版，集部第 70 册，第 444 页。

赋役繁多，尤其是嘉靖以后，耗用日巨，工役日繁，民众不堪其负。《明史》卷七十七《食货志一》载："世宗以后，耗财之道广，府库匮竭。神宗乃加赋重征，矿税四出，移正供以实左藏。中涓群小，横敛侵渔。"① 又《明史》卷七十八《食货志二》载："世宗中年，边供费繁，加以土木、祷祀，月无虚日，帑藏匮竭。司农百计生财，甚至变卖寺田，收赎军罪，犹不能给。二十九年，俺荅犯京师，增兵设戍，饷额过倍。三十年，京边岁用至五百九十五万，户部尚书孙应奎蒿目无策，乃议于南畿、浙江等州县增赋百二十万，加派于是始。"② 又："世宗营建最繁，十五年以前，名为汰省，而经费已六七百万。其后增十数倍，斋宫、秘殿并时而兴。工场二三十处，役匠数万人，军称之，岁费二三百万。其时宗庙、万寿宫灾，帝不之省，营缮益急。经费不敷，乃令臣民献助；献助不已，复行开纳。劳民耗财，视武宗过之。万历以后，营建织造，溢经制数倍，加以征调、开采，民不得少休。迨阉人乱政，建第营坟，僭越亡等，功德私祠遍天下。盖二百余年，民力殚残久矣。"③ 明王朝统治者奢侈朽腐，其私欲的满足正建立在对百姓的横征暴敛之上。明代诗人在诗中直笔叙写了繁重赋役给百姓造成的深重苦难，将批判矛头直指统治者。此类诗作以王祖嫡《城南老父行》为代表，该诗纪录了老夫一家在繁重税役逼迫下，家破人亡的悲惨

---

① 张廷玉等撰《明史》卷七十七《食货志一》，中华书局 1974 年版，第 1877 页。

② 张廷玉等撰《明史》卷七十八《食货志二》，中华书局 1974 年版，第 1901 页。

③ 同上书，第 1907 页。

遭遇，其中老夫自述一段云：

> 自言家世此乡住，一男耕田一男戍。孙女十五未嫁人，
> 老妻七十供农具。长男有妻次未婚，骨肉数口依孤村……
> 岂知连岁遭荒凶，一冬无雪草茸茸。自春抵夏已四月，旱
> 风炎日朝朝同……今春斗种借富人，到秋倍偿仍送新。把
> 来下秧尽枯死，黄犊牵去谁能嗔。瓶中粟米无一粒，上司
> 催粮风火急。人传又加地亩银，无可奈何只对泣。果然吏
> 胥下乡来，奔突叫号山为摧。拆屋败垣逞凶焰，督责时刻
> 难迟回。支吾辗转无人色，家私未足供培克。可怜十五女
> 孩儿，卖与盐商泛越国。券成止得二千钱，尽为吏胥肩持
> 还。牵衣顿足吏不顾，茫茫何处呼皇天。三日无食饥欲倒，
> 满村瘟疫谁能保。老妻子妇相继亡，无衣无棺弃荒草。长
> 男十载戍辽西，万里音书隔鼓鼙。战骨多应河上朽，登高
> 一望一凄迷。只今惟有老夫在，东乞西求日昏聩。郊原早
> 晚饱鸢乌，谁为残骸掩土块。[①]

旱灾严重，颗粒无收，老夫一家本就处境危艰，而官府吏胥反
更催加税银，迫使老夫鬻卖孙女以纳赋税。饥病交加，老妻子
妇相继亡殁，长子十年征戍，生死未卜，数口之家仅剩垂垂一
老翁。显然，官府横征之赋税与无期无尽之徭役，较之天灾，
更直接地导致了老夫一家的悲惨处境。诗人在诗跋中强调该
诗："虽词极鄙俚，然皆纪实，使良牧者见之，安知不与《石

---

① 王祖嫡：《师竹堂集》卷四，《四库未收书辑刊》本，第05辑，北京出版社
　2000年版，第23册，第152页。

壕吏》《捕蛇说》诸篇并增凄恻也!"诗人将此诗与《石壕吏》《捕蛇者说》作比,足见其意在讥刺明朝政府无休止的徭役和繁重赋税。其他如董纪《鬻女谣》叙邻人因租鬻女事,杨基《白头母吟》、李时勉《道傍老妇》叙征夫久戍不归事,周叙《黄池役人行》叙税役繁重事,皆直接书写了明朝政府横征暴敛、徭役无度给百姓带来的深重苦难。相比史料对明王朝腐朽统治的概述,明诗对繁重赋役压迫下民众悲惨生活的叙写更显具体和立体,明诗在对历史真实的艺术叙写中显示出极高的艺术感染力。

最后,直叙明朝官吏腐败凶残给百姓造成的窘迫困境。龚诩《甲戌乡中民情长句寄彦文布政》是此类诗作的代表,诗歌叙写了洪灾肆虐下,明朝政府大小官吏腐败不为、乱为,徇私自保的丑陋面目:

> 景泰五年甲戌岁,正当南亩耕耘际。忽然骤水涨江湖,汹涌浩漫良可畏。更堪滂沛雨兼旬,大岸小塍俱决溃。田家男妇奔救忙,力竭气穷无术备……况逢缺食方阻饥,女哭儿啼割心肺……官仓储积岂无粟,有司吝出牢封记……县宰惧难偿风颠,饱食闭门经月睡。一朝谋定人不知,半夜携金远逃避。郡侯坐视付不知,但挟娼优日酣醉。徇私掘去抵湖堰,横流自此无能制。甫差周倅问疾苦,攫去白金如土块。府公唯责旧负逋,不问苍生问鱼脍。按察徒惩小小疵,曲徇乡情舍奸弊。便宜太保幸见临,香火满城人鼎沸。群奸媚事靡不为……劝谕赈给浪得名,伪钱糖秕成何济。虽擒妖人许道师,多少无辜枉遭累。一夫一妇皆王

民，鼓弄如何等儿戏。①

在洪灾面前，生民手足无措，而县宰、郡侯、府公诸官吏或佯作疯癫、伺机逃脱，或挟娼酗醉、徇私自谋，或不问民隐一味追逋，而按察、太保之监察、劝谕，又于黎民生计毫无裨补，全成虚文。在洪灾面前，百姓倒悬如木偶，命轻如草芥，受到了大小墨蠹府吏的戏弄，只能无助地挣扎在死亡线上。诗人在诗跋中痛言明朝地方官吏"无活人手段，但有杀人手段"，将讥刺的尖利矛头直指贪腐墨蠹，诗作直笔批判的特征尤其突出。又邹迪光《哀江南行》：

> 昨闻官家发仓府，琐屑纷纭查籍伍。累月不见仓粮开，饥者提携聚如堵。可怜赈富不赈贫，更道官家似豺虎。发尽公庾不得沾，分死青村没黄土。髑髅惨淡填山陵，神鬼张皇变今古……真宰酷罚犹未止，疫疠流行太清滓。酆都讵出人世外，天为衔羞地为耻。吁嗟有死官不闻，出入皂盖凌青云。桑林六事那复说，积薪聚艾为虚文。②

诗人满腔愤怒，亦以直笔斥责了朽腐宦吏洪灾之时假公济私、鱼肉百姓的卑劣行径。又赵南星《古诗为横山妇作》，叙嘉靖中横山一带县吏、太守抓捕饥民充抵暴民之事。横山贫夫因县吏、

---

① 龚诩：《野古集》卷中，景印文渊阁《四库全书》本，台湾商务印书馆 1986 年版，第 1236 册，第 284 页。
② 邹迪光：《郁仪楼集》卷十三，《四库全书存目丛书》本，齐鲁书社 1997 年版，集部第 158 册，第 562 页。

太守不分黑白、颠倒是非而惨遭捶死，弃尸路傍，尸朽腐烂，其妻从众尸中反复搜寻方得其丈夫尸体，为其夫尸洗清面目，横山妇亦含冤恸绝而死。诗人跋中有言："予为横山妇诗也，泪簌簌不可禁焉！"① 诗人对横山夫妇之遭遇深表同情，诗作以直笔怒斥了虎狼官吏视民如芥的凶恶残暴，叙事之中情意激荡，感人至深。

明代诗人对社会苦难现实的叙写，继承了汉乐府"感于哀乐，缘事而发"的创作精神，此类诗作以直录精神，直笔叙写底层民众的艰难处境、悲苦生活，揭示了明朝政府横征暴敛给百姓造成的深重苦难，毫无保留地怒斥了明朝政府大小官吏的贪墨凶残。作品在叙事之中贯注着诗人对底层人民的沉厚悲悯之情，诗歌叙事与抒情贯通互融，作品颇具艺术感染力。在明诗创作较浓厚的复古氛围中，此类诗歌创作宣扬了事真、情真的创作理念，对矫正诗歌拟古创作为文造情之弊，有积极意义。

二、对时局事态的及时反映

明诗叙事充分观照现实的另一表现，是对明王朝政治、军事等领域里重要事件的及时书写。在此类作品中，诗人以纪实态度叙写家国事件的本末，直接表达对事件的鲜明态度，诗人家国情怀得以充分显现。

首先，在对时局政事的纪述中，寓含诗人对上层统治者的强烈批判。诗人在以诗纪事，书写时局动荡时，多将批判矛头指向明王朝上层统治者，直接揭示了造成社会苦难的根源。如正统十

---

① 赵南星：《赵忠毅公诗文集》卷二，《四库禁毁书丛刊》本，北京出版社1997年版，集部第 159 册，第 49 页。

四年（1449），瓦剌入犯大同，肆扰边境，明英宗在太监王振的蛊惑下，不听群臣谏阻，冒然亲征，终致土木堡之败。诗人刘溥《送驾北征》纪述了英宗不顾群臣表奏、仓促出师的冒然行径："正统十四年，秋七月甲午。皇帝提大兵，亲行讨北虏。""此行为宗社，仓卒出未预。虏人方恃骄，况复值秋暑。文臣虽表留，奏上不蒙可。留之恨不力，苟力必中阻。小臣从百官，拜送伏道左。悬绝不得言，徒有泪如雨。"叙写了英宗出征时明军部伍不整、纪律涣散的情形："前驱至榆河，营垒乱旗橹。后队复踉跄，不复辨什伍。挽车避泥潦，前后相接轲。裸身走中道，车驾从傍过。纷纭无纪律，将臣殊莽卤。既蹈不测渊，可不严为矩。"① 叙述至此，明师败绩似早成定局。诗歌借鉴了史书叙事的直笔精神，隐寓着对明英宗不顾宗社安危、冒然出师之行径的批评，以及对明军纪律涣散而蹈不测之渊的深切担忧。又李贤《述土木之难》：

> 正统己巳秋，敌骑忽寇边。声息一何急，顷刻数十传。当宁乃震惊，奸臣擅其权。悍然挟天子，六师听周旋。廷臣既失措，将士俱茫然。乘舆不自御，疏留行愈坚。岂思帝王举，为谋出万全。奸心欲逞威，制胜当谁先。况彼承平久，斗志良已捐。战阵既不习，安能事戈鋋。秋高朔马骄，敌势方控弦。我师虽百里，无异群羝联。土木一以围，裸体相摩肩。前途尽倒戈，甘心丧其元。人马积若山，营中如沸川……②

---

① 刘溥：《草窗集》上卷，《四库全书存目丛书》本，齐鲁书社1997年版，集部第32册，第353页。

② 李贤：《古穰集》卷二十一，景印文渊阁《四库全书》本，台湾商务印书馆1986年版，第1244册，第700页。

该诗写作于土木之难半年之后，诗人亲历其事，死里逃生，惊魂甫定之后，纪实叙写了土木之难的前后过程。诗歌在叙事过程中，贯注着鲜明强烈的批判精神，将讥刺矛头直指宦官王振，痛斥其挟制英宗、擅权逞威给明王朝带来的巨大灾难。

又韩邦靖《长安宫女行》记叙了正德朝地方官吏肆掠民女以充武宗行宫宫女的黑暗事实，诗作以被掠女子口吻叙述了明武宗的一系列荒唐行径：

> 当今天子说神武，时向三边乘六龙……近时双跸驻榆塞，不知何日来云中……转眼还成正月末，忽然大驾还沙漠。见说天坛礼未修，还兼太庙春当禴。京师暂欲驻鸾旗，属车还载蛾眉归。却向豹房三四月，欲近龙颜真是稀……鸾驾常操内教场，何曾汤火试红妆。有时斗虎兽圈临，当熊徒抱昔人心……我曹岂是无倾国，闻道君王还远色。宫禁幽深谁不知，踪迹民间颇堪测……主上今来十四年，刘瑾朱宁闻擅权。往时势焰东厂盛，近日威名游击偏。丘张谷马纷纷出，那有皇亲得向前。又闻亲受于永戒，大荤不御思长年。更宠番僧取活佛，似欲清净超西天。①

正德时期，明武宗荒嬉无度，靡所不为，朝政废坏，宦官专权，宁王叛乱，百姓不堪其苦。诗中所叙，史皆有载。诗歌以女子口吻述说了明武宗及明王朝部分地方官吏的荒唐行径，诗人对武宗之反讽讥刺亦深隐在女子不动声色的叙述之中。此外如李

---

① 韩邦靖：《韩五泉诗》卷一，《四库全书存目丛书》本，齐鲁书社 1997 年版，集部第 62 册，第 146 页。

梦阳《玄明宫行》、韩邦靖《玄明宫行》皆叙正德朝阉宦刘瑾专权事，王世贞《袁江流铃山冈当庐江小妇行》以长篇叙嘉靖朝严嵩父子恃宠乱政之事，皆直刺权奸宦官之害政残民，表现出明诗叙事对家国政事的强力观照。

其次，在对边地战事的叙写中，饱含诗人心忧天下的危机意识。如杨一清《岔口遭虏变越三日过其地作诗纪之》叙边虏入犯事，诗人批评边地将领疏于防守战备而致敌虏有机可乘，虽然在守将力战追击下挽回部分损失，但明朝军民依然产生伤亡，教训极为深刻，诗人最后叙说道："两旬之前过此地，按堵人人道无事。乃知事事贵先几，慎勿徒劳后时计。徙薪休待火方燃，墐户须当寒未至。东隅已失桑榆收，掩面不隔城头羞。将军功过略相准，直须据实陈宸旒。"① 清醒地指出边地守备重在防范于未然，一刻不能疏忽，而其据实表奏边地将士之功过，更意在引起上层统治者之重视，以巩固边防守备。何景明则在《点兵行》中，直笔书写了明朝军队存在的巨大隐患：

> 先皇简练百万兵，十二连营镇京观。团营十万更精猛，鸣呼耗减今无半。昨传胡入白杨城，有敕点选营中兵。军中壮丁百不一，部遣老小从征行。自从御马还内厩，私家马肥官马瘦。富豪输钱脱籍伍，贫者驱之充介胄。京师土木岁未已，一身百役无不受。禁垣西开镇国府，内营昼夜罗金鼓。四家骁健三千人，出入扈从围龙虎。边头城堑谁营屯，遂使犬羊窥北门。天清野旷恣剽掠，百里之内烟尘

---

① 杨一清：《石淙诗稿》卷四，《四库全书存目丛书》本，齐鲁书社 1997 年版，集部第 40 册，第 408 页。

昏。肉食者谋无远虑，仓皇调发纡皇顾。即今宣府大失利，
杀将覆军不知数。辽东兵马久已疲，朵颜反复非前时。又
闻迤北外连结，朝廷坐失东藩篱。往时京边士，苦乐今顿异。
且如私门卒，食粮日高坐。此兵昨一出，见者泪交堕。从令
荷戈趋战场，身上无衣腹饥饿。君不见府中捶牛宰羊猪，穿
域蹋踘行吹竽。高马肥肉留京都，可怜此兵西击胡。①

　　明朝宪宗时增京营十团营为十二团营，成化末年京营兵卒充为
工役的情形即已存在，《明史》卷八十九《兵志一》载："孝宗
即位，乃命都御史马文升为提督。是时营军久苦工役。成化末，
余子俊尝言之，文升复力陈不可……武宗即位，十二营锐卒仅
六万五百余人，稍弱者二万五千而已。"② 及至正德末年，"工作
浩繁，边将用事，京营戎政益大坏。"③ 明军京营精锐士卒尚且
不作战备而多充为豪家私役，敌虏来犯之际，明王朝仅能组建
一支由老弱饥疲构成的不堪一击之军队，明朝军队边地屡遭败
绩之由，可得而知。其后，明朝京营士卒所受工役更趋繁重，
戎政废坏难振，家国之亡亦旋踵而至。《明史·兵志一》评述
道："大率京军积弱，由于占役买闲。其弊实起于纨绔之营帅，
监视之中官，竟以亡国云。"④ 诗人的担忧终于为明王朝的覆灭
所证实，诗歌叙事批判现实的强烈力度可得而见。
　　明诗在对时局政事的纪实叙写中，内寓着诗人对家国命运

---

① 何景明：《大复集》卷十四，景印文渊阁《四库全书》本，台湾商务印书馆
　　1986年版，第1267册，第122页。
② 张廷玉等撰《明史》卷八十九《兵志一》，中华书局1974年版，第2178页。
③ 同上书，第2179页。
④ 同上书，第2183页。

的深切关注，凸显了诗人心系天下、忧念苍生的济世情怀，诗人对明王朝弊政的直笔讥刺，意在唤醒上层统治者，以起到疗救补过之效。宋人指出杜甫诗歌被称为"诗史"，在于其能直笔书写时事，而明诗亦以其叙写时政的及时性、深刻性具有了"诗史"意义，从而在作品创作层面，与明人对"诗史"观念的探讨形成呼应。

三、对人生行旅的理性记述

行旅见闻及人生历程是明诗叙写的重要内容。诗作或叙写某次行旅所遇之事，或对长时段人生历程展开理性书写，诗歌叙事饱含深情，且内寓诗人对人生历程的理性审视，诗歌中的事、情、理得到有机融合，作品意蕴得以丰富深化。

首先，对行旅历见之事的载述。此类诗歌之叙事，往往兼融情、理，事件的独特意义得以彰显。如谢肃《饮龙头镇（属章丘）》由叙写诗人游历之事，而引触诗人对人生志意的抒发：

> 马上见晨月，埌路行逶迤。遂入龙头憩，沙洲带蒲荷。榆柳荫华屋，正暑凉飙多。怡然逢故老，邀我还其家。大儿击燕筑，小儿闲齐歌。黍酒劝客饮，勿辞令颜酡。维昔至正末，日夜忧干戈。太平今在斯，白发已鬅鬙。若复不为乐，徒死归山阿。其言感余内，壮志良蹉跎。书剑两无就，又不脱虚罗。邂逅接觞酌，念报当如何。长揖登途去，华峰碧嵯峨。①

---

① 谢肃：《密庵集》卷一，景印文渊阁《四库全书》本，台湾商务印书馆 1986 年版，第 1228 册，第 81 页。

诗作前半部分叙事，顺时展开，平淡质朴。而今太平之时，诗人白发鬖鬖，其壮志蹉跎之慨自然而见，情与事得到了有机融合。更多情况下，诗人通过对特殊经历的记述，来表达对人生哲理的体悟。如郑岳《壬戌九月十八日白湖镇遇风舟危甚赋此纪事（时承委南都公事，就送老母还莆）》：

> 阳逻下接白湖镇，十里舟行惟一瞬。狂飙奋忽自西来，波浪簸空天地震。我舟荡漾载浮沈，须臾柁折难复进。百尺巨桅忽中断，舟人惶扰争奔遁。抱扶老母附岸登，雨注泥深风益劲。回头试盼左右舟，漂没中流鱼腹殉……细烧楁杻燎衣巾，炊黍蒸藜颇充馑。雨声渐沥洒茅檐，目睫不交对余烬……揽衣晨起当空拜，悔悟从今当益慎。春秋纪异不纪祥，儆示古今垂大训。①

诗人与老母乘舟，突遇狂风，舵折桅断，母子落水，险遭溺亡。诗人惊悸之余，更悟临深履薄之意，诗篇匪惟纪实，更在警醒人心。其后李万实亦有相同遭遇，其《黎林纪（庚子岁会试北上）》之作意与郑岳之作颇为相近，诗末亦作感发之语，以申明祸福相依之意："世途到处皆江河，人生行险轻风波。平时几探虎豹窟，今日幸脱蛟龙涡。酹酒自怜还自慰，深渊不坠岂天意。大顺宁非贾祸胎，多屯或是全生地。黎林黎林慎勿忘，宴安酖毒令人狂。君不见居常识险画一舫，千年遗事传欧阳。"②

---

① 郑岳：《山斋文集》卷二，景印文渊阁《四库全书》本，台湾商务印书馆1986年版，第1263册，第13页。

② 李万实：《崇质堂集》卷九，《四库全书存目丛书》本，齐鲁书社1997年版，集部第112册，第155页。

在此，诗人的特殊经历，使其对祸福相依的人生哲理有了更为切近的体悟，诗人之抒情议论亦更显自然，诗作实现了事、情、理的有效融合。

其次，对长时段人生历程的理性叙写。此类诗作多以倒叙方式概述诗人长时段的人生经历，诗歌叙事贯注着浓厚的理性意识。如刘崧《十月十三日燕相府知印张观复从江西来承大兄六月八日家问捧诵之余悲喜交集因赋五言长歌一首奉报匪敢言诗姑述怀耳》中间一段历叙诗人之仕宦经历：

> 我本疏野资，遭时误登试。事兄且未能，从政安足齿。往者被征迫，欲走不得避。仓皇赴京阙，惨戚去田里。渺如蛙望海，茫若蠓发甀。春官书题目，冢宰叩言议。拜命黄金门，亲题职方氏。天颜正温穆，谕旨极谆致。退朝感恩隆，际遇荷明世。从兹谬通籍，出入清要地。含香大明殿，赐食光禄寺。庙庭严奉瓒，坛壝恭执币。厚禄既宠叨，宫衣亦沾被。迟回历初考，艰险尝百事。前年调北平，滥擢宪府贰。言议久疏儒，条章昉师吏。山河八府辖，辽海三陲寄。土风混戎俗，吏治尚沈鸷。贪婪乃蚕食，剽掠更狼戾。论当虑乖违，拟步恐颠踬。忧多变容发，务冗废寝寐。倦禽困长云，羸马伤促辔。离居形吊影，鞅掌蒙接踵。①

时事迁变，人世浮沉，多年之间诗人宦途辗转，形神劳苦，诗作在对长时间人生行旅的反观审视中，寓含着无尽的沧桑之感，

---

① 刘崧：《槎翁诗集》卷二，景印文渊阁《四库全书》本，台湾商务印书馆1986年版，第1227册，第271页。

叙事与抒情达成了有机贯通。又如顾清《冬至书怀》，诗人于深夜静坐之时，梳理了自己的人生历程，其内省反观意识尤为明显：

> 阴尽阳复回，年华递相促。明灯坐深夜，长叹抍髀肉。忆昨童卯初，未念寒与燠。依依邻舍儿，游嬉日相逐。九龄事书史，稍解知捡束。十三文义通，孜孜务磨琢。维时心尚孩，寒暴略相续。逡巡邻弱冠，人事有颠踬。旧业竟萧条，凄然泣松竹。系名庠序间，晨暮恒碌碌。夙心虽未改，奈此尘嚣渎。翻思少日误，闲暇安可复。①

诗作叙事内寓理性反思意识，寄托着诗人对人生的深沉感慨，实现了事、情、理的紧密融合。又戚继光《蓟门述》前半部分，历叙诗人宦途经历，是此类诗作的典型代表。诗人身为明朝名将，多年间辗转南北，身历海疆边关，指挥明军除倭击虏，身冒锋镝，出生入死，诗之自述，在标记诗人所历峥嵘岁月的同时，也有力折射出明王朝中后期海防、边关战事的频仍。

明诗继承了蔡琰《悲愤诗》、杜甫《北征》等诗作的创作精神，将诗人的人生历程真实地呈现出来，诗歌叙事凝聚着诗人亲历诸事而感发的深情，包蕴着诗人对人生哲理、生命意义的理性体悟，诗作实现了事、情、理的有机融通。

四、对他人遭遇的深情代言

明人在以诗歌观照现实苦难，书写家国政事，记叙人生行

---

① 顾清：《东江家藏集》卷二，景印文渊阁《四库全书》本，台湾商务印书馆1986年版，第1261册，第283页。

旅的同时，亦将目光投注到他人身上，对其不幸遭遇展开了深情叙写。此类诗作多为诗人拟肖人物口吻展开叙述，因之成为他人遭际的代言之篇。明人对社会苦难的书写，多以对个体处境的叙述来展开，人物处境在一定时地范围内较具普遍性。而明诗对他人遭遇的代言，则更重对个体特殊遭遇的叙写，人物遭遇在一定时地范围内并不具有普遍性。此类诗作主要有以下两种叙述模式。

首先，以旁观角度记述人物艰辛处境。诗人与人物同处一个叙事语境，诗作对人物自陈话语的转述，构成诗作主体内容，如李时勉《道傍老妇》：

> 道傍老妇七十余，眼中流泪口中呼。丁男征戍无生计，妇姑开荒种田地。东邻西舍惜犁牛，朝朝辛苦在田头。种成禾黍连山谷，秋来望收未曾熟。今朝军马忽过来，践食无余真可哀。但使官军却强敌，免得丁男守烽堠。今年饥苦何足怜，明年无事多种田。一年耕有三年足，更得眼前见骨肉。①

丁男征戍不归，七十老妪只能与儿妇辛苦耕种，本图秋来有收，怎料官府军马一过，践食无余，可哀可悲之境可得而知。又周叙《潞河老将行》叙写了一位曾经立下赫赫战功、获赏无数的先朝飞将，在老来之际，只能勉作站夫以维持生计的悲凉晚境，英雄暮年，贵贱悬殊，不能不引人彷徨叹息。又如李开先《从

---

① 李时勉：《古廉文集》卷十一，景印文渊阁《四库全书》本，台湾商务印书馆1986年版，第1242册，第878页。

军行》（道逢戍卒走且僵），叙写了曾经满怀报国热情的道边戍卒，在戎马倥偬之际所亲历的万般艰辛。汤显祖《怨妇诗》则以深情笔触叙写了女子身遭遗弃的不幸。

其次，诗人拟肖人物口吻展开叙述。此类诗作多代拟女子口吻展开叙述，由于以人物口吻展开自叙，从而自然真切地表现了不同处境下女子的不幸遭际。如边贡《病妇行为恽功甫悼亡》：

> 妾嫁郎，才十五，辛苦为郎立门户。舅丧未了复姑丧，十载牛衣一环堵。荐书初下郎有名，寒冬携妾来京城。可怜弱质犯霜雪，春花一夜成秋零。左揽儿，右牵女，泪湿枕花红，凄凄背灯语。招魂须故衣，埋骨须故乡。郎恩岂云薄，妾命自不长。解钱系儿祩，留市梨和枣。拔钗穿女裳，留作嫁时妆。儿女勿啼郎勿哭，丧车不反泉台毂。[1]

诗作以恽功甫亡妻口吻展开自述，其生活之艰辛、染疾之不幸、临终之凄苦，皆凭代拟数语而显见。又卢柟《丁督护歌》：

> 朝吟都护行，暮吟都护歌。都护逝不返，妾当可奈何。妾年十五嫁夫君，银毂珠帘庆彩云……讵意良人从逮狱，幽垣无分回天瞩……去年天使至，籍录发良人。中途不得语，况复能相亲。今年一会面，若堕烟雾身。执手无别言，但诉寒与贫。淹忽岁云暮，已非梦寐真……君身陷罗网，

---

[1] 边贡：《华泉集》卷二，景印文渊阁《四库全书》本，台湾商务印书馆1986年版，第1264册，第30页。

经岁不复还。岂惟君坎轲，所恨妾命悭……一唱都护歌，
再唱情转深。愁多不为牛山哀，泪下岂有雍门琴。君心若
知妾肠断，愿化东南填海禽。①

诗人拟肖女妇口吻，自述与夫结为婚姻后的生活往事。及夫身
陷图圄，遂使夫妇中道分离，聚期难料，女子之怨诉，一往而
深，几不可止，其凄酸苦楚之心境尤引人凄恻。又魏学洢《长
水怨为友人妾赋》以女子口吻自叙遭丈夫遗弃事，诗篇历叙十年来
生活之艰辛，其身遭遗弃远悖常理，诗之叙事哀怨婉伤，事件
情境与女子心境，皆得以传神呈现，亦足见诗人代拟叙事之笔
力，该诗堪称同类诗篇中的代表之作。

五、其他社会生活内容记录

上述题材外，明诗中尚有许多其他叙事内容，其中值得注
意的还有以下方面。首先，叙写日常生活事件。日常生活事件
在明诗中多有叙写，明人的生活状态及精神面貌，在此类诗作
中得到具体显现。如孙承恩《纪鸟》：

小园远尘市，水竹颇幽深。上有枝柯稠，下有灌莽深。
有鸟名不识，结巢在其阴。日夕勤哺雏，喁唶多清音。吾
意怜此鸟，不异笼中珍。不敢语人知，惧有儿童侵。野狸
孰告汝，窃伏伺无人。睢盱欲攀缘，探巢恣噬吞。幸我适
见之，恻然为惊奔。急为驱之去，爱护意弥勤。黄口亦易

---

① 卢柟：《蠛蠓集》卷五，景印文渊阁《四库全书》本，台湾商务印书馆1986
年版，第1289册，第872页。

长，旬日毛羽新。随母共上下，喧呼各欣欣。好生物我同，并育天地仁。及物岂吾力，聊以慰此心。[1]

记叙了诗人对雏鸟的护卫之事，诗人为雏鸟之安危牵肠挂肚，当雏鸟受到山猫威胁时，诗人恻然惊奔，其仁爱之心借此小事而得以显见。又袁中道《养鸡》：

> 京师有故人，馈我家鸡一。利距复高冠，文锦好颜色。拍翅常高鸣，飞墙及入室。堕羽上书床，爪痕印宝瑟。侍儿云杀之，杀之供晚食。俄闻硎刀声，泫然三叹息。滋味我可赊，性命他实急。抛书走中厨，止之烦呵叱。余怖犹未已，侧身躲昏黑。啾啾笼中鸟，欲飞有羽翼。涎涎缯中鱼，逢水即藏入。我欲听其去，鸾刀逃不得。不如且置之，长作坘上物。莫云人口多，一盂减几粒。[2]

叙写日常生活中的养鸡一事而极具趣味，表明明人在关注家国政事，心系天下的同时，依然能够在平淡的日常生活中发现具有诗意的瞬间细节，并在诗作中叙写出来。其他如宋濂《陶冠子折齿行》、孙承恩《观竞渡歌》、汤显祖《雀儿行》等，亦皆为叙写生活细事的作品。

明诗还对当时的社会风俗给予了生动叙写，如张綖《观田家嫁女歌》：

---

① 孙承恩：《文简集》卷十三，景印文渊阁《四库全书》本，台湾商务印书馆1986年版，第1271册，第171页。

② 袁中道：《珂雪斋集》卷三，上海古籍出版社1989年版，第105—106页。

　　　皎皎二八田家女，野花满头初上髻。自小爷娘便结亲，
许与同村东家子。生长茅檐无粉脂，布木自有天然资。今
年十月农事毕，正是夫家来娶时。夫家昨日来下礼，满家
接得齐欢喜。黄鸡苗苗白鹅肥，滟滟村醅浊浮蚁。大鸭双
双头背光，小鸭双双翼尾黄。横担挑来屋角下，连声叫起
闻邻庄。阿娘促妆不暇睡，灯前勾得鲜红被。送亲尽是村
中人，扶携出门皆烂醉。嫁到夫家拜舅姑，共喜新妇良而
姝。夫郎虽不知书字，青春正与年相俱。乃知人生有真乐，
贫富不能分厚薄。①

诗歌叙写乡间田家嫁女风俗，乡村嫁女的仪礼风俗及女子出嫁
时的欢快热烈场面，得到了具体生动呈现，语言古朴自然，与
所叙内容得到了有机统一。

　　唐寅《江南四季歌》，则依照时序书写了江南四季不同时节
里的美景乐事：

　　　江南人住神仙地，雪月风花分四季。满城旗队看迎春，
又见鳌山烧火树。千门挂彩六街红，凤笙鼍鼓喧春风……
看灯未了人未绝，等闲又话清明节。呼船载酒竞游春，蛤
蜊上巳争尝新。吴山穿绕横塘过，虎丘灵岩复玄墓。提壶
挈榼归去来，南湖又报荷花开……一天火云犹未已，梧桐
忽报秋风起。鹊桥牛女渡银河，乞巧人排明月里。南楼雁
过又中秋，悚然毛骨寒飔飔……左持蟹螯右持酒，不觉今

---

① 　张綖：《张南湖先生诗集》卷一，《四库全书存目丛书》本，齐鲁书社 1997
　年版，集部第 68 册，第 330 页。

朝又重九。一年好景最斯时，橘绿橙黄洞庭有。满园还剩
菊花枝，雪片高飞大如手。安排暖阁开红炉，敲冰洗盏烘
牛酥……①

诗人以挥洒之笔，以浏亮自然的语言叙写了江南四季里的可玩、
可赏、可乐之事，诗作如一幅生动可观的江南民俗风情图。

　　其次，叙写友朋酬唱交际。明代文人结社活跃，诗人交游
唱和频繁，在此背景下，诗歌创作亦多以友朋酬唱交际为表现
内容，其中有一部分诗歌，集中书写了友朋间长达数十年的交
际往事，叙事特征尤为突出。如徐有贞《叙旧送陈士谦南游》，
叙写了诗人与友人陈士谦交往二十年间的典型事件，作品叙事
详略得当，节奏有致，诗人及友人洒脱不羁的狂士形象，亦得
以凸显。又罗洪先《宋子》，叙写诗人与友人三十年间的交谊：

　　　　伊予近弱冠，被服厕儒生。调笑不受羁，恒与宋君并。
起处虽异舍，顾盼多含情。揖让俟诸侯，俎豆趋两楹。历
阶陈古义，分席校文英。朝暮双比迹，前后忝联名。问齿
三岁长，相视犹弟兄。君抱瑶玖质，余亦桃李荣。艳君青
衿色，皎皎冰雪明。春日西城游，秋风南浦行。谬举惨先
第，深交违凤盟。迩来三十载，纷拂蓬与萍。投章罢仕籍，
抽簪事耦耕。照水怜故影，闻莺感友声。②

从弱冠儒生时的朝夕切磨文义，到中年罢归，纷拂离合，诗人

---

①　唐寅:《唐寅集》卷一,上海古籍出版社 2013 年版,第 32 页。
②　罗洪先:《罗洪先集》卷二十六,凤凰出版社 2007 年版,第 1018 页。

与友人互为知己，其情谊弥久愈深，诗作叙事而内寓深情，"照水怜故影，闻莺感友声"，友朋情谊之笃尤可感人。其他如宗泐《忆昔行赠朱伯贤还会稽》、祝允明《召父歌送朱版曹升之守延平》、何景明《长歌行赠旺兄》、谭元春《梦徐九》等，皆属同类之作。明诗对友朋交际往事的书写，从一个侧面再现了明代士人的日常生活，展现了明代士人的群体形象和精神风貌。

再次，叙写历史事件。明人对前代及先朝史事多有题咏，诗歌叙事之中，或表达对历史事件的强烈感喟，或书写对兴盛衰亡的理性反思，深寓以史为鉴之意。如钱宰《豫让桥》：

> 我思赵襄子，既灭智伯瑶。朝焉漆其头，暮焉衰以溲。让也愤知己，怵焉思报仇。千金买匕首，变姓为刑囚。入宫涂厕逞雄略，誓刺赵孟不得成其谋。脱身几何时，忠义慨莫酬。须发脱落癞以髡，口吻吞炭声哑呕。变形行丐妻不识，仗剑伏匿桥之幽。一朝襄子驾车出，驷马骇跃惊銮镳。于焉重叹息，豫子诚好修。智伯死无后，而子为复仇。我方义尔不尔尤，尔不我刺将何求。喑呜叱咤索赵裘，拔剑三斫血为流。反手自刭委道周，下报智伯死即休。噫戏吁！豫桥黄草烟未消，中条积翠高嶕峣。我思昔游心摇摇，披图为尔歌长谣。嗟哉！赵孟不再脱尔死，要使万古贞烈齐中条！①

战国豫让，千载义士，诗歌叙其事而情意激荡，饱含诗人对豫让光伟义烈人格的无限赞叹，作品风貌与叙写内容实现了有机

---

① 钱宰：《临安集》卷一，景印文渊阁《四库全书》本，台湾商务印书馆1986年版，第1229册，第519页。

统一。孙珆《杨烈妇唐项城令李侃妻》、王洪《龙支行与曾侍讲同赋》等皆属此类。

又如童冀《读磨崖碑》对唐代安史之乱的叙述：

> 乃知天宝全盛日，宴安酖毒锺蓄危。华清十月车马集，渔阳一夕烟尘飞。马嵬仓皇六军发，灵武逼侧千官随。俯从人望计良是，不禀君命礼则非。三纲蚤失开国日，万事宁论叔世时。翠华东还果天意，白首西内非人为。阉竖竟一窃国柄，牝鸡几再鸣宫闱。向非奸党自鱼肉，祸患正恐无时衰。中兴功名属李郭，致治政绩惭皋夔。藩镇侵寻事倔强，朝廷姑息惟羁縻。唐家由此讫不振，百年祸乱基于斯。①

述史之中，深寓理性反思，促使唐王朝由盛转衰的诸种因素，足可警醒后来统治者。明人对先朝史事的叙述，在内寓理性反思，寄寓以史为鉴之意的同时，更显示出对现实政事的深切担忧。如李梦阳《石将军战场歌》，诗末直叹：“呜呼，杨石今已无，安得再生此辈西备胡！”② 深表对明朝边地时遭肆扰与国乏将才的担忧。又郑善夫《故太傅于公谦》、王伯稠《正统己巳北狩虏势日迫将军石亨与虏战清风店大破之虏不敢更入塞日坠再返天摇复固亨之力也每读献吉石将军战场歌令人千载神王》等，亦皆寓此作意。

---

① 童冀：《尚絅斋集》卷三，景印文渊阁《四库全书》本，台湾商务印书馆1986年版，第1229册，第617页。

② 李梦阳：《空同集》卷二十二，景印文渊阁《四库全书》本，台湾商务印书馆1986年版，第1262册，第178页。

最后，明代诗人对能够彰显伦理道德的事件颇为看重，并多在诗中对其作艺术叙写，从而使人物品格凸显出来。如刘崧《靖安刘节妇诗》、郑明选《祝节妇》等叙节妇事，汤显祖《陈烈妇歌为张华亭作》、黄居中《贞烈篇》等叙烈妇事，王绂《题孝子曹镛卷》、程本立《费孝子诗》、夏原吉《题黄主事璇感螺诗卷》等叙孝子孝孙事，高启《泉南两义士歌》、方扬《吴生行》等叙义士事，皆属此类。与此同时，明诗还叙写了诸多奇事、异事、趣事，诗歌叙事范围的广阔性得到充分体现。如俞安期《昭凉变辞》、邓原岳《玉主行》等叙奇异事，刘基《双燕离》、赵统《听阎掾言鹰猫相制》等叙动物事，高启《斗鸭篇》、顾清《安山待闸憩大柳下见蜣蜋转丸及窟穴埋藏之状甚悉村童语其故词甚鄙而近于人事戏以韵语记之》等叙所见生活趣事，皆反映了明诗丰富的叙事内容。

综上，明诗既保持了对传统诗歌叙事内容的书写，又强化了对某些题材内容的书写，从而使明代家国政事、社会生活、民情百态、人物风貌全面立体地呈现出来，许多诗作堪称有明一代"诗史"，而较史料叙事更具可感性。明诗叙事充分调用了不同叙事技艺、叙事策略，因而不同题材的诗作呈现出异趣的风貌特征，为其后诗歌叙事提供了丰富经验。

第二节　诗歌叙事之人物群像

明诗在叙写人物方面有长远进步，人物风神及内心世界得到更具体细腻刻画，人物人生历程得到了更完整呈现。基于社会状貌的差别，明诗中的人物类型与前代诗歌中的人物类型相比，呈显同而有异的特点。早前诗歌中出现的贫民、士卒、歌伎、将军、文臣等形象，在明诗中亦得到充分叙写，前代诗歌中经常出现的侠客形象，在明诗中相对较少，明诗中节妇、烈妇、狂士等形象较前代诗歌显有增加。明诗采用不同写人技法，突出人物不同风貌，叙写了诸多神情各异、品格特出的人物形象，如坚韧不移的节妇、蹈死不屈的烈妇、哀而不争的怨妇、命途多舛的歌伎、勇于任事的戍卒、勤政清廉的文臣、振颓兴衰的能臣、精忠报国的将军、尊亲能孝的孝子、轻财重义的义士、洒脱不羁的狂士等，成为中国诗歌人物长廊中的典型形象。

一、完善传统写人技法

中国古代诗歌写人有一些常见角度，如从外貌神态、言语动作、内心活动等方面刻写人物风貌品格。明诗继承了早前诗歌写人的方式，且实现了对写人技法的完善，主要表现为对人物外貌神态的描写更显繁复，对人物内心世界的刻画更显细腻。

首先，对人物外貌神态描写的完善。在早前阶段，诗歌对人物外貌神态的描写既已较为重视，并达到一定水平。如《诗·卫风·硕人》对庄姜的书写："硕人其颀，衣锦褧衣……手如柔荑，肤如凝脂，领如蝤蛴，齿如瓠犀，螓首蛾眉。巧笑倩兮，美目盼兮。"[①] 庄姜衣饰华美，容貌娇丽，神情动人。又汉乐府《陌上桑》写罗敷妆容："头上倭堕髻，耳中明月珠。细

---

① 程俊英、蒋见元：《诗经注析》，中华书局1991年版，第164—165页。

绮为下裙，紫绮为上襦。"① 《孔雀东南飞》写刘兰芝妆容："足下蹑丝履，头上玳瑁光。腰若流纨素，耳著明月珰。指如削葱根，口如含朱丹。纤纤作细步，精妙世无双。"② 等等。明诗对女子外貌的描写，表现出更为繁复的特征。如明人拟汉乐府《陌上桑》而作新篇，对罗敷外貌之描写更繁复炫目，如李昌祺《陌上桑》写罗敷外貌："繁红芳紫万仍千，辉煌宫锦绚晴川。照见罗敷貌婵娟，鬓云倭堕鸦色玄。步摇斜插钗凤偏，素姿何曾屑丹铅。香龈皓齿疑贝编，眉横青山黛绿填。杏脸细腻霞晕鲜，项如蜷蛴搓玉圆。额角斜贴翠花钿，宝珰耀耳玛瑙悬。裙拖秋水笼步莲，月钩窄小进难前。盘囊锦带缀珠璇，同心绾结一双联。暖风披拂飘兰荃，从傍过者惊复怜，尽道罗敷是神仙。"③ 从中可见出其对《卫风·硕人》及汉乐府《陌上桑》写人神貌之技艺的继承与发展，诗作虽有炫才之意，但客观显示了明诗写人外貌技艺的提升。

与此同时，古代诗歌多从动态角度来展现人物神态。如汉乐府《妇病行》"妇病连年累岁，传呼丈人前一言。当言未及得言，不知泪下一何翩翩"④，简笔叙写了病妇临终前与丈夫作别的难舍神情；白居易《琵琶行》以"千呼万唤始出来，犹抱琵琶半遮面"数语，经典刻画了琵琶女出场时的神态；韦庄《秦妇吟》写女子："凤侧鸾欹鬓脚斜，红攒翠敛眉心折。借问女郎

---

① 郭茂倩编《乐府诗集》卷二十八，中华书局1979年版，第411页。
② 逯钦立辑校《先秦汉魏晋南北朝诗》卷十，中华书局2017年版，第284页。
③ 李昌祺：《运甓漫稿》卷二，景印文渊阁《四库全书》本，台湾商务印书馆1986年版，第1242册，第438页。
④ 郭茂倩编《乐府诗集》卷三十八，中华书局1979年版，第566页。

何处来，含颦欲语声先咽。回头敛袂谢行人，丧乱漂沦何堪说。"① 女子神情在动态描写中颇显立体生动，"含颦欲语声先咽"一语，承自《妇病行》"当言未及得言，不知泪下一何翩翩"而更为凝练，由此亦可见古代诗歌写人技艺的承传推进。

明诗继承了早前诗歌从动态角度刻写人物神情的技法，并将静态描写与动态描写紧密结合。如郑文康《庐墓儿》写庐墓儿："戚容满面谁家儿，向客未言先掩泣。"② 王九思《卖儿行》写村媪离别幼子时之神情："曙鼓冬冬鸡乱叫，媪起彷徨视儿儿睡熟。吞声饮泣出城走，得谷且为赡穷鞠。"③ 李开先《从军行》之写戍卒："道逢戍卒走且僵，满面风尘饥又黄。"④ 王世贞《见边庭人谈壬子三月事有述》之写戍卒："戍从上谷来，疮痍半侵面。对酒不能酌，未语泪珠溅。"⑤ 等等，不一而足，皆通过静态描写与动态描写的结合，将不同处境下的人物神情生动地呈现出来。

其次，对人物内心世界的细腻书写。中国古代诗歌对人物内心世界的刻画，多是通过人物自述来实现的。人物自述能直接展现人物境遇及不同处境下的心态意绪，人物品格在自述往

① 韦庄：《韦庄集校注》，李谊校注，四川省社会科学院出版社 1986 年版，第 470 页。
② 郑文康：《平桥稿》卷二，景印文渊阁《四库全书》本，台湾商务印书馆 1986 年版，第 535 页。
③ 王九思：《渼陂集》卷三，《四库全书存目丛书》本，齐鲁书社 1997 年版，集部第 48 册，第 25 页。
④ 李开先：《李开先全集》（修订本）卷一，上海古籍出版社 2014 年版，第 90 页。
⑤ 王世贞：《弇州四部稿》卷十四，景印文渊阁《四库全书》本，台湾商务印书馆 1986 年版，第 1279 册，第 182 页。

事与心迹的过程中逐步凸显。如《诗》之《卫风·氓》《豳风·东山》《小雅·出车》等篇，皆以人物口吻叙述了各自的遭遇及在不同处境下的心态意绪。此后，如西晋石崇《王明君辞》代拟王昭君口吻，自叙远嫁匈奴后的悲怨心境。值得注意的是，在上述诗歌人物自述中，对事件过程的叙述占比较多，而集中表现人物心绪的成分占比较少。如《诗·卫风·氓》① 女子对自我心绪的陈述主要有以下数语，"于嗟女兮，无与士耽""女之耽兮，不可说也""静言思之，躬自悼矣""及尔偕老，老使我怨""反是不思，亦已焉哉。"女子哀怨与决绝的心绪虽借此呈现，但与后来诗歌中人物自述心绪的曲折回环相比，以上数语仍略显薄弱。

及至明代，随着诗歌篇幅的扩容，人物自叙渐至繁细，人物较长时段内的经历多能得到具体叙写，人物情感亦得到更充分表达，其形象品格更显立体突出。如孙蕡《白头吟》以卓文君口吻自述与司马相如的爱情婚姻往事，自述展现了司马相如"聘私室"后卓文君复杂的内心世界：

> 清晨起坐白头吟，哀怨凌天薄云日。哀怨复哀怨，蛾眉空自颦。生来见事晚，怨妾不怨君。投珠掷璧不自惜，晚节末路当何云。妾已无复言，于君更何道。愿君与新人，欢爱永相保。莫贪春日兔丝花，亦作秋霜女萝草。妾有青铜镜，蛟螭蟠玉台。自君一为别，弃置生浮埃。志殊心异不在貌，珠帘绣匣宁劳开。案上龙唇琴，冰弦冷将绝。悲来试一弹，不觉泪成血。因君一曲凤求凰，误妾凄凉百年月。浪荡指

---

① 程俊英、蒋见元：《诗经注析》，中华书局1991年版，第169页。

明月，清光无定时。君心亦如此，中路岂不移。妾心怀冰霜，凛凛君讵知。君心傥有能回日，缺日重圆应可期。①

此段自述，立意与《诗·邶风·谷风》中女子自述之意较为相近，但诗中卓文君自述之语较《谷风》中女子自述之语更显迂回繁复，卓氏哀怨凄婉又不尽决绝之心绪得到了更细腻的展现。又游朴《怨歌行》以女子口吻叙述了身遭夫婿弃置的悲苦心境：

曼声为怨歌，歌苦断人肠。忆昔初嫁君，盛妇登君堂。丽色照朝日，四座生辉光……何知日月改，春叶凋秋霜。转毂须臾间，世事变苍黄。新月双修蛾，憔悴不复扬。秋水双明眸，暗泪常承睫……新欢又一时，故欢永相忘。天寒锦衾薄，梦不到君旁。候虫故相恼，唧唧时近床。揽衣中夜起，顾影独彷徨。挑灯发尘箧，涕落嫁时裳。徒倚向前檐，见月中自伤……②

女子新婚欢愉转瞬而逝，继之而来的是夫婿另谋新欢的悲凉现实，自陈之语具体细腻地展现了女子身遭弃置后百无聊赖的心绪，天寒衾薄，候虫唧唧，长夜漫漫，顾影自怜，自嗟自叹中深寓着女子挥之不去的无尽哀伤。

二、整体提升写人水平

明诗在完善传统写人技法的同时，也实现了人物塑造水平

---

① 孙蕡：《西庵集》卷二，景印文渊阁《四库全书》本，台湾商务印书馆1986年版，第1231册，第484页。
② 游朴：《游朴诗文集》，福建人民出版社2015年版，第27页。

的整体提升，这主要表现为：诗歌实现了对人物长时段人生历程的书写；借助叙述视角切换，人物风貌品行和内心世界皆得到充分呈现，形象更为立体生动。

首先，对人物长时段人生历程的书写。基于篇幅的限制，早前诗歌对人物行为事迹的书写或是概述式的，或仅选取一段时间内的事迹进行叙述，因此人物的品行风貌略显模糊，其人生历程未能全面展现。如《卫风·氓》，女子对多年婚姻生活的叙述，仅用"自我徂尔，三岁食贫""三岁为妇，靡室劳矣。夙兴夜寐，靡有朝矣"数语来概括，多年生活的境况未能具体呈现出来。《郑风·女曰鸡鸣》《齐风·鸡鸣》叙夫妇之间的场景对话，虽具体可感，但对话之外的人物行迹则无从而知。这一情形在汉乐府诗歌中有了较大改变，人物对话被嵌入到事件发展的过程之中，并成为展示人物品格的有效手段。如《陌上桑》在着力叙写罗敷的美貌之后，又通过其与使君的对话，展现了罗敷坚贞勇敢机智的品格。在《孔雀东南飞》中，场景对话同样占有较大比重，诗歌将一个个对话场景缀合起来，从而有序地展示了刘兰芝、焦仲卿在一定长度时段内的人生行迹，二人的形象品格也较为立体地呈现出来。该诗主要叙述了刘兰芝、焦仲卿一个月内的活动行迹，除去场景对话外，诗作对刘兰芝、焦仲卿行迹的叙述仍显粗略。因此，对人物长时段内人生历程的细致叙写，尚需在后来时段的诗歌创作中来实现。

及至明代，诗歌对人物人生历程的艺术再现及对人物形象的立体书写已达到更高水平。诗歌不仅能对人物的人生历程作出完整、凝练的叙写，而且能对人物人生历程中的重要事件作出细致书写，使人物形象在既具概括性又具具体性的叙述中，全面立体地呈现出来，诗歌叙事颇具传记叙事色彩。如陶安入朱元璋幕后所作《悼故妻喻氏》，较全面叙写了亡妻喻氏的一生，诗作对喻氏人生不同阶段品行的叙写，多为概括式的，如："身不服锦绣，首不饰珠璇。心不好暇逸，口不嗜肥鲜。乃肃闺阃仪，耻为粉黛妍。先母未五旬，性严常见怜。缌麻躬机杼，具膳进几筵，灯下勤补纫，宵昼分遑眠。籝空无私镪，有即献姑前。"① 凝练书写了喻氏不事虚华、勤俭贤惠的品格；同时，诗中亦不乏具体的场景描写，如："移家指凤台，华省初依莲。临行辍膏沐，其母问何缘。再拜恳致请，方今烽火连。郊野难安居，愿随母问迁。未能报劬劳，不忍更弃捐。母意似未俞，挽之强登船。"即细腻展现了喻氏忧念生母的心怀。其后，黄省曾《悼妇篇一首》亦为同题材之作，全诗一千七百余字，完整叙写了诗人与妻子从少时缔结婚约至妻子亡去这几十年间的生活往事，亡妻俞氏的人生历程及形象品格得到了全面细致书写。如其中一段：

> 十九生一女，二十得男儿。乳媪失料理，妇自怀襄之。婴少多病患，痫疬兼疮瘵。吾妇多辛苦，忧煎无间时。蓬首垢形容，襁褓不得离。晓腹至明灯，晚抱迨晨鸡。儿啼妇不宁，儿妥乃欢愉。寸寸手中长，宛至讽典书……妇乃司中馈，种种各有规……躬理蚕与麻，粗帛当襜褕……吾妇常致词，劳瘁不敢辞。倘子在青云，愿勿相捐违……宁知遭阨运，蹉跎为老儒……吾妇来慰言，君子何不思。人生如惊电，揣控有几时。当乐不为乐，日月不我迟。自我

① 陶安：《陶学士集》卷一，景印文渊阁《四库全书》本，台湾商务印书馆1986年版，第1225册，第587页。

入子门，见子但勤劬。笥无五铢钱，架有万卷书。晨暮不昂首，寒煖未扬眉。冬鑪不得热，暑扇不暇挥。握笔撰文章，秩秩动声誉。公卿并来顾，车马问绳枢。英俊相寻游，骐骥同所归。子名非不扬，奈何命禄奇。何不顺苍天，高隐苏台隅。①

在对妻子俞氏不同人生阶段事迹的叙写上，诗人运用概述，保证了对俞氏人生历程的完整呈现。穿插出现的场景叙述及人物对话，则使俞氏勤俭贤惠、善解人意的品格得到了具体细腻呈现。概述的运用，使人物长时段内的人生历程得以完整呈现，场景叙述则使人物的风神品格得到了更为具体、真实的呈现，人物形象在既具概括性又具典型性的事件叙述中，完整而立体地呈现出来。

其次，通过叙述视角切换，实现对人物外在行迹与内心世界的全面呈现。明诗写人，或通篇采用全知视角，对人物肖貌、行迹、心理进行客观陈述。如杨慎《邯郸才人嫁为厮卒妇》以全知视角书写了邯郸才人的才貌及居室环境；又如余继登《题沈节妇卷侍御钦华大母也》中以下数语"独抚遗孙心最苦，指点遗经泪如雨。凉月娟娟照素帏，严霜片片栖寒杼。黄鹄歌成倍惨然，夜夜愁闻绿树鹃"②，以全知视角叙写了沈节妇抚养遗孙时内心的悲苦状态。或通篇采用第一人称人物视角，自述行

① 黄省曾：《五岳山人集》卷八，《四库全书存目丛书》本，齐鲁书社1997年版，集部第94册，第600页。
② 余继登：《淡然轩集》卷八，景印文渊阁《四库全书》本，台湾商务印书馆1986年版，第1291册，第952页。

迹及心绪，如孙蕡《白头吟》、胡奎《贫女吟》《贫女叹》、韩邦靖《长安宫女行》、郭汝霖《织妇行》、魏学洢《长水怨》等，皆属此类。

全知视角可将人物肖貌特征、行迹品格直接叙写出来，亦可对人物心理作出客观叙述。但相比人物自述，全知视角对人物内心的书写，仍不够直接具体。第一人称叙述能全面直接呈现人物内心思绪，但由于受视角限制，人物自身的肖貌及身份背景等内容，亦未能清晰完整地呈现出来。因此在诗歌创作中，综合运用全知视角与人物视角来参与叙事，对全面展现人物人生历程、风貌品格及内心世界具有积极意义，也是诗歌写人技法完善的重要表现。明诗在写人过程中，即多有兼用两种叙述视角的情形，从而发挥不同叙述视角叙写人物的优势，将人物形象鲜明地刻画出来，如俞安期《燕姬篇为谢洪伯纪事》：

> 名姬少小名燕市，家近南城连咸里。明霞符采雪凝肤，水碧形神贝编齿。弱态灵和弱柳枝，天颜露井天桃蕊。游戏何曾溱洧间，姓名阑入姬姜里……丰姿本是怜潘令，子弟由来重谢家。小星不惜轻身嫁，回飙愿逐南辕驾……依倚何由离暂时，欢娱那得虚长夜。依倚欢娱岁四周，省亲弃妾远行游。长干络绎豪侠窟，金陵佳丽帝王州。不虞欢入荡子路，不疑欢落倡家楼。从前未识生别苦，此时岂耐单栖愁。杨柳高楼怀远道，咄咄西悲向苍昊……妾诚薄命死亦休，犹胜未接欢绸缪……妾死终成异代人，君留尚有齐年侣……妾甘留滞白云乡，君且逍遥白玉堂。步幄无庸少君术，灵洲难乞返魂香。分途总间幽明地，度陌同依般

若航。异日修成共命鸟，一身双首还西方。①

诗作前半部分，采用全知视角叙写了燕姬的身世才貌及其与谢洪伯结合共处的过程，从"依倚何由离暂时，欢娱那得虚长夜"开始，诗歌叙事转为燕姬的人物视角，以自述的方式，叙写了身遭遗弃后的哀怨心绪。全知视角的运用，较全面地叙写了燕姬、谢氏交往的背景信息，为理解女子之哀怨自陈提供了基础；人物视角下的自陈，则突出了事件中女子的复杂心绪，其内心世界得到了直接具体呈现，人物形象亦更显清晰立体。又如郑汝璧《妾薄命》，诗歌起始部分"耀灵出沧海，曒曒烛扶桑。鸣鸡已戒旦，晨曦流洞房。佳人揽衣起，出户曳鸣珰。当轩理清曲，哀音不成章"为全知视角叙事，交代了佳人身份信息，从"自言秦氏女，姣好世无双"②至诗之结尾，转为第一人称视角，以女子口吻述说了丈夫十年戎行不归给自己带来的无限哀伤，全知视角与人物视角的混合运用，使女子的身份特征及内心世界得到了全面直接呈现。

三、节妇，烈妇，怨妇

在明诗中有较多女性形象。诗人采用不同叙事策略，对能凸显人物品格的典型事件着力叙写，其中节妇、烈妇、怨妇形象引人注目。明诗对节妇、烈妇的书写，多采用全知视角叙述，

① 俞安期：《翠翠集》卷十四，《四库全书存目丛书》本，齐鲁书社1997年版，集部第143册，第131页。
② 郑汝璧：《由庚堂集》卷二，《续修四库全书》本，上海古籍出版社2002年版，第1356册，第445页。

较完整地呈现了人物的人生历程及其不凡之处；对怨妇的书写，多采用人物视角叙述，人物在自陈中呈现其幽怨的内心世界，其怨而不争的品格借此呈现出来。

（一）节妇

以诗叙写节妇事，较早而著者以张籍《节妇吟》为代表。诗人拟女子口吻，简述了送珠、还珠之事，表白其誓死从夫之意。诗作对女子誓死不移品格的强调，为后代节妇诗之创作所继承。张籍《节妇吟》多被视为作者拒绝节度使李师道拉拢而作的政治寓怀诗，故与其后时代单纯叙写节妇之事的诗作略显不同。

据董家遵先生统计，宋代以前节妇数量不足百人[①]，故宋代以前节妇诗较为少见。宋元时期，节妇数量开始上升。与此同时，元诗中开始出现了较多节妇诗，诗中节妇形象较张籍《节妇吟》中的节妇形象为具体。

及至明代，随着节妇数量的激增，节妇诗创作尤引人注目。明朝建立初期，即颁行实施了褒奖节烈行为的政令。其后，明朝政府多次增补了相关制度，使对节妇、烈妇行为的褒奖在有明一代延续施行。《明史》卷三百一《列女传一》载："明兴，着为规条，巡方督学岁上其事。大者赐祠祀，次亦树坊表，乌头绰楔，照耀闾间，乃至僻壤下户之女，亦能以贞白自砥。其着于实录及郡邑志者，不下万余人，虽间有以文艺显，要之节烈为多。"[②] 足见有明一代节妇、烈妇数量之多。据董家遵先生

---

① 董家遵：《董家遵文集》不分卷，王承文编，中山大学出版社2004年版，第132页。

② 张廷玉等撰《明史》卷三百一《列女传一》，中华书局1974年版，第7689—7690页。

统计，明代节妇数量达两万七千余人，烈女有八千六百余人。①
如此众多的节妇、烈妇事迹，自然成为诗歌书写表现的重要内容，
节妇、烈妇形象在明诗中亦尤为多见和突出。《明史·列女传一》
即谓"文人墨客往往借俶傥非常之行，以发其伟丽激越跌宕可喜
之思，故其传尤远，而其事尤著。"② 节烈行为激发了诗人诗歌创
作的情思，诗歌创作则凸显了节妇、烈妇的义烈形象。

在当今许多研究者看来，女性守节或慷慨赴死，在绝大程
度上是受传统道德观念束缚的结果，是人性受摧残的表现；诗
人对节妇、烈妇的书写，是在以赞赏的态度来书写道德观念对
人性的扭曲与摧残，如有研究者指出："当士子文人们以欣赏的
态度甚至无比欣羡、恨不能死的深情来赞美人的死亡时，我们
可以知道，专制思想对人性的戕害以及人们自我毁灭已经达到
无以复加的地步。""在僵化而失去人性的宋明理学观念指导下，
文人士大夫冷漠甚至变态的人生观念。"③ 从历史事实而言，在
数以万计的节妇、烈妇中，确实有许多女性因为受节烈观念束
缚太深，而放弃了对自身幸福的追求，甚至殉身亡命，不能不
说是沉痛的人间悲剧。明诗中亦确有部分作品因宣喻节烈观念，
致使说教色彩浓厚而毫无诗味。

但从诗歌内容来看，诗人创作节妇诗、烈妇诗并不单纯在宣
喻道德观念，实还有其具体用意。如丁国祥认为，元诗中出现的

① 董家遵：《董家遵文集》不分卷，王承文编，中山大学出版社 2004 年版，第 132 页。
② 张廷玉等撰《明史》卷三百一《列女传一》，中华书局 1974 年版，第 7689 页。
③ 郝美娟：《明清之际节烈诗歌小议——由明清之际节烈诗歌看士人心态》，《理论界》2011 年第 2 期。

众多贞女形象,"映衬了元代诗人的另一种心态:对投入元蒙怀抱者的鄙视,也就是对新朝的不合作。诗人不能直接宣示,因为时代环境不允许,或自己已经失去了气节,因而只能委婉地表达、曲折地忏悔。"① 揭示了元代诗人创作节妇、烈妇诗的具体心态。

与元人相比,在大多数情况下,明人创作节妇诗、烈妇诗时并无此种心态。从明诗创作来看,虽然有一部分作品是从宣扬传统道德的角度来书写节妇、烈妇事迹的,但女子守节、赴死的原因各异,明诗中即还有一部分诗作,是从书写女子与丈夫的深挚感情,来阐释其守节行为的,诗作宣喻的是为情而生,为情而死的至情;或是从维护生命尊严的角度,来书写烈女、烈妇慷慨赴死,以突出其光伟不屈品格,诗歌叙事饱含深情而较少说教意味,节妇、烈妇亦个性鲜明,绝非面目模糊为求旌表而殉身的愚昧女性。因此,对明人创作节妇诗、烈妇诗的具体情形作出分析,探究明诗在塑造节妇、烈妇形象上的艺术成就,依然有其价值。明诗对节妇的书写,主要有以下两种情形。

首先,概述节妇艰难生活,凸显其恪守礼义、贫贱不移的品格。如郑文康《庐墓儿》中孙伋对其母子艰辛生活的叙述:

> 此时阿母方始嫁,绿鬓红颜逾二十。一朝忽作未亡人,无意独生判绝粒。哭夫横抱似夫儿,夫业有儿还可葺。茹悲饮恨度朝暮,鸾镜凤钗都什袭。澜翻刘向列女传,手写共姜诗暗习。寒灯不厌翦刀冷,暑夜勤将麻缕缉。共嘲壮夫既夭折,弱稚那能保成立。朱门众子多下流,况尔寡妻

---

① 丁国祥:《节妇贞女:元代诗人特殊的心灵意象》,《苏州科技学院学报》2005 年 5 月。

> 何所及。母志坚持肯少动，覆水难收终要拾。八龄即遣就
> 外傅，发绾双鬟驱负笈。束修累岁力经营，笔札随时苦供
> 给。三餐同咬菜根饭，井臼甘劳鬓躬执。①

孙伋父早亡，伋母乃坚毅持守，含辛茹苦抚养幼子，督其修学，坚韧不移品格卓然可见。其他如凌云翰《鄱阳王节妇诗》、李辕《徐节妇诗》等，亦皆叙写了节妇守节抚幼的艰辛生活，人物坚韧品格在事件的概述中得以凸显。又余继登《题沈节妇卷》，概述了沈节妇抚养幼子、遗孙成人的艰难生活，并运用内含意象的景物描写来参与叙事，如："独抚遗孙心最苦，指点遗经泪如雨。凉月娟娟照素帏，严霜片片栖寒杼。黄鹄歌成倍惨然，夜夜愁闻绿树鹃。"②叙事饱含深情，"凉月""素帏""严霜""寒杼""黄鹄""鹃"诸意象的使用，更使沈节妇抚养遗孙的悲苦境遇得到有力渲染。

其次，借助场景对话展现人物内心世界。如刘崧《靖安刘节妇诗》，则虚拟了一场人物对话，诗作以节妇口吻自述心迹：

> 君子不百年，弃捐忽如违。高堂无老姑，所有乳下儿。
> 不知后生死，身在义则随。势弱将易摇，众言生间危……
> 亲戚来相看，怜我青娥眉。叹息劝且言，悯我寒与饥。含
> 凄谢所亲，拉泪洗铅脂。指天唾出血，誓死终不移。结髦
> 覆儿额，裹衣承涕洟。妾身未即死，会见成人时。夜绩坐

---

① 郑文康：《平桥稿》卷二，景印文渊阁《四库全书》本，台湾商务印书馆1986年版，第1246册，第535页。
② 余继登：《淡然轩集》卷八，景印文渊阁《四库全书》本，台湾商务印书馆1986年版，第1291册，第952页。

> 达晨，晨理机中丝。卖丝教买书，读书以为资。上承祖先祀，下衍嗣续期。[①]

女子自述，具体展现了其失夫后的艰难处境与内心凄凉，指天唾血立誓、夜以继日劳作等自述内容，使其坚毅品格得到具体征实，避免了对节烈事迹的枯燥说教。再次，以叙述自然物象，比兴叙述节妇事迹。诗歌或从正面以自然物象质性比拟节妇品格，或从相反方面，以自然物象性状反衬节妇品格之可贵。如余继登《题沈节妇卷侍御钦华大母也》之起始为："矗矗山上石，青青石上松。托根既以异，贞干凌苍穹。不随春色荣，肯随秋风靡。春去秋来自岁年，年年劲节常如此。吁嗟乎！沈母之操无乃是。"[②] 以叙写石上青松贞干不随春秋时节交替而变换，来兴起叙写沈节妇之贞节。又华善述《古诗为邹贞女作》之起始为："斑箨包新竹，蚤已怀劲节。节见益不群，凌云倾霜雪。邹氏有小女，性志自端洁。"[③] 郑明选《祝节妇》之起始为："青青女萝草，寄生桑树枝。桑枯不复生，缠绵终不离。"[④] 等等。皆从正面以竹之劲节，或女萝缠绵桑植而不离弃，来正面比拟叙写节妇之坚贞品格。

---

① 刘崧：《槎翁诗集》卷一，景印文渊阁《四库全书》本，台湾商务印书馆1986年版，第1227册，第225页。

② 余继登：《淡然轩集》卷八，景印文渊阁《四库全书》本，台湾商务印书馆1986年版，第1291册，第952页。

③ 华善述：《披褐先生诗文稿》卷一，《四库全书存目丛书》本，齐鲁书社1997年版，集部第142册，第239页。

④ 郑明选：《郑侯升集》卷十，《四库禁毁书丛刊》本，北京出版社1997年版，集部第75册，第280页。

刘崧《靖安刘节妇诗》则以"春花逐飘风，不复返故枝"来反衬叙写"妇人守中闺，死别生不离"①，从而凸显节妇守义不移品格。凌云翰《鄱阳王节妇诗》起句为："朝华夕已披，春叶秋先零。贞心类松柏，岁晏弥青青。"② 或反喻，或正拟，亦突出了节妇品格。

（二）烈妇

在早前诗歌中，烈妇形象既已出现，如左延年《秦女休行》、傅玄《秦女休行》，郭茂倩《乐府解题》谓："左延年辞，大略言女休为燕王妇，为宗报仇，杀人都市，虽被囚系，终以赦宥，得宽刑戮也。晋傅玄云'庞氏有烈妇'，亦言杀人报怨，以义烈称，与古辞义同而事异。"③ 左延年《秦女休行》叙女休之烈曰："休年十四五，为宗行报仇。左执白杨刃，右据宛鲁矛。仇家便东南，仆僵秦女休……'女休坚辞为宗报仇，死不疑。'"④ 女子为宗报仇，死而不惜之烈昭然可见。傅玄《秦女休行》叙写女子复仇，更富豪纵之气而激荡人心："庞氏有烈妇，义声驰雍凉。父母家有重怨，仇人暴且强……白日入都市，怨家如平常。匿剑藏白刃，一奋寻身僵。身首为之异处，伏尸列肆旁。肉与土合成泥，洒血溅飞梁。猛气上干云霓，仇党失守为披攘。一市称烈义，观者收泪并慨慷。"⑤ 女子之侠烈形象

---

① 刘崧：《槎翁诗集》卷一，景印文渊阁《四库全书》本，台湾商务印书馆1986年版，第1227册，第225页。

② 凌云翰：《柘轩集》卷三，景印文渊阁《四库全书》本，台湾商务印书馆1986年版，第1227册，第810页。

③ 郭茂倩编《乐府诗集》卷六十一，中华书局1979年版，第886页。

④ 同上。

⑤ 同上书，第887页。

颇为突出。其后，李白作《秦女休行》，立意与左延年诗相近。可见，早前诗歌中的烈妇之烈，主要表现为豪侠之烈。

后来时代诗歌中的烈妇之烈，虽亦有豪侠之烈，但更多表现为慷慨赴死之烈。在明诗中，亦有少量作品叙写了有豪侠之气的烈妇形象，如孙瑴《杨烈妇唐项城令李侃妻》诗题下注曰："李希烈谋袭陈州，来侵项城。侃以城小贼锐欲逃去，妇责以大义。□令募士死守，城卒以完，邑人祠之。"[1] 杨烈妇之烈，主要表现在其临危不惧，大义凛然之气概上[2]。又如游朴《关中有贤女》，则分别叙写了两位为夫报仇而亲斫仇人之首的烈妇[3]。诗作所叙内容与左延年《秦女休行》、傅玄《秦女休行》相近，

---

① 孙瑴：《岁寒集》下卷，《四库全书存目丛书》本，齐鲁书社1997年版，集部第31册，第38页。

② 出处同上。其文曰："唐皇失驭强臣策，海内烟尘苦锋镝。蔡州逆贼势猖獗，掠地屠城无与敌。虎狼千百窥项城，项城县令心独惊。眼前士卒能有几，孤城难守思逃生。私将此计语诸妇，烈妇谏夫毋内顾。人臣死为国家计，况有丁男可招募。城中得士数百人，人人慕义思奋身。烈妇周旋给军饷，身先执爨均苦辛。夫君仓卒中流矢，惫甚归家见妻子。劝令强出安人心，战死胜如床下死。登城督战众志坚，自有神助非偶然。一箭射中贼枭将，贼众引去城完全。夫得输忠尽臣职，大义昭昭妇贤德。奸雄转盼委尘土，烈妇至今犹庙食。"

③ 游朴：《游朴诗文集》，福建人民出版社2015年版，第85页。其文曰："关中有贤女，东海有勇妇。容色俱如花，贞心并琼玖。厉志复夫仇，利刃恒在手。国门忽相遇，亲斫仇人首。缟裳染赤血，见者尽却走。剖腹取肺肠，以沥墙间酒。凤愤一旦摅，鼎镬甘醇酎。列状投县官，束身就图圄。义烈动明主，特令宽钳钮。竟从旌典释，法吏莫得纠。英声播宇内，啧啧满人口。男子空须眉，蓄缩若秃帚。不肯急国仇，奉头忍訾诟。媾贼沧波臣，媚虏平城偶。闻此两妇风，羞颜能不厚。偷生苟视息，未死骨已朽。我歌贤女词，怒飙振疏牖。安得娘子军，布列边城守。"

或可视为游氏对二作的拟作。此外，明诗中更多的烈妇形象，则表现出舍生赴死、蹈死守义的贞烈品格。与对节妇的叙写相同，明诗对烈妇形象的塑造，或在概述烈妇事迹过程中，粗线条勾勒烈妇形象，或通过叙写事件场景、人物对话及人物心理，来展现烈妇的形象及其品格。

首先，概述烈妇事迹，突出其舍生赴死的贞烈品格。如龚诩《追赋陆烈妇歌》：

> 陆家有子贱且贫，一生家住琴川滨。唯能击鼓与吹笛，更无余策堪资身。其妻本是田家女，目不知书心却古。蓬头垢面破衣裳，乐与夫君共甘苦。夫君卧病忽经年，瓶无粒粟囊无钱。晨昏何以给饘粥，一饱十饥诚可怜。眼中骨肉犹行路，况彼乡邻肯相顾。彷徨凄楚只天知，嘿嘿更无人可诉。一朝乞得斗升归，济急庶以全烧眉。不道抵家日将暮，夫命已逐残云飞。躄地号天几绝气，祭毕随将死相继。①

诗作重点叙述了陆氏夫妇贫苦的日常生活，以此突出了烈妇贫贱不移、与夫甘苦的品格，亦可见夫妇二人之情深意笃，从而为叙写烈妇赴死作了铺垫。又管时敏《李哥行》之叙事策略亦与此相同：

> 霸州李哥年十五，出身本是娼家女。誓死愿作良人妻，

---

① 龚诩：《野古集》卷中，景印文渊阁《四库全书》本，台湾商务印书馆1986年版，第1236册，第287页。

不愿随时学歌舞……东城酒楼花满烟，五陵公子罗尊俎。众中一少忽相嘲，李哥出门气如虎。益津县监轻薄儿，不惜黄金买同处。阿㜅贪金不顾儿，暝地甘言密相许。县监夜半排闼入，李哥拒之闭其户。大言痛詈汝监邑，汝何不知民父母。手操白刃不容狎，县监惭惶走无所……后来贼兵犯霸州，李哥与夫遭贼虏。贼见李哥好颜色，但言杀夫不杀汝。李哥得言即誓死，与夫同死河之浒。①

诗作并未对李哥之死的过程作浓墨重彩的叙写，而是重点叙写了李哥的早前遭遇，从而使其不畏强暴、守身自洁的贞烈品格得到了具体呈现，李哥遇贼时与夫共死之烈，正是其早前贞烈品格的延续。又沈周《清风岭》，叙女妇在翁姑夫男身死之后，为长军恶徒所房，不屈而投江崖赴死之事。诗作以饱含深情之笔，叙写了女子临难之时啮指血书、投崖入江的悲壮行为，"清风岭，白日寒。陡崖深江，妾命所安。啮指出血写石壁，字字入石深若刊。五十六字碼磁癞，丹丘怨血泪泛澜。千古万古愿不漫，诗成一投死万仞，凡笈无计留青鸾。"② 诗中烈妇之名姓与面貌虽未述及，但其不屈不挠、视死如归之光烈形象却尤为突出。

其次，叙写事件细节及人物对话，以凸显烈妇形象及其品格。这种情形多见于对夫死殉节之烈妇的叙写中，诗歌不止在宣扬烈妇殉节的坚贞，更在通过叙写夫妇往日生活，彰显夫妇

---

① 管时敏：《蚓窍集》卷五，景印文渊阁《四库全书》本，台湾商务印书馆1986年版，第1231册，第691页。

② 沈周：《沈周集》卷五，上海古籍出版社2013年版，第622页。

间的情笃意深，烈妇哀毁实因情深所至。诗作内寓着对烈妇情深挚诚的感喟。如陈荐夫《林贞妇歌》，诗引曰："林讳懋细，玉融人，广文资澜女也。字于郑若舟，以秋试还闽，寻感末疾以卒。林闻讣恸绝，奉姑还奔丧，哭奠如礼。阖卧内自刭，未绝，以救免。遂不食，积十七日不死。乘间以爪夬颈疮，遂以死焉。"① 诗歌对林氏随夫赴死之贞烈的叙述，是在层层铺垫中展开的。诗歌首叙林氏婚姻生活，"郎君性蚤慧，新妇甚贤良。"郎慧妇贤，婚后郑、林二人情感日笃。继叙郑氏还闽，夫妇二人作别，"入门抚阿妇，气塞声不扬。阿妇牵衣泣，君行太匆忙。君行当自宽，此别固不长。阿夫舍妇去，忽忽若有忘。"临别作语，神伤黯然，彼此情深意笃显然可见。继叙郑氏染疾而殁，林氏闻讣恸绝，"乡书昨日至，大小皆惊惶。阿妇闻信来，绝去半日强。一恸失魂魄，再恸摧肝肠。裂我文锦裆，褫我红罗裳。抽我金雀钗，碎我碧玉珰。一瞑不复际，誓死无异言。"林氏誓言赴死，正以林、郑二人之深情为基础。在姑翁的劝谕下，林氏忍恸还乡奔丧，诗作以含情之语叙述了其奔丧之行的悲怆凄苦，"渺渺城南路，渐次长河亭。不见阿夫同入门，但见当时主人出门迎。渺渺长河路，渐次空江头。不见阿夫同入舟，但见当时江水伤心流。一日复一日，望望故山头。驱车入里门，哀猿鸣啾啾。"突出的依然是林氏对郑氏的沉痛思念。林氏抵家，"绝命仆棺下，呕血常斗余"，哀毁至甚，终至弃绝水浆，抉创而亡。诗歌叙事凸显的是林氏之于郑氏的至笃深情，林氏赴死之心由是难以逆转，其贞烈品格在诗歌对相关场景及人物

---

① 陈荐夫：《水明楼集》卷一，《四库全书存目丛书》本，齐鲁书社 1997 年版，集部第 176 册，第 325 页。

对话的叙述中得到具体呈现。

又姜采《烈妇诗》，其序曰："烈妇海氏者，徐州人也。适夫陈有量，家贫，往投所亲。困于毗陵。毗陵恶少年杨二，诱奸，不从。恚甚，计使漕卒林显瑞胁奸，死毗陵。"诗作在以叙写场景及人物对话来展现人物形象的同时，还代拟烈妇口吻，叙写了其临危赴死之际尚顾念其夫的复杂心态：

> 危坐还自语，泪下逾千行。我死填沟壑，冤抑孰能张。本是命相薄，岂得怨穹苍。身上袒袜服，是我嫁衣裳。针线密密缝，泉路永不忘。顾念我侪侣，只尺隔幽明。结发事君子，白首相颉颃。何期中道诀，不复奉簸扬。我身则已矣，君如孤鸟翔。念君霜露躯，谁能收巾箱。誓当从此辞，须臾头挂床。①

代拟之语，展现了烈妇临死之际的内心世界，其对于夫婿的柔婉多情，使其形象更显立体，其赴死更显凄婉动人。可见，明诗中的烈妇诗，并未成为说教道德观念的枯燥文本，而是能通过叙写日常生活及典型事件，来展现人物的贞烈品格及其柔情细腻的一面，从而使烈妇形象更为立体真实。

（三）怨妇

怨妇形象在古代诗歌中早已出现，《诗》中已有多篇怨妇诗，如《邶风·谷风》《卫风·氓》《卫风·伯兮》《小雅·杕杜》即为代表之作。其中《谷风》《氓》可视为书写弃妇怨的代

---

① 姜采：《敬亭集》卷一，《四库全书存目丛书》本，齐鲁书社1997年版，集部第193册，第554页。

表，朱熹《诗集传》谓《谷风》乃："妇人为夫所弃，故作此诗，以叙其悲怨之情。"[①] 诗中女子之怨诉，婉曲回环，一折三叠，其怨而不争的性格得到鲜明体现，该诗对弃妇怨的叙写，有力影响了其后怨妇诗的创作。《伯兮》则开后世闺怨诗创作先河，《伯兮》中之女子，可具体为征妇，其怨情发抒随叙事之展开而呈现出叠加渐重之势，方玉润《诗经原始》谓："此诗室家之怨切矣。始则'首如飞蓬'，发已乱矣，然犹未至于病也。继则'甘心首疾'，头已痛矣，而心尚无恙也。至于'使我心痗'，则心更病矣。其忧思之苦何如哉！"[②] 女子因思生疾，其怨之深可得而见。后世闺怨诗承此意绪，多从思不能见而生怨的角度，来叙写闺中怨妇形象。《杕杜》是书写征妇怨思的典型之作，对其后征妇诗创作产生深远影响。

其后怨妇诗形成三种主要类型：弃妇诗、闺怨诗、宫怨诗。其中，弃妇诗延续《邶风·谷风》《卫风·氓》的叙述模式，诗中女子在自陈往事过程中，将怨情倾诉出来，其形象得以逐步显现。闺怨诗则以《燕歌行》为代表，郭茂倩《乐府解题》曰："晋乐奏魏文帝'秋风''别日'二曲，言时序迁换，行役不归，妇人怨旷无所诉也。"[③] 诗人拟女子口吻自述，其心绪多能得到具体展现。唐代闺怨诗多形制简短，诗中怨妇形象多未能得到具体显现。宫怨诗则以《婕妤怨》《长门怨》为代表，郭茂倩《乐府解题》谓："《婕妤怨》者，为汉成帝班婕妤作也。婕妤……美而能文，初为帝所宠爱。后幸赵飞燕姊弟，冠于后宫。

① 朱熹：《诗集传》卷二，中华书局 2017 年版，第 32 页。
② 方玉润：《诗经原始》，李先耕点校，中华书局 1986 年版，第 186 页。
③ 郭茂倩编《乐府诗集》卷三十二，中华书局 1979 年版，第 469 页。

婕妤自知见薄，乃退居东宫，作赋及纨扇诗以自伤悼。后人伤之而为《婕妤怨》也。"① 可见早期宫怨诗之叙事，多是以具体的人事为背景而展开的，诗人拟肖人物口吻而叙其哀怨。在唐人宫怨诗中，白居易《上阳白发人》较具代表性，诗歌叙写了一位幽禁上阳宫数十年的不幸女子，其幽怨之深在同类人物中似无可及者，其形象亦犹显突出。而唐人《宫怨》诗，则大多形制简短，人物面目略显模糊。

　　明诗中的怨妇形象，有弃妇、征妇和宫女等类型，其性格与前代诗作中的怨妇性格相近，表现出自嗟自叹、怨而不争的特点。明诗主要通过拟肖人物口吻自叙往事、诉陈心曲的方式，来展现怨妇哀而不争的性格。在诗歌叙事过程中，人物作为叙述者，可充分自如地对日常生活细事展开叙述，并能自然切换到对内心意绪的陈诉，从而使其自身遭际与内心世界得到充分呈现，人物形象颇显立体。如孙蕡《白头吟》，诗作拟卓文君口吻，自叙与司马相如贫贱相守而终遭冷落的不幸遭遇，卓氏之自嗟自叹，缠绵悱恻，然哀怨之余，终未能奋起而争。又如魏学洢《长水怨》，该诗是明代怨妇诗的代表之作，诗题下注曰"为友人妾赋"。诗篇以女妇口吻叙述了与丈夫十年间的贫贱生活以及身遭遗弃的过程，在对日常细事的叙述中，女妇善良、勤劳、坚韧的品格逐渐呈现出来。然而男子终因女妇"事君垂十载，不一生男儿"而另娶新妇，更将十年之妇弃于其母家。

---

① 　郭茂倩编《乐府诗集》卷四十三，中华书局 1979 年版，第 626 页。又第 621 页，郭茂倩曰："《长门怨》者，为陈皇后作也。后退居长门宫，愁闷悲思，闻司马相如工文章，奉黄金白金，令为解愁之辞。相如为作《长门赋》，帝见而伤之，复得亲幸。后人因其赋而为《长门怨》也。"

十年间贫贱不移的艰辛生活与始料不及的一朝遭弃，使女妇形
成巨大心理落差，其怨之深，显然而见：

> 自从入君门，历今垂十年……椎胸胸血呕，委身赴清
> 水。骨肉痛如割，俚勉相救止……掩泪入房来，窗前见针
> 帖。残丝与剩线，寸寸皆侬血。向日入君目，从今长断绝。
> 委婉随郎心，郎心太曲折。忽见大士像，不觉泪滂沱。稽
> 首乞慈悲，妾身竟如何。今生无罪过，宿生愆怨多。安得
> 转君心，春风被女萝。君心终不回，不如赴长河。稽首乞
> 慈悲，再拜涕涟洏。不望重聚首，但愿相见时。雨落不上
> 天，一见知何期。妇人失夫心，百念无可为。但愿新人欢，
> 为君生男儿。更念孱弱身，疾苦不相离。旧人识君性，新
> 人安得知。十年守穷贱，心事多苦悲。愿君振高翮，及时
> 凌风飞。妾身长已矣，相见知何期。一字一呜咽，行道皆
> 酸凄。①

女子遭弃而以身赴水，足见其哀怨之深。其得救后的自陈之语，
则将这无尽之怨情淋漓尽致地呈现出来。女子虽身遭遗弃，然
对其夫婿依然难于割舍，也正是这份一往而深的情愫，使女子
之怨更显绵绵无尽而感人至深。诗中女子自嗟自叹之意，与
《邶风·谷风》中女子怨而不怒之述意颇近，然该诗女子之自述
更显回环曲折，其内心世界得到了更细腻的呈现，人物形象亦
更显多面立体。

---

① 魏学洢：《茅檐集》卷二，景印文渊阁《四库全书》本，台湾商务印书馆
1986年版，第1297册，第530页。

　　明代《征妇怨》之作，多篇制简短，其命题立意亦多与前代同题之作相近。其中郑汝璧《妾薄命》对征妇之怨的叙写，较值得注意。与《卫风·伯兮》《小雅·杕杜》《燕歌行》《征妇怨》等作相比，该诗对征妇幽怨之思的叙写更显细密，人物内心世界得到更充分展现。诗之起始部分："耀灵出沧海，曒曒烛扶桑。鸣鸡已戒旦，晨曦流洞房。佳人揽衣起，出户曳鸣珰。当轩理清曲，哀音不成章。"叙述者运用全知视角叙写了征妇的居室环境及其哀伤唱叹，其下则转为人物视角，述说良人十年戍守不归给自己带来的苦痛，叙述极哀怨悲伤，如最后部分：

> 忆昔与君别，握手临河阳。咬咬啭黄鸟，宛宛垂朱杨。临岐何以赠，爰结佩与缳。芳草撷蘅杜，崇兰折琼芳。相期在秋晏，愿言归朔方。何意久行役，十载空相望。玉颜坐销歇，无复施红妆。白首感秦乌，颓尾嗟河魴。惝怳失次第，秉仪中自坊。妾命古来薄，何为独摧伤。[1]

十年前之分别，已成美好回忆，良人归期未有期，女子只能在春去秋来中，坐看玉颜销歇，独嗟命缘浅薄，其怨其伤随时日轮转而渐深渐厚，终至难以抚平；其自嗟自伤之形象，感人尤深。

　　明诗对宫女怨的叙写，以韩邦靖《长安宫女行》为代表。该诗以女子口吻叙写了正德朝宦吏夜间搜抓民女以充宫女的黑暗事实，辛辣讥刺了明武宗一系列的荒唐行为。女子在述事过

---

① 郑汝璧：《由庚堂集》卷二，《续修四库全书》本，上海古籍出版社2002年版，第1356册，第445页。

程中，时有述情之语，如以下部分：

> 旁人见我入天阍，谓我将承帝主恩。岂知流落还愁恨，荣宠何曾但泪痕……少小媒来未轻与，去年才许城东夫。乘龙跨凤虽未必，并宿双栖亦不孤。百年光景谁曾见，一旦荣华土不如。荣华光景犹闲可，兄弟爷娘怎奈渠……可怜抛却入君门，九夏三秋那可言。风雨苑深同白昼，星河楼浅共黄昏……青春零落不须论，别有凄凉难具陈。同来女伴元不少，一半已为泉下尘。妾身虽在那常在，沟渠会见骨如银。愁心化石定不朽，怨魂入地应无垠。[①]

相比《宫怨》诗中简短的述情之语，该诗不仅有长篇幅的叙事内容，而且女子述情之语更趋繁复细腻，其怨情在具体的事件情境中更显质实深挚，女子之哀怨形象在其述事抒情过程中，得以立体呈现。

四、贫民，戍卒，歌伎

叙事诗中的其他人物形象，还有贫民、戍卒、歌伎等。

（一）贫民

中国古代诗歌在叙写贫民艰难生活的同时，也刻画了诸多不同风貌的贫民形象。汉乐府《东门行》即书写了一位因贫苦不堪铤而走险的男子。及至唐代，诗作中的贫民形象开始较多地出现。如王建《水夫谣》中臁穿足裂的纤夫，白居易《观刈

---

① 韩邦靖：《韩五泉诗》卷一，《四库全书存目丛书》本，齐鲁书社 1997 年版，集部第 62 册，第 146 页。

麦》中抱子拾穗的贫妇、《卖炭翁》中衣单人饥的卖炭老翁，皮日休《橡媪叹》中拾橡子充饥的伛偻老媪，等等，皆是贫民形象的典型代表。在宋诗中，贫民形象亦较为常见，如柳永《煮海歌》中人形菜色的盐民，梅尧臣《汝坟贫女》中僵死壤河边的老夫，范成大《后催租行》中卖衣卖女以抵租税的贫苦老农，赵汝鐩《耕织叹》中辛劳一年而乏食少衣的贫苦夫妇，等等，皆是贫民形象的代表。在上述诗作中，诗人或拟肖人物口吻自述艰难处境，或以旁观视角纪实叙写贫民艰辛生活，或以全知视角叙写贫民的苦难遭遇，从而以不同角度展现了贫民形象。如王建《水夫谣》以人物口吻述说了纤夫牵船生活的苦楚；白居易《观刈麦》以旁观视角纪实叙写了贫妇于田间抱子拾穗的艰难处境；柳永《煮海歌》以全知视角概述了盐民常年间的辛苦劳作与艰辛生活。

在明诗中，诗人或代拟人物口吻，述说贫民艰辛生活；或以旁观者视角纪实书写贫民之艰难处境，叙述者与贫民产生对话，引出人物自述，从而使贫民之肖貌神情及内心世界得到具体呈现；或以全知视角，叙写贫民悲苦遭遇，而凸显其风貌品格。

首先，以人物口吻叙述艰辛生活及内心意绪。如王恭《女耕田行》：

　　鸣鸠喔喔屋上啼，东邻西舍把锄犁。儿家兄弟久边戍，数亩山田空草畦。山田况是多硗确，无人无牛废耕作。母今年老女未笄，门户萧条转衰薄。掩面含羞学种田，道傍观者尽垂怜。去年潦旱妨秋稼，尽鬻裙钗输税钱。春来依旧愁辛苦，窃向田头拜田祖。黄葛衣吹野草风，青蒲笠带山花雨。路逢边使忽悲伤，闻道儿兄死战场。欲收兄骨向何处，女身不及东家郎。①

该诗立意与唐戴叔伦《女耕田行》之立意同而有异，诗中女子处境较戴诗中二女子处境更显艰难。家兄戍边，山田荒芜，门户萧条衰薄，未笄女子只能含羞勉为耕作。然潦旱接替，秋稼有歉，女子只能尽卖裙钗以抵租税。秋去春来，旧愁未消，不虞家兄战死沙场，老母弱女更成无依之人。女子在自述贫苦处境的同时，也将内心意绪细腻地展现出来，其形象更显具体。

其次，诗人作为旁观者，叙写了处于艰难困境下的贫民形象。此类诗歌主要从两个方面对人物进行书写，一是通过外貌描写，直观展现贫民群体衣衫褴褛、形容枯槁的肖貌特征。如李濂《西平老翁行》："西平城西头白翁，病躯伛偻双耳聋。敝衣腊月不掩胫，河边遇之泣路穷。"②程敏政《涿州道中录野人语（良乡役夫）》："我行范阳道，水次遇老叟。时当孟冬尽，破褐露两肘。"③皆直观呈现了贫民衣衫褴褛、形销骨立的肖貌特点，突出了诗作的纪实特征。二是通过对人物动作、神态的摹写，来展现具体情境下人物的内心情感。如王九思《卖儿行》对村媪离别幼子时之动作、神情的叙写，细腻展现了其于幼子的难舍之情与内心的无尽凄苦："村媪词终便欲去，儿就牵衣呼

---

① 王恭：《草泽狂歌》卷二，景印文渊阁《四库全书》本，台湾商务印书馆1986年版，第1231册，第227页。
② 李濂：《嵩渚文集》卷十二，《四库全书存目丛书》本，齐鲁书社1997年版，集部第70册，第444页。
③ 程敏政：《篁墩文集》卷六十七，景印文渊阁《四库全书》本，台湾商务印书馆1986年版，第1253册，第450页。

母哭。媪心戚戚复为留，夜假空床共儿宿。曙鼓冬冬鸡乱叫，媪起徬徨视儿儿睡熟。吞声饮泣出城走，得谷且为赡穷鞠。"① 范凤翼《卖儿行（淮上书所见也）》："儿痴初不省，背上犹喑呓。得直才数缗，人贱不如彘。剜肉以医疮，何异将儿噬。新主摩儿顶，痴儿牵爷袂。卖者向西号，买者向东曳。去去累如脱，稍远屡回睇。"② 亦通过叙写人物之动作、神态，真实呈现了农夫鬻子的凄苦心境。

　　明诗在以旁观视角叙写贫民形象时，依然能够将人物的品格突出出来。如刘溥《义丐行》即塑造了一位品格较为突出的义丐形象：

　　　　城中有蒙丐，足跣衣不全。挈家负二子，行呼官道边。偶逢一老妪，白发垂蔽肩。形骸但骨立，执手问其缘……彼蒙听未终，泪下如流泉。乃云我固贫，有屋城西壖。今愿携尔归，庶免风雨干。所食我自须，尔但无劳烦。妪只但愧谢，力辞命所慭。夫妻掖其衣，再四不肯前。却以日所得，罄囊悉与焉。临别久踌躇，殷勤致以言。既去重回首，意留顾盼间。③

蒙丐一家本就处境艰难，但对老妪依然能够慷慨相助，其仗义

---

① 王九思：《渼陂集》卷三，《四库全书存目丛书》本，齐鲁书社 1997 年版，集部第 48 册，第 25 页。

② 范凤翼：《范勋卿诗文集》卷二，《四库禁毁书丛刊》本，北京出版社 1997 年版，集部 112 册，第 63 页。

③ 刘溥：《草窗集》上卷，《四库全书存目丛书》本，齐鲁书社 1997 年版，集部第 32 册，第 329 页。

之行实为可贵，人物品格由是而显。

再次，以全知视角叙写贫民的行为事迹。基于全知视角的运用，诗人可对贫民的品格作出更多评述，人物形象更显立体。如赵南星《古诗为横山妇作（嘉靖中事）》叙横山夫妇事：夫妇二人甘守贫贱，然逢乡民为乱，夫为太守县吏冤杀，而妇亦哭夫气绝。诗作突出叙写了横山妇能与夫共守贫贱的品格：

> 食贫余一岁，情契如一朝。何意遭凶荒，四野无寸苗。载路尽饥人，哭声何嗷嗷。东邻夫相弃，西邻妇亦跳。夫泣向妻言，吾空为若夫。不能令尔饱，终当死道途。不如相弃置，庶以求尔舖。妻泣向夫言，君言非其理。天作为婚姻，但须誓古处。君如忍相弃，贱妾何能止。妾乃一妇人，只知及尔死。夫妇抱头泣，愿以身终始。忍饥待命尽，不敢怨苍天。①

凶荒之年，横山妇不求相弃而生，但愿与夫忍饥待命，相守而死，其不怨天不尤人，而与夫共守贫贱之品格尤可感人，其形象亦较其他贫民形象为突出。

（二）戍卒

行伍戍卒关系家国安危，很早便成为诗人书写的对象。如《诗》之《豳风·东山》《小雅·采薇》皆以人物自述的方式，细腻地展现了久事征役的戍卒在归乡途中的复杂思绪，为从心

---

① 赵南星：《赵忠毅公诗文集》卷二，《四库禁毁书丛刊》本，北京出版社1997年版，集部第68册，第49页。

理层面刻画戍卒形象树立了典范。此后时代，诗歌中的戍卒形象亦较为常见。如《十五从军征》、陈琳《饮马长城窟行》、杜甫《兵车行》《垂老别》《无家别》等，皆为书写戍卒的代表之作，为后来诗作叙写士卒形象积累了丰富经验。

《明史》卷九十一《兵志三》曰："元人北归，屡谋兴复。永乐迁都北平，三面近塞。正统以后，敌患日多。"[①]　又《明史》卷八十九《兵志一》曰："卫所之兵疲于番上，京师之旅困于占役。"[②]　在此情势下，明军士卒多苦于频战，疲于奔戍，困于占役而难于休歇。对此情形，诗人在诗歌创作中多能予以关注，并书写了诸多形貌各异的戍卒形象。明诗对戍卒的书写，主要有两种情形，一是叙写戍卒的艰辛遭遇，突出其赢顿不堪的形象；二是在叙写戍卒艰难境遇的同时，突出其为国尽忠、勇于任事的品格。

首先，对戍卒赢弱困顿形象的刻写。如徐有贞《老卒词》叙写了一位数十年间征战疆场、历经苦难的老卒形象：

　　老卒何孑孑，独行荷戎装。赢然槁木躯，乞食哀路傍……自云良家子，结发事戎行。东征与西战，苦辛身备尝。肌肉毁鞍甲，筋力尽疆场。年纪逾五十，未能还旧乡。家人久隔绝，音信亦消亡。今复有此行，万里伐鬼方。感君佳餐惠，聊塞一日肠。忆仆平生事，为君道其详。仆本上郡人，世业颇富强。父母生我时，喜我材且良。令我学射御，望我能显扬。谁知长成后，忧患日抢攘。垂老被驱使，不异犬与

① 张廷玉等撰《明史》卷九十一《兵志三》，中华书局1974年版，第2235页。
② 张廷玉等撰《明史》卷八十九《兵志一》，中华书局1974年版，第2175页。

羊。部曲诸小儿，欺陵肆猖狂。曾无一箭功，腰边绾银黄。顾此不如死，归彼泉下藏。言罢掩泣辞，进步更彷徨。①

老卒少时习学射御武艺，生当国患日繁之世，数十年间东征西战出生入死，老来之际筋骨衰弛，反为部旅小儿所欺，更要远征边关不得休歇。戍卒的长段自述，较具体地展现了其长年间征戍生活的艰辛及内心的凄苦境况，其形象亦较前代诗作中的戍卒形象为突出。在明王朝边事日繁的情势下，广大士卒只能奔转东西，耗尽筋力，其结局亦可想而知。游朴《战城南》，即叙写了战殁士卒之魂相唤入城的阴凄之境：

> 战城南，死城南。战城西，死城西。头断胡儿刀，身没胡马蹄。胡马日夜来，骨肉践为泥。同伍俱戮尽，残魂无所栖。相唤入城去，仓茫沿故蹊。各认巷与门，各见母与妻。手持旧着衣，招魂望空啼。不见死后魂，空恋生前绨。家家巷巷苦，白日为惨悽。②

较之以实境叙写戍卒的疲顿不堪，诗作对戍卒亡魂之见闻的叙写，更为深入地展现了戍卒的悲惨结局，而引人心生无限悲凉。

其次，突出叙写士卒为国尽忠、勇于任事的品格。李开先《从军行》叙写了一位满怀报国之志的戍卒，在战败伤病之余辗

---

① 徐有贞：《徐有贞集·武功集》卷一，孙宝点校，浙江人民美术出版社2015年版，第50—51页。
② 游朴：《游朴诗文集》，福建人民出版社2015年版，第39页。

转返乡，而最终无家可归的悲苦处境。而从戍卒之自陈中，犹能见出其国难之时挺身而出、尽忠报国的品格：

> 自称原是农家子，勾丁补伍羽林郎。有时较射出郊野，无事终年食太仓。手弄宝刀光灿烂，口吹铁笛韵悠扬。饱暖止知居辇毂，艰辛岂料备封疆。秋高忽尔边声动，旄头夜夜吐光芒。雁门马邑传飞箭，狼烟处处遥相望。亭障龙堆多陷没，夜半血书达建章。诏下公孤同画策，禁兵点选拔其良。有人劝我巧辞避，负国辜恩后岂昌。千日养军不一出，不如重病卧于床。兵凶战危不复虑，欣然调马治军装。被命每矜心慷慨，临岐难免泪淋浪。①

诗作对戍卒慷慨从军之意的叙写，颇有唐代边塞诗豪壮之质。家国危难之际，士卒奋不顾身、视死如归的品格尤可赞叹，人物形象由是而更显立体。

明朝著名将领戚继光，则在《蓟门述》中则书写了一位满怀忧国之思，颇识边务之弊的老卒，"道逢老边卒，白发两垂颐。不避五兵锋，向予重致词。片言欲出口，双泪惨涟洏。次第吐边情，一一三嗟咨。"老卒不避兵锋而力陈边弊，足见其忧国之深情，其所陈之言，深刻地指出了明王朝边政所存在的诸多痼疾，实为洞察灼见，如其中一段：

> 嗟嗟佐史威，扬鞭动恣肆。道左贵鸱蹲，庭前爱狐媚。

---

① 李开先：《李开先全集》（修订本）卷一，卜键笺校，上海古籍出版社 2014 年版，第 90—91 页。

由是裨校流，上及参游辈。奔走车尘前，屈体若僮隶。恃
操荣辱柄，睚眦立倾置。忽薰莸为菀，当路安得识。伤哉
七曜明，难悉覆盆翳。主吏尚不免，诇暇问入卫。将欲列
守障，边工胡敢废。将欲练备虏，边工胡能暨。将欲罢边
工，战守势轩轾。[①]

边关佐吏对下横施淫威，对上奴颜媚骨，边政之昏乱可得而知。
老卒身轻位卑，然能一以家国为念，其所陈之语足能振聋发聩，
使庸将腐吏赧颜汗下，其忧念家国的崇高品格在同类诗作中尤
显特出。

明诗对戍卒的书写，具体展现了在明王朝边事日繁、军政
日颓之情势下，士卒疲顿不堪的真实生存状态，也使在此情境
下戍卒依然心系家国、慷慨赴死的崇高品格更显突出而感人至
深，其形象亦因此而更显立体。

（三）歌伎

歌伎形象较多地出现在隋唐以后的诗歌创作中，白居易
《琵琶行》中的琵琶女即为典型代表。宋代，歌伎形象更多地出
现在词作之中，词人不仅以细腻之笔摹写了歌伎的风貌神情，
更以代言之笔书写了歌伎丰富的内心世界，从而塑造了诸多个
性鲜明的歌伎形象。及至明代，随着诗歌篇幅的不断增长，前
代诗歌写人的技法，在明诗叙写歌伎形象的过程中得到了更为
充分的运用，歌伎的人生历程及风貌品格，得到了更完整立体
的呈现。明诗对歌伎的叙写，主要从两个方面展开：一是书写歌

---

① 戚继光：《止止堂集·横槊稿》上卷，《四库全书存目丛书》本，齐鲁书社
1997 年版，集部第 146 册，第 155 页。

伎今昔之间不同的处境，突出其身世之悲；二是书写与歌伎有关的奇异事件，突出其超凡脱俗。

首先，对歌伎身世之悲的叙写。此类诗作继承了白居易《琵琶行》的叙事模式和作诗意旨，诗歌在对歌伎昔日所遇繁华热烈与今朝所遭孤寂清冷的比照叙述中，将歌伎在时迁世变处境下的身世之悲自然地呈现出来。如杨基《听老京妓宜时秀歌慢曲》：

> 春云阴阴围绣幄，梨花风紧罗衣薄。白头官妓近前歌，一曲才终泪先落。收泪从容说姓名，十三歌学郭芳卿。先皇最爱芳卿唱，五凤楼前乐太平。鼎湖龙去红妆委，此曲宜歌到人耳。潜向东风作慢腔，梨园不信芳卿死。从此京华独擅场，时人争识杜韦娘。芙蓉秋水黄金殿，芍药春屏白玉堂。风尘回首江南老，衰鬓如丝颜色娇。深叹无人听此词，纵能来听知音少。说罢重歌尔莫辞，我非徒听更能知。樽前多少新翻调，一度相思一皱眉。①

世事迁转，繁华易落，昔日擅场京华，今朝沦落江南，白头歌伎只能在一曲词歌中，唱叹人生的无限沧桑。胡奎《赠燕山老妓歌》对老伎的叙写，亦与此作近同。

自白居易《琵琶行》之后，诗人在叙写歌伎身世之悲的同时，亦多抒发一己坎壈不遇的郁抑之情，如孙蕡《骊山老妓行补唐天宝遗事戏效白乐天作》，拟肖白诗之意非常明显。此外，

---

① 杨基：《眉庵集》卷二，景印文渊阁《四库全书》本，台湾商务印书馆1986年版，第1230册，第360页。

陈鹤《扬州小妓行小妓年十八性慧善歌每对人能谈乱离甚悉意若憎其失足烟花无以从良人自奋者余偶遇宾筵心甚嗟恤因念兵甲在南逃踪无定其欲异于小妓几希矣哀时感事遂撰此行》亦值得注意：

> 扬州小妓年十八，盘络红丝叠乌发。含态当场歌一声，四座文宾尽酣杀。须臾转调细且长，飒飒回风吹断杨。关情独有天涯客，泪落青袍思故乡。故乡杨柳曾攀折，屈指春风几回别。一身到处只随云，双鬓今宵忽成雪。君不见年来两浙当乱离，歌舞千门非昔时。红颜委弃路傍草，日斜那复桑间期。小妓闻言泪沾袖，谓昔亦曾遭战斗。青楼被火接地空，少女无家逐兵走……余闻此语良酸辛，时不利兮皆失身。①

诗人听小妓曲歌而感发漂泊之悲，诗人感发之语引起小妓的自伤身世之叹，歌伎之自伤正是对诗人自嗟的回应，诗人、歌伎皆为天涯沦落之人，诗歌不仅在叙写歌伎的身世之悲，亦在强调歌伎实为诗人的天涯知音。

其次，对歌伎之超凡脱俗的叙写。诗人通过叙写与歌伎相关的奇异事件，来突出歌伎的超脱凡俗，诗歌叙事亦多具传奇色彩。如郭正域《玉主行》②、徐𤊫《玉主行》③、邹迪光

---

① 陈鹤：《海樵先生集》卷五，《四库全书存目丛书》本，齐鲁书社 1997 年版，集部第 85 册，第 642 页。
② 郭正域：《合并黄离草》卷八，《四库禁毁书丛刊》本，北京出版社 1997 年版，集部第 13 册，第 546 页。
③ 徐𤊫：《鳌峰集》卷七，《续修四库全书》本，上海古籍出版社 2002 年版，第 1381 册，第 75 页。

《玉主行》①、邓原岳《玉主行》② 等，皆叙林玄江与刘凤娘之事，邹迪光《玉主行》之序述此事经过曰："刘姬故娼也，而性侠烈，善能阅人。择所从而归林季子，实将终身焉。亡何季子贫甚，将糊其口于四方，惧刘之不能守，而讽以他适。刘仰天而号，几不欲生。季子大喜过望，期之白首矣。而红颜命薄，刘遂物化。季子痛之甚至，刻玉主携之以行。过苍梧之墟，为暴客毙，而投尸于江。苍梧使君某者，季子故人也。刘托梦以诉，遂得暴客，而玉主亡恙，林尸亦出。贼党咸伏辜。夫一妓，女耳，生不负恩，死能报怨。此岂可与世间翻云覆雨负心人道哉！"诗人对刘氏死后尚能托梦以报夫怨的奇异事件，颇为赞叹。以上诗作对此事的叙写，亦皆突出叙写了刘凤娘的不凡与超逸，如写刘凤娘之丽质多才，郭正域、徐熥的《玉主行》分别云：

> 刘姬十五颜如玉，羞杀燕城万树花。门外紫缁骄叱拨，院中绿柳斗昏雅。画就蛾眉同远岫，傅将轻粉赛明霞。袅袅金莲笼绣袜，纤纤玉手拨琵琶。歌喉宛转风前度，人道千金才一顾。彩球无数任频抛，费尽缠头不得住。

> 倾城少女长刘家，十五妖娆未破瓜。到处名姬羞粉黛，一时佳冶避铅华。樱唇半启飘金缕，百转娇喉莺乍乳。间拂朱弦奏凤皇，时抛红豆调鹦鹉。对客闲参湖上禅，桃花

---

① 邹迪光：《调象庵稿》卷六，《四库全书存目丛书》本，齐鲁书社1997年版，集部第159册，第501页。

② 邓原岳：《西楼全集》卷二，《四库全书存目丛书》本，齐鲁书社1997年版，集部第173册，第770页。

重制蜀中帴。芙蓉学绣相思枕，榆荚羞看买笑钱。

与此同时，诸作亦突出叙写了刘凤娘在林玄江落魄之时，能不为贫贱所移的重义品格。如郭正域、邹迪光的《玉主行》分别云：

> 年年暮暮复朝朝，费尽钱神不可招。玉壶一破难储水，翠鸟高飞肯顾巢。长叹灯前一杯酒，莫以红颜持献帟。山前好问买臣妻，风流肯落杨枝后。刘姬双泪如红雨，誓死如归真自许。宁为玉碎响璘瑭，肯效萍飘无定所。欢闻大笑更何求，感卿义重心良苦。
>
> 顾谓刘姬汝太痴，一室萧条宁易守。梁鸿孟光世所无，何不别向朱门走。刘也闻之意惨凄，双环不整万行啼。生身愿学黔娄妇，如何认作买臣妻。感卿信义明于雪，地久天长永不涅。

而对刘凤娘芳魂诉冤之奇异，诸作亦多着笔墨，刘凤娘逸脱凡尘之质得以充分显现。如郭正域、徐熥的《玉主行》分别云：

> 苍梧使者七闽才，儿戏曾同竹马来。郡斋夜半醒不寐，恍惚如闻窈窕哀。蹒跚摇曳不成步，唧唧切切如泣诉。朦胧玉貌未分明，似语无声总不平。诘朝惊起问群吏，天道神明似有情。
>
> 苍梧司理眠官阁，忽睹仙姬来绰约。含怨含颦若有词，半羞半怯如相托。索索阴风毛骨寒，分明环珮韵珊珊。渐听鸣咽声初远，起视星河漏欲残。心知非幻仍非梦，定有

幽魂抱深痛。

　　以上诸作，将刘凤娘丽质多才、善识能度、侠烈贞义的形象品格充分地展现出来，而芳魂诉冤的奇异，则尤能显示刘氏不同凡俗的超逸之质，其风神品貌亦更为鲜明突出。

　　此外，如俞安期《西玄洞主歌为茅止生悼亡作》、涂伯昌《效孔雀东南飞为陶楚生作》，皆叙茅元仪与陶楚生事，涂诗之引曰："楚生，故武林名妓也。归茅止生，未几卒。止生伤之，闻者为播之声歌焉。"①两诗在叙写茅、陶二人凄婉爱情故事的同时，着力塑造了一位身世奇异的歌伎形象，诗歌叙事充满传奇色彩，尤其是俞安期《西玄洞主歌为茅止生悼亡作》之起始部分：

　　　　陇山东开大洞天，列以第四名西玄。擎天西接嶓冢下，佐岳南与青城连。纵广岧峣二千里，真君裴君向分理。杨柳天横碧玉堤，芙蓉地溢黄金水。眷属中逢女仙者，云裾霞佩飞连翩。无乃真君之爱子，下来欲毕浮世之尘缘。真君衣羽衣，梦中特相委。匹与茅盈云仍少孙子，孙子茅郎嗣得陶氏姬。②

以异幻空间里的人事作为叙事的起点，使诗歌叙事笼罩在浓郁

①　涂伯昌：《涂子一杯水》卷五，《四库全书存目丛书》本，齐鲁书社1997年版，集部第193册，第502页。

②　俞安期：《翏翏阁全集》卷十六，《四库全书存目丛书》本，齐鲁书社1997年版，集部第143册，第147页。

的奇幻色彩之中，陶楚生的身世之异与逸脱凡尘得到了极有力的渲染。

五、文臣，将军等

其他人物形象，还有文臣、将军等。

(一)文臣

在明诗中，文臣廉吏的形象较为多见。诗作或以概述来完整呈现人物一定时段内的政绩品行，诗歌叙事近于人物政事记，而带有史传叙事色彩；或集中书写人物在重要历史事件中的行为事迹，以突出其振颓兴衰、力挽狂澜的能臣形象。

首先，通过对廉吏政绩的概述，突出其勤政为民、清廉奉公的品格。如王纮《长诗一章美韩侯也侯宰无锡多善政复以捍御有功遂升州守之秩行且有日乡人王昶会予京师能具谈侯德予辱知遇尤深弗得归预攀辕之列敬用次第昶言赋成长诗五十韵使邑人歌之窃比甘棠之咏云耳》以乡人王昶之口，叙述了韩侯的政绩：

> 自从侯初下车日，务敦朴厚消浮靡。劝民衣食务农桑，游食咸驱业耘耔。西风阡陌凉雨晴，黍稷盈畴光薿薿。日斜村巷归牛羊，霜老园林熟梨柿。每岁春秋社祭余，亲率吾民行饮礼。推崇有德尊高年，一一酒行躬拜跽。宾主从容酬献间，观感人人良有启。时因公暇入庠舍，左右琴书坐凭几。诸生济济趋上堂，问难执经穷至理。遂致吾乡孝弟风，敦睦复非他邑比。纵有凶顽亦革面，讼庭罕见施鞭捶。岂独强梁化柔顺，坐使妖魅绝淫祀。寸心既正天弗违，雨旸任意如颐指。事神治民各尽心，实以一廉先律己。处

心宽仁复明恕，皎若日星清似水。况复尤长捍御功，文武
全才孰能拟。象纬今年示灾变，天兵抵阙除奸宄。雄师百
万才渡淮，败卒南奔散如蚁。却来州县事劫掠，行旅道边
相枕死。顿使前时革面徒，旧恶乘风亦群起。白昼挥戈肆
仇杀，闾室连村遭破毁。圣皇戡乱已登极，如日行空正天
纪。诏书驰布宣至仁，此辈猖狂犹未已。侯言我职当字民，
涂炭吾民能坐视。协谋僚寀集吏卒，爰整戈矛张弓矢。奋
身鼓勇当众先，尽获渠魁磔诸市。从此居民始贴席，老稚
欣欣免惊徙。且今无恙共相见，不得我侯安得尔。事定侯
来达上闻，奏功特启宸衷喜。锡赉荣颁品秩尊，县令乔迁
州刺史。只今催上去有期，无计攀留嗟失恃。徒切甘棠去
后思，抚字情亲恩浃髓。①

韩侯于无锡任上，劝民农桑，演复礼仪，督导学政，平复动乱，
遂使无锡一境民风淳朴，民人乐业安居。诗作叙事颇近史传之
笔，较全面地叙述了韩侯在无锡任上的一系列政绩，韩侯宽仁
明恕、勤政爱民、文武兼才而勇于任事的品格由是凸显。

又孙蕡《送虹县尹陈景明》前半部分叙写了陈景明洪州任
上的政绩，后半部分则叙写了乡民送别陈氏的不舍之意：

父老皆言大尹贤，愿留大尹更三年。政成入觐不可住，
百里盼望心悁悁。单车就道虹亭曲，卧辙扳辕泪相续。囊
里时无刘宠钱，车傍肯挂时苗犊。三年俸米鹤同餐，焦尾
琴轻古锦寒。萧然行李可一笑，赢得车中裀面宽。芙蓉花

---

① 王绂：《王舍人诗集》卷二，景印文渊阁《四库全书》本，台湾商务印书馆
1986 年版，第 1237 册，第 111 页。

开亦已谢，十月清霜被平野。何因欲去更迟留，父老相看不相舍。黄河近日涨淮流，车到淮阳当换舟。送行父老在平地，蹙额先作风波愁。跨淮浮桥有客路，我教儿男送君去。便从淮右向琅琊，却望丹阳登北固。北固青山连石城，城南之下是天京。仙台浮云万树直，帝里旭日千花明。看花骑马金陵道，金陵行行须及早。知君富贵心淡然，功名得后亦良好。宗伯金门奏美除，政须贤令立高衢。天京到日知安稳，多寄洪州父老书。①

陈景明任满入觐，单车就道，囊橐萧然；乡民洒泪作别，依依难舍。诗作对乡民殷殷嘱托之语的叙写，展现了民人之于陈氏的深切关怀，从侧面角度使陈氏亲民、爱民的品格得到了生动呈现。

其次，通过对重要史事中文臣作为的叙写，突出其堪当重任、振颓兴衰的能臣形象。如郑善夫《故太傅于公谦》：

三边正统末，兵戈日傲扰。先皇巡朔方，敌骑伏潢沼。黄云阨塞垣，仙仗迷周道。法驾一蒙尘，作意索金宝。京城既摇动，和议杂纷纠。公时赞戎机，决策截澜倒。告庙定储君，誓众守隍堡。耀兵向阴山，直欲举征讨。居庸扼咽喉，铁马岂得捣。坐令敌计穷，食尽师遂老。翠华果全归，黄屋免再造。虽重获罪戾，社稷功非小。功高反杀身，于古亦常有。固由天威赫，实为青蝇挠。天日终辉辉，即见是非了。神衷启后圣，殊锡达幽眇。忆昔靖康乱，谋国

---

① 孙蕡：《西庵集》卷四，景印文渊阁《四库全书》本，台湾商务印书馆1986年版，第1231册，第510页。

何草草。堂堂宋诸良，唯唯遵和好。甘心拜仇敌，所以至绝岛。直书在史氏，公节须皦皦。①

突出叙写了于谦在家国危难之际，不计个人安危，以家国天下为重的品格。而在与靖康之乱诸臣谋国草草的对比叙述中，于谦谋念深远、力挽狂澜的能臣形象，得到了更为突出的呈现。又王伯稠《宸濠之变王文成公守仁发兵讨擒之封公为新建伯谗者妒其功公用从赤松之志以免》亦着力叙写了王守仁在平定宸濠之乱中显现出的卓越才能：

> 六龙荡白日，魑魅号青冥。雄藩窥神器，奴视诸公卿。扬眉拂长剑，直欲凌天京……事变起仓卒，将帅无长缨……王公信智勇，运筹神鬼惊。慷慨任讨贼，身家等秋萍。大义倡诸侯，血洒勤王盟。计老吴濞师，渐集中原兵。按甲佯不动，绐使骄气盈。贼散遂横驱，啮指攻坚城。乘间捣其巢，郾坞飒摧倾。宸濠怒返斗，戈船蔽江迎。公督士死战，号令秋霜明。能令伍大夫，桴鼓忘其生。飞矢立其面，须燎气益增……乌合倏溃散，念欲逃阴陵……犬豕累就缚，王亦囚辒辌。万户欢相呼，壶浆候旗旌。忆昔难初起，天地翻沧溟。谈笑收奇功，忽若反掌轻。长蛇剪牙翅，六合风尘清。带砺誓山河，列爵膺殊荣。权嬖妒相啄，谗舌喧苍蝇。宁知一匡力，九鼎为再宁。金石有时敝，万古垂勋名。②

---

① 郑善夫：《少谷集》卷一下，景印文渊阁《四库全书》本，台湾商务印书馆1986年版，第1269册，第14页。

② 王伯稠：《王世周先生诗集》卷五，《四库全书存目丛书》本，齐鲁书社1997年版，集部第142册，第689页。

朱宸濠乱起之际，将帅错愕相顾，无人请缨。当此之时，王守仁智勇持重，慷慨讨贼，更亲督士战，身冒锋矢，遂令乱军顷刻之间崩溃瓦解，社稷转危为安。王守仁忧念社稷、勇于担当而识兵善谋的能臣形象，在诗人纵横之笔的叙写下，颇显立体生动。

　　明诗中还有部分诗作，对文臣的为政事迹进行了较详细叙述，人物忧国为民之品格得到了更具体呈现。这以何白《哀江头》为代表，该诗以吴宝秀幼子之口叙述了南康知府吴宝秀与税监作斗争而被捕入狱的事件过程，① 生动展现了吴宝秀为国为民、铮铮不屈的文臣形象，如以下部分：

---

① 张廷玉等撰《明史》卷二百三十七《吴宝秀传》，中华书局1974年版，第6178—6179页。吴宝秀与税监作斗争而被捕入狱一事，在当时轰动朝野。其文记曰："吴宝秀，字汝珍，平阳人。万历十七年进士。授大理评事。历寺正，出为南康知府。湖口税监李道横甚，宝秀不与通。漕舟南还，乘风扬帆入湖口。道欲榷其货，遣卒急追之，舟覆有死者。道逮捕漕卒，宝秀拒不发。道怒，劾宝秀及星子知县吴一元、青山巡检程资阻挠税务，诏俱逮治。给事中杨应文等请下抚按公勘。大学士沈一贯、吏部尚书李戴、国子祭酒方从哲等交章为言，俱不报。宝秀妻陈氏恸哭，请偕行，宝秀不可。乃括余赀及簪珥付其妻曰：'夫子行，以为路费。'夜自经死。宝秀至京，下诏狱。大学士赵志皋上言：'顷臣卧病，闻中外人情汹汹，皆为矿税一事。南康守吴宝秀逮系时，其妻至投缳自尽，阖郡号呼，几成变乱。事关民生向背，宗社安危，臣不敢以将去之身，隐默而不言。'星子民陈英者，方庐墓，约儒士熊应凤等走京师，伏阙讼冤，乞以身代。于是抚按及南北诸臣论救者疏十余上，帝皆不省。一日，司礼田义汇诸疏进御前，帝怒掷地。义从容拾起，复进之，叩首曰：'阁臣跪候朝门外，不奉处分不敢退。'帝怒稍平，取阅阁臣疏，命移狱刑部。皇太后亦闻陈氏之死，从容为帝言。至九月，与一元等并释为民。归家，逾年卒。初，南康士民建祠，特祀陈氏，合于宝秀祀之。天启中，赠太仆少卿，赐祭，录其一子。"

中官榷税来江州，讥征会敛深诛求……长官俛首不敢言，何况区区商与旅……游徼关头弛巡逻，忽传商客偷关过。驾风远逐到南康，中流绁断官船破。十人失水九人堕，飞涛适值长鲸饿。水中叫援呼州民，州民举酒翻相贺。貂珰见说生怒嗔，自谓奉书因国课。玺书统辖及守臣，有事守臣当我佐。州民袖手谁使然，民之憍犷谁之懦。父谓尔珰勿怒嗔，尔曹腰领无容剉。关津有地税有经，越境犹然黩泉货。而曹之死天死之，岂得吾民有连坐。貂珰搥床怒不止，谤牍蜚诬抗明旨。御批缇骑出燕京，槛车夜达南康城……天王明圣臣当戮，诏发秋曹先系狱。中山未白乐羊书，秦庭岂少包胥哭。一物终回造化仁，六幽竟藉阳光烛。不分生还见故乡，惊看儿女错成行……孤臣九死轻一毛，天心未寤生何聊。愁闻税监益骄恣，豺狼满道人萧条。每当素食惭无补，风霜只益臣心苦。愿逐龙逢地下游，圣意中回臣得所。一朝卧病绝复苏，之死犹呼臣有负。①

面对跋扈税监之嗔问，吴宝秀据理力争，毫不畏惧，大义凛然。其身陷囹圄后，朝野交相求释，"中山未白乐羊书，秦庭岂少包胥哭"，足见其铮铮骨气感人之深。在释归为民后，吴宝秀依然忧念家国，临终犹以未使君心回寤为负，其忧国为民至死不休的品格，得到了最大程度的展现。

（二）将军

将军形象在明前诗歌中较为常见。如南朝虞羲《咏霍将军

---

① 何白：《汲古堂集》卷二，《四库禁毁书丛刊》本，北京出版社1997年版，集部第177册，第25页。

北伐》中的霍去病，唐王维《老将行》中身遭弃置而身逢国难时依然不计个人恩怨挺身而出的老将，宋安如山《曹将军》中的曹友闻，等等。诗作或叙写将军驰骋沙场的豪壮气概，或书写其慷慨报国的赤诚情意，或书写其坎壈失路壮怀难酬的悲郁，从而塑造了不同情状下的英雄形象。

明诗对将军形象的书写，多以概述进行，诗作叙事重在突出将军勇武善谋、精忠报国的品格。如李东阳《花将军》仅用数笔，就将花云勇武精忠、视死如归的品格呈现出来："花将军，身长八尺勇绝伦，从龙渡江江水浑。提剑跃马走平陆，敌兵不能逼，主将不敢嗔。杀人如麻满川谷，遍体无一刀枪痕。太平城中三千人，楚贼十万势欲吞。将军怒呼缚尽绝，骂贼如狗狗不猜。墙头万箭集如猬，将军愿死不愿生作他人臣。"[1]又如王伯稠《正统己巳北狩虏势日迫将军石亨与虏战清风店大破之虏不敢更入塞日坠再返天摇复固亨之力也每读献吉石将军战场歌令人千载神王》，在概述正统十四年京师保卫战的过程中，凸显了石亨勇武善战、精于谋略的将帅形象：

　　　桓桓石将军，天授万夫力。雄貌威天神，修髯怒如戟。刀舞飞白虹，流电惊骑射。惟帝赐兵符，令其歼狂敌。亨也负壮气，目若无群贼。仓卒与虏遇，独身挺驰突。振臂以太呼，士奋一当百。虏溃争北逃，追奔越沙碛。命间弱相诱，果坠田单策。忽踏虏阵中，左右纵横击。十万殪豺狼，血赭胡天色。单于弃六骡，痛哭远遁匿。遂令青海箭，

---

① 李东阳：《李东阳集》卷二，周寅宾校点，岳麓书社 2008 年版，第 93 页。

不犯蓟门侧。也先终悔祸，皇舆归漠北。①

身为著名将领的戚继光，其在《蓟门述》中对自己军旅生涯的叙写，则完整具体地展现了一位心怀天下、精忠报国的英雄形象，诗作叙事深寓理性精神，较同类诗作更具纪实性和感染力：

> 忆从结发时，远戍渔阳陬……倏奉天王命，分符东海头……乙卯入吴会，倭奴正虔刘……檄慕鋭越士，交知苦相留。当日主此盟，惟有谭郡侯。转瞬蔚如云，士气横南州。才罢远方戍，始减征徒忧。三年戡吴越，乃及闽楚畴。六年事闽楚，五岭兴戈矛。一时氛祲中，跃马更操舟。狐鼠无遗踪，鲸鲵能复衰。余黎既复业，残邑亦遂收。海波息奔腾，山鬼绝啁啾。驱驰片心存，至死那敢休。方为永安计，海滨肆探求。遣卒与澄籍，旦夕虑已周。无何奉明诏，油幢移北壖……边行历艰虞，扪膺频恻怆。封章几万言，激烈一朝上。圣明不予罪，天恩益骀荡。开府蓟门东，复俾孤臣往。②

多年之间，诗人辗转南北，身冒锋镝，出生入死，未得一刻而息，其精诚报国之品格卓然可见。相比盛唐边塞诗叙写边关战事的豪逸，该诗叙事更显质实，诗作中充盈着诗人对家国前途

---

① 王伯稠：《王世周先生诗集》卷五，《四库全书存目丛书》本，齐鲁书社1997年版，集部第142册，第688页。

② 戚继光：《止止堂集·横槊稿》上，《四库全书存目丛书》本，齐鲁书社1997年版，集部第146册，第155页。

命运的深切忧怀之情，诗人谋深虑远的儒将形象亦得以凸显。

　　值得注意的是，明人还在诗作中叙写了英雄迟暮的将军形象，显示出诗人对人物命运的更理性、更深切的观照。如周叙《潞河老将行》，诗作前半段为老将追述年壮时纵横疆场之事，后半段则述其年老之际勉强生计之境：

> 画船晓发潞河上，风急滩高阻回浪。老翁伛偻不胜舟，云是当年旧飞将。忆昔先皇靖难时，龙旗十万亲出师。料选骁雄护帷幄，当时出入恒追随。少年不学惟学武，临敌杀人不知数。散骑战马疾若飞，满引强弓力过虎。夹河灵璧屡交兵，势若摧枯谁敢膺。有时偃息辕门夜，更逐将军去斫营。持来首级争先售，赐得黄金大如斗……老大翻怜生计疏，况是生男日滋益。荒田二顷临郊墟，举家力作供犁锄。年来儿长卸官职，自言少可安闲居。谁知耕田皆有籍，官府论租征力役。次男幼小不堪行，顾倩无钱空踟蹰。勉强亲来作站夫，行船寅夜急奔呼。两目昏盲无所措，时时击鼓效勤劬。[①]

飞将壮年之时，驰骋疆场，立功无数，豪迈之气，难与匹敌。怎奈暮年之际，生计转拙，筋力衰弛仍勉作站夫，其境之凄然可得而见。诗作纪实呈现了明代社会中，部分将军暮年之际的生存状态，其对将军形象的刻画更显具体真实，而引人注目。

（三）孝子

　　孝子尊亲重亲，多能感召人心，明诗亦重在凸显孝子奉亲

---

① 周叙：《石溪周先生文集》卷二，《四库全书存目丛书》本，齐鲁书社 1997 年版，集部第 31 册，第 555 页。

能孝的品格。如夏原吉《题黄主事璇感螺诗卷》叙写黄璇幼年时孝奉祖母之事，诗序曰："璇，四川人，性孝谨。年十二时，祖母患烦渴，思螺汤。时严冬，家人遍觅无所得。璇乃戚然携筐走南冲塘，破冰探索，得数十枚。归作汤，奉祖母，病遂愈。"① 诗作突出了幼年黄璇情急之下，不畏严寒破冰索螺的能孝品格：

> 方当龆龄家居日，祖母遘疾乖天和。参苓屡进莫一瘥，荐加烦渴思田螺。田螺自是泥中物，僻沼荒池深洄没。矧维冬冷尽蛰藏，挟贝囊金何处鬻。慈严戚戚璇心伤，携筐独走南冲塘。塘深水阔冻已合，玻璃万顷生寒光。璇兮遽掷风前屦，踏碎水花蹴泥涬。回旋探索穷塘坳，忽有群螺来触趾。且欣且拾登筊筐，恍如坐获千明珰。持归便促家人馔，苾芬香味闻高堂……

此事缙绅之间多有题咏，如李昌祺《题感螺诗卷》亦叙此事，其对黄璇索螺的叙写，更突出了黄璇因念祖母之疾而心急如焚的状态："孝孙默致祷，径走南塘边。南塘路迢递，心急足不前。匍匐至其处，解衣漉清涟。"② 使黄璇能孝的品格得到了更生动的呈现。又如王绂《题孝子曹镛卷》叙曹镛割股肉以疗母疾事，郑文康《孙孝子》叙孙孝子千里寻父遗骸事，程本立《费孝子诗》

---

① 夏原吉：《忠靖集》卷三，景印文渊阁《四库全书》本，台湾商务印书馆1986年版，第1240册，第498页。

② 李昌祺：《运甓漫稿》卷一，景印文渊阁《四库全书》本，台湾商务印书馆1986年版，第1242册，第425页。

叙费孝子寻母之事，皆塑造了品格特出的孝子形象。

(四) 义士

在明诗中，还有一些信守道义的义士形象，他们轻财重义，扶弱济贫，表现出了较高的个人品格。如沈周《咏费彦杰还钗事》：

> 老叟费彦杰，早行足有碍。俯拾黄金钗，耀目口发喟。乃诘旁居人，经此何淑艾。众云未始见，见只有舆载。恐是帷中脱，去此尚未迈。费追逾阡陌，气喘力良惫。止舆问何失，曾莫有所忘。舆女惊其言，抚鬓乃觉㑺。褰帷出粉黛，便即就地拜。还钗叟疾走，更莫延少话。女却叩姓里，答云不足芥。无姓住亦远，欲知将奚待。我亦弗汝询，彼此付暧昧。此事常有闻，但虑斯言爽。偶与叟相接，询之乃至再。叟笑云虽有，宜还无可怪。[1]

费彦杰追还所拾黄金钗，且淡然视之而毫无自伐之意，其轻财重义的品格尤为突出。又高启《泉南两义士歌》叙写了两位轻财重义的义士形象，方扬《吴生行》则书写了一位信守古道、以义还妾的义士形象。

(五) 狂士

明诗中还有一些狂士形象，他们或远离朝市、寄情山水，或醉酒狂歌、寄意诗文，皆表现出不受束羁、任性自由的个性，

---

[1] 沈周：《沈周集》卷四，张修龄、韩星婴点校，上海古籍出版社 2013 年版，第 117 页。

也从一个侧面展现了明代士人的精神状态。如徐有贞《叙旧送陈士谦南游》，即叙写了诗人与友人豪情旷放的狂士行为：

> 昔在永乐间，君从塞北来。诵我八马篇，谓我是仙才。访我都门里，一见心为开。遂结忘年友，意气何豪哉……前年起复自苏州，君特寻余到虎丘。数日山中留对榻，来时复得与同舟。舟行抵江浒，闲登多景楼。楼中诗版读应遍，醉题笔势如飞虬。弭櫂过金山，山僧请临眺。惊君挥洒间，书画两俱妙。坐来引我清兴发，汲取中泠解酣渴。浩歌声里度天风，举手遥招海门月。过江所向无不然，道逢佳景便留连。我唱君和颇狂甚，傍人见者疑神仙。①

诗人与友人意气相许，每历览登临盛境之处，辄醉酒题诗，浩然狂歌，大有不知今世何世、身处何所之意，遂引旁人注目，疑为仙逸。二人豪狂形象，豁然可见。

又如以狂士称著的唐寅，其所作《烟波钓叟歌》更淋漓尽致地展现了猖狂不羁、寄情山水的钓叟形象与纵横豪吟、寄意诗文的诗人形象：

> 太湖三万六千顷，渺渺茫茫浸天影。东西洞庭分两山，幻出芙蓉翠翘岭。鹧鸪啼雨烟竹昏，鲤鱼吹风浪花滚。阿翁何处钓鱼来，雪白长须清凛凛。自言生长江湖中，八十余年泛萍梗。不知朝市有公侯，只识烟波好风景。芦花荡

---

① 徐有贞：《徐有贞集·武功集》卷五，孙宝点校，浙江人民美术出版社2015年版，第493页。

里醉眠时，就解蓑衣作衾枕。撑开老眼恣猖狂，仰视青天大如饼。问渠姓名何与谁，笑而不答心已知。元真之孙好高士，不尚功名惟尚志。绿蓑青笠胜朱衣，斜风细雨何思归。笔床茶灶兼食具，墨筒诗稿行相随。我曹亦是豪吟客，萍水相逢话荆识。飘飘敞袖青幅巾，清谈卷雾天香生。两舟并泊太湖口，我吟诗分君酌酒。酒杯到我君亦吟，诗酒赓酬不停手。大瓢小杓何曾干，长篇短句随时有。饮如长鲸吸巨川，吞天吐月鼍鼍吼。吟似行云流水来，星辰摇落珠玑走。天长大纸写不尽，墨汁蘸干三百斗。①

钓叟生长江湖，不知公侯之贵，只识烟波之美，纵不系之舟，泛万顷茫然，醉枕蓑衣眠，醒持诗稿吟，无羁无束，恣意猖狂。诗人遇此钓翁，如见知己，更倾其心怀，一发纵横豪吟之意，从而使其寄情诗文、洒脱放旷的狂士形象鲜明地呈现出来。在此，钓叟之狂放形象，实为诗人不羁品格的映像，在对钓叟狂放意态的叙写中，诗人的狂士形象得以鲜明呈现。

第三节　人物诗传之叙事艺术

明代人物诗传提供了新的文学质素，并且拓展了诗歌叙事的功能与题材。从质素来看，它是诗体的人物传记，而非传统常规的人物题咏；从题材来看，它是专为某个人立传，而非因人纪事或以事写人。它有诗歌的基本特性，抒情言志并含蓄凝

---

① 唐寅：《唐寅集》卷一，上海古籍出版社 2013 年版，第 34—35 页。

练；又有传记的主要特性，叙事写实而详略得体。这样就会产生互文性意涵，亦即通常所说的话语间性。其话语间性的产生，有两重理据与来源：其一，从文本内的互文性来看，它既有传记的叙事特性，又具备诗歌的抒情特性，故为一种混合交融性状。其二，从文类间的互文性来看，人物诗传所含话语间性，须缘于诗歌与传记之历史遇合，而非出自二体简单机械地叠加。恰好从明代中期开始，出现了两种文学现象：一是人物题咏的热潮空前高涨，将人物生平事迹诉诸诗意表达。二是人物传记的编写空前冗滥，导致传记文类的叙事特质流失。随着传记叙事敝败之极，就自然会接引诗体叙事的救济；而诗歌叙事功能的增强，也恰能补给传记叙事性之缺失。这样诗歌与传记就历史性地遇合了，使分化已久的抒情、叙事传统交汇，从而生产出一个特殊的文学品种，展示了近世中国文学的返祖现象。

一、人物诗传叙事艺术释例

如果说，李梦阳《少傅西涯相公六十寿诗三十八韵》只初具人物诗传的体格，则大约同时产生的何景明《上李石楼方伯》可称典型的人物传记诗。其诗云：

> 三晋多人杰，吾师出固然 [1]①。素汾经太岳，紫塞入幽燕 [2]。世业端居里，名邦倚舜田 [3]。由来天运复，谁谓地灵偏 [4]？郭相惭先达，王通俟后贤 [5]。明经超第一，射策对三千 [6]。感会逢昌纪，登庸起少年 [7]。剑锋寒照雪，

---

① 为了文本阐释之方便，使诗句章段有所标示，凡引文句末的编号[×]，均为引者所加。

辞藻丽生烟 [8]。博物张华让，才多子建怜 [9]。八叉迎客赋，只字使人传 [10]。岂独文章贵，还应器识全 [11]。雄谈飞玉露，浩气豁金天 [12]。亮节唐元振，英风鲁仲连 [13]。青云仍自致，黄鹄任孤骞 [14]。簪笔星辰上，持书日月前 [15]。触邪称獬豸，特立惮鹰鹯 [16]。东观临晨入，西台薄暮旋 [17]。朝回焚疏草，吏散阅陈编 [18]。百采班行整，群公礼数虔 [19]。一年巡洛表，两命下秦川 [20]。斧钺威关陇，舟船达涧瀍 [21]。石林风淅沥，霜仗月婵娟 [22]。边徼胡宵遁，茅茨犬夜眠 [23]。激扬宏宪度，旌别布威权 [24]。制作人文焕，经行草木鲜 [25]。阐幽辉往哲，访古遍遗阡 [26]。汲黯还辞汉，张骞又使边 [27]。台端堪秉节，湖上且移旌 [28]。城接三江树，波通七泽莲 [29]。蛮夷恩已洽，州郡役多蠲 [30]。纠察元无隐，焚嚚肯自便 [31]？驻车仁雨渥，登座法星悬 [32]。远臬驰誉久，当途荐疏联 [33]。碧梧看凤跱，乔木待莺迁 [34]。分陕推公奭，封侯得傅玄 [35]。开藩临宋苑，张幕傍河壖 [36]。位重心逾下，名高守益坚 [37]。薇花当省署，棠荫满郊廛 [38]。声价隆方镇，光芒动斗躔 [39]。明堂求画栋，清庙想朱弦 [40]。寇准真时望，王公劝早宣 [41]。麒麟功不朽，金石颂应镌 [42]。愚本蓬蒿质，那堪侍几筵 [43]。垂髫蒙引拔，抚志荷陶甄 [44]。附骥怀深愿，登龙感凤缘 [45]。未除原宪病，空负乐生愆 [46]。旧业心常在，修途步转邅 [47]。鸾鸣犹待律，鱼得敢忘筌 [48]？草野瞻飞盖，云逵望着鞭 [49]。临风歌此曲，慷慨不成篇 [50]。①

---

① 何景明：《大复集》卷二十三《上李石楼方伯》，景印文渊阁《四库全书》本，台湾商务印书馆 1986 年版，第 1267 册，第 1 页。

全诗凡百行五十韵，是一篇写人的长诗。诗除末八韵表明写作动机，并交待作者与传主的关系；其余四十二韵极尽铺叙之能事，肆力叙写传主李瀚的生平事迹：韵1至韵5叙写生长环境，韵6至韵7叙写科考功名，韵8至韵10叙写学问文章，韵11至韵13叙写器识风节，韵14至韵19叙写立朝从政，韵20至韵27叙写出任洛陕，韵28至韵32叙写执掌台宪，韵33至韵36叙写升迁开府，韵37至韵42叙写操守功勋。以上这些章句所传述的内容，合成当代士大夫的人格形象，包含出身、长养、科名、学问、文章、器识、风节、出仕、升迁、事功、勋业、德望诸项，几乎涵盖了传主李瀚的生活经历、人生追求、德行修养与社会贡献等常规志业的各个方面，已有史书人物传记的规模，实为一篇诗体的人物传记。其体格与义例，颇合史家所云"传者，列事也……列事者，录人臣之行状"[①]；至于末八韵抒写对传主的感念，则颇类"君子曰"史评之语式。

　　像何诗这样典型的人物诗传，实隐含史传"列事"的写法。此后诗家即循此套路创作，不断有新的人物诗传推出。如王世贞《哭李于鳞一百二十韵》，其所"列"传生平事迹大略如下：韵1至韵4为倒叙，写李攀龙大贤之逝；韵5至韵77为顺叙，依次写天生才俊（5—8韵）、创作主张（9—14韵）、选鉴诗歌（15—18韵）、仕途坎坷（19—21韵）、择友论交（22—25韵）、政绩风节（26—35韵）、归居岁月（36—47韵）、再度出仕（48—51韵）、操劳缧疾（52—58韵）、因病辞世（59—77韵）；韵78至韵98为补叙，递写旧游怀悲（78—83韵）、作者感伤（84—98韵）；韵99至韵111为插叙，追述作者与传主交谊；韵

---

①　刘知几：《史通》卷三《列传》，上海古籍出版社2015年版，第43页。

112 至韵 120 又为补叙，写作者代传主掌文盟。① 与何景明所作李瀚诗传相比，该诗篇幅体制明显更为阔大。为此，王氏门生胡应麟盛赞之曰："古排律至多不过百韵，至先生哭于鳞百二十韵而极。"② 然其实际贡献，除了篇制之巨大，更在艺术之追新。这主要表征为叙事手法多样，铺列传主生平事迹繁复曲折，用语高古典雅，立意深婉蕴藉。诗中采用了倒叙、顺序、补叙、插叙等手法，所叙事包含生老病死、文学交游、出处功德，真是相当全面，而又不失重点。如其描述李攀龙辞归，居白雪楼十年之光景："叱回邛坂驭，归作剡溪船 [36]。避客同干木，逃封似鲁连 [37]。荜门宽偃蹇，蓬鬓绌周旋 [38]。自抚《高山操》，人收《白雪篇》[39]。披云凌巉嵘，乘月美潺湲 [40]。雷泽深堪钓，欢阴近可佃 [41]。居疑潜洞穴，出竞指神仙 [42]。芝术锄端有，芙蓉木末搴 [43]。探真采离坎，观道得坤乾 [44]。悬圃壶开境，昆仑雪满巅 [45]。纵饶家累迫，断不世途牵 [46]。过客宁歌凤，门生乃献鳣 [47]。"叙传主退居历下白雪楼之十年，竟用了十二韵二十四行的篇幅：递写叱回、归隐、避客、逃封、操琴、赋诗、游玩、耕钓、园艺、采真、观道、求仙、家累、追远、授徒诸事，可谓布列细密；援引邛坂道、剡溪船、段干木、鲁仲连、高山操、白雪篇、离坎坤乾、昆仑悬圃、接舆歌凤、献鳣讲堂等事典，可谓述意高古。而其所用古典又能妙合今典，因使诗传之文显得雅有高致。这表明，王世贞人物诗传之叙事，已达至更高的艺术境地。

---

① 王世贞：《弇州四部稿》卷三十二《哭李于鳞一百二十韵》，黄山书社 2016年版，第 449 页。
② 胡应麟：《少室山房集》卷四十八《挽王元美先生二百四十韵有序》，黄山书社 2016 年版，第 391 页。

　　或许正是得力于王世贞的启发诱导，其门徒胡应麟所作人物诗传之叙事，不唯体制更趋宏大，且有明确理论认知。他写了不少人物传记诗，粗略统计约有十首之多，如《八哀诗有序》含《大司寇东吴王公世贞》《太常东吴王公世懋》《大司空江右朱公衡》《御史中丞闽中滕公伯轮》《大司马西蜀张公佳胤》《少保山东戚公继光》《博士长洲文公彭》《秘书南海黎公民表》八首，又有《庚辰夏五月念之二日余三旬初度也碌碌尘土加以幽忧之疾靡克自树俯仰今昔不胜感慨信笔抒怀六百字》《挽王元美先生二百四十韵有序》等①。其中《博士长洲文公彭》附注云："前半叙征仲太史；余未及晤此公，故因寿承及焉。"此所谓"叙"，是指叙写传主事迹，即以叙事体为诗传。尤《挽王元美先生二百四十韵有序》，达到有明一代所产人物传记诗之极至。该诗虽用挽体来叙写人物生平，其实有明确的为传主作传意识。其序交待写作缘起云："此余哭元美先生之作也。……记曩岁病瓜步，先生为余作传；因以传下属。余弗敢当，顾有片长可以自効者，爰掎摭先生生平履历，闭户一月，勒成此篇，凡二百有四十韵，二千有四百言。……奈余之才不能半古人，则先生履历，非藉此固亡以征万一；而冗滥之诮，诚无逃于大方矣。"② 这是说，王世

①　参见胡应麟：《少室山房集》卷十八、卷二十、卷四十八，黄山书社2016年版。

②　依题名及序言指称，该诗为二百四十韵。又依每行五言，每两行一韵算；则每一韵有十言，总计二千四百言。然查《少室山房类稿》文渊阁、文津阁《四库全书》及《续金华丛书》诸本，其所收录该诗文本，除序言之外，正文实为二百三十六韵，二千三百六十言，少了四韵八行四十言，与题序所称数目不合。这种情况也许是古人取整的结果；但亦不排除属作者疏忽误记，抑或是传抄、翻刻有所遗漏。不论是哪种情况，均需引起注意，兹存疑待考。

贞对胡应麟早有作传之嘱托，如今应恩师托付之命而写成此诗；是以挽诗为王世贞立传，则该诗为人物诗传明矣。

而特别值得引起重视的，是作者所加的随文按注。其按注略有两类：一为附注，是附于句末的文字，用以解说诗中的事典字义，或点明所涉事之情实背景；二为按语，是附于段末的文字，用"以上叙××事"辞式，来简明提示当前章段主旨。如果说前一类是诗家自注，作为字词句的补充与说明，旨在提供叙事主线之辅助；那么后一类就属诗家按断，用以提示诗段的叙事节度，起到联事成篇的结撰功能。就本题讨论之主旨而言，这第二类文字尤为重要。其行文结构，兹梳理如下：

韵 1 至韵 6，为传主讣告，鸣丧致哀；韵 7 至韵 21，叙生逢嘉运、长有异质。对此二十一韵，作者并无按语；盖因下段叙交游事，而连带倒叙追述之。韵 22 至韵 34，叙生平交游，作者有按语曰"以上叙交游事"；韵 35 至韵 46，叙诗文创作，作者有按语曰"以上叙著作事"；韵 47 至韵 60，叙学术编著，作者有按语曰"以上叙问学事"；韵 61 至韵 68，叙获愆外任，作者有按语曰"以上叙外补事"；韵 69 至韵 84，叙赴家父难，作者有按语曰"以上叙家难事"；韵 85 至韵 100，叙开园纳客，作者有按语曰"以上叙宾客事"；韵 101 至韵 124，叙宴享宾朋，作者有按语曰"以上叙燕会事"；韵 125 至韵 140，叙仕途宦游，作者有按语曰"以上叙宦游事"；韵 141 至韵 152，叙退居观玩，作者于无按语，盖因下文连带；韵 153 至韵 172，叙清修礼佛，作者有按语曰"以上叙焚修事"；韵 173 至韵 182，叙起复出仕，作者有按语曰"以上叙再出事"；韵 183 至韵 195，叙休官归养，作者有按语曰"以上叙乞归事"。韵 196 至末韵，所叙涉多事，作者均无按语，似可分解如下：韵 196 至韵 210，顺叙传主之归居及病逝；韵 211 至韵 221，补叙作者对传主的感念；韵 222 至韵 236，补叙对传主陨逝之感伤。

基于上述分析可知，该诗叙事颇有节度，显然出自作者精心布置，是为典型的人物传记诗。其叙事意识之明确，及叙事规模之宏大，达到诗歌叙事艺术新高度，堪称明代人物诗传的巨制。

以上所述明代人物诗传多篇，展示了此类创作的艺术品质。其尤为突出的叙事性，及所达到的艺术高度，奠定了它在明代诗歌中的独特地位，使它成为中国诗苑不容忽视的品种。除此之外，明代人物诗传还有若干变种，在保持自身规定性的前提下，衍生出多种多样的写作形态，并呈现不断积蓄增长之势头：有人物自传诗，如胡应麟《庚辰夏五月念之二日余三旬初度也碌碌尘土加以幽忧之疾靡克自树俯仰今昔不胜感慨信笔抒怀六百字》①、袁宏道《初度戏题》②、钱谦益《昔我年十七》③；有人物合传诗，如袁宏道《途中怀大兄诗》④、钱谦益《送座主王文肃公之子故户部郎中淑抃归关中叙旧述怀一百韵》⑤、又《三良诗》⑥；还有为无名氏作诗传，如钱谦益《有美一百韵晦日鸳湖舟中作》⑦；还

① 胡应麟：《少室山房集》卷二十，道光三十年刻，光绪十八年重修本。
② 袁宏道：《袁中郎全集》卷二十七，崇祯二年武林佩兰居刻本。
③ 钱谦益：《牧斋初学集》卷十二，上海古籍出版社 2009 年版，第 441 页。
④ 袁宏道：《袁中郎全集》卷二十八，崇祯二年武林佩兰居刻本。
⑤ 钱谦益：《牧斋初学集》卷十，上海古籍出版社 2009 年版，第 318 页。
⑥ 钱谦益：《牧斋初学集》卷二十下《东山诗集》，上海古籍出版社 2009 年版，第 733 页。
⑦ 钱谦益：《牧斋初学集》卷十八《东山诗集》，上海古籍出版社 2009 年版，第 624 页。

有用诔作人物诗传，如钱谦益《渡淮闻何三季穆之讣赋九百二十字哭之归而酹酒焚诸殡宫以代哀诔》[①]。等等。

二、人物诗传的互文性意涵

基于以上所述品种、叙事等性状，就会引申出人物诗传的定位问题。首先，人物诗传是写人纪事的，依据题材和主旨的差异，写人纪事可有许多品种，诸如人物题咏、以事写人、因人记事、人物诗传；再者，人物传记是为人立传的，根据体裁和语体之不同，为人立传也有许多文类，诸如正史本传、传记行状、碑志铭诔、人物诗传……人物诗传在两者交叠处，其定位可用集合图表示：

……	人	以	因	人	碑	传	正	……
……	物	事	人	物	志	记	史	……
……	题	写	记	诗	铭	行	本	……
……	咏	人	事	传	诔	状	传	……

为人立传文类集合图

由此可知，作为两个集合的交叠部分，人物诗传应具有两重属性：既有诗歌的基本特性，抒情言志并含蓄凝练；又有传记的主要特性，叙事写实而详略得体。这样就在一个人物诗传的文本中，存有诗、传两种文体的混合交融；且这种众声喧哗之混融，就形成一种互文性现象。如《上李石楼方伯》《哭李于鳞一百二十韵》《挽王元美先生二百四十韵有序》中，字里行间充满何景明、王世贞、胡应麟对传主李瀚、李攀龙、王世贞的感激倾慕之情，或是对长辈感恩，或是对朋辈推许，或是对师尊敬慕，

---

① 钱谦益：《牧斋初学集》卷三，上海古籍出版社2009年版，第101页。

皆可谓深厚真挚；故其行文虽云列事，而其命意实属抒情。

专就铺列事迹而言，人物诗传多喜好夸饰用典，而不像传记那样平铺直叙。即就以李攀龙为传主的常规传记而言，有本传、传记、碑铭、诔辞、赠序等①。如王世贞《李于鳞先生传》，记叙李攀龙辞归居白雪楼云："亡何，其乡人殷中丞来督抚，以檄致于鳞使属文。于鳞不怿，曰：'副使而属视学政，非而属也。且文可檄致耶？'会其地多震动，念太恭人老家居，遂上疏乞骸骨，拂衣东归。吏部才于鳞，而欲留之。度已发，无可奈何，为特请告。故事，外臣无予告者，仅于鳞与何仲默二人耳。于鳞归，则构一楼，田居，东眺华不注，西揖鲍山，曰：'它无所溷吾目也。'绣衣直指、郡国二千石，干旄屏息巷左，纳履错于户，奈于鳞高枕何！去亦毋所报谢，以是得简贵声。而二三友人，独殷、许过从靡间；时徐中行亦罢官家居，坐客恒满，二人闻之，交相快也。"② 而同是出自王世贞手笔，在前引《哭李于鳞一百二十韵》中，也有 36 至 47 十二韵二十四行述其事；然竟调遣了十多处史事典语，用来夸饰李攀龙的高隐情怀："叱回邛坂驭"，化用邛崃山道至为险要之典，比况李攀龙履历仕途

---

① 据台湾中央图书馆编《明人传记资料索引》著录，李攀龙的传记资料列有十五条之多，较重要的条目有王世贞撰《李于鳞先生传》、《赠李于鳞序》、《赠李于鳞视关中学政序》、《古今诗删序》(《弇州山人四部稿》卷八十三、五十七、又五十七、六十七)、殷士儋撰《李公墓志铭》(《沧溟先生集》附录)、施闰章撰《李于鳞先生墓碑》(《施愚山先生学馀文集》卷十八)、张廷玉纂《明史》卷二百八十七李攀龙本传等。未著录王世贞撰《哭李于鳞一百二十韵》，可见编者不视之为传记资料，是为阙漏。

② 王世贞：《弇州山人四部稿》卷八十三《李于鳞先生传》，黄山书社 2016 年版，第 300—302 页。

之艰险；"归作剡溪船"，化用王子猷雪夜剡溪行舟造访戴逵之古典，以契合李攀龙归隐交友、乘兴逸游之今典；"避客同干木"，袭用段干木逃避魏文侯求见之典实，以敷饰李攀龙避居不礼权贵之行迹；"逃封似鲁连"，袭用鲁连解邯郸之围而辞却封赏之典实，以敷饰李攀龙急人所难不求回报的品格；"自抚《高山操》，人收《白雪篇》"，借用伯牙鼓琴志在高山流水而钟子期赏音之古典，以指切李攀龙创作《白雪篇》而名满天下之今典；"探真采离坎，观道得坤乾"，援引离、坎、乾、坤诸卦象之易理，来阐明李攀龙探真观道之生命境界；"悬圃壶开境，昆仑雪满巅"，援引昆仑山巅之悬圃境地，来比况李攀龙所住白雪楼；"过客宁歌凤"，借用楚狂接舆歌凤而过访孔子之典，因以指陈李攀龙辞官归隐不出之事；"门生乃献鳣"，借用东汉时冠雀衔鳣飞集杨震讲堂之典，因以指陈李攀龙居白雪楼讲学授徒之事。诗所叙之事与传记类同，而修辞立意更典雅高古。这与李攀龙碑传铭诔之骈文散语相比，其语体、气势和情调都是别具一格的。

更就抒写情怀而言，人物诗传又略显典重平实，而不像题咏那样肆意渲染。如王世贞作为继李攀龙后主文盟的大家，其德望贤名大才高义常见诸朋辈的题咏。当时他们竞相作"五子诗"，李攀龙有《五子诗·王元美》、吴国伦有《五子诗和于鳞元美作》、梁有誉有《五子诗·王员外世贞》、宗臣有《五子诗·王比部世贞》①，均盛赞王世贞才情义气及彼此交契，但对

---

① 参见《沧溟集》卷四,黄山书社 2016 年版;《甔甀洞稿》卷五,万历十二年兴国吴氏刻本;《兰汀存稿》卷一,康熙二十四年梁氏诒燕堂刻本;《宗子相集》卷四,景印文渊阁《四库全书》本,台湾商务印书馆 1986 年版。

王世贞履历行实并无更多叙列；故属人物题咏之抒情，而非人物诗传之叙事。即就同是抒写王世贞家难事而论，其题咏与诗传之体格亦明显有别：

> 驰骋淄渑日，功名与宦情。高堂一为坐，世路遂相轻。行乞还燕市，悲歌复蓟城。佩刀风雨夜，堪作箭中鸣。（其一）一自抽簪后，漂零见此身。通章寻悟主，怀刺更依人。寒入绨袍色，愁生黍谷春。不因家难剧，君岂在风尘？（其二）海内论兄弟，萧条二子才。一时称病罢，万里拂衣来。雨雪人高卧，蓬蒿客自回。偶然占剑气，夜夜向燕台。（其三）闻道周旋地，偏承老父颜。橐饘时在侧，宾客稍居闲。函谷更封出，夷门执辔还。莫将公子泪，乱漫洒燕山。（其四）①

> 屏翰风猷著，家门历数遭 [69]。高牙沧瀚海，大纛仆居延 [70]。池水先波及，昆岗骤火延 [71]。乘时交鬼蜮，济恶剩蝗螈 [72]。刻木伤缧绁，肩舆询竹筱 [73]。千机同织贝，百足漫扶蚿 [74]。鱼服恫谁诉？牛衣困自缠 [75]。形骸迷肮脏，手足竭胝胼 [76]。痛切肠攒猬，熹微命缀蜒 [77]。疡薰肌彻骨，瘿决项流咽 [78]。断绝张仪舌，轰虺石勒拳 [79]。韬铃明主惜，法网柄臣牵 [80]。霹雳高空下，雷霆大地燀 [81]。魂飞巢压卵，胆夺栋颓杅 [82]。进退身维谷，纵横

---

① 李攀龙：《沧溟集》卷六《元美以家难羁京作此为唁》，黄山书社 2016 年版，第 399 页。

泪若洇 [83]。刳心闻唤鹤，洒血和啼鹃 [84]。①

前诗所述事迹不甚明了，循其词句文意似隐约说：其一写因父坐罪而遭遇人情轻薄，其二写赴京救父而自甘流落风尘，其三写兄弟鸣冤而弃官滞留燕台，其四写狱中侍父而凄然扶父柩归。这是李攀龙对王世贞家难的悼唁，其抒写的重点不在家难事件本身，而在于由王世贞家难所引发的感思，故深切抒写同情、怨愤和抚慰之情。后诗虽多用典夸饰比兴②，然所述家难事清晰可指：传主父王忬护国有功，却屡遭困厄终陷囹圄；身在缧绁而求告无门，被人栽赃竟百口莫辩；尽管皇上爱其才略而欲保全，怎奈权奸操纵法网不为所容；传主父王忬最终被杀，使国失重臣家失严父；传主为父死悲痛欲绝，其血泪孝心感天动地。这

---

① 胡应麟：《少室山房集》卷四十八《挽王元美先生二百四十韵有序》，景印文渊阁《四库全书》本，台湾商务印书馆 1986 年版，第 1290 册，第 305 页。
② 用典句有：韵 71 用《风俗通》"城门失火，祸及池鱼"典，又用《尚书·胤征》"火炎崐冈，玉石俱焚"典；韵 74 用《尚书·禹贡》"厥篚织贝"典，又用《庄子·秋水》"夔怜蚿，蚿怜蛇"典；韵 75 用潘岳《西征赋》"彼白云之鱼服"典，又用《汉书·王章传》病"卧牛衣"典；韵 79 用战国张仪游说连横典，又用《晋书·石勒载记下》石勒幼时与人斗殴典；韵 82 用《世说新语·言语》覆巢之下无完卵典；韵 84 用《晋书·谢玄传》"风声鹤唳"典，又用古蜀王望帝死后化为杜鹃啼血典。夸饰句有：韵 77 极言身心痛苦不堪，生命又极度微弱；韵 78 极言王忬被刑致残之凄惨景况；韵 79 极言一旦被权奸打倒，其冤屈就百舌难辩；韵 81 形容王忬被杀所产生的震撼有如天崩地裂。比兴句有：韵 71 比况王忬被人殃及而不得保全；韵 72 比喻权奸像鬼蜮那样交结乱政，并像蝗螽那样贪残嗜血、祸害忠良；韵 74 比喻奸人精心罗织王忬罪名，而朝中百官不敢援救；韵 82 比喻王忬被杀给家人带来的忧危灾伤；韵 84 比况王忬之死冤屈难伸，令人闻风丧胆、心有余悸。

是胡应麟对王世贞家难之写实，除了若干交迭出现的虚饰性词句，其叙事的重点在家难的经过及因果，并最后补叙传主遭家难的情感状态。

像上述诗歌、传记两种文体的混合交融，以及这种混合交融所形成的互文性现象——散语与韵体兼通，抒情与叙事交互，写实与虚饰相济，列事与用典调配……这些总的构成互文性意涵，亦即通常所说的话语间性。[①]

至若其话语间性的产生，大略有两重理据与来源：其一，从文本内的互文性来看，它既有传记的叙事特性，又具备诗歌的抒情特性，故为一种混合交融性状。前引胡应麟所述王世贞家难，除列叙家难事件的过程因果，还与诗化的语言交迭成文，从而形成亦叙亦抒的体格："屏翰风猷著，家门历数遭[69]。高牙沦瀚海，大纛仆居延[70]"，是以敷陈来叙事；"池水先波及，昆岗骤火延[71]"，是以典语和比兴来叙事；"乘时交鬼蜮，济恶剩蝗螽[72]"，是以比兴来叙事；"刻木伤缧绁，肩舆询竹篚[73]"，是以事象来叙事；"千机同织贝，百足漫扶蚿[74]"，是以典语和比兴来叙事；"鱼服恫谁诉？牛衣困自缚[75]"，是以典语来叙事；"形骸迷骯脏，手足竭胝胼[76]"，是以敷陈来叙事；"痛切肠攒猬，熹微命缀蜒[77]。疡薰肌彻骨，瘿决项流

---

① "话语间性"（interdiscursivity）由法国学者 Pêcheux 提出的"inter-discourse"一词演变而来，意指一个文本中不同话语构形的特点和要素之间的相互联系和转化。另据李玉平介绍，"众声喧哗"（heteroglossia）的希腊词源有话语间性的意味。在希腊语中，前缀"hetero"是"他人的"意思，词根"glot"是"舌头"、"声音"的意思；两项合起来，就是"他者的声音"的意思。（以上参见《互文性——文学理论研究的新视野》，商务印书馆 2014 年版，第 144—145 页。）

咽 [78]"，是以夸饰和敷陈来叙事；"断绝张仪舌，轰豗石勒拳 [79]"，是以夸饰和典语来叙事；"韬钤明主惜，法网柄臣牵 [80]"，是以敷陈来叙事；"霹雳高空下，雷霆大地燀 [81]"，是以夸饰来叙事；"魂飞巢压卵，胆夺栋颓枅 [82]"，是以典语和比兴来叙事；"进退身维谷，纵横泪若沺 [83]"，是以敷陈来叙事；"刳心闻唳鹤，洒血和啼鹃 [84]"，是以典语和比兴来叙事。像这样意涵混融的话语间性，亦可借用巴赫金的话来描述："体裁（即文类）常常会改变语体，语体在不同交际领域和不同体裁中游移。当一种语体从一个体裁转到另一个体裁的时候，它会改变体裁，会把第一个体裁的特点带入第二个体裁中。"① 再衡以刘知几所论："叙事之体其别有四：有直纪其才行者，有唯书其事迹者，有因言语而可知者，有假赞论而自见者。"② 人物诗传除了不纪言，它与其他三体皆兼通。又刘知几论说史书叙事之语体，主张尚简要、明显晦、去妄饰；而人物诗传除了夸饰过度或与之不合，其余比兴、用典、含蓄、凝练诸特质，皆得人物传记叙事之体要，从而生成文本的话语间性。

其二，从文类间的互文性来看，人物诗传所含话语间性，须缘于诗歌与传记之历史遇合，而非出自二体的简单机械叠加。其话语间性生成的奥秘，或可借西方文论来说明："互文性的概念突出了文本生产力，聚焦于对前文本的转化与现存惯例（文

① ［苏］巴赫金：《巴赫金全集》第四卷，河北教育出版社 1998 年版，第 201 页。
② 刘知几：《史通》卷六《叙事·简要》，上海古籍出版社 2015 年版，第 157 页。

类、话语）的重构，以便生成新的文本与惯例。但是，单单在文本革新与游戏的无限空间中，人们并不能获得这种生产力。文本生产力是受社会和权力限定和强制的。"① 这是因为，只有明代中晚期才产生诗歌与传记遇合的机缘，而此前即便人为地将二体强行结合也不能奏效；故如前述，人物诗传为明代中期所特有，而绝少见于此前的各个时期。大约从明代中期开始，出现了两种文学现象：一是人物题咏的热潮空前高涨，将人物生平事迹诉诸诗意表达。这除了常规的人物题咏之大量产出，许多诗家还热衷于才性义气之标榜，如有"五子诗""六子诗"等名目，还有前、后、续、广"五子诗"之类②。其结果，随着人物题咏深度参预纪事，诗歌的叙事功能便不断增强。二是人物传记的编写空前冗滥，导致传记文类的叙事特质流失。唐顺之尝说："仆居闲，偶想起宇宙间有一二事、人人见惯而绝是可笑

① Norman Fairclough，*Discourse and Social Change*，London：Polity，1992，p.103。转引自《互文性——文学理论研究的新视野》，第 144 页。

② 参见李梦阳：《空同集》卷十二《赠四子》一首、卷十二《九子咏》九首；何景明：《何大复先生集》卷八《六子诗并序》六首；王廷相：《王氏家藏集》卷十四《十八子诗》十八首。李攀龙：《沧溟集》卷四《五子诗》五首；王世贞：《弇州四部稿》卷十四《五子篇》五首；吴国伦：《甔甀洞稿》卷五《八子诗》八首、卷五《五子诗和于鳞元美作》五首；梁有誉：《兰汀存稿》卷一《谢山人榛》《李中郎攀龙》《徐比部中行》《宗考功臣》《王员外世贞》，未题《五子诗》之名目，但实为"五子诗"。此外，王世贞：《弇州四部稿》卷十四《后五子篇》五首、卷十四《广五子篇》五首、卷十四《续五子篇》五首、卷十四《四十咏有序》十四首；又《弇州山人四部续稿》卷三《二友篇有序》二首、卷三《重纪五子篇有序》五首、卷三《末五子篇有序》五首、卷三《四十咏有序》四十首、卷三《八哀篇有序》八首。胡应麟：《少室山房集》卷十八《六公篇有序》六首、卷十八《五君咏有序》五首、卷十八《八哀诗有序》八首。

者：其屠沽细人，有一碗饭吃，其死后则必有一篇墓志……如生而饮食、死而棺椁之不可缺。此事非特三代以上所无，虽以汉、唐以前亦绝无此事。"① 盖墓志的写作，需要参照传记；而传记之撰写，又需依采行状；所以墓志写作的常规程序是，行状由传主的子嗣亲戚草写，传记则请人依照行状来写，墓志又倩人参照传记来写。当时人物传记类写作名目繁多，有行状、传记、碑志、铭诔等。其德隆望尊者的碑传，尽可请得大家高手写；其名位卑弱者的碑传，或只能出自市井文佣。至若有财力者不惜出巨资，则必得名家撰碑铭而后快；然名家亦难免应接不暇，若推脱不得则敷衍为之，或请门生下吏捉笔代写而自署名号，或直接在出资方组织的文面上签名。像这样冒滥塞责、赝品流行之状，势必造成人物传记叙事性的敝败。随着传记叙事敝败之极，就自然会接引诗体叙事的救济；而诗歌叙事功能的增强，也恰能补给传记叙事性之缺失。这样就在人物诗传中，生成文类的话语间性。

基于上述认识，可进一步判定：作为明中晚期诗、传二体遇合的产物，人物诗传具有诗歌和传记的话语间性。一方面，人物题咏的叙事功能急剧增强，逐渐侵占传记体类的叙事空间；另一面，人物传记的叙事特质严重流失，恰好需要接引诗体叙事的救济。这样诗歌与传记就历史性地遇合并相互调剂，使分途发展的抒情、叙事传统交汇，从而生产出人物诗传这种特殊的文学品种，展示了明代诗歌叙事的独特魅力与功能。

---

① 唐顺之：《荆川集》卷五《答王遵岩》，景印文渊阁《四库全书》本，台湾商务印书馆1986年版，第1276册，第62页。

第十章

明诗叙事观念之更新

明人对诗歌叙事展开了较充分讨论，明代诗歌叙事观念较前代有更新和丰富。明人对诗歌叙事主要持两种态度：一是从诗言志、诗缘情出发，对诗歌叙事提出批评，指出诗歌叙事存在辞缓意冗、难于感发等不足；二是以通变之态度，阐释了诗歌叙事的必然性，并对诗歌叙事的理想品格作出探索。

从创作来看，显见于明代叙事诗中的缘事感发创作观，突出了事件对情感的激发作用，诗歌对感事而发之真情的推重，避免了拟古创作为文造情的不良倾向，为明诗注入活力。"述事以见意"，强调叙事对情感抒发、议论升华的积极作用，凸显了叙事的独立表意功能。明人对"诗史"的讨论，使诗歌叙事与史传叙事的体式差别得到进一步辨析，诗歌叙事的体式特征与审美特质得以凸显。

第一节　诗歌叙事趋势之认识

明人对诗歌叙事功能的认知有多重表述，如提出当代诗歌叙事机能增长的必然性，追溯诗歌"述事以见意"功能观之源流，强调推重诗歌叙事的独立表意功能等；还注意到小说、戏曲中羼入了大量诗歌，与其中的散文协同推动故事情节的发展。兹着重论说前面几项，后项则待下一章讨论。

一、明人对诗歌叙事的总体认识

明人对诗歌叙事展开了较充分讨论，明代诗歌叙事观念得以不断丰富、更新。这些内容主要有以下方面。

首先，在讨论诗歌表现内容、手法时，将事与情、叙事与抒情并举。如郝敬《艺圃伧谈》："六义不越情、事、辞三者而已。感动为情，即境为事，敷陈为辞。兴因情发，比触境生，赋以辞成。风主情，雅主事，颂主辞。情有悲欢，故风多感动。境为实事，故雅多献替。辞本声音，故颂用登歌。经纬变合，六义互而生诗。汉魏以来，六义不明，以兴为托物，以比为借喻，以赋为直陈。各不相属，六义分裂，何可言诗？"① "凡诗，辞、情、境三者合，乃为真诗。"② 辞为表现媒介，情与事（境）为表现内容，只有语辞、情、事（境）三者密切融合，诗作才称得上真诗。郝敬从诗六义的高度，对诗歌创作中事与情的重要地位作了阐发，事与情既是诗歌的表现内容，则叙事与抒情自然成为诗歌双举并重的艺术表现方式，二者并无主次之分。又黄淮评杜甫律诗："即景咏物，写情叙事，言人之所不能言，诵之者心醉神怡，击节蹈抃之不暇，诚一代之杰作也。"③ 胡应

---

① 郝敬：《艺圃伧谈》卷一，周维德集校《全明诗话》本，齐鲁书社 2005 年版，第 2878—2879 页。
② 同上书，第 2888 页。
③ 黄淮：《介庵集》卷十一《杜律虞注后序》，《四库全书存目丛书》本，齐鲁书社 1997 年版，集部第 27 册，第 80—81 页。

麟谓："《铙歌》陈事述情，句格峥嵘，兴象标拔。"① 皆将叙事
与抒情对举，来考量诗歌创作的艺术成就和艺术特点，突出了
叙事、抒情作为表现方式，在诗歌创作中具有同等重要地位。

其次，对诗歌叙事之不足的讨论。叙事与抒情作为诗歌的
表现手段，其艺术表现策略有一个不断完善的过程，诗歌叙事
所易引起的不足，亦需在创作过程中进行不断的修正。明人对
诗歌叙事之不足的讨论，揭示了诗歌创作在叙事策略运用上所
存在的偏失，这对诗歌叙事策略的完善、诗歌叙事品格的提高
皆有裨益，因此是明代诗歌叙事观念的重要组成部分。综合而
言，明人对诗歌叙事之不足的批评，主要集中在叙事易平铺直
述、难于感发上，如李东阳言：

> 诗有三义，赋止居一，而比兴居其二。所谓比与兴者，
> 皆托物寓情而为之者也。盖正言直述，则易于穷尽，而难
> 于感发。惟有所寓托，形容摹写，反复讽咏，以俟人之自
> 得。言有尽而意无穷，则神爽飞动，手舞足蹈而不自觉。
> 此诗之所以贵情思而轻事实也。②

言有尽意无穷是中国诗学批评中的重要论题，该观念根生于中
国文学自身的创作实际之中，对充分认识诗歌审美意蕴、指导
诗歌创作有积极意义。李东阳以此观念来衡量诗歌叙事，使其

---

① 胡应麟：《诗薮》内编卷一，周维德集校《全明诗话》本，齐鲁书社 2005 年
　　版，第 2488 页。
② 李东阳：《怀麓堂诗话》，周维德集校《全明诗话》本，齐鲁书社 2005 年
　　版，第 482 页。

在指出诗歌叙事存在"正言直述"而"难于感发"之不足的同时，也一定程度上忽视了对诗歌叙事应确立何种品格的探究。又徐祯卿《谈艺录》言："乐府往往叙事，故与诗殊。盖叙事辞缓，则冗不精。"① 郝敬《艺圃伧谈》谓："杜诗叙事期于竭尽无余。如《北征》岂不佳，而叙致骈累。首叙君臣国事一段，继叙时境一段，又到家对妻子哭穷一段，末又转入军国一段。就使行文如此，亦嫌冗谮，岂诗人咏叹不足之意？"② 谢肇淛亦谓诗："不可太铺叙，铺叙则游记也。不可太堆积，堆积则赋序也。"③ 皆在指出诗歌叙事易存在辞缓意冗之不足的同时，忽视了对诗歌叙事品格的探寻。

随着时世迁转及诗歌创作实践的丰富，衡量诗歌审美特质的标准，应作出调整和扩充；叙事与抒情作为不同表现方式，衡量诗歌叙事、抒情是否成功的标准应存有差别，而不宜完全以诗歌抒情成功与否的标准来衡量诗歌叙事是否成功。叙事作为与抒情同等重要的艺术表现方式，理应确立自身的叙事品格和审美特质，从而与抒情一道，共同促成诗歌创作的理想艺术效果，促成诗歌审美意蕴的充实丰富。

再次，对诗歌叙事功用、策略、效果、品格、审美特质等问题的探究。明人在指陈诗歌叙事存有不足的同时，也充分肯定了诗歌叙事的重要价值，并对诗歌叙事功用、策略、效果、

---

① 徐祯卿：《谈艺录》，周维德集校《全明诗话》本，齐鲁书社2005年版，第790页。

② 郝敬：《艺圃伧谈》卷三，周维德集校《全明诗话》本，齐鲁书社2005年版，第2912页。

③ 谢肇淛：《小草斋诗话》卷一内篇，周维德集校《全明诗话》本，齐鲁书社2005年版，第3504页。

品格、审美特质，以及诗歌叙事与史传叙事的联系与区别等问题，作了较为系统的讨论，从而为诗歌创作提供了理论指引。同时，明代叙事诗创作，也从不同方面间接展现了明人的诗歌叙事理念，从而与明代诗论中的诗歌叙事观念一起，共同构成了明代诗学叙事观念的丰富内容。

在叙事功用方面，明人强调"述事以见意"的达意方式，指出诗歌对事件及事境的叙述，即是间接传达诗歌意旨的有效方式。这一诗歌叙事功能观，在中国文学传统中有悠久渊源，它远源自先秦时期《春秋》寓褒贬于记史的叙事观念，近承自宋人"述事以寄情"的叙事观念，并在明代以更具包蕴性的语词表述出来。"述事以见意"有两层义涵，一是诗歌以叙事引起抒情、议论，情缘事而发，理顺势而出，事、情、理融合贯通；二是诗歌叙事本身即是一种表意方式，情、理已寓含在对事件本末的叙述中，此义涵将叙事作为诗歌独立表意手段的地位凸显出来。

在叙事策略方面，明人突出了赋法在诗歌叙事中的主体作用，并兼用比兴参与叙事。同时，明人还灵活调用事典、语典参与叙事，在古事今事的参照中，诗歌叙事更显意蕴丰富。关于使事用典，明人有较多论述，如王世懋谓："使事之妙，在有而若无，实而若虚，可意悟不可言传，可力学得，不可仓卒得也。宋人使事最多，而最不善使，故诗道衰。我朝越宋继唐，正以有豪杰数辈，得使事三昧耳。"[①] 冯复京亦谓诗歌用事可以"明使暗使，正用变用，通融出入，心矩相调，幻化灵奇，规环

---

① 王世懋：《艺圃撷余》，周维德集校《全明诗话》本，齐鲁书社 2005 年版，第 2151 页。

自协。何尝不引伸触长，富有日新哉。若悬虚釜以待炊，张空卷而凌阵，吾未见其可也。"① 指示了用典之于诗歌创作的积极功用。与此同时，明人还充分调用不同时序参与叙事，从而促成了诗歌纡回曲折审美特质的产生。对此，明人作出了理论表述，如徐光启谓："或顺时述事，或错举成文，或预道将来，或追称往昔，或更端别叙，或重言复说。"② 体现出了诗歌创作实践与诗歌叙事观念的呼应。

在叙事效果方面，明人对叙事的逼真效果较为推重。如王世贞谓《孔雀东南飞》"质而不俚，乱而能整，叙事如画"③，胡应麟谓杜甫"《兵车行》《新婚别》等作述情陈事，恳恻如见"④，皆强调了叙事的画面感、场景感。在叙事品格及审美特质方面，明人对纡回曲折之品格及含蓄婉曲之特质较为推尚。如许学夷谓"子美叙事，纡回转折，有余不尽"⑤，"纡回转折"强调的是叙事行为的风格品貌，"有余不尽"强调的是事意呈现的审美特质。对叙事品格、审美特质的探究，是明代诗歌叙事观念推进的重要表现。从作品来看，逼真叙事效果在明诗叙事中中有充分体现，而纡曲之叙事品格则更多地体现在长篇叙事诗中。

---

① 冯复京：《说诗补遗》卷一，周维德集校《全明诗话》本，齐鲁书社 2005 年版，第 3838 页。

② 徐光启：《新刻徐玄扈先生纂辑毛诗六帖讲意》卷二《甫田》，《四库全书存目丛书》本，齐鲁书社 1997 年版，第 288 页。

③ 王世贞：《艺苑卮言》卷二，周维德集校《全明诗话》本，齐鲁书社 2005 年版，第 1900 页。

④ 胡应麟：《诗薮》内编卷二，周维德集校《全明诗话》本，齐鲁书社 2005 年版，第 2511 页。

⑤ 许学夷：《诗源辩体》卷二十八，周维德集校《全明诗话》本，齐鲁书社 2005 年版，第 3337 页。

明人对"诗史"相关问题的讨论，促进了对诗歌叙写时事价值的认识，凸显了诗体叙事的体式特征和审美特质。明人在指出诗歌叙事可补史传叙事之阙失的同时，更注意到了诗歌与史传之间文体特征的区别，从而使诗歌叙事与史传叙事的体式差别得到进一步辨析。如许学夷谓"诗与史，其体其旨固不待辩而明"，杜甫《石壕吏》《垂老别》《哀王孙》等作"虽若有意纪时事，而抑扬讽刺，悉合诗体，安得以史目之？至于含蓄蕴藉虽子美所长，而感伤乱离，耳目所及，以述情切事为快，是亦变雅之类耳"①。即明确指出了诗歌叙事异于史传叙事的表意特点与审美特征。

以上方面，显示了明代诗歌叙事观念的丰富内涵，其论述虽多是针对此前诗歌尤其是唐代诗歌之叙事而展开的，但这种探寻、阐述，实际是在理论层面上对明诗创作叙事要素不断增加的一种观照与呼应，为指导明诗创作提供了理论参照。

二、诗歌叙事机能增长的必然性

明诗叙事观念的一个重要推进，就是从时代迁变、世事繁衍及诗歌自身体式完善的角度，来说明诗歌叙事机能的增长具有必然性。时代迁变，社会生活事件日渐繁复，历史事件不断累积，人的情感体验日益丰富，题材内容的日渐丰富，对诗歌创作不断提出新的要求，诗歌需要在自身体式与自身机能的完善中，来实现对社会生活、历史事件、个体人生的深切观照和艺术表现。叙事机能的增强，即是诗歌呼应这种要求，提升自

---

① 许学夷：《诗源辩体》卷十九，周维德集校《全明诗话》本，齐鲁书社2005年版，第3308页。

身艺术表现力的体现。

时事迁变对不同文体的创作不断提出新的要求。诗歌由四言体向五言体、七言体的演变，诗歌篇幅的不断增长，诗题、诗序、诗跋叙事功能的不断强化，等等，皆是诗歌自身体式变革完善的结果，这种变革本身又一定程度上受到了时势迁变的影响。明人对此有明确认识，如李东阳谓："汉魏以前，诗格简古，世间一切细事长语，皆著不得。其势必久而渐穷，赖杜诗一出，乃稍为开扩，庶几可尽天下之情事。韩一衍之，苏再衍之，于是情与事，无不可尽，而其为格，亦渐粗矣。然非具宏才博学，逢原而泛应，谁与开后学之路哉？"① 从作品来看，杜甫、韩愈、苏轼扩衍诗歌表现力的一种重要途径，即是在诗歌中增加叙事因素。杜甫多首叙事长篇、叙情长篇的创作，标志了古代诗歌风貌的一大转关，韩愈以其卓荦之才，融文笔于诗笔，使诗歌叙事述情展现出独具魅力的雄奇特质，而苏轼则在诗歌创作中，充分发掘了诗题、诗序的叙事潜能，使丰富的事件要素能够在诗歌创作中得到更为充分的表现。李东阳认为这种扩衍虽使诗格渐粗，但对开拓诗歌创作路径，实具有积极意义。

承续这一观念，袁宏道则从古今通变的角度，阐述了诗歌体式变化的必然趋势，指出叙事是诗歌表现机能完善及审美范式丰富的体现，其言曰：

> 文之不能不古而今也，时使之也。妍媸之质，不逐目

---

① 李东阳：《怀麓堂诗话》，周维德集校《全明诗话》本，齐鲁书社 2005 年版，第 491 页。

而逐时……夫古有古之时，今有今之时……古之为诗者，
有泛寄之情，无直书之事；而其为文也，有直书之事，无
泛寄之情，故诗虚而文实。晋、唐以后，为诗者有赠别，
有叙事；为文者有辨说，有论叙。架空而言，不必有其事
与其人，是诗之体已不虚，而文之体已不能实矣。古人之
法，顾安可概哉！①

古今迁变，诗歌的艺术表现方式、审美特质亦会随之变化。早
前诗歌创作，事件过程多未具体呈现，事件要素亦多夹杂在抒
情之语中；晋唐以后，诗之叙事要素不断增加，事件过程得以
完整呈现，情感抒发多凭借叙事而出。在古今不同的表现方式
中，诗之审美特质亦兼具虚实而更为丰富。

从作品创作来看，明诗中叙事要素的增加，正是为满足时
代变迁对诗歌创作提出的新要求，而对自身体式作出的调整。
与此前诗歌相比，明诗的叙事特征又有强化，如诗歌篇幅的增
长，诗题、诗序、诗跋中寄纳了更为丰富的事件要素，诗歌叙
事内容更趋繁多，诗歌叙事艺术更为完善。这些皆表明，明诗
对现实事件的观照是全面的，明诗对现实事件的表现是充分的。
从诗歌审美特质而言，明代长篇叙事诗凸显了诗歌叙事纡曲委
备的品格，促成了诗歌叙事含蓄婉曲的审美特质。从诗歌叙事
与其他文体叙事之间的互动而言，诗歌借鉴吸收了史传、小说、
戏曲等文体的叙事技巧与策略，但同时又充分保持了自身的体
式特征和审美范式，并同时参与到以上文体的叙事语境中，发

---

① 袁宏道：《袁宏道集笺校》卷十八，上海古籍出版社 2008 年版，第 709—
710 页。

挥其特有的叙事功能。诸种情状表明，明诗的叙事机能较此前诗歌更有强化和提升，这使其能够在小说、戏曲等叙事文学创作繁荣的时代，依然能保持足够的艺术表现力，来及时充分地书写现实百态、表现多样人生，并实现其恒久的艺术魅力。

明代诗歌叙事观念，尤其是其中以通变之态度来审视诗歌叙事性增强的认识，是对此前诗歌及同时代诗歌叙事性状、叙事规律的归纳总结，是在理论层面上对诗歌创作叙事要素不断增加、诗歌叙事特征不断增强，所作出的积极回应，其内涵的丰富充实，对认识诗歌叙事价值及指导诗歌创作，皆有积极意义。

三、"述事以见意"功能观源流

明人郝敬在《毛诗原解·读诗》中强调："《诗》意深厚，正不贵明浅。或借古以讽今，或反言以明正，或托其人口吻，以发意中事，或漫无可否，述事以见意。"① 其中，"漫无可否，述事以见意"突出了《诗》以叙述事件来传达诗旨的表意方式。郝敬此论针对《诗》而发，而"漫无可否，述事以见意"之观念，则有助于促进对诗歌叙事功能及诗歌叙事与抒情之关系的认识。从中国古代叙事类作品的创作来看，此类观念在早期史传文中既已产生，并逐渐形成理论认识，进而影响到诗歌创作及相关诗歌叙事观念的形成。

先秦时期，与"述事以见意"相近的观念已产生，这突出表现在鲁史《春秋》寓褒贬于记事的达意方式上，也体现在

---

① 郝敬：《毛诗原解》不分卷，《四库全书存目丛书》本，齐鲁书社1997年版，经部第62册，第138页。

《左传》作者编纂历史文献《左传》来注解《春秋》之义的活动
中。鲁史《春秋》之记事，遵循一定的义例进行，其义例是鲁
国历代史官在礼乐制度下发挥史书记事批判功能的体现。如
《左传·庄公二十三年》载曹刿之言曰："君举必书，书而不法，
后嗣何观？"① 史官依循书法（义例）进行记事，后之观者亦循
义例而得史册褒贬之义。《春秋》述史内寓义例，故能在记事中
寄寓褒贬之义。如《春秋》隐公元年载"郑伯克段于鄢"，《左
传》对此解释道，"段不弟，故不言弟；如二君，故曰克；称郑
伯，讥失教也：谓之郑志。不言出奔，难之也。"② 《春秋》一语
之记述，同时实现了对共叔段与郑庄公的批评，其寓褒贬之义
于史述的表意方式得到了充分体现，而这一表意方式，实深远
影响了"述事以见意"一类观念的产生。

　　《史记》卷十四《十二诸侯年表》云，孔子"西观周室，论
史记旧闻，兴于鲁而次《春秋》，上记隐，下至哀之获麟，约其
辞文，去其烦重，以制义法。王道备，人事浃。七十子之徒口
受其传旨，为有所刺讥褒讳挹损之文辞不可以书见也。鲁君子
左丘明惧弟子人人异端，各安其意，失其真，故因孔子史记具
论其语，成《左氏春秋》。"③ 《汉书·艺文志》承《史记》之说，
而表述更明确："丘明恐弟子各安其意，以失其真，故论本事而

---

① 左丘明撰，杜预注《春秋左传注》，杨伯峻编著，中华书局 2009 年版，第
　　226 页。
② 左丘明撰，杜预注《春秋左传注》，杨伯峻编著，中华书局 2009 年版，第
　　14 页。
③ 司马迁：《史记》卷十四《十二诸侯年表》，中华书局 1959 年版，第 509—
　　510 页。

作传，明夫子不以空言说经也。"① 随着礼乐制度的崩坏，礼义逐渐失落不明。孔子在述学活动中，依据"史记旧闻"对《春秋》的礼义内涵予以揭示。孔子去世后，七十弟子各持异说，《春秋》之义趋于混乱，左丘明为纠其偏失，乃将"史记""本事"编排整理成书，以史事载记来传解《春秋》之义。"左氏解经，主要的不是要告诉人们经中都有哪些'义'，而是要告诉人们经中所记述的那些事究竟都是一些怎样的事，经中所涉及的那些人究竟都是一些怎样的人，一句话，要告诉人们经所记述的那个时代的历史。"②《左传》虽未如其后《公羊传》《谷梁传》那样对《春秋》之义给予较多直接论述，然而其叙述事件本末的过程，正是展现《春秋》之义，将其具体化的过程。《春秋》一字褒贬的记事特征，《左传》以敷陈史事传达《春秋》之义的编纂目的，皆标志了"述事以见意"一类观念的较早产生，只是此类观念尚未以理论形态表述出来。

降及唐代，上述观念在刘知几《史通·叙事》③ 中被较清晰地表述出来。《史通·叙事》曰："盖叙事之体，其别有四：有直纪其才行者，有唯书其事迹者，有因言语而可知者，有假赞论而自见者。"刘知几认为"叙事之工者，以简要为主"，以上四种叙述方式不可并存，否则"其费尤广"而失于冗赘，刘知几指出"《左氏》载申生为骊姬所谮，自缢而亡；班史称纪信为项籍所围，代君而死。此则不言其节操，而忠孝自彰，所谓唯书其事迹者。"刘知几认为若行文已对事件经过作出叙述，则对人

① 班固：《汉书》，中华书局 2007 年版，第 1715 页。
② 赵伯雄：《春秋学史》，山东教育出版社 2014 年版，第 21 页。
③ 刘知几：《史通》卷六《叙事》，上海古籍出版社 2015 年版，第 153 页。

物才行的评论即可省去，因为在对事件的叙述过程中，人物之品行节操、理之曲直已然而明，即"不言其节操，而忠孝自彰"，若再于叙事之后进行评说，则成蛇足而失于冗余。在此，刘氏认为叙述事件本末的过程，即是展现叙述主体价值评判的过程，只是评论之语并未直露而是寓含在叙事之中，"所谓唯书其事迹者"。此论将"述事以见意"一类观念以理论形态表述出来，表明唐人对叙事之功用的认识，有了进一步推进，叙事作为独立表意方式的功能属性得以凸显出来。

　　基于中国古代史学的强大影响力，史学叙事观不同程度地渗透到诗学批评中来。及至宋代，在诗歌批评中，时人对叙事以达情意的叙事功能观有了更明确的理论阐述。如魏泰《临汉隐居诗话》有言："诗者述事以寄情，事贵详，情贵隐，及乎感会于心，则情见于词，此所以入人深也。如将盛气直述，更无余味，则感人也浅。"①从魏泰强调"情贵隐"来看，"盛气直述"并非指叙事，而是指在诗中直接作气势张扩的情感发露之语，魏泰批评盛气述情缺乏余味而感人不深，强调了诗歌详述事件本末以寓托情意的意义，读者览事而感会于心，情之触动自然而及，诗作对读者情感的触发是由内而外的，其感染力亦是持久深入的。从宋诗创作实践来看，魏泰此论较具代表性和说服力。与唐诗相比，宋诗诗题、诗序、诗正文中的叙事成分皆有增加，宋人较充分地发挥了叙事在诗歌创作中的作用，魏泰"诗者述事以寄情"之论，既是此前叙事以达意一类观念在诗学领域的延续与明确表述，也是对宋诗创作特征的一种概括。

　　郝敬"漫无可否，述事以见意"之论，显系承宋人"述事

---

① 魏泰：《临汉隐居诗话》，何文焕辑《历代诗话》本，2004年版，第322页。

以寄情"之论及此前近同观念而来，其意义在于突出了诗歌叙事之于抒情及诗旨传递的作用，凸显了叙事作为诗歌独立表意手段的功能属性。同时，"述事以见意"也是对明诗创作特征的一种概括。因为，从作品创作来看，叙事在明诗创作中受到了充分重视，其于诗歌创作的功用得到了充分发挥：随着诗歌正文、诗题、诗序等篇幅的增长，叙事要素在明诗创作中的占比，较此前诗歌又有提升；诗人在诗歌创作中，灵活调用了多种叙事策略来共同参与叙事，从而在使事件得到艺术呈现的同时，也促成了诗歌意旨的有效传达。

四、诗歌叙事独立表意功能凸显

郝敬"漫无可否，述事以见意"之论，突出了叙事对传达诗歌意蕴的积极作用，"漫无可否"强调作者主体意绪寓于叙事、隐而不显的特征。具体而言，"述事以见意"有两层义涵：一是诗歌以叙事引发抒情、议论，情感缘事而发，说理顺势而出，事、情、理融合贯通，诗歌感染力得以提升；二是诗歌叙事本身即是一种表意方式，诗人对事件的情感态度，已寓含在对事件过程的叙述之中，诗歌凭借叙事实现了诗旨的有效传递，这一义涵将叙事作为诗歌独立表意手段的属性凸显出来。

明人在诗歌创作中，从不同方面展现了"述事以见意"的表意模式及观念。在诗题、诗序、诗跋中，诗人通过叙事将事件过程概括凝练地呈现出来，并同时引起情感的发抒，议论的展开，其行文即是以"述事以见意"为理路展开的。在叙事类诗歌正文中，诗人或将叙事与抒情、议论并列，以叙事引起意旨表达；或寓情于事，诗中无直接抒情、议论之语，所谓"漫无可否"，而诗之叙事笔笔含情，诗旨不待直言亦显豁突出。诗题、诗序、诗跋之叙事功能，前文已有论述，在此侧重对诗正文"述事以见意"之情形作出探讨。

首先，诗正文以叙事引起抒情、议论，诗作题旨得以突出。在此情形下，正文主体是对事件过程的具体叙述，继此而出的是诗人之于事件的感喟、抒情及议论之语。正文叙事与抒情、议论虽分列明显，但基于叙事的艺术感染力，由叙事激发的情感、议论已是呼之欲出，诗人顺势而作情感发抒、议论升华已是水到渠成，叙事与抒情、议论实现了自然密切的衔接。如王九思《卖儿行》，该诗前半部分叙述了村媪"提携幼子来换谷"的原因，其后半部分为：

> 村媪词终便欲去，儿就牵衣呼母哭。媪心戚戚复为留，夜假空床共儿宿。曙鼓冬冬鸡乱叫，媪起彷徨视儿儿睡熟。吞声饮泣出城走，得谷且为赡穷鞠。儿醒呼母不得见，绕屋长号更踯躅。观者为洒泪，闻者为颦蹙。吁嗟！猛虎不食儿，更见老牛能舐犊。胡为弃掷掌上珠，等闲割此心头肉……呜呼！安得四海九州同一春，无复鬻女卖儿人！①

该部分叙写了村媪母子生离死别的悲凉场面，村媪视儿熟睡时之百般温情与别儿时之心如刀绞，幼儿醒来呼母不得见时之恐惧无依，皆得以真实呈现。诗作之细节描写，寓含了作者对母子遭遇的深切同情，诗人情感的生发正建立在这些细节描写之上。在目见了母子别离的悲凉境遇后，诗人"吁嗟""呜呼"数语所抒悲郁之情，拥有了观照现实的强烈力度，避免了空洞浮

---

① 王九思：《渼陂集》卷三，《四库全书存目丛书》本，齐鲁书社1997年版，集部第48册，第25页。

泛。又如孙承恩《贞雁篇》：

> 双雁从何来，翔集芦渚中。雌雄两婉妮，鸣声谐嗈嗈。
> 西风萧萧月惨惨，虞人举网当夜半。网得其一即货之，剪
> 铩羽翼留庭隈。雄耶雌耶逸者谁，飞飞随来鸣声悲。屋角
> 盘旋朝复暝，上下哀呼两相应。天高地下空断肠，日落风
> 凄吊孤影。孤影无奈何，下地来与俱。见似不见人，自甘
> 送微躯。引脰宛转鸣，若泣若诉别。嗷嗷中夜声弗休，朝
> 来视之交颈绝。云天杳杳双魂征，幸免一魂悲弗平。此雁
> 此雁义且贞，惟欲同死不独生。我观人夫妇，生各申婉嬿。
> 一朝大故及，炎炎志中变。从一宁知不二天，但为新人巧
> 妆炫。末俗纷纷物不如，听我慷慨歌贞雁。①

诗叙双雁赴死事，其写景叙事之语带有强烈情感色彩，"西风萧
萧月惨惨""鸣声悲""上下哀呼两相应""日落风凄吊孤影"
"宛转鸣""若泣若诉别"等语，皆是此类，有力烘托了双雁由
生至死的凄惨遭遇。一雁为捕，一雁为之赴死的悲婉事迹，引
发了诗人对于夫妇人伦的质问，在双雁与人事的比照中，议论
之语戛然而止，意味深远，引人深思。

其次，诗歌通篇用于叙事，抒情议论未在诗篇中直接出现，
即郝敬所言"漫无可否"，但诗人之情已寓含在叙事之中，带有
情感色彩的景物描写，体现诗人价值判断的叙事角度选取，皆
成为诗人展现情感意绪的有效途径。如李开先《游山庄》：

---

① 孙承恩：《文简集》卷二十，景印文渊阁《四库全书》本，台湾商务印书馆
1986 年版，第 1271 册，第 253 页。

折枝驱蹇驴，囊破路遗书。饥瘦两村仆，短衣不掩裾。旱热时当午，尘途甚趑趄。一仆气犹壮，一仆力不舒。壮者唱山歌，倦者长欷歔。路穷林忽出，报已抵山居。土壁架草屋，依岩成里闾。知有远客到，田父欣候余。为黍必杀鸡，鸡飞过邻庐。开瓮出浊醪，提筐剪野蔬。醉饱卧绳床，一梦游华胥。醒来山月上，起步随所如。愈觉夜气清，顿教尘虑除。若非畏扰主，一月不归欤。①

诗中"蹇驴""囊破""遗书""饥瘦""旱热""趑趄""力不舒""长欷歔"诸语，颇见诗人旅途之困顿，而"路穷林忽出"引出的田园生活场景则与此迥异，诗人醉饱梦游，品赏山月，尘世之虑涤除尽消，在带有情感色彩的对比叙述中，诗人对田园生活的赞美向往之情豁然而见。又如杨爵《鬻子行》后半部分：

市上纷纷草标待，卖者空多买者稀。直到日夕才定约，破钱百文救我饥。思量此钱买黍饭，是食吾儿肤与肌。拉泪收钱散裳湿，如割心肺痛难支。母解怀抱将儿出，儿将两手抱母衣。跌脚投地气欲绝，竟将母子强分离。买主抱儿色凄惨，妇人欲去步难移。儿哭声，母哭声，皆哭死者又哭生。儿哭母毒舍我去，母哭苍天叫不应。②

---

① 李开先：《李开先全集》（修订本）卷一，卜键笺校，上海古籍出版社 2014 年版，第 55—56 页。
② 杨爵：《杨忠介集》卷九，景印文渊阁《四库全书》本，台湾商务印书馆 1986 年版，第 1276 册，第 86 页。

与王九思《卖儿行》在叙母子别离后引入强烈抒情不同，此诗在叙述燕街寡妇卖子之情景后，并未再作抒情之语，然而在其冷峻的叙事笔触下，在其对寡妇母子呼天抢地之哀号的叙述中，已饱含着作者对生民凄惨遭遇的深厚悲悯之情，以及对世间苦难的强烈控诉。明诗中的许多叙事长篇之作，如韩邦靖《长安宫女行》、魏学洢《长水怨》等，皆以人物视角详细敷陈事件本末，诗人之情感意态虽未直接发露，但皆寓含在人物的自述之语中。此类诗作意旨的传递，明显体现出"漫无可否，述事以见意"的表意特征。

综上，"述事以见意"是明人诗歌叙事功能观的典型，此观念渊源于中国早期史传文学的叙事之中，并在其后史学叙事观及诗学叙事理论的丰富发展中，在充分审视叙事文学表意模式及特征基础上，逐渐形成了自身的理论表述。从作品来看，明代叙事型诗歌创作的内在理路，正与"述事以见意"相契合，从而在诗歌作品创作层面，显示出明代诗人对此类观念的理性自觉。

第二节　缘事感发的创作思想

明代叙事型诗歌的创作，多缘起于诗人涉境触事所引发的情感，诗歌叙事过程中融入了深挚的情感，叙事抒情得到紧密融合，汉乐府"感于哀乐，缘事而发"的创作精神，在明诗中得到显扬。诗歌创作对事真、情真的推求，突破了诗歌拟古创作为文造情的瓶颈，为明诗注入活力。

一、明代叙事诗缘事感发的创作情状

班固《汉书·艺文志》指出："自孝武立乐府而采歌谣，于是有代、赵之讴，秦、楚之风，皆感于哀乐，缘事而发，亦可以观风俗，知薄厚云。"① 其后，汉乐府"感于哀乐，缘事而发"的创作精神，为历代乐府诗创作者所重视，并成为指导诗歌创作的重要原则。唐代杜甫、白居易等人，充分发扬这一精神，自创乐府新题以书写时事，白居易更直言所作新乐府："其事核而实，使采之者传信也……为君、为臣、为民、为物、为事而作，不为文而作也。"② 突出了诗歌创作对社会现实事件的深切观照，强调了诗歌裨益政教的功能，唐代新题乐府也以其关注现实的力度和情感抒发的深挚，为其后乐府诗创作树立了新的典范，也为其他体式诗歌的创作提供了借鉴。

降及明代，汉乐府"感于哀乐，缘事而发"的创作精神，在明代乐府诗及其他体式的诗歌创作中得到充分继承。从诗歌创作来看，明人对缘事感发创作观念颇为自觉，这主要表现为三种情形，一是诗人在诗题、诗序、诗跋中明确表达诗歌缘事感发的创作观念；二是诗人在诗正文中表露其据事而作的创作精神；三是诗人虽未直接表露其缘事感发的创作观念，但诗歌的整体写实特征及融涉其中的情感表达，充分显示出缘事而作的特征。

首先，诗人在诗题、诗序、诗跋中表达诗歌缘事感发的创作观念。在诗题中直接阐明诗歌缘事感发而作的情况，如郑岳

---

①　班固：《汉书》卷三十《艺文志》，中华书局 2008 年版，第 1756 页。
②　白居易：《白居易集笺校》卷三，上海古籍出版社 1988 年版，第 136 页。

《壬戌九月十八日白湖镇遇风舟危甚赋此纪事》①，诗题简述作诗
缘起，正文"揽衣晨起当空拜，悔悟从今当益慎"之语则呼应
诗题，诗人乘舟遇风而险遭溺水，特殊而危险的遭遇，激发了
诗人的诗歌创作，诗歌内容也正在警醒己心，缘事感发之意颇
为明显。又如徐渭《感鹰活鹊雏事因忆曩卫衙梓巢鹳父死于弩
顷之众拥一雄来匹其母母哀鸣百拒之雄却尽啄杀其四雏母益哀
顿以死群凶乃挟其雄逸去》②，诗人由感鹰活鹊雏之事，而追忆
往事见闻，鸟禽之事竟与人世之事如此相近，诗歌内容既属写
实，又如寓言，诗人感慨既深，发而为诗。又如陈鹤《扬州小
妓行小妓年十八性慧善歌每对人能谈乱离甚悉意若憎其失足烟
花无以从良人自奋者余偶遇宾筵心甚嗟恤因念兵甲在南逃踪无
定其欲异于小妓几希矣哀时感事遂撰此行》③，诗题由叙写扬州
小妓身事而生发飘蓬之叹，诗人"哀时感事，遂撰此行"，诗歌
缘事而作之意，得到了明确表达。又瞿式耜《己丑夏六月吾孙
昌文航海而来抵桂林时夫人已辞世二十日矣昌文以哭祖母抱病
月余病小愈因作粤行小纪一篇余见之为作长歌以志喜又以志悲
也》④，诗人身遭大明王朝破亡，后辗转至广西抵御清军，家国
之痛、身世之悲皆至深至极，人世间的团圆与离别在时代的大
潮中，更平添了几分沧桑与悲凉，诗歌因事而作、感事而发之

① 郑岳：《山斋文集》卷二，景印文渊阁《四库全书》本，台湾商务印书馆1986年版，第1263册，第13页。
② 徐渭：《徐渭集》卷四，中华书局1983年版，第101页。
③ 陈鹤：《海樵先生全集》卷五，《四库全书存目丛书》本，齐鲁书社1997年版，集部第85册，第642页。
④ 瞿式耜：《瞿忠宣公集》卷八，《续修四库全书》本，上海古籍出版社2002年版，第1375册，第283页。

特征尤为明显。

明代诗人在诗序中阐发其缘事感发创作观念的情形更为多见。如赵统《负秸妪》之序："己丑冬，见妪负秸鬻于市，怜其穷而问之，因得其详。欲次为诗以贻观风者，适得一韵，数之凡八十六字。欲尽押用故句，多趁韵，然意皆据事，聊自续《舂陵行》后。"①"意皆据事"表明诗歌意旨皆缘事而来，"欲次为诗以贻观风者"强调了以诗观政的诗教观念，其论皆是对班固"感于哀乐，缘事而发，亦可以观风俗，知薄厚"之诗歌观念的继承。又孙承恩《贞雁篇》之序曰："里人为予言，有双雁宿芦泽中，虞人获其一，货之里中士人家。爱而畜之于庭，其一亦飞至与俱，若无人焉。悲鸣彻日夜，宛转叫号，诘晨俱死，予感其事，纪以诗。"②又吕维祺《收麦行》之序："余至登莱，观收麦者，问其疾苦，为之掩泣，聊赋一篇，以告当事。"③又何白《哭泉篇》之序言"予感其事，作《哭泉篇》"④，梅鼎祚《青楼怨》之序言"嗟乎！寓内事类若是哉，援笔衍其实"⑤，丁元荐《烈妇行》序中言"丁子闻而悲之，为仿古辞孔雀南飞，

---

① 赵统：《骊山集》卷一，《四库全书存目丛书》本，齐鲁书社1997年版，集部第101册，第586页。

② 孙承恩：《文简集》卷二十，景印文渊阁《四库全书》本，台湾商务印书馆1986年版，第1271册，第253页。

③ 吕维祺：《明德先生文集》卷十八，《四库全书存目丛书》本，齐鲁书社1997年版，集部第185册，第280页。

④ 何白：《汲古堂集》卷一，《四库禁毁书丛刊》本，北京出版社1997年版，集部第177册，第14页。

⑤ 梅鼎祚：《鹿裘石室集》卷六，《续修四库全书》本，上海古籍出版社2002年版，第1378册，第523页。

作《烈妇行》"①，等等，皆明确表达了诗人缘事感发的创作观念。

于诗跋中阐述诗人创作观念者，如王祖嫡《城南老父行》之跋言诗人"偶步城南，邂逅老父，感而作此。虽词极鄙俚，然皆纪实，使良牧者见之，安知不与《石壕吏》《捕蛇说》诸篇并增凄恻也。"②诗跋强调了该诗纪实及感事而作的特点，突出了诗作观政裨世的功能。又赵南星《古诗为横山妇作》之跋有言"赵南星曰：'予为横山妇诗也，泪簌簌不可禁焉。'"③足见横山夫妇之事对诗人触动之深，生动传达了诗歌缘事而发的情状。

其次，在诗句中传达缘事感发的创作观念。在此类诗作中，诗人多作为叙述者与事件人物发生对话，并对人物的艰难处境、悲苦遭遇产生极大触动，从而于诗作中一发其悲悯哀矜之情。如郑文康《庐墓儿》："我闻此言亦凄惨，下马坟前频慰揖。为儿作歌儿谓谁，关西孙子其名伋。"（《平桥稿》卷二）程敏政《涿州道中录野人语》："我闻老叟言，垂涕者良久……我亦食人禄，深惭结朱绶。岂无致泽心，无地可藉手。立马野踟蹰，悲风动林薮。"（《篁墩集》卷六十七）刘溥《义丐行》："此事我亲见，非是他人传……我作义丐行，感激摧心肝。"（《草窗集》卷上）王九思《卖儿行》："观者为洒泪，闻者为颦蹙……呜呼！

① 丁元荐：《尊拙堂文集》卷五，《四库全书存目丛书》本，齐鲁书社1997年版，集部第171册，第1页。
② 王祖嫡：《师竹堂集》卷四，《四库未收书辑刊》本，北京出版社2000年版，05辑第23册，第133页。
③ 赵南星：《赵忠毅公诗文集》卷二，《四库禁毁书丛刊》本，北京出版社1997年版，集部第68册，第49页。

安得四海九州同一春，无复鬻女卖儿人。"(《渼陂集》卷三）李濂《西平老翁行》："我闻翁言泪靡止，劝翁且归延暮齿。走马回头不见翁，愁云惨澹沙风起。"(《嵩渚文集》卷十二）周叙《黄池役人行》："我歌役人良苦辛，一一期将廊庙陈。"(《石溪周先生文集》卷二）齐之鸾《皮服妪》："闻罢书成篇，以告卫霍才。"(《入夏录》卷上）陈鎏《阅河纪事》："我闻极酸心，左右亦吐舌。"(《已宽堂集》卷一）等等。皆将诗人之于事件的深挚情感，直接地抒发出来，诗作缘事感发之意得以具体而充分地显现。

再次，诗歌的整体纪实特征及艺术风貌，在整体上体现了缘事而作、感事而发的创作特点。如陆深《沛水行》：

> 沛水东决如沸汤，家家水痕强半墙。麦苗不收枣树烂，鸡犬缚尽无糟糠。河上丈夫七尺身，插标牵女立水滨。自言丰年娶得妇，结发甫能勾十春。隔年生女如获宝，阿翁提携阿婆抱。两岁三岁学步行，邻里尽夸皮肉好。今秋粮限不过年，县官点夫夜拽船。可怜此女八岁余，决券只卖四百钱。钱财入手容易尽，但愿分投避饥馑。借问上船何处州，异日经过烦附信。答言家住越州城，绿树青山好托生。桑树养蚕常着帛，湖田种稻早炊秔。听罢那禁双泪流，相逢只合死前休。闻道越中多赋敛，父北儿南两地愁。[1]

诗中并未标明作诗缘起，而是将"河上丈夫"鬻女的凄惨处境

---

[1]　陆深：《俨山集》卷四，景印文渊阁《四库全书》本，台湾商务印书馆1986年版，第1268册，第23页。

以平实、冷峻的笔触直接呈现出来，叙事之中隐含着作者难以平复的悲郁心情。作品的纪实特征及对现实苦难的深切观照，连同内寓的悲悯情怀，共同标示了作品缘事感发的创作特点。又如孙蕡《高昌老翁行》、李时勉《道傍老妇》、何景明《平夷所老人》、杨爵《鬻子行》等诗作，皆纪实书写了社会中发生的苦难现实，诗歌叙事而内寓深情，作品的整体风貌亦鲜明体现出了缘事而发的特点。

此外，奇异事件中人物、事件的传奇性，也有效激发了诗人的诗歌创作，对奇异事件的叙写，成为明人缘事感发创作观的另一种突出表现。如邓原岳《玉主行》之序言："缙绅闻其事以为奇，叶宗伯为《玉主传》，而郭太史作长篇歌之，俱行于世。"① 同题之作如郭正域《玉主行》之序亦言："异哉！予友叶进卿传其事，予为歌之。"② 皆属此类。

以上可见，明人对缘事感发创作观念的体认是自觉的、充分的，明代叙事型诗歌对汉乐府"感于哀乐，缘事而发"创作精神的继承和发扬，使事件之于诗歌创作的激发作用充分地凸显出来，也使诗歌的情感抒发更为深挚，更具艺术感染力。缘事感发的创作观，使诗人在诗歌创作中能以更加积极和真实的态度，来及时、深入地关注社会事件与现实人生，从而在拓展诗歌表现空间的同时，使诗歌叙事机能得以不断完善，诗歌叙事与抒情也得以融合贯通。

① 邓原岳：《西楼全集》卷二，《四库全书存目丛书》本，齐鲁书社 1997 年版，集部第 173 册，第 770 页。
② 郭正域：《合并黄离草》卷八，《四库禁毁书丛刊》本，北京出版社 1997 年版，集部第 13 册，第 546 页。

二、缘事感发对明诗创作的积极影响

　　缘事感发创作观对明诗创作的影响，首先表现在明代乐府诗创作中。明人在乐府诗创作过程中，对"感于哀乐，缘事而发"之精神有充分体认，这以李东阳为代表。李氏在《拟古乐府引》中言："间取史册所载，忠臣义士、幽人贞妇、奇踪异事，触之目而感之乎心，喜愕忧惧，愤懑无聊不平之气，或因人命题，或缘事立义，托诸韵语，各为篇什。长短丰约，惟其所止；徐疾高下，随所会而为之。内取达意，外求合律。"① 李东阳百余篇拟乐府之作皆据史册所载史事而作，诗引所论突出了史事对情感激发的作用，阐述了李氏"因人命题""缘事立义"的创作观念，从而显扬了汉乐府"感于哀乐，缘事而发"之创作精神。

　　从明代乐府诗创作来看，有一些作品援旧题之义而敷衍成诗，诗之立义及内容多与此前诗作近同，故诗作虽情事兼备，但缺乏新意，其感染力亦稍为不足。此外，有部分乐府诗以旧题写时事，其事与情与此前同题之作存有差别，从而表现出新的面貌，较充分地继承了汉乐府"感于哀乐，缘事而发"的创作精神。而最能体现"感于哀乐，缘事而发"创作精神的明代乐府诗，是那些自拟新题，自抒情怀的作品，如李东阳之百余首拟乐府诗，其诗篇总名为拟乐府，但其创作源自史事，因人命题，缘事立义，实具有自创新题以述史事的意义，并未落入拟古的窠臼，如其中《花将军》一诗，叙明初将领花云之事，而颇具时代气息。同时，在明代其他诗体诗作的创作中，"感于

---

① 李东阳：《李东阳集》卷一《拟古乐府引》，岳麓书社 2008 年版，第 3 页。

哀乐，缘事感发"的创作精神亦有充分体现，这在本节第一部分中已作具体说明。

在明代诗学批评及诗歌创作较浓厚的复古氛围中，明代叙事型诗歌缘事感发的创作精神，一定程度上扭转了诗歌复古末流为文造情的不良创作倾向，呼应了真情说等诗学观念，使事真、情真的理念在诗歌创作中得以显扬，从而为明诗创作注入了新的活力。

明代诗歌复古在一定程度上所引起的拟古倾向，弱化了事件对于诗歌创作的激发作用，淡化了诗歌创作对真情抒发的推求，诗歌抒情泛化而失去艺术感染力。江盈科即以明代拟乐府诗创作为例批评道："古乐府古诗，所命题目，如《君马黄》《雉子班》《艾如张》《自君之出矣》等类，皆就其时事构词，因以名篇，自然妙绝。而我朝词人，乃取其题目，各拟一首，名曰复古。夫彼有其时，有其事，然后有其情，有其词。我从而拟之，非其时矣，非其事矣，情安从生？"① 乐府诗创作缺少了真实的事件情境，其真情意绪亦无由生发，拟古之弊正在为文造情。又叶向高亦谓董应举之诗作能"抚景触事，发为诗歌，尤本于性情，绝无近世词人依仿剿袭之态"②。在肯定董应举诗歌创作能缘事感发的同时，也同时批评了"近世词人依仿剿袭之态"，即明人诗歌拟古创作对事、景、情、性的忽视。诗歌拟古的一个主要弊端，即在缺少了事件及事件触发之情感对诗歌

① 江盈科：《雪涛小书·诗评·拟古》，周维德集校《全明诗话》本，齐鲁书社 2005 年版，第 2763 页。
② 叶向高：《苍霞续草》卷五《董见龙先生集序》，《四库禁毁书丛刊》本，北京出版社 1997 年版，集部第 124 册，第 688 页。

创作的激发作用，诗歌创作失去了内在动力，而成为被模拟诗作的附庸，诗歌的艺术魅力也就无从谈起。

明代叙事型诗歌的创作则有异于此。无论是在诗题、诗序、诗跋及诗正文中对缘事感发创作理念的明确申述，还是通过具体切近的事件叙述以及饱满深挚的情感抒发，来整体传达诗歌缘事感发的创作特征，明诗叙事突出了事件对诗人情感激发及诗歌创作的作用，事件境况及引发之情感，成为激发诗人创作的内在动力。明诗叙事对社会现实及人生处境的深切观照与艺术表现，在使作品带有鲜明时代气息的同时，也有效拓展了诗歌的表现范围，避免了诗歌拟古创作为文造情之弊，使诗歌叙事与抒情实现有机融通，诗作获得了更持久的艺术感染力。

第三节　"诗史"的理论构建

明人对"诗史"观念，展开了较充分讨论，其中有对"诗史"一词提出较激烈批评者，这以杨慎为代表；而胡应麟、许学夷等人则指出，诗体、史体自有区别，"诗史"不会造成诗体与史体的混淆，且对认识诗歌叙事之特质有积极意义。明人对"诗史"的讨论，加深了对诗歌叙事体式特质的认识，是明代诗歌叙事观念的重要内容。

"诗史"出自唐人孟棨《本事诗》，其言曰："（李白）常出入宫中，恩礼殊厚。竟以疏从乞归……及放还，卒于宣城。杜所赠二十韵，备叙其事。读其文，尽得其故迹。杜（甫）逢禄山之难，流离陇蜀，毕陈于诗，推见至隐，殆无遗事，故当时号为'诗史'。"① 这表明杜诗被称为"诗史"，在孟棨之前就已存在，孟棨只是指出了杜诗被称作"诗史"的原因，即杜诗能书写时事，且"推见至隐，殆无遗事"，对重要历史事件多有反映，读者能从其诗中获得诸多史事信息，如杜甫《寄李十二白二十韵》中即有较多叙写李白仕宦游历行迹的内容，读者"读其文"能"尽得其故迹"。当然该诗并未对李白的行迹展开细致叙写，"尽得其故迹"只就其概述而言。

宋代"诗史"一词含义较多，但其主要义项依然是指称杜甫诗歌的创作特征。其中有两种情形值得注意，一是《新唐书》卷二百一《杜甫传》之赞语，谓"甫又善陈时事，律切精深，至千言不少衰，世号'诗史'"②，指出杜诗被称为"诗史"乃缘于其诗善叙时事，且诗律精严，内容宏富；二是刘克庄《后村诗话》，谓杜诗"序陈陶、潼关之败，直笔不恕，所以为'诗史'也"③，指出杜甫诗歌被称作"诗史"的另一重要原因，即杜诗创作有史笔直录精神。宋人对杜甫诗歌"诗史"特征义涵的指陈，揭示了杜诗善叙时事及据实直录的创作特质，为明人对"诗史"观念的进一步探究提供了重要基础。

一、杨慎的"诗史"观

当代研究者在讨论明人"诗史"观时，多以杨慎对"诗史"的批评为主要论述内容，并未结合杨慎叙事型诗歌的创作来考

---

① 孟棨：《本事诗》，丁福保辑《历代诗话续编》本，中华书局 2006 年版，第 15 页。

② 欧阳修、宋祁撰《新唐书》卷二百一《杜甫传》，中华书局 1975 年版，第 5738 页。

③ 刘克庄：《后村诗话·后集》卷二，中华书局 1983 年版，第 59 页。

量杨慎之于"诗史"观念的细微变化。同时，当代研究者还忽略了对胡应麟、许学夷、谢肇淛等人之"诗史"观的讨论，致使对明人"诗史"观的认识存在偏失。如孙之梅《明清人对"诗史"观念的检讨》（《文艺研究》2003 年第 5 期）在讨论明人"诗史"观时，仅讨论了杨慎、何景明、王廷相等人对"诗史"观所持的批评态度，并未讨论明人肯定"诗史"观的内容，从而对明人"诗史"观的认识不够全面，也使对明清之际钱谦益、黄宗羲、吴伟业等人"诗史"观之思想来源的梳理，不够充分。①

在杨慎之前，明人对"诗史"的认识，基本延续了宋人的"诗史"观念，如李东阳谓："惟诗之用，与史通，而昔之人或有所谓诗史者。"② 从诗与史功用相通的角度肯定了"诗史"观念的可取之处。

及至杨慎对"诗史"说提出较激烈批评后，才将明人对"诗史"的讨论引向深入。杨慎《升庵诗话》卷十一"诗史"条曰：

> 宋人以杜子美能以韵语纪时事，谓之"诗史"，鄙哉宋人之见，不足以论诗也。夫六经各有体，《易》以道阴阳，《书》以道政事，《诗》以道性情，《春秋》以道名分。后世之所谓史者，左记言，右记事。古之《尚书》《春秋》也。

---

① 参见李亚峰：《论诗史混融思维对中国诗歌叙事理论及特征的影响》，《华北电力大学学报》2012 年第 5 期。

② 李东阳：《李东阳集》文稿卷八《徐中书挽诗序》，岳麓书社 2008 年版，第 481 页。

> 若诗者，其体其旨，与《易》《书》《春秋》判然矣。《三百
> 篇》皆约情合性而归之道德也，然未尝有道德字也，未尝
> 有道德性情句也。二南者，修身齐家其旨也，然其言琴瑟
> 钟鼓，荇菜苤苢，夭桃秾李，雀角鼠牙，何尝有修身齐家
> 字耶？皆意在言外，使人自悟。至于变风变雅，尤其含蓄，
> 言之者无罪，闻之者足以戒……杜诗之含蓄蕴藉者，盖亦
> 多矣，宋人不能学之。至于直陈时事，类于讪讦，乃其下
> 乘末脚，而宋人拾以为己宝，又撰出'诗史'二字以误后
> 人。如诗可兼史，则《尚书》《春秋》可以并省，又如今俗
> 卦气歌、纳甲歌，兼阴阳而道之，谓之'诗易'可乎？①

杨慎从六经体旨判然有别的角度，指出诗与史在体式特质上存
有区别，不可诗兼史体，"诗史"之弊在于使诗与史的体式特质
含混不清。杨慎强调诗道性情，推许诗歌的含蓄蕴藉特质，因
而批评杜诗叙纪时事之篇直陈无余，类于讪讦，为下乘之作，
不足为训。杨慎为强调诗体与史体之别，突出了诗歌意在言外
的含蓄特质，而忽视了始自《诗》的赋法传统，以及在《诗》
中既已存在，并在其后不断增加的叙事因素。从中国古代诗歌
的创作来看，叙事能力的增强，是诗歌不断完善自身体式机能，
以实现对繁复社会历史事件之观照的体现。同时，诗歌并未因
叙事特征的增强而使自身体式特征与史传之体式特征混淆不清，
诗歌叙事所推求的依然是不同于史传叙事的诗体审美特质。

　　值得注意的是，杨慎在谪所云南创作了具有代表性的叙事

---

① 杨慎：《升庵诗话》卷十一，丁福保辑《历代诗话续编》本，中华书局 2006
　　年版，第 868 页。

型诗作，如叙云南土司叛乱之事的《恶氛行》，诗歌叙写了叛军
给民众造成的苦难，揭示了叛乱由明朝地方官吏残暴虐政所致
的事实，其中部分内容，正可补史记之阙。该诗叙事特征鲜明，
纪实性强，诗末议论简明有力，这些特征所反映出的创作观念，
显然与杨慎此前对杜甫诗歌"直陈时事，类于讪讦"的批评态
度有异。而最能体现杨慎对"诗史"观念态度转变的，则是其
长篇叙事诗《邯郸才人嫁为厮卒妇》的创作。此诗亦作于云南，
该诗诗序详细介绍了作诗的原委与思路：

> 予观乐府有《邯郸才人嫁为厮养卒妇》，特亡其辞，亦
> 失其解。及考《史记·张耳传》泊《楚汉春秋》，并云……
> 是其事也。予观养卒有战国策士之风，太史公书其事，文
> 既奇，乐府歌其事，亦奇矣……吾亡友何仲默一日读《焦
> 仲卿妻乐府》，谓予曰："古今惟此一篇，更无第二篇也。
> 凡歌辞简则古，此篇愈繁愈古，子庶几焉可作一篇与此相
> 对。"予谢未遑，然亦未有兹奇事直当之也。去今二十年，
> 屏居滇云，平昼无事，散帙见此事，思与仲卿事适类，复
> 忆仲默言，乃操觚试为之，以成此篇。①

杨慎考索了《史记》《楚汉春秋》所载邯郸才人嫁为厮养卒妇的
事件过程，并据此敷演叙述为长篇之作《邯郸才人嫁为厮卒
妇》，成功塑造了厮养卒解纷难于危急间的战国纵横策士形象。
该诗叙事据史传叙事之内容而展开，并借鉴了《史记》叙事之

---

① 杨慎：《升庵集》卷十四，景印文渊阁《四库全书》本，台湾商务印书馆
　 1986 年版，第 1270 册，第 123 页。

"奇"的叙事策略，在保持诗歌体式特征及审美特质的同时，也与史传叙事形成了良性呼应。从诗序来看，杨慎对何景明所作《孔雀东南飞》"愈繁愈古"之论是持肯定态度的，而《邯郸才人嫁为厮卒妇》亦体现出叙事繁复的特质，这也与杨慎在《升庵诗话》"诗史"条中强调的"含蓄蕴藉"异趣。可见，无论是在借鉴史传之叙事，还是在诗歌叙事策略的调用上，该诗之创作理念已与杨慎对"诗史"所持的批评态度形成较大区别，从而在一定程度上显示出杨慎对"诗史"观念的部分认同。

二、许学夷"诗史"观

杨慎对"诗史"观念的批评，引起了明人对此问题的深入讨论，促进了明人对诗歌叙事价值的认识。如胡应麟论杜甫诗曰："长篇叙事，古今子美。"这肯定了杜甫长篇诗作的叙事艺术，其谓杜诗："言理近经，叙事兼史，尤诗家绝睹。其集不可不读，亦殊不易读。"① 则突出了杜诗叙事会通史传叙事的重要价值。许学夷在《诗源辩体》中引录杨慎批评"诗史"的论述后，对杨慎之论作了针对性回应，从而进一步确立了"诗史"观念的价值。其言曰：

> 愚按，用修之论虽善，而未尽当。夫诗与史，其体其旨固不待辩而明矣。即杜之《石壕吏》《新安吏》《新婚别》《垂老别》《无家别》《哀王孙》《哀江头》等，虽若有意纪时事，而抑扬讽刺，悉合诗体，安得以史目之？至于含蓄

---

① 胡应麟：《诗薮》内编卷四，周维德集校《全明诗话》本，齐鲁书社2005年版，第2535、2536页。

> 蕴藉虽子美所长，而感伤乱离，耳目所及，以述情切事为
> 快，是亦变雅之类耳，不足为子美累也。[①]

许学夷认为，诗、史体旨之别，不辨而明。杜诗中的叙事名篇，虽有意纪叙时事，而其抑扬转折，讽谕讥刺，皆深合诗体特征及审美特质，而与史传叙事迥然有别。至于杜甫直陈时事之作，乃由其身处动荡之世，耳目所及，自然感于乱离，缘事而发，"以述情切事为快"，实与变雅之诗旨暗合，并非为下乘之作。许氏此论，肯定了杜甫以诗歌叙写时事的积极意义，凸显了诗歌叙事异于史传叙事的体式特征，为认识"诗史"义涵提供了有效切入点。而谢肇淛"少陵以史为诗，已非风雅本色，然出于忧时悯俗，牢骚呻吟之声，犹不失三百篇遗意"[②] 之论，虽然认为杜甫以诗歌叙写时事，非风雅本色，但依然肯定了杜诗"诗史"特征的积极意义。

明末，随着明王朝政局的剧烈动荡，明诗中叙写时事的作品数量，复呈上升趋势。与此相应，时人对杜甫以诗歌叙写时事的情形，亦给予了更多肯定性评论。如陈子龙即言："有唐杜子美，当天宝之末，亲经乱离，其发为诗歌也，序世变，刺当涂，悲愤峭激，深切著明，无所隐忌，读之使人慷慨奋迅而不能止……夫吟咏之道，以三百为宗，六义之中，赋居其一，则是敷陈事实，不以托物为工，摽指得失，不以诡词为讽，亦古

---

① 许学夷：《诗源辩体》卷十九，周维德集校《全明诗话》本，齐鲁书社2005年版，第3308页。
② 谢肇淛：《小草斋诗话》卷二，周维德集校《全明诗话》本，齐鲁书社2005年版，第3513页。

人所不废耳……乃知少陵遇安史之变，不胜其忠君忧国之心，维音哓哓，亦无倍于风人之义者也。"① 充分肯定了杜甫诗歌以赋法叙写时事的价值，此论在明末之际，更具有了观照现实的积极意义。明末朝政朽坏已极，各地义军蜂起，东北边事日促，家国动荡倾危之际，诸种事件纷至沓来，以诗叙事自然成为诗人书写时代的重要途径，诗歌叙事的意义也得到了更为切实的理解。

可见，除杨慎早年对"诗史"提出较激烈批评外，明人对"诗史"观念的理解，基本继承了宋人"诗史"观的内涵，即一是肯定了杜甫以诗歌叙写时事的价值，二是强调了杜诗述情切事抑扬讽刺的史笔精神。同时，明人对诗、史的体式区别有明确认知，在此基础上对"诗史"义涵所作的讨论，对认识诗歌叙纪时事之价值、确立诗歌叙事之体式特征，以及促进诗歌叙事对史传叙事的借鉴，皆具积极意义。

与明人讨论"诗史"观念伴随的是，明代叙事型诗歌创作呈现出诗歌叙事与史传叙事相呼应的情形，史传的叙事内容成为诗人敷衍诗篇，展开叙事的重要参照；同时，基于诗体与史体有别的分体意识，诗人在诗歌叙事过程中，充分注意到了对诗歌体式特征的维护与诗体审美特质的追求，从而使明代叙事型诗歌创作既吸收了史传叙事的养分，也充分保持了诗歌自身的体式特征。如李东阳在指出"诗之用，与史通"，并肯定"诗史"观念的同时，还据古今史传文献，创作了百余篇乐府诗，其《拟古乐府引》强调其乐府诗乃缘史传所叙之事，感其哀乐

---

① 陈子龙：《安雅堂稿》卷四《左伯子古诗序》，王英志辑校《陈子龙全集》本，人民文学出版社 2011 年版，第 1104—1105 页。

而作，但李东阳同时强调，其乐府诗"长短丰约，惟其所止；徐疾高下，随所会而为之。内取达意，外求合律"①，还是充分注意到了诗体叙事与史传叙事的体式差别，从而保证了其乐府诗诗体审美特质的生成。

有明一代，诗人创作了较多咏史诗，此类诗作较好地实现了诗歌叙事与史传叙事的融合贯通，诗歌叙事在史传叙事的基础上，更为自如地展现了其异于史传叙事的独特魅力。与此同时，明人还往往根据时人所作传记，而敷衍为长篇诗作，较好地说明了诗歌叙事对史传叙事的借鉴。如俞安期《西玄洞主歌为茅止生悼亡作》，该诗据茅元仪《陶楚生传》而作，诗歌叙事依循《陶楚生传》展开，但诗人充分注意到了诗歌叙事自身的体式特点，从而在诗篇叙事内容的选取、叙事意旨的确立上，与《陶楚生传》存有差异，该诗序言曰："陶姬楚生之亡也，止生为之立传，几二万言……余习闻止生遇楚生事，甚奇。既读其传，鸿纤具备，叙事绘情宛在目前，而又若券合。乃取传中语，次第其韵，岂其悼止生之亡，亦欲纪老狂之异耳。余衰矣，江才既尽，神笔已还，何止不文，而言不过十一，事不能悉其十五云"②《陶楚生传》近二万言，叙事鸿纤具备，而诗人则选取其中不足十分之五的典型事件作为叙写对象，对其进行再度艺术处理，次第其韵，布置安排，使该诗叙事与茅传叙事同而有异，从而凸显了诗歌叙事异于史传叙事的体式特征，以及诗作纪"老狂之异"的意旨。

---

① 李东阳：《李东阳集》卷一《拟古乐府引》，岳麓书社2008年版，第3页。
② 俞安期：《翏翏集》卷十六，《四库全书存目丛书》本，齐鲁书社1997年版，集部第143册，第147页。

明人对"诗史"的态度大致经历了一个由认同到批评，再到肯定的过程。杨慎早年对"诗史"持明显批评态度，指出"诗史"观念易使诗体与史体的体式特征产生混淆，而其谪戍云南后所作的以时事为内容的叙事诗，及据史传内容而创作的长篇叙事诗，则显现出杨慎对诗歌叙事的肯定与认同，从而与其早期对"诗史"所持的批评态度产生差别。胡应麟、许学夷、谢肇淛等人，则皆在标举诗歌叙事异于史传叙事之体式特征及审美特质的基础上，对"诗史"观念予以肯定。明人对"诗史"的讨论是深入的，这既促进了对诗歌叙写时事之价值的认识，也使诗歌叙事与史传叙事的体式差别得到进一步辨析，从而凸显了诗体叙事的体式特征和审美特质。这些讨论内容与明代叙事型诗歌创作中出现的诗体叙事与史传叙事之交互现象一起，在理论和创作层面共同标示了明人对诗歌叙事的关注和重视。同时，明人对"诗史"观念内涵及价值的讨论，深刻影响了清人对"诗史"观念的认识，明清之际钱谦益、吴伟业等人对"诗史"内涵的丰富，正是建立在明人对"诗史"的讨论之上的。

第十一章

羼入诗歌的叙事功能

从唐宋以至元明清时期，诗歌叙事功能逐渐泛衍，除了单篇诗歌叙事、组诗联章叙事，小说戏曲中羼入的诗歌也参与叙事。先是羼入唐传奇，参与散文之叙事；后是羼入宋元说话、诸宫调和元明话本，同时也羼入戏曲（北杂剧和南传奇）中，与散语、说白、科浑等协同叙事，大幅度地拓展了诗歌叙事的功能。兹以各体类小说中羼入的诗歌为中心，论其在小说中的叙事功能及艺术表征，重点关注明代小说，清代小说则附论焉。

中国古代小说常见的文本形态，是总体上散韵结合、诗文并存。这种颇为流行的编创与观览现象，延至明清而更加突显并递有新变。明清小说中存有大量诗词曲等韵文，有的还偶存辞赋、骈文和其他体式。它们大量羼入小说中，与文中散语协同叙事，而改变其固有的抒情性，衍生出修饰性的叙事功能。这是一种新异、突变而体要的文学性状，值得治中国文学史尤其是小说史者关注。为了论题的集中，也为表达的简便，兹将小说中羼入的诗词曲等韵文统称为诗歌，而将辞赋、骈体等有韵的文字悬置不予讨论；至若诗、词、曲的具体节目及差异，则将在文中适当的部位来区分对治。

第一节　小说中羼入诗歌的体制因变

古代小说中羼入诗歌的现象，历来就备受关注并引发评议。影响较大的首推孙楷第的相关考述，他在《日本东京所见小说书目》中，描述明代文言传奇小说"多羼入诗词"现象，而将此类文学作品简捷地称为"诗文小说"：

> 凡此等文字皆演以文言，多羼入诗词。其甚者连篇累牍，触目皆是，几若以诗为骨干，而第以散文联络之者。……此等作法，为前此所无。其精神面目，既异于唐人之传奇；而以文缀诗，形式上反与宋金诸宫调及小令之以词为主附以说白者有相似之处；然彼以歌唱为主，故说白不占重要地位，此则只供阅览，则性质亦不相侔。余尝考此等格范，盖由瞿佑、李昌祺启之。唐人传奇，如《东阳夜怪录》等固全篇以诗敷衍，然侈陈灵异，意在诽谐，牛马橐驼所为诗，亦各自相切合；则用意固仍以故事为主。及佑为《剪灯新话》，乃于正文之外赘附诗词，其多者至三十首，按之实际，可有可无，似为自炫。昌祺效之，作《余话》，著诗之多，不亚宗吉。……自此而后，转相仿效，乃有以诗与文拼合之文言小说。乃至下士俗儒，稍知韵语，偶涉文字，便思把笔；蚓窍蝇声，堆积未已，又成为不文不白之"诗文小说"。[1]

---

[1]　孙楷第：《日本东京所见小说书目》卷六《明清部五·传奇后叙》，人民文学出版社 1958 年版，第 126—127 页。

这段论说是就明代文言传奇小说而言，指出其与唐传奇、宋金诸宫调之异同。与此相呼应，孙氏对明代文言传奇小说"羼入诗词"现象之描状还另有补说，如"以文缀诗""赘附诗词""诗与文拼合""诗文拼成"等；而以"羼入"之说最为显豁，故引起学界同行的广泛认同。

一、早前小说中诗歌羼入之制度化

但孙氏所论还只是停留在现象描述，尚未切入"羼入"诗歌之制度根源。据实而言之，明代小说"羼入诗词"是个颇为普遍的现象，除文言传奇，其他话本小说、章回小说也有大量诗歌羼入。若能透过此一类现象，即可考见其体制因变。其关节点就是因文学制度的变迁，而使各体小说由口头走向书面化。

明代最流行的传奇、话本、章回三种小说体式，作为成熟的书面文学都有口头讲说的体制来源。其体制来源有远、近之分，唐传奇、俗讲变文是远源，宋说话和宋元传奇是近源，中经拼合分化而成新体格。此中情实，分疏如下。

唐传奇胚胎于早前志怪、志人小说，似乎一开始就定型为书面文学形式。它还源于史传，故而有学者称："文言小说由史传而来，它发端时就是书面文学，传奇小说和笔记小说的文体都有史传体的深刻烙印。"[1] 这其实是一种错觉，且因小说史家误解，而过于强调其科举"温卷"之书面属性[2]，竟相对淡忽其文人"朋会"之口头属性。此所谓"朋会"，即朋友聚集会谈，

---

① 石昌渝：《中国小说源流论》第5章第三节"入话与正话"，生活·读书·新知三联书店1994年版，第244页。
② 参见赵彦卫：《云麓漫钞》卷八，中华书局1996年版，第135页。

用时髦的话说，即为文人沙龙。① 用于"温卷"的传奇文，与诗歌、散文、史传等，一起投献给达官贵人，以获取主考官的重视。此类文字作品确实是书面传抄形式，但这是进入传奇文后期实用的状态；却不是唐代传奇文创作之初的情态，其草创时是"朋会"间的口头讲述。

如《莺莺传》之创作，其作者元稹即自述曰：

> 时人多许张为善补过者。予常与朋会之中，往往及此意者，夫使知者不为，为之者不惑。贞元岁九月，执事李公垂，宿于予靖安里第，语及于是。公垂卓然称异，遂为《莺莺歌》以传之。崔氏小名莺莺，公垂以命篇。②

崔张爱情故事在正式写作之前，确曾在文人沙龙上被反复讲述，写《崔娘诗》的杨巨源，续《会真诗》的元稹等，都是崔张恋爱的见证人，也是故事讲述的参与者；及元稹将其事讲给李绅听，李绅有感而作《莺莺歌》，元稹乃更写成这篇传奇小说，而使《莺莺传》有书面形式。总之，唐传奇的书面化不是直接发生的，其开始有一个"沙龙"讲述过程；即使后来该"沙龙"环节省略了，但仍残存了一些口头讲述的痕迹。这落实到《莺莺传》等传奇小说，其文本中的诗歌除了代人物拟作，其余诗歌就是沙龙参与者的作品；它们当初是脱离在故事讲述之外的，

---

① 参见石昌渝：《中国小说源流论》第 1 章第三节"文言与白话：双水分流与合流"，生活·读书·新知三联书店 1994 年版，第 17 页。
② 元稹：《莺莺传》，李时人编《全唐五代小说》第 1 册，陕西人民出版社版 1998 年版，第 662—663 页。

后来因书面化才混合进一个文本中。

宋元传奇承唐代遗韵，其基本体格保持不变；且与笔记小说渐趋混合，而呈现出三方面新情况：（1）李昉等奉敕纂修《太平广记》，将早前的传奇、志怪、笔记依类汇编；（2）唐传奇依托说话、戏曲等形式，被改编搬演于市井的瓦子、勾栏之上；（3）宋元作家模仿唐代传奇的体格，不断推出更通俗浅近的新创传奇品目。不少传奇通过说话、戏曲的表演，继续保留口传或搬演的体制形态，直待改编成白话小说，才最终获得书面定型。终至元末出现书面化的《娇红传》，其体格已脱尽"沙龙"文学的痕迹；只因此类传奇作品留存甚少，今亦无法窥测其书面化程度。但总体上可判定，宋初已开启了传奇小说书面传写进程，为元明传奇小说完全书面化奠定基础。

唐代小说除了传奇一体，还有说话、俗讲和变文。据载："太上皇（唐玄宗）移仗西内安置。每日上皇与高公亲看扫除庭院、芟薙草木，或讲经论议〔义〕、转变、说话，虽不近文律，终冀悦圣情。"① 元稹有诗曰："翰墨题名尽，光阴听话移"；并自注云："尝于新昌宅，说《一枝花》话，自寅至巳，犹未毕词也。"② 晚唐段成式言："予太和末，因弟生日看杂戏，有市人小说。……市人言：'二十年前，尝于上都斋会设此。'"③ 可见，盛唐玄宗时已有"讲经""转变""说话"，到中唐元稹犹亲听专

---

① 郭湜：《高力士外传》，《全唐五代小说》第五册，陕西人民出版社版1998年版，第2976页。
② 白居易：《元氏长庆集》卷十《酬翰林白学士代书一百韵》，上海古籍出版社1994年版，第55—56页。
③ 段成式：《酉阳杂俎》续集卷四《贬误》，上海古籍出版社出版社2012年版，第152页。

门的"说话"伎艺，晚唐时"市人小说"（说话）一直存在。这说明，"说话"在唐代已是较为成熟，常在市井、斋筵、邸宅中演出，有著名的品目，有职业的艺人。至于"讲经""转变"，则是"说话"之一变种。

唐俗讲是寺院讲经的一种活动，主要是向各阶层民众宣讲佛法。为了争取更多信徒来听讲，僧家常采用民间说唱方式。其佛经宣讲的具体内容及相关节目，见载圆仁《入唐求法巡礼行记》中；而据孙楷第考述，俗讲有两种情形：一种宣讲时不唱经文，讲前和讲后歌唱经文，唱经时穿插白文解释，所唱经文又叫"押座文"；一种宣讲时不唱经文，而仅唱所宣讲的经题，并讲唱佛经中的故事，所唱经题故事叫"变文"。后一种俗讲的重点不在经文，而更注重讲述佛教故事方面。其所讲故事先是取自佛经，后亦从教外书中选取故事。① 这种俗讲因发生在寺院，显然是实时的口头讲述；至其写本之"变文"则属剩余，不足以改变其口头文学的性质。它只是唐代"说话"在寺院的运用，其实在寺院外的市井、斋筵、邸宅，"说话"有更广阔的市场前景，成为与唐传奇并行的小说体制。

宋元说话承唐代旧制，而体式分工更加繁密。孙楷第综考孟元老《东京梦华录》、耐得翁《都城纪胜》、吴自牧《梦粱录》、周密《武林旧事》所载，将宋元说话艺术区分为四家：（1）小说，即银子儿，含烟粉、灵怪、传奇、说公案、说铁骑儿；（2）说经，含说参请、说诨经、弹唱因缘；（3）讲史书，含讲说《通鉴》、汉唐历代书史文传兴废战争之事，及专门说三

① 参见孙楷第：《沧州集》卷一《唐代俗讲规范与其本之体裁》，中华书局2009年版，第1—2页。

分、说五代史；(4) 合生、商谜，说诨话附此。① 此四家虽"各有门庭"，然皆属"舌辩"之伎艺②；故无疑都是口头文学，其书面形式很不发达。鲁迅《中国小说史略》曾断言，"话本"为说话人的"底本"③；其说长期以来为学界遵奉，然终为石昌渝等学者否定："话本小说不是说话人的底本，而是摹拟'说话'的书面故事。"④

　　然唐宋说话作为口头文学，虽未必有配套的"底本"；但采用图文之辅助，如图画、概要之类，已显书面化迹象，则是有据可寻的。唐吉师老《看蜀女转昭君变》诗云："画卷开时塞外云，说尽绮罗当日恨。"⑤ 可见，当时艺人用图画来辅助说唱。又《韩擒虎话本》结尾云："画本既终，并无抄略。"⑥ "画本"与"话本"谐音，应该就是辅助说话的挂图。洪迈《夷坚三志已集·序》："一话一首，入耳则录。"⑦ 这说明宋代的说话，已有文字录写行为。如元刊《全相平话三国志》就是说话的纪录，其将诸葛写作"朱葛"、糜竺写作"梅竹"，关羽、赵云在赤壁之战前称刘备为"先主"，如此粗陋应出自听者记录而不会是说

① 孙楷第：《沧州集·宋代说话人的家数问题》，中华书局 2009 年版，第 61 页。
② 吴自牧：《梦粱录》卷二十《小说讲经史》，浙江人民出版社 1984 年版，第 196 页。
③ 鲁迅：《中国小说史略》第十二章，中国书籍出版社 2020 年版，第 94 页。
④ 石昌渝：《中国小说源流论》第 5 章第二节"话本小说的产生与发展"，生活·读书·新知三联书店 1994 年版，第 222、230 页。
⑤ 吉师老：《看蜀女转昭君变》，王启兴编《校编全唐诗》本，湖北人民出版社 2001 年版，第 3996 页。
⑥ 王重民等：《敦煌变文集》，人民文学出版社 1957 年版，第 206 页。
⑦ 洪迈：《夷坚志》，中华书局 2006 年版，第 1303 页。

话底本。盖当时说话艺人未必有"底本"，听者却将所听到的故事记录保存。明嘉靖年间清平山堂编刊《六十家小说》，其所收宋元话本就很可能来源于"录"本。及至宋末金元之际，说话又称"词话"，如《元史》卷一百五《刑法志·禁令》："诸民间子弟不务正业，辄于城市坊镇演唱词话。"① 关汉卿《救风尘》第三折《滚绣球幺篇》："那唱词话的有两句留文：'咱也曾武陵溪畔曾相识，今日佯推不认人。'"② 钱希言《狯园》第十二"二郎庙"条云"宋朝有《紫罗盖头》词话。"③ 钱谦益《列朝诗集》甲集卷十六"王行"条："为主姬演说稗官词话，背诵至数十本。"④ 其所谓"词话"均指称宋元说话，而"留文""数十本"之提示，实隐含文字之纪录，已呈现书面之影迹。

二、入明小说中诗歌羼入之书面化

不过，宋元小说尽管出现了书面化的迹象，但在口头、表演的体制占据上风时，还乏动力来迈出那关键的一步，故仍在书面化门槛前驻足徘徊。这或许为小说书面化做好了准备，然真正书面化的实现还需推力。其推力须来自小说外部，主要关涉两项制度变迁。

---

① 宋濂等：《元史》，《二十五史》本，上海古籍出版社 2018 年版，第 315 页。
② 《关汉卿全集校注》，王学奇、吴振清、王静竹校注，河北教育出版社 1988 年版，第 234 页。
③ 钱希言：《狯园》第十二"二郎庙"条，文物出版社 2014 年版，第 389 页）；《桐薪》卷一"灯花婆婆"条云"宋人《灯花婆婆》词话"，详参《评弹通考》，上海古籍出版社 2012 年版，第 69 页。
④ 钱谦益：《列朝诗集小传》甲集卷十六"王行"条，上海古籍出版社 1983 年版，第 101 页。

其一，元杂剧的盛行挤占了说话的表演空间，促使口头讲说的故事渐次转向书面化。宋代"说话"伎艺已是职业化的，与戏曲、杂伎等表演艺术相伴生。据载，在北宋都城汴京的东南角，有桑家瓦子和中瓦、里瓦。"瓦子"又叫"瓦舍""瓦肆"，是一种大型的综合性商业场所，里面设供艺人演出的"勾栏"，当时有大小"勾栏"五十余座，如莲花棚、牡丹棚、夜叉棚，而象棚最大"可容数千人"。[①] 在勾栏里演出的，除"说话"伎艺，还有弄傀儡戏、说唱诸宫调等。这使勾栏成为综合性表演空间，各种说唱装扮都可在里面搬演。但随着元杂剧的快速兴盛，各种演剧场所林立；说话的风头为演剧所挤占，瓦舍勾栏也就衰落。这导致听书观众的流失，"说话"伎艺日渐消歇。说话的伎艺表演活动虽然停歇，但其所讲述的故事并没有失传，而是被转录成书面形式，或改编成戏曲演出剧目，一直流传到后世，终至中晚明时期，编创为话本小说，并结集刊刻出版。对此中情形，有学者述曰："'说话'中'小说'家数的规模体制和讲述方式，大体都保留在话本小说中，可见话本小说来源于'说话'，是'说话'这种口头文学书面化的结果。"[②]

其二，明初禁抑戏曲小说导致消费市场萎缩，促使书面化了的小说逐步转向案头化。"说话"书面化是个漫长过程，中间容有波折反复，但总体趋势不可逆转，并最终从公共场景流为案头化。而明初朝廷肆意禁抑戏曲小说，恰提供话本小说案头

---

① 孟元老：《东京梦华录》卷二"东角楼街巷"条，中国书店 2019 年版，第 26 页。

② 石昌渝：《中国小说源流论》第五章第一节"'说话'与'俗讲'"，生活·读书·新知三联书店 1994 年版，第 230 页。

化的契机。明初敕令："凡乐人搬做杂剧戏文，不许妆扮历代帝王后妃、忠臣烈士、先圣先贤神像，违者杖一百；官民之家，容令妆扮者与同罪。其神仙道扮，及义夫节妇，孝子顺孙，劝人为善者不在禁限。"① 永乐九年，有人奏请："乞敕下法司！今后人民倡优装扮杂剧，除依律神仙道扮、义夫节妇、孝子顺孙，劝人为善及欢乐太平者不禁外；但有亵渎帝王圣贤之词曲，驾头杂剧，非律所该载者，敢有收藏、传诵、印卖，一时拿送法司究治。"此请奏上，即奉圣旨："但这等词曲，出榜后限他五日，都要干净，将赴官烧毁了。敢有收藏的，全家杀了！"② 兹将戏剧演出范围限定得如此严厉，则依托戏曲改编的传奇、话本故事，不仅会失去舞台表演的机会，且其书面文本不得公开传播。及至正统七年二月辛未日，国子监祭酒李时勉更进言："近有俗儒，假托怪异之事，饰以无根之言，如《剪灯新话》之类，不惟市井轻浮之徒争相诵习，至于经生儒士多舍正学不讲，日夜记忆，以资谈论。若不严禁，恐邪说异端日新月盛，惑乱人心，乞敕礼部行文内外衙门及提调学校佥事、御史并按察司官，巡历去处，凡遇此等书籍，即令焚毁。有印卖及藏习者，问罪如律。庶俾人知正道，不为邪妄所惑。"③ 上乃从之。此禁既开，殃及后来，李昌祺因仿《剪灯新话》作《剪灯余话》，而遭来自上层社会的政治打压和舆论攻击。据说："景泰间，韩都

---

① 《御制大明律》，王利器辑录《元明清三代禁毁小说戏曲史料》本，上海古籍出版社1981年版，第11页。
② 顾起元：《客座赘语》卷十"国初榜文"条，南京出版社2009年版，第296页。
③ 顾炎武：《日知录集释·日知录之余》卷四《禁小说》录《(英宗)实录》，黄汝成辑释，秦克诚点校，岳麓书社1994年版，第1255—1256页。

宪雍巡抚江西，以庐陵乡贤祀学宫，昌祺独以作《余话》不得入。"① 这虽是对文言小说的禁抑，但话本小说自当也在禁例。此类行政禁令，造成两个后果：一是小说创作业绩不振，从此陷入长时间的沉寂；二是小说阅读视为违律，从此转为私下里的行为。总之，不论文言传奇，还是话本小说，都只能在私人空间观览，终至流为案头化的文本。此种私人案头化阅读情形，在后来小说集中犹有印记。如嘉靖年间清平山堂编刊《六十家小说》（又名《清平山堂话本》），其分集"雨窗""长灯""随航""欹枕""解闷""醒梦"之题名，就显示了私人随身携带、即时即地阅读之案头化。

元明时期各类小说从书面化到案头化，不只是外在的编创与阅读方式之转变；还改变了小说自身的体制，形成散韵结合的文本形态。这主要表现为：（1）传奇小说的"温卷"功能消失，且其"沙龙"文学的痕迹褪去，散文与韵语都出自编创者之手，而成诗文并存、仅供阅读之本；（2）说话伎艺的口头表演功能消失，讲故事之叙述和说话人之评议，由原来的分属于两个话语系统，拼合统序为编创者的书面表达；（3）说话伎艺四个家数亦分途演化，话本、演义、神魔、世情等类，均以书面形式供应士民之阅读，其羼入诗歌已成各体小说常态；（4）其羼入的诗歌与散文形成互文，一同纳入书面文学的运行轨迹，且随文人化、雅俗化与体性化，而经历增聚、删减、消融过程。由此可知，书面化给中国古代小说带来巨大的影响，规约了明清小说的体制形态和发展走向。

----

① 都穆撰，陆采编次《砚云甲乙编》本《都公谭纂》，中华书局 1985 年版，第 26 页。

三、明清小说中诗歌羼入的新状态

即就唐以后文体渐趋成熟的多种类型小说而言，唐传奇、宋元话本及明传奇、拟话本与章回体，其文本所呈诗文共生、散韵结合的体制形态，大都是制度化的产物，而非作者一己之创构。在各类小说的制度化进程中，编创者的创新意识不甚张显，其羼入的诗词多属摆设和附赘，艺术水准远逊于同期独创诗词。唐传奇"文备众体"，诗词等韵文仅其一项。诗词或由传奇作者自作，或拟作品中的人物而作，有些融入故事情节中，有些游离在情节之外；但作为科考拜谒赞礼和沙龙谈资，它实不具备独立自足的文学意义。这种小说体格一旦确立，就一直延续到宋明传奇。宋元说话并无明编话本那样的底本，其在勾栏讲演主要依托说话人口头；因而口头与书面并行，竟非纯粹的文本形式。入话与结尾的诗句由说书艺人吟诵，用以调节说话的长度和叙事的节奏；故事情节则用散语来载述，而由说书艺人口头来讲说。这就形成诗词与散文并行的体制形态，而以书面形式结撰成散韵糅合的文本。以后书面化的拟话本和章回体小说，虽供案头阅读而不再用于勾栏讲演；却仍保持口头与书面双线并行的文本结构，并稳固为诗文共生、散韵结合之体制形态。故有学者说："白话散文系统和韵文系统的共生状况是话本小说在勾栏中的原创生态，发展蜕变到清末民初的小说都不曾彻底舍却了表演赋予的余况。"①

---

① 徐德明：《中国白话小说中诗词赋赞的蜕变和语言转型》，《北京师范大学学报》2008 年第 2 期。

综上所述，小说中羼入诗歌之体制因变，还可用图表来直观显示如下：

小说分类	唐代小说		宋元小说		制度根源	书面性状	明代小说		羼入诗歌之体制因变
	体类	体制	体类	体制			体类	体制	
文言	传奇	先口头后传写	传奇		抄本/刻本/去口头化		传奇	中短篇	散韵结合诗文并存/增聚删减
	笔记	写本	笔记		抄刊/结集		笔记	短篇	散韵结合诗文并存/偶有寄生
白话	说话	口头(图画)	说话	小说	烟粉	口头(概要)	(1) 元杂剧的盛行挤占了说话的表演空间/(2) 明初禁抑戏曲小说导致消费市场萎缩	记录/词话/刊本/结集	世情	长篇章回	散韵结合诗文并存/增聚删减
					灵怪			神魔	长篇章回	
					传奇			话本(拟)	中短篇	
					说公案			公案	长篇章回	
					说铁骑儿			侠义	长篇章回	
	说唱	俗讲	口头(图画)		说经	口头(概要)		记录/词话/刊本/结集	神魔	长篇章回	散韵结合诗文并存/增聚删减
		变文	写本		讲史书	口头(概要)		记录/词话/刊本/结集	演义	长篇章回	散韵结合诗文并存/增聚删减
		/	/		合生/商谜	口头或表演		/	曲艺/杂技	节目	/

在该表中"羼入诗歌之体制因变"栏中，羼入诗歌由增聚趋于删减已呈现新状态。

第二节　小说中诗歌叙事的文本呈现

古代小说实现了书面化之后，就进入书面文学的发展轨迹；然因小说体类不同，具体情况犹有差异，既有各体的表现，也有总体的表征。此中情形难免会有反复曲折，而都通过小说文本呈现出来；其一重要表征就是诗歌羼入小说文本，与小说中的散文形成互文以协同叙事。

一、诗歌羼入小说文本之互文性

兹大略言之，有四种情形。

（1）文言传奇小说脱尽实用与讲述痕迹，而朝着通俗化和中篇化的方向演变。如元末传奇《娇红记》，不仅篇幅已现中篇体制，而且所叙爱情故事更显繁复曲折，其羼入的诗歌亦能融入情节环境，除尽口述痕迹，供纯书面阅读。受该篇大量羼入诗歌的影响，明初瞿佑编创《剪灯新话》，李昌祺又拟作《剪灯余话》，一时迎来文言传奇创作高潮。后因朝廷禁抑小说，此类写作一度沉寂。然自成化朝《钟情丽集》出，产生中篇文言传奇新的品种。该作全文总共 24 831 字，其中羼入韵文 13 489 字，诗歌字数竟然超出散文，俨然成为"诗文小说"。①

---

① 参见陈大康：《明代小说史》之列表统计数据，人民文学出版社 2002 年版，第 291 页。

（2）文言笔记小说保持纯书面文学形式，并有与文言传奇小说混合嫁接迹象。笔记小说本身就有载录诗词的功能，因以记录文坛掌故并评论诗家作品。北宋李昉等人奉命纂辑《太平广记》，已开笔记与传奇小说混合的编撰体例。以后，笔记与传奇小说有分有合，其体制边界变得模糊交叠，及至清代《聊斋志异》《阅微草堂笔记》，出现了以传奇手法写笔记小说的创作现象。[①] 而因笔记与传奇两种体式的交叠嫁接，使原来文本中游离在故事之外的诗歌，也就逐渐融入小说的情节环境之中，成为与散文协同叙事的有机成分。

（3）话本小说逐渐完成书面改编与拟作，且因文人参与而表现出雅化的趋势。先是说话人所吟诗歌与讲述故事的散文完全书面化，而形成由入话、正话、结尾三部分构撰的小说文本，其中入话和结尾多用诗词韵语，正话中也存有不少诗词曲赋等。这些话本因转写自宋元说话，其所羼诗歌都较为浅俗鄙俚。及至文人参与话本编撰或拟作，就使羼入的诗歌明显更为雅致，如冯梦龙"三言"、凌蒙初"二拍"，不论韵语还是散文都脱落了浅近鄙俗。甚至在冯梦龙的创作意识中，雅化成为他自觉的艺术追求。他说："虽事专男女，未尽雅驯，而曲终之奏，要归于正。"[②] 清前中期拟话本小说的创作十分繁荣，以李渔《无声戏》《十二楼》为标志，其散文韵语明显雅化，完全远离了

---

① 鲁迅：《中国小说史略》，中国书籍出版社 2020 年版，第 297—299 页。按，在鲁迅看来，传奇与笔记的结合，是由拟古引起的。唐传奇底本在明时几乎散绝，因使《剪灯新话》等笔记拟作令人耳目一鲜。拟作传奇遭明廷禁止之后，于清嘉靖年间再次兴起，《聊斋志异》《阅微草堂笔记》即其代表。

② 冯梦龙：《情史·序》，浙江古籍出版社 2011 年版，第 3 页。

"说话"。

（4）长篇章回小说完成书面翻版与创新，亦因文人参与而增添了雅致的成分。依题材分明代章回小说主要有神魔、演义、公案、侠义、世情等，大体是宋元说话之灵怪、讲史、说公案、说铁骑儿、烟粉的翻版，其书面文本保留说话艺术的痕迹，尤其是羼入的诗歌多属口头套语。这种颇为熟套的诗词韵语，多为话本和章回小说引用。即使是像《金瓶梅》这种全新创作的章回小说，其第一回也套用"二八佳人体似酥"之类诗句。不过随着章回小说文人化，其羼入的诗歌也逐渐趋于雅致。如冯梦龙特别看重作品中羼入的诗词，其所编创章回小说中的诗词更趋精工，尝夸称"诗句书写，皆海内名公巨笔"。[①]

二、小说中诗歌与散文协同叙事

从总体看，各类小说羼入诗歌，以与散文协同叙事，从而呈现为散韵结合、诗文并存的文本形态，这都是中国古代小说演变自然而然地生成的。至于其纳入元明以后书面文学发展轨迹，使羼入诗词韵文经历增聚、雅化之过程，则容易让人产生错觉而误判，以为这是小说编创者的行为，而忽略宋元口头文学的惯性，也轻视明清书面文学的定势。这导致近世以来中国小说研究者先入为主、援后例前，对各体类小说中羼入诗歌的现象作出不切实际的描状，其中颇具理论阐释力的，就是赵义山"寄生"说。因该说为许多学者信从，并产生一大批研究成果；故有必要进行一番辨析，以消释疑窦而返本归正。

---

① 《隋炀帝艳史·凡例》，丁锡根编《中国历代小说序跋集》，人民文学出版社1996年版，中册，第954页。

　　赵义山观察发觉："小说中大量融会诗词曲赋等韵文的现象，在明代可谓登峰造极，从而形成明代小说叙事中散韵结合的既定模式。"为此他明确宣称："我们便将融会于小说中的这部分诗词曲赋作品称之为寄生韵文，而对寄生韵文中的词曲作品，便称为寄生词曲了。"① 为了支撑和证成其"寄生"说，赵义山团队先后发表系列论文。这些论文均明确标识了"寄生"说，以对小说中诗词曲的属性作出界定。特别是赵义山、郑海涛等学者同属一个学术团队，其相关论说最后编入《明代小说寄生词曲研究》，而使"寄生"说成为一个颇具影响的理论，在中国小说研究界产生广泛而深刻的影响。

　　但"寄生"说有何理据？其实际学术效用又怎样？那些"寄生"的诗歌是否有独立的文本价值？"寄生"说的内涵与边界是否应该有所限定？这些疑点的隐含未释，就遮掩了该说的缺陷。其主要理论缺陷，大略有如下四项：

　　其一，学理不通。该说在学理上是明显不通的，不能恰当解释小说文本实际。"寄生"本来是个生物学概念，《辞海》"寄生"词条的释义曰："一种生物生于另一种生物的体内或体表，并从后者摄取养分以维持生活的现象。前者称寄生物，后者称宿主（亦称'寄主'）。"② 根据这个标准的界定，"寄生"现象的产生，要由寄生物和寄主两种生物来确立，且这两种生物分别是独立的生命体。以此衡量明代各体类小说，如果诗词曲是"寄生"的，则寄生物是诗词曲，那它的寄主是谁呢？如果寄主

---

① 赵义山等：《明代小说寄生词曲研究·绪论》，商务印书馆2013年版，第9、10页。

② 《辞海》，上海辞书出版社1980年版，第1025中页。

是小说文本之整体，因其整体包含有散文和韵文，诗词曲岂不成了寄生于自体？如果寄主只是小说中的散文，散文和韵文就彼此相对独立，诗词曲岂不是具有独立价值？然而，小说中的诗词曲不可能寄生于自体，小说中的诗词曲也不是单独的文本；以此反推小说中的诗词曲，可知"寄生"说难以成立。这需要引起特别注意，以免滋生更多的混乱。

其二，效用不周。中国古代小说文体发展经历了缓慢的过程，其在不同时期的诗词曲羼入是不断变化的。既然小说中诗词曲的羼入是不断变化的，就很难简单粗暴地用"寄生"来概括之。这有两种情形：（1）"寄生"作为一个标签式概念，未必涵盖小说中羼入词曲全貌。小说文本中羼入诗词曲等韵文，是中国古代小说体制性的产物，而非仅出自编创者的匠心独运，其来源、形态、功能是多样的。这使得"寄生"说对小说中的诗词曲并不具备普适性，若单纯强调"寄生"也会遮蔽小说各体类演变的真相。（2）小说中诗词曲的存显方式是各式各样的，也很难粗率而笼统地将之视为"寄生"。有引用或改写别人所作的诗词曲，有小说编创者自己新作的诗词曲；有作品中人物所题咏的诗词曲，有虚拟他者解说评述的诗词曲。这些作品的来源、视角是不同的，其功能、意蕴、风格也是相异的。其中虚拟小说中人物的身份口气所作诗词曲，因与故事情节融为一体绝不可视为"寄生"。

其三，推求过甚。据实而言，明代小说中的诗词曲并非单体的文学作品，本来就不具备独立的文学价值和文体意义。对这个基本历史情实，诗学研究者是清醒的，如《全明诗》《全明词》《全明散曲》，就不辑录各种体类小说中的诗词曲作品；倒是有些小说研究者，反而模糊了文体边界，将小说中的诗词曲与单体的诗词曲混同对待，而主张编入《全明词》《全明散曲》的附录。如张仲谋称："话本小说中虚构人物之词，其真正作者仍应是小说作者，应将其视为'全明词'的一个特殊构成部分，辑集作为《全明词》的附录。"① 赵义山也主张将小说中的寄生词曲编入《全明词》《全明散曲》的附录，他还带领团队耗时七载从约七百种明代小说中共辑录寄生词曲约 4 000 首。(《明代小说寄生词曲研究》录沈伯峻评语，封底) 如此不畏繁难，确实令人钦佩；但其实际学术价值，还是需要重新评估。

其四，来源失据。"寄生"说的提出，是基于一个大前提，即小说的语体本来是散文，若在散文中存有诗词曲等，就成为散文中"寄生"了韵文，这样韵文便是小说中的寄生物。然据实论之，中国古代小说的语体从来就是散韵并存，迄至明清时期也少见纯粹的散文体小说。既然中国古代小说不曾是纯粹的散文，那小说语体应是散文之前提缘何而来？ 推寻其由来，实出自人设：首先因见现代小说是散文体，故推古代小说理应是散文体；其次因见西方小说是散文体，故推中国小说也应是散文体。即将欧美小说观念阑入中国，又将现代小说观念阑入古代。这样就造成了中西错位和援后例前，脱离本位而使"寄生"说来源失据。尽管赵义山团队也注意到这种失据，而在其相关著论中有所救正和警示。但未从根源上摆脱晚清以来的思维定势，而习惯沿用中西错位和援后例前之做法。因此，仍抱定古代小说语体应该是散文的假想，而不断强化小说中的诗词曲"寄生"说。

总上所述，小说中的诗词曲"寄生"说应该抛弃，正确做

---

① 张仲谋：《明代话本小说中的词作考论》，《明清小说研究》2008 年第 1 期。

法是回归小说发展演进的实况，在中国古代小说的历史情境中，研判羼入的诗词曲之存显性状。以此衡之，可辨正为：中国古代小说从来都是诗文共生、散韵结合，不能将小说中羼入的韵文笼统视为"寄生"；必须尊重中国古代小说体制发展的自然形态，放弃诗词曲"寄生"说而代之以切实的描述。至若晚清近代小说中羼入诗词曲的消退，则标志着中国古典小说体制形态的终结。这应该看作是诗文共生、散韵结合的体制形态之消解，而不能说成是小说中的"寄生"诗词曲等韵文之消失。

当然，中国古代小说中亦非绝对没有"寄生"韵文，在特定功能语境中亦间或存有"寄生"诗词。一般来说，中国古代小说中羼入的诗词曲大都没有独立的文体意义，其存在的价值是参与诗文共生、散韵结合之体制建构；但也有一些特殊的羼入成分，容或具有某种"寄生"属性。如明清时期白话小说中的评赞词，以及明中期文言小说中的评赞词，因其具有相对独立的文体意义，而可视为小说中的"寄生"词。对此，赵义山考述曰："自《怀春雅集》开评赞词先河后，寄生词被小说作者广泛有意运用。……出现了一些独立于故事文本的词作。如《才鬼记》中卷13保存了《念奴娇·今夕何夕》《临江仙·灯火满城鸣竹爆》《清明日·潇湘逢故人慢》《满江红·乙丑七夕》《次岳武穆满江红词》《喜迁莺·丙子七夕》《碧芙蓉·壬辰七夕星桥怀古》等词，作者录入的目的仅仅是为了逞才炫博而已。《才鬼记》评赞词多达12首，《刘生觅莲记》中评赞词达13首，都是前朝小说中未曾出现的新变现象。"① 这些独立于故事文本

---

① 郑海涛、赵义山：《寄生词在明代文言小说中的嬗变轨迹》，《晋阳学刊》2011年第2期。

的词作，才属真正意义上的"寄生"；而除此以外，则不可太泛。因此，"寄生"说有特定的适用性，其阐释的范围应该有所限制。

　　基于上述，抛弃"寄生"说并将之限定在一定阐释范围，还只是规正了古代小说羼入诗歌的体制认知；更关键是，改变"以西例律我国小说"做法①，放弃小说语体应该是散文的执念②。对小说中羼入诗歌作出历史同情的评价，而警惕一些西方学者所强加的主观武断。如美国学者毕肖甫（John L. Bishop）《论中国小说的若干局限》（*Some Limitations of Chinese Fiction*）认为，中国传统小说滥用诗词，徒为虚设，无关要旨，甚至拖延故事情节高潮的到来，这"实在是中国小说的局限"。③ 以西律中，有所参照，这对认识中国古代小说文体特征确实有所助益，但率然贬低否弃小说中羼入诗歌却是不可取的。今日重新省察中国古代小说，就应尊重历代小说文本实际，努力去西方化，冀求返本归正。对这一学术转向，有学者已着先鞭："对于这类小说（传奇），论者持批评的多。……这类小说还没有明显的公式化毛病，叙事中羼入大量诗词，从小说的尺度来衡量固然是一个缺点，今人去读它，大多诗词都会略去不读，但是不要忘记这是明代中后期的小说，那时文学的宗主是诗文，以讲述某诗词的来源本事的'诗话''词话'比比皆是，这类'诗话''词话'与诗文小说很是接近，诗文夹杂符合当时人们的欣

---

① 《小说丛话》录定一语，《新小说》1905 年第二卷第三期。
② ［英］爱·摩·福斯特：《小说面面观》，引述法国批评家阿比尔·谢括利语，苏炳文译，花城出版社 1984 年版，第 3 页。
③ *The Far Eastern Quarterly*, by Association for Asian Studies, Feb., 1956, Vol.15, No.2, pp.239—247.

赏习惯，小说这样写，本身就是迎合一般读者的审美趣味。就是白话小说，在写景状物、描写人物肖像或引发某种感慨和议论的时候也常常使用诗词曲赋。这是一种历史的文化现象，不能简单的［地］以优劣论之。"①

三、小说中诗歌叙事之渐趋纯熟

依上所述，若真能回归中国古代各体类小说之本位，尊重其散韵结合、诗文并存的文本实际；就会发现，书面化小说中羼入的诗歌，在经历了增聚、雅化之后，其体制渐趋纯熟，进入体性化阶段。所谓体性化，就是诗歌更有效地契入故事情节，与散文深度融合以推进小说叙事。随此类沉浸式的诗歌逐渐增多，相对地游离式的诗歌逐渐减少，小说文本的体性化就会不断增强，终至羼入诗歌消融进散文叙事中。此中情实，可描述为：

其一，去芜存菁。比如，清毛宗岗认为"叙事之中夹带诗词，本是文章极妙处"，为此他并不一概厌弃《三国演义》中羼入的诗词等韵文，而是删减其中的芜辞滥语，即所谓周静轩鄙野之诗词。② 又如，建阳余氏双峰堂所刊刻的《水浒志传评林》，即据容与堂《李卓吾批评忠义水浒传》改编，将原有诗词809首删剩为338首，并将引头诗写于评本的上层。对此，袁无涯评曰："旧本去诗词之繁芜，一虑事绪之断，一虑眼路之迷，颇

---

① 石昌渝：《中国小说源流论》第四章第六节"通俗化的传奇小说"，生活·读书·新知三联书店1994年版，第205—206页。

② 毛宗岗：《三国志演义·凡例》，丁锡根编《中国历代小说序跋集》，人民文学出版社1996年版，中册，第917页。

直截清明。第有得此以形容人态，顿挫人情者，又未可尽除。"①

其二，契入情节。比如，《水浒传》第三十九回《浔阳楼宋江吟反诗》中宋江所题反诗"敢笑黄巢不丈夫"②、《喻世明言》卷三十二《游酆都胡母迪吟诗》中胡母迪所作诗"天道何曾识佞忠"③，其诗句就与散文完全融合为一体，契入小说的文本结构与故事情节。再如，李渔《十二楼》每篇开头都有诗词来引发议论，且能紧扣小说主题而成正话的有机组成部分；其文中插入的韵文都是情景式的，与小说的情节、人物有血肉相融。这就使小说体制更趋纯粹，是一种体性化的创作倾向。及至清前期问世的《石头记》中，其所羼入诗歌都能融入情节环境，有些诗作还能适合人物性格，则已从体性化走向个性化了。

其三，雅俗调适。若说文人参与话本、章回小说创作，因其文人化而导致羼入诗歌的雅化；那么更晚出现的小说体性化，则会导致所羼入诗歌的俗化。因为像话本、章回这类小说，主要还是供市民消费的文学。为了适合广大市民阶层的阅读需要，话本、章回甚至传奇都有俗化趋向。这样就形成一种看似矛盾对立，而其实是相辅相成的双向运动：从各类小说编创的文人化倾向看，其作品中羼入的诗歌会渐趋雅化；从各类小说消费的市民化指向看，其作品中羼入的诗歌会渐趋俗化。此即形成既雅且俗现象，这里权称之为雅俗调适。就一般情况而言，在诗

---

① 袁无涯：《出像评点忠义水浒全书发凡》，朱一弦编《〈水浒传〉资料汇编》，南开大学出版社 2012 年版，第 133 页。

② 施耐庵：《水浒传》第三十九回《浔阳楼宋江吟反诗》，上海古籍出版社 1984 年版，第 480 页。

③ 冯梦龙：《喻世明言》卷三十二《游酆都胡母迪吟诗》，上海古籍出版社 1992 年版，第 310 页。

歌众体式中，词比诗更俗，曲比词更俗；时调、小曲出自民间，自然又比诗词曲更俗。据学者统计，明代小说中羼入小令630、套数30余篇，明清小说中羼入了时调、小曲近300首。①

其四，渐近消亡。如上所述，中国古代各类小说中羼入诗歌，是与古典小说发展史相始终的；直至近代散体小说兴起之前，其文本结构从未有明显改变。尽管明末出现的一些文言小说，如《痴婆子传》《如意君传》，其文本中没有诗歌羼入，则应作为一种特例看待，不能认为彼时纯散文体小说已经形成，否则无法解释清前中期诗歌羼入犹存。因而从元明时期到晚清近代，小说中羼入诗歌之渐近消亡，并不是突然或偶然地消失，而主要表征为不断地删减。这种删减不仅表现在长篇章回小说中，也在《钟情丽集》等传奇中有迹可寻。故有学者称："在《钟情丽集》从原刻本到翻刻本再到选辑本的流播过程中，其最主要的文本变化乃是对于韵文的删削。"②

上述去芜存菁、契入情节、雅俗调适、渐近消亡诸项，也就是其诗文共生、散韵结合的体制形态之消解过程。这个过程不论有多么复杂曲折，却都落实在羼入诗歌的删减上。为进一步展示明代各类小说中羼入诗歌不断删减之历时实况，兹将"四大奇书"诸版本羼入诗词之存留篇数列表对照如下：

---

① 赵义山等：《明代小说寄生词曲研究》，商务印书馆2013年版，第69、71页；籍会英：《明清通俗小说中的时调小曲研究》，南京师范大学硕士学位论文，2018年，第3页。

② 潘建国：《明弘治单刻本〈新刊钟情丽集〉考》，《中国典籍与文化》2015年第3期。

书名	版本1/回则/诗词数	版本2/回则/诗词数	版本3/回则/诗词数	数据来源
《水浒传》	万历三十八年容与堂藏板李卓吾批《忠义水浒传》/100回/809首；天启年间积庆堂藏板《忠义水浒传》/100回/813首	万历二十二年双峰堂刊本《水浒志传评林》（104回）338首	崇祯十四年贯华堂刊本《水浒传》/70回/26首	刘晓军文第28—32页
《三国演义》	嘉靖元年司礼监刊本《三国志通俗演义》/240则/347首	万历年间汤学士校本《三国志传》/240节/207首	清初醉耕堂本《三国志演义》/120回/227首	刘晓军文第28—32页
《西游记》	万历三十一年世德堂刊本《西游记》/100回/723首	万历三十一年杨闽斋刊本《西游记》/100回/591首	清初内阁文库藏本西游证道书/100回/164首	刘晓军文第28—32页
《金瓶梅》	台北里仁书局2007年版《金瓶梅词话》/100回/376首	齐鲁书社1989年版《新刻绣像批评金瓶梅》/100回/285首	齐鲁书社2014年版《张竹坡批评〈金瓶梅〉》/100回/280首	张静文第13页
	万历年间梦梅馆校勘本《金瓶梅词话》/100回/580首	崇祯年间北大藏本《新刻绣像批评金瓶梅》/100回/405首	缺	刘晓军文第28—32页

说明：

（1）刘晓军文，指刘晓军《雅俗文学文体的交融与悖离——论明代章回小说中的诗词质素》（《明清小说研究》2008年第4期）。

（2）张静文，指张静《〈金瓶梅〉三大版本系统诗词比较研究》（暨南大学硕士学位论文，2017年）。

（3）张静文所统计的诗词仅限于诗、词，其他韵文形式未予计算；刘晓军文所统计的诗词包括诗、词、曲、赋、歌、谣、偈、赞及其他韵文，故所得《金瓶梅》词话本、绣像本中的诗词数量多于张静文统计。

（4）张静文、刘晓军文所统计数量未必准确，不同的论者因统计标准和计算方法不同，其所得诗词数量，难免有出入增减；但不论其所得数量的差异如何，总体上反映了羼入诗词的删减。

第三节　小说中诗歌叙事的功能拓展

基于诗文共生、散韵结合的体制形态，小说中的诗歌与散文就形成互文关联；因使羼入的诗歌不是"寄生"的，其文字形式并无独立的文本价值。尽管羼入的诗词曲赋保留自身的体式特征，而其文学意蕴的确立却有赖于特定的语境；也就是说在散韵结合的小说文本之中，若想探悉小说中所羼诗歌的功能意蕴，需要的不是像解读诗家独创的作品那样来知人论世，而是分析诗歌所依附存显的上下文及人物情节环境。

一、小说中诗歌叙事功能之修饰性

诗歌的本然属性是言志缘情的，在小说中它当然可以抒发情志；但其意蕴不止于抒情言志，而是要为小说的叙事服务。参与叙事并拓展自身的叙事功能，才是小说中羼入诗歌的价值所在。

比如，《娇红传》绿窗题诗一节；

　　生怅恨久之，归室，殆无以为怀。因作一绝，题于堂西之绿窗上。诗曰："日影萦阶睡正醒，篆烟如缕舞风平；玉箫吹尽霓裳调，谁识鸾声与凤声。"后二日，舅他出，娇窥生不在，直入卧室，见西窗有诗一绝，踌躇玩味，不忍舍去。知生之属意所在，乃濡笔和其西窗之韵以寄意焉。诗曰："春愁压［魇］梦苦难醒，日迥风高漏正平；魂断不堪初其处，落花枝上晓莺声。"生归见娇所和诗，愿得之心，逾于平常，朝夕惟求间便以感动娇。①

申生与娇娘这两首诗，从作品中人物角度看，他们题诗是在抒情言志，这完全符合诗歌的体要。而从小说作者角度看，绿窗题诗乃叙事对象，诗中的情志是所述内容，申娇的抒情主体性消解。更从小说的情节来看，绿窗题诗是叙事片断，又是叙事文本的推动力，使下文所述颇有戏剧性——申生为获得娇娘芳心的企盼急切，娇娘对接受申生爱情的矜持犹疑，在这两厢冲突中，来展开一段对话：

> （生）因曰："月白风清，如此良夜何？"娇曰："东坡钟情何厚也？"生曰："奇美特异者，情有甚于此焉。可以此诮东坡也？"娇曰："兄出此言，应彼此苦众矣，与我何独无之。"生曰："然则实有也，不然则佳句所谓'魇梦'者，果何物而'苦难醒'耶？"言情颇狎，娇因簌步下阶逼生曰："凡谓织女银河何在也？"生见娇之骤近，恍然自失，未及即对，俄闻户内姈问娇寝未，娇乃遁取。②

娇娘以对月无情来掩饰自己对申生的爱慕之意，申生则用娇娘诗中"魇梦""苦难醒"语来挑明，使娇娘窘迫而促步逼问，申生见状一时慌乱语塞，适时母亲催娇娘就寝，娇娘乃借机逃离窘境。这是利用羼入诗歌来助推情节发展，细腻曲折地展示了

---

① 《才子佳人小说集成》第一册《娇红传》，辽宁古籍出版社 1997 年版，第30—31 页。

② 同上。

申娇的爱情心理。其诗虽是出于抒情言志，而其功能却拓展至叙事，既丰富深化了叙事的内涵，还推动了故事情节的发展。

二、诗歌的叙事功能对小说之敷饰

像绿窗题诗这种羼入的诗歌，已经超越了诗歌的常规体性，在抒情功能之外，增强了叙事功能，并与小说中的散文相融，共同推进故事情节的发展。这种调用羼入诗歌来参与叙事，已是明清各类小说的文本常态。具体而言，明清小说中羼入的诗歌，主要有七方面叙事功能：

一，安排结构。小说中羼入的诗歌常用于故事结构的安排，作为伏笔引线以隐含人物关系和性格命运。如《金瓶梅》第八回所羼孟玉楼赠送西门庆金簪上镂刻的两行诗句"金勒马嘶芳草地，玉楼人醉杏花天"、潘金莲赠送西门庆并头莲瓣金簪所镂刻的四行诗句"奴有并头莲，赠与君关髻。凡事同头上，切勿轻相弃"，以杏花喻玉楼，以莲花喻金莲，又隐含春梅的名字，及《金瓶梅》题名。盖谓春梅先发，杏不与之争春，而莲出自污泥，不如玉楼高洁。对此，张竹坡旁批曰："此处将玉楼命名之义说明。将簪一点，固是又照玉楼，却又伏线千里矣"；其旁批又评曰："试想此簪亦有诗，却是为何？明金莲之为莲，见玉楼为杏无疑。手写此处，眼照彼处。"此种伏线照应之结构安排，已被前文第七回回评看破："玉楼之名，非小名，非别号，又非在杨家时即有此号，乃进西门庆家，排行第三，号曰玉楼，是西门庆号之也。……语有云：'玉楼人醉杏花天。'然则玉楼者，又杏化之别说也。必杏化又奈何？言其日边仙种，本该倚云栽之，忽因雪早，几致零落。见其一种春风，别具嫣然。不似莲出污泥，瓶梅为无根之卉也。……况夫金瓶梅花，已占早春，而玉楼春杏，必不与之争一日之先。然至其时日，亦各自有一番烂漫，到那结果时，梅酸杏甜，则一命名之间，而后文结果皆见。"① 这就揭示了孟玉楼的性格命运，及其在西门庆家所处人物关系。

二，烘托环境。小说中羼入的诗歌亦用于环境氛围的烘托，作为故事背景以呈现人物处所和事件状态。如《水浒传》第十回有首羼入诗，描写雪夜草料场纵火的情景："雪欺火势，草助火威。偏愁草上有风，更讶雪中送炭。赤龙斗跃，如何玉甲纷纷；粉蝶争飞，遮莫火莲焰焰。初疑炎帝纵神驹，此方刍牧；又猜南方逐朱雀，遍处营巢。谁知是白地里起灾殃，也须信暗室中开电目。看这火，能教烈士无明发；对这雪，应使奸邪心胆寒。"② 此写实景，雪火交侵，草火相助，壮观激烈；火势如赤龙斗跃，火焰如粉蝶争飞，更言纵神驹而逐朱雀，其想像极为奇特新异。处此惨烈而火暴的境地，当事双方冲突达至顶点：林冲一路憋屈至极，触此景更怒火中烧，实忍无可忍，而终开杀戒；陆虞侯等坏事做尽，见火势亦胆战心寒，虽机关算尽，竟自寻死路。至此，人物处于绝境，事态至于崩裂，正是在该诗所抒写环境的烘托下，林冲逼上梁山的情节才推向高潮。对此中情节，金圣叹评曰："此文通篇以'火'字发奇，乃又于大火之前，先写许多火字；于大火之后，再写许多火字。我读之，因悟同是火也，而前乎陆谦，则有老军皆盆，恩情朴至；后乎

---

① 黄霖辑著《五色彩印汇评全本金瓶梅》上，新加坡南洋出版社2021年版，第161—162、139页。

② 施耐庵：《水浒全传》第十回"林教头风雪山神庙　陆虞侯火烧草料场"，上海古籍出版社1984年版，第122页。

陆谦，则有庄客供烘又复恩情朴至；而中间一火，独成大冤深祸，为可骇叹也。夫火何能作恩，火何能作怨，一加之以人事，而恩怨相去遂至于是！"① 这指出草料场纵火之描写，是为烘托人物行动之环境。

三，描写人物。小说中羼入的诗歌亦用于人物形貌的描写，作为叙事单元以塑造艺术形象和个性特征。如《西游记》第十四回羼入的诗歌，描写五行山下唐僧所见孙悟空形貌："尖嘴缩腮，金睛火眼。头上堆苔藓，耳中生薜萝。鬓边少发多青草，颔下无须有绿莎。眉间土，鼻凹泥，十分狼狈；指头粗，手掌厚，尘垢余多。还喜得眼睛转动，喉舌声和。语言虽利便，身体莫能那。正是五百年前孙大圣，今朝难满脱天罗。"② 诗中所述，内涵丰厚："尖嘴缩腮"显露孙悟空的猴性，以表明他虽历尽磨难而本性未改；"金睛火眼"隐含他大闹天宫、偷食仙丹之往事，也彰显他在太上老君八卦炉里所炼就的特异本领；头上苔藓、耳中薜萝、鬓边青草、颔下绿莎，生动地证明他在五行山下确实被压了五百年；眉间土、鼻凹泥、指头粗、手掌厚，具体地显明他形貌的粗鄙肮脏丑陋；眼睛转动、喉舌声和、语言利便、不能挪动，是说他经历苦困厄之后性情竟也变得温和乖巧；末句"五百年前"提示他曾经拥有的光辉历程，而"难满脱天罗"暗示他即将开启的取经事业。可以说，该诗揭示了人物的性格，探明了性格形成的原因；还描绘了人物所处环境，展示了事态的发展趋向。这几乎就是浓缩的孙悟空生命史，用

① 陆林辑校《金圣叹全集》叁《第五才子书施耐庵水浒传》，凤凰出版社2008年版，第209页。
② 罗贯中：《西游记》第十回，上海古籍出版社2011年版，第95页。

高度凝练的语言达成诗性叙事。像这类羼入诗歌的人物描写，在明清各类小说中比比皆是，塑造了一个个诗化的人物形象，也增强了人物性格的艺术魅力。

四，刻画心理。小说中羼入的诗歌亦用于人物心理的刻画，作为叙事手法以揭示心理活动和行为动机。如《金瓶梅》第三十八回羼入的曲词，用以展示潘金莲作为怨妇的心理活动——西门庆在外多日不回，潘金莲开着角门等他。这个雪夜等到二三更，她寂寞难耐想要去睡，又恐男人回来，乃强忍着不睡，可又盹困，又是寒冷，便取过琵琶来弹个曲儿，低声唱《二犯江儿水》："闷把帏屏来靠，和衣强睡倒。"忽听房檐上的铁马儿响起，误以为西门庆回来敲门环，欢喜的心情落空，乃即景兴情唱道："听风声嘹亮，雪洒窗寮，任冰花片片飘。"以此心意变得慵懒，更烦恼怨悔地唱道："懒把宝灯挑，慵将香篆烧。捱过今宵，怕到明朝。细寻思，这烦恼何日是了？想起来，今夜里心儿内焦，误了我青春年少！你撇的人，有上稍来没下稍。"潘金莲又困又冷，却还不甘心放弃，乃拥衾而坐，边等边唱道："懊恨薄情轻弃，离愁闲自恼。"及西门庆回家先进李瓶儿屋里，潘金莲伤痛愤恨犹如刀子戳心，情绪顿时失控，乃高声弹唱道："心痒痛难搔，愁怀闷自焦。让了甜桃，去寻酸枣。奴将你这定盘星儿错认了。想起来，心儿里焦，误了我青春年少。你撇的人，有上稍来没下稍。"① 这里羼入的几段唱词，情景交融而跌宕起伏，将潘金莲怨妇心理刻画得生动细腻，达到平铺直述难以企及的叙事效果。

---

① 黄霖辑著《五色彩印汇评全本金瓶梅》中，新加坡南洋出版社 2021 年版，第 521—522 页。

五，推动情节。小说中羼入的诗歌亦用于故事情节的推动，作为预言谶语以调控事态走向和叙事节奏。如《水浒传》第六十一回羼入一首七言诗，用以推动卢俊义被逼反上梁山的叙事进程："芦花丛里一扁舟，俊杰俄从此地游，义士若能知此理，反躬逃难可无忧。"[1] 其藏头谐音"卢俊义反"，显然是一首预言式的谶诗。它羼入在这个位置，并被后文反复照应，既是故事情节发展的需要，也是作者叙事策略的预设。其下文所述，即如诗所示——先是卢俊义误信吴用的鬼话，决定离家逃往东南方去避难："我夜来算了一命，道我有百日血光之灾，只除非去东南上一千里之外躲避。我想东南方有个去处，是泰安州，那里有东岳泰山天齐仁圣帝金殿，管天下人民生死灾厄。"梁山泊在卢家千里以外，是他去泰安必经的地界。及至行近梁山泊边口子，他萌生捉拿宋江的想法；结果反中梁山泊好汉早已设下的埋伏，被追杀到"满目芦花，茫茫烟水"处。慌乱中卢俊义上了混江龙李俊的小船，行不久即被阮氏三兄弟的船挟持冲撞，浪里白跳张顺迅速掀翻船只，卢俊义落水就擒被请上梁山。之后劝降不从，卢俊义被放还；到家竟遭遇无妄之灾，以反罪入狱即将问斩；幸赖宋江派遣军马攻打北京城，卢俊义才脱离厄难被救上梁山。[2] 由此可知，作者正是用这首藏头诗来调节叙事，使故事情节朝着其预设的方向推进。

六，复述故事。小说中羼入的诗歌亦用于故事内容的复述，

---

① 施耐庵：《水浒全传》第六十一回《吴用智赚玉麒麟　张顺夜闹金沙渡》，上海古籍出版社1984年版，第760页。

② 参见施耐庵：《水浒全传》第六十一至六十六回，上海古籍出版社1984年版，第784—830页。

作为互文形式以增强叙事强度和艺术效果。如《金瓶梅》第七回羼入了一首七言诗，复述媒婆帮带西门庆说娶孟玉楼的过程："张四无端散楚言，姻缘谁想是前缘！佳人心爱西门庆，说破咽喉总是闲。"该诗隐括前文媒妁相亲之延宕，又隐含后文嫁娶输财之波折。该诗前文所叙，略有五个片断：（1）媒婆薛嫂子到处寻找西门庆，劝说利诱西门庆赚娶孟玉楼；（2）薛嫂子带西门庆拜访杨姑娘，重礼收买以争取姑娘的支持；（3）薛嫂子带西门庆上杨家相亲，孟玉楼接受了西门庆的插定；（4）杨姑娘派人催问收取插定否，明确支持孟玉楼嫁给西门庆；（5）张四舅不甘甥家财物被骗娶，出面力劝孟玉楼另嫁尚举人。该诗后文所叙，略有三个片断：（6）孟玉楼嫁前一日搬出随身物品，张四舅邀邻舍企图拦夺箱笼；（7）杨姑娘突临现场辱骂张四舅，强使装满钱财的箱笼被抬走；（8）西门庆六月二日迎娶孟玉楼，次日杨姑娘生日即重致贺礼。①从这八个片断的行文层次，可知该羼入诗歌所述内容："张四无端散楚言"句，复述了片断（5），隐了片断（2）（4）（7）（8）；"姻缘谁想是前缘"句，复述了片断（3）（8），隐含了片断（4）（6）；"佳人心爱西门庆"句，复述了片断（3）（6），隐含了（4）（5）（8）；"说破咽喉总是闲"句，复述了片断（5），隐含了（6）（7）。是知，该诗几乎涵盖事件全程，具有很高的艺术概括性。

七，生发议论。小说中羼入的诗歌亦用于意义价值的生发，作为叙事附件以充实故事内涵并评骘论说。这种羼入诗歌之议论，可以是针对作品全部，抑或是针对一人一事，抑或故事情

---

① 以上参见黄霖辑著《五色彩印汇评全本金瓶梅》上，新加坡南洋出版社2021年版，第145—150页。

节之局部；其分布可能是在作品开篇，或者在章回的前头、末尾，也可以是在正文的中间，针对具体段落生发议论。如《三国演义》开篇羼入的词："滚滚长江东逝水，浪花淘尽英雄。是非成败转头空：青山依旧在，几度夕阳红。白发渔樵江渚上，惯看秋月春风。一壶浊酒喜相逢：古今多少事，都付笑谈中。"①该词前阕兴发历史兴亡之感，慨叹自古英雄不论多么辉煌，最终总会东逝长江的浪花淘尽，而不能像青山常在、夕阳轮回。三国时期的风云人物也不例外，早已在历史的长河中灰飞烟灭，留下的只是后阕的白发渔樵、秋月春风，以及今人的浊酒相逢、笑谈往古。这是用一种超然旷达的哲理思考，以揭开《三国演义》叙事的序幕。与开篇该词隐括全书内容相呼应，篇末又羼入一首364字的七言排律，再次夹叙夹议地讲说三国历史，使其"演义"得到进一步提升。其文曰："高祖提剑如咸阳，炎炎红日升扶桑；光武龙兴成大统，金乌飞上天中央；哀帝献帝绍海宇，红轮西坠咸池傍！……纷纷世事无穷尽，天数茫茫不可逃；鼎足三分已成梦，后人凭吊空牢骚。"②像这样收尾呼应的诗词议论，不仅隐括着全书的故事内容，提升了叙事的价值意义，而且严密了叙事的结构。

以上以明代小说"四大奇书"为例，论析其中羼入诗歌的主要叙事功能；除此七方面叙事功能，当然还可以增列许多。但不论羼入诗歌的功能如何多样，其在小说叙事中都不占主导地位，而是修饰性的，且是辅助性的；若脱离散文叙事之主导，

---

① 罗贯中：《三国演义》第一回前，人民文学出版社1973年版，第1页。
② 罗贯中：《三国演义》第一百二十回，人民文学出版社1973年版，第1026页。

其诗性叙事就无所附丽。如上文所述，小说中的诗歌并不具备"寄生物"的独立生命，其体性规定及本然具有的抒情功能呈弱化态势；而与此相反，其叙事能量竟然有所扩展增强，主要表现为叙事的修饰与辅助：调节叙事节奏，复述故事情节，渲染环境氛围，描摹人物心理，突出人物性格，推动事件发展……这一系列叙事功能，都是修饰辅助性的。若推原之，《庄子·外物》所云"饰小说以干县令"，适为之提供典据，并于此得到印证。① 更推广之，有学者依据话本小说中羼入诗歌之实况断言"从总体上来看分量不大，也是辅助性的"。②

三、小说的叙事体性对诗歌之拓充

因此，对小说中所羼诗歌的叙事性能，固然要予以重视但又不应夸大。特别是在小说中羼入诗歌的增聚阶段，其叙事功能非但不能很好地得到发挥；反而因非体性成分，而存在明显的弊端。其弊端自当有种种表现，而最主要的大略有三点：其一，大量使用套语而刻板不协；其二，羼入诗歌有喧夺累赘之嫌；其三，羼入诗歌不符合人物身份。

前一点是明清时期非常流行的做法，在各类小说和传奇戏曲中比比皆是。如"二八佳人体似酥，腰间仗剑斩愚夫，虽然不见人头落，暗里教君骨髓枯"这首诗，在《喻世明言》卷三《新桥市韩五卖春药》、《二刻拍案惊奇》卷二十九《赠芝麻识破

---

① 庄周等：《庄子集释》，郭庆藩集释，王孝鱼校点，《新编诸子集成》本，中华书局1961年版，第925页。

② 刘勇强：《中国古代小说史叙论》，上编第五章"说话艺术的繁荣"第一节"宋元说话的家数与体制"，北京大学出版社2007年版，第164页。

假形，撷草药巧谐真偶》中都有使用；另在《金瓶梅》第一回《西门庆热结十兄弟　武二郎冷遇亲哥嫂》开篇也有使用。①再如"山外青山楼外楼，西湖歌舞几时休？暖风熏得游人醉，直把杭州作汴州"这首诗，在《水浒传》第九十回《五台山宋江参禅　双林镇燕青遇故》、《喻世明言·单符郎全州佳偶》、《警世通言·白娘子永镇雷峰塔》、《醒世恒言·陆五汉硬留合色鞋》、《熊龙峰刊行小说四种·孔淑芳双鱼扇坠传》等中都有使用。对此有学者称："话本小说的韵文包括有诗、词、骈文、偶句和倡导词，主要用来描状、评论和调整叙述节奏。这些韵文多半是现成的套语，不同的作品都可以借用。"②

后两点在明清小说中也是层出不穷的，而在《钟情丽集》中有极突出的表现。如叙辜生初到表叔家，即倾慕表妹瑜娘容色："虽用意于书翰之间，而眷恋瑜娘之心则不能遏也。累累行诸吟咏，不下二三十首。不克尽述，特摘其尤者，以传诸好事者焉，以见他作亦皆称是也。"接着就出示"其夜作舒怀二律"诗两首："连城韫匮已多时""多愁多病不胜情"。（第3页）后文又曰："瑜娘慕生之心，曷尝少置？风景之接于目，人事之感于心，累累行诸诗词。多不尽录，姑记一二，以语知音者。"接着不厌其烦地出示瑜娘痴情思念辜生所作词五首：《鹊桥》《瑞鹧》《长相》《一剪梅》《满庭芳》。（第32—33页）像这样作者跳出来干预叙事，以评述人物吟咏诗词之行为，既

---

① 黄霖辑著《五色彩印汇评全本金瓶梅》上，新加坡南洋出版社2021年版，第61页。
② 石昌渝：《中国小说源流论》第五章第四节"韵文套语"，生活·读书·新知三联书店1994年版，第250页。

是为了讲述辠生与瑜娘恋情之深，也是为了显露作者自己才性
之高妙。特别是当辠瑜爱情突起波折，瑜娘托寄一纸情书并诗
十首，作者借辠生口，欣羡地评叹道："清才丽句，虽李易安、
朱淑真不过是也。"接着出示瑜娘誓死钟情辠生所作诗十首，
然后出示辠生思念瑜娘所作集句诗十首，之后又出示瑜娘所作
集句诗十首，再出示瑜娘劝辠生安心自保之诗。（第37—45
页）像这样连绵密集出示了 31 首，显然超脱了抒情写意的需
要，而成为展示作者诗才之道具，导致叙事效果实际并不理
想，既使得所羼诗歌过于喧夺累赘，也严重拖延了故事情节的
推进。除作者刻意炫耀诗才之创作动机，其猎艳的创作心态也
是一重干扰。如辠生先前有乡野情人微香，听说辠生回来了，
乃作诗求见，又请人用手卷画《双美》图，还作《并美序》及
长歌一篇，其侄纯叔和何真继诗于卷上，这显然是对猎艳的巧
妙安排。（第17—18 页）又在小说结尾，辠瑜终成眷属，除了
男女主角作诗相互酬唱，其友朋也纷纷携酒作诗庆贺："席间
青门黄仁卿作而言曰：'今日之饮，诚所谓不常之饮也，诸君
可无一语，以庆辠兄之乐乎？'……众客遂次第呈诗，诗多不
载。"（第 59 页）作者虽说诗多不载，犹录玉峰主人二首。像
这种由众友朋加入的贺诗创作，隐然残留唐传奇沙龙文学的痕
迹，其猎艳的意向，是显而易见的。以上所述，属第二点；其
第三点弊端，则是不合身份。这在作品中，主要有两方面：一
是辠瑜所作诗词明显有拟作痕迹，其口吻与用词往往不符合情
人角色，或者事典过于雅致，或者语气过于严正；其二辠生前
女友微香本是迈游山林里纺纱场的一位村姑，竟也能作《懊恨
曲》《满庭芳》《并美序》及长歌以言情。（第 14—18 页）瑜娘
尝问："微之才调何如？"辠生明言："彼不过微芳小艳而已，

岂敢与卿争妍媸也？"（第 22 页）① 是知微香实在不具备诗才，作者却违背人物角色身份，让她跟辜生诗词唱和，写出辞藻华美的作品。以上所述，实为作者外加叙事干预的结果，其弊端恰暴露小说体性之不纯。

及至明晚期以后，小说体性化增强，所羼入诗歌的种种弊端逐渐被克除，而使其诗性叙事功能得到更佳发挥。特别是清前期《红楼梦》问世，所羼入诗歌完全契合故事情节，达到了散文与韵文的完美结合，将古代小说叙事艺术推上极至。如第一回羼入的《好了歌》，隐括了全书构撰的太虚幻境；（第 17 页）为"金陵十二钗"所作判词，都紧扣人物性格命运的发展；（第 75—79 页）而史湘云所作诗歌，恰合初学者的水准。（第 510—514 页）② 可以说，《红楼梦》120 回通行本中是诗歌，包括诗词曲赋联令谜偈歌共 245 首，体式多种多样，形态各式各类，或为人物代拟，或作评议赞叹，均出自作者独创，而绝对无陈词套语。③ 以致羼入的诗歌，成为叙事之必备。甚至有学者说："假如把《红楼梦》中的诗词曲统统拿掉，这部'都云作者痴，谁解其中味'的奇书，还会那么有味么？答案显而易见。"④ 既然羼入的诗歌不能从《红楼梦》中"拿掉"，就说明它们是小说体性所规定的有机组成部分。

---

① 以上邱濬：《钟情丽集》，《中国艳情小说》本，内蒙古人民出版社 1999 年版。

② 以上曹雪芹、高鹗：《红楼梦》，人民文学出版社 2008 年版。

③ 参见朱增泉：《红楼梦诗词全抄》卷首《自序》，人民出版社 2016 年版，第 1 页。

④ 赵义山等：《明代小说寄生词曲研究·余论》，商务印书馆 2013 年版，第 346 页。

　　总上所述，中国古代小说常见的文本形态是散韵结合、诗文并存，延至明清时期这种编创观览现象更加突显并递有新变。明清小说中羼入的诗歌，主要有七方面叙事功能。但不论羼入诗歌的功能如何多样，其在小说叙事中都不占主导地位，而是修饰性的，且是辅助性的；若脱离散文叙事之主导，其诗性叙事就无所附丽。特别是在小说中羼入诗歌的增聚阶段，其叙事功能非但不能很好地得到发挥；反而因非体性成分，而存在明显的弊端。其弊端自当有种种表现，而最主要的大略有三点：其一，大量使用套语而刻板不协；其二，羼入诗歌有喧夺累赘之嫌；其三，羼入诗歌不符合人物身份。不过，书面化小说中羼入的诗歌，在经历了增聚、雅化之后，其体制渐趋纯熟，进入体性化阶段。所谓体性化，就是诗歌更有效地契入故事情节，与散文深度融合以推进小说叙事。随着小说文本的体性化不断增强，羼入诗歌最终消融进散文叙事中，其种种弊端逐渐被克除，其叙事功能得更佳发挥。

清代诗歌叙事传统

下编

第十二章

清诗叙事的总体特征

　　清代诗歌总体上大致可分为"尊唐"和"崇宋"两大派别，在面对诗歌叙事是否需要"复古"、如何"复古"的问题上，各个流派均有自己独到的解读。清诗的"史外传心之史"①的意旨，就是在这一时期逐渐形成，并为诗人广泛实践。在清朝200多年的历史中，随着国家政权和社会结构的变化，诗人主体也由清初的遗民诗人过渡到中央集权下的新生代诗人。他们诗歌叙事的视角也随之变化，诗歌叙事的内容由关注民生和社会动荡，转向诗人内心精神世界的表达和对日常生活的述说。以下将从时段、地域和流派三个方面，分别论述清代诗歌叙事之特征。

第一节　时段分布特征

　　诗歌在唐代已经成型，体式完备，成就很高，成为后世师法颂的典范。经过宋代的补充后，元代和明代的作者虽然紧跟

---

① 　吴伟业：《吴梅村全集》卷六十《且朴斋诗稿序》，李学颖集评标校，上海古籍出版社1990年版，第1205—1206页。

其后，但缺少了一丝开拓与创新的精神。明清易代之际，社会动荡，学术思潮发生变化，此前崇尚的心学逐渐向经世致用转变，诗歌创作也多关注社会现实，抒发伤时忧世之感。特别是明末清初的遗民诗人，他们呐喊悲愤、励志进取，其他诗人则徘徊观望，甚至是有二心之举，由此造就了清代前期诗歌故国黍离、哀叹沧桑的主旋律。

一、明末至顺治朝

从明末到顺治朝，受社会变革的影响，政治、经济、文化等都发生了较大变化。就文学发展而言，清初诗坛酝酿着一股新的风潮。清朝的诗歌创作与批评是承袭明朝而来，一方面，明朝复古思潮的余风犹在，尽管前后七子因受公安派、竟陵派的冲击而有所衰退，但并未消亡；另一方面，随着公安派、竟陵派自身问题的日渐凸显，复古思潮又慢慢被重视，重回诗人的视野。

从明末到清顺治朝的几十年时间内，作为外来的征服者，清朝的统治者对明朝遗民和中原民众实行了残酷的镇压管治。由于东南地区是抗清斗争最为激烈的地区，南明朝廷也在当地有很高的威望，因此遭受的压迫也最为严重。清朝统治者为了迅速确立自身的权威以及政权的合法性，亟须建立中央专制集权的政体，并逐渐完善封建的军事统治和恢复农业经济生产秩序。因而清朝统治者在思想文化上采取了恩威并施的手段，一方面实行文化专制主义，进行严格的思想管控，甚至不惜兴起"文字狱"；另一方面又扩大了科举的招生人数，更广泛地吸纳知识分子，争取文人集团的支持。

清初的诗人在艺术审美上，受到明清易代的影响，遗民诗人们更加关注社会现实和国运民生，他们缘事而发，反映社会现实，多以前代优秀诗人为效法对象。如顾炎武非常推崇杜甫，杜甫在唐朝中期经历过安史之乱，两人所经历的社会现实颇为相近，都是国家遭到异族的侵扰，民众颠沛流离，顾炎武选择效法杜甫也是出于此等考虑。清初的诗歌，总体而言，继承和发扬了孔子所说的"兴、观、群、怨"的审美艺术特征和功能，既有"感于哀乐，缘事而发"的精神，又有《诗经》的"美刺"传统。

清初诗人在诗歌中表现出来的道德情操、高洁志向对后世影响颇深，除此，还有一些诗人选取明清之际关乎生死存亡的人与事，叙述活泼、辞藻丰富、韵味悠然，继白居易之后开拓出叙事诗的新境界。无论是如陈子龙这样的殉节诗人，还是如黄宗羲、顾炎武这样的遗民诗人，亦或是如钱谦益、吴伟业这样的"二臣"诗人，在诗歌中都广泛地反映了当时的社会现实，元明以来的形式主义和颓废衰败的诗风，被成功遏制，一改风气，为清代诗歌的发展开辟了新的道路。

遗民诗人创作的诗歌，有的是感伤故国不在，有的是讴歌贞烈的情操，有的是谴责清廷的残暴统治，有的是宣扬民族气节，风格沉郁雄壮，多慷慨悲凉之感。遗民诗人的主要代表是顾炎武、黄宗羲、王夫之、吴嘉纪和屈大均等人，他们的诗歌主要反映易代之际动乱的社会现实以及夷夏变种之叹，笔力强劲有力，沉郁雄壮，开启了诗歌创作的新天地。这些受传统华夏思想熏陶的儒生们，一方面强烈反对清朝的异族入侵与民族压迫，不与清朝为伍；另一方面积极宣扬经世致用、救世报国的思想，呼吁士子们关注国运民生，用"亡国就是亡天下"这样的民族忧患意识，来唤醒麻木的人心，期待家国复兴。这种关注现实、关注民族命运的诗人，往往都能绽放出强大的生命力；他们的诗歌，也更能反映现实，因而笔力强劲，苍凉悲壮。

遗民诗人中影响最大的是顾炎武、黄宗羲和王夫之。顾炎武的诗歌，主张抒发性情，反对模拟形式主义，提倡文章应该有益于天下，经世致用。他的诗歌大多抒发民族感情和爱国主义思想，以及反清复明的主题，表现出高尚的气节。顾炎武以苍劲有力的笔法，抒发自己炙烈的爱国热忱，这是他崇高人格的表现。语言则不加雕饰，格调坚实苍劲，雄浑悲壮，与杜甫类似，如《酬王处士九日见怀之作》：“是日惊秋老，相望各一涯。离怀销浊酒，愁眼见黄花。天地存肝胆，江山阅鬓华。多蒙千里讯，逐客已无家。”① “逐客”一词显得既悲伤又无奈。

黄宗羲关心天下的安危，强调诗歌应该着重描写现实，注重学问，推崇宋诗。他的诗歌创作，情感真诚朴素，也同样表现出爱国精神和高尚情操。他在《山居杂咏》更是抒发亡国之痛：“锋镝牢囚取决过，依然不废我弦歌。死犹未肯输心去，贫亦岂能奈我何！廿两棉花装破被，三根松木煮空锅。一冬也是堂堂地，岂信人间胜著多。”② 全诗虽有故国沦丧、山河易主的悲凉之感，但“死犹未肯输心去，贫亦岂能奈我何！”表现出的情感并不颓废消沉，而是身处逆境却顽强抗争。

王夫之出生于屈原的故乡，受《楚辞》影响颇深，喜欢运

---

① 沈德潜、周准编《明诗别裁集》卷十一，上海古籍出版社 1979 年版，第302—303 页。

② 黄宗羲：《黄宗羲全集·南雷诗文集上》，沈善洪编，吴光点校，浙江古籍出版社 2005 年版，第十册，第234 页。

用《离骚》中的香草美人来寄情抒怀。如《读指南集二首》：
"绛节生须抱璧还，降笺谁捧尺封闲。沧波淮海东流水，风雨扬
州北固山。鹃血春啼悲蜀鸟，鸡鸣夜乱度秦关。琼花堂上三生
路，已滴燕台颈血殷。"① 缠绵悱恻，寓意深远，用杜鹃啼血、
鸡鸣狗盗等历史典故，抒发自己坚韧不拔的报国之志。

其他遗民诗人中可与顾炎武、黄宗羲、王夫之比肩的，当
推为吴嘉纪和屈大均。吴嘉纪的诗歌，多有危险苦难之词；屈
大均的诗歌，多浪漫主义色彩。吴嘉纪的诗歌明白晓畅，不加
修饰，用内在情感将民生疾苦描写得淋漓尽致，似陶渊明悠然
寡淡，又似杜甫沉痛彻骨，形成了古朴冲淡的苍劲风格。屈大
均独居性灵，其诗歌多抒写自己的心路历程。他自诩为屈原的
后代，诗法既学习《离骚》，又兼及李白和杜甫，风调豪气蓬
勃，恣意奔放。

除了明末时期的遗民诗人，还有被称为"江左三大家"钱
谦益、吴伟业和龚鼎孳。其中钱谦益宗法宋诗，吴伟业尊法唐
诗，二人各立门户，首开清代诗风之先河，以后清朝的诗歌流
派，基本在尊唐和崇宋之间徘徊，不出二人之藩篱。钱谦益是
清初诗坛的盟主之一，以他为代表的虞山派，反对复古思潮，
主张性情为先，形式次之，强调变而存正。吴伟业的诗歌多歌
咏明清之际的时事，是"娄东诗派"的开创者。吴伟业从学习
"长庆体"入手，最终自成一派，后人将他的歌行体诗作称为
"梅村体"。其与同乡陈维崧等人推崇唐诗，形成"梅村派"，或
称之为"娄东派"，与钱谦益等人的"虞山派"相对。吴伟业之

---

① 王夫之：《王船山先生诗稿校注》之《姜斋五十自定稿》，朱迪光点校，湘
潭大学出版社 2012 年版，第 108 页。

诗"格律本乎四体，而情韵为深；叙述类乎香山，而风华为胜"，① 文辞清丽，音节调和，又委婉含蓄，时而又沉着痛快。龚鼎孳文思敏捷，下笔如神，一挥而就，辞藻缤纷，才气纵横。其写诗多凭才气，情致深厚；但风骨不足，反映现实的深度不够，多为风花雪月的宴饮酬唱之作，文学成就不如吴伟业和钱谦益二人。这三位诗人由明末过渡到清初，是顺治、康熙朝来投附的诗人，其所反映的艺术内涵和道德情操，不如明末的多数遗民诗人。尽管如此，但他们的艺术手法与诗歌创作，仍然开清代风气之先。

二、康熙至雍正朝

康熙时期的诗坛上，有"南朱北王"和"南施北宋"四位著名诗人。"南朱"指的是朱彝尊，"北王"指的是王士禛，"南施"指的是施闰章，"北宋"指的是宋琬，这四位诗人由明入清，在清朝初年应试举第，并统领康熙时期的诗坛。朱彝尊早期的诗歌，悲叹故国的沦亡，辞藻丰富，感慨民生疾苦，大多苍凉悲壮，激烈昂扬。但后期的诗歌格调平和，追求雅致，安于平淡。其诗歌风格前期宗唐，后期兼取两宋。这一转变正反映清初诗歌的演变趋势，具有过渡意义。从明末遗民诗反映民生的激进，到清朝初年的平和诗调，这种转变是明末清初诗歌叙事的一个过渡特征。王士禛的诗歌创作由早年的学习明"七子"，到中年的"兼事两宋"，再到晚年的选择宗唐：在这三次诗歌风格的转变中，他的"神韵说"贯穿始终；特别是其模山范

---

① 永瑢：《四库全书总目》卷一七三《〈梅村集〉提要》，中华书局 2003 年版，第 1520 页。

水的山水诗，音节流畅，工于经营，却不露斧凿，蕴含空灵，超脱宁静，强化了诗歌的审美特征，营造出更加广阔的诗歌审美空间，真正达至"不着一字，尽得风流"①之境界。

施闰章比较关心现实中的社会生活和民间所遭受的苦难，所作诗铺陈叙事，感叹民生维艰。虽然有朝代更迭的苍凉之感；但是，他的语言冲淡平和、悠远娴静、温柔委婉、忠厚朴素，与明末遗民诗人相比，其诗有着文人高雅格调和传统诗教气息。

宋琬的诗歌多为感伤叹世之作，如《听钟鸣》。其诗对仗工整，音调和谐，摹写自身的不幸遭遇时，多抒发愁苦哀痛之感。他的诗歌风格，也由初期的学习明"七子"，转向宗法唐宋。宋琬善于写作七言诗，风格清朗雄壮，不平则鸣；但表现得较为含蓄委婉，怨而不怒，与施闰章的诗歌类似。

明末至顺治、康熙时期的诗坛，其诗歌叙事的阶段特征是由明末的激进反抗和悲凉感慨，趋向清朝初期的妥协让步，诗歌创作的主体也由明末的遗民逐步转为清朝初年出仕的易代知识分子们。这部分知识分子因为身份认同和社会矛盾冲突等原因，他们的诗歌叙事有着明显的过渡时期的特征，也具有一定的两面性，诗歌风格有所变化，并非始终如一。

雍正、乾隆和嘉庆是清朝专制统治逐渐达到高潮的时期，雍正时期的查慎行和赵执信二人，是清朝初年诗歌向清朝中期过渡的两位诗人。查慎行师承明末遗民诗人黄宗羲，是浙派承前启后的重要人物。他致力于向苏轼和陆游学习，诗歌擅长白

---

① 司空图：《二十四诗品·含蓄》，罗仲鼎、蔡乃中注，浙江古籍出版社2013年版，第43页。

描，力求顺畅，运意灵活，深入浅出，凝练有力，颇有见解。在清初诗人中，他是学习宋诗成就最高者，对后来的袁枚及性灵派影响深远。

赵执信主张诗中有人，诗外有事，文以意为主，言语为其辅。诗歌多描写人民暴动，揭露社会黑暗，反映社会现实，批评官吏罪恶，去除形式主义诗风，爱憎分明。即使写山水田园之诗，也依然色彩鲜明，情真意切。其诗宗法晚唐，抒写性情，清新脱俗，直白而不含蓄。在雍正时期的盛世之音当中，赵执信发出了"不和谐"的音调；他并没有像这一时期的其他诗人那样趋炎附势，为浮华徒增点缀，而是用自己的方式装点雍正时期诗歌的繁荣。

雍乾嘉时期，清朝迎来"盛世"，这一时期政治经济稳定，但其背后仍然潜伏着深刻的社会危机。受统治者政策和训诂学发展的影响，诗文风格逐渐转向宗法汉学，用朴学与宋代理学抗衡，陆续出现了多种诗文风格和流派，有坚持儒雅复古的格调说、肌理说，也有标榜挣脱束缚、追求诗歌解放的性灵说。

继承王士禛诗坛盟主地位的诗人是沈德潜。他论诗主"格调"，提倡温柔敦厚的诗教传统。沈德潜著有《沈归愚诗文全集》，选有《古诗源》《唐诗别裁》等，流传较广。其诗作以歌功颂德为主，反映民间疾苦的篇章不多。他主张诗人应该"立言"，但必须"一归于温柔敦厚"，讲求"比兴""蕴藉"，不能"发露"，[①] 将诗教传统与维护封建统治和歌功颂德结合起来。他的古体诗模仿汉魏，近体诗宗法盛唐。因长期羁留科场，接触人情世故，他有一些反映民生疾苦的诗歌，语言较为清新自然。

---

① 　参见沈德潜编《清诗别裁集》，上海古籍出版社1984年版，第1—2页。

但其大量诗歌雍容华贵，平淡无奇，是典型的台阁体诗风，这与他的人生经历和其所处的时代息息相关。

三、乾嘉至道光朝

乾嘉时期，翁方纲主倡"肌理说"。翁方纲受朴学影响颇深，强调用"肌理"来论诗，"理"是指义理和文理，义理指"言有物"，文理指"言有序"，即融义理、考据和词章为一体，以考据训诂之学来强化诗歌的内容。

在这一时期，部分诗人选择和沈德潜一样，倡导"格调说"，走了雍容华贵的台阁体之路。一部分诗人选择了翁方纲的"肌理说"，用训诂和考据来润写诗文。而给诗坛带来了清新空气的，是独树一帜的袁枚，他倡导"性灵说"，主张诗文创作应该抒写性灵，彰显个性，表现个人的真情实感。与身居高位的诗人不同，袁枚归隐随园，并以他为中心，形成了影响力极大的"性灵派"。他生活放浪不羁，肯定人欲望与感情的合理性，宣扬真情至上，主张"即情求性"，强调情感是诗歌的中心，冲破了当时的传统和时代风尚，对于"格调说"一味的模拟复古，"肌理说"以考据论诗，都给予了有力的驳斥。这与魏晋时期的陶渊明，有相似之处，二者都反抗当时文坛的旧有风气，提倡感情的真挚自然流露。袁枚诗歌的内容极其广泛，有反映现实的，有咏物怀古的，有描写山川自然田园的，也有表现个人志向的，这大都不再受传统思想的束缚和正规的韵律格调限制，他更多追求羚羊挂角、无迹可寻的诗歌境界，语言晓畅，情感奔放，从内容到形式，都有一定的创新。

与袁枚并称为"乾嘉三大家"的赵翼和蒋士铨，也都要求打破旧有束缚，强调诗歌的自由发展。赵翼论诗主张"独创"，反对摹拟。诗歌中有些作品，嘲讽宋代理学，暗藏对时政的不满之情。蒋士铨因受黄庭坚的影响，追求骨力；诗风雅正，有法度，刻画景物气势磅礴，形象而生动。

与袁枚、赵翼合称清代"性灵派三大家"的张问陶，同时也与彭端淑、李调元合称"清代蜀中三才子"。张问陶在清代诗史上占有重要地位，他是性灵派后期的主将，也是清代第一流的诗人和诗学理论家。他主张诗歌应该抒写性情，有自己的个性，反对模拟蹈袭。其言："诗中无我不如删，万卷堆床亦等闲。"① 他对性灵说的发展，弥补了袁枚的缺憾和不足。

厉鹗主张作诗应该参考书卷，学习宋诗，喜欢运用宋代的典故，他的诗歌主要描写山水，以杭州和西湖的风景为主，诗中往往会流露出一丝寒意。

这一时期的诗人还有黄景仁、郑燮这一类吟唱盛世悲歌的诗人。他们敏锐地察觉到世事将有变化的征兆，写出了对于社会变迁的忧患意识，同时对个性意识的觉醒有着深入的思考。

雍正、乾隆、嘉靖是清代诗歌创作的高峰时期，这段时间内，政治稳定，经济得到了迅猛的发展，但是"太平盛世"的背后，社会危机已经隐隐出现，无论是外部世界的变化，还是中国大地上本土思想的酝酿，都在这一时期的诗歌当中有所体现。政治上的高压，使诗人将注意力转移到诗歌文字本身，对于思想上的理解和阐发有所忌讳，因此出现了复古主义的"格调说"和考据训诂为主的"肌理说"。但是我们仍然能够看到，要求诗歌书写真性情的袁枚以及哀唱盛世悲歌的黄景仁等人，

---

① 张问陶：《船山诗草全注》卷九《论文八首》，成镜深主编，巴蜀书社2010年版，第690页。

他们的诗歌创作表现出清朝中期诗歌变化的暗流和分歧。

进入道光时期，诗风又发生了变化。宗唐为主的"神韵派"和"格调派"都已经失去了诗坛的主导地位，而宋诗运动的发展，逐渐成为了诗坛的主流。鸦片战争之后，以龚自珍和魏源为代表的启蒙派诗人，以及以梁启超、黄遵宪等为代表的近代新派诗人，逐渐走入清朝中晚期的诗坛。龚自珍的许多诗歌既是议论，又是抒情，但是不涉及实录，也不是很具体，只是把现实存在的普遍现象，提高到社会历史层面的高度，将问题提出来，并抒发自身的感慨，表达一定的态度和愿景。龚自珍揭开了所谓盛世王朝的面纱，将清王朝统治的腐朽没落清晰地揭露出来，具有警醒世人的效果，也为近代诗歌的发展提供了一定的基础。这一时期的诗歌不再有乾嘉诗人那种盛世的气象，也没有明末清初反映社会现实的风格，更多是再度面临时代变迁的感慨和引领近代新诗风潮的苗头。

第二节 地域分布特征

清朝疆域辽阔，虽然因为国家政权的统一和水陆交通的便利，不同地域的文化可以顺畅地相互沟通，但是不同地区的诗歌叙事风格还是呈现出鲜明的地域特色。

一、江南地区

江左三大流派。活跃在江南的有三大诗派，钱谦益和以他为中心的"虞山诗派"，吴伟业和以他为中心的"娄东十子"，以及陈子龙和以他为中心的"云间派"。江南地区经济发达，在地理上山川相隔，所以很容易形成小范围的以地望为中心的诗人团体。"虞山诗派"是以江南常熟虞山命名的诗歌团体，以钱谦益为代表，成员包括其门生冯舒、冯班、瞿式耜，族孙钱曾、钱陆灿及吴历等人。"虞山诗派"主张学古而不拟古，能兼取诸家之长而自成风格，对东南诗坛的影响很大。钱谦益早年的诗歌流露出民族忧患意识，晚年出仕清朝，但是身处江南地区的钱谦益，凭借自身影响暗中奔走联络，为复古做出自己的努力，故而诗歌多有亡国之悲。如钱谦益的《西湖杂感》其二："潋艳西湖水一方，吴根越角两茫茫。孤山鹤云花如雪，葛岭鹃啼月似霜。油壁轻车来北里，梨园小部奏西厢。而今纵会空王法，知是前尘也断肠。"① 诗歌中流露出对故土的怀念和黍离之悲，可以看出，"虞山诗派"对于复古风气的修正，并不是一味的拟古，而是融入自身情感和历史遭际的学古。冯班的诗歌，沉密细丽，婉转多风，别有风味。如《题友人听雨舟》："篷窗偏称挂鱼蓑，荻叶声中爱雨过。莫道陆居原是屋，如今平地有风波。"② 诗歌清新自然，有着江南水乡独有的风味，是"虞山诗派"除了亡国之悲的另一种风貌。

"娄东诗派"也被称为"太仓诗派"或"梅村诗派"，因诗人大多为娄东（今江苏太仓县）人而得名，以吴伟业为代表。娄东派的诗人尊唐，与明代的前后七子一样，主张复古，与同为江南地区的云间派相近。太仓地区是明代后七子王世贞的故乡，因此这一地区的诗人深受其影响。吴伟业仿效白居易的诗

① 钱谦益：《牧斋有学集》卷三，上海古籍出版社1996年版，第91页。
② 冯班：《钝吟集》卷三《四库全书存目丛书》本，齐鲁书社1997年版，集部第216册，第522页。

歌，独创"梅村体"，《四库全书总目》评价云："其中歌行一体，尤所擅长。格律本乎四杰而情韵为深，叙述类乎香山而风华为胜，韵协宫商，感均顽艳，一时尤称绝调。"① 吴伟业在吸取白居易《长恨歌》和元稹《连昌宫词》等歌行写法基础上，又吸纳了初唐四杰的辞藻，以及李商隐、温庭筠的风韵，再融合明代传奇小说的曲折变化，重在叙事，却又情韵悠长。如他的《鸳湖曲》："鸳鸯湖畔草粘天，二月春深好放船。柳叶乱飘千尺雨，桃花斜带一溪烟。烟雨迷离不知处，旧堤却认门前树。树上流莺三两声，十年此地扁舟住。主人爱客锦筵开，水闻风吹笑语来。画鼓队催桃叶伎，玉箫声出柘枝台。轻靴窄袖娇妆束，脆管繁弦竞追逐。云鬟子弟按霓裳，雪面参军舞鸲鹆。酒尽移船曲榭西，满湖灯火醉人归。朝来别奏新翻曲，更出红妆向柳堤。欢乐朝朝兼暮暮，七贵三公何足数！十幅蒲帆几尺风，吹君直上长安路。长安富贵玉骢骄，侍女薰香护早朝。分付南湖旧花柳，好留烟月伴归桡。那知转眼浮生梦，萧萧日影悲风动。中散弹琴竞未终，山公启事成何用！东市朝衣一旦休，北邙抔土亦难留。白杨尚作他人树，红粉知非旧日楼。烽火名园窜狐兔，画图偷窥老兵怒。宁使当时没县官，不堪朝市都非故！我来倚棹向湖边，烟雨台空倍惘然。芳草乍疑歌扇绿，落英错认舞衣鲜。人生苦乐皆陈迹，年去年来堪痛惜。闻笛休嗟石季伦，衔杯且效陶彭泽。君不见白浪掀天一叶危，收竿还怕转船迟。世人无限风波苦，输与江湖钓叟知。"② 诗歌以江南嘉兴的

① 永瑢等：《四库全书总目》卷一百七十三《〈梅村集〉提要》，民国商务印书馆万有文库排印本，第34册，第5页。
② 沈德潜编《清诗别裁集》卷一，上海古籍出版社1984年版，第17—18页。

南湖为叙事背景，故事曲折离奇，同时受到复古风气的影响，选用了古体诗的体裁。娄东派的诗人们争相仿效，后人称之为"娄东十子"。史载："吴伟业选'娄东十子'诗，以与坚为冠。十子者，周肇、许旭、王撰、王摅、王昊、王揆、王忭、王曜升、顾湄也。"① "十子"继承明王世贞"诗必盛唐"的复古主张，广泛真切地反映当时的社会现状。其中王昊的诗歌被认为是"才气无双，笔力横逸"，是"十子"的"眉目"。许旭的诗歌"雄深浑析"，顾湄的诗歌"精丽婉约"，也为后人所欣赏，其他诸子的诗歌不如以上几人突出。②

  云间派。以活跃在云间（今松江县）以陈子龙为首以云间三子为主的诗歌流派，包括陈子龙、宋征舆、李雯、宋征璧、宋存标、宋思玉等人，后又有夏完淳、钱芳标、董俞、蒋平阶等。其中陈子龙、宋征舆、李雯三人皆为松江华亭（今上海松江，云间为松江别称）人，时称"云间三子"。在当时的影响力很大，与同时期江南地区的虞山派、娄东派成鼎足之势，他们的诗歌创作涤荡了当时盛行的萎靡浮浅的风气。云间派诗人以陈子龙、夏完淳最为出众，二人的诗歌怀有报国之情，慷慨悲壮，又文采斐然，善于创作七言歌行，与娄东派相近，但其气节更胜。如陈子龙的《秋日杂感》："行吟坐啸独悲秋，海雾江云引暮愁。不信有天常似醉，最怜无地可埋忧。荒荒葵井多新鬼，寂寂瓜田识故侯。见说五湖供饮马，沧浪何处

---

① 赵尔巽等：《清史稿》卷四百八十四《黄与坚传》，中华书局1976年版，第10147页。

② 以上参见王育颐等编《中国古代文学词典》第1卷，广西人民出版社1986年版，第382—383页。

着渔舟。"① 诗歌中饱含报国之志，刚节之气充盈其间。而夏完淳《故宫行》可以看出这一诗派七言歌行的风格取向："朝登建康城，暮宿丹阳道。黄尘落日大江流，紫陌微寒故宫草。故宫烟雨动新愁，华屋参差成古丘。当时罗绮三千户，何处莺花十二楼？六代繁华如在眼，真龙不动河山转。春光缥缈景阳宫，月色徘徊芳乐苑。细雨深宫花落迟，轻风合殿香飘远。花香十里到平康，莫愁歌舞冶游郎。侠少尽骑青络马，交游争系紫罗囊。鸳鸯两两芙蓉沼，鹦鹉双双玳瑁梁。一朝景物如反掌，富贵风流竟长往。玄武池边暮雨来，朱雀门前春草长。美女琵琶塞上行，绮构云连空复情。行人夜雨乌衣巷，归雁秋风白下城。登临千载空回首，陈井梁宫竟谁有！游鹿争衔上苑花，流莺自啭台城柳。台城下接孝陵西，无限枝头乌夜啼。杨花风起过江去，薄暮如烟满大堤。"② 与娄东诗派之辞藻富赡有相似之处，尽管叙事不如娄东派婉转曲折，但是独以气节取胜，沉雄顿挫，将朝代更迭之际的黍离之悲刻画得入木三分。

毗陵诗派。该派活跃在常州地区，主要诗人是"毗陵四家""毗陵六逸""毗陵七子"、赵翼、钱维乔等。常州人杰地灵，此地有常州词派，阳湖文派和今文经学派。毗陵诗派在这些学派的影响下，十分重视诗歌的品格，要求诗人作诗之前先要做人，要有较高的人格修养，重视忠孝节义，往前可以追溯到明末的东林党人。该诗派的主要作家是赵翼和洪亮吉，二人的《瓯北诗话》和《北江诗话》为该诗派奠定理论基础，力主创新，重

---

① 白寿彝等主编，韩兆琦等选注《文史英华·诗卷》，湖南出版社1993年版，第918—919页。

② 陈田辑撰《明诗纪事》卷五，上海古籍出版社1993年版，第2887页。

视诗人的性情学问以及高尚的品格，主张性情、学识、品格要相互融合。赵翼著名的《论诗》："李杜诗篇万人传，至今已觉不新鲜。江山代有才人出，各领风骚数百年。"又云："满眼生机转化钧，天工人巧日争新。预支五百年新意，到了千年又觉陈。"① 这颇能代表这一地区的诗人求新的强烈愿望。赵翼的诗歌，处处透露出一个"新"字。而洪亮吉则为常州地区的诗人作品增加了一抹边塞风骨，暗合他"求之于性情、学识、品格之间"的诗歌主张，如《行抵伊犁追忆道中闻见率赋六首》："嘉峪关前夕雾收，布隆吉后晓星浮。马毛作雪明千里，龙气成云暗一州。冰谷对床声乍噤，火山当户汗仍流。平生每厌尘环窄，天外如今一举头。"② 毗陵诗派在清朝中叶倡导诗歌应该表达性情，一方面是自身发展的结果，同时也是受到以南京为根据地的袁枚"性灵说"的影响，南京距离常州不远，毗陵诗人与袁枚多有交往，受其影响在情理之中。二者的区别在于，常州的毗陵诗人受儒家思想和本地文化影响，所表达的性情更多是指伦理亲情和朋辈友情。

二、浙江地区

清初浙江的学术事业非常繁荣，几与江苏和安徽不相上下。清初浙江的学术以钱塘江为界，由浙东和浙西两部分组成，"浙东、浙西，道并行而不悖也。浙东贵专家，浙西尚博雅，各因

① 赵翼：《瓯北集》卷二十八，上海古籍出版社 1997 年版，第 630 页。
② 孙一峰主编、王福民编《嘉峪关诗选》，甘肃人民出版社 1987 年版，第 24 页。

其习而习也。"① 浙东、浙西学术同出明末刘宗周，以宋学的
"经世致用"为宗旨。两大学派上溯至朱陆，至清由顾、黄发展
而来。故称："世推顾亭林氏为开国儒宗，然自是浙西之学。不
知同时有黄梨洲氏出于浙东，虽于顾氏并峙，而上宗王、刘，
下开二万，较之顾氏，源远而流长矣。顾氏宗朱，而黄氏宗陆，
盖非讲学专家各持门户之见者，故互相推服，而不相非诋。"章
学诚在总结浙东学派大兴的原因时认为，其原因在于"言性命
者必究于史"②。浙西学者主要活动在杭嘉湖地区，如桐乡张履
祥、吕留良，嘉兴朱彝尊，平湖陆陇其，钱塘应㧑谦等，都是
其中的佼佼者。到了清代中期，厉鹗从朱彝尊、查慎行手中接
过浙西诗派的大旗，极力尊崇宋人，主张以学问入诗，好用典
故，诗风为之一变，显得清劲苍润。

朱彝尊是浙西诗派的开山鼻祖，浙江山清水秀，自东晋谢
灵运以来，一直为山水田园诗人所热爱。朱彝尊早年学唐，晚
年宗宋，属于典型的学者型诗人，不仅学力深厚，辞藻华丽，
而且善用典故，风格典雅庄重，为浙西诗派的发展奠定了坚实
的基础。杨钟羲在《雪桥诗话》中引吴颖芳语说："浙诗国初衍
云间派，尚傍王、李门户，竹垞（朱彝尊号）出，尚根柢考据，
擅词藻而骋骖𬳽，士大夫咸宗之，俭腹咨嗟之吟摈弃不取，风
云月露之句薄而不为，浙诗为之大变。"③ 浙江诗歌的风格并非

① 章学诚：《文史通义》卷二《浙东学术》，李春伶校点，辽宁教育出版社
　　1998年版，第48页。
② 以上章学诚：《文史通义》卷二《浙东学术》，李春伶校点，辽宁教育出版
　　社1998年版，第48—49页。
③ 吴颖芳：《临江乡人集拾遗》卷首《无不宜斋未定稿序》，清乾隆十七年
　　刊本。

一成不变，而是在变化中不断发展。

厉鹗的诗以小题材、小境界、用僻典为特点，这也和他所处的时代有关。此外，浙江多丘陵，以山地居多，开阔的平原较少，也对他的诗歌格局有影响。如厉鹗的《归舟江行望燕子矶作》："石势浑如掠水飞，渔罾绝壁挂清晖。俯江亭上何人坐？看我扁舟望翠微。"① 清新自然，是浙江地区特有的山水之气的体现。

浙东学术主要以余姚、绍兴、鄞县、萧山等为中心，黄宗羲、万斯同、全祖望、章学诚、毛奇龄、朱之瑜、邵晋涵等著名学者都活动于此。浙东的诗风兼容并蓄，文史汇通，这里的诗歌创作者也具有开拓创新意识。浙东地区的诗人反对空谈义理，主张义利合一，这与当地经济发展程度息息相关：经济发达所带来的利益思想，使得这里的诗人反对坐而论道，提倡经世致用，主张学术研究要为社会服务。其中仇兆鳌的《杜诗详注》，是杜甫诗学研究的集大成者。

此外浙江地区还有杭州城市圈的"西泠十子"。西泠十子是指清顺康年间，杭州诗人陆圻、沈谦、柴绍炳、毛先舒、陈廷会、张纲孙、孙治、虞黄昊、丁澎、吴百朋十位诗人。以上十位诗人在杭州西湖结社，因此诗社名称为"西陵诗社"。因杭州距离松江县很近，地理上有一定的互通性，所以深受云间派的影响，故而这一个诗派的风格和云间派相近。西泠十子在词的方面较有成就，沈谦评价曰："词要不亢不卑，不触不悖，蓦然而来，悠然而逝。立意贵新，设色贵雅，构局贵变，言情贵含

---

① 厉鹗：《厉鹗集》卷四，罗仲鼎、俞浣萍点校，《浙江文丛》本，浙江古籍出版社 2016 年版，第 326 页。

蓄，如骄马弄衔而欲行，粲女窥帘而未出，得之矣。"①

三、湖湘地区

湖湘诗派也被称为"汉魏六朝诗派"，与宋诗派相对，因其首倡者王闿运是湖南湘潭人，所以称湖湘诗派。主要代表诗人为"湘中五子"，因五子结"兰林词社"而得名。道咸之际，湘人王闿运独树一帜，其论诗首尊"八代"，倡导复古，其诗作亦刻意模拟甚至蹈袭。邓辅纶和高心夔是这一诗派的两位主要作者。他们主张向汉魏诗歌学习，多抒发心中的悲情，由此引发诗坛上的感伤主义情绪。如《自京赴济南途中秋兴》其一云："南苑依依柳，犹能送客骖。微生天意惜，孤影别愁堪。晓月供憔悴，征鸿度两三。浅黄深碧外，只是忆湘潭。"②诗歌中透露出一丝伤感，同时，这首五言古诗，颇有汉魏乐府之感，特别是"南苑依依柳，犹能送客骖"一句，与汉魏古风相似，略有前人神韵。邓辅纶的《湘江晚行作》云："气苍霭余润，昏凝暖已晦。明景匿霞曜，孤光得萤熊。练色远如界，秋影倒将坠。月黑四山隐，江平一舟駚。语寂觉浪喧，墙欹知风汇。乘流妙低昂，瞻衡失向背。行泊苟任天，去来复何碍。"③湖湘地区的阴雨连绵影响着这一地区的诗人创作，诗歌气象阴郁，其"语寂觉浪喧"一句可谓独占风头，比"鸟鸣山更幽"更显内心的

---

① 沈谦：《填词杂说·作词要诀》，唐圭璋编《词话丛编》本，中华书局1986年版，第634页。

② 周柳燕编《王闿运辑》卷五，民主与建设出版社2016年版，第137页。

③ 邓辅纶、陈锐：《白香亭诗集　抱碧斋集》卷一，曾亚兰校点，岳麓书社2012年版，第19页。

孤寂，倾溢出一股浓愁，难以消散。虽然此派当时的诗名很盛，但后代学者认为他们"墨守古法"，甚至讽刺其诗为"假古董"，邓辅纶和高心夔去世后，湖湘诗派逐渐衰微。

四、中原地区

河朔诗派是清代中原地区的诗歌流派，以遗民诗人为诗歌创作的主体，该诗派最早的代表诗人是王士禛，中流砥柱为申涵光，诗人团体包括殷岳、张盖、刘逢源等，整体诗歌风格雄浑悲壮，清正沉刚。河朔诗派的名称来源于王士禛，他在《渔洋诗话》中提出："申凫盟涵光诗称广平，开河朔诗派。其友鸡泽殷岳伯岩、永年张盖覆与、曲周刘逢源津逮、邯郸赵湛秋水，皆逸民也。"[①] 史载："尚书王士禛称涵光开河朔诗派。"[①] 可见河朔诗派最早形成于王士禛之手。

清初诗人邓汉仪曾指出："今天下之诗，莫盛于河朔，而凫盟以布衣为之长，其所交如殷子伯岩、张子覆与、刘子津逮，皆负卓荦之才，堪与古人相上下。"河北地区民风淳朴，山川挺拔开阔，"燕赵自古多感慨悲歌之士"[②]，而这里也是最先受到清朝统治者攻占的地区，因此诗歌风格多悲壮沉雄，清正刚健。如申涵光的《岁晏》："亭亭西山云，万仞青芙蓉。下临不测渊，土有太古松。松顶巢黄鹤，渊中藏蛟龙。躞屧披云根，乱石翳葐茸。隔溪三五人，濯足吟疏风。白发好容颜，无乃商山翁。

---

① 赵尔巽等：《清史稿》卷四百八十四《申涵光传》，中华书局 1977 年版，第 10123 页。

② 韩愈：《韩昌黎全集》卷二十《送董邵南序》，中国书店 1935 年版，第 283 页。

汉庭亦已出，书币凋淳蒙。真隐自草木，岂贪世上功。落日凌
紫烟，挥手吾焉从。"① 诗中的意象挺拔傲立，气象开合有度，
有很强的地域特色。除了山河表里的描写，咏怀咏史，也是河
朔诗人经常创作的主题，如刘逢源的《咏怀》："少年不自量，
意气何峥嵘。思一吐奇怀，历抵汉公卿。中岁事乖违，烽烟暗
两京。遂戢飞扬志，殊深林壑情。家贫迫衣食，不敢薄躬耕。
颓然一野老，井臼困柴荆。每赴鸡豚社，闲寻鸥鹭盟。陋巷甘
偃蹇，聊以善自名。"② 慷慨豪迈的气象油然而生，而对于现实
生活的描写也稳重踏实。

　　燕台七子，清朝顺治时期围绕北京地区形成的诗人团体。施
闰章、宋琬、严沆、丁澎、周茂源、张谯明、赵锦帆七位诗人相
互唱和，时称"燕台七子"。史载："始琬官京师，与严沆、施闰
章、丁澎辈酬唱，有'燕台七子'之目。"③ 七人诗歌多为唱和赠
答，语词清丽自然，其中施闰章、宋琬影响比较大，丁澎诗学晚
唐，擅长七律，在诗坛上小有影响；周茂源师法明七子，善作比
附，语字工整严切；严沆诗歌创作谦恭勤改，有"德人"之称，
其余二人诗名不显。总体来说，燕台七子推崇明七子，提倡复古。
燕台七子多处京畿之地，其文学创作与政治背景和社会环境关系
紧密，主题多为宴会酬唱和赠答。其部分诗歌也极具地方特色，
比如周茂源的《蓟门杂咏三首》其二："万壑秋涛碣石摧，舳舻夜
覆白沟隈。蛟龙怒闪灵旗出，雁鹜群争玉粒回。天道九年频水潦，

① 徐世昌辑《晚晴簃诗汇》卷十四，中国书店 1989 年版，第 7 册，第 3 页。
② 徐世昌辑《晚晴簃诗汇》卷十四，中国书店 1989 年版，第 7 册，第 25 页。
③ 赵尔巽等：《清史稿》卷四百八十四《宋琬传》，中华书局 1977 年版，第
　　13327 页。

人烟三辅见蒿莱。司农筹国应多算，民立东南亦可哀。"① 北国风光跃然纸上，与他处诗歌的风格迥然不同。丁澎的《送张坦公方伯出塞》："老去悲长剑，胡为独远征？半生戎马换，片语玉关行。乱石冲云走，飞沙撼碛鸣。万方新雨露，吹不到边城。"② 也能体现出边塞的特色，地域辨识度较高。

高密诗派是乾嘉年间由高密人李怀民、李宪暠和李宪乔所创立、影响全国并持续二百多年的地域性诗歌流派，代表了高密古典文学的最高成就。山东是儒家学说兴起之地，因此高密作为山东地区诗人流派的代表地区，有着深厚的文化底蕴。高密诗派的诗歌创作在价值观和人生观的表现上，都旗帜鲜明地体现出以儒家思想为基础的浓厚的地域特色。如李宪乔《首夏斋中示侄孙测》："首夏已舒燠，午风草堂前。呼童开竹窗，坐见东高原。忺忽若有得，诗成使之观，上翠松孤蟠。二者所余色，漠漠皆远天。南亩径缭绕，妇孺携且肩。一鹭下南际，天地为旷宽。子来勤问讯，月令相究研。忺忽若有得，诗成使之观。此中有真趣，更非诗所传。"③ 诗歌中透露出儒家所宣扬的"王道乐土"以及礼乐教化，具有鲜明的山东地域特色。高密诗派的领袖"三李先生"，即清代翰林编修、诗人学者李元直的次、三、四子：李怀民、李宪暠、李宪乔，有"三单""三李""后四灵""王氏五子"等称誉。"三单"指的是单楷（书田）、单烺（青俟）、单宗元（绍伯、愚溪）三人，"后四灵"指的是

---

① 沈德潜编《清诗别裁集》卷三，上海古籍出版社 1984 年版，第 103 页。

② 刘常生编著《历代咏玉门诗词选》，甘肃文化出版社 2010 年版，第 296 页。

③ 徐世昌辑《晚晴簃诗汇》卷九十八，中国书店 1989 年版，第 19 页。

李诒经（五星）、王甯焯（熙甫）、王烻（丹柱）、单鼎（子固），"王氏五子"指的是胶州王克绍（新亭）、王克纯（颍叔），高密王夏（蜀子）、王万里（希江）、王甯闿（子和），其门徒、追随者遍布全国十多个省份，直至朝鲜。

五、岭南地区

岭南三大家，又称"岭南三君"。这是清代初年广东三大诗人的合称，为屈大均、陈恭尹和梁佩兰。三位诗人都是明末清初时期的遗民诗人，诗歌内容多为歌颂明末抗清斗士，诗歌风格偏向现实主义。"岭南三大家"在清朝初年的诗坛上很有地位，不仅因为这三个人都各自拥有较高的声望，还由于他们的诗歌风格和行为举止也很具有典型性。相比较于其他地区，岭南地区抗清斗争时间较长，而且其在清代初期也属于三藩统治的地区，诗人深受儒家传统文化影响，有强烈的亡国故土之思，对于如何做人、如何交友十分重视。朝代革新之际，明末清初的遗民士人如何行止，最受当时人关注。屈大均和陈恭尹分别代表了这一时期两种不同的类型。岭南遗民屈大均是个例外，他在交游方面一直率性而为，初入仕途的清朝官员，饱受争议的贰臣，他都与之交往。同为"岭南三大家"的陈恭尹则大为不同，早期的陈恭尹交友非常谨慎，后期则发生了巨大转变，这一转变也表明岭南士族逐渐接受王朝更迭的现实，也给予着岭南诗人更多的选择。"岭南三大家"各有特色，屈大均的诗歌奔放纵横，激荡昂扬。陈恭尹诗歌感时怀古，抒发亡国的悲伤。如他的《怀古十首》其八《邺中》："山河百战鼎终分，叹息漳南日暮云。乱世奸雄空复尔，一家词赋最怜君。铜台未散吹笙伎，石马先传出水文。七十二坟秋草遍，更无人表汉将军。"① 就有浓厚的亡国黍离之悲。梁佩兰曾经出仕清朝，行为举止与屈、陈二人有别，诗歌多酬唱与写景，兼有民情畅达之作，苍凉豪爽，独开一面。

六、西南地区

广西诗派。广西之地少数民族居多，自归中央统辖之后，诗歌的发展一直比较缓慢，随着明代"改土归流"运动的开展，大批中原文人进入广西，诗人自明代至清代前期才开始逐渐增多。整体来说清代广西地区诗歌的发展有三个阶段：乾隆、嘉庆的酝酿期，道光、咸丰的兴盛期，光绪、宣统的延续期。广西诗派最突出的特点是对国家民生的关注，因其地处边疆地区，无论是王朝更迭还是区域外交发展，诗人对国家的认同感在其中发挥着重要作用。其次是比较集中地描写广西地区独有的气候环境和自然风貌，有着浓郁的地方特色。

以上所述，梳理了清代诗歌叙事的地域环境与地方传统。

第三节　流派分布特征

尊唐派产生于清顺治年间，活跃于康熙年间，前后持续活跃约八十年。因为这一诗派的诗人论诗推崇唐代，作诗取法于唐诗，所以后人称之为"尊唐派"或"唐诗派"，这一诗派的代表人物是吴伟业。他们认为，诗歌应该继承讽喻诗的现实主义

---

① 沈德潜、周准编《明诗别裁集》卷十二，上海古籍出版社 1979 年版，第322 页。

传统，感时伤乱，深意哀惋，令人"一读一缠绵"①。除吴伟业，宋琬、施闰章、朱彝尊、屈大均、陈恭和赵执信等也都是尊唐的大家，只是各自所崇尚的诗人、推崇的诗论有所不同，诗歌风格和个人经历也不尽相同，但在清朝初期整体社会历史背景下，反映民族忧患意识和风格健朗的唐诗，被这一派诗人肯定并传承下来。

如屈大均的《偈文丞相祠》："萧条柴市口，就义忆先贤。碧玉归无地，丹心痛入天。武侯师未捷，箕子道空传。终古宗臣相，斜阳麦秀边。"②吊古伤今，感慨良深，颇有风骨。王士禛"神韵说"，沈德潜"格调说"，翁方纲"肌理说"，都深受尊唐派的影响，为其分支。

一、神韵派

明末遗民进入清代以后，曾经浓重的民族意识已逐渐淡化。王夫之等人诗歌中的反抗精神和民族兴亡的主题逐渐被新的风格所取代。特别是施闰章、宋琬之后，大批文人由明入清，在新朝应试举第，统领诗坛，而王士禛的神韵说正是完成这一诗风转变的重要标志。

神韵说追求以含蓄蕴藉的语言创造诗歌淡远清新的境界，力图摆脱政治等社会因素对诗歌创作的干扰，强调诗歌的消遣娱乐功能。从这个意义上讲，神韵说将目光转向诗歌本身的创作本位，力求清新、自然、含蓄、蕴藉，增强诗歌娱乐内心的

① 袁枚：《小仓山房诗文集》卷二十七，周本淳点校，上海古籍出版社1988年版，第688页。
② 宫达非：《资政大典》第十三编，河北教育出版社1995年版，第3680页。

作用。魏晋南北朝时期，山水田园诗的产生与形成，和王士禛的神韵说的产生与形成有相似之处，二者都是受到政治上的阻碍之后，转向提倡诗歌清新自然的风格。

基于神韵说的指导，以王士禛为代表的诗人认为，诗歌的语言最好要含蓄朦胧，表达不能一气呵成。言外有情，言外有意，将内心的情意寄托在诗歌当中，不能将情谊"和盘托出"，要让人难以琢磨，无法指证。而诗歌的语言则力求秀美，选用明俊圆润的辞藻。整体风格清新流畅，讲究冲远清淡，自然得体，妙不可言。

在王士禛之前，司空图、严羽等人也都谈到过神韵，但并未将其作为诗歌创作的根本问题来进行讨论，对神韵的具体内涵也未形成一致的认识，大体不过指气韵、风神一类的内容。王士禛将神韵作为诗歌创作的根本要求提出来后，以此为指导，形成了声势浩大的诗歌流派。

王士禛的神韵说深受三方面的影响：其一是严羽的"以禅喻诗"。王士禛在严羽的基础上进一步要求诗歌入禅，即诗歌需要达到"色相俱空"的境地。好的诗歌就是要"色相俱空"，"羚羊挂角，无迹可寻"。[①] 诗歌反映的现实不应太过执着于写实这一点，从根本上说，就是要以远离现实为出发点，将目光投向意境神韵的营造上。其二是晚明画家董其昌关于南宗山水画的相关论述。董其昌认为作诗和画画一样，有时候只需要"略具

---

① 以上参见王士禛：《带经堂诗话》卷三、卷二，郭绍虞主编，人民文学出版社 1963 年版，第 71、65 页。

笔墨"即可，只需"兴会神到"[①]，有感而发。他一再强调创作过程中"兴会神到"的重要性，画画和作诗都讲究"兴会神到"，而需要注意的是，这种技巧来源于深厚的生活经验和人生阅历，离开这一点，谈"兴会神到""略具笔墨"，势必将使艺术远离现实，有违初衷。其三是司空图"不著一字，尽得风流"的观念。司空图认为诗歌应该冲淡含蓄、自然清新、清奇蕴藉，而不是雄浑悲壮，沉着劲健。[②]

王士禛《再过露筋祠》云："翠羽明珰尚俨然，湖云祠树碧如烟。行人系缆月初堕，门外野风开白莲。"此前诗人们常常表达的明清易代之后的失落与迷茫，在这首诗里变成了对超脱玄远、幽静淡泊之美的追求，显得含蓄而空灵，强化了诗歌的审美特征。整首诗描绘了水泽湖泊纵横的宁静景色，宛如一幅水墨山水画，特别是风姿秀丽的白莲。"不即不离，天然入妙"[③]，引发读者的联想，避开了对于现实的残酷写照，转而潜心意境和神韵的营造。

二、肌理派

1711年，王士禛去世，神韵派一统诗坛的时代随之结束，其他诗派开始逐渐登上历史舞台。以沈德潜为代表的格调说此时异军突起，所谓"格调"，就是以此为标签去统摄封建统治的

---

① 以上参见王士禛：《带经堂诗话》卷三，郭绍虞主编，人民文学出版社1963年版，第86、68页。

② 参见司空图：《二十四诗品·含蓄》，罗仲鼎、蔡乃中注，浙江古籍出版社2013年版，第43页。

③ 陆以湉：《冷庐杂识》卷一，冬青校点，《历代笔记小说大观》本，上海古籍出版社2012年版，第41页。

伦理思想，强调诗歌为封建统治和伦理道德服务。① 沈德潜论诗推崇"和性情，厚人伦，匡政治"的诗教作用，认为诗歌之道，可以调理性情，柔善万物，通感鬼神，能够兴邦安国，应对诸侯。鼓吹诗歌要"温柔敦厚"，要求诗歌创作"一归于中正和平"。①沈德潜的诗歌和明七子一样，古体诗描摹汉魏，近体诗尊法盛唐，他以古诗为源头，以唐诗为标准，选编《古诗源》《唐诗别裁集》作为学习的典范，对当时的诗坛产生了深远的影响。

沈德潜所处的时期是清王朝政治统治的高峰，也是中国古代封建社会集权统治的最高峰。因此，他的诗歌会以维护封建统治阶级的利益为出发点，认为诗歌的功能是帮助统治阶层治国安邦。格调派的诗歌创作，提倡温柔敦厚和格调奇高，被认为是"忠孝"的代表。沈德潜提倡"学古"和"论法"，对诗歌的体格和声调都做了严格的规定，其根本目的是保证诗歌符合温柔敦厚的诗教宗旨，能够体现出封建伦理道德的规范。诗歌只有符合温柔敦厚以及忠孝规范，它的格律才会是雅正的。

沈德潜关于格调说的实践，主要集中在他对于古诗的评论和编排上，如《古诗源》。沈德潜认为评价诗歌首先要看其宗旨，也就是诗道；然后要看其体裁，也就是格律；最后看它的音节，也就是声调。受此影响，尊崇格调说的诗人，他们的诗歌创作很大一部分都是典型的台阁体，大量诗歌平庸无奇，说教色彩要大于艺术表现，被袁枚等后人所批评。

翁方纲认为王士禛的神韵说过于空洞，何为神、何为韵，

---

① 沈德潜：《唐诗别裁集》卷首《重订唐诗别裁集序》，李克和等校点，岳麓书社 1998 年版，第 3 页。

并没有一个准确的标准。所谓的"羚羊挂角，无迹可求"①，其弊病也在此，其过于宽泛的论述，使得诗人创作时没有凭依。同时他认为沈德潜的格调说也有弊病，其弊病在于过分复古，推崇古义而忘掉抒情。因此，他提出肌理说，主张"为学必依考证为准，为诗必以肌理为准"②。翁方纲将"肌理"分为义理和文理，义理为"言有物"，文理为"言有序"，就是要求诗人以儒家经典学问为基础，用考证的方法来填充诗歌的内容，做到"言之有物"和"言之有序"，即义理和文理的和谐统一。翁方纲提出肌理说，是受到清代朴学思想的影响，力图以考据、训诂充实诗歌的内容，融义理、考据、辞章为一体。

翁方纲以学问为诗，用韵语做考据，这遭致袁枚批评："错把抄书当作诗。"③ 实际上，翁方纲是用肌理说给神韵说和格调说以新的解释，用"义理"来充实"神韵"，用"文理"来充实"格调"。翁方纲说："今人误执神韵，似涉空言，是以鄙人之见，欲以肌理之说实之，其实肌理亦即神韵也。"又称："其实格调即神韵也。"④ 融合二者而形成的肌理说，其最终目的在于诗歌的复古。在诗法上，翁方纲主张求儒复古的旗号，他割裂引用杜甫诗句"法自儒家有"，解释为"大而始终条理，细而一

---

① 严羽：《沧浪诗话校释》，郭绍虞校释，人民文学出版社 1983 年版，第 26 页。

② 翁方纲：《复初斋文集》卷四《志言集序》，《续修四库全书》本，上海古籍出版社 2002 年版，第 1455 册，第 391 页。

③ 袁枚：《小仓山房诗文集》卷二十七《仿元遗山论诗绝句》，周本淳校，上海古籍出版社 1988 年版，第 691 页。

④ 翁方纲：《复初斋文集》卷八《神韵论》，《续修四库全书》本，上海古籍出版社 2002 年版，第 1455 册，第 423 页。

字之虚实单双，一音之低昂尺黍，其前后接笋，乘承转换，开合正变，必求诸古人也"。① 翁方纲尊宋，认为宋诗务实，且特别推崇江西诗派，这也使得推崇肌理说的诗人们，都格外强调诗歌的考证作用和史学价值，以至于把诗与"经术"、史料混为一谈，为后人所诟病。

如翁方纲《钤山堂》云："堂倚袁江麓势偏，青峰俯愧碧潺湲。大鸡韩孟联吟好，小吏庐江乐府传。莫认故巢思孔翠，试凭后学洒山川。世间岂少藏修者，岑寂书窗二十年。"② 翁方纲的诗歌主要分为两大类：一类是以经史、金石为考据对象的学问诗，另一类就是记录作者生活轨迹、社会见闻或者山水景物的诗。这首《钤山堂》就是后者，虽然构思精巧，但缺乏生活气息和真情实感。提倡肌理说的诗人们在进行诗歌创作时，无论是学问诗还是山水诗，往往会有佶屈聱牙、诗味寡淡之感，反而产生一种隔离感，情感难以畅快抒发。

三、性灵派

针对为调和神韵派和格调派而提出的肌理派，清朝乾隆年间的袁枚提出了性灵说，他延续了公安派"独抒性灵"的主张，强调诗歌要抒发真性情，而不是所谓的格调、神韵和义理、文理。他全面否定了清初以来的各种诗歌理论主张，将性灵作为诗歌创作的最高法则。袁枚吸取了明代袁宏道等人的诗论，并

---

① 翁方纲：《复初斋文集》卷八《诗法论》，《续修四库全书》本，上海古籍出版社 2002 年版，第 1455 册，第 420 页。

② 徐世昌辑《晚晴簃诗汇》卷八十一《钤山堂》，中国书店 1989 年版，第 32 册，第 13 页。

加以阐发，主张做诗应该抒胸写意，辞贵自然，强调运艺独创，反对以程朱理学束缚诗歌的创作。由于时代的局限，袁枚所论之性灵也只不过是封建士大夫的闲情雅致，少有对现实社会生活和民生疾苦的反映。

袁枚所说的"性灵"，包含性情、个性和诗才三个部分。性情是诗歌的第一要素："性情之外本无诗。"① 这种性情与诗人独特的个性密不可分："作诗不可无我"②，故《续诗品》辟"著我"一品，所谓"字字古有，言言古无"③，就是明确提倡创写"有我"之旨。但一味地突出自我的性情是远远不够的，还需要拥有与之匹配的诗歌才能："诗人无才，不能役典籍运心灵"④，艺术构思中的灵机与才气、天分与学识要结合并重。

如《湖上杂诗》："葛岭花开二月天，游人来往说神仙。老夫心与游人异，不羡神仙羡少年。"⑤ 全采用对比的写法，在简单的勾画中，蕴含了对自然生命的欣赏与赞美，写出了郊游踏青时的闲情逸致，表达了作者对于青春的渴望，也在羡叹年轻时流露出一股难言的惆怅和无奈，有着别出心裁的情趣。

"乾隆三大家"中的赵翼和蒋士铨，也是性灵派的代表人

---

① 袁枚：《小仓山房诗文集》卷二十六《寄怀钱屿纱方伯予告归里》，周本淳校，上海古籍出版社1988年版，第657页。

② 袁枚：《随园诗话》卷七，顾学颉校点，人民文学出版社1960年版，第146页。

③ 袁枚：《续诗品·著我》，《清诗话》本，中华书局1963年版，下册，第1035页。

④ 袁枚：《小仓山房诗文集》卷二十八《蒋心余藏园诗序》，周本淳校，上海古籍出版社1988年版，第1757页。

⑤ 袁枚：《小仓山房诗文集》卷二十六，周本淳校，上海古籍出版社1988年版，第643页。

物。二人都推崇性灵说，重视创新，强调"诗文随世运，无日不趋新"①，坚信"江山代有才人出，各领风骚数百年"，② 主张"文章本性情，不在面目同"③。而蒋士铨的"性情"还包括"忠孝节义之心，温柔敦厚之旨"④，这一点与袁枚等人有所不同。张问陶也同样崇拜袁枚，他和袁枚一样敢于反抗道学，"理学传应无我辈"⑤，在诗歌中畅所欲言，无所顾忌，反映出思想解放的痕迹。

　　舒位、王昙和孙原湘也是性灵派诗人。他们的诗歌题材广泛，性灵和才学兼备，诗歌写得潇洒自如，得心应手，旁征博引。性灵派的出现，标志着乾嘉诗坛转变的新动向，其中舒位、王昙等人还是龚自珍的先导，影响了近代诗歌的形成与发展。

四、宋诗派

　　宋诗派的兴盛是考据之风盛行的结果，诗派中的作家都有较强的汉学根基，其融合汉学与宋学，创作倾向是"合学人、诗人之诗二而一之"。⑥ 宋诗派的复古与尊唐派有所不同，他们

---

① 赵翼：《瓯北集》下卷四十六《论诗》，上海古籍出版社1997年版，第1173页。
② 赵翼：《瓯北集》上卷二十八《论诗》，上海古籍出版社1997年版，第630页。
③ 蒋士铨：《忠雅堂集校笺2》卷一三《文字四首》其四，邵海清校，李梦生笺，上海古籍出版社1993年版，第986页。
④ 蒋士铨：《忠雅堂集校笺2》卷一《钟叔梧秀才诗序》，邵海清校，李梦生笺，上海古籍出版社1993年版，第2013页。
⑤ 张问陶：《船山诗草》卷九，中华书局1986年版，第220页。
⑥ 陈衍：《陈衍诗论合集》上《近代诗钞述评》，钱仲联编校，福建人民出版社1999年版，第879页。

不是机械的拟古，而是像宋人学唐诗一样，拟古的同时留有余地，追求诗歌创作的独立性。

钱谦益和他的虞山派是宋诗派的开宗人物和分支，论诗宗宋抑唐，反对明前后七子"诗必盛唐"之说，提倡作诗要"从肺腑出"。① 这种转变是针对尊唐派的形式主义复古诗风而产生的。宋荦、查慎行、厉鹗等人也都是宗宋派的中坚诗人，虽然他们宗宋的宗旨是一致的，但每个人都有自己的倾向性。如宋荦推崇苏轼，诗歌富于变化；查慎行善用白描，诗歌内容多为旅行和景色描写，同时也有一些反映现实和民生疾苦的作品，在宋诗派中地位较高；厉鹗善学宋人，好用典故，诗歌主要摹写山水，以杭州、西湖风景为主。以他为代表的浙派也是宋诗派的分支，一直影响到清朝末年的诗歌创作。

宋诗派在道光以后的代表诗人是郑珍，他的诗词语言洗练，音节顿挫硬折，浅显通俗却不流于体表，沉着朴实而不深奥难懂，尽得宋诗朴瘦坚劲之特点，充满诗情画意，对后代的同光体影响很大。而同光体则是宋诗派对抗新派诗和其他诗派诗歌的产物，代表作家有陈三立、陈衍。他们学诗"不墨守盛唐"②，其趋向是对宋诗派的继承与发展。

---

① 参见苏轼：《东坡选集》之《读孟东野诗二首》其二，曹慕樊、徐永年主编，四川人民出版社 1987 年版，第 134 页。
② 陈衍：《石遗室诗话》卷首《沈乙庵诗序》，郑朝宗，石文英校点，人民文学出版社 2004 年版，第 7 页。

第十三章

清诗叙事传统的发展

　　清代是诗歌创作的又一个繁荣时期，"相对于历来的文学传统，清代的文学创作首先表现在叙事文学的繁荣。在传统文学形式中，诗歌的叙事性最引人瞩目。"① 中国的叙事诗发展到清代，出现了超越前代的新高峰，不仅数量空前绝后，作家众多，而且叙事诗所反映的生活领域也是前代难以企及的，正如钱仲联所说："叙事性是清诗一大特色，也是所谓'超元越明，上追唐宋'的关键所在。"② 如吴伟业、黄遵宪的长篇叙事诗，无论是反映生活的深度，还是艺术手法的成熟，都可以同此前的叙事名篇相媲美。清代叙事诗在继承前代叙事诗风的基础上，进一步开拓创新，通过制题叙事与组诗叙事，推动了以诗述事、以诗写史、以诗记人风气的盛行，从而使古代叙事诗在题材和语言形式上再次向前发展。

---

① 傅璇琮、蒋寅总主编《中国古代文学通论・清代卷》，辽宁人民出版社 2005 年版，第 12 页。
② 钱仲联：《清诗纪事》，江苏古籍出版社 1987 年版，第 5 页。

第一节　清诗制题的叙事艺术新变

《说文解字》云："题，额也。"① "题"的本意即额头，顾名思义，诗题就是诗歌的额头。写作中有"题好文一半"的说法，足可说明题目在一部作品中的重要性。于诗而言，读者阅读往往从诗题进入，题好自然能吸引读者。亦如《二南密旨》中"论题目所由"云："题者，诗家之主也，目者，名目也，如人之眼目。眼目俱明，则全其人中之相，足以坐窥万象。"② 题目确有统摄全篇的作用，所以才被称为"诗家之主"。诗题的发展，经历了从无到有、从简到繁的过程，这表明诗题的功能越来越强，诗人以诗纪事的意识也越来越浓厚，尤其到了明清时期，无论是长题、短题，还是组诗，纪事因子都较前代愈加明显，叙事的手法也更加纯熟，由此成就了诗歌叙事的高峰。

一、清诗制题的叙事意识

诗题的重要性是在后世才逐渐凸显出来的，早期诗作中并无诗题一说，"《三百篇》、《古诗十九首》，皆无题之作，后人取其诗中首句之一二字为题。"③ 也正因如此，顾炎武、袁枚、王国维等学者才认为无题之诗的境界高于有题之诗。顾炎武即言："古人之诗，有诗而后有题；今人之诗，有题而后有诗。有诗而

① 许慎：《说文解字》，陶生魁点校，中华书局 2020 年版，第 281 页。
② 贾岛：《二南密旨》，王大鹏等编《中国历代诗话选》本，岳麓书社 1985 年版，第 70 页。
③ 袁枚：《随园诗话》卷七，崇文书局 2017 年版，第 98 页。

后有题者，其诗本乎情；有题而后有诗者，其诗徇乎物。"① 袁枚也有同样看法："无题之诗，天籁也；有题之诗，人籁也。天籁易工，人籁难工。"② 这种看法主要源于诗的发生学视角，认为为情而作诗易工。但从诗歌的叙事角度而言，"诗有题，所以标明本意，使读者知其为此事而作也。古人立一题于此，因意标题，以词达意，后人读之，虽世代悬隔，以意逆志，皆可知其所感，诗以题行故也。"③ 由此可见，诗题不仅可助作者"标明本意"，亦利于读者"以意逆志"。

早期的诗作中并无诗题，是因其感兴而作的创作方式导致的，诗人本乎情，发乎言即可，还没有形成一套完整的规制。随着诗歌创作的发展和演进，诗题的重要性日益凸显。魏晋时，"诗题已经成为诗歌整体形式的不可或缺的有机部分，诗人完全有意识地利用诗题来阐释其创作宗旨、创作缘起、歌咏对象，标明作诗的场合、对象。"④ 不仅如此，这一时期的诗人们还喜欢用诗题标明诗歌的体制和形态，如陈叔宝的《七夕宴乐修殿各赋六韵座有》《献岁立春光风具美泛舟玄圃各赋六韵诗》，还有联句诗、星宿名诗、鸟兽名诗等也是如此。明人徐师曾在《文体明辨》中总结此类诗名云："诗有用建除名者，有用星宿名者，有用道理名者，有用州郡县名者，有用斜冗名者，有用姓名者，有用将军名者，有用古人名者，有用宫殿名者，有用

---

① 顾炎武：《日知录集释》卷二十一《诗题》，黄汝成集释，栾保群点校，中华书局 2020 年版，第 1050 页。
② 袁枚：《随园诗话》卷七，崇文书局 2017 年版，第 98 页。
③ 郭绍虞编选《清诗话续编》，上海古籍出版社 1983 年版，第二册，第 729 页。
④ 吴承学：《论古诗制题制序史》，《文学遗产》1996 年第 5 期，第 12 页。

船车名者，有用药草树名者，有用鸟兽名者，有用卦兆相名者，古集所载，仅见数端。然推而广之，将不止此。"① 到唐宋时，这种有意识的拟题诗作就更多了，诗题的风靡与科举考试的诗韵之作密切相关。古代科举考试中的诗赋是命题的限韵之作，举子应试的诗赋必须符题、切题。也就是说，举子必须认真研究如何把握和演绎既定之题，久而久之，这种科举考试的应试规范就逐渐影响到日常的文学创作与批评活动中。到明清时期，对于诗题的强调就更加突出了，如清人方南堂《辍锻录》中云："立题最是要紧事，总当以简为主，所以留诗地也。使作诗意义必先见于题，则一题足矣，何必作诗？然今人之题，动必数行，盖古人以诗咏题，今人以题合诗也。"② 可见，即便作者只推崇简题，对于诗题的重视程度也已非前代可比。

不难发现，诗题在经历从无到有的过程中，受到了创作者越来越多的重视，但后世研究者们害怕诗题夺了诗意，所以多提倡简题、短题，反对长题。但如果从叙事功能来审视诗歌的演进史，我们发现，随着诗歌的发展，其叙事功能越来越受到关注，叙事因子越来越多，叙事技巧也日渐纯熟。表现在诗题上亦是如此，在诗题的发展过程中清代诗题的叙事意识更为明显，且较之前大为增强。

第一，以"纪"字为题的诗作大量涌现。张表臣言："记者，记其事也；纪者，纪其实也……传者，传而信之也。"③ 任

---

① 周维德集校《全明诗话》，齐鲁书社2005年版，第二册，第1469页。
② 郭绍虞编选《清诗话续编》，上海古籍出版社1983年版，第四册，第1942页。
③ 张表臣：《珊瑚钩诗话》卷三《示客》，何文焕《历代诗话》本，中华书局2004年版，第476页。

昉则言："记者，所以叙事识物，以备不忘，非专尚议论者也。"① 可见"记"的功能在于记事识物，以防止遗忘，而"纪"的功能则偏重于纪实，是一种有意识的史实性的记述。清诗制题中大量以"纪"字为题诗作的出现，说明清人以诗纪事的观念越来越浓厚，诗歌的叙事因子也在这一观念的影响下日益强化。如刘逢源的《壬辰纪事》记壬辰水患之事，钱士馨的《甲申三月纪事》记李自成攻克北京之事，冯溥的《纪异》记康熙十八年京师地震之事，王士禛的《门人陆次公辂通判抚州半载挂冠重建玉茗堂于故址落成大宴郡僚出吴儿演牡丹亭剧二日解缆去自赋四诗纪事和寄》记观剧之事，除此，还有王熙的《思陵纪事》、林云铭的《登陟纪事》、叶舒颖的《闽中即事》、李渔的《甲申纪乱》、江闿的《己未七月廿八日京师地震纪异》、吴农祥的《壬戌正月二十一日耿精忠伏诛作歌纪事》、张瑗的《划毁魏忠贤墓纪事诗》、蒋涟的《恭纪诗》《恭纪》等均是以"纪"字为题的诗作。这种纪事性的诗作在清诗中大量存在，涉及的诗人很多，延续的时间也很长，无论是登楼、观剧式的日常生活，还是地震、叛乱式的家国大事，都可以通过诗作的形式一一纪之，足见纪事观念在清人诗作中的深入程度。

第二，诗题中叙事因子的增强。所谓叙事因子是指诗题中明确的纪事性标志，诗人可以在诗题中交代时间、地点、人物、事件等相关因素，以标明纪事性，也可以以"纪"或"纪事"等字眼进行统摄。具体而言，以"纪"或"纪事"为题的纪事性是最鲜明的，诗题中直白言明为纪某事而作，甚至有些诗作

---

① 王水照编《历代文话》，复旦大学出版社2007年版，第三册，第2530页。

的题目就直接是纪事，如王益朋的《纪事诗》、万如洛的《纪事》、陈学泗的《纪事》、陶澄的《纪闻》、冯溥《纪异》等，都是旗帜鲜明地表明为纪某事而作。除了直接以纪事为题，还有年份、地点、人物、事件等因素。陈必昌的《乙丑纪事》、万寿祺的《甲申》和《五月》、巢鸣盛的《癸丑三月十九日》、刘逢源的《壬辰纪事》、钱士馨的《甲申三月纪事》、李渔《甲申纪乱》等都是所纪之事发生的年份为题。费锡章的《琉球纪事一百韵》、龚景瀚的《浅浅子纪事诗》、王熙《思陵纪事》、林云铭《登陂纪事》等则是以所纪之事发生的地点为题。薛绍徽的《老妓行》、吴梅村的《圆圆曲》、方文的《自题其像》、钱秉镫的《南京六君咏》等都是以人物为题。张瑗的《划毁魏忠贤墓纪事诗》、申颋的《纪殷仲泓事四十韵》、王美中的《纪罗侯感梦雪枉事》、叶舒颖的《闽中即事》、陈璧的《挽留守相公稼翁夫子七十韵》等都是以事为题。

在清诗制题中，诗人并不仅仅只以年份、地点、人物、事件等元素中的某一种来表明纪事性，还更多地综合运用多种元素，既有时间地点，也有人物事件，从制题中就可以清楚表明所纪之事及作诗缘由，如王士禛的《门人陆次公辂通判抚州半载挂冠重建玉茗堂于故址落成大宴郡僚出吴儿演牡丹亭剧二日解缆去自赋四诗纪事和寄》、王霖的《庚午武林晤黄廉远自余姚来出其令伯梨洲先生诗历见示且言先生垂念寒好意殊恳笃因赋长歌为赠并呈梨洲先生即用诗历中叶讱菴太史送董在中原韵》、邵长蘅的《五月十七日喜闻施愚山汪钝翁秦对岩钱宫声曹峨嵋乔石林李子德陈其年毛大可朱竹垞汪舟次严荪友徐胜力潘次耕李湄清方湄仁周雅楫暨家戒三诸公以鸿博制科同官翰林赋赠五十韵》。这些诗题都是动辄几十字，完全违背了诗题尚简的原则，但诗人们仍不惜冒长题害意的风险，屡屡拟定长题，说明诗题的叙事风气已深入人心，并在一定程度上消解了诗题尚简的传统。

第三，"恭纪诗"的盛行。乾隆是个骄傲的皇帝，且酷爱作诗，接待使臣、平定边患、岁时节令、游玩听戏等大大小小的事情都喜作诗略记一二，如《哈萨克称臣内属遣使进贡诗以纪事》《布鲁特称臣内属遣使诣阙诗以纪事》《俄罗斯驿致叛贼阿睦尔撒纳死尸信至诗以纪事》《尊藏得胜灵纛于紫光阁诗以纪事》《弆藏西师俘获军器于紫光阁诗以志事》《伊犁将军奏土尔扈特汗渥巴锡率全部归顺诗事》《定边将军大学士温福奏报攻克布朗郭宗贼酋僧格桑窜入金川整兵追剿小金川全平诗以志事》《陕甘总督文绶奏新疆屯田诗以志事》等都是此类纪事诗作。不仅乾隆皇帝自己写诗，身边的大臣也会一同唱和，受此风气的影响，清诗中出现了大量以"恭纪"为题的诗作，如陈世倌《恭纪诗四首》，查慎行的《十二日驾幸额勒苏台大猎召臣等观围恭纪七言长歌一首》《恩赐哆啰雨衣恭纪》，蒋溥的《恭纪诗》《恭纪》，李霨的《康熙十九年六月二十七日特赐御书一幅恭纪》《扈从恭纪》、李调元的《平定金川恭纪八首》、纪昀的《西域入朝大阅礼成恭纪三十首》、龚勃的《金川平定奏凯恭纪》、钱大昕《乾隆二十八年起居注书成诣乾清门入奏恭纪六首（是日雪）》等。从上述诗题来看，无论诗题是否点明了年份、地点、人物、事件等纪事性元素，其以"纪"为题的方式都已彰显了诗作的纪事性特征。

诗题叙事意识的增强既是诗歌叙事性不断强化的结果，当以诗纪事成为一种社会共识时，诗题自然会突破简题的桎梏，通过叙事因子来增强其叙事性。当诗题的叙事意识越来越浓厚时，就会由此衍生出高超的制题叙事技巧。

二、清诗制题的叙事技巧

关于诗题，诗人在创作过程中一直保持有尚古的传统，"唐人之作，一诗之意具见题中，更无罅隙。其所长者，虽文采不加而意思曲折，叙事甚备而措辞不繁。……宋人命题虽曰明白，而其造语陈腐，读之殊无气味，有非唐人之比"①，认为"汉、魏至盛唐，命题之辞甚雅，称谓甚古。中、晚又变矣，其步武尚未大失。至宋、元，浊俗秽杂，无复古人遗意。流于近代，益丑益乖，雅道全失。"② 不难发现，诗题的尚古传统是从辞情和达意层面来谈的，但如果从纪事角度而言，晚近诗题则呈现出更加高超的叙事技巧。

第一，丰富多样的叙事手法。就叙事手法而言，一般有顺叙、倒叙、预叙、插叙等，诗人可根据需要灵活运用，可以是一种叙事手法，也可以多种叙事手法交叉使用。顺叙和倒叙在清诗制题中较为常见，如江闿的《己未七月廿八日京师地震纪异》、吴农祥的《壬戌正月二十一日耿精忠伏诛作歌纪事》、孙元衡的《乙酉三月十七夜渡海遇飓天晓觅澎湖不得回西北帆屡濒于危作歌以纪其事》都是采用顺叙的手法，交代时间、事件，陈述诗因某时某事而作。金渐皋的《秦淮女郎卞云装侨居半塘八九年前曾过一面比来湖上见其案头有吴梅村诗册并虞山老人

---

① 周叙：《诗学梯航》，周维德集校《全明诗话》，齐鲁书社 2005 年版，第一册，第 94—95 页。

② 费经虞：《雅伦》卷二十《题引上》，周维德集校《全明诗话》，齐鲁出版社 2005 年版，第六册，第 4962—4963 页。

和章寻览情词不无今昔之感因窃取二老意并云装近事橐括成诗》、黄宗炎的《与九征夜话因忆庚辰上元日阻雪冒古斋中予弟泽望及二三友人日夜轰饮迄今三十有二年矣泽望……既去世友人多登鬼录予白首重来感慨剧谈作诗为赠》、王昶的《去秋偕子才明府泊舟北固山下令小史桂郎度曲因作五绝比入都罗布衣两峰聘余秀才少云鹏翀绘图记之长安传为佳话今次京口澹云微雨风景略似去年独与漠宣青灯危坐回忆子才在白下桂郎在金阊而予先奉命将由山左按察江西曩时雅兴了不可得复作五绝索漠宣属和兼寄子才不胜今昔之感云》（五首之一）都采用了倒叙的手法，皆由当前情境忆及往事，金渐皋的诗题是"过去——现在"的时空交错方式，黄宗炎的诗题是"现在——过去——现在"的交错，王昶的诗题则是"过去——现在——过去——现在"的交错。与当下时空相比，诗人用倒叙的方式追忆此前的故事，给人以今昔对比之感。

预叙是指在叙事过程中，提前铺设未来可能会呈现的事情，如张问陶的《癸丑假满来京师闻法庶子云同年洪编修亮吉寄书袁简斋先生称道予诗不置先生答书曰吾年近八十可以死所以不死者以足下所云张君诗犹未见耳感先生斯语自检己酉以来近作手写一册千里就正以结文字因缘书毕并上绝句一首先生名满天下颂赞之词曰满耳目此二十八字不过留为吾家记事珠而已然他日有为先生作志传者欲形容先生爱才之心老而弥笃或即引予此诗以为佳证不又为后人增一段诗话耶》，试题中"他日"即是对未来的预设，作者以诗纪事的重要使命之一就是为以后有人给先生作志传时留有宝贵材料。

插叙是指在叙事过程中插入相关故事，起到补充情节、烘托情感的作用，这种手法一般在长篇叙事作品中较为常见，诗题中比较少见，但由于诗题发展到清代时，长题诗越来越多，所以插叙的手法在清诗制题中也有一定程度的运用。杨焆的《岁丁未六月二十四日夜梦少司马杨龙友先生入室角巾素袍颜色如平生余跪而奉其手曰不意此生复得见先生也失声一哭而觉旋睡去梦呈先生令永嘉时画赠先君子兰卷曰将持此作西台恸哭忽而觉又复梦去歌载驰之卒章曰我行其野芃芃其麦控于大邦谁因谁极歌未竟而又觉声琅琅犹在耳也家人闻余寐而哭哭而歌屡呼余问故悲不能答起而识之复哭以诗》和徐永宣的《江阴黄烈妇姓周氏介子先生毓祺之妇仔薪晞之继室以庚寅十一月十二日殉节死死时年二十八详载仔薪自为事述及青门邵丈所为传中曩予过仔薪属记烈妇死事首尾荏苒二十余年愧负宿诺甲午春半客江上雨悤独坐追忆前语遂成七言四十韵以招烈妇之贞魂于地下而塞仔薪夜台之悲且以念其邦人焉》都运用了插叙的手法。杨焆的诗题由梦境引入，插叙杨龙友先生令永嘉时画赠先君子兰的事，徐永宣的诗题中则插叙了仔薪叮嘱自己记烈妇死事，但我却"荏苒二十余年，愧负宿诺"的故事。不难发现，插叙故事都是在顺叙或倒叙中进行，多种叙事手法在诗题中交叉使用，呈现出一种时空叠印的状态。

　　第二，舒缓与急促相济的叙事节奏。叙事节奏与故事内容在文本中呈现出的时间状态密切相关，当故事内容时间大于叙事时间时，则节奏较为急促，当故事内容时间小于叙事时间时，则节奏较为舒缓。诗题毕竟不同于小说，即便是长题的字数也难以达到一般小说的规模，因此不采用叙事学中等时、省略、概略、停顿、减缓等专业性概念进行讨论，只是探讨诗题中或舒缓或急促的叙事节奏。由于故事时间和叙事时间都太短，所以一般的短题诗歌看不出鲜明的叙事节奏，如钱秉镫的《髯绝篇听司空耿伯良叙述诗以纪之》、张瑗的《划毁魏忠贤墓纪事诗》、邵长蘅的《守城行纪时事也事在己亥六月》等都是简单叙述所记之事情，并未对故事内容具体展开叙述，也就无叙事节奏可言。

长题诗对于故事的叙述较短题详细得多，且多运用时空交错的方法，讲述不同时间段的故事，而当叙述不同故事的时长参差不齐时，就会出现或舒缓或急促的叙事节奏。孙玉庭的《余甲戌冬述职旋滇丙子春量移浙江夏五复擢楚督寻入觐之任计两年中行三万余里将至楚纪以诗》，诗题中讲述自己两年中颠沛流离的生活，先至旋滇，后移浙江，再到楚，时间跨度和空间跨度都很大，但诗人仅用一句话带过，叙事节奏较为急促。杨基的《熙宁五年壬子清明眉山苏公看花于钱塘吉祥寺金盘彩蓝献花者五十三人有诗曰吉祥寺里锦千堆前年赏花真盛哉道人劝我清明来腰鼓百面如春雷打彻凉州花始开是其事也洪武五年基与员外方君看花于西江省掖节值清明岁亦壬子去苏公三百年矣叹公之不可见而犹以诵公之诗也因赋长句以记岁月庶为后三百年张本云》亦是如此，其叙事节奏更为急促，诗题中的三个故事跨越了六百六十年。杨芳灿的《彭爱园出示马湘兰小印上刻浮生半日闲五字，旁有款识为董香光蓝田叔诸公社集西湖席间何雪渔为湘兰作也罗两峰山人绘为横卷余友王秋塍宰睢阳时招集同人为消寒会即以此题分韵得诗八首秋塍书于卷尾兹与爱园话旧而两峰秋塍下世久矣因作长句以志感云》，诗题讲述了彭爱园出示马湘兰小印，并分韵作诗之事，故事较为简单，但叙述较为详细，作者仔细讲述了印字、款识的内容，叙事节奏较为舒缓。

除了急促或舒缓的单一叙事节奏，有的长诗题中还使用了舒缓与急促相济的叙事节奏。如丁耀亢的《乙巳八月以续书被逮待罪候旨至季冬蒙赦得放还山共计一百二十日狱司檀子文馨

燕京名士也耳予名如故交率诸吏典各醸酒三日一集或至夜半酣
歌达旦不知身在笼中也各索诗纪事予眼昏作粗笔各分去寄诗志
感》，诗题讲述自己印续书被逮，自八月到十二月才得赦放还，
其间一百二十日，一笔带过，叙事节奏较快；后文讲述自己与诸
吏典醸酒，三日一集或至夜半酣歌达旦，以致不知身在笼中，叙
事节奏较慢，可以说前快后慢，呈现出急促与舒缓相偕的特点。

　　第三，以内聚焦和外聚焦为主的叙事视角。叙事视角一般
分为三种，内聚焦叙事、外聚焦叙事和全聚焦叙事，内聚焦叙
事指以故事中的某一人物作为叙述者，读者只能感受到这一人
物的视域范围、内心活动等；外聚焦叙事也称客观叙述者，即
客观叙述故事，不知道任何人物的内心活动；全聚焦叙事亦称
上帝叙事，是无所不知的叙述者。受诗题字数的限制，全聚焦
叙事难以运用，加之诗歌言志和缘情传统的影响，诗人多以抒
情主人公的身份呈现，故事中人物的心理活动就不太可能被关
注，所以诗题中叙事视角以内聚焦和外聚焦为主。

　　外聚焦叙事视角多出现在客观叙述事件的诗题中，如叶舒
颖的《闽中即事》、李渔的《甲申纪乱》、江闿的《己未七月廿
八日京师地震纪异》、吴农祥的《壬戌正月二十一日耿精忠伏诛
作歌纪事》、张瑷的《划毁魏忠贤墓纪事诗》、仝轨的《青士明
府招同吴天章游阆乡南山九龙泉入夜始归署赋诗纪事》、邢昉
《读祖心再变纪漫述五十韵》等。不难发现，这些诗题多是交代
事件或创作缘由，读者读不出叙述者的心理活动。

　　内聚焦叙事在诗题中得到一定程度的运用与诗歌言志和缘
情传统有关。诗人的创作或因某事而起，或是为情而造文，总
之，情感的表达在诗歌创作活动中占有重要比重，即使在叙事
过程中，诗人也会偶尔以抒情主人公的身份介入进来，表达自

己内心的情感。如邵长蘅的《五月十七日喜闻施愚山汪钝翁秦对岩钱宫声曹峨嵋乔石林李子德陈其年毛大可朱竹垞汪舟次严荪友徐胜力潘次耕李渭清方渭仁周雅楫暨家戒三诸公以鸿博制科同官翰林赋赠五十韵》，诗题中的"喜"字表达了"我"听闻消息后的内心感受，是把叙事视角聚焦在故事中某一人物身上的结果。顾太清的《六月十五日东山苗道士寄来七寸许小猴一双每当饲果必分食之似有相爱意诗以纪之》也是此种视角，诗题中先客观叙述东山苗道士寄来一只小猴，再以"我"的视角切入，讲述自己每当饲果必分食之，内心中对小猴似有相爱之意。有一些短题诗中也采用了内聚焦叙事视角，如钱秉镫的《哀江南》《悲湘潭》《悲信丰》《悲南昌》，阎尔梅的《惜扬州》等，这些诗题都采用了情感＋地名的命名方式，虽然从题中无法直接判断情感表达具体聚焦在哪一人物身上，但从诗歌内容看，题中表达情感的无疑是抒情主人公。也就是说，诗人化身为诗中的抒情主人公形象，在叙述事件时，也在表达自己的感情。

综上所述，诗歌制题发展到清代时，可谓形式齐全，众体兼备，无论形式、内容，还是技巧上都较前代有了一定程度的发展。如果秉持传统的抒情观念看待清诗制题，自然是无可褒奖，但从诗歌的叙事视角而言，清诗制题可谓在此前基础上迈进了一大步，不仅叙事观念越来越浓厚，叙事的技巧也日渐成熟，这一切都与诗歌叙事艺术的发展密不可分。

第二节　组诗叙事的历史文化增溢

清代诗坛盛行组诗形式的叙事诗写作，其中尤以七绝为尚，诸如：龚自珍《己亥杂诗》315 首、贝青乔《咄咄吟》120 首、杨圻《癸丑北游诗》50 首等，将组诗连贯来看，这些作品的叙事性、现实性、艺术性均不输其他诗体。沈从文曾以汪荣《重有感》10 首为例，说明这类组诗"叙事相对较为简括"，有意识"通过选择若干重要'节点'来全面展示事件的发展过程"。① 此外，组诗前多数有序，将序、诗结合，"既是抒情的'诗'，又是叙事的'史'，可为史书的补充"②。因此通过对组诗的整体性阅读，结合序言与诗歌内容，可以看出，清诗的叙事性无所不在。

一、"吴淞八景"来源及诗文本

古人喜以"八景"的方式给景观命名，如"金陵八景""羊城八景""燕京八景""洛阳八景""蓬莱八景""西湖八景"等。一般认为，此风源于北宋，画家宋迪以潇湘一带的景物为题村，绘制了八幅山水图，称为"潇湘八景"，之后此风遂起。③《梦溪笔谈》记载："度支员外郎宋迪工画，尤善为平远山水，其得意者有平沙落雁、远浦帆归、山市晴岚、江天暮雪、洞庭秋月、

① 沈从文：《中国旧体叙事诗之新变（1840—1940）》，复旦大学博士论文，2010 年。

② 徐志平：《论清代叙事诗的新发展》，《语文学刊》2005 年第 7 期。

③ 关于八景文化现象的起源，有几种说法。吴水田、游细斌认为有三种不同的观点：一是宋迪的"潇湘八景"说，《辞源》、《中文大词典》记载此观点；二是李营丘八景图说；三是苏轼"虔州八境图"说。具体参见吴水田、游细斌：《地域文化景观的起源、传播与演变研究——以赣南八景为例》，《热带地理》，2009 年第 2 期。朱靖宇认为"八景"更为原始的雏型是南朝沈约的《八咏诗》，具体参见朱靖宇：《"八景"的源流》，《北京政协》1994 年第 8 期。

潇湘夜雨、烟寺晚钟、渔村落照，谓之'八景'，好事者多传之。"①"吴淞八景"之说也是此传统的延续。

关于"吴淞八景"的起源，学界通常认为，此说源自王韬的《瀛壖杂志》，查阅原书发现，王韬虽云"吴淞八景"，但只记载了七种，遗漏之因不得而知。② 书中云：

> 向所称"沪城八景"者，名人多有题咏，曰海天旭日、黄浦秋涛、龙华晚钟、吴淞烟雨、石梁夜月、野渡苍葭、凤楼远眺、江皋雪霁。后瞿君西塘亦创为"吴淞八景"，曰春江烟雨、断岸潮声、横桥秋月、野渡垂杨、沧浪遗址、古冢残碑、茅庵远火，遍征士流题咏，积成卷帙。③

后世对于"吴淞八景"的记载几乎都出于此，有的研究者直接援引王韬的记载，只记七种，如顾柄权的《上海风俗古迹考》④、张晓春的《文化适应与中心转移——近现代上海空间变迁的都市人类学研究》⑤ 等；有的研究者在七景之后加"省略号"或"等"，如《吴淞八景与森林公园》⑥；也有一些研究者记载为八

---

① 沈括：《新校正梦溪笔谈》，胡道静校注，中华书局 1957 年版，第 171 页。

② 《续编(35)小方壶斋与地丛钞第九帙》中收录的《瀛壖杂志》，亦只记载了七景，详见中国南海诸群岛文献汇编之五：《小方壶斋与地丛钞·第九帙》，台湾学生书局民国 74 年(1985)版，第 134 页。

③ 王韬：《瀛壖杂志》，《笔记小说大观续编》本，新兴书局民国五十一年(1962)影印本，第二十一册，第 5307 页。

④ 顾炳权编著《上海风俗古迹考》，华东师范大学出版社 1993 年版，第 156 页。

⑤ 张晓春：《文化适应与中心转移——近现代上海空间变迁的都市人类学研究》，东南大学出版社 2006 年版，第 16 页。

⑥ 宝钢新闻中心：《吴淞八景与森林公园》，http：//www.baosteel.com/baosteelpc/supplement/ShowA rticle.asp？ArticleI D＝38140。

种，但未点明出处，或出处犹有可疑。如常江编著的《数字合称百科名物辞典》中对"吴淞八景"的解释是：

> 清代上海吴淞的八处主要景观。各景名为春江烟雨，断岸潮声，横桥秋月，海天旭日，野渡垂杨，沧浪遗址，古冢残碑，茅庵远火。为瞿西塘所创，见王韬《瀛壖杂志》。①

陈伯熙编著的《上海轶事大观》中云：

> 昔人就沪地之堪作题咏者编为八景，曰海天旭日、曰黄浦秋涛、曰龙华晚钟、曰吴淞烟雨、曰石梁夜月、曰野渡兼葭、曰凤楼远眺、曰江皋霁雪，后有创为吴淞八景者，曰春江烟雨、断岸潮声、横桥秋月、野渡垂杨、沧浪遗址、古冢残碑、茅庵远火、海天晓日，由瞿君西塘撰定，遍征名人题词，裒然成帙，文采风流，一时传为佳话。②

熊月之主编的《上海名人名事名物大观》亦作如是记载，书中云：

> 光绪年间有瞿西塘者重定为"吴淞八景"，请名人题词，刊印发行，一时盛传。此为：春江烟雨；断岸潮声；横

---

① 常江编著《数字合称百科名物辞典》，中国青年出版社1995年版，第571页。

② 陈伯熙编著《上海轶事大观》，上海书店出版社2000年版，第127页。

桥秋月；野渡垂杨；沧浪遗址；古冢残碑；茅庵远火；海天晓日。[①]

此外，雷梦水等编的《中华竹枝词》第三册中收有清寅谷的《潜溪杂咏八十四首》，其中一首是："颜家池馆郁苍烟，双桂婆娑影蔽天。隔着侯村香不隔，落花如霰赌吟笺。"下有注解，云"'侯村古桂'为吴淞八景之一"，[②] 未言源自何处。上述几种记载，除"侯村古桂"不明出处，其余几种或直接援引王韬之说，或与王韬持同样看法，认为"吴淞八景"是瞿西塘根据"沪城八景"所创。查考瞿西塘相关信息，并无关于"吴淞八景"的介绍，但杨城书所著《莳古斋辑著》中有吟咏"吴淞八景"的篇章。根据杨氏记载，再综合考虑其生平轨迹及"沪城八景"的相关资料，我们可以认为"吴淞八景"最后一景应为"戍楼霁雪"，而非"海天旭日""海天晓日"或"侯村古桂"。

笔者翻阅杨城书所著《莳古斋辑著》[③] 时，发现《莳古斋吟稿》中有吟咏"吴淞八景"的一组诗歌，与王韬所记十分接近。摘录如下：

　　春江烟雨：疏林飞瀑翳残曛，隔岸啼鸠处处闻；欸乃一

---

① 熊月之主编《上海名人名事名物大观》，上海人民出版社 2005 年版，第
　　564 页。
② 雷梦水、潘超、孙忠铨、钟山编《中华竹枝词》，北京古籍出版社 1997 年
　　版，第三册，第 2274 页。
③ 杨城书：《莳古斋辑著》，包括清鉴录一卷，读书集志二卷，随笔一卷，吟
　　稿二卷和遗言一卷，书前有倪元坦道光辛巳仲夏所作之序，有"哈佛大
　　学汉和图书馆珍藏印""读易楼"印和"积学斋徐乃昌藏书"印。

声烟水远，绿簑分得半江云。

断岸潮声：双崖屹立暮烟屯，搅梦连宵风雨翻；自是蜀江潮水阔，洪涛千尺走彭门。

横桥秋月：四更残露下离亭，一片秋光冷石屏；把酒碧栏桥上望，冲烟白鹭掠霜翎。

野渡垂杨：柳色青青翠幕舒，渡头落日照寒墟；纸窗竹屋清辉满，可有幽人读异书。

沧浪遗址：橘刺藤梢覆短墙，风流犹溯小沧浪；濯缨人去秋江古，几点寒鸦带夕阳。

古冢残碑：宿草迷离傍水隈，遗碑文半蚀苍苔；栖乌夜夜啼霜月，几个行人堕泪来。

茅庵远火：独向江干策瘦筇，荒郊月落叫秋蛩；一镫清梵空林外，忆听寒山夜半钟。

戍楼霁雪：霜天晓角朔风寒，日影高春雪半残；尚有梅花开未落，不教诗思滞吟鞍。

杨城书吟咏之"吴淞八景"为春江烟雨、断岸潮声、横桥秋月、野渡垂杨、沧浪遗址、古冢残碑、茅庵远火、戍楼霁雪，与王韬所记之"吴淞八景"的前七景完全一致，且顺序都未变，只是多了"戍楼霁雪"一景。如果是王韬记载遗漏的话，那么最后一景很有可能就是"戍楼霁雪"。

常江、陈伯熙和熊月之等编撰之书关于"吴淞八景"的介绍，所补之景是"海天旭日"和"海天晓日"，均未提及"戍楼霁雪"。《数字合称百科名物辞典》言"吴淞八景""为瞿西塘所创，见王韬《瀛壖杂志》"，可知依据的是《瀛壖杂志》，但书中所记"吴淞八景"并未言及"海天旭日"。根据王韬记载，

"海天旭日"是属于"沪城八景"的，疑是编撰者混淆所致。《上海轶事大观》和《上海名人名事名物大观》记载另一景为"海天晓日"，皆言由瞿西塘定，但均未点明出处。《上海名人名事名物大观》言"光绪年间有瞿西塘者重定为'吴淞八景'"，此说值得商榷。瞿西塘者重定之说与王韬记载一致，但时限确定为光绪年间似有不妥。《瀛壖杂志》卷一卷头语云：

> 往余客居沪上，偶有见闻，随笔记缀。岁月既积，篇帙遂多。阅迹炎陬，此事乃废。然享帚知珍，怀璞自赏，庋藏敝篋，不忍弃捐。庚午春间，还自泰西。日长多暇，搜诸故麓，其稿犹存。稍加编辑，尚得盈四五卷。因拟分次录出，并益以近事，以公同好。噫！余自同治元年至此，忽忽将十年矣。……辛未四月二十日，天南遁叟识。[1]

可知书稿于同治辛未年（1871）之前已经完成，此外，书中序一、序二及题辞的日期均署咸丰、同治年间，可见瞿西塘重定之说在光绪登基之前就已发生，应非光绪年间重定。至于"'侯村古桂'为吴淞八景之一"则未知源于何处，留待日后进一步考证。

王韬是中国新闻业之父，著名的洋务政论家，道光八年十月四日（1828年11月10日）出生于江苏省新阳县（今昆山市），1897年秋（一说夏季）卒于上海寓所"城西草堂"。[2] 所

---

① 王韬：《瀛壖杂志》，《笔记小说大观续编》本，新兴书局民国五十一年（1962）影印本，第二十一册，第5275页。
② 参见王韬：《弢园老民自传·编后记》，孙邦华编选，江苏人民出版社1999年版，第216页。

著《瀛壖杂志》"专记上海之一邑之事"，所录之事多引自前人著述。全书各卷均无卷名，亦不录子目，内容涵盖城池、水道、物产、民情习俗、田赋、学校、寺观、人物、名迹、海运、仓庾等各个方面，所以有不少人都将其视作"缩本上海志"，具有极强的史料价值。王韬言自同治元年（1862）至沪，"偶有见闻，随笔记缀"，可知书中所记之事，应非杜撰。

书中云"吴淞八景"是瞿西塘根据"沪城八景"所创，可知"沪城八景"在"吴淞八景"之前已流行，而"吴淞八景"则是因为"遍征士流题咏，积成卷帙"，才产生了影响。根据记载，"沪城八景"最早见于万历《上海县志》。清初，上海诸生张吴曼集唐人诗句，倡作八景诗，八景之名遂起。清陈梦雷编撰的《古今图书集成·方舆汇编·职方典》第七百四卷中对此有详细记载。如张吴曼《沪城八景集唐》诗：

海天旭日：碧落摇光霁后来（杜牧），独寻春色上高台（薛能）；涛翻极浦烟霞外（权德舆），日照澄江红雾开（刘禹锡）。

黄浦秋涛：江色分明练绕台（陆龟蒙），水天东望一徘徊（罗隐）；风翻白浪花千片（白居易），涛似连山喷雪来（温庭筠）。

龙华晚钟：此地曾经几刬灰（柳贯），神鳌矶立戴崔巍（丁鹤年）；云移塔影横江口（陈孚），船载钟声出浪堆（僧昙噩）。

吴松烟雨：江雨霏霏江草齐（韦庄），江蓠湿叶碧萋萋（白居易）；胜游恣意烟霞外（萧佑），青霭横空望欲迷（柴夔）。

石梁夜月：万里风烟接素秋（杜甫），月华星彩坐来收（杜荀鹤）；水晶帘外金波下（沈佺期），几度高吟寄水流（谭用之）。

野渡蒹葭：乔木荒城古渡头（皇甫冉），暮天初雁起沙洲（杜荀鹤）；野烟秋水荒茫远（杨巨源），枫叶芦花共客舟（许浑）。

凤楼远眺：月色江声共一楼（雍陶），闲云潭影日悠悠（王勃）；雕栏玉砌应犹在（李昱），凤去台空江自流（李白）。

江皋霁雪：六龙寒急光徘徊（杜甫），风卷沙汀玉作堆（白居易）；闲上高楼时一望（刘沧），了然更觉画图开（朱庆余）。①

另《（嘉庆）松江府志》卷十三中亦有记载，题名为"张思曼集唐沪城八景诗"②；但省去了所集诗句的作者名，诗句中有个别字的出入。

乾隆时上海李行南撰《申江竹枝词》（共五十首，收于《修竹庐诗集》中），分春、夏、秋、冬四季表现了上海的山川胜迹和岁时风俗，其中就有吟咏"沪城八景"之作，并将各景分别置于四季之下，点明赏景时节及习俗，具体如下：

春：三月十五春色好，游踪多集古禅关。浪堆载得钟声去，船过龙华十八湾。（龙华晚钟，八景之一。三月半，游

---

① 陈梦雷：《古今图书集成·方舆汇编·职方典》第七百四卷，清雍正铜活字本。

② 宋如林：《（嘉庆）松江府志》卷十三，清嘉庆松江府学刻本。

人集龙华寺)

秋：金凤飒飒响回塘，渡口呼船正夕阳。知否侬家烟水外，蓼花红处近渔庄。(蒹葭野渡，八景之一。浦南莲泾苇塘之间，遍堤蒹葭。石桥古渡，溪舍渔庄，宛然图画)

桂樽环饼(俗称月饼)答秋光，处处氤氲朝斗香。携伴良宵出城去，陆家桥上月如霜。(石梁夜月，八景之一。中秋夜，道院礼斗，人家竞烧斗香，游人甚盛，群集陆桥看月)

三江入海接潮还(海水咸，浦水通海而淡，盖三江入海，潮涌回流)，申浦秋涛涌若山。若使天公助灵秀，飞来四五个烟鬟。(黄浦秋涛，八景之一。海邑黄浦壮观，惜无山以助灵秀)

桼饵谈家名最优(俗名谈香糕)，题糕醉菊酒新篘。携朋共有龙山兴，海邑龙山是凤楼。(凤楼远眺，八景之一。重九升凤楼登高)

冬：昨夜公鸡剪鹤毛，北风吹散遍江皋。垆头买得双蒸酒，同上楼头劈蟹螯。(江皋霁雪，八景之一。西北关帝阁，俗名大景，雪霁时，邑人于此登眺。双蒸酒，俗名熟酒)

海日初升恰五更，红光晃漾令人惊。须臾已见腾腾上，碧落分明挂似钲。(海天旭日，八景之一。护塘看日出，最是奇观)

闸门潮长水如春，去去张帆拂柳浓。别有归舟烟雨里，迎潮无那泊吴淞。(吴淞烟雨，八景之一。潮至，闸水最急，开帆甚多。归舟迎潮，寸尺不可行，须潮落解缆)①

---

① 李行南：《申江竹枝词》，顾炳权编《上海历代竹枝词》本，上海书店出版社 2001 年版，第 28—32 页。

《（同治）上海县志》卷二十八有关于"沪城八景"的明确记载，并对"石梁夜月"做了按语，书中云：

> 沪城八景曰海天旭日、黄浦秋涛、龙华晚钟、吴松烟雨、石梁夜月、野渡蒹葭、凤楼远眺、江皋霁雪。（案：八景曰海、曰黄浦、曰龙华、曰吴松、曰凤楼，皆有迹可据，惟石梁、野渡、江皋不志所在。闻诸父老，石梁即学士桥跨小东门外方浜口者是也，原名万云桥，桥石皆刻为云。嘉靖二十一年，陆深建中秋之夜月影穿环而过，土人呼为串月云。）[1]

此志刊刻于同治十一年（1873），已云"石梁、野渡、江皋不志所在"，可知"沪城八景"产生之早和流传之久，以致同治年间时，就因时过境迁而无法觅其踪迹。综合上述记载可知，"沪城八景"之说由来已久，并有相当知名度，王韬记载瞿西塘受"沪城八景"的影响创"吴淞八景"是完全可能的，而且，综合比较两者的具体景点，不难发现其中确有莫大的关联。

二、景观转换扩充历史文化内涵

"吴淞八景"是由"沪城八景"演化而来，说明王韬的记载真实可信。不仅如此，杨城书的很多记载和王韬的记载也是可以相互印证的。

第一，根据《（同治）上海县志》记载，杨城书撰有《莳古斋辑著》（凡三卷：清鉴录一卷，读书集志一卷，随笔一卷）、

---

[1] 应宝时：《（同治）上海县志》卷二十八，清同治十一年刊本。

《莳古斋吟稿》（后附遗言一册）和《莳古斋时文》。《（光绪）松江府续志》中也记载了其所著之《莳古斋杂著三种》和《莳古斋吟稿二卷》，可知，杨城书所著之《莳古斋辑著》应无可疑。此外，两部方志中还有关于杨城书生平的简单介绍，彼此内容差异不大，现摘选《（同治）上海县志》记载如下：

> 杨城书，原名城杞，字应芳，号香林，乾隆五十七年举人。博学笃行，早丧母，事父孝。应礼部试，闻父疾，兼程旋里，百计疗之后，遂绝意进取，授徒供菽水，一时名士，咸出其门。衡文准先民理法，晚潜心理学。道光初元，举孝廉方正，以老疾未与试，予六品顶戴。道光十八年，得旌祀孝悌祠，所著见艺文。①

此记载虽未提及杨城书生卒年，但可知其大约活动于乾隆至道光年间，且举人出身，以孝悌著称。

倪元坦为《莳古斋辑著》所作序中云："癸巳仲夏，其及门王君二如，来言先生已赴道山，乃以遗著清鉴录、读书集志、莳古斋随笔、莳古斋遗言，属为作序。余怅悯久之，不禁潸焉"。可知杨城书逝于道光癸巳（1833）年或之前。又《读书集志卷一》中云："岁在丁亥，余年六十有二，闭户谢客，惟日取案头缃素，反复观览，意甚适也。"综合以上信息可知，"岁在丁亥"当指道光七年（1827），杨城书62岁，那么生年应是1765年，即乾隆三十年。由此可勾勒出杨城书大致生平轨迹：生于乾隆三十年，乾隆五十七年举人，卒于道光十三年仲夏或

---

① 应宝时：《（同治）上海县志》卷二十一，清同治十一年刊本。

之前。从《瀛壖杂志》卷一卷首语中，可知是书完成于同治庚午年（1870）之前，耳闻所记之事当更早。那么书中记载的瞿西塘"遍征名人题词，裒然成帙，文采风流，一时传为佳话"之事，可能与杨城书吟咏"吴淞八景"有契合之处。根据大致年限推断，瞿西塘和杨城书的生活年代是有重合的，且时间、地点和吟咏之景都具有某些一致性，不排除杨城书就属于"遍征名人"中的一位。

第二，王韬在"吴淞八景"后，对"沧浪遗址""古冢残碑"和"茅庵远火"三景做了相关说明，书中云：

> 其所谓"沧浪遗址"者，杨淞湄曾筑小沧浪亭于水滨，春秋佳日，招集宾朋，借作胜游。人死亭圮，遗址仅存。其曰"古冢残碑"者，里民杨春妻顾氏为强暴所迫，氏与春共投江死。里人义之，为建墓立碑于江上。其曰"茅庵远火"者，净土庵在江口，立灯竿于此，俾扬帆者识认汊口，晦夜行舟，一灯荧然，光照数里。[①]

杨城书对这三景的描述是"橘刺藤梢覆短墙，风流犹溯小沧浪；濯缨人去秋江古，几点寒鸦带夕阳。"（沧浪遗址）"宿草迷离傍水隈，遗碑文半蚀苍苔；栖鸟夜夜啼霜月，几个行人堕泪来。"（古冢残碑）"独向江干策瘦筇，荒邨月落叫秋蛩；一镫清梵空林外，忆听寒山夜半钟。"（茅庵远火）从所记来看，这三景都与历史古迹有关。相互比照，不难发现，所述之景并无差异，

---

① 王韬：《瀛壖杂志》，《笔记小说大观续编》本，新兴书局民国五十一年（1962）影印本，第二十一册，第 5307 页。

应为同一对象。"一镫清梵空林外，忆听寒山夜半钟"描述的是"茅庵远火"中的净土庵；"栖鸟夜夜啼霜月，几个行人堕泪来"描述的顾氏与杨春共投江死的壮举；"橘刺藤梢覆短墙，风流犹溯小沧浪"描述的则是杨淞湄所筑之小沧浪亭。通过这三景命名和内容的一致性，我们大致可以推测杨城书所咏之其他五景应与王韬的记载也是一致的，而杨城书所吟咏的"戍楼霁雪"，也极有可能是王韬所遗漏的最后一景。

前文已证实《中华竹枝词》所记之"侯村古桂"无法考证其出处；《数字合称百科名物辞典》的记载疑是将"沪城八景"之"海天旭日"与"吴淞八景"相混淆所致；《上海名人名事名物大观》言"光绪年间有瞿西塘者重定为'吴淞八景'"，光绪年间的时限值得商榷，时限当更早；《上海轶事大观》所记之"海天旭日"也犹有可疑。而之所以认为"戍楼霁雪"是最后一景，除了前文所说的杨城书和瞿西塘的生平轨迹有重合，及所咏之景与王韬记载有惊人的一致性，更重要的是"戍楼霁雪"还有遗址可寻。

"沪城八景"是"海天旭日""黄浦秋涛""龙华晚钟""吴淞烟雨""石梁夜月""野渡苍葭""凤楼远眺""江皋雪霁"，"吴淞八景"是"春江烟雨""断岸潮声""横桥秋月""野渡垂杨""沧浪遗址""古冢残碑""茅庵远火"。两相对照，不难发现，"沪城八景"中的"吴淞烟雨"到"吴淞八景"中演变为"松江烟雨"，由此可知，瞿西塘在创定的时候，将"沪城八景"中吴淞地区的景点稍做变化，演变为"吴淞八景"之一，那么"海天晓日"是否也由此演化而来呢？就逻辑而言，这是有可能的。李行南关于"海天旭日"的吟诵是"海日初升恰五更，红光晃漾令人惊；须臾已见腾腾上，碧落分明挂似钲。（海天旭日，八景之一。）护塘看日出，最是奇观。"根据《上海大辞典》记载：护塘"亦称旧瀚（捍）海塘、老护塘、护塘。西南抵今金山区与浙江平湖市交界处，东北抵吴淞江故道的出海口老鹳嘴，全长150里。北宋皇祐四年至和元年间（1052—1054）华亭县令吴及所筑。明万历十二年（1584）修筑外捍海塘后，又称内捍海塘"。① 根据地名显示，"海天旭日"景点并不在吴淞地区，应无演变的可能性。考查旧之吴淞地区，其亦无如护塘这般看日出的绝佳之地，所以将"海天晓日"列入"吴淞八景"之中，如无具体出处，则值得商榷。

既然"松江烟雨"可由"吴淞烟雨"演化而来，那么"戍楼霁雪"可能也与"江皋霁雪"有某种内在一致性。"'江皋霁雪'遗址，是上海仅存的古城墙大境阁所在地，明代曾有史记载：冬日雪后拾级登上大境阁，远眺吴淞江南岸，银装素裹，映衬丽日蓝天，蔚为壮观。"今大境阁帝庙简介中也有如是记载，从遗址来看，"江皋霁雪"不在吴淞地区，也不存在演变的可能性，但"戍楼"与大境阁却有内在一致性，两者在同一纵深线上，具有同样的赏雪条件，且视野更为开阔。"戍楼"当指今吴淞炮台遗址，根据《上海市宝山区地名志》记载：吴淞炮台遗址"位于黄浦江与长江交汇处，俗称老炮台、吴淞西炮台，现存遗址……清顺治十七年（1660年）曾建炮台于杨家嘴入口处，康熙五十七年（1718年）重建，嘉庆十年（1805年）因原出狭小，拨款扩建加宽……道光十六年九月将炮台迁建于石塘上。"②

---

① 王荣华主编《上海大辞典》(上)，上海辞书出版社2007年版，第611—612页。
② 上海市宝山区人民政府编《上海市宝山区地名志》，上海科学技术文献出版社1995年版，第759页。

王韬还记载了印江词客撰《沪竹枝词》中关于吴淞炮台的吟诵："吴淞口子犬牙排，防海当年筑炮台。一自通商都撤出，随波轻松火轮来。"① 从现存遗址来看，"戍楼霁雪"景点是成立的，也极有可能是从"江皋霁雪"演化而来。

综上所述，我们大致可以认定：王韬《瀛壖杂志》将"吴淞八景"记载为七景，可能是遗漏所致，根据杨城书《莳古斋辑著》所吟咏之"吴淞八景"，以及"沪城八景"相关记载，可以推断"吴淞八景"之最后一景应为"戍楼霁雪"，而非"海天旭日""海天晓日"或"侯村古桂"。

第三节　小说羼入诗歌之叙事创变

如前文所述，明后期以来，小说中羼入的诗歌进入体性化阶段，能很好地与散文协同一起推动叙事。诸如晚明的《金瓶梅》、清初的《歧路灯》所羼诗歌，尽管其叙事性增强，但仍未脱拟话本的特点；然至《儒林外史》中，其所羼入诗歌虽然数量上明显减少，但已脱去拟话本"有诗为证"的痕迹，而与故事情节更紧密地勾连在一起。总观之，晚明以后小说中羼入的诗歌，大略有偏俗与偏雅两种情况：其一是由《金瓶梅》开启的俗化倾向，而以《歧路灯》《老残游记》为后续；其二是由《红楼梦》开启的雅化倾向，而以《儒林外史》《孽海花》为后续。这也可以说是先俗后雅，雅化之后俗化依然流行；而此中雅、

---

① 王韬：《瀛壖杂志・瓮牖馀谈》载录，陈戍国点校，岳麓书社 1988 年版，第 185 页。

俗分化之转关，就在于《红楼梦》的创变。将《红楼梦》与其前后时代所产生的小说进行比照，就可发现《红楼梦》中的诗歌叙事具有开创性贡献。

一、《红楼梦》羼入诗歌之性状

这里所论《红楼梦》中的诗歌，专指古体、近体各式诗歌和词，而不包括曲赋等韵文体裁，且灯谜、偈语、酒令等类，因其叙事性较弱，亦不入讨论范围。依此界定，可统计得：120回《红楼梦》中共有128首诗歌，其中前80回有112首，后40回有16首。若依《红楼梦》中的诗歌作者划分，则所羼入的诗歌大致可分成两大类：以作者曹、高口吻所作诗歌有28首，此即他叙诗，约占总数的22%；以小说中的人物口吻所作诗歌100首，此即自叙诗，约占总数的78%（参见附录"《红楼梦》中羼入诗歌叙事综合信息分析表"）。

从这一数据中可以直观看到，《红楼梦》自叙诗比重很高；而早于《红楼梦》的各类小说，如《金瓶梅》《三国演义》等，其所羼入诗歌多为作者所写的他叙诗，而以小说人物口吻所作的自叙诗极少。自叙诗数量大、质量高，并多能参与小说叙事，很好地融入小说的故事情节，这是《红楼梦》独特的创造。

诗歌作为一种抒情性浓重的文体，其本身的叙事功能并不是特别强。《红楼梦》中羼入的诗歌自然也不例外，这从附录的"综合信息分析表"可看出。《红楼梦》所羼诗歌多属近体，且主要是律诗和绝句两种体式，而较少用叙事意味浓重的诗体，如歌行、乐府、古体、排律等。这一现象表明：一方面，小说作者充分尊重小说中各色人物的写作水平；另一方面，作者并未让诗歌独立承担主体叙事功能。然而，从《红楼梦》文本散韵结合、协同叙事来看，其中羼入的诗歌还是承担了特定的叙事功能。正是通过作品中散文与诗歌所形成的互文关系，小说的诗性叙事和衍生诗歌的叙事性能得以显现。

附录：《红楼梦》中羼入诗歌叙事综合信息分析表

序号	题名	作者（首）	回目	所用体式	身份口吻	叙事语境场景	写作心情态度
1	青埂峰偈	曹雪芹	一回	七绝	他叙	刻于顽石背面的偈语	感慨
2	作者题绝	曹雪芹	一回	五绝	他叙	作者写此小说的一种自我评价	难以言喻的深沉感慨
3	嘲甄士隐	癞头和尚	一回	七绝	自叙	癞头僧在街头见抱着英莲的甄士隐，突然念出此诗	参破尘世悲欢的虚无消极的心态
4	中秋对月有怀口占一律	贾雨村	一回	五律	自叙	落魄书生贾雨村在中秋夜咏月	因丫头娇杏多看了自己一眼而感到得意
5	对月寓怀口号一绝	贾雨村	一回	七绝	自叙	中秋夜在甄士隐家饮酒，趁着酒意咏月	穷书生对功名的热切追求。全诗洋溢着高昂的气慨抱负
6	好了歌	跛足道人	一回	歌行	自叙	甄士隐在家业破败后于街上遇到跛足道人而念出这首歌	破除执念的僧道对人世的一种消极心态
7	一局输赢料不真	曹雪芹	二回	七绝	他叙	作者写的回前诗	评价（为下文情节铺叙埋下伏笔）

（续表）

序号	题名	作者（首）	回目	所用体式	身份口吻	叙事语境场景	写作心情态度
8—9	西江月二首	曹雪芹	三回	词	他叙	作者对贾宝玉的评价	似贬实褒的态度
10	捐躯报国恩	曹雪芹	四回	五绝	他叙	作者写的回前诗	评价（为下文情节铺叙埋下伏笔）
11	春困葳蕤拥绣衾	曹雪芹	五回	七绝	他叙	作者写的回前诗	评价（为下文情节铺叙埋下伏笔）
12	春梦歌	警幻仙姑	五回	五绝	自叙	贾宝玉梦见在太虚幻境中有一位警幻仙姑在唱这首歌辞	对爱情的消极态度
13—26	判词十四首	曹雪芹	五回	杂言诗、七绝、五绝	他叙	贾宝玉梦中在薄命司看到金陵十二钗正册、副册、又副册中写女儿们命运的诗歌	悲观消极的态度
27	朝扣富儿门	曹雪芹	六回	五绝	他叙	作者写的回前诗	评价（为下文情节铺叙埋下伏笔）
28	十二花容色最新	曹雪芹	七回	七绝	他叙	作者写的回前诗	评价（为下文情节铺叙埋下伏笔）
29	古鼎新烹凤髓香	曹雪芹	八回	七绝	他叙	作者写的回前诗	评价（为下文情节铺叙埋下伏笔）

序号	题名	作者（首）	回目	所用体式	身份口吻	叙事语境场景	写作心情态度
30	嘲顽石幻相	曹雪芹	八回	七律	他叙	作者写的回前诗	嘲讽（为下文情节铺叙埋下伏笔）
31	一步行来错	曹雪芹	十三回	五绝	他叙	作者写的回前诗	评价（为下文情节铺叙埋下伏笔）
32	豪华虽足羡	曹雪芹	十七十八回	五绝	他叙	作者写的回前诗	评价（为下文情节铺叙埋下伏笔）
33	题大观园	贾元春	十八回	七绝	自叙	元妃省亲，游大观园并为之题咏	赞美
34	旷性怡情	贾迎春	十八回	七绝	自叙	奉元妃之命，题咏大观园中的匾额	赞美（应制色彩浓重）
35	万象争辉	贾探春	十八回	七绝	自叙	奉元妃之命，题咏大观园中的匾额	赞美（应制色彩浓重）
36	文章造化	贾惜春	十八回	七绝	自叙	奉元妃之命，题咏大观园中的匾额	赞美（应制色彩浓重）
37	文采风流	李纨	十八回	七律	自叙	奉元妃之命，题咏大观园中的匾额	赞美（应制色彩浓重）
38	凝晖钟瑞	薛宝钗	十八回	七律	自叙	奉元妃之命，题咏大观园中的匾额	赞美（应制色彩浓重）
39	世外桃源	林黛玉	十八回	五律	自叙	奉元妃之命，题咏大观园中的匾额	赞美（应制色彩浓重）

（续表）

序号	题名	作者（首）	回目	所用体式	身份口吻	叙事语境场景	写作心情态度
40	有凤来仪	贾宝玉	十八回	五律	自叙	元妃欲试其诗才，命其题咏大观园中各住处	赞美
41	衡芷清芬	贾宝玉	十八回	五律	自叙	元妃欲试其诗才，命其题咏大观园中各住处	赞美
42	怡红快绿	贾宝玉	十八回	五律	自叙	元妃欲试其诗才，命其题咏大观园中各住处	赞美
43	杏帘在望	林黛玉代拟	十八回	五律	自叙	林黛玉见贾宝玉构思尤艰，为其代拟题咏大观园中住处	赞美
44	题宝玉续庄子文后	林黛玉	二十一回	七绝	自叙	林黛玉到贾宝玉房中，见其所写《庄子.胠箧》文，便续诗于后	讥讽
48	四时即事四首	贾宝玉	二十三回	七律	自叙	贾宝玉住进大观园1年后所写的关于四季的四首诗歌	闲适
50	叹通灵玉二首	癞头和尚	二十五回	七绝	自叙	癞头和尚到怡红院里，看到通灵宝玉后作了这两首诗	消极的悲叹和嘲讽

（续表）

序号	题名	作者（首）	回目	所用体式	身份口吻	叙事语境场景	写作心情态度
51	哭花阴诗	曹雪芹	二十六回	七绝	他叙	作者写的回末诗	同情林黛玉
52	葬花吟	林黛玉	二十七回	七言歌行	自叙	芒种节，林黛玉一个人到花冢前，一边葬花，一边哭着吟出此诗	悲伤
53—55	题帕三绝句	林黛玉3首	三十四回	七绝	自叙	贾宝玉挨打，知道林黛玉会哭，就让丫头送手帕给她，林黛玉在手帕上题诗三首	悲伤
56—61	咏白海棠六首	贾探春、薛宝钗、贾宝玉、林黛玉各1、史湘云2	三十七回	七律	自叙	贾探春等人结海棠诗社，正好贾芸送给贾宝玉两盆白海棠，于是众姐妹就一起赏花、和诗（限韵）	悲伤（表面写花，实则写出了各自悲惨的命运）
62—73	菊花诗十二首	薛宝钗、贾宝玉各2、史湘云、林黛玉各3、贾探春2	三十八回	七律	自叙	大观园众姐妹在酒足蟹饱后，分题写菊花诗。（不限韵）	悲伤（表面写花，实则写出了各自悲惨的命运）
74—76	螃蟹咏三首	贾宝玉、林黛玉、薛宝钗各1	三十八回	七律	自叙	三人咏菊完毕，又吃了螃蟹，开始咏螃蟹	讥讽

（续表）

序号	题名	作者（首）	回目	所用体式	身份口吻	叙事语境场景	写作心情态度
77	代别离·秋窗风雨夕	林黛玉	四十五回	七言歌行	自叙	秋分时节，林黛玉生病，在冷雨敲窗的夜晚，又读了一些古诗，不免有所感怀，作此诗	悲伤（预示她自身的悲剧命运）
78—80	吟月三首	香菱3	四十八、四十九回	七律	自叙	香菱拜林黛玉为师，写了三首咏月诗，三首诗代表了她前后不同的写诗水平	第一首写的拼凑。第二首过于穿凿求雅。第三首真情流露，带有伤感意味，也是其自身命运的写照
81	芦雪广即景联句	集体	五十回	五言古体诗	自叙	大观园众儿女在芦雪广赏雪、吃鹿肉，随后便即景联句	集体创作，亦有悲音
82—84	赋得红梅花三首	邢岫烟、李纹、薛宝琴各1	五十回	七律	自叙	贾宝玉在联句活动中作诗最少，故而被众人罚去栊翠庵向妙玉乞红梅。接着三人赏花咏诗	悲伤（咏梅，也在咏各自悲剧的命运）
85	访妙玉乞红梅	贾宝玉	五十回	七律	自叙	贾宝玉咏红梅诗	有脱离尘世之感，预示贾宝玉最后出家的命运
86—95	怀古绝句十首	薛宝琴	五十一回	七绝	自叙	薛宝琴为曾游历过的十个地方作怀古诗	伤感
96	闺中有奇女	曹雪芹	六十四回	五古	他叙	评价	评价

（续表）

序号	题名	作者(首)	回目	所用体式	身份口吻	叙事语境场景	写作心情态度
97—101	五美吟五首	林黛玉	六十四回	七绝	自叙	林黛玉吟咏古史中的五位人物	感慨她们悲惨的遭际
102	桃花行	林黛玉	七十回	七言歌行	自叙	初春时节，林黛玉咏桃花	悲伤
103—107	柳絮词五首	史湘云、贾探春、贾宝玉、林黛玉、薛宝琴、薛宝钗	七十回	词	自叙	史湘云因见柳絮飞舞，填了柳絮词，给众姐妹看，众人也纷纷填柳絮词	悲伤（咏柳絮，也在吟咏各自悲惨的命运）
108	中秋夜大观园即景联句	林黛玉、史湘云、妙玉合作	七十六回	五古	自叙	中秋夜三人即景联句	悲伤
109—111	姽婳词三首	贾兰、贾环、贾宝玉各1	七十八回	七绝、五律、七古	自叙	三人在宾客面前吟咏林四娘的事迹	宴会上应酬之作，少真情实感
112	紫菱洲歌	贾宝玉	七十九回	七律	自叙	贾迎春出嫁，贾宝玉每天到其住处紫菱洲一带徘徊，因感怀而作诗	悲伤
113—116	与黛玉书并诗四章四首	薛宝钗	八十七回	古体诗	自叙	家庭发生变故，薛宝钗寄给林黛玉书信和诗歌	悲伤、烦闷

（续表）

序号	题名	作者（首）	回目	所用体式	身份口吻	叙事语境场景	写作心情态度
117—120	琴曲四章四首	林黛玉	八十七回	古体诗	自叙	贾宝玉路过林黛玉住处，听到她这四段低吟	悲伤（预示自己即将离世的命运）
121—122	望江南祭晴雯二首	贾宝玉	八十九回	词	自叙	贾宝玉见雀金裘，睹物思人，写诗祭奠晴雯	悲伤
123	感怀	薛蝌	九十回	七绝	自叙	感怀	悲伤
124—126	赏海棠花妖诗三首	贾宝玉、贾环、贾兰	九十四回	七绝	自叙	大观园里枯萎的海棠花在冬季十一月开花，贾母欢喜，三人赏花、喝酒作诗	少诗味（预示贾府即将有祸患）
127	散花寺签	高鹗	一百零一回	七绝	他叙	王熙凤月夜在大观园见鬼，吓得去散花寺求签。这是一段签语	少诗味（预示她的命运）
128	离尘歌	高鹗	一百二十回	歌行	他叙	全书结束时的偈语	感慨（呼应第一回开篇的偈语）

说明：

1. 关于作者。《红楼梦》中所羼诗歌，实际上均为曹雪芹所作。然而考虑到羼入诗歌参与了故事情节叙事，多数情况是曹雪芹代拟小说中的人物所作；故这里审核羼入诗歌的作者，要落实到具体语境中的人物，而不能笼统归属曹雪芹一人，否则就没有讨论的实际价值。

2. 关于体式。《红楼梦》中所羼诗歌以近体居多，而少使用适合叙事的歌行、排律等。这说明该小说中羼入的诗歌本身并不企图叙事，而是与小说中的散语形成互文来衍生叙事功能。且这些羼入诗歌的体式选用，与作品中人物的水准相照应；可见，曹雪芹尊重了人物的实际情况，不拔高、不瞎编而达成体性化。

二、《红楼梦》诗歌叙事之融入

诗歌融入《红楼梦》叙事，主要表现为如下几个方面：

(一) 预示人物命运

《红楼梦》诗歌叙事，不论是作者口吻之他叙，还是人物口吻之自叙，均对人物命运有预示。与早前小说一样，《红楼梦》也在情节上为下文埋伏笔，通过前后故事的照应来预设叙事内容；而更为独特的是，它还通过诗歌这一文学样式，来为众多人物命运设下伏笔。这种伏笔并不全是显性直白的表达，而多蕴含于诗歌叙事的隐性结构中。具体有两种情况：一是诗歌对多个人物命运的集中预示，二是诗歌对单个人物命运的多次预示。

《红楼梦》中所屬诗歌众多且较为分散，其对人物命运的集中预示主要在第五回中。该回以作者口吻所写作的十四首判词，从第三人称视角预示了众女子的命运。这十四首判词所叙及的十五位女子，依次为副册中的晴雯、袭人、香菱，正册中的林黛玉、薛宝钗、贾元春、贾探春、史湘云、妙玉、迎春、惜春、凤姐、巧姐、李纨、秦可卿，其所预示的命运在以后各自的人生遭遇中得以渐次落实并付诸艺术表现。作者善于用谐音、用典、拆字等方式，将正副册人物名字融于精妙的诗句中；且在看似衰败萧条的景象描写中，预示了各位悲惨人生的命运归宿。

如十二金钗副册中对香菱的判词："根并荷花一茎香，平生遭际实堪伤；自从两地生孤木，致使香魂返故乡。"[1] 诗中用荷

---

[1] 曹雪芹著，无名氏续《红楼梦》，人民文学出版社 2008 年版，第 75—76 页。此处续书者虽写作无名氏；然而，该版《红楼梦》凡例明确提到，后 40 回由程伟元、高鹗整理刊行。兹以主流的说法为准，仍即默续作者为高鹗。

花的天然生长特点，来比喻香菱高洁不凡的出身。小说第一回交代：香菱本名甄英莲，是甄士隐的独女；甄氏本是姑苏一个乡宦人家，"姓甄，名费，字士隐。嫡妻封氏，情性贤淑，深明礼义。家中虽不甚富贵，然本地便也推他为望族了。"① 香菱虽说是富家小姐出身，其人生遭际却如诗中所言，命运悲惨，着实堪伤。她四岁在元宵佳节被人贩子拐走，养大被卖给金陵小乡绅之子冯渊；然而更不幸的是，她又被薛家少爷薛蟠抢走做小妾，常日里被薛蟠肆意凌辱打骂。后来，香菱又被薛蟠正室夏金桂百般折磨，还被薛家的丫头宝蟾恶意陷害。诗中第三句"自从两地生孤木"，脂批中已暗示可用拆字法解出作者之意："两地"是两个土字叠加，即为"圭"；"孤木"便是一个"木"字。"木""圭"两字组合起来，便是一个"桂"字，此即点出"夏金桂"的名字。紧接着末句"致使香魂返故乡"，便顺势点明香菱被夏金桂折磨死，死后乃魂回故乡，结束其悲惨命运。该判词用植物生长的特点、汉字特有的拆字解谜方式，隐晦地预示着人物的家庭出身、人生走向和命运归宿；虽然只是寥寥数句判词，却为情节发展埋下伏笔。故戚序本在第八十回回目中，明言"姣怯香菱病入膏肓"②，即香菱应该是遭受折磨后，抑郁病死而最后魂归故乡。此亦对应了判词的末句："致使香魂返故乡。"至于高鹗续写《红楼梦》第一百二十回，将香菱命运走向改变为充任薛蟠的正室，这显然是对曹雪芹的误解，不符合判词所预示的结局。

---

① 曹雪芹著，无名氏续《红楼梦》，人民文学出版社 2008 年版，第 7 页。
② 曹雪芹著，戚蓼生序本《石头记》，人民文学出版社 1975 年版，第 3133 页。

　　又如，对林黛玉和薛宝钗的判词，见于正册中的第四首诗：
"可叹停机德，堪怜咏絮才。玉带林中挂，金簪雪里埋。"① 第一
句中的"停机德"，隐指薛宝钗有贤德；第二句中的"咏絮才"，
隐指林黛玉有才华。"玉带林中挂"中"玉带林"三字，颠倒其
次序便是"林黛玉"的谐音；"金簪雪里埋"句中，"雪"和
"薛"谐音，"金簪"便是"宝钗"之意，也是用汉字谐音来点
名人物。判词的措意不止于此，还用来预示人物命运："玉带林
中挂"句讽喻林黛玉不得其所，指示本该系于腰间的玉带却高
挂在林中；"金簪雪里埋"亦讽喻薛宝钗不得其所，指示本该戴
于头上的金簪却深埋在雪中。此即脂砚斋所评云："寓意深远，
皆非生其地之意。"② 这首判词就是以人物处于不合时宜之地，
来预示两位主人公没有好的命运归宿。小说后文高鹗所补写的
相关情节，是林黛玉未能与宝玉续木石前盟，最后焚稿断了痴
情，郁郁寡欢泪尽而亡；至于薛宝钗虽如愿与贾宝玉成婚，却
最终被贾宝玉抛弃而守了活寡。此已印证了《红楼梦曲·终身
误》所云："都道是金玉良姻，俺只念木石前盟"、"纵然是齐眉
举案，到底意难平"③。歌词化用木石前盟、齐眉举案事典，与
判词中预示的两人悲剧命运形成对照。
　　除了第五回对多个人物命运进行集中预示，《红楼梦》还用
诗多次预示单个人物命运。此类多次预示人物命运的诗歌，往
往是由小说人物自叙来完成。如林黛玉作为小说中最有才情的

① 曹雪芹著,无名氏续《红楼梦》,人民文学出版社2008年版,第76页。
② 曹雪芹著,脂砚斋甲戌抄阅再评《石头记》,上海古籍出版社1985年版,
　 第69页。
③ 以上曹雪芹著,无名氏续《红楼梦》,人民文学出版社2008年版,第
　 82页。

"诗人"，其诗作即多次预示以泪还情债而早亡的命运。第二十七回《葬花吟》云："独把花锄泪暗洒，洒上空枝见血痕。"[①] 这里展示她垂泪伤情的闺中少女形象。第三十七回咏白海棠诗中的"秋闺怨女拭啼痕"句[②]，又活脱脱地展现其悲凉哀怨、哭啼流泪的生命情态。第三十四回《题帕三绝句》，诗中句句写伤心流泪。第四十五回《秋窗风雨夕》"灯前似伴离人泣""已教泪洒窗纱湿"[③]、第七十回《桃花行》"花之颜色人之泪""若将人泪比桃花，泪自长流花自媚""泪眼观花泪易干，泪干春尽花憔悴"[④]、第八十七回《琴曲四章》"望故乡兮何处？倚栏杆兮涕沾襟"[⑤]，如此等等，均含血泪。故第三十七回批点曰，林黛玉所作此类诗歌："虚敲旁比，真逸才也。不脱落自己。"[⑥] 这些自叙诗所塑造的女子形象，是林黛玉生命历程的真实写照，具有很强的预示性，因而颇具叙事功能。

又如从薛宝钗前后所作的诗歌中，可隐约见其最终被丈夫冷落、孤寂冷清守活寡的悲剧性命运。第三十七回所出薛宝钗题咏白海棠的诗句："胭脂洗出秋阶影""不语婷婷日又昏"[⑦]，明面写的是白海棠的形态，实则暗示了薛宝钗的命运。第三十八回薛宝钗所作《忆菊》诗，被蔡义江评为"一味地是寡妇

---

① 曹雪芹著，无名氏续《红楼梦》，人民文学出版社 2008 年版，第 371 页。
② 同上书，第 493 页。
③ 以上同上书，第 609 页。
④ 以上同上书，第 967 页。
⑤ 同上书，第 1225 页。
⑥ 曹雪芹著，脂砚斋重评《石头记》，上海古籍出版社 1985 年版，第 567 页。
⑦ 以上曹雪芹著，无名氏续《红楼梦》，人民文学出版社 2008 年版，第 492 页。

腔"，其中"念念心随归雁远，寥寥坐听晚砧痴"等句，有一种无边无际的冷清荒凉之感。^① 第七十回薛宝钗所作《临江仙》："好风凭借力，送我上青云"^②，更是预示了她最后嫁给贾宝玉而寡居的结局，恰与所表达的平步青云的愿望形成巨大反差。尽管她极力想改变柳絮的堕落丧败，摆脱"随逝水""委芳尘"的境地^③；但无意之中竟写成一首谶诗，隐语自己身世将像柳絮那样，落入无根底的飘荡，所获婚姻终归落空。

（二）点明人物性格

《红楼梦》所隶诗歌的叙事功能，还表现为对人物性格的直接塑造，其中有不少的诗歌传神写照，真实地描摹刻画人物性格。如在第五回判词中，用"心比天高，身为下贱。风流灵巧招人怨"语^④，直白地点明了晴雯那自恃清高、风流灵巧的性格。在小说以后多回铺叙的情节中，多次展现晴雯的这种性格特点。小说第七十七回叙晴雯身世："这晴雯当时系赖大家用银子买的，那时晴雯才得十岁，尚未留头……这晴雯进来时，也不记得家乡父母，只知有个姑舅哥哥，专能庖宰，也沦落在外。"^⑤尽管晴雯的出身卑下孤单，模样却"比别人标致些"，"又生了一张巧嘴，天天打扮的像个西施样子，在人跟前能说惯道，抓尖要强。一句话不投机，他就立起两只眼睛来骂人，妖

---

① 参见蔡义江：《红楼梦诗词曲赋评注》，北京出版社 1979 年版，第 193、208 页。
② 曹雪芹著，无名氏续《红楼梦》，人民文学出版社 2008 年版，第 973 页。
③ 同上书，第 972 页。
④ 同上书，第 75 页。
⑤ 同上书，第 1084 页。

妖蹇蹇，大不成个体统"。① 在第七十八回，借贾母口评说："晴雯这丫头我看他甚好，怎么就这样起来。我的意思，这些丫头的摸样爽利言谈针线多不及他。"② 此外第五十二回叙曰，晴雯带病帮宝玉补雀金裘，则更直接展现其心灵手巧。这诸多的细节描写，照应判词所叙性格：既自恃清高，又风流灵巧。正因晴雯长相能力出众，加上其心高气傲的性格，就难免被嫉妒，屡遭谗害而早亡。终至第七十七回，王夫人听信谗言，将病重的晴雯赶出大观园；贾宝玉虽然心疼牵念于她，然面对母亲盛怒，也不敢留下晴雯："不敢多言一句，多动一步。"③ 不久，晴雯便夭亡，年仅十六岁。此后，宝玉作《芙蓉女儿诔》《望江南》二词悼念晴雯，表达对她凄苦命运的哀婉和对她高洁性格的仰慕。

又如第五回中第二首判词，作者用"枉自温柔和顺"④，直接点出了花袭人的性格特点，而这性格恰与后文所叙相吻合。首先，小说假借他人之口，来评价其温柔和顺。在第三回，贾母将袭人安排给贾宝玉，以照顾贾宝玉的日常起居；贾母之所以做出如此用心的安排，即因她"心地纯良，克尽职任"⑤。在第三十六回，更借薛姨妈之口，直白地评价袭人："行事儿大方，见人说话儿的和气，里头带着刚硬要强。"⑥ 其次，从小说后文铺叙的诸多事件，亦可见袭人温柔和顺的性格。在第十九

① 曹雪芹著，无名氏续《红楼梦》第七十四回，人民文学出版社2008年版，第1026页。
② 同上书，第1092页。
③ 同上书，第1080页。
④ 同上书，第75页。
⑤ 曹雪芹著，无名氏续《红楼梦》，人民文学出版社2008年版，第52页。
⑥ 同上书，第746页。

回，李嬷嬷吃掉宝玉留给袭人的糖蒸酥酪，还恶言中伤袭人；然而袭人并没有在主子宝玉面前告状，反温和处理了事。在第二十回，袭人生病躺在床上，未起身理会李奶奶，这被李奶奶误会，而招致恶骂一顿；但袭人识大体不与之争辩，亦以缓和的态度处理了事。在第三十回，宝玉淋雨急匆匆跑回怡红院，错把为他开门的袭人当丫头，当胸踢了袭人一脚，导致袭人半夜吐血；但袭人并没有怪罪宝玉，而是很平和地服药休养。在第三十七回，王夫人多给了些月例银子袭人，袭人以此遭众丫头的取笑嘲讽，还被骂"西洋花点子哈巴儿"①；然袭人温和机敏，只一番调笑了之。这一系列故事情节的展开，都照应了判词点明的性格。当然，这种性格塑造的方法难免刻板，人物性格一旦定调就固定不变，不够曲折丰满，显得较为扁平。

人物性格往往是极复杂多变的，为了塑造丰富圆满的人物形象，《红楼梦》还利用诗歌，来间接地刻画人物性格。《红楼梦》在叙事过程中，常将人物置于作诗活动中，从而间接凸显不同人物的性格特点，这就是对人物性格的间接塑造手法。其具体情形是，小说人物所作的自叙诗，并未直接点明个人性格；而通过同一人物在不同时间所作诗歌，或通过不同人物在同一时间所作诗歌，多种性格之对照得以呈示，不同的性格特征得以刻画。

比如，林黛玉这一人物性格的变化，就每每呈现在她的自叙诗中。林黛玉在小说叙事场景和故事情节中所作诗歌，多呈现失眠落泪、为花感伤、漂泊无定的画面。不论是第二十七回暮春时节所作《葬花吟》，还是第四十五回秋夜失眠所作《代别

---

① 曹雪芹著，无名氏续《红楼梦》，人民文学出版社 2008 年版，第 795 页。

离·秋窗风雨夕》，抑或是第七十回初春时节所作《桃花行》，
总能呈现林黛玉忧伤、敏感、刻薄、孤高的性格特征。第三十
四回《题帕三绝句》中，句句紧扣"泪"字，抒写了无限的伤
感；第三十七回《咏白海棠》诗，"秋闺怨女拭啼痕"、"娇羞默
默同谁诉？倦倚西风夜已昏"①，抒写了难尽的怨诉；第三十八
回《菊花诗》中，"孤标傲世携谁隐，一样花开为底迟？"②，抒
写了特立的孤傲；第六十四回《五美吟》中，慨叹五位古代才
女薄命，抒写了心灵的共鸣；第七十回《柳絮词》中，"漂泊亦
如人命薄""叹今生，谁舍谁收"③，抒写身世的漂泊。此类诗句
均从不同的角度，不断丰富林黛玉的性格特征。这就使其性格
更丰满，而不是类型化、扁平化。

---

① 曹雪芹著，无名氏续《红楼梦》，人民文学出版社 2008 年版，第 493 页。
② 同上书，第 512 页。
③ 同上书，第 971、972 页。

第十四章

清诗叙事的语言特色

在清代近三百年的历史中，有作品传世的诗人远在 10 万人以上，故而讨论清代诗歌叙事的语言特色只能在那些知名度相对较大的作家作品上来完成，我们的研讨也基于此认知。钱仲联先生对文学史上的清代有一个基本的判断，一般指它的前二百年左右，即鸦片战争爆发前的时期。① 严迪昌先生则总括有清一代二百七十年，清诗以其绚烂丰硕的盛貌，焕发着作为中国古代诗史集大成的总结时期所特有的风采。② 而在这一时期，清诗总体上经历了专摩盛唐——广师唐宋——独创清诗的发展过程，③ 清诗在叙事艺术领域里的发展演变也大致如此。近年来，董乃斌先生及其学术团队大力倡导中国文学的"叙事传统"研究，涌现出了一大批学术成果，他们认为中国文学不光有着源远流长的抒情传统，而且同样有着与之并存互动的叙事传统，这一叙事传统不光体现在典型的叙事诗中，在很多传统意义上看来是抒情诗的诗歌中也存在着浓厚的叙事因子。

① 参见钱仲联：《清诗三百首》之《前言》，岳麓书社 1985 年版，第 1 页。
② 参见严迪昌：《清诗史》，浙江古籍出版社，2019 年版，第 1 页。
③ 参见傅璇琮、蒋寅主编《中国古代文学通论·清代卷》，辽宁人民出版社 2016 年版，第 23—30 页。

关于叙事诗的定义学界已有诸多概括，一般认为叙事诗是一种特殊的有诗歌韵味，有节奏韵律的散文，是在一定用意的支配下，用押韵的语言将事件安排得具有一定顺序、头绪的文学作品。而判断叙事诗需要考虑两大要件：是否具备传达诗人意念的故事情节和是否刻画出鲜明的人物形象，具备这两大要件的为较纯粹的叙事诗。在中国古代诗歌史上，"抒情地叙事"与"通过叙事来抒情"是极为常见的文学手段，叙事作品中掺杂一些抒情成分几乎是不可避免的事情，叙事诗更是两者珠联璧合的产物。故而学界普遍认为中国古代叙事诗大多杂而不纯，诗性叙事中的"事"往往不会是完全客观的干枯的事，"事"往往是情感的放大镜，叙事与抒情往往水乳交融。① 钱仲联先生在《清诗纪事》的前言中曾对清诗的特色做过概括，其中谈到："叙事性是清诗一大特色，也是所谓'超元越明，上追唐宋'的关键所在。"② 在本章中，我们主要借鉴董先生及其团队的研究成果，结合钱仲联先生对清代文学的大致判断，主要对语兼景语情语、古典与今典契合以及由典雅趋于浅俗三方面进行论述，在作家作品的分析上，尽量按作品产生的先后顺序进行论述，力图抉发清诗在叙事语言上既学习前代又戛戛独造的重要特色。

---

① 参见程相占：《中国古代叙事诗研究》，广西师范大学出版社 2002 年版，第 2—7 页；傅修延：《先秦叙事研究：关于中国叙事传统的形成》，东方出版社 1999 年版，第 10 页；胡秀春：《唐代叙事诗研究》，人民出版社 2013 年版，第 1—12 页；董乃斌主编《中国文学叙事传统研究》，中华书局 2012 年版，第 1—26 页。

② 钱仲联主编《清诗纪事》之《前言》，江苏古籍出版社 1987 年版，第 5 页。

第一节 事语兼情景

缘情体物向来是中华传统诗歌的重要功能，而"叙事"作为一种基本的文学功能和表现手法，在中国古典诗歌发展史上具有非常重要的意义，中国诗歌的这一叙事传统与抒情传统同样古老，① 而其中事语、景语与情语的交融共生则是优秀叙事诗最重要的特质之一。在本节里我们主要考察清代诗歌中以事语为主、兼通情语和融涵情语的相关情况，按照清代前期、中期和晚期的大致分类，并以各时期的代表性诗人诗作为主，对其诗歌叙事的语言特色作分析。

在"叙事传统"的研究中，学者普遍认为无论抒情文学还是叙事文学都离不开"事"。叙事是对主观心灵以外任何客观事物、事件、事态的描叙。文学作品也少不了描写和叙述，描叙的对象有主观（心）、客观（物、事、状态、过程等等）之分，前者通常也称为直陈胸臆，即所谓抒情（含议论）；后者则与之相对，可概称之为叙事。② 叙事诗本来就是为"事"而作，"事"是外于人又因人而生的。在叙事诗创作中，诗人往往通过情节展示、场景描绘、人物对话和心理独白等表现手法在叙事的框架中完成抒情，也在诗意想象、内容发挥、谋篇结构与铺写行文中表现出一定的叙事性特征。

关于中国古典诗歌事语、景语与情语的研究要数王夫之的

① 参见董乃斌：《抒情与叙事：贯穿中国文学史的两大传统》，载氏著《中国文学叙事传统论稿》，东方出版中心 2017 年版，第 1—17 页。
② 董乃斌主编《中国文学叙事传统研究》，中华书局 2012 年版，第 63 页。

《姜斋诗话》、叶燮的《原诗》和王国维的《人间词话》论述最
为精湛。《原诗》论诗讲究理、事、情三者的有机结合，《原
诗·内篇上》有云："自开辟以来，天地之大，古今之变，万汇
之赜，日星河岳，赋物象形，兵刑礼乐，饮食男女，于以发为
文章，形为诗赋，其道万千。余得以三语蔽之：曰理、曰事、曰
情，不出乎此而已。然则，诗文一道，岂有定法哉！先揆乎其
理；揆之于理而不谬，则理得；次征诸事；征之于事而不悖，
则事得；终絜诸情；絜之于情而可通，则情得。三者得而不可
易，则自然之法立。"蒋寅先生的笺注对此颇有议论。① 《姜斋诗
话》卷下有云："情景名为二，而实不可离。神于诗者，妙合无
垠。巧者则有情中景、景中情。"② 王夫之还认为具有"哀乐"
之情的审美主体与具有"荣悴"之容的审美客体互相触发，互
相迎接，就像互相藏在对方的躯壳里一样，相互生发，混融莫
分。③ 这一情景交融的诗史进程颇为复杂。④ 另外，王国维《人
间词话》对于情景关系也有一句最有名的判断："昔人论诗词，
有景语、情语之别，不知一切景语，皆情语也。"⑤ 此语虽很片

---

① 叶燮：《原诗笺注·内篇上》，蒋寅笺注，上海古籍出版社 2014 年版，第
    118—123 页。
② 王夫之：《姜斋诗话》，何文焕编《清诗话》，上海古籍出版社 1963 年版，
    第 11 页。
③ 参见詹杭伦：《中国文学审美命题研究》，香港大学出版社 2010 年版，第
    161—163 页。
④ 参见蒋寅：《走向情景交融的诗史进程》，见载氏著《视角与方法：中国文
    学史探索》，北京大学出版社 2018 年版，第 417—440 页；蒋寅：《情景交
    融与古典诗歌意象化表现范式的成立》，《岭南学报》2019 年第十一辑。
⑤ 关于王国维对情景问题的论述，参见王国维：《人间词话疏证》，彭玉平
    疏证，中华书局 2014 年版，第 1—72 页。

面，然不失深刻。在清诗中，诗人对于事语、景语与情语的处理基本上涵容了清以前诗人们对"事""景""情"的处理手法，主要有以事语为主，兼通景语和融涵情语等情况，以下我们进行分别论述。

一、事语为主

世上凡有人参与的一切活动，都可以成为文学所表现的"事"，也就成为我们研究要关注的"事"。①清人黄生《一木堂诗麈》有云："诗有写景，有叙事，有述意，三者即三百篇之所谓赋、比、兴也。事与意，只赋一字尽之，景则兼兴、比、赋而有之。"②所谓"事语"即客观叙事，"景语"即写景状物，"情语"即以写景之心理言情之语。诗人叙"事"即是建构意义，将行为世界进行意义化的过程，也是将物象世界与观念世界进行统一的诗意表达，诗人所有的议论都要围绕着种种事情来说。清初诗坛上，钱谦益、吴伟业是在明末就享有盛名、入清后继续保持着相当影响的诗人。钱谦益一生在政治漩涡中挣扎，降清又反清，其生活观念与日常情感都颇为复杂，这对其诗歌创作产生了很大影响。钱谦益并不像吴伟业那般有较多典型的叙事诗，其《金陵秋兴》《后秋兴》等作品大多还是以抒情为主。以事语为主的情况可以从其《三良诗》中看出，所谓"三良"，钱氏自己有小序云："三良者，商丘段增辉含素、沂州高名衡平仲、遂安汪乔年岁星也。崇祯戊辰，贼陷商丘。含素

---

① 董乃斌：《中国文学叙事传统论稿》，东方出版中心2017年版，第29页。
② 黄生：《一木堂诗麈》，载张寅彭选辑《清诗话三编》，上海古籍出版社2014年版，第一册，第101页。

谢贤良辟召，率乡人捍贼。贼再攻，陷之，与翰林马刚中俱被执，不屈而死。辛巳春，贼围大梁，平仲以御史巡方，乘城，击却之。上特命以佥都抚豫。贼去，围我师于郾。岁星以秦督赴援，遇贼于襄城，力战死之。是冬，贼复围大梁。平仲固守经年。九月汴沉于河，平仲渡河而北，贼解去，得请归里。奴兵陷沂，平仲夫妇骂贼死之。呜呼！是三君子者，皆余及门之士。余稿项黄馘，视息牖下，观其接踵死事，横身殉国，有余愧焉。白乐天有《哀二良文》，余仿之以哀三君子，作哀《三良诗》。"① 接下来的三首诗均是一一铺叙三人的壮举，典型的以"事语"为主。

清代叙事诗的杰出代表吴伟业在此类情况中表现更为突出，他是娄东诗派的代表人物，其"梅村体"的特色主要表现在叙事方式上，它以人物为中心，即通过一两个中心人物来串联诸多事件，构建一个完整的情节，以事来写人，人与事相得益彰。这方面的代表作有《圆圆曲》《鸳湖曲·为竹亭作》《听女道士卞玉京弹琴歌》和《临顿儿》等，其叙事的连贯、情节的铺排和人物的刻画都体现着吴伟业主动追求叙事的趣味，体现了他高超的叙事思维、叙事能力和叙事技巧。《圆圆曲》以陈圆圆与吴三桂悲欢离合的爱情故事为线索，谴责了吴三桂的失节降清，也寄寓了诗人的家国兴亡之叹。诗歌从"鼎湖当日弃人间，破敌收京下玉关。恸哭六军俱缟素，冲冠一怒为红颜"开始，诗歌的大部分篇幅均在叙述吴三桂与陈圆圆之事。② 《鸳湖曲·为

① 钱谦益：《牧斋初学集诗注汇校》（下），钱曾笺注，卿朝晖辑校，上海古籍出版社 2012 年版，第 1194—1195 页。
② 吴伟业：《吴梅村全集》卷三，李学颖集评标校，上海古籍出版社 1990 年版，第 77—80 页。

竹亭作》是诗人悼念亡友吴昌时之作，诗中也是主要叙写自己故地重游感慨宦海沉浮难测、富贵转眼成空之情事。① 在吴伟业手中，中国传统叙事诗已经发展到了顶峰，达到了高度成熟的水平。作为叙事作品的一些必备要素，如事件的连贯性、情节的编排、人物的刻画等都已经呈现出创作自觉的特征。② 我们再看王士禛的《蚕租行》，从"阳春三月时，蚕子何蠕蠕"开始，诗歌依次论述了蚕妇养蚕采桑、里正索租、蚕妇自缢、其夫归见之亦自缢身亡的诸多"事"，通篇以"事语"为主。诗歌以"生既为同衾，死当携手归"结尾，③ 包含着诗人对底层百姓艰辛生活的无尽感叹。

　　清中期诗坛名家辈出，以"事语"为主的作品也不在少数，朱彝尊的《玉带生歌并序》即是代表。诗前小序云："玉带生，文信国所遗砚也。予见之吴下，既摹其铭而装池之，且为之歌曰。"④ 此诗作于康熙四十四年，诗中讲了文天祥遗砚的流传经过，表达了作者对南宋志士民族气节的敬仰。诗中从"是时丞相气尚豪"到"漂汝林端之霏雾"均在叙"事"，此诗形式奇特，想象丰富，是朱彝尊晚年难得的佳作。其他如赵执信的《弃妇词》、查慎行的《洪武御碑歌》《王文成纪功碑》等亦均以

---

① 吴伟业：《吴梅村全集》卷三，李学颖集评标校，上海古籍出版社1990年版，第71—73页。

② 白一瑾：《明清鼎革中的心灵史：吴梅村叙事诗人物形象研究》，天津人民出版社2008年版，第1—2页。

③ 王士禛：《王渔洋诗文选注》，李毓芙选注，齐鲁书社1982年版，第16—18页。

④ 朱彝尊：《朱彝尊选集》，叶元章、钟夏选注，上海古籍出版社2018年版，第228—237页。

"事语"为主。

晚清诗坛名家中亦有不少以"事语"为主的佳作，典型者如龚自珍，其《伪鼎行》云："皇帝七载，青龙丽于丁，招摇西指，爰有伪鼎爆裂而砰。孺子啜泣相告，隶妾骇惊，龚子走视，砰如琉璃一何脆且轻！离奇癫百丑千怪如野干形，厥怒虎虎不鸣如有声。然而无有头目，卓午不受日，当夜不受月与星；徒取云雷傅汝败漆朽壤，将以盗膻腥。内有饕餮之馋腹，外假浑沌自晦逃天刑。四凶居其二，帝世何称？主人之仁不汝埋榛荆。俾登华堂函牛羊，垂四十载，左揖琴钟右与镀并。主人不厌斁汝，汝宜自憎！福极而砰，砰如琉璃脆且轻。东家有饮器，昨堕地砰声嘤嘤；西家有屠狗盆，今日亦堕地不可以盛。千年决无土花蚀，万年吊古之泪无由生。吁！宝鼎而砰则可惜，斯鼎而砰兮于何取荣名？请诹龚子《伪鼎行》。"[1] 鼎是封建社会的重要礼器之一，诗人以"伪鼎"为题，极力讽刺其内含贪得无厌却装得混沌糊涂的可憎之貌，最终"福极而砰"，落得与肮脏的尿壶及"屠狗盆"同样破败的下场，诗人借此讽刺了清王朝尸位素餐却贪婪丑恶、残暴凶狠的官僚集团，通篇以叙"伪鼎"为主，却笔力千斤，极具震撼力。龚自珍还有不少类似作品，如《人草稿》等。

除了龚自珍外，晚清姚燮、金和、张之洞等亦有不少优秀的叙事杰作，我们这里选录几首进行分析。姚燮的《孾儿》云："孾儿三岁馀，苦为无母儿。起居依大母，饱食但知嬉。下庭拾枯竹，促步驱邻鸡。苔滑不受鞋，蹶足沾烂泥。有时弄瓦草，手面常污鬃。见羊辄呼马，捲袴便思骑。偶闻阿兄读，向隅学

---

[1] 龚自珍：《龚自珍全集》，上海人民出版社1975年版，第490—491页。

唔咿。记诵杂零星，牵扯诗书辞。娇慧皆可怜，爱惜宁讳私？所悲汝母死，襁褓尚无知。不能鞠汝身，看汝成立时。汝裈短及膝，犹汝母所为。竟劳汝大母，为汝缝续之。招来抱诸膝，抚顶潜涕洟。"此诗通篇叙事，讲述了一个三岁失母的孩子夔儿，从小跟祖母一起生活，因为没有亲娘，夔儿野性十足。随着年龄的渐长，孩子知道了读书学习，但在穿着打扮上却十分简陋，受限于自己的生活条件，祖母并不知夔儿是个读书种子。诗人只是客观描述夔儿的经历，然而其中夔儿的心酸悲苦与诗人的同情怜悯无一不从诗中透出，通篇以"事语"为主，却并不妨碍诗人感情的抒发。姚燮的叙事诗杰作还有不少，如《双鸩篇》《矕妇行》等。[①]

　　金和是鸦片战争和太平天国时期著名的诗人，其叙事诗亦有较高的造诣，其代表作如《自秣陵关买舟冒雨至七桥瓮马总戎龙营求见》，此诗通篇叙事，这里节录几句："早潮人说船行易，五十里路夕未至。夜深雷雨破空来，疑是城头战方利。小船漏水时欲沉，袴韤无于不能睡。烧烛聊谈纸上兵，到晓刚成六千字。遥遥乍见当头旗，船得顺风桨生翅。"此诗写金陵城被太平天国军围困后，城中士人私相串联，暗作内应，试图开门迎清军。金和暗察太平军军力，又自投城外清军大营，作六千字对策，竭力劝说钦差大臣向荣等伺机攻城，但遭到的却是"欲推欲挽忽沉吟，前席无声似酸鼻。但言大师在钟山，到彼雄心倘一试。我闻未免中狐疑，于我何嫌若引避。归船听取道旁语，请战都非大帅意。将军近已病填膺，不是将军不了事。"这

---

① 参见申丽丽：《姚燮叙事诗研究》，西北大学硕士学位论文，2018年。

样的亲身见闻让诗人对清军深感失望和无奈。①

张之洞是晚清名臣，其叙事诗创作亦可圈可点。张之洞身居要位，关注时事与忧国忧民是其诗歌的典型表现，晚清战争不少，诗人对此有不少表现，如其《铜鼓歌》云："咸丰四年黔始乱，播州首祸连群苗。列郡扰攘自战守，盘江尺水生波涛。府兵远出连城陷，合围呼啸姝徒骄。纯皇天章久愈炳，义民岂惑狐鸥妖。我先大夫慷慨仗忠信，青衿白屋皆同袍。吴公祠下水清泚，百口并命甘一朝。冲焚罃听贼计尽，凿门而出穷追钞。民兵五千凭感激，疾如振簜覆其巢。"此诗为长篇叙事诗，诗中通过描写张之洞之父张锳抵抗战乱的艰难，表达了诗人激愤的心情，同时体现了张锳忠君爱国的传统思想，这对张之洞的一生有重大影响。②

二、兼通景语

对于写景与叙事的关系，黄立一先生有极为精到的研究。他认为写景本身就蕴涵着叙事，甚或本身就是叙事，比如《诗经》的"比兴"传统。写景与叙事的关系约略分为几种，第一种是以景引事，类似于"兴"的手法运用，有的是引起话题，烘托气氛，有的也暗含比拟意味。第二种是以景比事，以《楚辞》为代表，看似以物比人，实际上多为以事比事（源于天人同构思维定式的以物之事比人之事）。第三种为以景代事，这种情况指的是作者叙事的意图比较强烈，却是用写景的方式交代故事的过程或结局。第四种亦事亦景，如果说以景代事是把景

① 参见唐晓旭：《金和叙事诗研究》，西北师范大学硕士学位论文，2016年。
② 参见刘倩：《张之洞叙事诗研究》，沈阳师范大学硕士学位论文，2013年。

作事看，那亦事亦景或可称为把事作景看。当然这是就接受者
而言，景与事在对意境的融构中联结在一起。第五种与第三种
相似，姑称之为景即是事，作者的主观意旨在于写景而非纪行，
只是写景中自然而然蕴含着事，故称之为景即是事，此说法不
太可靠，但对认识古典诗歌中景与事的多样化关系仍是有好处
的。第六种是用事写景，这个"用事"不是指用事典，而是指
用叙事的方式写景，主观意图在写景，用的却是叙事的方式，
并且没有第四种情况里情景交融的典型特征。这类写景人文色
彩很浓，是比兴写法的新发展。第七种是事在景外，从叙事学
角度看，或许可以理解为诗歌的创作者以其实际行动乃至整个
人生形成作品之外的另一叙事文本，与诗歌文本本身形成一种
相互阐释的关系。（大致相似的写景，意义可能有很大不同，如
"似曾相识燕归来"和"雁过也，正伤心"。）①

　　清诗中兼通景语的诗作举不胜举，我们这里不太能像黄立
一先生一样将"写景"分得那么仔细，但也可稍作呼应。"精通
景语"的叙事诗在诗人们的记游诗中是表现得特别突出的，这
其中的典型者如姚燮的普陀游诗，刘光第的峨眉游诗等，该类
诗都是数十首为一组，描绘大好山河的杰作。姚燮的《双鸩篇》
也多有写景之语，此诗讲述了一对青年男女在家长的逼迫下，
最终双双服毒自杀的故事，一方面热情讴歌了青年男女的真挚
爱情，以及敢于抗争的精神，另一方面也控诉了封建礼教对男
女婚姻的戕害。此诗借鉴《孔雀东南飞》和《木兰诗》的艺术
手法，既浓墨重彩，亦细致白描，融入了古乐府、鼓词、民歌

① 黄立一：《写景与叙事——由中国文学叙事传统想起》，董乃斌主编《古
　代城市生活与文学叙事》，上海大学出版社 2015 年版，第 138—164 页。

等形式，参以"长庆体"等长篇叙事诗的表现手法，全诗长一千七百九十五字，可谓奇作。诗中"十月开梅花，二月开桃李。六月芰荷香，青青出蒲苇。""复帐六尺八，菡萏四角垂流苏。画箪六尺三，缘以鸳锦椒泥涂。"① 均是典型的写景之语。

王士禛《息斋夜宿即事怀故园》云："夜来微雨歇，河汉在西堂。萤火出深碧，池荷闻暗香。开窗邻竹树，高枕忆沧浪。此夕南枝鸟，无因到故乡。"② 此诗描写了幽静清美的夜景，诗人触景而生，引发了对于故乡的思念。《秦淮杂诗·其一》："年来肠断秣陵舟，梦绕秦淮水上楼。十日雨丝风片里，浓春艳景似残秋。"③ 此组诗共 14 首，多咏金陵旧迹以抒发盛衰变迁之叹，作者的叹息亦深深刻印在"秦淮水楼"与"雨丝风片"等"景语"之中。另外我们还可以再看其《春不雨》诗："西亭石竹新作芽，游丝已罥樱桃花。鸣鸠乳燕春欲晚，杖藜时复话田家。田家父老向我说，'谷雨久过三月节。春田龟坼苗不滋，犹赖立春三日雪。'我闻此语重叹息，瘠土年年事耕织。暮闻穷巷叱牛归，晓见公家催赋入。去年旸雨幸无愆，稍稍三农获晏食。春来谷赋复伤农，不见饥鸟啄余粒。即今土亢不可耕，布谷飞飞朝暮鸣。春荁作饭藜作羹，吁嗟荆益方用兵。"④ 此诗亦与《织妇词》一样反映了清初阶级剥削的残酷，诗歌一开头的"西亭石竹""樱桃""乳燕"等"景语"并不单纯写景，诗人是把

---

① 姚燮：《姚燮集》卷十，路伟、曹鑫编辑，浙江古籍出版社 2014 年版，第二册，第 258—263 页。

② 编委会编《清诗观止》，学林出版社 2015 年版，第 94—95 页。

③ 编委会编《清诗观止》，学林出版社 2015 年版，第 95 页。

④ 王士禛：《王士禛诗》，胡去非选注，王云五、朱经农主编《学生国学丛书》本，商务印书馆民国 23 年（1934）版，第 8 页。

景物融入了具体的人物行动之中，农家的风景作为公家催赋税
等人物所施动作之对象或其活动的背景衬托，在此诗中绝非平
凡的点缀。

屈大均《登罗浮绝顶奉同蒋王二大夫作》也是此种风格，
诗题下小注云："蒋少参莘田、王给谏黄湄。"此诗描绘了罗浮
山奇丽壮伟的景观，作者借自然之景，映衬自己忧虑丛生的世
俗生活，表现了对于纷乱现实的担忧和坚贞不屈的伟岸人格。
诗中有云："分水一泉源，自天通地脉。瀑布纵横飞，与海相潮
汐。天鸡一伊喔，扶桑日半白。"① 颇有李白《梦游天姥吟留别》
之神韵。诗中的"景语"在诗人叙述登罗浮绝顶之事中不仅以
景代事，且可谓黄立一先生所说的即景即事，写景即是在叙事。

查慎行《中秋夜洞庭对月歌》云："长风霾云莽千里，云气
蓬蓬天冒水。风收云散波乍平，倒转青天作湖底。初看落日沉
波红，素月欲升天敛容。舟人回首尽东望，吞吐故在冯夷宫。
须臾忽自波心上，镜面横开十余丈。月光浸水水浸天，一派空
明互回荡。此时骊龙潜最深，目眩不得衔珠吟。巨鱼无知作腾
踔，鳞甲一动千黄金。人间此境知难必，快意翻从偶然得。遥
闻渔父唱歌来，始觉中秋是今夕。"② 此诗作于康熙二十一年
（1682），作者从贵州归家，至洞庭湖为风雨所阻，有感而发。
诗歌通篇多用"景语"，叙事的意味体现于"景语"的书写中，
正是这特殊时期的月明水清之景，让诗人体悟"快意翻从偶然

① 屈大均：《屈大均诗词编年校笺》，陈永正校笺，上海古籍出版社2017年
版，第988—989页。
② 查慎行：《查慎行集》，张玉亮、辜艳红点校，浙江古籍出版社2014年版，
第三册，第78—79页。

得"之哲理，"景语"更充当了诗人抒情的媒介。

沈德潜《下百步云梯，过莲华沟，穿鳌鱼洞作》诗摹写的是黄山奇险的美景，诗从"山转路灭没，险于川中栈"写起，到"行当逢容成，丹台路匪远"之寻仙访道结束，[①] 可谓在"景语"的描绘中叙事，写景本身成为了叙事的一部分，诗人用一连串的"景语"描绘来叙述事件的进程和人物的行动，使下百步云梯，过莲华沟，穿鳌鱼洞这一系列动作具有了时间和意义向度。这种对空间序列的着重经营是中国文学写景的一大特色，也是中国叙事观念的内质，这在清代诗人的笔下有着出色的表现。关于清诗叙事"兼通景语"的情况，我们再看一首张之洞的《重九日作》，诗云：

> 晓起开门风叶落，白日忆弟心不乐。佩壶欲上西山头，但愁日晚上城钥。渔阳老子耽秋吟，黑窑厂畔曾登临。今日平冈上樵牧，寒云碻石空阴森。忽忆慈仁有高阁，百级三休试腰脚。晴烟隐约浮舳舻，万瓦鳞鳞压罗郭。使我百忧今日宽，翩然衫屦来群贤。开口且从杜牧笑，枯颅谁笑参军颠？力士酒铛舒州杓，仰天醉看春云薄。王郎摩挲井阑字，谢公面壁看书势。东向大嚼西停杯，二陈豪逸各有致。高台叶乡夕风起，薄寒清瘦愁朱李。就中祭酒长沙周，承平先进常同游。手拊松鳞几围长？舍利满塔僧白头。董老五年离京国，幽栖良会息难得。倒冠落佩都相忘，何用唐贤画主客。清霜未高蟹未肥，篱菊未孕寒花稀。莫嫌花

---

① 沈德潜：《沈德潜诗文集》卷七，潘务正、李言校点，人民文学出版社 2011 年版，第一册，第 134 页。

少蟹敖瘦，犹胜岁晏征鸿归。夕梵钟鱼出林表，尚道行厨莫草草。却怜寓直潘安仁，高阁翳日思鱼鸟。佳日行乐须及时，楚客何必生秋悲。不见阁后累累冢，醉尽千觞彼岂知？门外马嘶奴执鞚，游客倦行主僧送。独携残醉辞双松，菜市燃灯街鼓动。①

此诗的叙事意味较为浓厚，作者的叙事动机也很明显。诗人记述了在重九日这一天与友人慈仁寺登高，面对登高所见，诗人怀念自己的兄弟，最后以"独携残醉辞双松，菜市燃灯街鼓动"结尾，这一写景部分承载了诗歌叙事的功能——渲染了诗人思念兄弟发生的情境，提供了作者活动的背景，也暗示了张之洞想弟而不得这一故事延展的时间向度，这即是诗人这一拥有叙事权力的创作者为诗意世界建构意义的行为。景语的描绘揭示了其叙事因子乃至其叙事本质。

三、融涵情语

所谓"情语"即以写景之心理言情之语，当诗歌承载了情感交流的内容时，叙事便是感情的底蕴，这种因情而生之语，吐之肺腑，便是情语。周剑之博士的专著《宋诗叙事性研究》一书曾详细考察了宋代叙事诗的发展、宋代诗歌"纪事"的发达、宋诗"诗题""诗序""自注"的叙事性、题材视角下的宋诗叙事拓展、诗体视角下的宋诗叙事新变、宋诗叙事性的整体

---

① 张之洞：《张之洞诗稿详注》（上），赵寿强校注，河北人民出版社 2018 年版，第 325 页。

观照等方面，① 侯体健先生的书评也认为"叙事性"更具有文学史内蕴，更具有理论上的普适性，而"叙事诗"只不过是诗歌分类之一种。叙事性所涉及的恰是诗歌文本特性的问题，它不仅存在于叙事诗中，更广泛地存在于抒情、写景、说理等不同类型的诗歌之中，对叙事性的探讨其实已经触及了相当一部分诗歌文本的艺术核心。② 具体到我们这里说的"情语"，周博士也认为诗人在叙事的同时，往往已经融合了诗人的主观情志，有些时候往往呈现出"事详"而"情隐"的状态，这是需要我们特加注意的。③

钱谦益在清顺治四年（1647）作有《金陵后观棋六首》一诗，因此前作有《观棋绝句六首为汪幼青作》，故名"后"。其中有云："寂寞枯枰响沉寥，秦淮秋老咽寒潮。白头灯影凉宵里，一局残棋见六朝。"④ 诗中既有写景之语，亦融涵着对时事的感慨情语。傅山的《咏史感兴杂诗》也是情感沉痛之作，该组诗共34首，诗人借历史人物和史实，抒发内心的悲怀。我们这里看其中第七首："孟德张汉罗，正平不可援。于于岑牟衣，落落鹦鹉篇。天子竟可挟，贱士终难前。愚者诮刚折，明知当不然。陈徐早变质，称颂文翩翩。一时离疾疫，不闻独长年。"⑤

---

① 参见周剑之：《宋诗叙事性研究》，中国社会科学出版社 2013 年版，第 107 页—310 页。

② 参见侯体健：《重新认识宋诗的一种可能——评周剑之〈宋诗叙事性研究〉》，载马东瑶、周剑之主编《宋代文学评论·第 1 辑新著评议专辑》，中国社会科学出版社 2015 年版，第 84—96 页。

③ 参见周剑之：《宋诗叙事性研究》，中国社会科学出版社 2013 年版，第 306—310 页。

④ 编委会编《清诗观止》，学林出版社 2015 年版，第 5 页。

⑤ 傅山：《傅山全书》卷三，尹协理主编，山西人民出版社 2016 年版，第一册，第 25—30 页。

诗人将祢衡孤傲狂放、蔑视权贵的精神，与陈琳、徐幹等归附曹操并以诗文颂主的行为进行对比，将愤恨士大夫变节的遗民心态展现得淋漓尽致，表达了只有培植好、锻造好文人独立不屈的精神品格，才能不染奴性媚骨、写就雄文奇章的鲜明观点，如此之"情"融涵着诗人的叙事语境，让人振聋发聩。

吴伟业的名作《听女道士卞玉京弹琴歌》，也是叙事融涵情语的佳作。顺治八年，诗人吴伟业与秦淮名妓卞玉京在苏州横塘重逢。故人会面，感慨万千，卞玉京操琴作歌，向诗人诉说别后的见闻与遭遇："驾鹅逢天风，北向惊飞鸣。飞鸣入夜急，侧听弹琴声。借问弹者谁，云是当年卞玉京。玉京与我南中遇，家近大功坊底路。"① 接下来诗人以卞玉京的口吻诉说南明弘光帝选妃的事情。诗人在《过锦树林玉京道人墓并传》的诗序中云："吾在秦淮，见中山故第，有女绝世，名在南内选中。未入宫，而乱作，军府以一鞭驱之去。吾侪沦落分也，又复谁怨乎？"② 此诗表达了对卞玉京、徐女等女子的同情和怜悯，反映了清兵南下后人民遭受的不幸，以及南明王朝的荒淫与腐败，亡国的苦痛流泻于笔端。

赵执信的《道傍碑》作于康熙二十三年（1684），诗人路经某地，看到道路旁立着许多歌颂地方官吏的"德政碑"，但全都是些毫无文采的阿谀之作，文理不佳且千篇一律。其言："居人过者聊借问，姓名恍惚云不知。往时于我本无恩，去后遭我如

---

① 吴伟业：《吴梅村全集》卷三，李学颖集评标校，上海古籍出版社1990年版，第63—65页。

② 吴伟业：《吴梅村全集》卷十，李学颖集评标校，上海古籍出版社1990年版，第250—253页。

何思?"诗人通过百姓对"德政碑"的冷淡讽刺了封建吏道的虚伪与庸俗，最后不禁感慨："但愿太行山上石，化为滹沱水中泥。不然道旁隙地正无限，那得年年常立碑。"这正是叙事诗中融涵情语的佳作。一般来看，诗人叙事到尾声之时笔端常带感情，或赞赏，或批判，所谓叙事，总是深情。

我们再看一首姚燮的诗《客有述三总兵定海殉难事哀之以诗》，诗云："三公虽武臣，崭崭国之鹰。厚禄荣太平，岂知眷有在。骨都狼性奸，恩命负已每。再寇昌国洋，捶陋恣鼓骇。维时月塞壮，盲风飙以飚。默尔阴云凝，飞火搏悬礧。颇愁城溃崩，连檄告所殆。八达蛟门辕，尚疑诡词买。峻座拥万军，张望究何待。六日仍绝援，孤军壮亦馁。始知移镇时，已遭阃主给。澌穷罔恤民，霖涨逼昏澥。可怜戏下营，十夫九愢愢。"①诗人讲述了爱国将士们奋勇抗战、为国献身的英雄故事，对以身殉国的三位总兵（王锡朋、葛云飞、郑国鸿）进行了深切哀悼，诗中叙述三位总兵英勇杀敌之"事"融涵着诗人对爱国志士的无比崇敬之"情"，亦是诗人自身高尚爱国情操的诗意呈现。

第二节　古今典契合

用典指的是在诗中使用古典史事或有出处的词语，即援引历史故事、历史人物或前代经典诗文中的语句以增强诗句概括力、感染力的语言手段，也叫隶事、使典，具体分为用事和用词两类。用典叙事是中国古代叙事诗的一种特有技法，也是其

---

① 姚燮：《复庄诗问》，周劭标点，上海古籍出版社1988年版，第825页。

重要特色。刘勰指出："事类者，盖文章之外，据事以类义，援古以证今者也。"①《文心雕龙·才略》又云："然自卿、渊已前，多俊才而不课学；雄、向以后，颇引书以助文：此取与之大际，其分不可乱者也。"② 古诗中的用典历史悠久，张戒《岁寒堂诗话》也说："诗以用事为博，始于颜光禄，而极于杜子美。"③ 中国古代"典故"常常又被称为"故事"，这种字面上的偶合提醒我们注意，典故大多包容了一个过去的故事，以及整个故事大多出自典籍。用典也是清诗叙事非常突出的语言技法。以下我们从掌故、事类、今典、古典与今典契合的多种方式等方面对清诗叙事的语言特色进行论述。

一、掌故

所谓掌故亦可称作典故，指的是关于历史人物、典章制度等的遗闻轶事，清诗中运用掌故的作品汗牛充栋。无论这个掌故的原型与内涵是什么，当它作为典故被人们再次使用时，它就在形式与内容上发生了变化，首先是它常常由一个故事凝聚为几个精练的字；其次是它不一定再是原来的意义而有可能是使用者重新赋予的意义。因此，在辗转的使用、转述过程中，典故的意义被一代又一代使用者们分化、综合、积累、变异，在一个典故中，意义的外延内涵越来越扩展变化。后人再用这

① 刘勰：《文心雕龙注·事类》，范文澜注，人民文学出版社1958年版，第614页。
② 刘勰：《文心雕龙注·才略》，范文澜注，人民文学出版社1958年版，第697—713页。
③ 张戒：《岁寒堂诗话》，丁福保辑《历代诗话续编》本，中华书局1983年版，第452页。

个典故的时候，典故这个简单的语言符号就负载了重重叠叠地积淀下来的意蕴。像"合格的读者"那样欣赏到"曲涧层峦之致"。①

顾炎武《又酬傅处士次韵·其一》云："清切频吹越石笛，穷愁犹驾阮生车。时当汉腊遗臣祭，义激韩仇旧相家。陵阙生哀回夕照，河山垂泪发春花。相将便是天涯侣，不用虚乘犯斗槎。"此诗高度赞扬了傅山的民族气节，对明清之际士大夫们失去山河的悲痛之情也有抒发，顾炎武为傅山的民族气节所感动，诗人即在诗中勉励友人们要互相扶持。诗中的"越石"指的是晋人刘琨，字越石，以坚守抗敌著称。"韩仇"则指的是张良在博浪沙锤击秦始皇为韩国复仇事。"河山垂泪"则来自杜甫的《春望》，"犯斗槎"则指游仙、升天所乘的仙舟。《又酬傅处士次韵·其二》："愁听关塞遍吹笛，不见中原有战车。三户已亡熊绎国，一成犹启少康家。苍龙日暮还行雨，老树春深更著花。待得汉庭明诏近，五湖同觅钓鱼槎。"② 诗中的"三户"来自于《史记·项羽本纪》："楚虽三户，亡秦必楚。""五湖同觅钓鱼槎"则是用的范蠡、西施五湖泛舟的典故。正如葛兆光先生所言，典故是一个个具有哲理或美感内涵的故事的凝聚形态，它被人们反复使用、加工、转述，而在这种使用、加工、转述过程中，它又融摄与积淀了新的意蕴，因此它是一些很有艺术感染力的符号。它用在诗歌里，能使诗歌在简练的形式中包容丰

---

① 参见葛兆光：《汉字的魔方：中国古典诗歌语言学札记·论典故——中国古典诗歌特殊语词的分析之一》，复旦大学出版社 2016 年版，第 118—139 页。
② 以上参见顾炎武：《顾亭林诗集汇注》卷四，王蘧常辑注，吴丕绩标校，上海古籍出版社 1983 年版，第 803—805 页。

富的、多层次的内涵。① 顾炎武的这两首诗也是如此，诗人用典精切，对仗工整，表达了自己与傅山一样老当益壮、志在千里的雄心，并殷切期待着民族重兴的愿望。诗人所运用的一系列典故在诗中余味曲包，充满强烈的感情与深刻的期待，故能引起双方心灵的共鸣。

接下来我们还是要看一下清代叙事诗大家吴伟业使用典故的相关情况。吴伟业的诗歌在当时人的心目中就被当作"一代诗史"，如郑方坤在《国朝名家诗钞小传》中即说吴伟业："所作《永和宫词》《琵琶行》《松山哀》《雁门尚书行》……诸什，铺张排比，如李龟年说开元、天宝遗事，皆可备一代诗史，岂仅若函书窨井，但说'庚申'，恸哭荒台，徒传'乙丙'已哉?"② 其"诗史"创作自然少不了一系列典故的使用。限于篇幅，我们这里只选择其《琵琶行》做点分析。《琵琶行》与白居易的同名之作一样有诗前小序，交代了诗歌的写作缘由："去梅村一里，为王太常烟客南园。今春梅花盛开，予偶步到此，忽闻琵琶声出于短垣丛竹间。循墙侧听，当其妙处，不觉拊掌。主人开门延客，问向谁弹，则通州白在湄、子或如。父子善琵琶，好为新声。须臾花下置酒，白生为余朗弹一曲，乃先帝十七年以来事。叙述乱离，豪嘈凄切。坐客有旧中常侍姚公，避地流落江南，因言：'先帝在玉熙宫中，梨园子弟奏水嬉、过锦诸戏，内才人于暖阁斋镂金曲柄琵琶，弹清商杂调。自河南寇

---

① 参见葛兆光：《汉字的魔方：中国古典诗歌语言学札记·论典故——中国古典诗歌特殊语词的分析之一》，复旦大学出版社 2016 年版，第118—139 页。

② 参见朱则杰：《清诗史》，江苏古籍出版社 2000 年版，第 61 页。

乱，天颜常惨然不悦，无复有此乐矣！'相与哽咽者久之。于是作长句记其事，凡六百二言，仍命之曰琵琶行。"① 诗歌用典之处不少，如"龟年哽咽歌长恨，力士凄凉说上皇"，即来自李龟年、《长恨歌》、高力士与唐明皇等的典故。"岐王席散少陵穷，五陵召客君知否？"来自杜甫《江南逢李龟年》"岐王宅里寻常见"，"五陵召客"有白居易《长恨歌》"五陵年少争缠头"的影子。这样充满感情与哲理内涵的典故不能不引起读者与诗人心灵的"共鸣"。诗人此处所用的典故在字面上有一定的视觉美感，所述故事也有强烈的感情色彩，葛兆光先生说诗歌中的典故最好包含了古往今来人类共同关心与忧虑的"原型"，比如生命、爱情、人与自然、人与自我等，因为它们才最具有"震撼我们内心最深处"的力量。如此"古典"才能与今人融为一体，读者阅读起来也才会格外酣畅淋漓。② 吴伟业的叙事诗用典就有这一特点，典故的运用使诗歌显得精致、富赡而含蓄。当然，过度用典也会造成诗句的不顺畅、不自然和难以理解，使诗歌生硬晦涩、雕琢造作。这在清诗中也是很常见的，此处就不展开了。

二、事类

所谓"事类"，按照《文心雕龙》的说法是："事类者，盖文章之外，据事以类义，援古以证今者也。昔文王繇《易》，剖

---

① 吴伟业：《吴梅村全集》卷三，李学颖集评标校，上海古籍出版社 1990 年版，第 55—60 页。

② 参见葛兆光：《汉字的魔方：中国古典诗歌语言学札记·论典故——中国古典诗歌特殊语词的分析之一》，复旦大学出版社 2016 年版，第118—139 页。

判爻位。《既济》九三，远引高宗之伐，《明夷》六五，近书箕子之贞：斯略举人事，以征义者也。至若胤征羲和，陈政典之训；盘庚诰民，叙迟任之言：此全引成辞，以明理者也。然则明理引乎成辞，征义举乎人事，乃圣贤之鸿谟，经籍之通矩也。《大畜》之象，'君子以多识前言往行'，亦有包于文矣。"① 可见"事类"指的是文章中引用古事故实以类比事理。以下我们还是选几首代表性的清诗作品进行讨论。

查慎行《初入黔境，士人皆居悬崖峭壁间，缘梯上下，与猿猱无异，睹之心恻，而作是诗》云："巢居风俗故依然，石穴高当万木颠。几地流移还有伴，旧时井灶断无烟。余生兵革逃难稳，绝塞田畴瘠可怜。为报长官宽赋敛，猱猿家室久如悬。"②"家室久如悬"是说家中长久以来都是空无一物的状态。此处用《左传·僖公二十六年》的典故："齐侯曰：'室如悬罄，野无草青，何恃而不恐！'"③ 诗人借用此典，既摹写了贵州少数民族的风土人情，又对连年征战给人民带来的痛苦生活表示同情。

黄景仁的《圈虎行》细致而生动地描写了驯虎杂技的表演过程，在叙述过程中，诗人以圈虎的行为作类比，表达了对才智之士不能主宰自己命运的深沉感叹。其中"仍驱入圈负以趋，此间乐亦忘山居"之典出自《三国志·后主传》裴松之注引《汉晋春秋》："司马文王与禅宴，为之作故蜀伎，旁人皆为之感

①　刘勰：《文心雕龙注·事类》，范文澜注，人民文学出版社1958年版，第614—623页。
②　朱则杰编注《元明清诗》，天地出版社1997年版，第125—126页。
③　左丘明：《左传·僖公二十六年》，蒋冀骋标点，岳麓书社1988年版，第79页。

怆，而禅喜笑自若。……他日，王问禅曰：'颇思蜀否？'禅曰：'此间乐，不思蜀。'"意指老虎已经习惯于被人驱使的生活，全然忘记了自己是百兽之王的尊严。"不能决蹯尔不智，不能破槛尔不武"亦是用典之句，其中的"决蹯"语出《战国策·赵策》："人有置系蹄者而得虎。虎怒，决蹯而去。虎之情非不爱其蹯也。然而不以环寸之蹯，害七轼之躯者，权也。"其他如"梁鸯"用《列子·黄帝》典："周宣王之牧正，有役人梁鸯者，能养野禽兽，委食于园亭之内，虽虎狼雕鹗之类，无不柔者。"① 诗人在诗歌中使用这些"事类"典故较好地传达了"圈虎"这一行为的历史渊源和当下思索，让诗歌多了一点含蓄与委婉，可以让读者更多体味典故在诗中的象征意义与感情色彩。

三、今典

典故有古典与今典之分，所谓"古典"即来自诗人生活时代以前的古代典籍掌故，在诗歌创作中，古典不仅用来增添诗歌的文化内蕴，也常是诗人炫耀才学的表现。对于此类典故，读者需对"古典"的产生语境有一个"前理解"，沟通好当下阅读与典故积淀之间的张力关系，借助读者自身的知识而使得诗歌意象的外延与内涵都丰富起来。在熟悉古典的读者眼中，深奥而驳杂的典故给他们带来了更多的遐想，短暂的停顿形成了一种更深刻与微妙的连续。"古典"在诗歌中传递的是一种内心的感受，古人体验过的人与事凝聚为典故，今天再度体验而与古人形成共鸣，于是"古典"就被镶嵌进诗句中而与整首诗的

---

① 以上参见黄景仁：《两当轩集》，李国章校点，上海古籍出版社1998年版，第354—355页。

情感和谐一致，构筑出了整首诗的"情感氛围"。① 今典与古典相对，即来自诗人生活时代或稍前一段时间的典籍掌故。我们此处还是只能挑几首代表作来做点论述。严遂成，雍正二年（1724）进士，乾隆三年（1736）又举博学鸿词科，后人将其与厉鹗、钱载、王又增、袁枚、吴锡麒并称为"浙西六家"。其《白水岩瀑布》云："万里水汇一水大，訇訇声闻十里外。岩口逼仄势更凶，夺门而出悬白龙。龙须带雨浴日红，金光玉色相荡春。雪净鲛绡落刀尺，大珠小珠飘随风。风折叠之绘变相，三降三升石不让。有如长竿倒拍肉飞仙，中绝援绳跃复上。伏犀埋头不敢出，怀宝安眠遮步障。我欲割取此水置袖中，曰恒燠若书乾封。叩门絜瓶滴马鬃，搞苗平地青芃芃。岂不贤于谷泉之在香炉峰，坐享大名而无功。"② 诗歌描写贵州镇宁白水岩瀑布的壮丽景观，亦传达出一种救世济民的儒者情怀。全诗想象丰富，其中的"怀保安眠遮步障"即用吴三桂的典故，相传吴三桂叛清的时候，曾将数十万的饷银弃入伏犀潭，诗人在此用此今典形容瀑布水流之壮阔。

王闿运的《圆明园词》也有使用今典的地方，此诗是同治十年（1871）诗人偕张祖同、徐树钧同游圆明园遗址，目睹"万园之园"废墟时感慨万端而作。在诗人眼中，圆明园就是清王朝的缩影，在断井颓垣、荒草野花的凄凉风景中，诗人想到了清朝没落的教训与悲哀，此诗也因为这种深沉的历史思考而

---

① 参见葛兆光：《汉字的魔方：中国古典诗歌语言学札记·论典故——中国古典诗歌特殊语词的分析之一》，复旦大学出版社2016年版，第118—139页。

② 编委会编《清诗观止》，学林出版社2015年版，第132—133页。

有了较为深刻的思想内涵。诗中"圆明始赐在潜龙，因回邸第作郊宫"，①记述的是康熙四十八年（1709），康熙命于畅春园西南筑室为胤禛读书处，并赐名"圆明"。雍正即位后，将康熙赐名的圆明读书房并畅春园，经重修扩建而成圆明园。此正是用本朝典故，虽说王闿运的时代距离康熙、雍正时已有上百年时间，但亦可大致归入今典的范围。

关于今典问题，我们最后看一首黄遵宪的《度辽将军歌》，此诗为戊戌变法失败后，诗人遭放归家乡以后所作，诗歌讲述的是原湖南巡抚吴大澂与日军在辽东作战惨败的故事。中日甲午海战爆发后，北洋海军全军覆没，清廷命刘坤一驻山海关，督办东征军务。湖南巡抚吴大澂恰好购买到一方刻有"度辽将军"字样的汉印（其实是赝品），便以为是立功封侯的预兆，于是主动请缨。1895年3月，日军进袭牛庄，吴大澂部溃不成军，自己也临阵脱逃。此后，吴大澂被革职永不叙用。此诗即叙写此事，既讽刺了吴大澂的无能与自大，又暴露了清王朝官僚阶层的腐朽。诗中有云："铜柱铭功白马盟，邻国传闻犹胆颤。"所谓"铜柱"指的是古时国界的标志。"白马盟"语出《战国策·赵策二》，此句讲的是吴大澂光绪十一年（1885）奉命赴吉林，与沙俄使臣共同勘定国界问题，根据咸丰十一年（1861）的旧界图，立碑五座，建铜柱，并自篆铭曰："疆域有表国有维，此柱可立不可移。"② 使沙俄占去的疆界复归中国。这一典

① 参见王闿运：《湘绮楼诗文集》卷八，马积高主编《湖湘文库》本，岳麓书社2008年版，第192—201页。
② 参见黄遵宪：《人境庐诗草笺注》，钱仲联笺注，上海古籍出版社1981年版，第694—702页。

故与本诗所写内容非一件事，可看作是诗人使用今典。今典也是一种表达明确意义的方式，他的意义既是要具体地告诉人们关于此诗所叙之事有什么典故，而且也是以意来感动人的心灵，因此，这种用典方式可以传递诗人的真实感受，应该说也是一种独特而有效的诗歌语言手段。

四、契合

清诗叙事用典还常常呈现出一种古典与今典契合共生的状态。诗人追叙往古，或借古典说今事，或借今典明古事，均含有相当的叙事成分。高明的诗人用典不会让读者读起来觉得拘窘卑凡，诗句的巧妙呈现与典故的情感内涵会在读者心中形成一种交融互映的"情绪氛围"。明代的王世懋在《艺圃撷余》云："病不在故事，顾所以用之如何耳。"① 典故如果用得不好，便会在诗歌中显得孤立突兀而变成具体意义的表达性词汇，也就难以呈现典故的表层涵义、深层涵义与象征涵义。当然清诗中的用典既有通畅与平易，也有晦涩与艰深，这很大程度上取决于诗人与读者之间的文化对应关系。清诗中古典与今典的契合共生在诗人不断地使用与转述过程中积淀与容纳了超出其字面的内容，我们这里无法详细讨论古典与今典是怎样在清诗人的手里被使用、改造与转述的，这些典故的使用在读者心中引起的联想范围又是怎样变化、扩展与转移的，我们还是举一些典型的古典与今典契合共生的例子对此做点讨论。

大致来说，古典与今典契合的方式主要是古典作为今典的

---

① 王世懋:《艺圃撷余》,何文焕辑《历代诗话》本,中华书局 1981 年版,第 775 页。

对比与衬托，对此我们主要看吴伟业的作品。吴伟业的"梅村体"对前人的一些用典采取了综合继承的态度，他一方面力求典雅超俗，大量使用古典与今典；另一方面，也大胆借鉴民歌的艺术手法，不避俗辞。上文也例举了吴伟业的很多经典名作，我们这里再看一首他的《洛阳行》，此诗较长，为论述方便，此处还是誊录如下：

> 诏书早洗洛阳尘，叔父如王有几人。先帝玉符分爱子，西京铜狄泣王孙。白头宫监锄荆棘，曾在华清内承值。遭乱城头乌夜啼，四十年来事堪忆。神皇倚瑟楚歌时，百子池边袅柳丝。早见鸿飞四海翼，可怜花发万年枝。铜扉未启牵衣谏，银箭初残泪如霰。几年不省公车章，从来数罢昭阳宴。骨肉终全异母恩，功名徒付上书人。贵强无取诸侯相，调护何关老大臣。万岁千秋相诀绝，青雀投怀玉鱼别。昭丘烟草自苍茫，汤殿香泉暗呜咽。析圭分土上东门，宝毂雕轮九陌尘。骊山西去辞温室，渭水东流别任城。少室峰头写桐漆，灵光殿就张琴瑟。愿王保此黄发期，谁料遭逢黑山贼。嗟乎龙种诚足怜，母爱子抱非徒然。江夏漫裁修柏赋，东阿徒咏豆萁篇。我朝家法逾前制，两宫父子无遗议。廷论蹊来责佞夫，国恩自是优如意。万家汤沐启周京，千骑旌旗给羽林。总为先朝怜白象，岂知今日误黄巾。邹枚客馆伤狐兔，燕赵歌楼散烟雾。茂陵西筑望思台，月落青枫不知路。今皇兴念缌帷哀，流涕黄封手自裁。殿内遂停三部伎，宫中为设八关斋。束薪流水王人戍，太牢加璧通侯祭。帝子魂归南浦云，玉妃泪洒东平树。北风吹雨故宫寒，重见新王受诏还。唯有千寻旧松栝，照人落落

嵩高山。①

　　此诗的典故使用特别密集，可谓古典与今典契合共生，整首诗围绕晚明宫廷内部斗争和福王的腐败展开，这是诗人使用的"今典"。吴伟业在诗中没有一句主观评价的语言，只是用一系列史实来引发读者的思考。汉朝宫廷关于立戚夫人所生赵王如意为太子的争斗，可称作"古典"，这段宫廷斗争的故事，与当时福王的情况非常相像。诗中使用的《明史·后妃传》《资治通鉴·贞观十七年》《两京新记》《七步诗》等典故知识密度极高，如果读者不对其写作背景及相关典故了然于心的话，很可能就不能读懂诗人的微言大义。将这些古典与今典一一揭开，诗歌的内涵与深意就渐次展现，有着无穷的意味。

　　除了吴伟业外，我们再看一下张之洞诗歌使用古典、今典的情况，陈衍在《石遗室诗话》中曾赞誉张之洞诗歌比附精切，善于用典："古今诗家用事切当者，前推东坡，后有亭林"，张公诗"用事精切，皆可驾坡公、亭林，非近世诗家所能及"。张之洞诗歌的用典形式主要有用事和化用前代诗词两种，所谓用事即以历史事件比附当下发生的事情，可以说是用古典，如《送王壬秋归湘潭》有云："东宫绝艳徐陵体，江左哀思庾信文。笔毫费尽珊瑚架，墨沈书残白练裙。"诗中以徐陵、庾信之事来形容王闿运的才华即是用古典。又《焦山观宝竹坡侍郎留滞》云："故人宿草已三秋，江汉孤臣亦白头。我有倾河注海泪，顽山无语送寒流。"第三句用陆游《祭朱子文》语"倾长河注东海

---

① 吴伟业：《吴梅村全集》卷二，李学颖集评标校，上海古籍出版社1990年版，第41—42页。

之泪。"《挽彭刚直公诗》"天降江神尊，气吞海若倍"，用清河公及东坡咏钱武肃事。所谓化用前代诗词，以达到比喻当前事件或人物的目的。比如《送沈子培赴欧美两洲》"平原宾从儒流少，今日天骄识凤麟"化用苏轼"不辞骚骑凌风雪，要使天骄识凤麟"（《送子由使契丹》）诗句，送别与出使，场合与身份均切合。《题瞿太母汤太夫人分灯课子图》中的"令伯难忘乌鸟私，何如遭遇圣明时"，此处化用李密《陈情表》中的"乌鸟私情，愿乞终养"，李密文中所指为其祖母，而此处也是指瞿鸿楼的祖母，用典贴切稳妥，这也是张之洞诗歌的一个特色。[1] 以上均是用古典的例子。张之洞有《五忠咏》诗，分别咏了石阡知府严谨叔和、署都匀知府高廷瑛式如、署贵西道巴图鲁于钟岳伯英、思南府学训导张鸿远和册亨州同云骑尉刘宝善五人。[2] 诗人还有《五北将歌》《忆蜀游》等组诗，均是写当下事而多用古典。清诗中的用典情况纷繁复杂，古典与今典契合也有着多种方式，典故的使用深化了诗歌的内蕴，但如果不明白诗歌写作背景与创作主旨，作品往往会变得晦涩难懂，这是我们在阅读清诗时需要特别注意的。

第三节　雅俗之调适

《文心雕龙·体性》有云："典雅者，镕式经诰，方轨儒门

---

[1]　参见刘倩：《张之洞叙事诗研究》，沈阳师范大学硕士学位论文，2013年。

[2]　张之洞：《张之洞全集》，赵德馨主编，吴剑杰等点校，武汉出版社2008年版，第12册，第438页。

者也。"范文澜先生注解此句，谓若孟坚、平子所作者是，义归正直，辞取雅驯，皆入此类。若班固《典引》、潘勖《册魏公九锡文》之流是也。[①] 可见，典雅是指文章、言辞有典据，高雅而不浅俗。从语言风格看，清诗的发展大体经历了复雅、流易和就俗三个阶段，试就三个方面分别展开论述。

一、复雅

清代诗坛名家辈出，成就斐然。蜚声明代文坛的陈子龙诗歌创作延续前后七子"诗必盛唐"的风格，语言典丽，直接影响了云间派、西泠派诗人。明末清初的文坛领袖钱谦益反对复古，抨击以公安派、竟陵派为代表的复古派，用其深厚的学养与典雅的诗作，一方面拓宽了诗歌创作的取径范围，另一方面开创了诗歌创作的学人风气。吴伟业以其卓越的诗才推陈出新，自成"梅村体"。龚鼎孳、曹溶等诗才藻新丽，顾炎武、吴嘉纪、屈大均、钱澄之等或以用典见长，或以白描擅胜，"清初六大家"施闰章、宋琬、朱彝尊、王士禛、查慎行、赵执信更是继明遗民诗人群之后奠定了清诗的基本格局。从清代前期的诗坛创作来看，总体语言风格呈现出"复雅"的倾向，一定程度上讲是对明代复古风气的回拨。

赵翼《瓯北诗话》中云："梅村身阅鼎革，其所咏多有关时事之大者，如《临江参军》《南厢园叟》《永和宫词》《洛阳行》《殿上行》《萧史青门曲》《松山哀》《雁门尚书行》《临淮老妓行》《楚两生行》《圆圆曲》《思陵长公主挽词》等作，皆极有关

---

① 　刘勰：《文心雕龙注·体性》，范文澜注，人民文学出版社1958年版，第505—508页。

系。事本易传，则诗亦易传。梅村一眼觑定，遂用全力结撰此数十篇，为不朽计。此诗人慧眼，善于取题处。"① 吴伟业的"梅村体"备受赞誉，并不仅仅因为其对易代之际的抒写，更因为其典雅的语言和华丽的辞藻，"以艳词写哀思"② 的创作方式不仅深化了诗歌的主旨，也给人以美好的享受。《四库全书总目提要》中言："歌行一体，尤所擅长。格律本乎四杰，而情韵为深；叙述类乎香山，而风华为胜。韵协宫商，感均顽艳，一时尤称绝调。"如《鸳湖曲》：

> 鸳鸯湖畔草粘天，二月春深好放船。柳叶乱飘千尺雨，桃花斜带一溪烟。烟雨迷离不知处，旧堤却认门前树。树上流莺三两声，十年此地扁舟住。主人爱客锦筵开，水闼风吹笑语来。画鼓队催桃叶伎，玉箫声出柘枝台。轻靴窄袖娇妆束，脆管繁弦竞追逐。云鬟子弟按霓裳，雪面参军舞鸜鹆。酒尽移船曲榭西，满湖灯火醉人归。朝来别奏新翻曲，更出红妆向柳堤。欢乐朝朝兼暮暮，七贵三公何足数！十幅蒲帆几尺风，吹君直上长安路。长安富贵玉骢骄，侍女薰香护早朝。分付南湖旧花柳，好留烟月伴归桡。那知转眼浮生梦，萧萧日影悲风动。中散弹琴竟未终，山公启事成何用！东市朝衣一旦休，北邙抔土亦难留。白杨尚作他人树，红粉知非旧日楼。烽火名园窜狐兔，画图偷窥

---

① 赵翼：《瓯北诗话校注》卷九，江守义、李成玉校注，人民文学出版社2013年版，第364页。

② 参见陈抱成：《试论吴伟业叙事诗的艺术特色》，《郑州大学学报》1981年第1期。

老兵怒。宁使当时没县官，不堪朝市都非故！我来倚棹向湖边，烟雨台空倍惘然。芳草乍疑歌扇绿，落英错认舞衣鲜。人生苦乐皆陈迹，年去年来堪痛惜。闻笛休嗟石季伦，衔杯且效陶彭泽。君不见白浪掀天一叶危，收竿还怕转船迟。世人无限风波苦，输与江湖钓叟知。①

此诗开篇描绘了一幅烟雨蒙蒙的春景图，"鸳鸯湖畔草粘天，二月春深好放船。柳叶乱飘千尺雨，桃花斜带一溪烟。烟雨迷离不知处，旧堤却认门前树。树上流莺三两声，十年此地扁舟住"，寥寥几笔，就将现实与过往勾连在一起，呈现出灯红酒绿、歌舞升平的繁盛场面。接着又叙写了重游鸳鸯湖的场景，"我来侍棹卸边，烟雨台空倍惘然。芳草乍疑歌扇绿，落英错认舞衣鲜。""芳草""歌扇""落英""舞衣"等描绘的画面依然艳丽，只是此地现已人去楼空，满目疮痍，今昔对比，给人以昔盛今衰、哀时伤世的沧桑之感。全诗用清雅的语言描绘了重游鸳鸯湖的场景，引发对人世兴衰的慨叹，只有"江湖钓叟"才能超脱人世的无限风波，达到超然物外的境界。

《萧史青门曲》则描绘了另一幅图景，全诗如下：

萧史青门望明月，碧鸾尾扫银河阔。好峙池台白草荒，扶风邸舍黄尘没。当年故后婕妤家，槐市无人噪晚鸦。却忆沁园公主第，春莺啼杀上阳花。呜呼先皇寡兄弟，天家贵主称同气。奉车都尉谁最贤，巩公才地如王济。被服依

① 吴伟业：《吴梅村全集》卷三，李学颖集评标校，上海古籍出版社1990年版，第71页。

然儒者风，读书妙得公卿誉。大内倾宫嫁乐安，光宗少女宜加意。正值官家从代来，王姬礼数从优异。先是朝廷启未央，天人宁德降刘郎。道路争传长公主，夫婿豪华势莫当。百两车来填紫陌，千金榼送出雕房。红窗小院调鹦鹉，翠馆繁筝叫凤凰。白首傅玑阿母饰，绿耩大袖骑奴装。灼灼夭桃共秾李，两家姊妹骄纨绮。九子鸾雏斗玉钗，钗工百万恣求取。屋里薰炉滃若云，门前钿毂流如水。外家肺腑数尊亲，神庙荣昌主尚存。话到孝纯能识面，抱来太子辄呼名。六宫都讲家人礼，四节频加戚里恩。同谢面脂龙德殿，共乘油壁月华门。万事荣华有消歇，乐安一病音容没。莞蒻桃笙朝露空，温明秘器空堂设。玉房珍玩宫中赐，遗言上献依常制。却添驸马不胜情，至尊览表为流涕。金册珠衣进太妃，镜奁钿合还夫婿。此时同产更无人，宁德来朝笑语真。忧及四方宵旰甚，自家兄妹话艰辛。明年铁骑烧宫阙，君后仓皇相诀绝。仙人楼上看灰飞，织女桥边听流血。慷慨难从巩公死，乱离怕与刘郎别。扶携夫妇出兵间，改朔移朝至今活。粉碓脂田县吏收，妆楼舞阁豪家夺。曾见天街羡璧人，今朝破帽迎风雪。卖珠易米返柴门，贵主凄凉向谁说。苦忆先皇涕泪涟，长平娇小最堪怜。青萍血碧它生果，紫玉魂归异代缘。尽叹周郎曾入选，俄惊秦女遽登仙。青青寒食东风柳，彰义门边冷墓田。昨夜西窗仍梦见，乐安小妹重欢宴。先后传呼唤卷帘，贵妃笑折樱桃倦。玉阶露冷出宫门，御沟春水流花片。花落回头往事非，更残灯灺泪沾衣。休言傅粉何平叔，莫见焚香卫少儿。何处笙歌临大道，谁家陵墓对斜晖。只看天上琼楼夜，乌鹊年年它自飞。①

《萧史青门曲》叙述了宁德公主病逝的整个哀伤历程，诗人将乐安公主病逝、驸马殉国、宁德公主沦入柴门、长平公主被父斫臂及病殁等都融入进来，书写了明代皇族的没落。诗中描绘了另一番图景，"萧史青门望明月，碧鸾尾扫银河阔。好畤池台百草荒，扶风邸舍黄尘没。"作者先用"青、白、碧、黄"等冷色调的字眼营造出一种凄凉的意境。"两车来填紫陌，千金榼送出雕房。红窗小院调鹦鹉，翠馆繁筝叫凤凰。白首傅玑阿母饰，绿鞲大袖骑奴装。"追述宁德公主下嫁时，又用"紫陌""红窗""翠馆""绿鞲"表现出皇家的气派与豪奢。前后的明艳对比，给人以悲怆凄恻的兴亡之感。

吴伟业的其他诗作中，也多用典故，对仗工整的句子随处可见，如："洗出元音倾老辈，叠成妍唱侍君王。"②（《楚两生行》）"析圭分土上东门，宝毂雕轮九陌尘。"③（《洛阳行》）"一朝龙去辞乡国，万里烽烟归未得。"④（《后东皋草堂歌》）"白骨何如弃战场，青娥已自成灰土。"⑤（《临淮老妓行》）"里

---

① 吴伟业：《吴梅村全集》卷三，李学颖集评标校，上海古籍出版社1990年版，第74页。

② 吴伟业：《吴梅村全集》卷十，李学颖集评标校，上海古籍出版社1990年版，第247页。

③ 吴伟业：《吴梅村全集》卷二，李学颖集评标校，上海古籍出版社1990年版，第41页。

④ 吴伟业：《吴梅村全集》卷三，李学颖集评标校，上海古籍出版社1990年版，第67页。

⑤ 吴伟业：《吴梅村全集》卷十一，李学颖集评标校，上海古籍出版社1990年版，第285页。

人度曲魏良辅，高士填词梁伯龙。"①（《琵琶行》）"豆蔻汤温冰
簟冷，荔支浆热玉鱼凉。"②（《永和宫词》）"料谷云深起画楼，
散关月落开妆镜。"③（《圆圆曲》）等，足见其高超的语言技巧。
不仅如此，吴伟业的戏曲创作带有鲜明的文人诗化倾向，也呈
现出曲词典丽文雅的特征，尤侗赞其曲辞为"烂兮若锦，灼兮
如花"④，吴梅先生称其"梅村乐府，词响临川，南部华梦，托
诸幻影，艳思哀韵，感人深矣"⑤。

《四库全书总目提要》评价王士祯说："当我朝开国之初，
人皆厌明代王（世贞）、李（攀龙）之肤廓，钟（惺）、谭（元
春）之纤仄，于是谈诗者竞尚宋元。既而宋诗质直，流为有韵
之语录；元诗缛艳，流为对句之小词。于是士祯等以清新俊逸
之才，范水模山，批风抹月，倡天下以'不著一字，尽得风流'
之说，天下遂翕然应之。"⑥

王士祯的诗歌语言典雅、清新蕴藉。其诗论源出于司空图
和严羽，追求淡远的意境和含蓄的语言，把"不著一字，尽得
风流"作为诗的最高境界。清顺治十四年（1657），他写下了著

---

① 吴伟业：《吴梅村全集》卷三，李学颖集评标校，上海古籍出版社 1990 年
　　版，第 56 页。
② 吴伟业：《吴梅村全集》卷三，李学颖集评标校，上海古籍出版社 1990 年
　　版，第 53 页。
③ 吴伟业：《吴梅村全集》卷三，李学颖集评标校，上海古籍出版社 1990 年
　　版，第 79 页。
④ 尤侗：《吴梅村全集》附录一《祭吴祭酒文》，李学颖集评标校，上海古籍
　　出版社 1990 年版，第 1419 页。
⑤ 吴伟业：《吴梅村全集》附录三《梅村乐府二种跋》，李学颖集评标校，上
　　海古籍出版社 1990 年版，第 1501 页。
⑥ 纪昀总纂《四库全书总目提要》，河北人民出版社 2000 年版，第 4528 页。

名的《秋柳》诗四首：

> 秋来何处最销魂？残照西风白下门。他日差池春燕影，只今憔悴晚烟痕。愁生陌上黄骢曲，梦远江南乌夜村。莫听临风三弄笛，玉关哀怨总难论。
>
> 娟娟凉露欲为霜，万缕千条拂玉塘。浦里青荷中妇镜，江干黄竹女儿箱。空怜板渚隋堤水，不见琅琊大道王。若过洛阳风景地，含情重问水丰坊。
>
> 东风作絮糁春衣，太息萧条景物非。扶荔宫中花事尽，灵和殿里昔人希，相逢南雁皆愁侣，好语西乌莫夜飞。往日风流问枚叔，梁园回首素心违。
>
> 桃根桃叶镇相连，眺尽平芜欲化烟。秋色向人犹旖旎，春闺曾与致缠绵。新愁帝子悲今日，旧事公孙忆往年。记否青门珠络鼓，松柏相映夕阳边。①

《菜根堂诗集序》中云："顺治丁酉秋，予客济南，诸名士云集明湖。一日，会饮水面亭，亭下杨柳千余株，披拂水际，叶始微黄，乍染秋色，若有摇落之态。予怅然有感，赋诗四首。"② 此时，大明湖畔已是清秋时节，柳条由绿转黄，全诗咏柳却不见柳，可谓将咏物与寓意做到了极致，真正是"不著一字，尽得风流"。这组诗语言妍丽，整饬精工，且运用了诸多典故，"差池"本于《诗

---

① 王士禛：《渔洋精华录集注》（上），惠栋、金荣注，伍铭辑校，齐鲁书社1992年版，第51—54页。

② 王士禛：《渔洋精华录集注》（上），惠栋、金荣注，伍铭辑校，齐鲁书社1992年版，第52页。

经》，《邶风·燕燕》中云："燕燕于飞，差池其羽。"黄骢曲出自《乐府杂录》："黄骢叠，唐太宗定中原所乘马，征辽马毙，上叹息，命乐工撰此曲。"乌夜村源于古乐府《杨叛儿》"杨柳可藏乌。""空怜板渚隋堤水，不见琅琊大道王"是说隋炀帝命人在隋堤上种植的杨柳还在，但昔日的繁华却早已不见踪影。"不见琅琊大道王"出自古乐府《琅琊王歌》："琅琊复琅琊，琅琊大道王。阳春二三月，单衫绣裲裆。"是说再也见不到此番美景了。

二、流易

康乾之际，沈德潜奉唐诗为圭臬，厉鹗以宋诗为宗，翁方纲倡导以考据为诗，虽然他们都自成一派，但并未超出唐宋诗的藩篱，最多只是一己之创作与改良。到了乾隆中期，袁枚鼓吹"性灵"说，强调诗歌创作要抒发心灵，表现真情实感，力图摆脱传统诗歌创作模式的束缚，与袁枚并称"江右三大家"的赵翼、蒋士铨，以及袁枚的一众女弟子，围绕袁枚形成了声势浩大的"性灵"派，对清诗创作影响深远。

袁枚在清代诗坛产生了不小的影响，他倡导诗歌创作遵从个性，抒写诗人的性灵，表达个人生活遭际中的真实情感，对当时诗坛的各种复古主义风气进行了有力的回击。与清代前期"典雅"的诗歌语言风格相比，袁枚诗作的语言风格明显呈现出"流易"的特点，其《所见》和《苔》这两首诗早已为世人所熟知，"牧童骑黄牛，歌声振林樾。意欲捕鸣蝉，忽然闭口立。①"

---

① 袁枚：《袁枚全集新编》，王英志编纂校点，浙江古籍出版社 2015 年版，第三册，第 558 页。

"白日不到处，青春恰自来。苔花如米小，也学牡丹开。①"两首诗中都没有运用典故，语言清新流利，却又韵味深长，特别是"苔花如米小，也学牡丹开"一句，用极简的语言道出了精深的道理。除了咏物言志诗外，袁枚咏史怀古诗作的语言风格也呈现出"流易"的特点。其《荆卿里》诗云：

> 水边歌罢酒千行，生戴吾头入虎狼。力尽自堪酬太子，魂归何忍见田光？英雄祖饯当年泪，过客衣冠此日霜。匕首无灵公莫恨，乱山终古刺咸阳。②

此诗作于乾隆元年（1736），袁枚进京参加博学鸿词科考试，途经荆轲故里时，写下此诗。首联追忆了荆轲在易水之滨与燕太子丹及众宾客诀别、冒死入秦的场景，"戴头"出自于段秀实入郭晞乱军中自言"吾戴吾头来矣"，展现荆轲视死如归的英雄气概。颔联叙述荆轲刺秦王失败后被杀，自谓可以报答太子的恩德，却不忍见田光之灵，因为自己辜负了他的举荐。颈联写易水送别时"祭祖、取道"的场景，"过客衣冠此日霜"使人联想宾客"皆白衣冠以送之"的情形。尾联是对荆轲的安慰，虽然"匕首无灵"成了千古恨事，但是"乱山终古刺咸阳"，山川若有灵，都会像荆轲刺秦王一样刺向咸阳。

全诗概括古事简练而形象，浅浅几笔就将"易水送别"与

---

① 袁枚：《袁枚全集新编》，王英志编纂校点，浙江古籍出版社2015年版，第二册，第394页。

② 袁枚：《袁枚全集新编》，王英志编纂校点，浙江古籍出版社2015年版，第一册，第16页。

"匕首无灵"绾合起来，把叙事抒情融为一体，塑造出为报王恩，视死如归的英雄荆柯的形象。袁枚并不同意历代将荆轲刺秦失败归结为剑术不精的说法，他论人不论事，主张精神至上，这在考据成风的乾嘉时期，在重经学、重学问的诗坛上是极具开创意义的，这种创造精神不仅独树一帜，而且影响深远。

《到石梁观瀑布》的语言风格也呈现出"流易"的特点，全诗如下：

> 天风肃肃衣裳飘，人声渐小滩声骄。知是天台古石桥。一龙独跨山之凹，高耸脊背横伸腰，其下嵌空走怒涛。涛水来从华顶遥，分为左右瀑两条，到此收束群流交。五叠六叠势益高，一落千丈声怒号。如旗如布如狂蛟，非雷非电非笙匏。银河飞落青松梢，素车白马云中跑。势急欲下石阻挠，回澜怒立猛欲跳。逢逢布鼓雷门敲，水犀军向皋兰鏖，三千组练挥银刀，四川崖壁齐动摇。伟哉铜殿造前朝，五百罗汉如相招。我本钱塘儿弄潮，到此使人意也消。心花怒开神理超，高枕龙背持其尻。上视下视行周遭，其奈冷泠雨溅袍。天风吹人立不牢，北宫虽勇目已逃。恍如子在齐闻《韶》，不图为乐如斯妙！得坐一刻胜千朝。安得将身化巨鳌，看他万古长滔滔！①

乾隆四十七年（1782），袁枚游历福建、浙江等地，石梁瀑布是天台山八景之一，此诗作于这一时期。全诗从"天风肃肃衣裳飘"起笔，对石梁瀑布进行极力铺陈，"一龙独跨山之凹，高耸

---

① 袁枚：《袁枚全集新编》，王英志编纂校点，浙江古籍出版社2015年版，第三册，第661页。

脊背横伸腰"一句将不动的山石模拟为传说中的龙，"水犀军向皋兰麾""三千组练挥银刀"等句则将瀑布写成挥舞着银刀冲锋陷阵的军队。作者从瀑布的外形、声响、色彩等入手，描绘其多变的特点。"北宫虽勇目已逃，恍如子在齐闻韶"一句化用典故，说英勇的北宫面对此情此景，也不敢正眼相看，唯有孔子在齐地闻《韶》乐的陶醉之情才能与此相比拟。

　　全诗虽以写景为主，但明显贯穿着叙事的情感线索，先是闻声，然后见形，为到达瀑布跟前做思想准备；继而震惊，被眼前雄壮的瀑布所震撼；接着自豪，面对此瀑布，有一种能战胜一切的豪情壮志；最后是赞叹，油然升起对瀑布的无限赞美之情。诗歌语言晓畅易懂，"涛水来从华顶遥，分为左右瀑两条，到此收束群流交"一句"似乞丐唱莲花落"一般，直白却又带人深入其境。袁枚将写景的句子都染上了狂放的色彩，近乎放肆的语言从心底奔泻而出，既是其平素放达的性格的写照，又将石梁瀑布描绘得极具震撼力。此时的袁枚虽已年过花甲，但是仍然饱含激情，全诗中灌注兴奋、高昂的精神，是其诗歌主张的直接体现。

三、就俗

　　乾嘉以降，清代诗坛逐渐从清前期与中叶庙堂诗群向后期的江湖诗人群迁移，"纱帽"诗人群与寒士诗人群的交往互动，反映了清诗发展由典雅趋于浅俗的趋势。鸦片战争前后，宋诗派崛起，清末民初时演化为"同光体"。他们以杜甫、韩愈、苏轼和黄庭坚等为宗，力图"合学人、诗人之诗二而一之"（陈衍《石遗室诗话》），"学人"是强调其学识，"诗人"则是专注其才情，"二而一之"是将学识与才情相结合，这一主张在当时引起了广泛的影响。

程恩泽是宋诗派的先驱，他力主宋诗，将"凡欲通义理者必自训诂始"的治学主张，落实到诗歌创作活动中，成为清代后期合学人之诗、诗人之诗为一的重要代表人物。此外，祁寯藻、郑珍、何绍基、曾国藩、莫友芝等人的学诗趋向也逐渐由之前的宗尚盛唐转而为宗宋，但宗宋并不唯宋，唐人中开启宋人诗风的先驱者也是他们师法的对象。

郑珍和陈三立也是宋诗派的重要诗人。郑珍的诗风格奇崛，时伤艰涩，诗歌内容广泛，涉及社会现实、自然风光、生活琐事、咏史怀古、谈论文艺等，艺术风格呈现出"奇奥"和"平易"两大特点。"奇奥"之诗多学韩愈，如《五盖山砚石歌》《正月陪黎雪楼舅游碧霄洞作》《腊月廿二日遣子俞季弟之綦江吹角坝取汉卢丰碑石歌以送之》《留别程春海侍郎》《安贵荣铁钟行》等，都是"语必惊人，字忌习见"，可谓将学人之诗的风格发挥到了极致。但此类风格的诗作占比并不大，郑珍的很多诗作还是以表现贵州一带贫苦生活为主，慈母的教诲、小儿的周岁、漏雨的房子，乃至生活中很多琐碎的物件都被记入诗中。如《题新昌俞秋农（汝本）先生〈书声刀尺图〉》一诗载："女大不畏爷，儿大不畏娘。小时如牧猪，大来如牧羊。血吐千万盆，话费千万筐。爷从前门出，儿从后门去。呼来折竹签，与地记遍数。爷从前门归，呼儿声如雷。母潜窥儿倍，忿顽复怜痴。夏楚有笑容，尚爪壁上灰。为捏数把汗，幸赦一度笞。"①诗中展现了慈母教诲顽童的场景，语言轻快，却又妙趣横生。陈衍称其能"历前人所未历之境。状人所难状之状，学杜、韩

---

① 郑珍：《郑珍全集》，黄万机等点校，上海古籍出版社 2012 年版，第 6 册，第 137 页。

而非摹仿杜、韩。"①（《近代诗钞述评》）这一类"平易"风格的诗作可谓是诗人之诗的代表，诗句洗练，音节顿挫，虽浅俗但不流易，虽沉实但不奥僻可以说是"以苏、韩为骨，元、白为面目。"②（《评胡适〈五十年来中国之文学〉》）这种诗歌风格深刻地影响了后来同光体的创作。

陈三立是湖南巡抚陈宝箴的儿子，早年曾积极提倡新学，支持改良运动。其诗"避俗避熟，力求生涩"，语言风格呈现出生涩奥衍的特点，梁启超称"其诗不用新异之语，而境界自与时流异，深俊微，吾谓于唐宋人集中，罕见其比。③"如《遣兴二首》其一云："九天苍翮影寒门，肯挂炊烟榛棘村。正有江湖鱼未脍，可堪帘几鹊来喧！啸歌还了区中事，呼吸凭回纸上魂。我自成亏喻非指，筐床匕鬯为谁存。"④此诗作于1901年，正值国家内忧外患之际，作为一名士大夫，既显示出面对现实的无可奈何，又无法接受内心的失望和颓丧，个中滋味，只能自己体会。

《王家坡观瀑》和《庸庵尚书至自沪三月八日携犹子子式命汽车招》的语言也呈现出生涩奥衍的风格，《王家坡观瀑》诗云：

---

① 陈衍：《陈衍诗论合集》（上），钱仲联编校，福建人民出版社1999年版，第882页。

② 胡先骕：《评胡适〈五十年来中国之文学〉》，徐公持主编《20世纪中国社会科学·文学卷》，广东教育出版社2021年版，第661页。

③ 钱仲联、钱学增注释《清诗三百首》，东方出版社2020年版，第424页。

④ 陈三立：《散原精舍诗文集》（上），李开军校点，上海古籍出版社2003年版，第33页。

　　松底秋风翻两袂，杂随妇孺探胜地。长谷横出小天池，斗下荦确沙石碎。再折冥濛径路绝，披拂榛莽穿荒翳。褡衣牵发甫脱免，乱石磊磊堆无次。與人掷我剑负行，跳践圆尖锋刃锐。俄惊轰腾声震壑，瞥双白龙窜岩背。潴为潭水清且深，苔痕草色浸苍翠。更循铁壁寻瀑源，或挟而登蹲而憇。突兀银潢一道开，鬼斧擘削灵槎逝。吹泻峥嵘复蜿蜒，疑是骊龙抱珠睡。云中见首独垂胡，下饮碧海光景丽。蒸浮日气生绮文，投浴几辈鸥凫戏。列坐盘石罗酒，箕踞窥瞰神魂醉。获此奇胜冠山北，唐宋诸贤所未至。凿空距今十载前，始遭海客发其秘。颇悟造物无尽藏，亦缘阻险保幽邃。衰老力弱摹状穷，安得柳州为作记。①

诗歌开篇先叙述去王家坡的经过，一路上"冥径路绝""榛莽披拂"，幸有坐车之人掷剑于我，方能前行。接着用一连串的比喻手法细细展示王家坡瀑布的壮观景象，瀑布似"双白龙窜岩背"，又似"骊龙抱珠睡"。最后用柳宗元做结，因为此地阻险而幽邃，所以唐宋诸贤未能至，要不然也会成为柳宗元笔下的山水胜景。此诗主要讲述了作者杂随妇孺到王家坡观瀑布的情景，内容并不复杂，也少用典故，但语言却呈现出生涩奥衍的特点，如"银潢"指天河、银河，"灵槎"指乘往天河的船筏，也可以指船，"骊龙抱珠睡"出自谭用之的《赠索处士》诗："玄豹夜寒和雾隐，骊龙春暖抱珠眠。""垂胡"指胡须下垂，这些用语并不常见，但具体所指又为人所熟识，此种用语习惯正

---

①　陈三立：《散原精舍诗文集》（下），李开军校点，上海古籍出版社 2003 年版，第 714—715 页。

是展现其作为学人之诗风格的一面。

《庸庵尚书至自沪三月八日携犹子子式命汽车招》的语言风格亦是如此，全诗云：

> 客久看遍门前山，兀倚湖光壁挂杖。花时台馆颇照眼，亦依蜂蝶媚寻丈。尚书禊约竟临存，张饮联吟付双桨。发兴携为玲珑游，魂迎草树初旭朗。飞车刹那百里外，谈舌都杂雷霆响。临安山势万龙鸾，偏矗一峰如侧掌。折旋危蜇苍霭垂，迤缘梯级出瓮盎。披襟呼吸元气中，鸟声不到屯魍魉。磨崖题刻宋逮明，苏留大字尤倔强。绝顶旁得三休亭，坡谷佛印余石像。偃蹇从呼学士松，下接烟岚浮泱漭。坡公别摹笠屐图，厕以杨琳眉映额。千载争存好事人，祈盖把茅庇灵爽。入憩僧堂饱蔬笋，辟谷少年解供养。空阶红湿牡丹肥，层架碧侵苔藓长。抔土导寻琴操墓，幻景幽情一摩荡。归径依稀衔鼓传，卧治专城泣吾党。隔岁联登天目巅，重过侠骨闭黄壤。肺腑哀乐通造化，终契裹粮适莽苍。鸦点摇空落照迷，掉首犹缠天际想。①

此诗原题"庸庵尚书至自沪三月八日携犹子子式命汽车招闲止与余同游临安玲珑山尚书有诗余亦继作"，是陈三立与庸庵尚书同游临安玲珑山之后所作。全诗以"客久看遍门前山"起笔，在草长莺飞、繁花照眼之际，起兴同游临安玲珑山。再叙述玲珑山的景色，详细叙述了沿途所见之风光，有摩崖石刻和三休

---

①　陈三立：《散原精舍诗文集》（下），李开军校点，上海古籍出版社 2003 年版，第 646—647 页。

亭，还有东坡和佛印的石像等。在僧堂稍事休息和用完午餐之后，便准备下山归家例如，此时已闻城中更鼓之声。最后生发感慨，引出内心的万千思绪。从叙事结构上看，这是一首典型的游记体叙事诗，与山水游记散文类似，只不过囿于文体的限制，有些细节不够凸出。从语言上看，延续了一贯的生涩风格，很多常见之物和常见之象的表达很拗口，也不太好理解，比如"旭朗"指阳光明媚的样子，"瓮盎"指陶制容器，"偃蹇"是高耸之意，"泱漭"是说昏暗不明的样子，这些都大大提升了阅读的难度。

就俗风格的形成与乾嘉以来汉学考据学风的盛行密切相关，也有这一流派作家的汉学和宋学根柢有关，当他们主张"合学人、诗人之诗二而一之"时，就注定了不是机械的拟古、仿古，而是力图独创性，能形成自己的风格，于是，"奇奥"和"平易"便成为两种不同的追求。由于"同光体"诗人群注重艺术趣味，所以虽然身处阶级矛盾和民族矛盾尖锐的乱世，却缺乏表现现实的力量，而是以遗老自居，追求一种枯瘠瘦硬、拗涩曲折的清味，与革命派的南社形成鲜明对照。

第十五章

清诗叙事体类之创变

到了清代,诗歌叙事传统一方面延续了此前的传统,同时也发生了一些创变。如同题集咏较为普遍,其间呈现出新的叙事因子,词与散曲中也有不少的叙事内容呈现出与前代不同的特质。

第一节　同题集咏诗歌之叙事

同题集咏,顾名思义就是不同的人用诗文或诗文图的形式对同一主题进行唱和,形成一种集体吟咏的效应,以达到群体交流的目的。同题集咏可以是诗人们在同一时空内就同一主题进行唱和,也可以跨越时空,不同时代、不同地域的诗人就同一主题进行唱和,前者是共时性的,后者是历时性的。

一、早前的同题集咏活动

元诗中有大量的咏事诗,这些诗虽然出自不同文人之笔,却往往又围绕着某一个特定的主题,其中不乏因有感于时事而各自书写,并在彼此之间形成唱和的规模,这种集体咏事是元诗的一大特色。同题集咏作为元代诗歌史上一种重要的文学现象，既体现出元诗的结构性特征，又是元诗群体化的重要标志。这种文学活动由众多的文人共同参与，以诗文的形式围绕某一个主题而进行群体唱和，以达到群体交流和共鸣目的。

这种"同题集咏"很大程度上还保留着一般意义上的"唱和"的基本形式，中国传统诗歌理论中，"诗可以群"作为一种对诗歌价值与功能的指向，长期以来一直以其潜移默化的方式渗透在儒家思想影响下的文人交往与文学活动中。纵观文学史的发展，这种以文会友的诗文唱和作为一种传统文人必不可少的生活形态，不仅有着悠久的发展历史，更对文学史的发展产生了巨大的影响，可谓其源也远，其流也长。例如西晋的"金谷诗会"就是一次比较著名的文人宴饮赋诗活动，后代文人多有效仿。

东晋时期，以王羲之为首的兰亭禊集，因有诗文创作，也可以被视为一次有着巨大影响力的一次唱和活动，不仅留下了有天下第一行书美誉的书法作品和为数不少的优秀诗文，更因其风雅的姿态而让后世文人倾慕不已。更值得称道的是，这"一仰一俯"之间，就创造了中国古典诗歌中的一种新的抒情范式，以至于在后来的诗文中经常可以见到，比如陈子昂"前不见古人，后不见来者，念天地之悠悠，独怆然而涕下。"又如柳宗元的"千山鸟飞绝，万径人踪灭"等，都是在这"一仰一俯"之间，塑造出时空的阔大与个体的渺小。这次兰亭诗会似乎已经可以称得上是一种"同题集咏"了。

不可否认的是，这种唱和之作往往以应酬和交际为目的，难免有"为赋新词"的平庸之作充斥其间，在艺术上自然也会显示出一些不尽如人意之处。比如北宋初年以杨亿、刘筠、钱惟演等为核心的馆阁文人，在秘府以诗文唱和，并结集为《西

昆酬唱集》，自此天下翕然宗之而风雅为之一变，然所咏皆不过
"缀风月，弄花草"，堆砌典故，"并负懿文"，"雕章丽句"，以
致拮撵之讥。但是也必须看到，除了交际应酬功能外，唱和对
于诗歌艺术的精进也有着积极影响。更进一步讲，这种集体唱
和活动还会影响文学风气的变化，也是形成文学流派的重要推
手，对于全国性的文学风潮的形成都有重要作用。

　　但是"同题集咏"又是一种特殊的"唱和"，首先是在参与
人数上较之于一般的唱和更多，"同题集咏"的发生是以"文人
群体"的形成为前提的，文学社团是"同题集咏"发生的单元。
元代的文人遭遇使得大部分人心中充满了落寞与无奈，蒙古族
问鼎中原带来的一系列社会变革，让这些深受儒家思想影响的
文人不得不选择"不用则隐"的价值追求。在此种风气的影响
下，元代同题集咏呈现出一些与前朝不同的独特面貌，成为一
种文学风尚。

　　同题集咏还可能发生在异时异地，即不空时空不同地域的
诗人对同一主题进行唱和，这既是一种变相的雅集，又是文人
之间神交的一种方法。如关于《听雨楼》的题咏，有元一代已
近 20 人；又如题咏王立中《破商风雨》画的诗人前后也有 37
人之多。要特别说明的是，传统的"唱和""问答"也可以是异
时异地的，比如唐代的柳宗元就以"隔空喊话"的方式写出
《天对》，以作为对屈原《天问》的回答。像这样的例子在文学
史上并不少见，但其规模比较小，参与的人数不多，所以与
"同题集咏"的异时异地仍有很大的差距。

　　元代的同题集咏还往往与当时的社会时事有很大联系，体
现出强烈的纪实性，这种叙事诗不仅在民间产生较大的影响，
而且在朝廷也有强烈的回应。如许有壬的《应制天马歌》摹写

了北方草原的一些物产景致，也反映了他对元朝统治者歌功颂德的态度。元顺帝至正二年（1342），西域拂郎国进贡天马，既是元史上的一件大事，也成为了元代是个发展史上非常重要的一次同题集咏活动，此诗即是此次集咏活动的应制之作。

二、当代的同题集咏风气

元代的同题集咏无疑是一座高峰，与之相比，清代的同题集咏有了一些新的变化。首先是由于文学团体意识的增强，"诗可以群"的功能得到了更为突出的体现，而这种文学社团往往因地域而生，因而这一时段的同题集咏则带有相当的地域性特征，最具有代表性的就是久经水乡文气熏染的江浙一带，如"扬州二马"的小玲珑山馆是当时最著名的园林之一，也是寓扬文人雅集活动的大本营。金楷正为汪士慎《巢林集》作跋时说："（汪士慎）与厉太鸿、高西唐、陈玉几诸名辈酬唱于马氏小玲珑山馆，极一时文人之盛。"当时正是清代文字狱大行其道之时，文人的心中自然被塞满了悲哀与绝望，高压的文化政策下的白色氛围浸染了文人士子的心灵，弥漫着坎懔与悲观的情绪，简而言之，此时的文人需要一个世外桃源来作为逃离现实的归宿，而"扬州二马"的"小玲珑山馆"在当时无疑是最佳选择。厉鹗、江昱、张四科等都曾以此为中心，与文人士子多有唱和，在扬州掀起了不小的唱和热潮。

不可忽视的是，扬州在清代成为同题集咏的一个重镇与官员的倡导是分不开的，比如孔尚任、施世纶等都曾主政扬州，并在期间多次组织这种同题集咏的活动，这对当时的风气无疑是一种有力的推动。作为一代文坛领袖的王士禛曾主持过一次虹桥修禊的同题集咏活动，顾名思义，这次"修禊"是对王羲之兰亭诗会的一次模仿，只不过王羲之的兰亭修禊更多的是表现山水之乐，舒解之余慨叹人生短暂和生命无常。而王士祯以官员身份参与的虹桥修禊则全然不同，它更像是在努力恢复一座衰微城市往昔的盛况文会，缺少了一份隐逸精神，多了一份世俗之气。如王士祯在《雨中怀彭羨门因示叶言刃庵》中言："文酒欢娱，离别今寂寞。"诗中流露出的是朋友之间唱和的快乐，以及排遣寂寞的方式，并无多少隐逸之感。

其次，清代同题集咏的变化还表现在雅集成员的开放性构成。"同题集咏"作为一种"雅集"本身是指向"诗文"的，传统认为"雅"就是"诗"，而这种开放性的内涵则是将"雅集"的"诗文"指向转变为一般意义上的"风雅"，成员不拘何人，但凡有些许文墨之心皆可以加入，而且由于一派家资颇巨的商人赞助支持，这种"雅集"确实也有着强大的影响力。顺康时期的文会，参与者多是官员、遗民和读书人，康熙中后期开始，亦儒亦贾的商人越来越多地出现在文会活动中，他们兼有诗人和文化赞助者的身份，自身的文化修养也得到了当时士人阶层的认可。此后，扬州的盐商开始登场了，他们出入于各种诗文酒会之类的文化活动，并凭借自身的财富基础，在扬州掀起了一股诗酒文会与养士之风。

清代同题集咏的新变还表现在由自然的山水向私家园林的转换，元代虽然也有私人园林的同题集咏，但是其主人往往多为文人士大夫之属，到了清代，由于扬州盐业的兴盛，文化赞助者的身份逐渐开始由士大夫官员占主导，转而以盐商占主导。清代同题集咏的风尚与园林的兴建有着密切的关系，园林成为了同题集咏发生的舞台，在这里，无论是得意的官员，或是失意的文人，都能在短暂的徜徉之中让心灵获得片刻的休憩，于

是各处园林也就成了文学活动的中心，而园林的主人，不拘有
无学养，自然也能沾染些文采风流，对于盐商们而言，这当然
是一件乐此不疲的美事了。如袁枚著有《扬州转运卢雅雨先生
招游虹桥，集三贤祠赋诗》诗三首，讲述的就是乾隆二十三年
文人雅士在虹桥三贤祠集会之事，而他们雅集的场所全是盐商
们的园林宅邸。

　　1684年康熙南巡，扬州的盐业经济得以迅速复元，盐商则
立即获得了发展的机遇从而迅速成为这个城市经济命脉的主导
者，他们接下来需要做的就是用墨香洗去身上的铜臭。如李斗
在《扬州画舫录》中载："扬州诗文之会，以马氏小玲珑山馆、
程氏筱园及郑氏休园为最盛。至会期，于园中各设一案，上置
笔二、墨一、端研一、水注一、笺纸四、诗韵一、茶壶一、碗
一、果盒茶食盒各一，诗成既发刻，三日内尚可改易重刻，出
日遍送城中矣。每会酒肴俱极珍美，一日共诗成矣。"① 不难发
现，因为有了盐商的赞助，不仅参与的文人在待遇上有了很大
的提高，而且从写诗到出版几乎形成了一条产业链，在这样优
渥的条件下，自然能吸引众多的文人参与了，而盐商也摇身一
变，从此有了文化人身份的加持。

第二节　清代词与散曲的叙事

　　词与散曲自其产生以来，一直在中国文学领域占据着极为

---

① 李斗：《扬州画舫录·城西录》，许建中注评，凤凰出版社2013年版，第
　　187页。

重要的位置。词与散曲虽然是两种不同的文学样式，但它们联系也较为密切，正如刘熙载所言："曲之名古矣，近世所谓曲者，乃金元之北曲，及后复溢为南曲者也。未有曲时，词即是曲；既有曲时，曲可悟词。苟曲理未明，词亦恐独善矣。"① 词与散曲也自有其共性，较之前代而言，清代词与散曲的叙事功能得到了更多的重视，叙事性不断增强。这主要体现在清词与清代散曲的主题内容与形式方面。

一、对历史事件的诗性书写

南明王朝的覆灭后，少数民族成了华夏的统治者，在这易代之际，一些汉族文人的身份、文化认同感和处境大都产生了或多或少的落差。这些处于国家政权交替之际的特殊社会群体——遗民，他们往往将自己对历史风云的记录与叙述放至其文学创作之中，清代遗民们的词与散曲便是其书写历史的重要见证之一。

（一）清词的历史性书写

词发展至清代，渐渐摆脱最初的"小道"处境，词的功能也逐渐增多。正如叶嘉莹先生所阐释的，词本身的要眇幽微婉转的美感特质和明清易代、国破家亡的历史背景，词文体承载分量超过了以往。②，在这样复杂的历史背景和词人心态下，词的历史性书写能力得以增强，这一点在清初遗民词中得到了很好的体现。

清初的遗民词书写历史，其词作中多表现为在故国之思中

---

① 刘熙载：《艺概·词曲概》，上海古籍出版社1978年版，第123页。
② 参见叶嘉莹：《论清代词史观念的形成》，《河北学刊》2003年第7期。

记录亡国之感、离乱之叹中记录自己在动荡时代的切身经历，在凭吊英雄时表达自己的评判观念。如著名文人屈大均代表作品《木兰花慢·飞云楼作，楼在端州公署后。己丑，皇帝南巡，尝驻跸其上》：

> 绕阑干几曲，记龙驭，此淹留。剩鸱鹊恩晖，芙蓉御气，掩映飞楼。飕飕。冷飞乱叶，似乌号哀痛惨高秋。多谢宫鸦太苦，土花衔作珠丘。　　梧州。更有灞园愁。西望少松楸。未卜何年月，玉鱼自出，金雁人收。啾啾。岭猿个个，抱冬青、泪断郁江流。寄语樵苏踯躅，磨刀忍向铜沟。（梧州有端皇帝兴陵。）[1]

词中上阕如题目所言，追忆顺治六年己丑南明王朝永历皇帝南巡之事，这也正是南明王朝形式转危的重要时刻。这首词中，屈大均不仅如实地记录了历史事件——"记龙驭，此淹留"，这其中有"对南明君主的忠爱眷恋，其间亦蕴含着对南明中兴幻灭的痛惜和哀悼"[2]，通过追记永历帝的行踪，选取朝代兴亡的转折点，在记录历史中，作者完成了自己对故国的追忆与思念之情。

同时，除直言记录历史之外，遗民词人们也将自己的黍离之悲掩藏在怀古之作中，因而涌现出一大批咏怀金陵、扬州等

---

① 　全清词编纂会编《全清词·顺康卷》，中华书局 2002 年版，第十册，第5691 页。

② 　周焕卿：《清初遗民词人群体研究》，上海古籍出版社 2008 年版，第228 页。

地的怀古词作。金陵作为六朝古都，本来就是历史兴亡的见证者之一，而明太祖朱元璋在此定都，明成祖将之改为南都，明朝覆灭，福王又在金陵建国，不及一年，南明覆灭，兜兜转转间，明朝兴亡与金陵密切相关，而金陵城内，东林、复社之人流连其中，秦淮佳丽，常有倾心之举，因而有遗民词人咏叹："想王谢风流何处。便紫燕黄莺，一时无主。看当日，词臣狎客，空剩得、白杨黄土"①，当年的繁华喧闹，早已不复存在，麦秀黍离之慨跃然纸上；清军南下之时，造成了残酷的"扬州十日"屠城惨案，遗民们又怎能对此不心惊，因而写道："一片雄心，千年劫火，珠帘漫卷风流。王气黯然收。看蜀岗飞翠，曲港环湫。满目残烟衰草，肠断广陵秋。"②

　　清初的遗民词人们一方面深切地怀念着故国，将历史岁月、历史感慨忠实地再现于自己的作品之中；另一方面，他们也对清初残酷统治下百姓的生活进行记录，如曾灿的《渔家傲·将次繁川阻风》中"日日捉船官吏狠"③、曹元方《戚氏·送大中丞范觐公还都》中"但见朱门车马，绕村渔猎恣穷搜。避债无台，卖儿有路。微闻夜哭啾啾。更政苛如虎，吏酷如鹘，萧索悲秋"④ 等；此外，他们还对明朝灭亡作出了深刻的反思，进行

① 魏允聃：《金明池·金陵怀古》，全清词编纂会编《全清词·顺康卷》，中华书局2002年版，第五册，第2634—2635页。
② 余怀：《望海潮·广陵怀古》，全清词编纂会编《全清词·顺康卷》，中华书局2002年版，第二册，第1271页。
③ 饶宗颐初纂，张璋总纂《全明词》，中华书局2004年版，第五册，第2564页。
④ 饶宗颐初纂，张璋总纂《全明词》，中华书局2004年版，第六册，第2936页。

了"全方位的理性思考，对故明腐败的军事政治制度，及其对大批英杰人物的戕害，对广大下层民众的残酷的盘剥亦予以无情的揭露和鞭挞，"① 如屈大均《扬州慢》（莹苑烟寒）和来集之《水龙吟·追痛燕京失陷》等词。由此可见，清初遗民词人对历史的书写无疑是多方面的，复杂的，理性与感性相结合的。

（二）清代散曲中的历史性书写

由明入清的散曲，因为处于激烈动荡的时代，因此常常抒写亡国之痛和易代之悲，使得这一时期的散曲从明代尚雅或充斥着脂粉气的风格中脱离出来，格调变得格外地沉重。遗民们虽然身在清王朝，却心系着旧主，满目河山，却非昨日之境，正是"眼底沧桑，还撇不下头巾课"② 的真实写照，因而清初遗民散曲多以麦秀黍离作为其创作的主题，并借此展现其对那段历史的独特书写。

沈自晋便是其中的代表作家之一，他是明代著名曲学家沈璟的侄子，是明清之际的重要作家。明朝灭亡后，他隐居吴山，结社唱和，影响极大。他的一些曲作中满是历史的痕迹，历史背景下的国家覆灭之痛，漂泊无依之感，昔日故国之思体现得淋漓尽致。如 1644 年李自成攻破北京，明朝最后一位统治者——崇祯皇帝，在煤山自缢，大明王朝于此戛然而止。遗留下来的明代文人，莫不感痛。沈自晋在其曲《南商调·字字啼春色·甲申三月作》中这样表现：

---

① 周焕卿：《清初遗民词人群体研究》，上海古籍出版社 2008 年版，第 234 页。

② 沈自晋：《述怀戏作》，凌景埏、谢伯阳编《全清散曲》，齐鲁书社 1985 年版，第 15 页。

〔字字锦〕唐风警太康，宵旰劳宸想。箕畴诵取刚，呵谴谁非当。叩穹苍，为甚地裂天崩，天崩也一似朽枯飒亡？惊惶！〔莺啼序〕唬得人刲胆摧肠。痛髯龙留书殉国，悲辇凤断魂辞幌！〔绛都春〕感时衔恨，鹃啼絮舞，普天同怆！①

　　该曲不但直陈"甲申之变"的题目，所写内容也是对甲申之变的展现，它忠实地记录了崇祯皇帝凄然自尽，周皇后魂离人世，大明王朝覆国的历史影像，这无疑是对明末清初历史的直接反映。同时，清初遗民们的宛如天崩地裂般的亡国之痛，黍离之悲，强烈的感情冲击都在作品中体现出来，无怪乎此曲被李昌集先生称为"散曲文学史上第一篇"②。

　　除了表现对重大历史事件的记录与感受，沈自晋的散曲还详实地再现了顺治三年正月十五吴江逢乱时期，他与家人匆忙出逃的相关情景，如《再乱出城暮奔石里问渡》〔南中吕·渔家傲〕中"疾忙走身脱危城，又惊喧烽起战场。怎知他燕雀嬉游欢处堂！"③和〔剔银灯〕中"回头看风鹤尽影响，泥踏步任把脚踪儿安放。怎打点带着一家忙趋向，急窜逃再免一番儿摧丧。昏黄，花月尽惨，草莽处潜踪只索在路旁。"④惊闻城变的慌忙与仓促，出逃途中的惊惶和狼狈都在曲中再现，为了解历史背景下平民百姓的特定心态提供了材料。《乱后山居咏怀陈孝翁妹丈》和《渡湖踰岭而北旅次感即趋前韵》等作品也都反映了乱

①　凌景埏、谢伯阳编《全清散曲》，齐鲁书社 1985 年版，第 51 页。
②　李昌集：《中国古代散曲史》，华东师范大学出版社 1991 年版，第 702 页。
③　凌景埏、谢伯阳编《全清散曲》，齐鲁书社 1985 年版，第 28 页。
④　凌景埏、谢伯阳编《全清散曲》，齐鲁书社 1985 年版，第 28 页。

离时期人们"闪得我东窜又西逃。飞过了一叶惊帆"① 的紧张心态。

这一时期遗民们的散曲创作，如沈自晋、熊开元、王时敏等人，都展现了黍离之感，开拓出中国古代散曲之前所未有的题材领域，使得散曲从元代以来的"志情文学、花间文学，市井文学"② 等几个主要主题中拓展出来，将黍离之悲寄予在对历史的叙述之中，完成了这一飘摇时期的独特历史性书写。

二、对个人日常生活的书写

清代词与散曲越发注重对日常生活体验的记录与撰写，作家们对日常生活的肯定体现在作品的字里行间，词与散曲的题材内容呈现了一种"向内转"和"下移"的趋势，如实记录自己的真实体验、真实感受和日常生活成为了作者们创作的动力之一。尤其是一些女性作家的出现，使得女性日常生活跃然于词坛与曲坛，真实而又细腻地展现了古代女性的"闺趣"日常。

（一）清词的日常性书写

在宋朝时，诗歌创作便开始注重对日常生活的书写，这也成为了词作日常性书写的先导。及至清代，于题材开拓上，清词并未有太大的突破与改变，词人的创作转而向内审视，关注对象"下移"，反映自己日常生活的作品逐渐涌现出来。这一时

---

① 沈自晋：《南中吕古轮台》，凌景埏、谢伯阳编《全清散曲》，齐鲁书社 1985年版，第 32 页。
② 李昌集：《中国古代散曲史》，华东师范大学出版社 1991 年版，第344 页。

期，女性词人对女性日常生活的描写显得更为突出。

如清代满族词人顾太清便是将日常生活写入作品中的代表性女词人之一。她的词集《东海渔歌》真实地反映了她的生存状态——"凡在她生活中发生的事，无论雅事俗事，悲喜哀乐无不操觚挥毫，举凡夫妇唱和之谐、闺阁友情之欢、郊游赏景之快、与儿孙戏耍的天伦之乐。"① 古代女子的日常自然没有什么大事，多是些日常琐事，顾太清的词中也往往展示出她的生活细节和生活情志，甚至就连喂猪这样看似粗鄙的事情，顾太清也是照常写作词，如《唐多令》："一袋糟糠情不浅，感君赠，养肥豚。"②

词作《金缕曲·戏述懒》还记录了梳妆之事：

> 晓起梳匀懒。觉年来，一身多病，神思困短。谁耐胭脂涂双颊。宝镜芸奁慵展。更不耐宫鬟细绾。闲却描花新样子，度金针、怕引丝丝线。蔷薇露、不须盥。研池积水生苔鲜。任窗前，花花叶叶，随风飘卷。开卷难成终卷读，断阕无心照管。又不是春醒醉酒。弱不胜衣分骨立，绣罗襦、但觉腰围缓。懒之病，最难遣。③

晨起的倦怠之感，慵懒之态迎面而来。先抹胭脂，复照宝镜，

① 魏远征：《生机妙在本无奇——顾太清词日常性审美特征》，《安庆师范学院学报（社会科学版）》2008 年第 8 期。
② 张璋编校《顾太清奕绘诗词合集》，上海古籍出版社 1998 年版，第263 页。
③ 张璋编校《顾太清奕绘诗词合集》，上海古籍出版社 1998 年版，第254 页。

再梳鬟挽发的梳妆顺序也由作者娓娓道来，妆罢后又是穿针引线，又是看落叶飞花，开卷难读等行为，最终指向词人"懒"的毛病。通篇都是日常琐屑之事，却又真实可感，可见词人对日常生活体验细致入微，书写得也极为到位。

顾太清的词中，还有表现其生活中夫妻、母子、闺阁情谊的作品，如《鹧鸪天·上巳同夫子游丰台》《迎春乐·乙未新正四日，看钊儿等采茝》和《暗香·谢云姜妹画梅团扇》等作品。这些作品中对日常性的书写也侧面反映了清词这一阶段的发展特征——"清人词的创作普遍倾向是对日常生活的纪实、感悟和情绪抒发"[①]，可见清词中日常性书写所占据的重要地位，如清代出现大量的咏猫词（如朱彝尊、厉鹗等），再如清词大家陈维崧《湖海楼词集》中的《南柯子·午睡》《蝶恋花·夏日睡起即事》等词作，都是清代词人们对日常生活的记录。

（二）清代散曲的日常性书写

清代散曲较之前代，数量增多，曲家大约有三百余人，但单就内容而言，清代散曲的题材则较为局限，有学者总结为在清政府的高压统治下，"清代曲家们有脱离现实和逃避政治的倾向，因而大篇大篇的曲作多写写私事和无病呻吟"[②]，将对日常琐事的描写带入散曲中也成了一些散曲作家的选择，孔广林便是其中的代表人物之一。

孔广林是清代创作散曲数量较多的散曲家，而他的散曲内

---

① 魏远征：《生机妙在本无奇——顾太清词日常性审美特征》，《安庆师范学院学报》2008年第8期。
② 孔繁信：《试论北散曲的嬗变轨迹与流变趋势》，张月中主编《元曲通融》上册，山西古籍出版社1999年版，第1015页。

容更多地转向了对日常生活的书写,无怪乎有学者认为他的散曲"是最'现实主义'的"①,是他生活中的真实感受与写照。如其作品《北越调·凭阑人》(二首)中:

> (正月二十三日,梦薪儿自泰安归,颇恺快,叩之再四,泣而不言。予长叹而寤,反侧达旦,闻鹊噪于庭树间。口占二阕。戊辰。)
>
> 九曲肠丝不住抽,一撮眉峰终日擎。想儿来梦头,如何又箝口?
>
> 梦醒思量愁上愁,拼得丢开难竟丢。鹊儿空沸啾,行人到家否?②

这首小令内容都是寻常之事,正如其序中所写,主要描写孔广林思念孩子的心情,因在梦中梦见儿归,作者难以心安,眉峰紧凑,又闻鹊声,心中不免烦躁,对子嗣的担忧之情满溢其中。虽只是平常父子之情,却足见其舐犊情深。

孔广林的散曲中,不仅有对亲情的描写,还有对自己日常生活的直接展现,如其在《北双调·蟾宫曲·秋日漫兴》中所展现的:

> 爽森森日出东方,唤一声朋郎,促一声朋郎。兴匆匆身坐南窗,教一会文章,论一会文章。风儿轻,篱儿净,

---

① 李昌集:《中国古代散曲史》,华东师范大学出版社1991年版,第741页。

② 谢伯阳、翁晓芹选注《清曲三百首》,百花文艺出版社2002年版,第207页。

吹一阵清香，嗅一阵清香。景儿佳，心儿悦，吟一套新腔，度一曲新腔。倦濛濛小盹药床，丢一段愁肠，少一段愁肠。①

"朋郎"是作者的第三子，由曲可见，作者在一个秋日里课子读书的温馨场景。可以见出，作者平日生活十分雅致，注重对孩子的教育，家人之间其乐融融，和睦美好。

清代散曲中还有不少女性散曲作家，如沈蕙端，林以宁等人，她们的散曲作品将当时女性真实的生存状态表现出来，如《南仙吕入双调·封书寄姐姐·咏纺纱女》《南商调·山坡里羊·喜云仪过访》等作品，都再现了"当时女性的所思所想。"②可见，对生活的日常性书写也成为了清代散曲创作的主要内容之一。

经过前代文人的拓展，清代词与散曲的题材内容已很难出现新的突破口，但在特殊的历史时期和文人心态下，遗民群体的出现使得麦秀黍离的创作主题逐渐呈现，作家们对时代的历史性叙述与他们的切身感受相结合，一定程度改变了此前词与散曲"小道"的观念；同时，清代文人们由向外开拓题材领域慢慢转向对个人生活的日常性书写，真实地呈现了当时文人的生存状态。历史性与日常性的书写是时代与个人叙述的真实体现，也是清代词与散曲中蕴藏的叙事因子的体现。

---

① 谢伯阳、翁晓芹选注《清曲三百首》，百花文艺出版社2002年版，第207—208页。
② 兰拉成：《清代散曲研究》，陕西师范大学博士学位论文，2006年。

三、体制标识中的叙事因素

清代词曲的创作除了延续此前的一贯风格外，也有一些新的创变，词曲体制的标识中明显呈现出叙事的因子。比如词序、曲序、联章词、櫽括曲等都表现出典型的叙事性特质。这一特质的转变，使清代的词与散曲表现出异于前代的叙事性。

（一）清代词序、曲序中的叙事因素

词序、曲序的篇幅可能不长，但它却有着重要的叙事功能，正如张海鸥先生在分析词序时所指出的："当词人觉得词调或词题之叙事尚不尽意时，便将词题延展为词序，以交代、说明有关这首词的一些本事或写作缘起、背景、体例、方法等等"①，这种"说明式"的叙事无疑是在加强文体的叙事功能。尤其是在清代，带有"序"的词与散曲作品逐渐增多，是促成清代词与散曲叙事性增强的重要因素之一。

自张先起，一些作家开始在词题下加入序文，在"调名点题叙事""词题引导叙事"②后，再阐述说明自己创作的意图等，完善创作背景等内容。词至清代，数量极多，词序的叙事功能也更加突显出来，清词小序"具备导读、纪事、阐明主旨等功能"③，不仅补充完善了词的叙事性，甚至有些词序本身就是一篇短小的叙事散文。如前文所列举的女词人顾太清《唐多令》词中的词序，交代了这首词的写作时间和创作背景，"十月十

---

① 张海鸥：《论词的叙事性》，《中国社会科学》2004 年第 2 期。
② 同上。
③ 祁晏如：《清初词小序研究》，江苏师范大学硕士学位论文，2012 年。

日，屏山姊月下使苍头送糠一袋以饲猪，遂成小令申谢。"① 再如明末清初词人来熔《水龙吟·追痛燕京失守》中小序："燕京报陷，天地为昏，淋漓涕泗，不知所云"②，词序重申题目中的"燕京失守"，又加入了词人作词时悲痛欲绝之感，再读其词中"妖星著地生芒，天倾未补西风恶。贪夫钱树，文臣蜗战，原来都错"③，"问煤山、当日龙髯下坠，何人攀却"④ 几句，顿觉词人在国破之时的惨痛心情，帮助读者更好地理解词人对燕京失守之事的看法与感受。这些都是词序帮助完善词的叙事功能的体现。

还有的词序本身就具有叙事性，起因经过等叙事因素十分完备，如清词大家陈维崧的《贺新郎·自嘲用赠苏昆生韵同杜于皇赋》中的词序：

> 于皇曰："朋辈中，惟仆与其年最拙。他不具论，一日旅舍风雨中，与其年杯酒闲谈，余因及首席决不可坐，要点戏是一苦事，余常坐寿筵首席，见新戏有《寿春图》，名甚吉利，亟点之，不知其杀伐到底，终坐不安。其年云："亦尝坐寿筵首席，见新剧有《寿荣华》，以为吉利，亟点之，不知其哭泣到底，满堂不乐。"相与抵几大笑，何尔拙

---

① 张璋编校《顾太清奕绘诗词合集》，上海古籍出版社，1998 年版，第263 页。
② 饶宗颐初纂，张璋总纂《全明词》第 5 册，中华书局 2004 年版，第2527 页。
③ 同上。
④ 同上。

不谋而同也，故和此词。"余因是亦有此作。①

　　这篇词序完整地交代了创作的缘由，也讲述了陈维崧与杜于皇两人点戏时发生的一些趣事，二人都有被新戏名字所误导，结果演出时发现与之前所想完全不同，搞得满堂不悦的相同经历。这篇短小的词序，生动形象地讲述了二人的经历，丰富了词的叙事性。

　　清代词人所作的词序，不仅可以叙述自己作词时的缘由，生活经历，还能展现了清代的社会面貌、历史事件，文学活动等，如魏学渠《木兰花令》小序中对京师"走桥"风俗的记录，陈维崧《念奴娇》中对文人之间唱和活动的还原等，这些词序或依附于词，或可相对独立，但在整体上都增强了清词的叙事功能。

　　散曲中的序文在明清时也开始大量出现，其基本功能也是"主要交代创作缘起，创作时间、地点，介绍作品内容，除此之外，词曲的序还往往介绍作者的音律使用情况"②，因此，除了完善散曲的叙事性外，还能帮助了解作者的基本情况，具有较高的文学价值。如前文所引孔广林的散曲作品《北越调·凭阑人》（二首）中的序文——"正月二十三日，梦薪儿自泰安归，颇悒怏，叩之再四，泣而不言。予长叹而寤，反侧达旦，闻鹊噪于庭树间。口占二阕。戊辰"③，这则小序就交代了曲作的写

---

① 赵山林编《历代咏剧诗歌选注》，书目文献出版社1988年版，第334页。
② 艾立中：《引文入曲：晚明清初散曲与散文的结合》，《苏州大学学报》2015年第2期。
③ 谢伯阳、翁晓芹选注《清曲三百首》，百花文艺出版社2002年版，第1058页。

作时间，创作缘由，展现了曲作文本的创作背景，使得作品拥有了完整的叙事结构。孔广林散曲中还有《北商角调·都是春》一曲中的小序：

> 予病后即抱西河之痛，悼死怜生，终朝抑塞，聊假填词以书愁恨。兴之所至，集南北调名，撰小令一阕，调恰三十六，故题"都是春"；音节悲伤婉转，故归商角调。敢强作解人哉？拨闷焉云尔。时古重阳日，安儿殇百日亦。戊辰。①

这篇序文交代了作者作自度曲的缘由、情感基调以及创作时间，表明该曲是为丧子之痛而作，为其曲中哀婉之情铺叙背景。孔广林的散曲创作大多是对日常生活的叙述，因此较多用小序来还原其创作经过和写作心态。清代散曲中徐旭旦的序文也较有特色，如在其《南南吕·香罗带·感怀》（套曲）中的序文：

> 侧身天地，无限悲思；凭望云山，每成浩叹。愁来莫遣，谁舒江上之心？恨有难堪，孰慰平原之目？壮怀沦落，百感惧生。爰赋此词，以书伊郁。②

徐旭旦在序中奠定了整篇作品怀才不遇的情感基调，表达了作

---

① 谢伯阳、翁晓芹选注《清曲三百首》，百花文艺出版社 2002 年版，第 205 页。

② 谢伯阳、翁晓芹选注《清曲三百首》，百花文艺出版社 2002 年版，第 137 页。

品的写作意图。这些小序较好地弥补了形式短小的散曲文本所未尽的地方，完善了散曲的叙事功能，也是"散曲的纪实功能能得到彰显"①的重要缘由之一。

（二）清代联章词与檃括曲的叙事表现

词与散曲往往因为文体篇幅的限制，似乎只能采取浓缩式叙述或片段叙述来叙事，很难对激烈复杂的事情进行描述，而随着时代的发展，文人们对词与散曲的叙事需求逐渐增多，新的体式也由此应运而生——联章词、檃括曲等新体式的出现与发展也在一定程度上弥补了词与散曲叙事的短板。

联章词指"指以两首或多首同调、异调的词组，合成一个套曲，用以歌咏某一类题材"②，将篇幅短小的词合在一起，其叙事能力自然得以增强。虽然这种手法早在《云谣集》中便已经出现，宋词中也有所展现，但清代联章词则将长期的对历史事件与日常生活的书写也代入其中。清初遗民词人们就曾用过联章词来表现他们对时代的感受，如余怀的系列怀古之作、吴绮的《艺香词》等，完成了以空间为主线的联章词叙事结构。

朱彝尊是承袭南宋雅词的清词大家，其代表作《静志居琴趣》便是对其生活的记录见证，并且，其中作品便是借助了联章的形式来结构全集，讲述作品中的女主人公与作为见证者的"我"的之间的情事，真切而又自然从开篇的《清平乐》（齐心

---

① 艾立中：《引文入曲：晚明清初散曲与散文的结合》，《苏州大学学报》2015年第2期。

② 马兴荣、吴熊和、曹济平主编《中国词学大词典》，浙江教育出版社1996年版，第21页。

耦意）开始，描述了一位"春愁不上眉山"[①] 的无忧无虑的女主人公形象，到后来情窦初开，再到长大通晓情事后与"我"之间的爱恨悲欢。从《忆少年》（相思了无益）到《城头月》（别离偏比相逢易）的离别，《怨王孙·七夕》暗示女主人公的逝世，《忆少年》（一钩斜月）寄托哀思，故事就此结束。整体呈一个顺时针的结构，将女主人公的一生娓娓说来，也见证了"我"的成长历程，无怪乎有学者称其结构为一种"自传性叙事结构。"[②] 清人顾宪融对此评价颇高："古来连用数十阕长调纪事者，盖自竹垞始也"[③]，这也体现了前文所论证的清词对日常生活记录的肯定。

櫽括的"本质是两种文体的转换改写"[④]，最初出现在宋词之中，櫽括曲就是学习了词中的特殊体式，但元明两代櫽括曲数量都较少。及至清代，文人博学多才，又有"以学问为散曲"的创作倾向，创作櫽括曲的散曲作家越来越多，且他们也主要是对古文经典进行櫽括，如张潮、洪昇等人都有代表性的櫽括曲。

张潮是清代数一数二的櫽括曲创作者，他主要有四首櫽括曲：《櫽括出师表》《櫽括陈情表》《櫽括祭十二郎文》和《櫽括

---

① 朱彝尊：《曝书亭词》，吴甫森编校，广州人民出版社 1987 年版，第 171 页。

② 吴蓓：《朱彝尊〈静志居琴趣〉的自传性叙事结构——清词代表性文本阅读之一》，《浙江社会科学》2007 年第 1 期。

③ 顾宪融：《填词百法》卷下，孙克强、杨庆存、裴喆编著《清人词话》上册，南开大学出版社 2012 年版，第 347 页。

④ 艾立中：《引文入曲：晚明清初散曲与散文的结合》，《苏州大学学报》2015 年第 2 期。

吊古战场文》。他将这些文章转成可歌之曲，拓宽了经典作品的传播方式，既尊重还原了古文精髓，又遵守了曲体的规律，在《檃括出师表》小序中，他写道："按《琵琶》此调，杂用支思、齐微二韵，《鸣凤记》因之，即《疗妒羹》亦所不免。然《疗妒羹》檃括原书入曲，较之《琵琶》《鸣凤》为难。予此折纯用齐微，此词句之所以难妥也"①，可见其创作时严谨的心态。张潮用散曲这种新形式，去阐述以往作品中的经典故事，饶有趣味。因而吴园次肯定道："故声音入耳，悲喜关乎人情，洵不易作，况檃括古人文字而成。"② 清人对联章词、檃括曲等新的体式的继承与发展，完成了历史与现实的书写要求，也实现了与经典的跨文体交流，满足了文人们对词与散曲叙事的要求。

清代词与散曲的书写对象有了一定的转变，遗民们在山河巨变中，以词曲记录历史，他们流离辗转、心绪难平时的敏锐感受与经历体验，都蕴藏在作品之中；而后作家们的关注视野又转向了对他们现实生活的书写，将寻常生活的点点滴滴记录在作品之中。为了叙述历史风云与个人体验，作家们对词与散曲的叙事功能提出了更高的要求，他们继承、改进了前代词与散曲的体制标识，大量写作词小序、散曲小序，补充完善文本的叙事因素，大大增强了联章词与檃括曲的叙事性。

---

① 凌景埏、谢伯阳编《全清散曲》，齐鲁书社 1985 年版，第 612 页。
② 凌景埏，谢伯阳编《全清散曲》，齐鲁书社 1985 年版，第 612 页。

第三节　题画诗辞的叙事艺术

　　题画诗是指以画为题所作的诗，它可以直接题写在图画正面或背面上，也可以另辟载体题写，因此，其概念有狭义和广义之分。"从狭义说，只有题写在画面上的诗，才称题画诗。……广义的题画诗，除指题于画面上的诗外，还包括一切与绘画有关联的诗。"① 无论是广义还是狭义的概念，题画诗都因其与绘画、书法相渗透，而成为诗歌中独特的门类。诗、书、画三者互相渗透，浑然一体。因此，题画诗也被称为"诗人之骄子，画家之宠儿"。

　　关于题画诗的研究，学界进入很早，也取得了不俗的成绩。首先，整理和出版了大批量的题画诗文献，如清人陈邦彦编《历代题画诗》（亦题《御定历代题画诗类》），李德埙的《历代题画诗类编》，吴企明编《清代题画诗类》等从各自角度（类别、作家、书法等）搜集整理的题画诗集多达几十种，这些成果为题画诗的进一步研究提供了坚实的材料基础。其次，在拥有大量文献的基础上，题画诗的解读研究持续纵深发展，在题画诗的发展历程、不同作家的创作特色及交游情况、女性题画诗的研究上都有不少研究成果，如张晨主编的《中国题画诗分类鉴赏辞典》、孔寿山编注的《唐朝题画诗注》等，均是以鉴赏、笺注为主，刘继才的《中国题画诗发展史》细细梳理了题画诗的发展历程，王韶华的《元代题画诗研究》专门对元代诗人的题画诗、书法家的题画诗、画家的题画诗和少数民族的题

---

① 　刘继才：《中国题画诗发展史》，辽宁人民出版社2010年版，第1页。

画诗进行了细致的研究。还有题画诗与绘画之间的关系研究，这一研究视角是近些年新兴的热点，有些学者已经关注到了诗与画的语图关系，并做了深入分析。① 上述这些研究成果多是侧重于题画诗的本体研究，即以诗的视角来研究题画诗，绘画所扮演的角色被关注的不够或者说是处于缺失的状态。也就是说，研究者还是多把题画诗当作传统诗歌来对待，其特殊性还没有被充分挖掘。有鉴于此，笔者尝试从语图叙事视角出发，探讨题画诗独特的叙事艺术。

一、绘画固有的叙事功能

关于"叙事"，不同的批评家赋予了不同的含义。热奈特（Gerard Genette）认为"叙事"指"用语言，尤其是书面语言表现一件或一系列真实或虚构的事件"。② 罗吉·福勒（Roger Fowler）则认为"叙事"是"指详细叙述一系列事实或事件并确定和安排它们之间的关系"。③ 罗兰·巴特（Roland Barthes）认为："对人类来说，似乎任何材料都适宜于进行叙事：叙事承载物可以是口头或书面的有声语言、是固定的或活动的画面、是手势，以及所有这些材料的有机混合；叙事遍布于神话、传

---

① 张玉兰：《绘画诗和题画诗语图互文性共性研究》，Proceedings of 2014 4th International Conference on Applied Social Science（ICASS 2014 V53）；殷雪、张玉勤：《论中国古代题画诗的"语—图"关系》，《中国矿业大学学报》2013 年第 2 期。

② ［法］杰拉尔·热奈特：《叙事的界限》，张寅德编选《叙述学研究》，中国社会科学出版社 1989 年版，第 279 页。

③ ［英］罗吉·福勒：《现代批评术语词典》，王先霈主编《文学理论批评术语汇释》，高等教育出版社 2006 年版，第 345 页。

说、寓言、民间故事、小说、史诗、历史、悲剧、正剧、喜剧、哑剧、绘画（请想一想卡帕齐奥的《圣于絮尔》那幅画）、彩绘玻璃窗、电影、连环画、社会杂闻、会话。而且，以这些几乎无限的形式出现的叙事遍存于一切时代、一切地方、一切社会。叙事是与人类历史本身共同产生的；任何地方都不存在、也从来不曾存在过没有叙事的民族。所有阶级、所有人类集团，都有自己的叙事作品，而且这些叙事作品经常为具有不同的，乃至对立的文化素养的人所共同享受。"① 也就是说，由于"叙述"媒介的宽泛性，"叙述"并不仅仅囿于文学范围之内，人们研究"叙述"的视角完全可以多元化。叙事的媒介有很多种形式，不同媒介的有机混合也具有叙事功能。但无论其媒介如何宽泛，视角怎样多元，最终落脚点还是放在"作者通过讲故事的方式把人生经验的本质和意义传示给他人"② 上。

现代研究者认为，图像的叙事功能表现为"空间的时间化"，即"在特定的空间中包孕特定的时间"，概括起来讲，"主要有两种使空间时间化的方式：利用'错觉'或'期待视野'而诉诸观者的反应；利用其他图像来组成图像系列，从而重建事件的形象流（时间流）。前者主要表现为发现或者绘出'最富于孕育性的顷刻'，后者则主要要让人在图像系列中感觉到某种内在逻辑、时间关系或因果关联（否则就只是多幅图像的杂乱堆砌）"。③ 宗白华也曾提出过类似的看法，他说："一件表现生动

---

① ［法］罗兰·巴特：《叙事作品结构分析导论》，张寅德《叙述学研究》，中国社会科学出版社 1989 年版，第 2 页。

② ［美］浦安迪：《中国叙事学》，北京大学出版社 2018 年版，第 5—6 页。

③ 龙迪勇：《图像叙事：空间的时间化》，《江西社会科学》2007 年第 9 期。

的艺术品，必然地同时表现空间感。因为一切动作以空间为条件，为间架。若果能状物生动，像中国画绘一枝竹影，几叶兰草，纵不画背景环境，而一片空间，宛然在目，风光日影，如绕前后。又如中国剧台，毫无布景，单凭动作暗示景界。（尝见一幅八大山人画鱼，在一张白纸的中心勾点寥寥数笔，一条极生动的鱼，别无所有，然而顿觉满纸江湖，烟波无尽）。"① 这里所说的空间感与展示的动作是紧密相联的，即动作预示着空间感，而空间感中暗含有动作，当把这种空间感还原为一系列的动作时，其实就是在叙述一个妙趣横生的故事，即把"空间时间化"的过程。因此，作为一种叙述"符号"，图像已具备了叙事话语的特征，具备了"能指"和"所指"。在这条能指的符号链上，图像与所表现的物象越相似，就越能清晰明确的表现其"所指"，反之，图像与所表现的物象大相径庭，那么"所指"就只能在"能指"的符号链上来回浮动，图像与语言之间所构筑的这种张力就是图像参与叙事的过程。

绘画是图像的一种，题画诗以文字为载体，两者无疑都是具有叙事功能的。苏轼的《书王定国所藏〈烟江叠嶂图〉》是现存最早的一首题于画卷上的诗，现藏于上海博物馆。本诗题于卷末，其云：

> 江上愁心千叠山，浮空积翠如云烟。山耶云耶远莫知，烟空云散山依然。但见两崖苍苍暗绝谷，中有百道飞来泉。萦林络石隐复见，下赴谷口为奔川。川平山开林麓断，小

---

① 宗白华：《宗白华全集》第二卷《中西画法所表现的空间意识》，安徽教育出版社 1994 年版，第 144 页。

桥野店依山前。行人稍渡乔木外，渔舟一叶江吞天。使君何从得此本？点缀毫末分清妍。不知人间何处有此境，径欲往买二顷田。君不见，武昌樊口幽绝处，东坡先生留五年。春风摇江天漠漠，暮云卷雨山娟娟。丹枫翻鸦伴水宿，长松落雪惊醉眠。桃花流水在人世，武陵岂必皆神仙？江山清空我尘土，虽有去路寻无缘。还君此画三叹息，山中故人应有招我归来篇。

诗末自注云："右书晋卿所画烟江叠嶂图一首，元祐三年十二月十五日子瞻书。"可知此画是王晋卿所画，王定国（即王巩）收藏。方东树《昭昧詹言》评价说："起段以写为叙，写得入妙而笔势又高，气又遒，神又王（旺）。"①"以写为叙"实指本诗对于《烟江叠嶂图》内容的叙述，此诗前十二句着重刻画画中之景，诗句从空间入手，自上而下，由远到近，呈现出强烈的层次感。后十六句描绘自己被贬之地黄州四季的自然风光，以时间为节点，进行有序排列。读此诗犹如在读一幅画的讲解，作者将抽象的空间画面转化为线性的时间节点，有效实现了空间的时间化。单就全诗景色描绘而言，已经有效完成了叙事任务，可谓完美讲述画中之景及黄州四季之景。末尾"还君此画三叹息，山中故人应有招我归来篇"中的"君"当指王晋卿和王定国，二人均被卷入"乌台诗案"而受牵连，还朝之后，三人重聚在一起，"感叹之余，作诗相属，托物悲慨"。苏轼用自问自答的方式，将"乌台诗案"被贬黄州、还朝后三人重聚、在

①　方东树：《昭昧詹言》，郭绍虞主编《中国古典文学理论批评专著选辑》本，人民文学出版社1961年版，第304页。

《烟江叠嶂图》上题诗以及山中故人招我归来等一系列事件串联起来。在这幅作品中，画面的叙事性偏弱，诗的叙事性较强，两者的有效互补，使整首诗由景到事的讲述显得浑然一体。

题画诗题写的载体分两种情况：一种是直接题写在绘画的正面或背面上，诗画之间是一体的；另一种是由绘画起兴，另辟载体题写，诗画之间是相离的。载体不同，题画诗的叙事结构也就不同，试分述之。

二、诗画一体的叙事结构

诗与画是不同的载体形式，自然承载着不同的功能。陆机曾言："宣物莫大于言，存形莫善于画。"钱锺书亦云："诗画既然同是艺术，应该有共同性，它们并非同一门艺术，又应该各具特殊性。"[①] 孔衍栻在《石村画诀》中说："画上题款诗，各有定位，非可冒昧，盖补画之空处也。如左有高山右边宜虚，款诗即在右。右边亦然，不可侵画位。"[②] 虽然诗画迥异，但亦可互补，"高情逸思，画之不足，题以发之"[③]，而且，中国画特别强调意境，往往于画中空白处题诗，诗画互补，构筑起深远的意境。

图画是空间性的，而叙事是时间性的，要使图画能够叙述一个故事或者是一连串的事件，就必须实现"空间的时间化"，

---

① 钱锺书：《七缀集·中国诗与中国画》，生活·读书·新知三联书店 2002 年版，第 7 页。

② 孔衍栻：《石村画诀》，叶朗总主编《中国历代美学文库·清代卷》本，高等教育出版社 2003 年版，中册，第 229 页。

③ 方薰：《山静居画论》，俞剑华编著《中国画论类编》本，人民美术出版社 2004 年版，上册，第 241 页。

将空间状态转化为线性的时间状态。也就是说，"图像叙事的本质是空间的时间化，即把空间化、去语境化的图像重新纳入到时间的进程之中，以恢复或重建其语境"。① 这个"恢复或重建其语境"的过程，就是解密图画叙事系统的过程。曾有学者提出过图像叙事的两种方式："利用'错觉'或'期待视野'而诉诸观者的反应；利用其他图像来组成图像系列，从而重建事件的形象流（时间流）。前者主要表现为发现或者绘出'最富于孕育性的顷刻'，后者则主要要让人在图像系列中感觉到某种内在逻辑、时间关系或因果关联（否则就只是多幅图像的杂乱堆砌）。"② 换句话说，单幅的图像和多幅图像的组合系列，都可以通过各自不同的方式来实现叙事的目的。

清代题画诗的存量较大，黄颂尧辑录的《清代题画诗选》有 1 200 余首，李浚之的《清画家诗史》收录了 2 000 余家画家的题画诗，相对于清代 10 万诗人存诗的量而言，这还只是冰山一角。在这些题画诗中，有不少都是诗画一体的叙事结构。八大山人在为友人蕙岩所作《河上花图卷》上题有长诗《河上花歌》，诗后记云："蕙岩先生属画此卷。自丁丑五月以至六、七、八月，荷叶荷花落，成，戏作'河上花歌'，仅二百余字，呈正。"《河上花歌》延续了八大山人晦涩的诗风，典故众多，诗中所述之事，一时难以考证清楚。但整卷图画幅较大，纵 47 厘米，横 1 292.5 厘米，画面起承错落有致，从五月到八月，这种排列方式呈现出明确的时间节点，有效实现了空间的时间化，呈现出叙事的意义。《仿周昉百美图匹缣巨卷》是清代题画诗史

① 龙迪勇：《图像叙事：空间的时间化》，《江西社会科学》2007 年第 9 期。
② 同上。

上的一段传奇，卷上留有李光地、曹寅、王士禛、胡庚善、博尔都等人的跋语，卷上还有石涛的题诗，其云：

　　汉殿轻凉秋七夕，漏点无声银河白。未央虬钥扃千门，露落芙蓉深宫掩。越罗嫌薄怯宵沉，红粉含羞恨月魄。重重绮槛珠栊开，一一衣裳裁锦匹。翠督花钿笑语低，九孔笙笛吹云碧。香缄叠成比目鱼，锦绣衣裳凤凰翮。鲜云半敛起微风，苑外人家散芳泽。当时秘事谁得摹？仇英写来摭点缀。流传世上只有一，今为东皋问亭得。兹轴向年余所临，亦付收藏比拱璧。

　　余于山水、树石、花卉、神像、虫鱼，无不摹写。至于人物，不敢辄作也。数年来，得越东皋博氏收藏人物甚富，皆系周昉、赵吴兴、仇实父所写，余得领略其神采风度，则俨然如生也。今将军亦以宫帧索摹，不敢方命，依样写成，邮寄京师，复为当代公卿题咏，余何当得也。越数年，复寄来索余觅良装潢，并索再题，是以赘此始末也。奉上问亭年先生。靖江后人大涤子阿长拜手跋。

　　此画是石涛应博尔都之请，仿周昉《百美图》而成。诗中前半部分细细描绘了画中景色及人物外貌，后半部则讲述了作此画的过程，与后记相印证。《百美图》本为博尔都所藏，拜请石涛临摹写之。石涛虽少摹写人物，但画成之后，亦倍加珍惜。

　　《河上花图卷》是画幅较大，并易于呈现出线性时间节点画作，因此，画幅本身就能搭建起叙事结构。亦如伍蠡甫在《中国画论研究》中所言："国画有一独特形式——手卷，它在空间上扩展图景，时间上持续意境的表达，也延长观赏的过程，从

而大大丰富了画中之诗。……手卷这一体裁促使想象驰骋于较
大的空间，有利于持续而又深化作者意境的展露，让造型艺术
可以与诗比美。"① 当画幅上的画面时间感较弱时，就需要题诗
的加入，画幅上的题诗与画面建构起一种互文性的叙事系统。
如石涛在所画《睡牛图》（见下图）题诗云："牛睡我不睡，我
睡牛不睡。今日请吾身，如何睡牛背。牛不知我睡，我不知牛
累。彼此却无心，不睡不梦寐。"此幅画画面较为单一，只有一
人骑于牛背之上，留白较多，难以呈现出叙事性的线索。从画
面本身来看，难以形成有效的叙事结构，但从右上角的题诗可
知诗人在讲述自己懒散不愿入仕的心境。又后记云："村老荷蒉
之家，以甓瓮酌我。愧我以少见山森树木之人，不屑于交命。牛
睡我以归，余不知耻，故作《睡牛图》，以见涤子生前之面目，没
世之踪迹也。"此记详细讲述了自己作此画的来龙去脉。整幅画作
中，画面与题诗相互配合，共同完成了这一次叙事活动，题诗和
后记讲述故事始末，而画面则承担起将其具象化的作用。

石涛《睡牛图》

① 伍蠡甫：《中国画论研究》，北京大学出版社 1983 年版，第 228—229 页。

李鱓的《幽涧五松图》题诗与石涛的《睡牛图》题诗类似，也是在画幅较为单一的画面上题诗，其诗云：

> 有客要余画五松，五松五样都不同。一株劲直古臣工，搢笏垂绅立辟雍。颓如名将老龙钟，卓筋露骨心胆雄。森森羽檄奋军容，侧者卧者如蛟龙。电旗雷鼓鞭雨风，爪鳞变幻有无中。鸾凤长啸冷在空，旁有蒲团一老翁。是仙是佛谁与从，白云一片青针缝。吁嗟！空山万古多遗踪，哀猿野鹤枯僧逢。不有百岳藏心胸，安能屈曲蟠苍穹？兔毫九折雕痴虫，墨汁一斗邀群公。五松五老尽呼嵩，悬之君家桂堂东，俯视百卉儿女丛。[①]

《五松图》是李鱓从壮年到暮年不断反复创作的题材，“每幅均画古松五株，有直有曲，有侧有卧，穿插掩映，各极其态。”[②] 今以萧华将军旧藏为例进行分析，此画高 141 厘米，长 234 厘米，画幅右下角有李鱓的题诗和后记。单从画面来看，五颗松树虽各具形态，却难以架构起叙事性的框架。也就是说，画面本身既无法像巨幅卷轴或连环画那般呈现出线性的时间节点，又没有表现最富有孕育性的“顷刻”。作为单一画面的图像叙事而言，“艺术家只能选用某一顷刻，特别是画家还只能从某一角度来运用这一顷刻；既然艺术家的作品之所以被创造出来，

---

① 李鱓：《题幽涧五松图》，孔寿山《中国题画诗大观》，敦煌文艺出版社 1997 年版，第 766 页。

② 薛永年：《从〈五松图〉看李鱓的生平与艺术——纪念懊道人诞生三百周年》，《艺圃（吉林艺术学院学报）》1986 年第 2 期。

并不是让人一看了事，还要让人玩索，而且长期地反复玩索；那么，我们就可以有把握地说，选择上述某一顷刻以及观察它的某一角度，就要看它能否产生最大效果了。最能产生效果的只能是可以让想象自由活动的那一顷刻了"。① 因此，通过表现最富有孕育性的"顷刻"，继而连缀起"顷刻前"和"顷刻后"，画家就可以展现出一个小事件。

李鱓的题诗和后记有效弥补了画面叙事性的不足，诗中记述到，此画乃应客人之邀而作，五松形态各不相同，有劲直者、侧者、卧者……，如名将，如蛟龙，如鸾凤……，还有蒲团一老翁，老翁与五松、青山、白云、哀猿、野鹤、枯僧相伴，宣示出一种绝然于世的状态。这里的老翁不是他人，正是作者自己。画面的具象展示与诗句的叙述表达，有效建构一种深厚的意蕴。亦如刘方明所言："《五松图》妙就妙在展现了中国画写意的精神，以临寒傲霜常青的五棵松，隐喻穷则独善其身，达则兼济天下的'五大夫'的精神。"画中的题诗有效揭示出这一深层意蕴，与画面的具象直观感贴合的天衣无缝，最终成就了绘画史上的一段佳话。

这种诗画一体的叙事结构的例子在清代还有很多，如金农在《竹石寒梅图》上题有一首七古长诗，将古代的画梅大家一一评述了一番，而且细细论述了养梅、护梅、赏梅的门道。在《墨梅图》挂轴上，金农亦有题诗，借向峨眉山中精能院漏尊者答书之际，讲述了自己同野梅、瘦鹤的清苦生活。与金农相似，高翔也喜欢在题画中，讲述自己的生活境况，如其在《山水》册页上题有长诗，细细讲述自己的闲居生活。还有李方膺在

---

① 〔德〕莱辛：《拉奥孔》，朱光潜译，人民文学出版社1979年版，第18页。

《梅花图》上题诗，讲述作此古梅图，乃是因梦见古梅而来。

　　作为诗画一体的叙事结构而言，无论画面的叙事性是强还是弱，题诗都在画面上扮演着重要角色，它们或是讲述作画缘由，或是阐释画中深意，或是展示作者生活境况，或是交代唱和过程，……总之，图画和文字虽是两种不同的叙事符号，但在题画诗中却被有效整合起来，"从语言叙事来看，戏曲文本的这一叙事传播风格，发展了诗词曲所可能蕴含着的叙事因素，把抒情化叙事传播推向了成熟；从图像叙事的角度看，图像叙事融合了抒情叙事因素，使图像叙事传播的场面化描绘向情境化描绘转变，这就丰富发展了人物画与'故实画'的叙事传播技巧与风格，在自娱的文人画与大众的民间画之间营造了一个雅俗共赏的抒情传播空间"。[①] 这种组合形式就仿佛今天的电影，在无声电影年代，画面和文字的有效配合建构起了一套严密的叙事系统。正如杜德莱·安德鲁（Dudley Andrew）所言："语言和电影符号分享了一个共同的使命：被注定用于表达涵义。在把它们用于虚构时尤其如此，在那里每一个能指（材料）表达了一个'所指'，这引发了一种连锁反应，它使得一个虚构的世界能够被精心构筑而成。"[②] 这种诗画一体的形式将图像叙事与文字叙事有效结合起来，最终通过接受者的视域融合，完成接受活动。

三、诗画相离的叙事结构

　　除了将诗直接题于画面上外，还有大量题画诗是另辟载体

---

① 于德山：《中国图像叙述传播》，山东文艺出版社 2008 年版，第 246 页。
② ［美］杜德莱·安德鲁：《电影理论中的概念》，中国电影出版社 1988 年版，第 338 页。

题写的，这在唐人的题画诗中就时有见之，如杜甫的《丹青引赠曹将军霸》一诗，虽是题写曹霸将军所画的马，但并未题于画面上，只是以此为题另辟载体题写，因此，也有不少学者认为此诗是赠答诗。白居易为萧悦题写的《画竹歌并引》亦是如此，这些题诗的篇幅过于庞大，题写于画面上难度较大，也容易破坏整幅画的布局。这种不题于画面上的题画诗，正好与画面之间形成一种张力，两者共同建构起诗画相离的叙事结构。

与诗画一体不同，诗画相离的叙事结构赋予了作者更大地创作自由，即题诗者可以不囿于画面的空间限制，尽情地挥洒自己内心的感受。因此，这种形式的题画诗具有一个重要的特点，即以画为题，可长可短，诗人既可以通篇围绕画面展开叙述，亦可以仅仅以画为引子，"顾左右而言他"。如查慎行的《戏题曹希文写生葡萄册》云："东郭盐，成阳冶。朝入羊，暮骑马。生不愿封万户侯，亦不愿领西凉州。但愿葡萄垂乳比桑葚，日日饱瞰只学林间鸠。若使一官值五斗，家家争酿葡萄酒。枝头无，纸上有，谁能截取老僧手。"[①] 整首诗并未从老僧之画着手，而是用力刻画老僧的形象，述其既不愿封万户侯，亦不愿领西凉州，只愿像林间鸠吃桑葚一样饱食葡萄，此种心境只有纸上有，但却枝头无。不难发现，整首诗只是以葡萄为起兴，着重刻画的是老僧的性格，题诗与画面看似背离，实则在画面与作者之间构筑起一种张力，由画中的葡萄牵引到爱吃葡萄的画家，再由诗中的葡萄烘托出老僧的形象。清代还有大量不题于画面上的题画诗，这些诗虽与绘画分处于不同的载体上，但两者之间还是有着千丝万缕的联系。对于题诗者而言，载体的

---

① 参见孔寿山：《中国题画诗大观》，敦煌文艺出版社 1997 年版，第 746 页。

变化赋予了他们更大地叙事空间，他们可以直接描述画面，也可以评述作画者，还可以分享自己看画的心境，试分述之。

第一，在现存清代题画诗中，描绘画面的诗并不少，但很多都只是略略提及，其重心多落在家国情思或人生慨叹，直接描绘画面而寄意不深的当属厉鹗的《过丁茜园斋观陈洪绶合乐图》，诗中言：“一女弹两鬟，轻红掩斜领。掺手摭长笛，将吹绛唇冷。一女脸如莲，黛色自修整。……半扶琵琶肩，指拨试俄顷。复有两女奴，鸦鬟遮瘦颈。腰身十三四，背面若相请。或是梁绿珠，生自双角井。弟子得宋祥，吹笛入清迥。或是杨阿环，合乐最机警。”① 诗中描绘了仕女轻盈的情态，无论是吹长笛的样子，还是弹琵琶的姿态，都显得极为动人，就连两个女奴也都被描绘的栩栩如生。读整首诗，就像是在看陈洪绶《合乐图》的解说。张问陶的《戏题罗两峰鬼趣图》亦是如此，《冷禅室诗话》中载：“罗两峰善话鬼趣图，尝画图八帧，平生杰作也。张船山曾题七律八首最佳，并记其图之状态于集中，见《船山诗草》。”② 罗两峰的鬼趣图一共有八帧，尺寸都是34.8×35.4 cm，张船山所题题七律八首并后记刚好与八帧《鬼趣图》一一对应，以第二幅和第六幅为例：

第二图，一鬼锐头赤足，敝衣穷袴，抗手前行，一鬼削面瘦躯，两手扪腹，著缨帽随后，若主仆然。

---

① 厉鹗：《樊榭山房集》(上)，董兆熊注，陈九思点校，上海古籍出版社1992年版，第24页。

② 海纳川：《冷禅室诗话》，张寅彭主编《民国诗话丛编》本第2册，上海书店出版社2002年版，第693页。

第六图，三鬼，一鬼头大如邱，面目臃肿，身仅如首，两手覆颔下，匍匐逐二鬼。一鬼绿色，疏发飞立，张巨手如箕。一鬼首如桃实，上锐下丰，束手回顾，皆作惊避状。[①]

罗两峰《鬼趣图》第二幅　　　罗两峰《鬼趣图》第六幅

不难发现，每首诗的后记基本上就是绘画的文字版，在介绍画中内容的同时，也深化了题诗意旨，这组诗以鬼喻人，展现世间百态。

第二，除了直接描述画面外，还有不少题画诗借诗评述作画者，即题诗的重心不在于画，而在于作画者。以吴伟业的七言歌行《画中九友歌》为例，此诗是仿制杜甫《饮中八仙歌》而来，诗中各以数句描绘了赞颂了明末清初董其昌、杨文聪、程嘉燧、张学曾、卞文瑜、邵弥、李流芳、王时敏、王鉴等 9 位画家，称其为"画中九友"，全诗如下：

---

① 张问陶：《船山诗选》，周宇征编，书目文献出版社 1986 年版，第 86—
87 页。

　　华亭尚书天人流，墨花五色风云浮。至尊含笑黄金投，残膏剩馥鸡林求。太常妙迹兼银钩，乐郊拥卷高堂秋。真宰欲诉穷雕搜，解衣盘礴堪忘忧。谁其匹者王廉州，神姿玉树三山头。摆落万象烟霞收，尊彝斑剥探商周。得意换却千金裘，檀园著述夸前修。丹青馀事追营丘，平生书画置两舟。湖山胜处供淹留，阿龙北固持双矛。披图赤壁思曹刘，酒醉洒墨横江楼。蒜山月落空悠悠，姑苏太守今僧繇。问事不省张两眸，振笔忽起风飕飕。连纸十丈神明遒，松圆诗律通清讴。墨庄自画归田游，一犁黄海鸣春鸠。长笛倒骑乌犗牛，花龛巨幅千峰稠。小景点出林塘幽，晚年笔力凌沧洲。幅巾鹤发轻五侯，风流已矣吾瓜畴。一生迂癖为人尤，僮仆窃骂妻孥愁。瘦如黄鹄闲如鸥，烟驱墨染何曾休。①

诗的前四句评述董其昌，接下来是王时敏、王鉴等，吴伟业认为，"画中九友"虽然分属于不同的地域，画风也不尽相同，但在董其昌的熏陶下，形成了较为一致的美学追求和艺术精神。除了《画中九友歌》外，吴伟业的《画兰曲》也属于此类题画诗，诗中云："画兰女子年十五，生小琵琶怨春雨。记得妆成一见时，手拨帘帷便尔汝。……"② 可见此诗虽是以画兰为题，实则讲述的是诗人自己与画兰女子卞敏从相识到相爱、相思的整个过程，画兰只是全诗的线索，故事的讲述基本与画兰无关。

① 参见孔寿山：《中国题画诗大观》，敦煌文艺出版社1997年版，第685—686页。
② 同上书，第684页。

　　钱谦益的题画诗《题宋徽宗杏花村图》《为友沂题杨龙友画册》和《鲁孔孙画竹歌》也是以诗评述作画者的佳作，《题宋徽宗杏花村图》一方面赞赏了宋徽宗高超的绘画技艺，另一方面也批评了其因酷爱书画、奇花、异石而荒废朝政导致亡国的行为；《为友沂题杨龙友画册》借马喻人，热情赞扬了杨龙友抗清救国的英雄事迹；《鲁孔孙画竹歌》赞颂了鲁孔孙画竹的高超技艺和高洁的品行。

　　还有的题画诗是对画中人物进行品评，如袁枚的《题柳如是画像》，诗末四句云："百年此际盍归乎，万论从今都定矣。可惜尚书寿正长，丹青让于柳枝娘。"[1] 这里的尚书当指东林党魁钱谦益，柳枝娘便是其夫人柳如是，可见袁枚热情赞颂了柳如是，而对钱谦益进行了无情的鞭挞。彭兆荪作有《文姬归汉图》三首，分别以苏武、明妃、李陵三个流落胡地的汉人，来衬托蔡文姬的形象。

　　第三，题画诗作者还可以抒发自己看画的心境。王士祯作有《戴嵩牛图》，其诗云：

　　　　一川莎草烟濛濛，晓来雨过开牛宫。三尺短菙两觳觫，午阴掉尾嬉凉风。一头摩角一头齕，寝讹有态何其工。江干笛材老烟竹，横吹仿佛穿林丛。绢素惨淡神理在，是耶非耶传戴嵩。田家风物宛在眼，但有耕作亡兵戎。我行峨下逾万里，青衣江上平羌东。翠藤红树乱烟雨，风景略与图中同。一从羽书急滇海，瓯粤秦楚交传烽。益部迢遥隔天末，旧游有梦寻巴賨。旄牛徼外阻王会，万蹄骄马高缠

_____

① 参见孔寿山：《中国题画诗大观》，敦煌文艺出版社1997年版，第802页。

骏。千村万落长荆棘，何时金甲销春农。童牛不牿可三叹，卷图风雨来长松。①

此诗反映的是社会生活，讲述的是太平年代，田家风物"略与图中同"，可三藩之乱后，则不复见矣。亦如沈德潜评价此诗时所言："以画牛引起太平时田家风物，至吴（三桂）、耿（精忠）、尚（之信）三叛逆，而此景不复见矣。"②全诗重点并不在于描摹田家风物，而是鞭挞三藩之乱给民众带来的疾苦。蒋士铨的《题卖牛歌图为两峰作》与《戴嵩牛图》类似，也是题画诗中反映民生疾苦的佳作。

朱彝尊的《蓝秀才见示刘松年风雪运粮图》，慨叹南宋王朝偏安江南，最终导致了灭亡。诗中云："潞河十月橹声绝，连樯如荠啼饥乌。层檐炙背苦岑寂，有客示我运粮图。……呜呼！斯人画院良所无，不见宋之君臣定和议，笙歌晨夕游西湖。"③不难见出，诗人既是在既是在慨叹南宋，也是在讽喻当下。赵执信的《题搜山图卷》，采用寓意的手法，认为贪官污吏像妖怪一样祸害人间，必须要被搜尽处决。

除了上述三个方面的内容外，还有一些题画诗会穿插或是讲述一些故事情节，如黄景仁的《题桃花流水图》就用虚实结合的办法，将"刘阮"天台遇仙的故事引入到画境之中。洪昇《南正宫·锦缠道·题张杞园泛家浮宅图》是由四支曲子组成的

---

① 王士祯：《渔洋精华录集注》，惠栋、金荣注，宫晓卫等点校，齐鲁书社2009年，下册，第708页。
② 沈德潜选编《清诗别裁集》，河北人民出版社1997年版，第62页。
③ 孔寿山：《中国题画诗大观》，敦煌文艺出版社1997年版，第733—734页。

套曲，乃是应张贞之邀而作，张贞在曲前作有一小序云："庚申南游，苏州顾云臣为余写一浮家泛宅小照，用吾家烟波钓徒故事也。一时题咏，几遍作者。钱塘洪昉思昇，独赠乐府四阙。字句流丽，似不在其所作《四婵娟》、《长生殿之下》。"① 此套曲讲述的正是张志和乘船（浮家泛宅）出游的故事。袁枚的《为保井公题摇鞭图》与此类似，诗中云："广陵城中花十里，龙楼凤阁参天起。婆罗争舞《踏摇娘》，琵琶唱断《安公子》。公子烟花最擅场，起家三十侍中郎。羊侃筝人夸爪甲，夏王车马鬭重拦。东方日出乌啼早，美人争试丝桐好。漏水能知夜短长，海棠留得春多少。白马紫游缰，来游大路旁。初看《小垂手》，再弹《陌上桑》。听来天上《回波乐》，谁是吴儿木石肠！一声鞭响垂杨处，人如蝴蝶花边去。不闻小海扣歌舷，但见斜阳满高树。豪竹哀丝尽不欢，请君少驻再盘桓。谁知望断楼头妇，西北浮云总不还。"② 不难见出，全诗讲述的正是广陵城中的戏曲歌舞表演之事。

总之，无论是何种内容，这种由绘画衍生出的题画诗，使原本空间性、静态化的绘画插上了叙述的翅膀，诗画的互文共生，建构起或合或离的叙事结构，并由此形成了一套独特的叙事话语，最终传达出一定的意义。

四、语图互文与视域融合

因为文字和图画都能作为叙事符号，进而建构起一套完整

① 洪昇：《洪昇集》，刘辉校笺，浙江古籍出版社1992年版，第536页。
② 袁枚：《袁枚全集新编》，王英志编纂校点，浙江古籍出版社2018年版，第一册，第26页。

的叙事系统，所以题画诗中就因题诗载体的不同而架构起诗画一体或诗画相离的叙事结构，当诗画分离时，可以建构了文字叙事系统，当诗画一体时，可以形成语图互文的叙事系统，也可以因诗、画之间的叙事性强弱对比，而形成图像叙事系统或文字叙事系统。也正因为如此，诗与画之间既能彼此独立，又可以交叉，可以因读者的阅读活动而建构出多样化的风貌。从某种程度上而言，读者阅读的过程就是不同诗、画不同的叙事符号和不同叙事系统视域不断融合的过程。

传统解释学的观念认为，在阅读的过程中，"我们必须想到，被写的东西常常是在不同于解释者生活时期和时代的另一时期和时代里被写的；解释的首要任务不是要按照现代思想去理解古代文本，而是要重新认识作者和他的听众之间的原始关系"。① 也就是说，读者和作者之间是存在着视域差别的，而这种差别会影响解释的有效性和正确性，所以要求读者在阅读的过程中，必须放弃自身的视域，实现自身视域向作者视域的心理转换，以寻求避免误解的诠释。这样一来，文本对于读者而言，就仿佛是一座"语言的迷宫"，读者永远都在寻求解释的有效性、合法性和正确性。

现代阐释学则认为，文本的意义是文本与解释者之间共同的不断地生成的，文本与解释者之间是一种"对话"的关系，两者可以通过语言作为媒介进行"对话"。伽达默尔（Hans-Georg Gadamer）把这种"对话"比喻为一场游戏，"只要两个人开始进行谈话，他们所说的就是同一种语言。然而他们自己

① ［德］施莱尔马赫：《诠释学讲演（1819—1832）》，洪汉鼎编《理解与解释——诠释学经典文选》，东方出版社2001年版，第56—57页。

却不知道，在讲这种语言时他们正在深入地进行这种语言游戏。但是每个人还是说自己的语言，讲话是同讲话相对而不是保持不变，由于这一事实，这才产生了一致的意见。在同他人说话的时候，我们不断地进入到他人的思想世界；我们吸引他，他也吸引我们。这样我们就以一种初步的方式相互适应世道平等交换的游戏——真正的对话——开始"。① 也就是说，读者与作者之间是可以通过语言这种媒介进行平等"对话"的，读者的阅读活动并不是以追寻文本作者的意图为目的，而是读者的自身存在的一种方式，读者不需要放弃自身的视域，而是要实现视域融合，最终生成文本的意义。

所谓视域，"就是看视的区域（Gesichtskreis），这个区域囊括和包容了从某个立足点出发所能看到的一切"。② 不管是读者还是作者，都有自己的视域，并且在展开新的理解和阐释之前就已经获得，虽与人的主观因素有关，却不是完全受制于人的主观因素。也就是说，文本中蕴含的有作者的视域，而读者也有自己的"先入之见"，阅读就是双方在"诠释学对话"基础上的视域融合的过程。通常而言，文本的接受顺序是"作者——文本——读者"，作者和读者的视域通过文本的语言媒介进行"对话"，进而产生融合。

伽达默尔认为，读者与作者"对话"的媒介是语言。在他看来，"语词所处理的不是一种直接描摹意义上的模仿式的表

① ［德］伽达默尔：《哲学解释学》，夏镇平等译，上海译文出版社 1994 年版，第 56 页。
② ［德］伽达默尔：《真理与方法·哲学诠释学的基本特征》，洪汉鼎译，上海译文出版社 1999 年版，第 388 页。

现，以致把声音或形象模仿出来，相反，语词是存在，这种存在就是值得被称为存在的东西，它显然应有语词把它显现出来"。① 如果说作者与读者的"对话"是通过语言进行的话，那么画家与读者的"对话"就是靠图画展开的，图画作为一种叙事符号，同样可以充当语言媒介的角色，所以读者在题画诗时，就有了语言和图画两种媒介，阅读的过程就是读者与"作者"、"画家"在"对话"，是多重视域的交织与融合，在突破"先入之见"疆域的基础上，进而产生出新的视域。对于读者而言，不管是文字叙事系统、图画叙事系统，还是"语-图"互文叙事系统，都是异于自身"先入之见"的一种视域，不管读者选择从哪个层面进行阅读，"理解的结果必是两个视域的融合，被理解的文本的意义必定为文本和理解者所共有，其间的界限事实上不可明确区分。而且，宏观地看，视域融合是一个无止境的循环过程。一方面文本的视域向理解者开放着，它通过效果历史影响着理解者的成见和视域。另一方面，理解者的视域也向文本开放着它把自己的理解加入进效果历史从而影响着文本的视域。在这个循环中，两者的视域不断融合和扩大，而这也就是文本的意义不断生成的过程"。②

由此可见，呈现在读者面前的题画诗是一个多重视域交织的开放性结构，给不同的读者提供了选择的可能性，不同的选择会带来不同的阅读体验。读者可以选择两个视域的融合，也

---

① ［德］伽达默尔：《真理与方法·哲学诠释学的基本特征》，洪汉鼎译，上海译文出版社1999年版，第381页。

② 徐友渔等：《语言与哲学——当代英美与德法传统比较研究》，生活·读书·新知三联书店1996年版，第173—174页。

可以选择多个视域的融合，但不管是哪一种选择，阅读过程中的理解和阐释活动都必须是在视域融合的基础上才能完成，也只有这样，题画诗的开放性结构才能最终生成其意义。

第十六章

清诗叙事品类的创新

诗歌的叙事传统发展到清代后，呈现出新的变化。题画诗、咏剧诗和女性绝命诗在此前也有创作，但数量不如清代宏富，其叙事的特质也不如清代明显。子弟书是清代才诞生的，兼具诗和戏曲的双重特质，因此，与其他类型的诗歌相比，其叙事性的特征更加明显。

第一节　子弟书的叙事策略

子弟书是清代的一种曲艺形式，盛行于乾隆到光绪年间，清末时走向衰亡。因其是八旗子弟所唱之书，故名"子弟书"[①]；又因其表演形式为清唱，与当时京城流行的含糊的昆、弋腔相区分，且曲词雅韵，故亦名"清音子弟书"。现今传世的子弟书作品较多，据傅惜华编《子弟书总目》记载，约有 400 多种，[②]

---

① 据崔蕴华解释，"子弟书"其名应指两种涵义：一是指创始人乃"八旗子弟"；二是指出此种曲艺不以赚钱为目的，而属"子弟"之门。参见崔蕴华：《书斋与书坊之间——清代子弟书研究》，北京大学出版社 2005 年版，第 9 页。

② 参见傅惜华编《子弟书总目》，上海文艺联合出版社 1954 年版。

黄仕忠等编纂的《子弟书全集》① 共收录子弟书 520 种，存目 70 多种。这些嘉惠学林的著述，为我们进一步研究子弟书提供了极大的便利。

一般认为，子弟书是延续元明清三代的戏曲大繁荣而来，表演形式为说唱，内容也多改自三代戏曲作品，如《蝴蝶梦》中即言："考正史庄子何尝有此事，这都是梨园演就戏荒唐。借荒唐以荒唐笔写荒唐事，欲唤醒今古荒唐梦一场。"② 甚至有很多题目都是直接因袭戏曲题目而来，如《玉簪记》《双官诰》《渔家乐》《打面缸》《一匹布》《凤鸾俦》等。因此，研究者多将子弟书作为俗文学看待，或研究其说唱伎艺③，或研究其题材来源④，或研究其语言特征⑤，或研究子弟书的专书改编情况⑥，还有些研究者关注到子弟书的文体特质，研究其体制特

---

① 参见黄仕忠、李芳、关瑾华编《子弟书全集》，社会科学文献出版社 2012 年版。

② 张寿崇主编，北京市民族古籍整理出版规划小组辑校《子弟书珍本百种 满族说唱文学》，民族出版社 2000 年版，第 19 页。

③ 参见姚颖：《清代中晚期北京说唱文学与伎艺研究——以子弟书、岔曲为中心》，燕山出版社 2008 年版。

④ 参见冷纪平，郭晓婷：《子弟书源流考》，中国社会科学出版社 2016 年版；盛志梅：《清代子弟书的传播特色及其俗化过程》，《满族研究》2012 年第 4 期；尹变英：《论折子戏对子弟书的影响》，《民族文学研究》2015 年第 5 期。

⑤ 参见王美雨：《车王府子弟书叠词研究》，山东大学出版社 2013 年版；王美雨：《车王府藏子弟书方言词语及满语词研究》，九州出版社 2015 年版。

⑥ 参见王晓宁：《〈红楼梦〉子弟书研究》，中国艺术研究院博士学位论文，2009 年；林均珈：《〈红楼梦〉子弟书研究》，万卷楼 2012 年版。

征①。其实，如果追溯子弟书的源流，就会发现，它是"吸收了词文、词话中的纯唱体制，木皮鼓词的灵活句式，并夹裹着木鱼歌的雅驯情思，从而开创出的新的说唱时代，酝酿出的艺术之花"。② 也就是说，子弟书不仅具有俗文学的特质，同时兼具诗化气质，如果研究仅从俗文学的说唱视角出发，并不能展现其全貌。

　　很早就有学者注意到子弟书的诗化特质，如启功就直言子弟书是"创造性的新诗"，可与唐诗、宋词、元曲、明传奇相媲美，他还认为"子弟书又有它自己的特点，比评弹简洁细腻，比《廿一史弹词》又句式灵活而不失古典诗歌的传统特色"。③ 赵景深也认为："子弟书虽然大多以中国明清小说戏曲为题材，但它究竟不是小说戏曲，而是叙事诗。中国叙事诗过去著名的只有《孔雀东南飞》和《木兰诗》，现在子弟书这类叙事诗却是大量的，其中好多篇杰作并不比《孔雀东南飞》和《木兰诗》逊色。"④ 陆侃如和冯沅君在编《中国诗史》时，也特别注重子弟书。因此，从这一层面而言，子弟书也是中国叙事诗的重要组成部分。它不仅继承了词话、戏曲、小说的叙事因子，又延

---

① 参见崔蕴华：《书斋与书坊之间——清代子弟书研究》，北京大学出版社2005年版；盛志梅：《试论子弟书的叙事及体制及特点》，《时代文学》2011年第9期。

② 崔蕴华：《书斋与书坊之间——清代子弟书研究》，北京大学出版社2005年版，第18页。

③ 启功：《创造性的新诗子弟书》，见《启功全集》（第1卷），北京师范大学出版社2009年版，第203页。

④ 赵景深：《曲艺丛谈·〈子弟书丛钞〉序》，中国曲艺出版社1982年版，第215页。

续了古典诗歌的典雅意韵和抒情特质，形成了独具特色的叙事风格。笔者不揣浅陋，尝试对子弟书的叙事策略进行分析。

一、叙事结构：抓住故事主线，简化叙述头绪

叙事结构有谋篇布局之意，即组织安排材料的顺序，形成总体性框架，它"是对人物生活故事中的一系列事件的选择，这种选择将事件组成一个具有战略意义的序列，以激发特定而具体的情感，并表达一种特定而具体的人生观"。[①] 也就是说，在传达某一特定而具体的人生观目标的指引下，通过一定的结构对相关元素进行有机的组织和安排，外化成一个承载意义的文本符号。

子弟书中有不少作品都是源自元明清三代的曲本和小说，据统计，改编自戏曲的作品有 165 种，改编自小说的有 132种，[②] 约占总数的七成左右。在改编过程中，它们往往是直接截取原著的片段，或是直接照搬，或是重述再现，既因袭了曲本、小说的某些叙事手法，又形成了自己独特的叙事结构。

中国古代戏曲理论家们很早就提出了关于结构的看法，如凌濛初即言："戏曲搭架，亦是要事，不妥则全传可憎矣"[③]。王骥德也有类似看法："贵剪裁，贵锻炼——以全帙为大间架，以每折为折落，以曲白为粉垩、为丹雘；勿落套，勿不经，勿太蔓，蔓则局懈，而优人多删削；勿太促，促则气迫，而节奏不

---

① ［美］罗伯特・麦基：《故事——材质、结构、风格和银幕剧作的原理》，周铁东译，中国电影出版社 2001 年版，第 39 页。

② 冷纪平、郭婷婷：《清代子弟书题材来源考》，《东方论坛》2014 年第 4 期。

③ 凌濛初：《谭曲杂札》，中国戏曲研究院编《中国古典戏曲论著集成》本，中国戏剧出版社 1959 年版，第四册，第 258 页。

畅达；毋令一人无着落，毋令一折不照应。传中紧要处，须重
著精神，极力发挥使透。如《浣纱》遗了越王尝胆及夫人采葛
事，红拂私奔，如姬窃符，皆本传大头脑，如何草草放过！若
无紧要处，只管敷演，又多惹人厌憎：皆不审轻重之故也。"①
不难见出，两人都将搭建框架视为戏曲创作的头等大事，否则
全剧难以卒读。

　　这种对于结构的重视不仅体现在戏曲创作理论中，也体现
在鉴赏理论中。戏曲中重视"关目"的传统由来已久，为了吸
引读者，有的书坊甚至在书名中就直接冠以"关目"两字，以
显示曲本的特色，如《大都新刊关目的本东窗事犯》《古杭新刊
的本关目风月紫云庭》《古杭新刊关目霍光鬼谏》《古杭新刊关
目辅成王周公摄政》《新编足本关目张千替杀妻》《新刊关目闺
怨佳人拜月亭》等均是如此，足见"关目"和"古本""新刊"
"足本"一样，是当时的重要卖点。不仅如此，还有的刻本在插
图中也是以"关目"命名，如《风月锦囊》中《琵琶记》所配
插图第一幅就是"敷演关目"。正因为"关目"如此重要，所以
不少戏曲评点家都用"关目好"来指代情节的巧妙构思及安排，
以此作为好戏曲作品的重要标准之一。李贽评《拜月亭》时云：
"此记关目极好，说得好，曲亦好，真元人手笔也。"② 其将"关
目"视为好作品的第一标准，足见其重视程度。李渔亦持同样
看法，其言："然传奇一事也，其中义理，分为三项：曲也，白

---

① 　王骥德：《曲律》，中国戏曲研究院编《中国古典戏曲论著集成》本，中国
　　戏剧出版社 1959 年版，第四册，第 137 页。
② 　李贽：《焚书·续焚书校释》，陈仁仁校释，岳麓书社 2011 年版，第
　　314 页。

也，穿插联络之关目也。元人所长者止居其一，曲是也；白与关目，皆其所短"。①

　　现存最早的子弟书刻本是乾隆二十一年（1756）刊行的《庄氏降香》，现藏中国艺术研究院图书馆。此本内封残破，题"新编全段/庄氏□□"，卷末题"新编庄氏降香全段终"，文萃堂刻本《罗成托梦》题"新编罗成托梦全段"，两本子弟书标题中均有"全段"，可见，"全段"与曲本标题中的"关目"一样，定是当时子弟书的重要卖点。"所谓的'段'，便是整体中的一个部分，相当于全本戏中的一折。……'段'本身又有'小段''全段'之别，'小段'只取故事的一个侧面、片段，多为一回；'全段'则相对完整地截取全部故事的某一个段落，通常需要若干回"。② 子弟书的篇幅都较短，多在一回与四回之间，且以一回本居多，长篇子弟书也不过二三十回，如《全彩楼》（三十回）、《雷峰宝塔》（三十回）、《翠屏山》（二十四回）。在传播过程中，这些长篇子弟书也逐渐被剪裁为更适合演出的短篇，如《观水》（一回）即从《单刀会》（十五回）剪裁而来。因此，较曲本和小说的长篇幅而言，子弟书的篇幅呈现出短小精悍的特点。

　　子弟书的形制较为自由，以七言句式为主，可加衬字，没有说白。一般以四句或八句韵语开头，或叙述缘起，或感慨议论。然后再敷衍正文，隔句叶韵，一般每十句一"落"，也有

---

① 李渔：《闲情偶寄·密针线》，诚举等译注，云南大学出版社2003年版，第13页。
② 黄仕忠、李芳、关瑾华编《子弟书全集·前言》，北京社会科学文献出版社2012年版，第7—11页。

三、五、六句一"落"的，共有八十到一百句左右。一回本的
子弟书篇末还会有结语，两句到八句不等，多是交代写作缘起
或奉劝世人。早期的形制较为规范，后来有些子弟书作品逐渐
超越这一规制，但总体而言，大致还是每回八十到一百句左右。
因为子弟书篇幅较短，且只唱不说，所以讲述不了复杂的故事。
因为观众接受的是演员的唱词，而非文字文本，在没有说白辅
助的情况下，根本无法讲述清楚复杂头绪的故事。亦如我们今
天所听的流行歌曲，创作者只能是抓住某一个重要情节或情感
瞬间进行渲染。因此，子弟书多是选取一段矛盾冲突强烈的小
故事或是具有典型性的场景进行渲染，正如戏曲中的折子戏，
"子弟书可以说是折子戏在曲艺中的一个变种。所谓的'段'，
便是整体中的一个部分，相当于全本戏中的一折。故子弟书实
以短篇取胜，多取人们熟知的长篇故事中的某个片段，极力渲
染，细致入微，构成创作特色。这也是子弟书与一般作粗线条
叙事的鼓词作品的最大区别"。[1] 换言之，子弟书并未选择曲本、
小说中那种多线条交叉的宏大叙事结构，而是抓住故事主线，
简化头绪，采用单线叙事的结构，使内部结构尽量清晰、完整。

　　"一本戏中，有无数人名，究竟俱属陪宾，原其初心，止为
一人而设；即此一人之身，自始至终，离合悲欢，中具无限情
由，无穷关目，究竟俱属衍文，原其初心，又止为一事而设；
此一人一事，即作传奇之主脑也"。[2] 从现存子弟书来看，可谓

---

① 黄仕忠、李芳、关瑾华编《子弟书全集·前言》，社会科学文献出版社
　　2012年版，第11页。
② 李渔：《闲情偶寄·立主脑》，诚举等译注，云南大学出版社2003年版，
　　第9—10页。

直接体现了李渔"立主脑"的原则，无论是改编自曲本、小说，还是根据时事进行的创作，讲述的都是小片段故事，没有纷繁复杂的头绪，没有众多的人物，更没有宏大的叙事结构，多是以一两个人物为中心，讲述一个完整的故事。现存《红楼梦》子弟书约有 40 余种，都是截取原著中的小片段敷演而成。如《芙蓉诔》源自第五十二回、七十四回、七十七回和七十八回，通过"补呢""谗害""恸别""赠指""遇嫂""诔祭"等六回重点讲述宝玉和晴雯的故事，文中剪去了原著中晴雯挽着头发倒箱子的情节，重点突出与宝玉生离死别的哀伤之情。《会玉摔玉》源自第三回，讲述宝黛初会的故事，讲述刘姥姥的《一进荣国府》《二入荣国府》《三宣牙牌令》《品茶栊翠庵》《醉卧怡红院》《过继巧姐儿》等，也都是《红楼梦》中耳熟能详的故事片段。其他改编作品亦是如此，改编自《聊斋志异》的《胭脂传》也只保留以胭脂作为主线的悲剧故事，大大简化了毛大行凶、宿介蒙冤、施公复审等情节，还有源自《三国演义》的《借东风》《马跳檀溪》《击鼓骂曹》，源自《水浒传》的《杨志卖刀》《李逵接母》，源自《西游记》的《高老庄》《撞天婚》《子母河》，源自《琵琶记》的《赵五娘吃糠》《五娘行路》，源自《幽闺记》的《奇逢》等，也都是截取片段敷演而成，很多从题目即可得知讲述的是哪一段故事。除了改编的作品是这种单线叙事结构外，根据时事创作的作品依然如此。如《疯和尚治病》讲庸医欺骗市民的故事，《打围回围》讲热河田狩的故事，都呈现出不蔓不枝的特点。

限于篇幅，子弟书很少有人物身份或情节概要的介绍，往往是在开篇诗后直接进入故事情境中，重点渲染具体场景及人物心理，即在单线叙事结构框架中突出对于人物的塑造。如为了营造现场效果，《椿龄画蔷》中把贾宝玉描摹成了轻浮的浪子角色，写其观察龄官时写到：

> 只见他乌云好似方才挽，粉面犹如汗淋漓。
> 身上的纱衣全贴了肉，露出了那娇腻洁白的嫩肤皮。①

《思玉戏环》中也写到：

> 这宝玉神魂飘荡情切切，眼睁睁加细打量小丫环。
> ······
> 近前来亭亭玉树临风立，最销魂纤纤玉手捧定茶盘。
> 痴公子看罢佳人心迷乱，意绵绵头也不回眼都睁圆。②

对于子弟书而言，篇幅和表演方式的限制使其只能简化故事头绪，采用单线叙事结构，也就注定不可能以曲折离奇的情节吸引观众，加之所述之故事，观众本已烂熟于心，也就无需做"欲知后事如何，且听下回分解"这一类的伎俩。换言之，子弟书叙事的终极目的不在于展示矛盾冲突，而是通过人物的渲染和意境的营造，最终达到以情动人的目的。

二、叙事时间：叠用概述扩述，重点营造意境

叙事文体是线性的时间艺术，它通过故事的有序安排来承载一定的意义。在具体安排过程中，会涉及各故事单元之间的

---

① 胡文彬编《红楼梦子弟书》，春风文艺出版社1983年版，第66页。
② 同上书，第292页。

顺序问题：有的是单线叙事作品，故事大致按照编年顺序排列，此类作品最易理解；有的则是逆时序的，"尽管故事线索错综复杂，时间顺序前后颠倒，但仍然可能重建一个完整的故事时间"；① 还有的则是非时序的，即"故事时间处于中断或凝固状态，叙述表现为一种非线型运动。在这类作品中，不存在完整的故事线索，共时叙述代替了历时叙述"。② 对于子弟书而言，限于篇幅和表演方式，注定其只能采用单线叙事结构，在叙事时间的处理上，也就只能按照正常时序进行讲述。

叙事文本中包含故事时间和叙述时间两个时间概念，"叙述时间与故事时间相等或基本相等的叙述称为等述，以此为基点，向两端延伸。叙述时间短于故事时间为概述，叙述时间长于故事时间为扩述，叙述时间为零，故事时间无穷大的是省略，叙述时间为零则是静述"。③ 子弟书中对于叙事时间的处理主要采用概述和扩述两种方式，这既缘于中国叙事文学的传统，又与子弟书的文体特质密切相关。

在中国传统叙事文本中，对于叙事时间的处理多与天道观念交织在一起，"以时间呼应天道，在古老的时代已经沉积为中国人的精神原型"，④ 因此，戏曲、小说等叙事文本在叙事时间的处理上多呈现出"观古今于须臾，抚四海于一瞬"的超时空特质。如《三国演义》开篇即言："话说天下大势，分久必合，合久必分。周末七国分争，并入于秦。及秦灭之后，楚、汉分

---

① 胡亚敏：《叙事学》，华中师范大学出版社 2004 年版，第 64 页。
② 同上。
③ 同上书，第 76 页。
④ 杨义：《中国叙事时间的还原研究》，《河北师院学报》1996 年第 3 期。

争，又并入于汉。汉朝自高祖斩白蛇而起义，一统天下，后来光武中兴，传至献帝，遂分为三国。"① 不仅将战国七雄至汉末三国的七百年时间抚于一瞬，而且还以"分久必合，合久必分"的天道观念昭示着历史进程的大势。《东周列国志》的卷首词亦是如此："道德三皇五帝，功名夏后商周；英雄五霸闹春秋，顷刻兴亡过手！青史几行名姓，北邙无数荒邱；前人田地后人收，说甚龙争虎斗。"② 在道德功名永恒性与龙争虎斗短暂性的对比中，将天道观念和盘托出，呈现出历史的苍凉感。杂剧中的"楔子"和传奇中的"副末开场"、"家门引子"等也有融聚古今的况味，如《琵琶记》第一出"副末开场"云："〔水调歌头〕（副末上）秋灯明翠幕，夜案览芸编。今来古往，其间故事几多般。少甚佳人才子，也有神仙幽怪，琐碎不堪观。"③《幽闺记》第一出"开场始末"云："〔西江月〕（副末上）轻薄人情似纸，迁移世事如棋。今来古往不胜悲，何用虚名虚利？遇景且须行乐，当场谩共衔杯。"④ 两部南戏的开场虽不如小说开篇那般大开大合，横贯古今，但亦是从广阔时空着笔，再衔接到具体故事的讲述中。

子弟书脱胎于戏曲，母体中的某些叙事因子也被遗传下来，如开篇韵语和篇末结语，就是延续传奇的上场诗和下场诗而来。除了形制的因袭之外，在叙事时间的处理上也多有借鉴，子弟

① 罗贯中：《三国志演义》，毛纶、毛宗岗评点，刘世德、郑铭点校，中华书局1995年版，第4页。
② 冯梦龙、蔡元放：《东周列国志》，天津古籍出版社1998年版，第1页。
③ 高明：《高则城集》，胡雪冈、张宪文辑校，浙江古籍出版社2013年版，第69页。
④ 施惠：《幽闺记》，吕微芬校点，辽宁教育出版社1998年版，第1页。

书开篇亦多采用概述的方式，从广阔时空着笔。如《凤仪亭》第一回开篇：

> 天运循环亡汉国，群奸结党动干戈。桓灵二帝遭离乱，何进才疏缺智谋。只因欲害十常侍，私召诸侯渡洛河。君弱臣强废圣典，大势权衡归董卓。樊稠、张济为内应，李、郭屯兵做外合。独专朝政欺卿相，势大如天羽翼多。司徒王允忧汉业，连环巧计用娇娥。①②

作者从"天运循环亡汉国"的天道观念出发，仅用寥寥数笔就评述了桓、灵遭离乱到王允巧施连环计的内容，而在《三国演义》中，罗贯中则是从第二回"何国舅谋诛宦竖"写到了第八回"董太师大闹凤仪亭"。

除了开篇采用这种概述方式，以呈现阔大时空中的天道观念外，在讲述具体故事的过程中，也会根据故事情节和渲染情感的需要，采用概述的方式。如《长坂坡》第一回中写到：

> 刘玄德投奔江陵藏锋养锐，不提防在当阳路上遇追兵。战重围，刀枪林内君臣失散，踏荒郊，喊杀声里世子飘蓬。糜氏夫人怀揣阿斗，身随夜色泪洒秋风。被箭伤，从半夜昏绝荒草地，只有呼吸气一丝未断到天明。③

---

① 关德栋、周中明编《子弟书丛钞》（下），上海古籍出版社1984年版，第401页。
② 陈新编《中国传统鼓词精汇》上册，华艺出版社2004年版，第301页。
③ 同上书，第263页。

此情节源自《三国演义》第四十一回"刘玄德携民渡江，赵子龙单骑救主"，子弟书用短短几句就一笔带过了。还有《叹武侯》中对"六出祁山"的叙述也是非常简略：

> 初出祁山曹兵破，谁知马谡弄轻浮。街亭失利非小可，挂甲儿郎丧土丘。辕门自解将军印，越想吞曹志不休。二出祁山连得胜，人马绝粮计未酬。三出祁山身染病，功劳垂成一笔勾。四出祁山用遁甲，八门阵内鬼神愁。不想成都流言起，奉旨回关幹国休。五出祁山施妙略，司马闻名心胆忧。谁知李严假书到，收兵回来悮计谋。六出祁山为久计，委兵屯田计甚筹。木牛流马机关巧，烧寨遗孤命已休。秋风五丈原辞世，三魂渺渺魄悠悠。①

不难发现，原著中详写的这些情节，子弟书都采用概述的方式述其梗概，原因在于观众早已对这些情节了如指掌，自是无须赘言。再者，讲述情节并不是子弟书的终极目标，这些情节的铺叙都是为渲染情感服务的，所以概述即可。

　　虽然子弟书中对观众谙熟的情节采取了概述化的处理方式，但在整体情节的安排上还是严格按照事件的发展顺序来进行叙述，"这种叙述方式最适于对时间进程进行几近现象学的描述，最适于表现对变化的现实的认识，这当然是因为人们希望清楚地看到在其有某些决定意义的社会环境的影响下人们的变化过程"。② 换言

① 关德栋、周中明编《子弟书丛钞》（下），上海古籍出版社1984年版，第432—433页。
② ［法］让·米特里：《现代电影的剧作艺术》，辛久译，《电影世界》1985年第1期。

之，此种叙述方式利于呈现事件对于人物行为及心理的影响，展示人物性格的塑造过程。子弟书正是采用了这一叙事策略，采用概述的方式把故事讲清楚，再用扩述的方式描摹人物，渲染情感。

对于观众而言，自己谙熟的故事情节自是无心观赏，为此，子弟书进行了创编。一方面，以极快的笔调概述观众烂熟于心的情节；另一方面，对原著进行丰富和拓展，即用扩述的方式对人物进行描摹，以达到渲染情感、感染观众的目的。如《露泪缘》"宝玉哭灵"一段，作者就以细腻的笔法叙写了宝玉惊闻黛玉病逝后的痛苦心情：

> 我爱你骨格清奇无俗态，我喜你性情幽雅厌繁华。我美你千伶百俐见事儿快，我慕你心高志大好把人压。我许你高节空心同竹韵，我重你暗香疏影似梅花。我叹你娇面如花花有愧，我赏你风神似玉玉无瑕。我服你八斗才高行七步，我愧你五车学富手八叉。我听你绿窗人静棋声响，我懂你流水高山琴韵佳。我怜你椿凋萱谢无人靠，我疼你断梗飘蓬哪是家！我敬你冰清玉洁抬身份，我信你雅意深情暗浃洽。①

这样用大量文字铺写人物心理的手法在小说中也不多见，却是子弟书中惯用的笔法。改编自白居易《琵琶行》的同名子弟书可谓是将这一手法运用到了极致，白居易原诗中共有三次写听到琵琶声，第一次是略写，仅言"忽闻水上琵琶声，主人忘归

_____

① 陈新编《中国传统鼓词精汇》，华艺出版社2004年版，下册，第735页。

客不发"，第二次是详细描摹："初为《霓裳》后《六幺》，大弦嘈嘈如急雨，小弦切切如私语。嘈嘈切切错杂弹，大珠小珠落玉盘。间关莺语花底滑，幽咽泉流冰下难。冰泉冷涩弦凝绝，凝绝不通声暂歇。别有幽愁暗恨生，此时无声胜有声。银瓶乍破水浆迸，铁骑突出刀枪鸣。曲终收拨当心画，四弦一声如裂帛。"第三次又是略写："莫辞更坐弹一曲，为君翻作《琵琶行》。感我此言良久立，却坐促弦弦转急。凄凄不似向前声，满座重闻皆掩泣。"在一首诗中三次这样描摹琵琶声，不可谓不详细，但子弟书的作者似乎觉得这样还不过瘾，又在此基础上进行了扩述，写第一次听到琵琶声时云：

> 细听去疾徐的节奏声声儿准，高下的宫商字字儿谐。好一似内府的笙歌传紫禁，好一似半空的仙乐下瑶台。乐天说此地何能有妙手？这人儿好叫我难猜。莫不是高士临江宣雅调？莫不是幽人对月遣愁怀？莫不是他乡的孤客把离情儿诉？莫不是昔日的梨园把旧曲儿排。[①]

文中不仅加入了白居易听曲的感受，而且采用与观众隔空对话的方式猜测弹曲之人，以期迅速把观众带入到故事情境中。第二次的描摹就更为详细：

> 只听他调和高下把宫商定，慢慢的转轴拨弦三两声。凤尾儿高翘怀抱月，冰弦儿挥动指生风。起初时一曲《霓

---

① 黄仕忠、李芳、关瑾华编《子弟书全集》，社会科学文献出版社 2012 年版，第 1280—1281 页。

裳》来月殿，接连着《六么》羽调应金钟。柔媚处，美人悄语娇无力，悲壮处，烈士伤心诉不平。细撚处，数颗银豆在金盘滚，轻拢处，一串珍珠向玉碗倾。有一时嘈嘈繁响敲弹重，有一时切切娇音拘案轻。有一时细密连绵声紧凑，有一时悠扬舒缓韵从容。一点点飘来秋夜芭蕉雨，一阵阵吹起春郊杨柳风。一丝丝幽咽滩头流细水，一声声间关花底啭黄莺。絮叨叨画栋呢喃鸣紫燕，冷凄凄空堦断续叫秋虫。荡悠悠深山夜半松涛起，韵萧萧薄暮云中孤鹤鸣。猛然间按住冰弦声暂止，只觉得别有幽情暗恨生。妙趣儿包含无字处，心事儿多在不言中。好比作细雨稀疏收落点，就犹如水泉冷涩欲凝冰。此一时后腔未续前腔住，反觉无声胜有声。水面上人人等待收场调，不知他末后的声音怎续成。忽听得四弦扫动重新振，这一番激烈发皇迥不同。好一似遥天郁闷沉雷起，好一似旷野淋漓骤雨倾。好一似涧水远从山迳泻，好一似潮声乍自海门通。好一似猛敲案上银瓶破，好一似设触壶中浆水崩。好一似金铁交加相战斗，好一似刀枪击撞两争衡。胜似那仙客吹箫和弄管，胜似那文人鼓瑟与弹筝。胜似那定场的贺老翻新调，胜似那出塞的昭君诉苦情。满江中东船西舫无言语，两岸上静夜人人侧耳听。曲成时抽拨急向当心划，四弦齐作裂帛声。[①]

子弟书用数倍于原著的数字对第二次听琵琶声进行了敷演，整个过程写得跌宕起伏，既用铺陈的方式正面描摹琴声的婉转，

① 黄仕忠、李芳、关瑾华编《子弟书全集》，社会科学文献出版社 2012 年版，第 1283—1284 页。

又用听曲人的表现进行侧面烘托，牢牢抓住观众的心。第三次听琵琶声的描摹依然细致：

> 佳人时下更新调，勾挑分披玉指抢。这一番弦中诉尽心中苦，不比那前番爽朗韵温存。一声声变成哀怨凄凉调，一阵阵翻作悲伤郁闷音。一字字红愁绿惨风流恨，一丝丝月暗花残憔悴神。只弹得两岸居人惊好梦，只弹得满船孤客起归心。只弹得游鱼起听浮江水，只弹得宿鸟惊栖出树林。只弹得拂拂悲风来水面，只弹得微微细浪涌江滨。只弹得孤猿惨惨号山穴，只弹得怨鬼啾啾哭墓门。满船中舟子仆人俱暗叹，元微之席中杯酒懒沾唇。独有这江州司马偏多感，更觉得同病相怜苦万分。可叹他绝技佳人悲冷落，可叹我高才文士守清贫。可叹他朱唇绿鬓难回首，可叹我黄卷青灯枉用心。可叹他红粉凋零随旅客，可叹我青云淹没老江滨。可叹他玉颜美丽虚同梦，可叹我金榜荣华化做尘。后想前思悲切切，长吁短叹泪津津。寸心中伤感红颜悲自己，把一件着体的青衫满泪痕。[①]

文中铺陈了白居易的听曲感受，将原著中"同是天涯沦落人，相逢何必曾相识"的情感认同转化为具体可感的情感认知，既哀叹琵琶女的身世，又慨叹自己命运蹉跎。这种渲染情感的方式在不知不觉中也将观众带入其中，极易拉近和他们的距离，进而获得他们情感上的认同和支持。

---

① 黄仕忠、李芳、关瑾华编《子弟书全集》，社会科学文献出版社 2012 年版，第 1289—1290 页。

在中国古典诗歌中，概述和扩述的叙事方式并不鲜见，如《木兰诗》中仅用"万里赴戎机，关山度若飞。朔气传金柝，寒光照铁衣。将军百战死，壮士十年归"这几句话就叙写了花木兰十年的从军生涯。而在其荣归故里时，又用"爷娘闻女来，出郭相扶将；阿姊闻妹来，当户理红妆；小弟闻姊来，磨刀霍霍向猪羊"详述一家老小的表现。对于子弟书而言，叠用概述与扩述的方式，巧妙地解决了观众谙熟情节的问题，先用熟悉的情节迅速将他们带入情境中，再用扩述的方式对扣人心弦的点进行渲染和敷演，采用隔空对话的方式拉近和观众的距离，使其沉浸其中，越陷越深，在熟悉而又陌生的情境中完成这一次视听盛宴。这种叙事时间的处理方式是由子弟书的特质决定的，早期的改编作品都做如是处理，后期的自创作品也就因袭了下来。

三、叙事视角：运用多重视角，交叉臧否人物

叙事视角就是指叙述者或人物观察故事的角度，一般分为非聚焦型、内聚焦型和外聚焦型三种。非聚焦型视角即全知型视角，又称上帝的视角，叙述者或人物可以以任意角度观察被叙述的故事；内聚焦型视角是从人物的视角出发，只能展现这一特定人物的内心感受及其所见所闻，其他则无从知晓；外聚焦型视角只能客观展现人物的行为和周边的环境，无法得知人物的心理活动及情感动机。除了这三种基本类型之外，叙事视角还有一些亚类型和视角变异的情况，这不是本文所能讨论的问题，笔者主要是通过子弟书文本中所采用的叙事视角来分析其叙事策略。

在中国传统小说中，多采用非聚焦型叙事视角，即以全知全能的叙述者身份讲述故事。叙述者如上帝一般，洞悉着一切，

它知道过去将来，也知道每个人内心的想法及动机。如《红楼梦》第二十九回中云：

> 那宝玉心中又想："我不管怎么都好，只要你随意，我立刻就因你死了，也是情愿的；你知也罢，不知也罢，只由我的心，可见你方和我近，不和我远。"那林黛玉心里又想着："你只管你好，你好我自好，你何必为我而自失。殊不知你失我自失。可见是你不叫我近你，有意叫我远你了。"如此看来，却都是求近之心，反弄成疏远之意。如此之话，皆他二人素习所存私心，也难备述。①

在这一段中，叙述者如与读者对话一般，不仅将宝黛二人的心理想法和盘托出，还直接对其进行评论，但作为宝黛二人而言，却不明对方心思，只能猜测苦恼。除了非聚焦型叙事视角外，古典小说也会采用内聚焦型叙事视角。如《水浒传》"林教头风雪山神庙"一回中写到：

> 忽一日，李小二正在门前安排菜蔬下饭，只见一个人闪将进来，酒店里坐下，随后又一人入来。看时，前面那个人是军官打扮，后面这个走卒模样，跟着也来坐下。②

这一段描述显然是从李小二的视角出发的，与"林黛玉进贾府"一回中，以林黛玉的视角观察贾府如出一辙。外聚焦型叙事视

---

① 曹雪芹、高鹗：《红楼梦》，人民文学出版社 1982 年版，第 402 页。
② 施耐庵、罗贯中：《水浒传》(上)，人民文学出版社 1975 年版，第 132 页。

角在古典小说中的运用就更为广泛了，推动情节发展的客观性描述语言几乎都属于此类。如《红楼梦》第十五回中，秦钟与智能儿偷情被宝玉抓着，宝玉本说"等一会睡下，再细细的算帐"，后来却是"宝玉不知与秦钟算何帐目，未见真切，未曾记得，此系疑案，不敢纂创，一宿无话"。这里的叙述者"置身事外"，无法知晓个中原委，只是直接交代了结果，属于典型的外聚焦型叙事视角。

对于一部小说而言，并不是单纯只用某一种叙事视角，通常是多重叙事视角交叉使用。也就是说，为了顺利实现叙事目的，创作者并不囿于单一视角，而是交叉叠用，表现为一种叙事的深层律动。对于子弟书而言，虽然不如小说那般以文字文本的形式呈现给读者直接，但也根据实际表演的需要，借鉴了小说、戏曲中采用特定视角讲故事的技巧。如果说小说中交叉运用多重叙事视角，是为了营造一种表达效果，吸引读者阅读并传达深层意旨的话，那么子弟书中沿用这一手法则是为吸引观众服务的。对于子弟书而言，依托唱的方式使其备受局限，观众没有脚本，演员唱得又都是熟络的故事，因此，为了吸引观众，演员就只能通过渲染情感的方式，将观众带入似曾相似的情境中，再通过品评人物的方式与观众进行交流。所以我们看到子弟书中多是用非聚焦型叙事视角概述故事情节，用内聚焦型叙事视角锁定在主要人物身上，进行情感的渲染和人物性格的刻画。

与小说、戏曲一样，非聚焦型叙事视角在子弟书中也运用较多。有的开篇韵语就是采用这一视角，直接交代故事出处和大致情节，叙述者早已知晓一切，只是开篇说其大概，文中再细细道来。如《春香闹学》开篇韵语云："荏苒光阴冷落多，逝水年华可奈何。柳勾艳魄成幽梦，梅点香泥染绣阁。一段风流归浪子，终身伉俪访娇娥。《小青传》且留佳句，《牡丹亭》堪作揣摹。"① 此段不仅交代了故事来由，也预示了结局。也有的开篇韵语采用外聚焦型叙事视角，如《廊会》第一回开篇韵语云："节孝双全赵五娘，生成情性最温良。孝顺公婆不怠慢，陈留三载遇饥荒。无奈何，万苦千辛出头露面，只因为，一双父母相继而亡。剪发、筑坟、描容、别墓，怀抱琵琶寻找蔡郎。"② 在此段中，叙述者只是客观讲述了赵五娘寻找蔡伯喈之前的故事，并未具体切入某一人物视角，谈其内心的想法。《金印记》的第一回开篇韵语属于内聚焦型叙事视角，它以苏秦的视角观察周边的景物："西风儿飒飒人冷似冰，哀雁儿声声惨切动离情。古道儿点点金菊开灿烂，荒林儿萧萧落叶任纵横。鹑衣儿飘飘乱举如败絮，云鞋儿步步慵抬似转蓬。功名儿冉冉青云迷楚甸，一路儿迟迟故土恨回程。"③ 此段叙述以苏秦的视角切入，点出其游说失败、去秦而归时的沮丧心情，以此心观景，当然黯淡无光，所以行道迟迟。

　　为了取得更好的表达效果，子弟书中还常常交叉运用多重视角进行叙述。如三回本《思凡》中就交叉运用了非聚焦型和内聚焦型两种叙事视角，开篇以非聚焦型视角切入，大致交代了故事发生的背景，自"闲来时，手托香腮思往事，不由得，倚栏无语暗伤残"④ 开始，此后的内容则全聚焦在小尼姑的心里

---

① 关德栋、周中明编《子弟书丛钞》(下)，上海古籍出版社 1984 年版，第 584 页。
② 同上书，第 610 页。
③ 陈新编《中国传统鼓词精汇》，华艺出版社 2004 年版，上册，第 58 页。
④ 黄仕忠、李芳、关瑾华编《子弟书全集》，社会科学文献出版社 2012 年版，第 1811 页。

想法上，整个情节全然是其心理活动的外在表征。从感叹春日时光入手，一直到收拾包裹"战战兢兢戴月披星下了山"①，都是采用内聚焦型叙事视角，对小尼姑的心里进行描摹。四回本《金印记》也是交叉运用多重视角进行叙述，第一回以苏秦视角切入，抒写去秦而归时的惨淡、凄凉以及心里暗暗发下的誓言；第二回以全知视角切入，叙述者感叹世态炎凉；第三回以苏秦妻子视角切入，抒写自己思夫的凄凉，与兄嫂的欢愉形成对比；第四回以全知视角切入，既抒发"一举成名天下闻，寒窗不负读书人。腰金衣紫尊苏相，附势趋炎笑三亲"②的感慨，又以苏秦视角叙写荣归故里后的重聚之举。

在子弟书中，无论是何种叙事视角，其最终目的都是为吸引观众服务的。子弟书源出于折子戏，"其引人入胜之处，全在于一个'细'字，所谓'越琐碎越有戏'，在细节的描摹与展演中，显示出这种艺术精益求精、臻于化境的魅力。听众早已熟知故事情节，所欣赏的是表演者在演出时多表现的不同风格和所使用的高超技巧"。③所以子弟书中常用内聚焦型视角深入人物内心，对其进行细致详尽的描摹，如《琵琶行》中琵琶女弹曲时的心理感受，《思凡》中小尼姑的内心想法，以及《椿龄画蔷》中贾宝玉观察龄官时的轻浮心里均是如此。这一视角的叙述，一方面将原著中未着力描写的部分进行了大肆渲染，另一方面对人物心理进行了深层剖析，塑造其性格。悄无声息地将

---

① 黄仕忠、李芳、关瑾华编《子弟书全集》，社会科学文献出版社 2012 年版，第 1817 页。

② 陈新编《中国传统鼓词精汇》，华艺出版社 2004 年版，上册，第 61—62 页。

③ 黄仕忠、李芳、关瑾华编《子弟书全集·前言》，社会科学文献出版社 2012 年版，第 10 页。

观众带入故事情境中，或与人物对话，或对人物感同身受，以达到吸引观众的目的。

除了从细处着眼吸引观众外，子弟书中还常用非聚焦型叙事视角来臧否人物、总结历史大势或是针砭时事，以达到与观众交流进而吸引他们的目的。品评人物的风气由来已久，如司马迁写完人物传记后就常以"太史公曰"发表一己之见。到魏晋时此风更甚，《世说新语》可谓是这一时期的汇聚精华之作。子弟书产生于旗人中的"名门与巨族"，因嫌昆曲文辞过于雅致，北曲又略显粗俗，所以才创立了这一新的艺术形式，最初是在家庭内表演。不难见出，早期子弟书的作者和受众都是有一定文化涵养的人，对于谙熟之事也都能发表自己的看法。正因如此，《柳敬亭》的作者才自言道："挑灯欲写《秋声赋》，奈予天性欠聪明。且排俚语成新调，拾人牙慧谱歌声。拙人自得拙中趣，一任那骚客提毫费品评。"① 《天台传》中亦有类似自嘲："渔村书罢《天台传》，诸君子休笑荒唐把我嘲。"② 作者自嘲正是源于观众较高的欣赏能力，所以以此来解纷。

面对这样的观众，品评大家都已谙熟的人物是与其进行交流的重要方式之一。这样的品评一方面是与观众交流看法，拉近彼此的距离，使已经谙熟的故事产生出新的意义；另一方面是从人物的品评中总结出某些规律，使观众在观赏之余能有所得。因此，子弟书中多有以非聚焦型叙事视角切入的总评式叙述，或是品评历史人物，或是总结历史大势，或是针砭时事。

---

① 陈新编《中国传统鼓词精汇》，华艺出版社2004年版，下册，第652页。

② 刘烈茂、郭精锐等：《车王府曲本研究》，广东人民出版社2000年版，第448页。

如《单刀会》中云："这正是，画虎不成反类犬，谋事由人成在天。只因为，圣贤爷赴了个单刀会，留下英名万古传。"① 对于关羽的赞颂之情可谓溢于言表。还有《坐楼杀惜》中云："千般嬛娜今何在？万种风流无影踪。婆惜一命刃下死，宋江时下不消停，急忙搜出了招文袋，慌慌张张往外行。这正是，花招人戴花自损，人负人情久自明。"② 可以说多重叙事视角的交叉运用有效弥补了子弟书的文体缺陷，既塑造了鲜明的人物形象，给人耳目一新之感，又通过品评人物、总结历史大势和针砭时事的方式，使观众在观演之余能有所得。

傅惜华曾言："子弟书之价值，不在其歌曲音节，而在其文章。词句虽有时近于俚浅，妇孺易晓，然其写情则沁人心脾，写景则在人耳目，述事则如出其口；极其真善美之致。其意境之妙，恐元曲而外殊无能与伦者也。"③ 傅先生的评价可谓深得子弟书之三昧，作为诗体样式的曲艺形式，子弟书一方面承继了诗体韵律化的语言，另一方面又融入了戏曲、小说的叙事手法。通过文体的跨界和融合，子弟书在中国传统叙事诗的基础上又大大推进了一步，不仅能有效把控叙事时间，在概述与扩述中自由调节叙事的进度，还能通过叙事视角的交叉运用塑造出鲜明的人物形象，站在历史大势中品评人物的所作所为，给观众以莫大的启发，从这一层面而言，子弟书可谓是中国叙事诗发展到清代时形成的又一高峰。

---

① 关德栋、周中明编《子弟书丛钞》（下），上海古籍出版社 1984 年版，第 430 页。
② 同上书，第 445 页。
③ 傅惜华：《曲艺论丛》，上海文艺出版社 1953 年版，第 98 页。

第二节　咏剧诗的叙事艺术

　　咏剧诗是我国诗歌题材中较为特殊的一种，大约产生于唐代，兴盛于元明清三代。唐代张祜的《容儿钵头》和常非月的《咏谈容娘》都是对戏曲表演活动的歌咏，宋代刘克庄的《观社行》、任生有的《赠曹文姬》、梁德裕的《咏谈荣娘》以及朱弯的《咏拍板》等，也都是咏剧之作。咏剧诗在唐宋两代并未获得大的发展，直到元代时，才慢慢兴盛，明清时到达顶峰。明清戏曲活动的兴盛使咏剧诗形成蓬勃发展之势，并在文人诗作的创作中占据了重要地位，这一时期的文人士大夫们，几乎无人不听戏，无人不咏剧，诗作数量可谓蔚为大观。

　　关于咏剧诗的概念，《中国曲学大辞典》给了如下界定：戏剧批评样式之一。系以诗歌方式对戏剧文本及演出、戏剧作家及演员、戏剧审美与传播等戏剧文化现象予以咏叹或点评，从中体现出诗作者的美学情趣和思想观念，也透露出丰富多彩的文化史信息。咏剧诗虽然以诗为重，但通常也包括了咏剧词和咏剧曲在内，诗词曲构成了咏剧诗歌的大观。[①] 不难发现，咏剧诗歌咏的对象较为宽泛，可以是戏剧家及其作品的内容，也可以是戏剧演员及其表演效果，还可以是戏剧史以及戏剧理论等。

　　独特而宽泛的歌咏对象注定了咏剧诗要迥异于其他题材的诗歌，学界已有不少学者注意这一点，且取得了不俗的成绩，如上世纪80年代赵山林先生就出版了《历代咏剧诗歌选注》，是书从几百种诗歌总集、别集、选集及笔记、札记中选取了646

---

① 齐森华等主编《中国曲学大辞典》,浙江教育出版社1997年版,第19页。

首（套），囊括了宋、金、元、明、清、民国等六个时期的咏剧诗作，这一草创之作为后世的研究提供了极大便利。除了资料的汇编之外，赵山林先生还写一系列研究论文，如《咏剧诗歌的价值》《明清咏剧诗歌对于戏曲接受史研究的特殊价值》《明代咏剧诗歌简论》《清前期咏剧诗歌简论》《清代中期咏剧诗歌简论》《近代咏剧诗歌简论》等，这些成果一方面着重发掘咏剧诗的价值，另一方面简要梳理了咏剧诗的发展历程。继此之后，研究咏剧诗的视角日渐增多，有的是分时段进行研究，如《〈全清词〉（顺康卷）咏剧词研究》（许传霞）、《〈全清词〉（顺康卷）中的戏曲史料研究》（黄军）、《清前期咏剧诗研究》（黄洁颖）、《清代咏剧诗研究》（王逸群），这些成果多为硕士论文，在梳理材料的功夫上用力颇多，深入挖掘上稍有欠缺。有的是研究吟咏单一剧本的诗作，如《清代〈桃花扇〉咏剧诗浅论》（王亚楠）、《从咏剧诗看清代文人对〈桃花扇〉的接受》（陈仕国）、《〈桃花扇〉的咏剧诗传播》（单永军）等，这些成果对单一剧本的咏剧之作进行了细致周密的梳理，并在此基础上探讨剧本的接受情况，是极有说服力的。还有的则是研究具体文人的咏剧诗，如《论汤显祖的咏剧诗》（张利）、《中国古代咏剧诗中的"交游"现象》（包海英）、《咏剧诗与古代文人观剧心态》（谢婧）等，这些成果从文人视角切入，着重探讨文人的观剧心态以及由此生发的"交游"现象。此外，还有研究咏剧诗与戏曲互动的论文，如《从咏剧诗看诗歌与戏曲文体表现的宽度与限度》（吴晟）。上述这些研究成果着重在解读诗中所传达的意旨，即提取诗中对作家、作品乃至戏曲史、戏曲理论史研究有重要意义的信息，而对于咏剧诗内在的艺术手法则基本没有涉及。由此可见，咏剧诗的特殊性并未被充分关注，笔者不揣浅陋，拟从诗歌叙事艺术的视角切入，探讨清代咏剧诗独特的叙事艺术。

一、评述戏曲变迁史

以诗论诗的形式早已有之，杜甫的《戏为六绝句》、元好问的《论诗三十首》都是这方面的代表。两者都是以组诗的形式评述诗歌发展史的重要作家和流派，元好问更是阐发了自己的诗歌理论。这种用同一体裁去探讨其理论问题的艺术形式具有鲜明的民族特色，但"受到声律、篇幅的限制和束缚，不能像散文那样曲折达意。……常常显得拐弯抹角，端倪难寻"。[①] 咏剧诗承续了这一传统，在清代涌现出不少评述戏曲史的咏剧诗。这些咏剧诗大体可分为两种形式：一种是以长篇叙事诗的形式出现，通过篇幅增加叙事内容；另一种是组诗的形式，即每首诗讲述一个内容，再通过拼接成组的形式构成线性的叙事结构，最终完成叙事的任务。

较早以诗歌形式评述戏曲史的是沈自晋的《临江仙》（《望湖亭》开场词）：

> 词隐登坛标赤帜，休将玉茗称尊。郁蓝继有槲园人，方诸能作律，龙子在多闻。香令风流成绝调，慢亭彩笔生春，大荒巧构更超群。鲰生何所似？颦笑得其神。[②]

---

① 欧阳世昌：《以诗论诗之弊》，《学术研究》1985年第2期。
② 陈多、叶长海选注《中国历代剧论选注》本，上海古籍出版社2010年版，第281页。

此诗以"吴江派"和"临川派"的论争为背景，用概述的方式论及到明代后期几位重要戏曲作家的风格及成就，可算作是明末戏曲发展小史。

与沈自晋的《临江仙》相比，李良年的《丁老行》叙述得更加细致一些，其言：

> 吾生不见南中全盛日，秦淮丁老三叹述。达官戚里多欢娱，碧油锦缆凌晨出。三十六曲青溪边，教坊名部分甲乙。沙嫩清箫绝世工，顿老琵琶更无匹。脱十娘家盛歌舞，碧纱如烟香满室。写生麦纸郁青缥，定情红笺擅诗笔。
>
> 解貂秉烛千缠头，琐裆铢衣金作袦。是时法曲选梨园，丁老排场推第一。建业春风懊恼歌，开元旧谱龟兹律。当筵听者不敢喧，明星未抵华灯密。席门赵李盛经过，醉归不逢当路叱。为欢只道丝满絢，买笑休矜发如漆。笛床一旦烟尘生，再见南部传警跸。大尹朝潜朱雀航，炮车夜照京口驿。降幡盘盘穿雉迎，柳市花楼眼中失。莫愁湖上飞鸳鸯，小姑祠前吹觱篥。自此红颜同逝水，啼巾泪损燃脂恹。勾栏月黑闻乳乌，井水秋千断长縆。闲杀秦淮渡口人，风冷檀槽霜折瑟。呜呼乱离那可悉，由来物理浑难必。典衣买醉君莫笑，丁老明年八十七。①

全诗以秦淮丁老三为叙述者，叙述视角更为清晰，给人以身临其境之感。丁老三讲述了的所见所闻，其实反映出的恰是明末清初时戏剧在当地的发展以及艺人的生活情况。如顿老的琵琶

---

① 龚斌、范少琳编《秦淮文学志》，黄山书社 2013 年版，下册，第 1643 页。

和脱十娘家的歌舞都堪称一绝，这一点从钱谦益的《金陵杂题绝句》和余怀的《板桥杂记·雅游》亦可得到印证，余怀更是直言"至顿老琵琶，……则祇应天上，难得人间矣"。[①] 此外，诗中还着力描写了演剧的情景，虽不如小说那般细致，但各方反应已跃然纸上。

何焯《四忆诗》采用了沈自晋《临江仙》的叙事手法，简述了明末清初镇江一带戏曲活动的变迁情况。其诗云：

> 阳彭山上游览多，阳彭山下风日和。华堂杰阁矗空起，梨园选胜早征歌。点染双文王实文，玉茗堂空粲花主。吐纳宫商误后生，檀板低敲因按谱。南调流传梁伯龙，纷纷相和许谁同。怀宁尚书荆州守，演出新声李笠翁。种种传奇翻不足，绿鬟子弟喉如玉。凤羽裁成翡翠妆，骊珠转出胭脂曲。二八歌姬胜小蛮，螺黛纤纤柳叶弯。莲步蹁跹美长袖，花枝婀娜舞轻鬟。绛唇莺吐成黄绢，娇羞闪映桃花扇。曲罢歌台夜似霜，楼头早下双铜箭。自古繁华不相待，桑田尚尔变沧海。燕舞莺歌能几时，雕栏绣榭须臾改。[②]

此诗可分为上下两个部分，上半部分主要评述戏曲活动的变迁情况，从王实甫到汤沈之争，再到李渔，各种剧本都在此地争相上演。下半部分着重渲染了演剧情形，多细节描摹，最后再慨叹人世沧桑巨变、盛衰不常。从叙事手法看，前半部分采用

---

① 余怀：《板桥杂记》，刘如溪点评，青岛出版社 2002 年版，第 38 页。
② 赵山林选注《历代咏剧诗歌选注》本，书目文献出版社 1988 年版，第 320 页。

概述的方式，将几百年来重要的戏曲作家作品抚之于一瞬；后半部分则是用等述的方式，通过细节的展示来描摹演剧情景，给人以身临其境之感。

邵长蘅的《吴趋吟·度曲》，简述了昆曲的变迁史。诗曰：

> 有明嘉、隆间，吴骚变新声。唐、祝擅填词，昆腔始魏生（良辅）。流传百余年，屡变伎益精。两两清客辈（吴人工箫管、度曲者称清客），弦拍箫、笛、筝。相与期何所，虎丘可中亭。相与期何时，三五蟾兔盈。广场人声寂，独奏众始惊。细卯驻游丝，檐牙飐春晴。一字度一刻，袅袅绝复萦。（眉批：此所谓曼声长吟也）或如琐窗语，喃喃未分明。又如春园花，皖皖啼流莺。入耳忽凄紧，渐渐蕉雨清。听者唤奈何，靡靡荡我情。坐立互徙倚，彷徨达五更。何人理元曲，嗑然笑荒伧。人情贵后来，世俗悦哇淫。新衣自胜故，古调不如今。元曲且掩耳，何况瑟与琴！（眉批：新乐作而旧乐废，此公例也）①

此诗中同样是叠用概述和等述的叙述方式，前半部分讲述昆曲的变迁史，后半部分描绘曲会场景，曲终抒发对古今曲调变迁的慨叹。

王昙作有《铁云先生于宣武坊南，灯火之暇，作相如文君、伶元通德诸出，商声楚调，乐府中之肴蒸俎豆，匪元明科诨家所可及也。太仓毕子筠孝廉华珍，按南北宫而谱之，梨园众子

---

① 顾颉刚：《苏州史志笔记》，王煦华辑，江苏古籍出版社1987年版，第165页。

弟，粉墨而搬演之，亦一时佳话，记以诗》，其云：

> 政和之年诗系绝，以诗目为元祐术。伯通丞相作律书，士习诗者杖一百。妙哉元人变词曲，四十万人执丝竹。吴竞才悲乐府亡，高明又抱琵琶哭。而今诗人无有诗，先生诗好人人知。忽然一部中州谱，谱出宣娘一笛奇。弹曲人多造曲难，嫦娥宫里少人弹。借君一柄吴刚斧，妆点参军入广寒。文园绿绮文君抱，通德知书马迁好。元帝吹箫度曲时，相如渴死伶元老。王孙毕竟爱才名，博士披香太薄情。但得荐才杨得意，不愁唾面淖方成。豪竹哀丝一灯醉，三条花烛阑干泪。弹到杨花枕上来，荒鸡容得刘琨睡。七调宫商子细看，皮弦挡得段师欢。兰亭摹出金奴本，传与聪明毕士安。逍遥楼上霓裳字，流落龟年贺怀智。唐朝天子爱新声，未必相公知曲子。董解元，汤若士，潦倒旗亭乃若是。[①]

作者从北宋政和年间写起，一直写到元曲的兴盛。董解元，《中原音韵》，高明的《琵琶记》，汤显祖，虽然主题都是对怀才不遇的慨叹，但客观上却描述了一段戏剧变迁史。以诗论方式评述戏曲变迁史的代表作当属吴梅的《吴骚行》，其诗云：

> 哀宋定律禁学诗，士习诗者科以答。户工传唱盛乐府，文人变计争填词。弁阳官本记剧数，天水文艺略具兹。拴搐焰段各繁琐，网罗又有陶宗仪。后来绝艺出河北，关马

宫乔称一时。丑斋《点鬼》持论确，高名往往苦位卑。苦
恨中原乱羌乐，嘈杂缓急声参差。东嘉南词启宗法，《琵
琶》一卷追金丝。布制菽粟不容缺，孝陵激赏非阿私。丹
邱以下十六子，同时瑜亮无瑕疵。成弘诸老琼山冠，佳者
直抉元人篱。江东群奉梁少白，康王北地推雄师。升庵弇
州徒好事，玉茗宁庵惜背驰。方知才力天所限，一读遗著
分妍媸。逊国作者如林立，南洪北孔传康熙。笠翁藏园辞
各富，脍炙人口举世知。两家平衡论学识，一猪一龙物议
滋。近日文坛不知乐，即言度曲亦儿嬉。怀庭制谱遵古律，
俗工不解群讥嗤。阳春雅奏咸同绝，吁嗟孰令吾生迟。歌
场盛衰且若斯，何况一朝文献零落如今时！①

这是一篇诗化的中国戏曲史概论，从宋代一直写到近代，时间
跨越了七八百年。要驾驭如此长的故事时间，只能是采取概述
的方式，即以重要作家作品为主线，串联起一条发展史的
脉络。

除了用叙事长诗的形式评述戏曲史外，有的诗人还会用组
诗的形式，每一首诗选取戏曲史上的重要作家、作品，亦或是
重要事件进行评述，然后按照时间顺序组合起来，构成线性的
分布格局。以杨芳灿《消夏偶检填词数十种，漫题断句，仿元
遗山论诗体》四十首为例，组诗中第十首写乔吉，第十七、十
八首写《西厢记》，第二十一首写《浣纱记》，第二十五首写汤
显祖，第二十六首写《牡丹亭》。从组诗的排列顺序来看，杨芳
灿是有意为之。也就是说，作者有意以组诗的形式，对戏曲变

---

① 吴梅：《吴梅全集》作品卷，河北教育出版社 2002 年版，第 22 页。

迁史上的重要作家、作品及事件进行品评，由此建构起一种诗化的戏曲变迁史。除了杨芳灿之外，金德瑛的《观剧绝句》三十首，凌廷堪的《论曲绝句》三十二首，舒位的《论曲绝句十四首，并示子约孝廉》，吴梅的《读灯盛明杂剧》三十首等，也都与此类似。

上述咏剧诗，无论是单篇还是组诗，都是对戏曲变迁史的评述。受诗歌篇幅的限制，诗人们不能像小说家那样细细讲述故事，只能巧用概述的叙事方式，抓住戏曲变迁史上重要的作家、作品及事件进行品评，再以俳句、组诗的形式构成线性的叙事结构，最终实现叙事的目的。除此之外，诗中还采取了等述的叙事方式，对演剧活动的场景进行描摹，类似于小说中的场景描写和人物刻画，给人以强烈的代入感，最后在阔大的历史时空中对所述之事发表自己的看法。这种叠用概述与等述的叙事方式，使咏剧诗具有了叙事与抒情的双重属性，既完成了作为叙事类文体所承担的任务，又在结尾的慨叹中，继承了抒情类文体的传统，显示出咏剧诗作为诗的独特魅力。

二、讲述曲本的情节

钱泳《履园丛话》中载有这样一个小故事，其言："乾隆庚辰一科进士，大半英年，京师好事者以其年貌各派《牡丹亭》全本角色，真堪发笑。如状元毕秋帆为花神，榜眼诸重光为陈最良，探花王梦楼为冥判，侍郎童梧冈为柳梦梅，编修宋小岩为杜丽娘，尚书曹竹墟为春香，同年中每呼宋为小姐，曹为春香，两公竟应声以为常也"。[①] 文中所记虽为玩笑，但从各方反

① 钱泳：《履园丛话》，中华书局2006年版，第193页。

应来看，却也习以为常，说明《牡丹亭》的故事情节及人物形象已深入士子之心，成为他们日常生活的重要谈资，自然也就成了咏剧诗歌咏的对象。对于咏剧诗而言，讲述曲本情节内容的大体有两类：一类是直接复述曲本情节；另一类则是通过记述演出过程的方式展示曲本情节。

王世贞作有《见有演〈关侯斩貂蝉〉传奇者，感而有述》，其诗云：

> 董姬昔为吕，貂蝉居上头。自夸予帷幄，肯作抱衾裯。一朝事势异，改服媚其仇。心心托汉寿，语语厌温侯。念激义鹃拳，眦裂丹凤眸。孤魄残舞衣，腥血溅吴钩。兹事岂必真，可以快千里。旦闻抱琵琶，夕弄他人舟。售者何足言，受者能不羞。宁为楚虞姬，一死不徇刘。①

诗中所述为关羽斩貂蝉的故事，貂蝉开始依附于董卓，董卓被灭之后，又一心想托付关羽，彻底与吕布划清界限，不料被关羽所杀。此事不见于罗贯中的《三国演义》。《宝文堂书目》《也是园书目》《远山堂剧品》《今乐考证》《曲录》均予著录有《关大王月下斩貂蝉》的杂剧，今无传本，所述故事与此诗近似。

孔传铿作有《题〈桃花扇〉歌》，诗云：

> 金陵三月飞桃花，金陵城头啼暮鸦。珠楼翠院皆寂寞，菜畦瓜陇交横斜。忆昔南朝太平日，占胜秦淮与桃叶。王

---

① 俞为民、孙蓉蓉编《历代曲话汇编·明代编》第 1 集，《新编中国古典戏曲论著集成》本，黄山书社 2009 年版，第 524 页。

孙苑外骤鞭过，少妇楼头靓妆出。往来狎客恣经过，买笑追欢驻锦窝。艳妆婢子擎高烛，冶服仙姝整翠蛾。路人错认公侯宅，争知尽是烟花窟。东家豆蔻尚含胎，西院芙蓉已堪折。就中尤数玉聘婷，二八香君是小名。偶然心许知名士，啮臂焚香早缔盟。皖城逐宦权奄友，见摈清流时已久。欲招狂客入私门，愿赠香奁媚行首。岂知巾帼心偏烈，视若鸿毛浑弃掷。才子天涯去避仇，佳人掩镜甘沦寂。开府楼船势正炎，千金不惜聘鹣鹣。长斋谢客严辞拒，十二红楼不卷帘。从此芳名遍吴下，桃花扇影胭脂写。何限男儿绕指柔，斯人却是纯钢者。词客吾宗老岸堂，清歌一阕谱兴亡。同时赌胜旗亭者，更数江东顾辟疆。悲欢聚散寻常事，话到沧桑发深唔。三寸苏张舌辩锋，一腔信国忧时泪。总作浮云过眼看，何论拆散与团栾。红儿按拍周郎顾，犹可樽前助合欢。①

此诗讲述了《桃花扇》的主要情节，"偶然心许知名士，啮臂焚香早缔盟"写侯方域与李香君"梳栊"，"欲招狂客入私门，愿赠香奁媚行首。岂知巾帼心偏烈，视若鸿毛浑弃掷"写李香君退回阮大铖匿名托人赠送的丰厚妆奁，"才子天涯去避仇，佳人掩镜甘沦寂"写侯方域为避仇，投奔史可法，李香君不同意许配他人而出家，最后再对历史兴亡之事抒发感慨。

　　黄伯姊作有《读〈四声猿〉，调寄〈沁园春〉》，其词曰：

---

①　赵山林选注《历代咏剧诗歌选注》本，书目文献出版社 1988 年版，第 401—402 页。

> 才子祢衡，鹦武雄词，锦绣心肠。恨老瞒开宴，视同鼓史，掺挝骂座，声变渔阳。豪杰名高，奸雄胆裂，地府重翻姓字香。玉禅老，叹失身歌妓，何足联芳。 木兰代父沙场，更崇嘏名登天子堂。真武堪陷阵，雌英雄将；文堪华国，女状元郎。豹贼成擒，鹖裘新赋，谁识闺中窈窕娘。髯眉汉，就石榴裙底，俯伏何妨。[1]

整首词描述的就是《四声猿》的故事情节，上阕讲述的是《狂鼓史渔阳三弄》和《玉禅师翠乡一梦》，下阕是《雌木兰替父从军》和《女状元辞凰得凤》。

方文的《六声猿》选取《谢侍郎建阳卖卜》《家参政河间美谈》《唐玉潜冬青记骨》《郑所南铁函藏书》《王炎午生祭文相》《谢皋羽恸哭西台》等6个故事，分别用绝句的形式展现出来。诗前小序云："昔徐文长作《四声猿》，借祢衡诸君之口以泄其胸中不平，真千古绝唱矣。予欲仿其义作《六声猿》，盖取宋末遗臣六事演为杂剧。词曲易工，但音律未谐，既作复止。先记以诗，俟他日遇知音者始填词焉"。[2] 从序中可知，方文本欲仿照《四声猿》的形式，"取宋末遗臣六事演为杂剧"，由于自己未谐音律，只得作罢，于是就用诗的形式将欲写之事讲述了一遍，可谓是曲本情节的翻版。

与方文类似，王士禛《杂题近人诸传奇》五首，分别概括了《杜秀才痛哭霸亭秋》、《狂鼓史渔阳三弄》、《雌木兰替父从

---

① 徐渭：《四声猿》，上海古籍出版社1984年版，第205页。

② 方文：《嵞山集》，编纂委员会编《清代诗文集汇编》本，上海古籍出版社2010年版，第33册，第480—481页。

军》、《筹边楼》、《黑白卫》等五部曲本的主要内容。

除了用单篇诗歌简单概述曲本情节外，有的咏剧诗还用组诗的形式更为细致地讲述曲本情节。李雯作有《题西厢图二十则》，这是一组词，每首词对应王实甫《西厢记》的一折，分别是《蝶恋花·初见》《一剪梅·红问斋期》《生查子·生叩红》《临江仙·酬和》《定风波·佛会》《清平乐·惠明赏书》《踏莎行·请宴》《河满子·听琴》《苏幕遮·探病》《解佩令·寄诗》《青玉案·得信》《唐多令·越墙》《眼儿媚·幽会》《误佳期·红辩》《风入松·离别》《惜分飞·惊梦》《柳梢青·金泥》《虞美人·寄愁》《丑奴儿令·郑桓求匹》《阮郎归·书锦》。以《风入松·离别》和《惜分飞·惊梦》为例：

> 《风入松·离别》：西风霜叶短长亭，惊动别离情。玉骢惯是催人去，茫茫也荒草云平。红袂分开双泪，斜阳独照孤征。阳关不唱第三声，无计羁君行。才辞鸳帐亲银灯，回头看水绿山青。数两车移垂柳，几回雁起少（沙）汀。
>
> 《惜分飞·惊梦》：茅店星稀人静后，正是相思初透。梦绕风林骤，暗怜孤影清宵瘦。游仙半枕红妆就，蝴蝶栖香未久。惊起披襟袖，桃花泪染看依旧。①

不难发现，词句以描摹场景为主，并无多少叙事性成分，原因在于受众已谙熟《西厢记》的故事情节，自是不必赘述。作者巧妙地将叙述情节与场景描摹结合起来，二十首词的题目串联

---

① 伏涤修、伏蒙蒙辑校《西厢记资料汇编》本，黄山书社 2012 年版，下册，第 652—653 页。

起来，就是一部《西厢记》的故事梗概，而具体到每首词时，则是描摹特定事件背景下的场景，以便于将读者带入叙事情境中。也就是说，词题展示具体事件，词句描摹故事情境，两者将情节与情境有效结合起来，是在阅读完《西厢记》基础上的另一种享受。

除了上述这种直接展示曲本情节外，还可以通过记述演出过程的方式进行展示。如杜仁杰的《般涉调·耍孩儿·庄家不识勾阑》套曲就以一个庄稼汉为叙述者，对《调风月》的演出做了全景式的展示。其言：

〔六煞〕见一个人手撑着椽做的门，高声的叫"请、请"，道"迟来的满了无处停坐"。说道"前截儿院本《调风月》，背后么末敷演《刘耍和》"。高声叫"赶散易得，难得的妆哈"。

〔五煞〕要了二百钱放过咱，入得门上个木坡。见层层叠叠团圆坐。抬头觑是个钟楼模样，往下觑却是人旋窝。见几个妇女向台儿上坐，又不是迎神赛社，不住的擂鼓筛锣。

〔四煞〕一个女孩儿转了几遭，不多时引出一伙。中间里一个央人货，裹着枚皂头巾顶门上插一管笔，满脸石灰更着些黑道儿抹。知他待是如何过？浑身上下，则穿领花布直裰。

〔三煞〕念了会诗共词，说了会赋与歌，无差错。唇天口地无高下，巧语花言记许多。临绝末，道了低头撮脚，爨罢将么拨。

〔二煞〕一个装做张太公，他改做小二哥，行行行说向城中过。见个年少的妇女向帘儿下立，那老子用意铺谋待取做老婆。教小二哥相说合，但要的豆谷米麦，问甚布绢纱罗。

〔一煞〕教太公往前挪不敢往后挪，抬左脚不敢抬右脚。翻来复去由他一个。太公心下实焦燥，把一个皮棒槌则一下打做两半个。我则道脑袋天灵破，则道兴词告状，划地大笑呵呵。

〔尾〕则被一胞尿爆得我没奈何，刚捱刚忍更待看些儿个，枉被这驴颓笑杀我。①

〔四煞〕写副末开场，〔三煞〕是一个艳段，〔二煞〕和〔一煞〕都是写《调风月》的演出，张太公处处受小二哥的调弄，最后把皮棒槌都一下打成了两半。

汪道昆作有《席上观〈吴越春秋〉有作，凡四首》，第一首写吴王夫差误杀伍子胥，致使国破家亡；第二首写西施入吴宫，利用美人计帮助越国复国；第三首写自抉双目悬吴门，以表忠心；第四首写范蠡利用反间计入吴，让越国复国成功。朱隗作有《鸳湖主人出家姬演牡丹亭记歌》，其诗云：

鸳鸯湖头飒寒雨，竹户兰轩坐客与。主人不惯留俗宾，识曲知音有心许。徐徐邀入翠帘垂，扫地添香亦侍儿。默默惜惜灯欲炧，才看声影出参差。氍毹只隔纱屏绿，茗炉相对人如玉。不须粉项与檀妆，谢却哀丝及豪竹。萦盈澹荡未能名，歌舞场中别调清。态非作意方成艳，曲别无声

---

①　编纂中心编《元曲鉴赏辞典》，上海辞书出版社 2021 年版，第 13 页。

始是情。幽明人鬼皆情宅，作记穷情醒情癖。当筵唤起老
临川，玉茗堂中夜深魄。归时风露四更初，暗省从前倍起
予。尊前此意堪生死，谁似琅琊王伯舆。①

此诗描绘了鸳湖主人吴昌时家班在勺园演出《牡丹亭记》的情
形，由"幽明人鬼皆情宅，作记穷情醒情癖"可知演出的应是
一个较为完整的故事。

咏剧诗讲述曲本故事情节是有难度的，特别是对于那些观
众已经谙熟于心的作品，则更为困难。限于诗歌篇幅，咏剧诗
只能选取重点情节展示，进而架构起线性的叙事结构，亦或是
通过组诗的形式，将情节的展示与情感的表达有效结合起来。
通过记述演出过程展示曲本情节的咏剧诗并不多，一般多在诗
题中就已点出，如黄宗羲《听唱〈牡丹亭〉》、冒襄《鹊桥仙·
重九日等望江楼，演阳羡万红友〈空青石〉新剧，老怀怅触，
倚声待和》、宋琬《满江红·铁崖、顾庵、西樵、雪洲小集寓
中，看演〈邯郸梦〉传奇，殆为余五人写照也》等均是如此，
诗人们更在意观剧时的感受，亦或是演员的技艺，而非曲本的
情节。

三、为剧中人物立传

用诗的形式品评人物，由来已久，这一点在咏剧诗中，也
很常见。如元代钟嗣成作有《凌波仙》一组词，对十九位"相
知者"进行品评；明初贾仲明紧随其后，亦用《凌波仙》组词

---

① 陈田辑撰《明诗纪事》本，上海古籍出版社 1993 年版，第六册，第
3324 页。

的形式，对八十二位元曲作家进行品评。除了对作家进行品评外，还有不少咏剧诗品评演员，如潘之恒作有《艳曲》十三首，对十三位艺人的演技进行品评，每首诗前以小序述其表演风格。

在品评人物的基础上，不少咏剧诗还会为人物立传，如关汉卿的《南吕·一枝花·不伏老》就是自述心志之作。此类咏剧诗又大体分为两类，一类是为作家立传，一类是为演员立传。

《哭吕勤之》是王骥德在吕天成去世之后所作，前有小序：

> 吾友郁蓝生吕勤之氏，翩翩佳公子也。赋资颖妙，兼解曲理，所赋艳词，流布海内。可数十种，率斤斤功令，称松陵衣钵高足。与予交近二十年，以此道桴应，抵掌无两。囊子入都，时时治牍寒暄。昨予以数行南讯，未至一日，而勤之卒矣。伤玉楼之中蒌，怅朱弦之绝和。泫然雪涕，不能已已。勤之好词，遂以词哭，俾焚之几筵，庶几长歌当泣之指。①

王骥德在序中高度评价了吕天成的曲学天赋以及与自己的交往，其突然离世，对自己无疑是绝大的打击。在其后的《榴花泣》散套中，王骥德将自己和吕天成的关系比作钟子期与俞伯牙、嵇康与吕安，以此来悼念吕天成。

黄宗羲作有《青藤歌》：

> 文长曾自号青藤，青藤今在城隅处。离奇轮囷岁月长，

---

① 冯梦龙评选，俞为民校点《太霞新奏》本，江苏古籍出版社1993年版，第71页。

犹见当年读书意。忆昔元美主文盟，一捧珠盘同受记。七子五子广且续，不放他人一头地。踽踽穷巷一老生，倔强不肯从世议。破帽青衫拜孝陵，科名艺苑皆失位。叔考院本供排场，伯良《红闺》咏丽事。弟子亦可长黄池，不救师门之憔悴。岂知文章有定价，未及百年见真伪。光芒夜半惊鬼神，即无中郎岂肯坠。余尝山行入深谷，如此青藤亦累累。此藤苟不遇文长，篱落粪土谁人视。斯世乃忍弃文长，文长不忍一藤弃。吾友胜吉加护持，还见文章如昔比。①

这是黄宗羲为徐渭所作的一首传记诗，诗中回顾了徐渭郁郁不得志的一生。王世贞主导文坛时，徐渭因与其艺术旨趣相异而难以被认同，科考也是屡试不中，还遭到了后七子的排挤。可以说徐渭在当时的艺苑中，一直是处于失位的状态，连其门人史槃都已以院本行世，王骥德的《红闺诗》，更是和者甚众，但当世依然是"弃文长"的状态，令人叹息。

除了为作家立传之外，还有不少咏剧诗为演员立传。这一传统由来已久，如高启的《听教坊旧妓郭芳卿弟子陈氏歌（时至正己亥岁作）》，塑造了郭芳卿、陈氏与作者三个人物形象，第一部分讲述郭芳卿的舞技高超，受到皇帝和达官显贵的热捧；第二部分讲述郭芳卿的弟子陈氏，技艺之高超不在师傅之下；第三部分讲述作者与陈氏弟子相遇的情形，但此时的陈氏已是"闭门春尽无人问，白发青裙不理妆"，教坊衰落之后，舞姬的命运也是一落千丈。杨基作有《听老京妓宜时秀歌慢曲》，全诗

---

① 徐世昌编，闻石点校《晚清簃诗汇》本，中华书局1990年版，第239页。

采用倒叙的方式，讲述了歌伎的一生。

钱谦益作有《甲午仲冬六日，吴门舟中饮罢放歌，为朱生维章六十称寿》，是为朱维章六十寿辰而作，诗中展示其身世、性格及高超的表演技艺。吴梅村作有《王郎曲》和《临顿儿》，分别为王郎和临顿儿两位演员立传，以《王郎曲》为例：

> 王郎十五吴趋坊，覆额青丝白皙长。孝穆园亭常置酒，风流前辈醉人狂。同伴李生柘枝鼓，结束新翻善财舞。锁骨观音变现身，反腰贴地莲花吐。莲花婀娜不禁风，一斛珠倾宛转中。此际可怜明月夜，此时脆管出帘栊。王郎水调歌缓缓，新莺嘹呖花枝暖。惯抛斜袖卸长肩，眼看欲化愁应懒。摧藏掩抑未分明，拍数移来发曼声。最是转喉偷人破，殢人肠断脸波横。十年芳草长洲绿，主人池馆惟乔木。王郎三十长安城，老大伤心故园曲。谁知颜色更美好，瞳神翦水清如玉。五陵侠少豪华子，甘心欲为王郎死。宁失尚书期，恐见王郎迟。宁犯金吾夜，难得王郎暇。坐中莫禁狂呼客，王郎一声声顿息。移床歃坐看王郎，都似与郎不相识。往昔京师推小宋，外戚田家旧供奉。只今重听王郎歌，不须再把昭文痛。时世工弹白翎雀，婆罗门舞龟兹乐。梨园子弟爱传头，请事王郎教弦索。耻向王门做伎儿，博徒酒伴贪欢谑。君不见康昆仑、黄幡绰，承恩白首华清阁。古来绝艺当通都，盛名肯放优闲多？王郎王郎可奈何！（［自跋］王郎，名稼，字紫稼。于勿斋徐先生二株园中见之，髫而皙明慧善歌。今秋遇于京师，相去已十六七载，风流儇巧犹承平时故习，酒酣一出其技，坐上为之倾靡。余此曲成，合肥龚公芝麓口占赠之曰：蓟苑霜高舞柘

枝，当年杨柳尚如丝。酒阑却唱梅村曲，肠断王郎十五时。）①

此诗正文与自跋相互印证，对王郎生长于吴，年方十五，技艺高超，常在徐氏家里献技，为吴中士大夫所狎。三十岁时，游历京师，倾动一时，以致名伎宋玉身价大减。此后，王朗"耻向王门做伎儿，博徒酒伴贪欢谑"，又返回苏州故里。还有华胥大夫的《徐郎曲》和《杨生行》，易顺鼎的《贾郎曲》《朱郎曲》等，也都是仿照《王郎曲》的方式，在为演员立传。

除了以叙事长诗的方式为演员立传外，还有一些咏剧诗通过小序与诗文互证的方式来为演员立传，如《燕兰小谱》《日下看花记》中的咏剧诗都是先简要介绍演员，再进行品评，如《燕兰小谱》中这样记述孟九儿：

（孟九儿，[大春部] 山东历城人。颀长白皙，风韵老成，盖其年已数到星张翼轸矣。妙龄修饰，韶美可人。尝演百花公主，戎衣结束，秀媚中颇饶英气，想见秦良玉勤王召见时。其他杂剧，则梆子腔俱多，为京班别派。）

一声檀板出倾城，扇底相看别有情。筝阮调高蛙漏促，踏摇娘苦月三更。

绣旗锦纛列前幢，剑气龙文鼎可扛。漫说将军无敌手，古来巾帼最难降。②

---

① 吴伟业：《梅村家藏稿》，上海涵芬楼影印董氏新刊本。
② 安乐山樵：《燕兰小谱》，张次溪编《清代燕都梨园史料正续编》本，中国戏剧出版社 1988 年版，第 29 页。

《日下看花记》中记述金官亦是如此：

> （金官，姓孙，年十九岁，安庆人。春台部。色紫棠，质朴讷而不工妍媚。演香闺婉淑，落落大方，所谓大家举止，自有一种富贵福泽之像，不必妖姣妩媚也。间或龉齿一笑，亦颇楚楚动人，所谓性中流露，别有一种稳重端庄之态，不必佯羞故怯也。侪辈中，戏以广东人呼之，不解所谓，岂面目间带炎风蛋雨之气耶？余好于冷处观人，如孙郎者，不可谓非嵇康之眼独青也。武技亦佳。）
>
> 最宜象服作夫人，洗却铅华面目真。姹紫嫣红三十六，不须孙寿更传神。
>
> 飘飖旌旆下祥云，斜曳湘妃蝴蝶裙。笑指侍儿羔酒宴，分明争媚党将军。①

细读上述材料，我们不难发现，与叙事长诗相比，《燕兰小谱》和《日下看花记》在为演员立传时，有了更为明确的立传意识，演员的姓氏、籍贯、表演特征等都有了清晰的界定，诗前小序有点摹仿《列朝诗集小传》的意味，更是足以见出演员在作家眼里的地位已大大提升，传之后世的观念也已深入人心。

综上所述，咏剧诗是中国古典诗歌中独特的一类，因其吟咏对象的特殊性而形成了独特的叙事艺术。其叙事对象大体涉及三个层面：第一，评述戏曲变迁史；第二，讲述曲本情节；第三，为人物立传。为了实现叙事目的，咏剧诗采取了如下叙事

① 小铁笛道人：《日下看花记》，张次溪编《清代燕都梨园史料正续编》本，中国戏剧出版社1988年版，第85页。

手法：第一，对于叙事长诗而言，主要是叠用概述与等述的叙事方式；第二，对于组诗而言，主要是通过串联每首诗所述内容的方式，建构起线性的叙事的结构；第三，通过序、跋与正文互证的方式，讲述故事。

第三节　女性绝命诗之叙事

自古以来，女性就一直被视为男权社会的附庸，遵循"女子无才便是德"的金科玉律，因此，古代女性诗人的数量并不多，也未受到足够的重视。入清以后，这一格局发生了重大转变，据胡文楷《历代妇女著作考》统计，从汉至明，共计女诗人有 361 家，而"清代妇人之集，超轶前代，数逾三千"，[①] 可见，清代是女性诗人大爆发的时期，其数量近乎前代总和的十倍之多，这些女诗人用女性特质的声音进行自我抒写，不断发掘自我意识，成功开创了一个与男性群体相对立的话语体系。

绝命诗是诸多诗歌中最为特殊的一类，不仅因为它是诗人的绝唱，更重要的原因在于这种临终述怀或慨叹，最能揭示出诗人的信念和对于死亡的理解，正如曾子所言："鸟之将死，其鸣也哀；人之将死，其言也善"。[②] 当代学者对男性绝命诗关注较多，特别是明清易代之际的绝命诗，而对女性这一特殊族群

---

① 胡文楷：《历代妇女著作考·自序》，上海古籍出版社 1985 年版，第 5 页。
② 金良年：《论语译注》，《十三经译注》本，上海古籍出版社 2004 年版，第 83 页。

的绝命诗则较少涉及。^① 综观有清一代女性诗人的绝命诗，亦多可歌可泣之作，且体现出与男权话语体系绝然不同的特质，虽有研究者涉入此题，^② 但讨论的是社会认知和文化意义，且只选取了三个典型案例进行分析，不足以体现其普遍性。对于女性绝命诗的演进线索，并未论及，诗中蕴藏的独特叙事策略和情感线索，也缺乏细致深入的分析。有鉴于此，本文以清代女性绝命诗为中心，在梳理女性绝命诗演进历程的基础上，对清代女性绝命诗进行初步探讨。

一、女性绝命诗叙事概述

女性绝命诗的发展有其内部演进的规律，为了更加透彻的理解女性绝命诗的特质，有必要对其进行简单的梳理，只有这样，才能在历史宏观视域中审视女性绝命诗的独特魅力。

"绝命辞"一说最早见于《汉书·息夫躬传》，书载：

> 初，（息夫）躬待诏，数危言高论，自恐遭害，著《绝命辞》曰：'玄云泱郁，将安归兮！鹰隼横厉，鸾徘徊兮！矰若浮猋，动则机兮！丛棘栈栈，曷可栖兮！发忠忘身，自绕罔兮！冤颈折翼，庸得往兮！涕泣流兮萑兰，心结愲兮伤肝。虹蜺曜兮日微，孽杳冥兮未开。痛入天兮鸣呼，

① 何冠彪：《生与死：明季士大夫的抉择》，联经出版事业公司 1997 年版；赵园：《明清之际士大夫研究》，北京大学出版社 1999 年版；张晖：《死亡的诗学——南明士大夫绝命诗研究》，《文学评论》2013 年第 4 期。
② 方秀洁：《明清女性创作绝命诗的文化意义》，张宏生编《明清文学与性别研究》本，江苏古籍出版社 2002 年版，第 92 页。

冤际绝兮谁语！仰天光兮自列，招上帝兮我察。秋风为我
唫，浮云为我阴。嗟若是兮欲何留，抚神龙兮揽其须。游
旷迥兮反亡期，雄失据兮世我思'。后数年乃死，如其文。①

此诗中，息夫人先谴责社会的险恶，然后述说自己的悲痛之情，
希望能得到他人的理解。相传孔子也有绝命诗《获麟歌》留世，
其言："唐虞世兮麟凤游，今非其时来何求？麟兮麟兮我心忧"。
孔子以此歌自喻，言自己生不逢时，志不得伸。与男性死前的
哀鸣不同，女性绝命诗中更多关注的是"节"，多为节殉命
之作。

春秋时，楚国灭息国后，楚国国君要纳息夫人为妾，息夫
人誓不改嫁，自杀前作《大车》一诗，表达自己对于爱情的忠
贞。战国时，卫国国君之女被拘留燕国深宫，因其不愿做燕国
太子的妻妾而选择了自缢，临终前作《绝命歌》曰：

涓涓泉水，流及于淇兮。有怀于卫，靡日不思。执节
不移兮行不隳，砒轲何辜兮离厥菑。嗟乎何辜兮离厥菑。②

虽然燕国强大、卫国弱小，但卫侯女并不愿意向燕国的强权政
治低头，临终前在诗中表达了自己的"执节不移"和对卫国的
深切思念。还有宋康王舍人韩凭的妻子何氏，因反抗康王强暴
而选择了跳台自尽，死前留有两首《乌鹊歌》，第二首云："乌

---

① 班固：《汉书》(上)，岳麓书社 2008 年版，第 848 页。
② 杨光治编著《历代绝命诗选析》本，百花文艺出版社 1996 年版，第 7 页。

鹊双飞，不乐凤凰。妾是庶人，不乐宋王"。① 诗歌直白地展示
了自己对丈夫的挚爱，以及对宋王的鄙夷，妾虽庶人，但"不
乐宋王"。项羽宠妾虞姬《和项王歌》曰："汉兵已略地，四方
楚歌声。大王意气尽，贱妾何乐生！"② 这首绝命诗是对项羽
"虞兮虞兮奈若何"的回应，"大王意气尽，贱妾何乐生"可谓
是对忠贞爱情的最好诠释。

　　唐代乔知之的侍妾窈娘聪明伶俐、能歌善舞，武承嗣（魏
王，武则天之侄）想占有她，于是就命其进府中教姬妾歌舞，
乔知之迫于权势，只得答应。在多番向武承嗣索人无果后，乔
知之托人递《绿珠篇》一诗与窈娘，将其比作晋代石崇的爱妾
绿珠。窈娘读后非常伤心，作《答乔知之》一诗，并决定以死
来表达对乔知之的忠贞，在把两首诗歌一起缝在衣服中后，跳
井而亡。《答乔知之》曰：

　　　　公家闺阁不曾闲，好将歌舞借人看！富贵英雄非分理，
　　骄奢势力横相干。别公此去终不忍，徒劳掩袂伤红粉。百
　　年离别在高楼，一代红颜为君尽。③

在骄横势力面前，"一代红颜"窈娘为了忠贞的爱情而殒命
高楼。

　　从上述几首女性绝命诗中，我们不难发现，忠贞于爱情和
自己的内心是女性绝命诗的重要主题，为此，她们可以不畏强

----

① 　杨光治编著《历代绝命诗选析》本，百花文艺出版 1996 年版，第 9 页。
② 　杨光治编著《历代绝命诗选析》本，百花文艺出版社 1996 年版，第 15 页。
③ 　杨光治编著《历代绝命诗选析》本，百花文艺出版社 1996 年版，第 36 页。

权，不惜生命，以实现自己忠贞于爱情的理想。

宋代是绝命诗发展的重要阶段，这一时期不仅涌现出大量绝命诗，绝命词也应运而生。韩希孟是北宋名臣韩琦的五世孙，嫁与贾尚书之子贾琼为妻，1259 年，蒙古攻陷岳阳，她被俘献于主将，因不愿受辱而投河自尽，年仅 18 岁，后在遗体连裙带上发现一首《练裙带诗》，诗曰：

> 我质本瑚琏，宗庙供蘋蘩。一朝婴祸难，失身戎马间。宁当血刃死，不作衽席完。汉上有王猛，江南无谢安。长号赴洪流，激烈摧心肝！①

此诗所叙分为三个时间段，起首回顾自己出身名门，且是明媒正娶过门的，为下文"宁当血刃死，不作衽席完"做铺垫；然后直陈当下，如今朝中无有谢安这样的大才，难以收复中原失地，而自己也被军队所掳掠；最后表达自己忠贞的信念，宁愿一死以成就名节。作者将自己身亡的悲怆与国破家亡的处境联系起来，更有一层家国悲悯的味道。徐君宝妻的遭际与韩希孟如出一辙，亦是在蒙古军掳掠后，不愿屈从而投水自尽，死前留有《满庭芳》，词曰：

> 汉上繁华，江南人物，尚遗宣政风流。绿窗朱户，十里烂银钩。一旦刀兵齐举，旌旗拥、百万貔貅。长驱入，歌台舞榭，风卷落花愁。　　清平三百载，典章人物，扫地都休。幸此身未北，犹客南州，破鉴徐郎何在？空惆怅、

---

① 杨光治编著《历代绝命诗选析》本，百花文艺出版社 1996 年版，第 66 页。

相见无由。从今后，断魂千里，夜夜岳阳楼！①

此词开篇回顾了南宋时期汉上的繁华景象，与当下蒙古军入侵后的残败形成对比，下片控诉蒙古军队野蛮入侵对文化典章造成的破坏，最后用"破鉴徐郎"的典故表达自己对丈夫的怀念，愿自己死后能魂游千里，夜夜到岳阳楼与丈夫相会。全词叙述亦分为三个时间段，即回忆过去、陈述当下和描述未来，沿着这一线索，词人将个人的忠贞情怀与家国命运交织在一起，从而具有了深刻的社会意义。

由此可见，由于家国命运的裹挟，宋代的女性绝命诗中除了表达个人对于爱情的忠贞外，还有一种家国情怀。她们将个人命运与家国命运紧密联系在一起，既为个人之"小节"，又为家国之"大节"。

除了表达对于爱情和家国的忠贞外，女性还会在绝命诗中痛陈自己的遭际，汉高祖姬妾戚夫人的《永巷歌》即是如此，其诗曰："子为王，母为虏。终日舂薄暮，常与死为伍。相离三千里，当谁使告女？"② 戚夫人本是刘邦的宠姬，育有刘如意（后被封为赵隐王），刘邦甚是宠爱如意，欲立其为太子，由于吕后势力强大，最终未能如愿，吕后因此而忌恨于戚夫人。汉惠帝（刘盈，吕后之子）即位后，吕后专权，下令把戚夫人囚禁于永巷中，着囚衣，上镣铐，剪去头发，整日舂米，在极度痛苦的情况下，戚夫人唱了这首歌，痛陈自己的凄惨遭际。

宋代戴复古妻原是富翁之女，在许配戴复古之前，并不知

---

① 杨光治编著《历代绝命诗选析》本，百花文艺出版社1996年版，第72页。
② 杨光治编《历代绝命诗选析》本，百花文艺出版1996年版，第20页。

道其家中已有妻室，后来得知实情，在戴复古告别时，作《怜薄命》一词饯行，最后投水自尽。词曰：

> 惜多才，怜薄命，无计可留汝。揉碎花笺，忍写断肠句。道旁杨柳依依，千万缕抵不住，一分愁绪。　　如何诉。便教缘尽今生，此身已轻许。指月盟言，不是梦中语。后回君若重来，不相忘处。把杯酒、浇奴坟土。①

作者开篇直言薄命，因为没办法把戴复古留下，只能愁绪满怀，自叹命苦。虽然当时的"指月盟言"还言犹在耳，但夫君弃盟离行已在眼前，词人无法悔恨，只能自怜薄命，寄望于夫君不忘往日欢处时光，再来"把杯酒、浇奴坟土"。此词从当下的别离上溯到当年的许身盟言，再延伸到死后的酒浇坟土，通过三个时间跨度展示一系列事件，来呈现自己悲苦的命运。

　　通过简单梳理女性绝命诗的发展史，可以对其形成初步的认知。女性绝命诗的创作是一种生命走向尽头时的自觉抒发，没有议论，亦无关说理，只是情感上的反复申述，她们或是表达自己的忠贞之节，或是直陈自己的红颜薄命，又或是倾诉自己的家国之悲。叙事形式也比较简单，没有自序、自注等形式的讲述。叙事内容多是"上溯——当下——下溯"三个时间段的交错，人物线索也是一时一地一人的原则，没有多线条时空交错的复杂叙事。清代的女性绝命诗是延续这一传统而来，但也呈现出一些新的特质。

---

① 杨光治编《历代绝命诗选析》本，百花文艺出版社1996年版，第69页。

二、从一而终，为节殉命

明清易代之际，不少士子在忠君报国、不仕新朝的观念下，选择走向生命的终点，殉节之作大量涌现。对于男性而言，他们的殉节之作中多"大我"之节，即忠于朝廷、国家的理想；对于女性而言，她们的绝命诗中所殉之节则是"小我"之节，即忠贞于爱情的美德。

从一而终、为节殉命的传统由来已久，这一主题也是女性绝命诗中最多的一类。经过程朱理学的规训之后，明清女性对于殉节的强化到了空前的高度，加之明末大批士子文人为国殉节的垂范，使得清代女性绝命诗中出现了大量殉节之作，不少只知姓氏的女性诗人留下了可歌可泣的诗篇。明代杨玉英《遗诗》曰："昆山一片玉，既受与卞和；和足苦被刖，玉坚不可磨"，言明自己志比玉坚。清代王氏《绝命词》则更为坚毅，其诗曰："生为金氏人，死为金氏鬼。天也不谅只，一死岂不伟"。这种为爱生死相依的情怀在女性绝命诗还有很多。

李氏《绝命诗》：

　　恨极当时步不前，追随夫婿越江边。双双共入桃花水，化作鸳鸯亦是仙。①

江干女子《绝命词》：

---

① 钱仲联主编《清诗纪事》本，江苏古籍出版社 1987 年版，第四册，第 3892 页。

与其辱而生，不如洁身死。目断山上云，心比江中水。①

沈氏《绝命诗》：

少小曾翻烈女编，敢将心迹拟前贤。只知从一而终义，一命追随到九泉。②

郝湘娥《绝命词》：

一女如何事二天，甘心毕命赴黄泉。誓为厉鬼将冤报，肯向人间化杜鹃。③

宋氏《诀夫》：

昆山片玉本无瑕，女子生来愿有家。岂料中途妾命薄，莫教儿女着芦花。④

郑氏《遗诗》：

---

① 钱仲联主编《清诗纪事》本，江苏古籍出版社 1987 年版，第四册，第 3930 页。
② 《国朝闺秀诗柳絮集校补》本，人民文学出版社 2011 年版，第四册，第 1914 页。
③ 钱仲联主编《清诗纪事》本，江苏古籍出版社 1987 年版，第四册，第 3934 页。
④ 嶙峋编《阆苑奇葩》本，华龄出版社 2012 年版，第 333 页。

结发意情重，抛别儿女归。伤心千古惨，烈鸟愿同飞。^①

诗中女子以"烈女""烈鸟""昆山玉"自比，以言明自己的贞洁观，誓死要从一而终、不事二天，所以宁愿洁身一死、烈鸟同飞、甘赴黄泉，以保全名节，实现自己忠贞于爱情的理想。

　　还有一些女性绝命诗在陈述贞洁之志的同时，还会表达对自身命运的悲悯。由于遭受兵燹或其他天灾人祸时，弱女子无法掌控自己的命运，她们或落入强权之手，或流入蛮夷之邦，导致惶惶不可终日，只能哀鸣自身的不幸遭际，以求得夫君和后世的理解。如林氏《绝命词》曰："生有命，死有命。生兮妾身危，死兮妾心定。"对于林氏而言，慷慨赴死不仅是对贞洁的最佳诠释，也是自身的一种解脱，这种无法与命运抗争的悲悯，在清代女性绝命诗中并不鲜见。

　　方氏（钱秉镫室）《绝命诗》：

　　女子生身薄命多，随夫飘荡欲如何？移舟到处惊兵火，死作吴江一段波。^②

杜氏妇《绝命诗》：

　　不忍将身配满奴，亲携酒饭祭亡夫。今朝武定桥头死，留得清风故国都。^③

---

① 王豫、阮亨辑《淮海英灵续集》录郑氏《遗诗》，清道光刻本。
② 钱仲联主编《清诗纪事》本，凤凰出版社2004年版，第四册，第3887页。
③ 钱仲联主编《清诗纪事》本，凤凰出版社2004年版，第四册，第3892页。

张氏《七言绝句》（其一）：

> 深闺日日绣鸾凰，忽被干戈出画堂。弱质难禁雁虎口，祇余魂梦绕家乡。①

刘氏（陈启泰室）《临难作》：

> 厄运逢阳九，妖氛起自东。力难除大逆，情愿效孤忠。祇为君臣重，还将儿女同。阖门齐死孝，含笑九泉中。②

上述几首绝命诗无一例外的都提及了兵燹的伤害。钱秉镫室方氏随夫到新安时，遭遇兵火，遂投水而死。清军入燕京后，杜氏妇被抓，清军欲污之，杜氏妇骗清军需祭奠亡夫后乃从，至武定桥头时，跃入水中而亡。张氏因清兵破扬州，被豫王部将所虏，乘隙投水而死。陈启泰室刘氏随夫到福建巡海道就任时，遭遇耿精忠叛乱，又遇海寇攻城，陈启泰虑度不可支，乃偕夫人令妾婢子女二十一人先就缢，夫人从容殉节。不难发现，这些女子在选择走向生命的尽头之前都是有充分的心理准备的，在突如其来的灾难面前，她们镇定自若，用一种与命运抗争的方式守护了自己的名节。此时，她们的死不仅有对于自己命运的悲悯，更是民族大义的体现，可谓"小节"中蕴含着"大节"。

还有一些女性绝命诗作中，这种忠义"大节"表现得更为明显。如江阴女子《题城墙诗》曰："雪凘白骨满疆场，万死孤

---

① 钱仲联主编《清诗纪事》本，凤凰出版社 2004 年版，第四册，第 3891 页。
② 钱仲联主编《清诗纪事》本，凤凰出版社 2004 年版，第四册，第 3929 页。

忠未肯降。寄语行人休掩鼻，活人不及死人香"。① 袁枚《随园诗话》云："本朝开国时，江阴城最后降。有女子为兵卒所得，绐之曰：'吾渴甚，幸取饮，可乎？'兵怜而许之。遂赴江死。时城中积尸满岸，秽不可闻。女子啮指题诗云"。正是因为有了这种忠君爱国的观念，才使得"万死孤忠未肯降"，也才更体现出为节而死的价值——流芳百世。此诗写得大气磅礴，犹如男性的殉节之作。全诗并未提及要忠贞于自己的爱情、丈夫，而是将个体的贞洁观念与民族大义紧紧捆绑在一起，将个体生命的"小节"上升为民族的"大节"，这在女性绝命诗中是难能一见的。

除了在诗中大声疾呼，直陈自己的忠贞观念和爱国情怀外，还有一些绝命诗中表现出面对死亡的超然态度，正如陶渊明所言"死去何所道，托体同山阿"，人死不过是将尸体托付给大自然而已，一切归于尘埃。唐伯虎《绝笔诗》亦曰："生在阳间有散场，死归地府也何妨。阳间地府俱相似，只当漂泊在异乡"。他认为阳间和地府是一样的，死亡不过是漂泊在异乡，换了一个名利场而已。汤显祖去世前一日作《忽忽吟》，诗曰："此苦次绝笔，在丙辰夏杪望日。望七孤哀子，茕茕不如死。含笑待堂房，班衰拂蝼蚁"。② 表现出一种笑对死亡的超脱。

不少清代女性绝命诗中对死亡也持一种超然的态度，由于夫君早亡，自己守节多年，所以在走向死亡的时候，她们不是在声嘶力竭地呼号红颜薄命、爱情忠贞，也不是在面临民族大义时慷慨赴死，而是看透生死后的解脱和沉寂。褚氏《临终诗》

---

① 钱仲联主编《清诗纪事》本，凤凰出版社2004年版，第四册，第3891页。
② 汤显祖：《汤显祖集全编·玉茗堂诗》，徐朔方笺校，中华书局2015年版，第二册，第1007页。

言："破镜歌残梦亦愁，此身久已现浮沤。黄泉有路津休问，收拾归装趁柏舟"。① 在奔赴黄泉的路上，褚氏十分坦然，既然已"破镜歌残""身现浮沤"，黄泉之路自是最好的解脱。余玉簪《绝笔》曰："芙蓉凋谢可怜秋，一霎西风下土游。认得旧时王母鹤，来迎侍女返瀛洲"。②《耳食录》中记载了吕并柏与余玉簪的故事，两人相恋已三世，本是青梅竹马，但因母反对而最终未成眷属。余玉簪将赴死比作登仙之路，今生无缘，只待来世，为了忠贞的爱情，进行了一世又一世的修行之路。徐舒《绝笔》言："五十年来心事违，祇全孝义嗣前徽。月明大地清凉界，脱手依然各自归"。③ 对于徐舒而言，这五十年来，心事相违，尽忠竭孝之后，最终实现了解脱。还有王贞的《绝命辞》（两首）：

沉沦苦海与迷津，致使浮生挥泪频。自昔占凰曾系我，到头罗鹊枉劳人。空存化石思无极，暗抱崩城痛怎伸？一纸遗容犹在箧，愿从地下叙彝伦。

背义偷生总为亲，此身暂且寄红尘。痛怀哀怨谁听曲，弹指光阴枉送春。少日薰砧难复问，而今萝茑总休论。清风明月如相伴，一点灵台自有真。④

---

① 褚氏：《临终诗》，嶙峋编《闺海吟》本，北京时代弄潮文化发展公司 2011 年版，上册，第 337 页。
② 乐钧：《耳食录》，辛照校点，齐鲁书社 2004 年版，第 69 页。
③ 黄秩模编辑，付琼校补《国朝闺秀诗柳絮集校补 1》本，人民文学出版社 2011 年版，第 155 页。
④ 黄秩模编辑，付琼校补《国朝闺秀诗柳絮集校补 3》本，人民文学出版社 2011 年版，第 1066 页。

诗中言及王贞一生坎坷，致使挥泪频频，夫君早逝，空思无极，所以"愿从地下叙彝伦"，只有这里才是自己真正的归宿。

临终前能够创作《绝命诗》的女性，多生于文化人家庭，从小便深知忠孝节义之事，加之社会大环境的规训，这种观念早已融入到她们的血液中。"三从四德"不仅是女性人格的典范，也是她们终生信奉的人生信条。因此，在人生走向尽头之时，她们首先考虑的是忠孝节义的问题，无论是个体的"小节"，还是家国民族的"大节"，都可以通过临终时的大声疾呼，来实现主流价值观念对自己的认可以及后世的肯定。但当自己长年守寡，一直在践行这种节义观念且矢志不渝时，这些女性的临终诗中多表现出面对死亡的超然态度，是一种完成丈夫遗命和守节成功之后的释怀和解脱。

三、尽心竭力，抚存悼亡

国家是由一个个小家庭组成的，对于个体生命而言，它既生活在"国"中，又隶属于"家"中，对"国"对"家"皆承担责任和义务。因此，作为"国"和"家"两个归属中的一份子，个体生命既需要对"国"表达忠贞之念，又需要对"家"尽本分之责。这一点，无论男女，概莫能外。

对于个体生命而言，无论男性还是女性，都必须承担起家族的责任。简言之，就是为整个家族尽心竭力。唐代杜牧临终时有《留诲曹师等诗》，其言："万物有丑好，各一姿状分。唯人即不尔，学与不学论。学非探其花，要自拨其根。孝友与诚实，而不忘尔言。根本既深实，柯叶自滋繁。念尔无忽此，期以庆吾门。"①

---

① 杜牧：《杜牧全集》外集，陈允吉校点，上海古籍出版社1997年版，第202页。

《金华子》载：杜牧"临终留诗，诲其二子曹师（原注晦辞）、桄桄（原注德祥）等云：……晦辞终淮南节度判官，德祥昭宗朝为礼部侍郎知贡举，知贡举，甚有声望"。①此诗作于大中六年（852 年），是杜牧临终之前的诲子之作，诗中对儿女们寄予了深切厚望，希望他们好好学习，用心学习，以光耀门楣。

在男耕女织的传统社会里，女性对于家庭的付出丝毫不逊于男性，某种意义上说甚至更多。对于她们而言，用家庭捆绑的婚姻无疑是最牢固的，一旦她们孕育有一男半女，此生便有了指望，既为了最初的母凭子贵，也为了以后的养老送终。换言之，家庭和子女是女性此生的重要组成部分，也是她们的责任和义务，她们一方面要相夫教子，一方面要奉养公婆。因此，在临终前的诸多牵挂中，除了节义之外，还有孝道问题，因为这是尽孝道的重要表现。在她们的绝命诗作中，有不少嘱托儿女的诗篇。如祁氏《临终嘱子》言："扶病抱儿眠，辛勤十二年。儿甫能成诵，母旋赴黄泉。他年功名就，三复蓼莪篇。坟高三尺土，无徒送纸钱"。②祁氏含辛茹苦拖着病躯育儿十二年，儿子刚能成诵，自己旋即赴黄泉，只能寄望于儿子功成名就之时，能记得自己的养育之恩。全诗分为三个时间段，即回忆过去育子之苦，描述当下离子之悲，展望未来寄子之痛，绾合今昔，将自己与儿子的交集一一呈现出来。

除了抚育好子嗣外，女性还得操持家务，奉养公婆、叔叔和小姑，要伺候好一大家子的吃穿住行问题，她们的这种角色

① 刘崇远：《金华子》，上海古籍出版社 1958 年版，第 48 页。
② 黄秩模编辑，付琼校补《国朝闺秀诗柳絮集校补1》本，人民文学出版社 2011 年版，第 65 页。

定位在《红楼梦》中王熙凤的身上得到了绝好的体现。曾如兰《临终诗》言："镜里菱花冷，三年泪未干。已终舅姑老，复嘘雪霜寒。我自归家去，人休作烈看。西陵松柏下，夫妇共盘桓"。① 曾如兰是杭州林邦基之妻，丈夫先亡，曾如兰在葬毕舅姑之后，吞金而逝，算是尽了最后的孝道。钮祜禄氏是总督爱必达之女，工部员外郎伊崇阿室，伊崇阿病重，钮祜禄氏割股为其疗伤，不验，誓以死从。其《殉节诗》曰："数年弟妹意殷勤，恩德难酬志未伸。家事尽裁从此去，遗诗题壁别诸亲。魂归地下前因了，名在人间万古春。取义行仁今不愧，殉夫素志始知真。"② 数年来，弟妹殷勤，只可惜矢志从夫，致恩德难报，所以"遗诗题壁别诸亲"。除了这首为夫殉节之作外，钮祜禄氏还有《别弟妹诗》，可算是对弟妹的临终遗言，其言："别却尘寰不记秋，此行聊有数言留：一身孤子宜加意，家事纷纭要豫筹；骨肉贫时须顾恤，姻亲久后益绸缪；承先裕后诚难事，节俭终为远大谋。"③ 在伊崇阿去世之时，钮祜禄氏本欲随夫而去，"伊君以弟妹幼弱、一女无依相嘱，希光勉从夫言，茹荼十年，弟娶妹嫁，乃以家政交弟妇经理，越岁，女嫁之次夕，赋诗见志，焚香自缢"。④ 不难见出，钮祜禄氏深谙持家之道，且管理有方，真正是做到了尽心竭力、抚存悼亡，再殉节而终，为此，

① 黄秩模编辑，付琼校补《国朝闺秀诗柳絮集校补》本，人民文学出版社2011年版，第1437页。

② 黄秩模编，付琼校补《国朝闺秀诗柳絮集校补》本，人民文学出版社2011年版，第1903页。

③ 黄秩模编，付琼校补《国朝闺秀诗柳絮集校补》本，人民文学出版社2011年版，第1903页。

④ 恽珠编选：《国朝闺秀正始集》卷一，红香馆藏版，清道光辛卯年刻本。

清高宗特赐旌奖。与钮祜禄氏一样，沈氏的《绝命词》也是事
无巨细，面面俱到，其诗曰：

> 嗟嗟良人，早丧厥躬。生未一面，死见遗容。松巳风
> 折，柳乃霜浓。孤身安托，地下相从。翁姑父母，抚育皆
> 空。所幸两家，兄友弟恭。承先好学，经史勤政。两亲胥
> 慰，菽水堪供。女子之道，从一而终。为媳为女，何德何
> 功？惟求他日，犹子绵宗。九泉夫妇，衔感重重。①

沈氏是青浦县人，监生沈本立之女，盛达三妻室。《青浦县
志》载："达三之亡氏年十八，奔其丧越七年，清明上冢归，投
缳死"。②诗中言良人早丧，此身难以安托，只能地下相从，惟
叹翁姑父母的抚育付之东流。幸好兄友弟恭，好学勤政，两亲
胥慰，菽水堪供，惟求犹子绵宗。

能够在生前行完成尽孝的心愿固然是好，但当未及尽孝就
要面临死亡时，女性绝命诗中往往表现出极大的遗憾和歉意。
无论是尽孝之后而亡，还是未及尽孝而早逝，女性绝命诗中都
多有提及报恩尽孝之事。如凌存巽《遗诗》曰："鞠养恩难报，
此身愧歉多。红颜原薄命，尽瘁莫生波"。③李玉蓉《临终寄诸
亲故》曰："自古争称令女贤，轻尘棲草绝堪怜。孤凤心已成灰

---

① 黄秩模编，付琼校补《国朝闺秀诗柳絮集校补》本，人民文学出版社 2011
  年版，第 1915 页。
② 陈其元等修，熊其英等纂《青浦县志》，张文虎等编《中国方志丛书》本，成
  文出版社 1968 年版，第 1549 页。
③ 黄秩模编，付琼校补《国朝闺秀诗柳絮集校补 3》本，人民文学出版社
  2011 年版，第 1432 页。

冷，忍向妆台理旧钿"。① 虽然明知自己的离世会使亲故伤痛，但已心灰意冷，不再留恋尘世，为了使亲故明白自己的心志后而减轻伤痛，也为了自己满满的歉意，李玉蓉留下了此诗。聂含玉《绝命词》曰："菽水宜将日，高堂暮景长。劬劳羞未报，留取待兄行"。② 聂含玉闻丈夫客死的讣告，旋即投环而死。诗中言自己深受高堂抚育之恩，未及报答即赴黄泉，留下满腔遗憾。张端秀《绝命词十首》（录二首）云：

> 自古身名不两全，俗情勘破寸心坚。亲恩未报难回首，掌上奇擎二十年。
>
> 绛帐肩随姊似兄，高堂笑乐有余情。可怜月落西窗后，无复灯前伴读声。③

张端秀知道自己的离世会给父母带来巨大痛苦，毕竟父母含辛茹苦养育自己二十年，一朝死去，"灯前伴读声"不再，高堂笑乐也将不复存在，无法报恩的遗憾溢于言表。浦氏《绝命辞四首》（录一首）言："罔极深恩未少酬，空贻罪孽重亲忧。伤心惟恨无言别，留取松筠话不休。"④ 夫君因父获罪同死，浦氏遂与姑史氏相约自尽，待赋诗见志后，吞金而亡。诗中言及

---

① 黄秩模编，付琼校补《国朝闺秀诗柳絮集校补》本，人民文学出版社2011年版，第1693页。

② 黄秩模编，付琼校补《国朝闺秀诗柳絮集校补》本，人民文学出版社2011年版，第2342页。

③ 黄秩模编，付琼校补《国朝闺秀诗柳絮集校补》本，人民文学出版社2011年版，第935页。

④ 钱仲联主编《清诗纪事》本，凤凰出版社2004年版，第四册，第3941页。

双亲深恩未报，反使其忧，无言相别，气节只待后世评说。

还有一些女性在无法报答双亲养育之恩时，会在绝命诗中回忆当年生活的场景，如朱氏女《绝命诗》云："少小伶俜画阁时，诗书曾奉母为师。涛声向夜悲何急？犹记灯前读《楚词》"。[1] 查为仁《莲坡诗话》载："长沙朱氏遇吴逆之乱，为营兵所掠，氏志坚，众莫敢犯。舟至小孤山，投江死"。[2] 诗中回忆了当年奉母为师学诗书的场景，也犹记当年灯前读《楚辞》的情形，慈母之恩永记于心，但却无法报答了。

不难发现，在男权社会里，家庭在女性生命中占有极其重要的地位，她们既需要维系整个家庭的日常生活，又需要抚育子嗣、奉养公婆，她们的整个生命都是被家庭捆绑的。对于传统社会中的女性而言，她们不仅乐于被捆绑，也安于被家庭捆绑，甚至将其视为自己终生为之奋斗的事业。因此，她们生前种种未完成的遗愿就会出现在绝命诗中，有的在叮嘱子嗣，有的在教导弟、妹，有的在回忆往昔岁月、怀念感恩双亲，也有的深表遗憾、愧对双亲。无论是何种情况，她们都是尽力从女性的本色出发，尽心竭力，抚存悼亡。

四、回顾此生，红颜薄命

常言道，自古红颜多薄命，这也是很多女性命运的真实写照。在男权社会里，女性地位低下，她们无法掌控自己的命运，只能听从男性的安排，如莲儿（吴三桂姬人）即言："君王不得

---

[1] 钱仲联主编《清诗纪事》本，凤凰出版社 2004 年版，第四册，第 3929 页。

[2] 查为仁：《莲坡诗话》，《丛书集成初编》本，商务印书馆 1939 年版，第 2593 册，第 35 页。

见，妾命薄如烟"。即便是生在名门，且受过良好教育的女性，也必须尊崇男尊女卑的礼制规约。也就是说，女性必须将自身命运完全寄托在夫君身上，与其一起浮沉，就像是一场自己无法控制也永远不能退出的赌局，一旦遭遇天灾人祸，则此生付之东流。正因如此，女性才常常自叹命薄。

女性自叹命薄的传统由来已久，南宋戴复古妻即以《怜薄命》为题，哀叹自己多才但薄命，后世女性绝命诗中也多自叹薄命之作。如焦氏《绝命词十首》（录一首）即云："人言薄命是红颜，妾不红颜命也艰。留下青丝巾一幅，夫君回转泪痕斑"。① 自古人言红颜薄命，但自己不是红颜却也命运艰难。施婉贞《绝命词》亦言："夫殁家贫薄命何，盖棺犹有事蹉跎。三丧我死谁人厝，四代无传鬼馁多"。② 施婉贞乃吴翰章室，"章早卒，无子，其父母皆未葬。施苦节自守，为立后举，曩时拮据尽瘁，而夺于继姑，积五载弗获。知己志终莫售也，买席地为夫墓，临视窆，归则设苫褥于寝如殓具，蒙被结吭死"。③ 施婉贞一生遭遇了家贫、夫殁、无子、夺志等种种痛苦，最终自杀，年仅23岁，其生命本身就是对红颜薄命的诠释。还有叶安庆《绝命词》曰："命薄如秋叶，偏逢摇落天。此身难自主，含泪向黄泉"。④ 叶安庆因父以事罹法，被捕入狱，后械送至京师，被许勋贵家为奴，遂自缢死。诗人以秋叶自比，哀叹自身命运

---

① 黄秩模编，付琼校补《国朝闺秀诗柳絮集校补》本，人民文学出版社2011年版，第661页。
② 黄秩模编，付琼校补《国朝闺秀诗柳絮集校补》本，人民文学出版社2011年版，第47页。
③ 同上。
④ 钱仲联主编《清诗纪事》本，凤凰出版社2004年版，第四册，第4003页。

不能自主，只得"含泪向黄泉"。

除了在诗中直接哀叹自身薄命之外，有的女性还会在绝命诗中直陈导致自身命运转变的具体事件，或者简述自己这一生的悲惨遭际。邵梅宜的《薄命词》中就直接讲述了导致自己薄命的原因，其诗曰：

> 烟树关山几万重，残妆零落为谁容？如何的的亲生女，只爱金钱不爱侬！无端遴婿慕金珠，堪痛双亲一样愚。寄语故国诸姊妹，荆钗布裙好欢娱。挑灯含泪叠云笺，万里函封报可怜。为问生身亲父母，卖儿还剩几多钱。不须重赋白头吟，入骨忧煎死易寻。赢得芳魂归去好，一丘黄土百年心。①

邵梅宜是康熙年间福州府人，色艺双绝。当时靖南王耿精忠造反，朝廷派兵至福州镇压，军中有一位罗宾御史，垂涎于邵梅宜的美貌，就贿媒人来提亲，假托欲娶继室，并许以重金。邵氏父母财迷心窍，便答应了这门婚事，邵梅宜虽心有所属，但拗不过父母之命，就嫁给了罗宾。战事平息后，邵梅宜随罗宾北还，才发现其早有妻室，自己只能做个小妾，而且大妇妒恨邵梅宜年轻貌美，想尽办法来折磨她，将她许配给一奴仆。后有谋欲娶之者，即旋死。邵梅宜死前痛斥了这种买卖婚姻的罪恶以及对自己的伤害，此生已再无寻觅甜蜜爱情与婚姻的可能，只能把自己那颗满是伤痕的心深埋黄土，让芳魂游回故里。

与邵梅宜讲述买卖婚姻的单一事件不同，姚令则的《绝命词》则是倾诉了自己一生的悲惨遭际，希望能够得到后世的理

---

① 杨光治编《历代绝命诗选析》本，百花文艺出版社 1996 年版，第 159 页。

解和同情，其诗曰：

> 贱妾何薄命，朝露不自存。忆昔辞父母，十四入君门。上堂事舅姑，寒暄共苦辛。今冬省母病，何意逢灾屯。比翼忽分飞，长为泉下人。伤哉平生志，一旦委埃尘。膝下无儿女，堂前有老亲。劝君须努力，奋翮凌秋雯。①

诗中开篇即总述自己薄命，不能自存，然后按照时间顺序回顾了自己的一生。14 岁时，辞别父母，嫁入夫君门，殷勤侍奉舅姑，不料夫君仙逝，阴阳两隔，膝下无子，只有老亲。此诗如一篇简短的人物传记，全诗统摄在"贱妾何薄命，朝露不自存"的基调下，描述了自己凄惨的一生，将那种口号式的呼喊演变为对凄苦事实的描摹，更具有打动人心的力量。

上述诗篇中虽然有对于凄苦事实的描摹，但毕竟篇幅短小，只有三言两语，难以进行细致入微的刻画。长篇幅的诗歌则有更多的表现空间，它可以将诗人凄苦的一生描述得更富情境化，读之如个人自传，又似短篇小说，有连贯的情节，何桂枝的《悲命诗》即使如此：

> 六月六夜雨声急，有女不眠悲思集。侧耳东方人睡酣，倚床低首罗巾湿。有恨无可伸，有语向谁陈。坐对中宵雨，长嗟薄命身。我本广西城里女，此处爷娘非我亲。暗想八九年前事，寸心耿耿独伤神。忆我六七岁，父母双抛弃。寄养

---

① 黄秩模，付琼校补《国朝闺秀诗柳絮集校补》本，人民文学出版社 2011 年版，第 664 页。

向贫亲，贫亲无好意。浔梧将军门下客，一时假虎作威势。与得金钱知几何？甘心鬻我作人婢。尔时幼小只从他，命簿飘零可若何？当年携到扬州地，山程水程万里多。扬州一入主翁宅，年复一年谁爱惜？朝捧茶饭暮捧汤，寒缺衣裳饥缺食。主翁有时稍见怜，主母鞭箠那禁得。忽然年来情意改，当作亲生女儿待。许我呼爷与呼娘，梳头裹足勤劳倍。不知奸计险于坑，漫道厚恩深似海。箫管琵琶学已终，牙牌双陆亦教通。才延李姐传歌曲，又向张姑学绣工。事事求全勤督责，朝谋夜议谁能测。春来春去时匆匆，道我长大好颜色。嫁得富家贵公子，终身享用无尽极。昨朝客到敞华堂，逼我堂前见客忙。不识谁家轻薄子，周身上下细端相。但见爷娘喜满面，我正无颜归绣房。惊猜不敢问，自知徒自恨。耳闻堂上言，赢得心头闷。方知堂上宾，乃是浙中人。工科给事官名重，六十无儿娶妾新。岂是寻常行礼节，只闻次第讲金银。怪煞爷娘心惨绝，千金百金争未歇。我生时日我不知，朦胧造作与人说。初五聘定初七嫁，却道行程图快捷。可怜我貌空如花，可怜我命真如叶。今日人家呼作儿，来日人家呼作妾。以此伤心怨复嗟，夜深掩涕肝肠裂。早知粉面换黄金，悔不当年堕江月。已矣哉，且莫哀！不见扬州旧风俗，亲生儿女嫁天涯。天涯复海角，骨肉之间豺虎恶，我复何须泪零落。泪零落，情未休。长江之水无西流，风俗不改古人愁。寄语红颜绿发闺中女，来生誓莫生扬州。①

诗人以夜中无眠、长叹薄命起首，交代自己本是广西城里人，

①　钱仲联主编《清诗纪事》本，凤凰出版社2004年版，第四册，第3966页。

六七岁时被父母抛弃，卖与他人做婢女。后被带到扬州，自己吃不饱穿不暖，还要日夜伺候主子，稍有不对，鞭箠就至。不想忽然又被翁母当作亲生女儿待，还教学琴棋书画和女红，道我以后嫁得富家公子，终身享用无穷，万万没想到的是居然卖给了六十无儿的官员做小妾，只可怜粉面换了黄金。此诗以当下场景切入，再回溯到幼时的经历，按照时间顺序讲述了自己被抛弃、被使唤、被欺骗、被贱卖的一生。但诗人并未停留在哀怨自身命运的"顾影自怜"上，而是将这种不幸命运推及到其他女性身上，控诉扬州旧风俗对她们的戕害，从而具有了震撼人心的力量。

除了这种长篇诗歌之外，诗人还可以通过自序的方式增加诗歌的容量，自序可长可短，诗歌正文主要用于抒情，自序主要用于叙事，如杜小英《绝命词十首并序》云：

> 余辰之城南杜氏女也。父偕公，母姜氏，生余一女及兄弟两人。母孕余之夕，梦一女子玉声璆然，向母而揖，自号英台小姐，欲租居数载。母觉而孕，及期生余，遂名小英。父母因爱之。余姨母适郭东王氏，素巨族，善刺绣，早寡，余每就姨学之颇工。余舅氏姜伯仁，邑庠博士也。余祖与父俱博士员，舅氏尝过弄余，喜余聪，欲训之。余母喜而听之，迎舅于家之小园挹凉轩，取古今烈女闺训，逐一详诲。其古文诗歌，例皆烈女节妇语录，他不敢从。余尝读《木兰记》逮《黄崇嘏传》，莫不心讶，以为女子混迹男儿，纵完璧亦藏身危险，切切非之。甲午王师拙荡，辰以左右举足，实难两全。余母携之入山累月，适王师大括山，穷崖绝壁，鸟飞不及者，扳援而上。余为小军所获。

当求死不得。小军进之主帅，主帅将图不免，余含泪踉曰：此身敢不相依。奈母昔年病，余尝设有誓，期为母斋持三年报本。今已两载十月矣，尚差两月，倘将军能宽我，俟回向完，沐浴薰衣，以充下陈，所甘心也。不然，惟祈一死。将军姓曹，亦有母，事之至孝，闻余言泪下，竟如约。盖洋洋洞庭。余非不能死也。忍以一片丹心，投之荒烟野水中，遂无知者。时当大比，楚贤士大夫俱集黄鹤白云间，即节钺楚与镇抚楚者，或具特识，且余里应选者亦必有人。是日六月廿四日也。主帅晨起以一镜赠余，余拜受，私祝曰：彼求镜圆，吾恐镜破耳。主帅素怜余，不欲闭之舟中，以汉上一室相储。日午，余自知不免，因复语主帅曰：感君恩。宽至此，恨含报无地。但余粗知笔墨，昔不敢言，今不再隐矣。余母为他军投之湖畔，今余与汝好合，骨肉之情，宁忍恝乎？敢借纸一幅，作祭文，江上吊之，祭毕，则终身偕老矣。主帅诺，以纸笔给之。余私笑曰：非祭母也，实自作《绝命词》以传此千古伤心事耳。因赋诗十绝，以油衣一幅，纳之胸前。至晚，临江祭母，滔滔大江东去，或得与波上下以免一身之辱耳。江神有灵，拥余于怒涛惊浪中，得传不朽，亦非敢望也。绝命诗十首云云。①

还有黄淑华《题壁诗》自序曰：

余姓黄氏，名淑华，字婉梨。江南上元县人。父秉良，诸生，先卒。长兄乃珪，亦诸生。仲兄乃璋外出。叔兄乃

---

① 钱仲联主编《清诗纪事》本，凤凰出版社 2004 年版，第四册，第 3893 页。

瑾，亦习举子业。余家陷贼后，两兄力于农圃，家赖以给。
时余方五岁，弟乃璧三岁。家故多藏书，暇则课。余及弟
常取古今节烈事，诏余且勉之曰：余家逼处城中，城克必及
于难，慎勿苟且偷生以玷先德。壬戌，将以余字某氏。余
请曰：余家居此，犹燕巢幕上，朝不保夕，胡以婚嫁为？遂
止。今岁六月，官军克金陵。余方庆出水火而登衽席矣。
孰意克城之二日，则有乱兵至，杀二兄于庭，乃入括诸室。
一壮者索得余，挈以出，弟牵其衣，母跪而哀之。彼怒曰：
从贼者杀无赦，主帅命也。遂杀母及弟。长嫂至，又杀之。
掠余行，而仲嫂则不知何往。余时悲痛哭，詈求速死。彼
大笑曰：余汝爱，不汝杀也。遂系余于其居，旋迁于舟，溯
长江而上。夫茫茫大江，余非不得死所，惟憾以余累及老
母嫂弟。今既与之同行，不思所以报之，徒死何益？昨至
湘潭，舍舟登陆。余喜甚，意将以此时杀之。孰意天不余
佑，适有与之偕行者。夫以一孱弱之身，逼处于二壮夫之
侧，杀之实难，污我实易，倘不速死，恐无颜立于人世。
然死虽已决，究未知何术以死，何地以死也。因自序颠末
而书之。纸一，帛一，帛怀于身，纸糊于壁，并作十绝句
以附于后。时甲子九月十六日，十七龄女子自序于湘乡潭
市之旅寓。①

仔细比较这两篇长序，我们发现其行文结构是一致的，都
可以分为三个部分，即分别讲述了过去、现在和将来三个时间
段的故事。第一部分回忆过去，两位诗人皆从自己的出生和姓

---

① 钱仲联主编《清诗纪事》本，凤凰出版社 2004 年版，第四册，第 3992 页。

名开始介绍，杜小英还讲述了自己出生时的传奇故事，犹如史书记载的帝王降世那般。然后再介绍父母、兄弟、亲戚等，表明自己出生于知书识礼的大家族，门楣荣耀。自己从小就受到了良好的教育，琴棋书画、针织女红等无一不通，且深谙节烈之道。第二部分细述当下，即介绍自己是如何遭受厄运而最终选择自尽的。这部分是自序的重点，因为都是亲身经历，所以格外详细。两序皆从遭遇兵燹讲起，自己家破人亡而被贼军所掳，主帅垂涎于美色欲进行污辱，自己想尽办法周旋，为保名节而在合适的时机选择了自尽。第三部分展望未来，即希望自己的死承载一定的意义，亦如杜小英所言要"传此千古伤心事"。虽然黄淑华的序文中没有此类明确的表述，但其整篇序文就是为表明心志而作。

综合上述分析可知，有些女性在绝命诗中会自叹红颜薄命，有的会简述自己凄苦的一生，也有的会痛斥造成自己薄命的原因，还有的会通过诗歌自序的方式来表明己志。方式虽然各异，但红颜薄命的主题却是一致的，为了更好地展示凄苦的命运，也为了留名于青史，回顾此生便成了女性绝命诗的重要叙事内容。不仅如此，为了让后人更好地了解和认识自己，有些绝命诗干脆直接进行家族谱系的介绍，并详述受辱过程以传于后世，留名后世的愿望不言自明。

导致女性自杀的原因有很多，兵燹、骗婚、夫殁、夺志、不愿被污等均有可能，一旦遭遇此类变故时，有的女性会忍气吞声，有的会自叹红颜薄命，还有的会选择结束生命。对于知识女性而言，她们的临终遗言可以通过绝命诗的形式呈现给后世，以表明自己的心志。从她们绝命诗所叙述的基本内容来看，大抵可分为三类：

一是为节殉命，既可以是为夫从一而终的"小节"，也可以是忠贞于家国的"大节"。女性为了自己忠贞的爱情，也为了家国情结，在面临无法保"节"的危机时，她们往往会选择自尽的方式以实现自己忠贞的信念。

二是抚存悼亡，丈夫的早逝经常是给妻子留下了一个烂摊子，祭奠死去的亡灵，抚育老小一家子，这些重担都全部压在了妻子的肩上。有的妻子尽心竭力，抚育子嗣，奉养公婆，教导弟、妹，等一切尘埃落定时，她们算是顺利完成了丈夫的遗命，因此，她们的绝命诗中往往有如释重负之感，是一种追随夫君含笑九泉的超然。而有的妻子则是一种生无可恋的必死之态，她们亟待追随夫君而去，或是为"节"而亡，用殉葬的方式进行悼亡，她们的绝命诗中多是一种未报双亲恩德的愧疚和遗憾。

三是回顾此生，类似于为自己的一生立传。与男性一样，女性也有留名于后世的理想，她们并不只是想简单描述自己凄苦的一生，以博取后世的理解和同情，而是通过自叙家族谱系的方式，介绍自己不凡的出身和修为，以个人传记的形式呈现给后人，以便于留世。再详细描述自己遭受屈辱的起因和经过，在无奈之下，选择恰当的时机自尽，用稳妥的方式传送尸体和绝命诗，便于被人发现，最终"得传不朽"。这些可歌可泣的女性用自己的生命书写了人生最后的篇章，她们用女性独特的视角诠释了绝命诗新的内涵，将个人传记、当下遭际与留名意愿巧妙融入到过去、现在和将来三个时间轴中，有效提升了诗歌的表现力。

后　记

　　本书是应国家社科基金重大项目"中国诗歌叙事传统研究"之需而完成的。其研究思路和学术理念大抵遵从首席专家董乃斌先生的构想，而又根据元明清诗歌叙事传统的实况来具体结撰。全书由导论和上、中、下三编组成，上、中、下三编分别对应于元、明、清三代。根据对各朝代诗歌叙事传统的认知与把握，我们注重定性分析、特征描述和变量追踪，因此所论不求定量精准、巨细无遗和完整全面。基于元明清时期诗歌叙事传统的主要特征，我们将之概括为"复雅就俗"，并以为本书的主书名，以偏概全恐未必妥当。

　　本书研读与写作是基于一场持久有效的学术合作。自2015年底开始，大约历时七年，由主撰者饶龙隼指导分撰者读书思考。饶龙隼作为博士生导师和博士后合作导师，引导他们在该研究范围内选题，以完成博士论文和博士后出站报告。待他们毕业或出站答辩之后，从其书稿中抽取一部分章节，按照一定的思理和体例来结撰成文，便形成这部初成规模的书稿。

　　其具体分工为：饶龙隼负责掌握全书构架和主体思想，并撰写了导论"中国古代诗歌叙事的边界、传统与新变"、上编第五章第三节"西域纪行诗之叙事"（与刘蓉蓉合作）、中编第九章第三节"人物诗传之叙事艺术"与第十一章"羼入诗歌的叙事

754

功能"、下编第十三章第三节"小说羼入诗歌之叙事创变";上中下三编的其余主要章节，元代诗歌叙事传统部分由刘蓉蓉撰写，明代诗歌叙事传统部分由田玉龙撰写，清代诗歌叙事传统部分由石超撰写；最后由饶龙隼统稿，重在统一编排体例和调整思想观点。至于语言风格，因是出自众手，应予尊重，未及强改。

因众手不调，难求一致；又时间仓促，思虑未周。书中一定有许多不尽如人意的地方，我们诚恳欢迎学界朋友的批评指正。